인간의 굴레에서 2

Of Human Bondage

세계문학전집 12

인간의 굴레에서 2

Of Human Bondage

서머싯 몸

송무 옮김

민음사

일러두기

1 본문의 각주는 모두 옮긴이주이다.

차례

65

헤이워드의 방문은 필립에게 큰 도움이 되었다. 밀드러드에 대한 생각은 하루하루 줄어들었다. 지난날을 되돌아보면 역겨운 느낌뿐이었다. 도대체 그가 어떻게 그런 치욕스러운 사랑의 노예가 되었는지 알 수 없었다. 밀드러드를 생각하기만 하면 화가 치밀고 혐오감이 일었다. 그로 하여금 너무 심한 굴욕감을 느끼게 만들었기 때문이다. 이제 그는 그녀의 인격과 태도가 지닌 결함을 엄청나게 부풀려서 상상하게 되었다. 이제는 그녀와 인연을 맺었다는 생각만으로도 치가 떨렸다.

"그러고 보면 난 참 나약한 사람이야." 하고 그는 생각했다. 이번 사건은 너무 엄청나 변명할 수도 없는 실수, 말하자면 파티 같은 데서 저지른 실수 같았다. 유일한 치료책은 잊는 것이었다. 타락의 끔찍한 체험에서 비롯한 두려움이 오히려 도움이 되었다. 그는 허물을 벗는 뱀과 같았고, 지난날의 껍질을 바라보며 구역질을 느꼈다. 다시 자신을 되찾았다는 생각에 그는 한량없이 기뻤다. 사랑이라는 정신 나간 일에 빠져 있는 동안 그는 세상의 기쁨을 얼마나 많이 놓치고 있었던가를 깨달았다. 그만하면 충분했다. 그런 것이 사랑이라면 이제 두 번다시 하고 싶지 않았다. 필립은 헤이워드에게 그동안 겪었던 일을 얼마간 얘기해 주었다.

"소포클레스였던가요. 자신의 심장을 집어삼킨 짐승의 정념에서 해방시켜 달라고 기도했다는 사람은?" 그가 물었다.

필립은 정말 다시 태어난 기분이었다. 주변의 공기를 새삼스레 들이마셨다. 마치 그 공기를 처음 마셔 보는 사람처럼. 이제 어린애처럼 세상 만사가 마냥 즐거웠다. 그는 정신 나간 그 기간을 육 개월의 노역 기간[1]이라고 불렀다.

헤이워드가 런던에 온 지 며칠 되지 않았을 때 필립은 블랙스터블에서 전교되어 온 엽서 하나를 받았다. 어느 화랑에서 열릴 초대전을 알리는 엽서였다. 헤이워드를 데려가서 전시회 카탈로그를 보니 로슨이 그림 하나를 출품하고 있었다.

"로슨이 보낸 모양이에요." 필립이 말했다. "가서 만나 봅시다. 틀림없이 자기 그림 앞에 서 있을 겁니다."

로슨의 그림은—루스 챌리스의 프로필이었는데—구석진 곳에 걸려 있었고, 로슨은 거기서 멀지 않은 곳에 있었다. 그

---

1) 영국에서는 범죄를 저지르면 흔히 중노동형에 처해지기도 했는데 그것에 빗대어 한 말.

는 커다란 소프트 모자를 쓰고 엷은 색의 헐렁한 옷을 입고 있었다. 초대전 구경을 나온 멋쟁이 관람객들 사이에서 어쩐지 주눅이 들어 보였다. 필립을 보자 아주 반갑게 인사를 했다. 그러고는 여느 때의 달변으로 얘기 보따리를 풀어놓았다. 자기는 런던에 아주 살러 왔으며, 루스 챌리스는 알고 보니 바람둥이였다는 것, 스튜디오를 하나 인수했다는 것, 파리는 한물갔다는 것, 초상화를 하나 부탁받았다는 것, 등등의 얘기를 늘어놓고서는 함께 식사나 하면서 마음껏 회포를 풀자고 했다. 필립은 그와 헤이워드가 구면임을 상기시켰다. 재미있게도 로슨은 헤이워드의 세련된 옷차림과 우아한 매너에 약간 질려 버린 듯했다. 로슨에게는 필립과 같이 썼던 그 허름하고 비좁은 작업실에서 헤이워드를 봤을 때보다 지금 옷차림이 훨씬 더 훌륭해 보였던 것이다.

식사를 하면서 로슨은 파리의 소식을 전해 주었다. 플래너건은 미국으로 돌아갔다. 클러튼은 행방이 묘연. 클러튼은 이런 결론을 내렸다고 했다. 미술이나 화가와 관계를 맺고 있는 한 아무 일도 할 수 없어 당장 떠나 버리는 게 유일한 방도라고 생각했다는 것. 그래서 일을 간단히 하기 위해 파리의 모든 친구들과 다투었다는 것. 무엇에든 직설적으로 말하는 방법을 익혔는데 그 때문에 그가 파리와 작별하고 스페인 북부의 소읍 헤로나에 머물 작정이라고 선언했을 때, 친구들은 말리지 않고 꿋꿋이 받아들였다는 것이었다. 헤로나는 언젠가 그가 바르셀로나로 가는 기차에서 내다보았을 때 마음을 끌었던 곳이었다. 그는 지금 그곳에서 혼자 살고 있다고 했다.

"그 친구, 뭘 해낼 수 있을지 모르겠군." 필립이 말했다.

필립은 인간 정신 속에 있는 불투명한 그 무엇을 표현해 내려고 애쓰는 그의 인간적인 면에 흥미가 있었다. 하지만 마음속의 그것이 너무 불투명했기 때문에 그는 병적이고 성마른 성격이 되고 말았다. 필립은 어렴풋이 그건 자기도 마찬가지가 아닌가 하고 느꼈다. 자신의 경우, 인생을 전체적으로 어떻게 살아나가야 하느냐 하는 문제로 고민하고 있다는 점이 다를 뿐이었다. 그것이 그의 자기 표현 수단이었던 셈인데 그것을 어떻게 표현해야 하느냐는 분명하지 않았다. 하지만 이처럼 꼬리를 무는 생각을 따라갈 여유가 없었다. 로슨이 루스 챌리스와의 관계를 털어놓기 시작했기 때문이다. 그녀는 로슨을 버리고 영국에서 막 건너온 젊은 학생과 어울리기 시작하여 한창 추문을 일으키고 있다고 했다. 로슨은 누군가가 개입하여 젊은이를 구해야 한다고 정색을 하고 말했다. 여자가 그 젊은이를 망칠지도 모른다는 것이었다. 필립이 짐작하기로, 로슨이 무엇보다 불만스러워하는 이유는 한창 초상을 그리고 있는 중에 그녀가 그를 버리고 갔기 때문인 것 같았다.

"여자는 예술을 몰라." 그가 말했다. "아는 척할 뿐이지." 하지만 그는 다분히 철학적인 말로 이야기를 끝냈다. "난 그 여자를 넉 점이나 그렸어. 그런데 맨 마지막에 그리고 있던 건 설사 완성시켰더라도 성공작이 될 수 있었을지는 자신이 없네."

필립은 연애를 그처럼 느긋하게 하는 이 화가가 부러웠다. 일 년 반 동안 아주 즐거운 시간을 보내면서, 훌륭한 모델을 공짜로 쓰다가 끝에는 별다른 고통 없이 헤어졌으니 말이다.

"크론쇼는 어떻게 지내나?" 필립이 물었다.

"아, 그 사람 틀렸네." 로슨은 젊은이답게 냉담한 말을 명랑하게 했다. "앞으로 반 년이나 살까. 지난 겨울 폐렴에 걸렸는데 칠 주쯤인가 영국 병원에 입원했었네. 퇴원할 때 병원에서 술을 끊지 않으면 가망이 없다고 했다더군."

"딱한 양반." 술을 안 하는 필립이 웃으며 말했다.

"잠시 끊긴 했지. 그래도 릴라에는 여전히 나갔네. 발길을 끊을 수는 없었던 모양이야. 하지만 '오렌지꽃을 넣은'(이 말은 프랑스어로 했다.) 뜨거운 우유를 마셨지. 그러니 사람이 영 재미가 없어지더군."

"그 양반에게 자네 얘길 다 털어놓았단 말인가?"

"아냐, 자기도 알고 있었네. 얼마 전에 위스키를 다시 시작했어. 생활을 바꾸기엔 너무 늦었다고 하면서. 맥없이 오 년을 살기보다 반 년을 살더라도 즐겁게 살다 죽고 싶다는 거야. 그러고 보니 최근에 생활이 아주 어려워진 것 같았네. 병이 든 동안은 한 푼도 벌지 못한 데다 데리고 사는 그 계집이 어지간히 애를 먹여야지."

"생각이 나네. 그 양반, 처음 만났을 때 아주 굉장한 사람 같았지." 필립이 말했다. "대단한 사람이라고 생각했어. 정말이지 끔찍해. 중산계급의 속물성을 가지고 살다 보면 그 꼴이 되니."

"그야, 워낙 제멋대로 사는 사람이었잖아. 조만간 비참하게 끝장나리라는 건 정해진 거였고." 로슨이 말했다.

로슨이 그러한 운명에 조금도 연민을 갖지 않아 필립으로
서는 서운했다. 원인이 있었으니 그런 결과가 나오긴 했겠지만
삶의 모든 비극은 바로 그 인과의 필연성에서 비롯하는 것이
아닌가.

"참, 깜박했군." 하고 로슨이 말했다. "자네가 막 가고 나서
말일세, 그 양반이 자네에게 무슨 물건을 보내왔더군. 난 자네
가 돌아올 줄 알고 별 신경을 쓰지 않았지. 또 그땐 그게 자네
에게 꼭 보낼 만한 거라고도 생각지 않았고. 하지만 내 짐이
런던에 마저 올 때 같이 올 테니까 필요하면 언제 내 스튜디오
에 들러 가져가게."

"그게 뭔지 아직 말하지 않았잖아."

"아, 무슨 닳아 빠진 양탄자 조각이었네. 쓸 만한 물건 같지
는 않았어. 그렇잖아도 내가 언젠가 그 양반에게 물어봤지. 그
지저분한 물건은 도대체 왜 보냈느냐고 말야. 그랬더니, 뤼 드
렌 거리의 어느 상점에 있는 걸 십오 프랑을 주고 샀다는 거
야. 아마 페르시아 양탄자 같아. 자네가 그 사람더러 인생의
의미가 무어냐고 물었다면서? 그 사람 말이 그게 대답이라는
거야. 엉망으로 취했던 모양이야."

필립은 웃었다.

"아, 알겠어. 가지러 가겠네. 그건 그 사람이 좋아하던 재담
이었지. 내가 스스로 발견하지 못하면, 그 답은 무의미하다고
하더군."

필립은 공부가 수월하게 잘되었다. 칠월에 일차 종합시험의 사분의 삼을 한꺼번에 치러야 했기 때문에 ─그 가운데 두 과목은 전에 낙제한 과목이었다.─ 공부해야 할 것이 많았다. 하지만 생활은 즐거웠다. 새 친구가 생겼다. 모델을 구하던 로슨이 어느 극장에서 대역 배우를 하고 있는 여자를 발견했는데, 환심을 사서 모델로 쓸 속셈으로 일요일 날 조촐한 점심 파티를 하기로 했다. 그녀는 샤프롱2)을 데리고 왔다. 필립은 이 샤프롱을 책임지고 상대해 달라는 부탁을 받았다. 그런데 이 여자가 말을 재미있게 하는 소탈한 수다쟁이여서 일은 어렵지 않았다. 이 여자는 필립더러 놀러 오라고까지 했다. 빈센트 스퀘어에 집이 있는데 다섯 시 간식 시간이면 늘 집에 있다는 것이었다. 필립은 놀러 갔고, 환대를 받아 기분이 좋아서 또 갔다. 미세스 네스빗은 스물다섯이 못 되었는데, 체구가 아주 작았고, 얼굴은 못생겼지만 사람을 기분 좋게 하는 인상을 주었다. 눈은 매우 반짝였고, 광대뼈가 튀어나왔으며, 입은 큼직했다. 색조의 대조가 뚜렷해서 어느 현대 프랑스 화가의 인물화를 연상시켰다. 살결은 새하얗고, 볼은 새빨갰으며, 무성한 눈썹과 머리카락은 새까맸다. 그러다 보니 이상하고 부자연스러운 느낌을 주었지만 그렇다고 불쾌한 느낌은 전혀 아니었다. 남편과 헤어지고 난 뒤 싸구려 중편소설을 쓰면서 자

---

2) 사교계에 나가는 젊은 여성을 보호해 주는 여성.

신과 아이가 먹고살 것을 벌고 있었다. 그런 소설만을 전문으로 취급하는 출판사가 한두 군데 있어서 일거리는 떨어지지 않는 편이었다. 보수는 보잘것없어 삼만 단어 분량의 이야기를 쓰면 고작 십오 파운드를 받았지만, 그녀는 만족했다.

"독자야 결국 이 펜스만 내면 되죠." 하고 그녀가 말했다. "독자는 늘 똑같은 걸 좋아해요. 난 그저 등장인물들의 이름만 바꾸면 돼요. 일하다 싫증이 나면 세탁거리나 집세 낼 일, 애 옷 사 입힐 일 따위를 생각하고 다시 힘을 내어 일을 시작하죠."

그 일 말고도 극장에서 단역 배우가 필요할 때 단역을 맡아 여러 극장에 출연하기도 하는데 이런 일거리가 있을 때는 일주일에 십육 실링에서 일 기니를 벌었다. 하루 일과가 끝나면 녹초가 되어 잠에 떨어졌다. 그녀는 어려운 처지의 삶을 슬기롭게 꾸려 나갔다. 뛰어난 유머감각을 가지고 있어서 아무리 고달픈 상황에서도 즐거움을 발견할 줄 알았다. 때로는 일이 잘못되어 돈이 거덜 날 때도 있었다. 그런 때면 별것 아닌 집 안 물건들이 복스홀 브리지 로드의 전당포행이 되곤 했고, 형편이 풀릴 때까지 입에 풀칠만 하면서 근근이 살았다. 하지만 한번도 명랑성을 잃은 적이 없었다.

필립은 이 여자의 느긋한 삶에 흥미를 느꼈다. 그녀는 자신의 생존 경쟁을 아주 그럴싸하게 이야기하여 필립을 웃겼다. 필립은 왜 본격적인 문학에 손을 대 보지 않느냐고 물었다. 그녀는 자기가 재능이 없다는 걸 알고 있노라고 하면서, 자기가 매일 몇천 단어씩 부끄러운 글을 써 내고 있지만 벌이는 그런

대로 괜찮을뿐더러 그게 자기로서는 최선이라고 했다. 앞날에 기대할 것도 없고 그저 삶이나 연장하고 있을 뿐이라는 것이었다. 친척도 없는 것 같았고, 친구들이라고는 다들 그녀만큼이나 가난한 사람들이었다.

"난 앞날은 생각지 않아요." 그녀가 말했다. "그저 삼 주일 분의 집세와 먹고사는 데 필요한 일, 이 파운드만 있으면 더 바라지도 않아요. 앞날의 일을 눈앞의 일만큼이나 걱정한다면 사는 보람이 어디 있겠어요. 아무리 어려운 경우에도 늘 무슨 수가 생기더라구요."

얼마 안 있어 필립은 날마다 그녀 집에 차를 마시러 가게 되었다. 손님맞이에 당황하지 않도록 그는 케이크며 버터, 차 같은 것을 가지고 갔다. 그들은 이제 세례명만으로 부르기 시작했다. 여자로부터 공감을 받아 본 것은 필립으로서는 처음이었다. 갖가지 고민거리에 기꺼이 귀를 기울여 주는 누군가가 있다는 사실에 필립은 기쁨을 느꼈다. 시간 가는 줄을 몰랐다. 그는 그녀에 대한 경탄을 숨기지 않았다. 그녀와 같이 있으면 유쾌했다. 밀드러드와 비교해 보지 않을 수 없었다. 한 사람은 고집 세고 우둔하여 자기가 모르는 일이면 어떤 것에도 관심을 갖지 않았고, 한 사람은 이해가 빠르고 총명했다. 까딱하면 밀드러드 같은 여자에게 평생을 묶여 살았을지도 모른다고 생각하니 필립은 가슴이 서늘해졌다. 어느 날 그는 노라에게 자신의 연애 이야기를 죄다 해 주었다. 내놓고 자랑할 만한 이야기는 못 되었지만 감동스러운 이해를 받고 보니 필립은 기분이 썩 좋았다.

"잘 벗어나신 것 같네요." 그가 이야기를 마치자 그녀가 말했다.

그녀는 가끔 애버딘 강아지처럼 고개를 한쪽으로 갸우뚱하는 우스운 버릇이 있었다. 그녀는 놀고 있을 틈이 없었기 때문에 나무 의자에 앉아 바느질을 하고 있고, 필립은 그녀의 발치에 편안하게 누워 있었다.

"다 끝나서 정말 얼마나 다행인지 몰라요." 그는 한숨을 내쉬었다.

"참 애를 많이 먹었겠어요." 하고 그녀는 중얼거리듯 말하며 안됐다는 마음을 전하려는 듯 한 손을 그의 어깨에 얹었다.

그는 그 손을 붙잡고 입을 맞추었다. 여자는 얼른 손을 뺐다.

"아니, 왜 이러세요?" 그녀가 얼굴을 붉히며 말했다.

"싫은가요?"

그녀는 반짝이는 눈으로 잠시 그를 내려다보더니 웃음을 지었다.

"아뇨."

그는 무릎 꿇는 자세로 몸을 일으켜 세우고 그녀를 마주 보았다. 그녀는 그의 눈을 찬찬히 들여다보았다. 커다란 입이 미소로 떨리고 있었다.

"그래서요?" 하고 그녀가 말했다.

"당신 참 좋은 사람이에요. 내게 잘해 줘서 정말 얼마나 고맙게 생각하는지 몰라요. 당신이 정말 좋습니다."

"바보처럼 굴지 말아요."

필립은 여자의 팔꿈치를 두 손으로 붙들고 그녀를 자기 쪽으로 끌어당겼다. 그녀는 저항하지 않고 몸을 앞으로 굽혔다. 필립은 여자의 붉은 입술에 입을 갖다 댔다.

"아니, 왜 이러세요?"

"기분이 좋아서요."

그녀는 대꾸하지 않았지만 눈빛에 부드러운 표정이 어렸다. 그녀는 그의 머리칼을 부드럽게 쓰다듬었다.

"정말 어리석은 짓이에요, 그런 행동 하시면. 우린 좋은 친구였잖아요. 그냥 친구로 있는 게 훨씬 좋을 거예요."

"당신이 정말 내 착한 심성에 호소하고 싶다면, 그렇게 말하면서 내 뺨을 쓰다듬지 않아야죠." 필립이 대꾸했다.

그녀는 키득하고 웃었다. 그러나 손을 멈추지는 않았다.

"내가 아주 잘못하고 있는 거죠?" 그녀가 말했다.

필립은 놀라기도 하고 약간의 재미도 느끼면서 그녀의 눈을 물끄러미 들여다보았다. 들여다보고 있노라니 그 두 눈이 서서히 젖어 갔다. 거기에는 마법처럼 그를 사로잡는 어떤 표정이 어려 있었다. 그는 갑자기 가슴이 북받쳐 올랐고, 핑그르르 눈물이 고였다.

"노라, 날 좋아하지 않지요?" 그가 못 미더워 물었다.

"영리한 사람이 그런 미련한 질문도 하시네요."

"정말이지, 당신이 날 좋아하리라고는 꿈에도 생각지 않았어요."

그는 그녀를 덥석 껴안고 키스했다. 그녀는 웃으며, 얼굴을 붉히며, 소리 지르며, 그의 포옹에 기꺼이 몸을 맡겼다.

이윽고 그는 포옹을 풀고 물러나 무릎 꿇은 자세로 앉아 호기심 어린 표정으로 그녀를 바라보았다.

"이거, 어리둥절하군요." 그가 말했다.

"왜요?"

"아주 놀랐거든요."

"기분도 좋구요?"

"좋고말고요." 필립은 진심으로 소리 질렀다. "정말 뿌듯하고, 정말 행복하고, 정말 고마워요."

그는 여자의 두 손을 잡고 거기에 키스를 퍼부어 댔다. 필립으로서는 이것이 행복의 시작이었으며, 이 행복은 견고하고 오래 갈 것처럼 보였다. 두 사람은 연인이 되었지만 여전히 친구였다. 노라에겐 모성 본능이 있어 필립을 사랑하는 데서 만족감을 느꼈다. 그녀에게는 귀여워해 주고, 나무라고, 그 때문에 부산을 떨어야 할 사람이 필요했다. 가정적인 성격인 그녀는 필립의 건강을 돌보고 속옷을 챙기는 데서 즐거움을 느꼈다. 필립이 민감하게 반응하는 불구의 발에 대해서는 측은하게 여겼고, 측은해하는 마음은 절로 다정스러움으로 표현되었다. 자신이 젊고, 강하고, 건강했으므로 그녀는 필립을 사랑해 주는 일이 당연하게 여겨졌다. 그녀의 영혼과 정신은 늘 즐겁고 유쾌했다. 그녀는 필립이 좋았다. 그녀의 마음을 사로잡는 온갖 재미있는 인생사를 놓고 필립이 함께 웃어 주었기 때문이다. 그러나 무엇보다 필립은 필립이었기 때문에 좋았다.

그녀가 그런 뜻의 말을 하자 필립은 즐겁게 대답했다.

"천만에. 내가 말이 없고 참견하기 좋아하지 않으니까 좋아하는 거겠죠."

필립이 그녀를 사랑한다고는 할 수 없었다. 상대방이 더없이 좋고, 같이 있으면 즐거웠으며 이야기를 나누면 재미있고 흥미로웠다. 그녀는 그의 자신감을 회복시켜 주었고, 말하자면, 영혼의 상처를 치유하는 향유를 발라 주었다. 그녀가 자기를 좋아한다는 사실에 필립은 한없이 우쭐했다. 그는 그녀의 용기, 그녀의 낙관주의, 운명에 대한 그녀의 건방진 도전적 태도에 경탄했다. 그녀에겐 나름의 소박하고도 실제적인 철학이 있었다.

"난 말예요. 교회라든가 사제라든가 하는 것 죄다 믿지 않아요." 하고 그녀는 말했다. "하지만 신은 믿어요. 그리고 사람이 제 할 일을 다 하면서, 다리를 다친 개가 울타리를 넘을 수 있도록 가능할 때 도와준다면 신도 우리가 하는 일에 별로 신경을 쓰지 않으리라고 생각해요. 난 사람들이 대체로 선량하다고 봐요. 그렇지 않은 사람도 있어 유감이지만 말예요."

"그럼 내세에 대해서는 어떻게 생각해요?" 필립이 물었다.

"아, 그건 잘 모르겠어요." 그녀는 미소를 지었다. "하지만 희망은 걸겠어요. 아무튼 거기에선 집세 낼 걱정이나 소설 나부랭이 써야 할 걱정은 없겠죠."

그녀는 은근히 상대방을 추켜올리는 여자다운 소질이 있었다. 필립이 훌륭한 화가가 될 수 없음을 알고 파리를 떠난 것은 용기 있는 행동이었다고 했다. 그녀가 열심히 칭찬해 주자 필립은 기분이 황홀했다. 그는 이제까지 자신의 그 행동이 용기에서 비롯한 것인지 아니면 의지박약이 원인이었는지 잘 판단하지 못했었다. 그녀가 그것을 영웅적인 행위로 생각함을 알고 그는 기뻤다. 필립의 친구들이 본능적으로 피했던 화제도 그녀는 대담하게 거론하고 나섰다.

"당신이 당신의 곤봉발에 그렇게 민감한 건 어리석은 일이에요." 그녀가 말했다. 상대방의 얼굴이 붉어지는 것을 보고도 그녀는 말을 계속했다. "사람들은 말예요, 당신이 생각하는 것만큼 그걸 의식하지 않아요. 처음 볼 땐 의식하겠지만 그다음엔 잊어버려요."

그는 대답하지 않는다.

"화난 거 아니죠?"

"아뇨."

그녀가 그의 목을 감싸 안는다.

"있잖아요. 당신을 사랑하니까 이런 말을 하는 거예요. 이런 말로 당신이 기분 나쁘다면 나도 싫어요."

"하고 싶은 말은 무슨 말이든 해도 좋아요." 그는 미소를 지으며 대답했다. "난 말예요. 내가 당신에게 얼마나 고마워하는지, 그걸 증명할 수 있었으면 좋겠어요."

그녀는 다른 식으로도 그를 다루었다. 그가 거칠게 구는 것을 허용하지 않겠다고 하면서도 그가 화를 내면 웃었다. 그녀는 그를 더 세련된 사람으로 만들었다.

"원하는 일이 있으면 무슨 일이든 시켜요. 다 할게요." 한번은 필립이 그렇게 말한 적이 있었다.

"그래도 괜찮아요?"

"그럼요. 당신이 좋아하는 걸 하고 싶어요."

필립도 자신의 행복을 알아차릴 만한 지각은 있었다. 그녀는 한 사람의 아내가 줄 수 있는 모든 것을 그에게 주고 있는 것 같았다. 그러면서도 결코 그의 자유를 빼앗지는 않았다. 노라는 지금까지 사귄 친구들 가운데 가장 멋진 친구였다. 그녀가 가진 공감력은 남자에게서는 도저히 발견할 수 없는 것이었다. 성적인 관계는 우정의 가장 강한 고리 이상은 아니었다. 그것은 우정을 완성시켰으나 필수적인 것은 아니었다. 필립은 성적 욕구가 충족되어서인지 성격도 차분해지고 붙임성 있는 사람이 되어 있었다. 필립은 이따금 그 끔찍한 연정에 사로잡혔던 겨울을 생각했다. 그런 때면 밀드러드에 대한 혐오감과 자기 자신에 대한 두려움에 사로잡혔다.

시험이 다가오자 노라는 필립만큼이나 시험에 관심을 두었다. 그녀의 열성에 그는 뿌듯했고 감동을 받았다. 그녀는 결과가 나오는 대로 와서 알려야 한다고 다짐시켰다. 이번에는 무사히 사분의 삼을 통과했다. 필립이 결과를 알리러 가니 그녀는 울음을 터뜨렸다.

"정말 기뻐요. 얼마나 걱정했는지 몰라요."

"바보같이." 그는 웃었으나 목이 메었다.

그녀처럼 좋아하는 사람에겐 누구인들 기분이 좋지 않을 수 없을 것이다.

"이제 어떻게 할 작정이세요?" 그녀가 물었다.

"이제 홀가분한 마음으로 쉴 수 있어요. 시월에 겨울 학기가 시작되기까진 할 일이 없으니까."

"블랙스터블의 백부님께 내려가 봐야죠?"

"틀렸어요. 런던에 눌러앉아 당신이랑 놀 작정입니다."

"어딜 다녀왔으면 좋겠어요."

"왜? 이제 싫증이 났어요?"

그녀는 웃으면서 두 손을 그의 어깨 위에 올렸다.

"그동안 열심히 공부만 해서 몹시 지쳐 보여요. 신선한 공기를 쐬면서 좀 쉬어야 해요. 가세요."

그는 잠시 대답을 하지 않았다. 그는 다정한 눈으로 그녀를 쳐다보았다.

"당신이 한 말이 아니라면 그 말을 믿지 않았을 거예요. 당신은 나를 위할 생각만 하는군요. 내 어떤 점을 사서 그러는지 모르겠네요."

"월간 단평란³⁾에 내 칭찬을 좀 써 주시겠어요?" 그녀는 즐겁게 웃었다.

"생각이 깊고 친절하다고 쓸까요? 또 남에게 강요하지 않고, 걱정을 모르며, 폐를 끼치는 법이 없고, 작은 일에도 기뻐할 줄 안다고?"

"터무니없는 말이에요." 하고 그녀는 말했다. "하지만 한 가지는 장담해요. 나는 경험에서 배울 줄 아는 희소한 사람들 가운데 하나라는 것 말이에요."

---

3) 잡지에 흔히 실리는 작가나 작품에 대한 단평란.

필립은 런던에 돌아갈 날을 애타게 기다렸다. 블랙스터블에서 두 달을 보내는 동안 노라는 굵고 큼직한 필체로 쓴 긴 편지를 자주 보내왔다. 편지에는 일상의 자질구레한 일들, 주인집의 집안 말썽, 웃음을 터지게 하는 여러 일화, 리허설 중의——그녀는 런던의 한 극장에서 공연하는 어떤 중요한 극에 단역으로 출연하고 있었다.——우스꽝스러운 고민거리, 단편 소설을 내는 출판사와의 야릇한 실랑이 등이 즐겁고 재미있게 쓰여 있었다. 필립은 독서도 많이 하고, 수영도 하고, 테니스도 치고, 요트도 탔다. 시월 초에는 다시 런던으로 돌아와 이차 종합시험을 위한 공부에 본격적으로 착수했다. 그것만 통과하면 고된 교과 과정이 끝나기 때문에 그는 꼭 통과하고 싶었다. 이 과정을 마치면 학생은 외래환자 담당 실습 보조원이 되고, 교과서뿐만 아니라 이제 사람들과도 직접 접촉하게 된다. 노라와는 매일 만났다.

로슨은 여름을 풀[4]에서 보냈다고 했다. 부두와 해변의 스케치를 많이 가지고 와 보여 주었다. 초상화를 두어 점 부탁받은 게 있어서 런던에 머물다가 햇볕이 나빠지면 곧장 떠날 작정이었다. 헤이워드도 런던에 있었는데, 겨울을 외국에서 날 작정이었지만 선뜻 떠날 결정을 하지 못하고 한 주일 한 주일 시간을 보내고 있었다. 헤이워드는 지난 이삼 년 동안 살

---

4) 잉글랜드 남서쪽에 있는 항구.

이 쪘고—하이델베르크에서 필립이 그를 처음 만난 것이 오 년 전이었다.—벌써 머리가 벗어졌다. 신경이 쓰이는지 헤이워드는 정수리의 보기 흉한 부분을 가리려고 머리를 길게 길렀다. 유일하게 위안으로 삼고 있는 것은 이마가 아주 고상한 모양을 갖추게 되었다는 점이었다. 그의 푸른 눈은 옛 빛깔을 잃어버렸다. 눈 주위는 맥없이 축 처졌다. 입도 젊었을 때의 팽팽함을 잃고 힘없이 창백했다. 앞으로 하고자 하는 일에 대해서는 여전히 막연히 이야기했지만 전보다는 확신이 덜했다. 그는 친구들이 이제 자기를 믿지 않는다는 것을 알고 있었다. 그래서 위스키가 한두 잔 들어가면 애상에 젖었다.

"난 실패자야." 하고 그는 중얼거렸다. "난 이 잔인한 생존경쟁에 맞지 않아. 할 수 있는 건 고작 한쪽에 비켜서서 속물들 떼거리가 자기들 좋다는 것을 찾아 앞을 다투어 지나갈 때 길을 비켜 주는 것뿐이야."

그는 실패가 성공보다 더 아름답고, 더 절묘한 것이라는 인상을 심어 주려고 했다. 자신의 고립이 범속하고 저열한 것에 대한 경멸에서 비롯한 것이라는 암시를 주었다. 그는 플라톤에 관해 그럴듯하게 이야기했다.

"지금쯤 플라톤은 졸업했으리라 생각했는데요." 필립이 참지 못하고 말했다.

"자넨 그러고 싶나?" 눈썹을 치켜올리며 그가 물었다.

헤이워드는 그 문제를 더 거론하고 싶어하지 않았다. 최근에 와서 그는 침묵의 효과적인 위엄을 발견한 듯했다.

"전 모르겠어요. 같은 걸 되풀이해 읽어서 무슨 소용이 있는지." 필립이 말했다. "그건 일 없는 사람이 시간을 힘들게 보내는 방식에 지나지 않죠."

"그렇다면 자넨, 머리가 아주 뛰어나서 그 심오한 저자의 글을 한번 쓱 읽어서 이해할 수 있단 말인가?"

"저는 플라톤을 이해하고 싶지 않아요. 전 비평가가 아닌걸요. 그 사람에게 관심을 갖는다면 그 사람을 위해서가 아니라 저 자신을 위하기 때문이죠."

"그렇다면 자네는 왜 읽나?"

"얼마간은 재미로 읽죠. 버릇이 그렇게 든 데다 읽지 않으면 마치 담배를 피우지 않는 것처럼 안정이 안 되거든요. 그리고 얼마간은 제 자신을 알고 싶어 읽습니다. 책을 읽을 때는 눈으로만 읽는 것 같은 느낌이 들어요. 하지만 가끔은 제게 의미가 있는 어떤 구절, 아니면 어떤 어구인지도 모르겠는데, 그런 걸 만나게 되고, 그러면 그것은 제 일부가 되지요. 전 제게 도움이 되는 것만 책에서 얻어 내요. 같은 걸 열 번을 읽는다 해도 더 이상은 얻어 내지 못합니다. 그러니까 제 생각에는 독자란 마치 아직 열리지 않은 꽃봉오리 같아요. 그래서 우리가 읽거나 행한다고 해도 대부분은 아무런 효과도 얻지 못해요. 다만 어떤 것들은 우리에게 특별한 의미를 갖습니다. 그것들은 꽃잎처럼 열리지요. 하나씩 하나씩 말예요. 그러다 마침내 우리는 활짝 핀 꽃을 보게 되는 겁니다."

필립은 자신의 비유가 맘에 들지 않았다. 하지만 느낌이 오면서도 선명하지는 않은 어떤 것을 달리 어떻게 설명해야 할지 알 수 없었다.

"자넨 무엇인가를 하고 싶고, 무엇인가가 되고 싶은 거야." 헤이워드는 어깨를 으쓱하며 말했다. "그건 아주 속물스러운 거야."

필립은 이제 헤이워드를 아주 잘 알고 있었다. 그는 나약하면서 자존심이 강했다. 자존심이 너무 강해 상대방은 그의 감정이 상하지 않도록 늘 조심해야 했다. 그는 무위(無爲)와 이상주의를 뒤섞어서 그 둘을 구별하지 못했다. 하루는 로슨의 스튜디오에서 어떤 기자를 만난 적이 있는데 이 기자가 그만 헤이워드의 화술에 반해 버렸다. 일주일 뒤에 한 신문사의 편집인이 그에게 자기 신문을 위해 비평을 기고해 달라는 편지를 보내왔다. 헤이워드는 이 문제를 결정짓지 못한 채 꼬박 사십팔 시간을 괴로움 속에 보냈다. 오래전부터 이런 종류의 직업을 원한다고 말해 왔던 터라 그는 이 제안을 차마 딱 잘라 거절할 수가 없었지만 뭔가를 해야 한다는 것은 생각만 해도 겁이 났다. 기어이 그는 제안을 거절하고 말았는데 그러고 나서야 안도의 숨을 내쉴 수 있었다.

"그 일을 맡으면 일에 방해가 될까 봐서." 하고 그는 필립에게 말했다.

"무슨 일에 말예요?" 필립이 잔인하게 물었다.

"내 내면의 삶에 말이야."

그러고는 곧이어 그는 제네바의 교수 아미엘에 관해서 멋진 말로 이야기를 하는 것이었다. 탁월하고 명민했던 아미엘은 뛰어난 업적을 이룰 것으로 기대되었으나 결국 이룬 것이 없었다는 것, 하지만 실패의 이유와 사정은 그가 죽고 나서 유고

(遺稿) 사이에서 발견된 상세하고도 훌륭한 일기에서 금방 밝혀졌다는 것이었다. 헤이워드는 수수께끼 같은 미소를 지었다.

그러나 헤이워드는 책에 대해서는 여전히 즐겁게 이야기할 줄 알았다. 안목이 뛰어났고 감식력도 섬세했다. 그는 사상에 끊임없는 관심을 가지고 있었기 때문에 즐거운 말동무가 될 수 있었다. 사상 자체는 실상 그에게 아무런 의미도 없었다. 그에게 전혀 영향을 미치지 못했기 때문이다. 그는 사상을 마치 경매장에 나온 도자기들처럼 다루었다. 손에 들고 형태와 빛깔을 즐기면서 마음속으로 값을 매겼다. 그런 다음 다시 상자 속에 넣어 두고는 더 이상 생각하지 않았다.

그런데 이 헤이워드가 중요한 발견을 하나 했다. 어느 날 저녁, 한참 뜸을 들인 다음 그는 필립과 로슨을 비크 가에 있는 어떤 술집으로 데리고 갔다. 이 집은 술집 자체로서나 그 내력으로서나 관심을 끌 만했을 뿐 아니라——18세기의 영광을 추억으로 간직하고 있어 낭만적인 상상력을 자극했다.——런던 최고의 코담배, 그리고 무엇보다 펀치주가 좋았다. 헤이워드는 두 사람을 끌고 어느 커다랗고 긴 방으로 갔다. 우중충하면서도 장엄한 방이었는데 벽에는 커다란 나부상(裸婦像) 몇 점이 걸려 있었다. 헤이던 유파[5]가 그린 거대한 우의화(寓意畵)였다. 그런데 연기와 가스등, 그리고 런던의 대기가 거기에 어떤 풍요로움을 부여하여 마치 르네상스 거장들의 작품처럼 보

---

5) 영국의 화가 벤저민 로버트 헤이던(Benjamin Robert Haydon, 1786~1846)의 유파. 역사적 주제를 장엄한 스타일로 그리려 했다.

이게 만들었다. 어두운 색조의 판벽, 금칠이 변색한 천장과 벽 사이의 육중한 돌림띠, 마호가니 테이블, 이런 것들로 방은 호사스럽고 안락한 분위기를 자아냈다. 방 한쪽 벽을 따라 놓인 가죽 씌운 의자들도 푹신하고 편했다. 방문 맞은편 테이블 위에 숫양의 머리가 놓여 있고, 그 머리 안에 유명한 코담배가 들어 있었다.[6] 그들은 펀치주를 주문해 마셨다. 독한 럼 펀치였다. 그 뛰어난 맛을 필설로 옮기기는 쉽지 않다. 이 소설의 수수한 어휘, 빈약한 형용사로는 감당하기 힘들다. 공상이 날개 치며 화려한 술어, 보석같이 영롱한 이국적 어구가 떠오른다. 그 술은 피를 따뜻하게 하고 머리를 맑게 했다. 마음을 행복감으로 가득 채웠다. 기지가 튀어나오게 하는가 하면 남의 기지도 잘 이해하도록 해 주었다. 거기에는 음악의 몽롱함과 수학의 엄밀함이 있었다. 한 가지 특질만을 다른 것과 비교할 수 있었다. 착한 마음이 가진 따뜻함이 있다고나 할까. 하지만 맛과 향기와 감촉은 말로 표현할 수가 없다. 절묘한 묘사력을 가진 찰스 램[7]이라면 자기 시대의 삶을 멋지게 그려 낼 수 있었을지 모른다. 바이런 경이라면 「돈 후안」의 어떤 대목에서 불가능한 것을 겨냥해 숭엄한 표현을 찾아냈을지도 모른다. 오스카 와일드라면 비잔티움의 능라(綾羅)에 이스파한[8]

---

6) 박제된 숫양 머리 안의 은상자에 코담배를 넣은 커다란 담배통. 통 아래 바퀴가 달려 있어 테이블 다른 쪽에 앉은 사람에게 굴려 보낼 수 있었다.

7) Charles Lamb(1775~1834). 영국의 시인이자 수필가. 『엘리아 수필집(Essays of Elia)』으로 유명하다.

8) 16~18세기의 페르시아 수도.

의 주옥을 짜 넣어 설레는 아름다움을 표현해 냈을지도 모른다. 이 술만 생각하면 엘라가발루스 황제[9]가 벌인 향연, 그리고 잊힌 시대의 옛 옷들, 몇백 년 전의 주름 칼라와 바지와 상의를 간직해 둔 옷장의 퀴퀴하면서도 향그러운 로맨스와 어우러진 드뷔시[10]의 섬세한 하모니, 그리고 은방울꽃의 희미해진 향기와 체다 치즈의 맛이 떠올라 머리가 어지러워진다.

헤이워드가 이 귀한 술을 마실 수 있는 술집을 찾아낸 것은 케임브리지 대학 동창인 머캘리스터라는 사내를 길에서 만난 덕분이었다. 이 사내는 증권 중개인이면서 철학자였다. 그는 일주일에 한 번씩은 꼭 이 술집에 왔다. 필립, 로슨, 헤이워드도 곧 화요일 저녁마다 이 집에서 만나는 것이 습관이 되어 버렸다. 풍속이 변하여 이제는 사람 발길이 줄어들었지만 대화를 즐기는 사람들에게는 오히려 좋았다. 머캘리스터는 뼈대가 굵은 사내였다. 하지만 옆으로 벌어진 것에 비해 키는 너무 작았고, 커다란 얼굴은 엄청나게 살이 쪘으며 목소리는 부드러웠다. 칸트 학도인 그는 만사를 순수이성의 관점에서 판단했다. 그리고 자신의 철학 원리를 피력하기 좋아했다. 필립은 깊은 흥미를 느끼고 열심히 들었다. 필립이 오래전에 내린 결론에 따르면, 형이상학보다 재미있는 건 없지만 그것이 실생

---

9) 로마의 황제 마르쿠스 아우렐리우스 안토니우스 엘라가발루스(Marcus Aurelius Antonius Elagabalus, 204~222). 그의 황제 칭호인 '엘라가발루스'는 원래 시리아의 신 이름이었다.

10) 클로드 드뷔시(Claude Debussy, 1862~1918). 프랑스의 인상파 음악가. 피아노곡 「월광(月光)」과 관현악곡 「바다(La Mer)」가 유명하다.

활의 일에는 별 효용이 없다는 것이었다. 블랙스터블에서 깊은 사색 끝에 확립한 그 깔끔한 작은 준칙도 밀드러드에게 넋을 빼앗기고 있을 동안은 별 구실을 하지 못했다. 이성이 구체적인 삶을 영위하는 데 큰 도움이 된다고 확신할 수 없었다. 아무래도 삶에는 나름의 방식이 있었다. 필립은 그를 꼼짝 못하게 사로잡았던 격정, 그리고 밧줄로 땅바닥에 꽁꽁 묶인 듯 그 격정에 저항할 수 없었던 무력감을 생생하게 기억하고 있었다. 책에서 지혜로운 말은 많이 읽었다. 하지만 결국 자신의 체험으로만 판단할 수밖에 없었다. (자신이 남들과 다른지는 알 수 없었다.) 어떤 행위의 옳고 그름, 그것을 하면 어떤 이익이 있고, 하지 않으면 어떤 피해가 따르는지 좀처럼 계산할 수 없었다. 그러면서도 전 존재가 불가항력으로 떠밀려 갔다. 존재의 일부가 움직이는 게 아니라 존재 전체가 움직였다. 그를 휘어잡았던 힘은 이성과는 아무런 상관이 없었다. 이성이 하는 일이라고는 온 영혼이 갈구하고 있는 그것을 쟁취하는 방법을 알려 주는 일뿐이었다.

머캘리스터는 '너의 모든 행위가 만인의 보편적 행위 원리에 맞도록 행동하라.'는 칸트의 정언명령(定言命令)을 상기시켰다.

"제겐 전혀 의미 없는 말처럼 들려요." 필립이 말했다.

"대단하군. 이마누엘 칸트의 말에 그런 식으로 말하다니."

"왜요? 남의 말이나 존경하는 건 어리석은 사람의 특징 아녜요? 사람들은 남의 말을 지나치게 존경해요. 칸트의 사상이 반드시 맞는다고 할 수 없습니다. 자기 방식으로 생각한 것에 불과하죠."

"그래, 자넨 정언명령을 어떻게 논박하려는가?"

(그들은 그것을 마치 제국의 운명이 걸린 문제처럼 이야기했다.)

"정언명령은 사람이 마치 자신의 의지에 따라 행동할 수 있다는 듯이 말합니다. 또한 이성이 가장 확실한 안내자인 듯이 말하고 있죠. 왜 이성의 명령이 감정의 명령보다 우월해야 되는 겁니까? 서로 다를 뿐이지요. 제 말은 그겁니다."

"자넨 정념의 노예로서 만족하나 보군."

"어쩔 수 없어 노예가 되는 것이지 만족하는 노예는 아니지요." 필립은 웃었다.

그렇게 말하면서 필립은 밀드러드를 쫓아다닐 때의 미친 듯한 열병을 생각했다. 하지만 그러긴 하면서도 얼마나 갈등했으며, 얼마나 수치스럽게 느꼈던가.

'정말 다행이야. 이제 해방되었으니.' 그는 속으로 생각했다.

하지만 그렇게 생각하면서도 그것이 과연 진심인지는 확신할 수 없었다. 격정에 휩싸여 있었을 때야말로 기이한 활력을 느끼지 않았던가. 정신 활동도 야릇한 힘을 얻어 왕성해졌다. 더 팔팔하게 살아 있는 느낌, 존재 자체에 대한 감격, 격렬한 영혼의 열정이 있었다. 그것에 비하면 지금의 삶은 어쩐지 맥없이 느껴질 지경이다. 그 숱한 불행을 겪었음에도 불구하고 맹렬하고 압도당할 만큼 강렬한 삶을 살았다는 점에서는 보상이 있었다.

하지만 부적절한 표현 탓으로 필립은 자유 의지에 대한 토론에 말려들고 말았다. 머캘리스터는 뛰어난 기억력으로 정연한 논거를 끊임없이 갖다 댔다. 변증법[11]이 장기인 그는 필립을 자기 모순에 빠뜨리고 말았다. 이윽고 막다른 데까지 몰린 필립은 치명적인 양보를 하고서야 겨우 곤경에서 빠져나올 수 있었다. 머캘리스터는 치밀한 논리로 상대방의 발을 걸어 권위 있는 전거(典據)로 박살 내 버렸다.

마침내 필립이 말했다.

"좋아요. 다른 사람의 경우는 모르겠어요. 제 경우만 말할 수 있을 뿐이에요. 제게도 자유 의지의 환상이 너무 강해서 그걸 버릴 수 없습니다. 하지만 그건 역시 환상일 뿐이라고 생각해요. 물론 그 환상은 제 행위의 가장 강력한 동기를 이룹니다. 그래서 무슨 행동을 하든, 자유 의지로 한다는 느낌을 갖습니다. 그런 느낌이 제 행위에도 영향을 미치죠. 하지만 행위가 끝난 다음에 생각해 보면 결국 그것이 영원한 우주의 운동에 따른 필연이었다고 여겨진다는 겁니다."

"그래, 거기에서 나오는 결론은 뭔가?" 헤이워드가 물었다.

"글쎄요. 후회는 무익하다는 것 정도겠죠. 우유를 엎지르고 울어야 소용없다는 겁니다. 그 우유를 엎지르는 데 우주의 온갖 힘이 작용했을 테니 말예요."

---

11) 상대방으로 하여금 자신의 모순을 인정하고 더 진전된 논거를 계속적으로 받아들이게 함으로써 올바른 결론에 이르게 하는 대화법. 소크라테스가 사용했던 대화법 같은 것.

어느 날 아침, 필립은 일어나면서 현기증을 느꼈다. 도로 누우면서 퍼뜩 자신의 몸에 이상이 있음을 깨달았다. 사지가 쑤시고 오한이 났다. 주인이 아침식사를 가지고 왔을 때 그는 열린 문틈으로 그녀를 불러 몸이 아프다고 말하고 차 한 잔과 토스트 한 조각을 가져다 달라고 부탁했다. 얼마 후 누군가가 문을 두드리는 소리가 나더니 그리피스가 들어왔다. 그들은 일 년 넘게 같은 집에서 살고 있었지만 서로 지나칠 때 목례나 하는 것이 고작이었다.

"몸이 아프다면서요." 그리피스가 말했다. "어떻게 된 일인가 해서 들렀습니다."

필립은 자기도 모르게 얼굴을 붉히며 별것 아니라고 했다. 한두 시간이면 괜찮아질 거라고 했다.

"내가 한번 체온을 재 볼까요?" 그리피스가 말했다.

"그럴 필요 없어요." 필립이 짜증을 내며 대답했다.

"아, 그러지 말고."

필립은 체온계를 입에 넣었다. 그리피스는 침대가에 앉아 잠시 명랑하게 말을 걸다가 체온계를 꺼내 살펴보았다.

"이거 봐요. 그대로 누워 있어야겠어요. 디컨 선생을 모셔 와야겠습니다."

"무슨 소리." 필립이 말했다. "아무렇지도 않아요. 나 때문에 번거롭게 하고 싶지 않아요."

"번거롭긴요. 열이 많아 누워 있어야겠어요. 그럴 거죠?"

진지함과 다정함이 섞인 그의 이러한 태도에는 묘한 힘이 있어 더없이 마음을 끌었다.

"간호하는 솜씨가 보통이 아니군요." 중얼거리듯 말하고 필립은 웃음을 지으며 스르르 눈을 감았다.

그리피스는 베개를 빼내고, 능숙한 솜씨로 담요를 판판하게 펴서 필립의 몸을 감싸 주었다. 그는 필립의 거실로 가서 사이펀[12]을 찾았으나 찾지 못하고 자기 방에 가서 가져왔다. 그는 블라인드를 내려 주었다.

"자, 이제 잠을 자요. 회진이 끝나는 대로 그 양반을 모셔 올 테니까."

몇 시간이 지난 것 같은데 아무도 오지 않았다. 골이 빠개지는 것 같고 온몸이 욱신거려 금방 울음이 터질 것 같았다. 그때서야 비로소 문에 노크 소리가 나고 그리피스가 건강하고 튼튼하고 발랄한 모습으로 들어왔다.

"디컨 선생님께서 오셨습니다." 그가 말했다.

의사가 그에게 다가왔다. 온후한 성품의 중년 남자로 필립은 얼굴만 알고 있었다. 의사는 몇 가지 질문을 한 다음, 간단한 검사를 하고 진찰을 했다.

"뭘 거 같아요?" 그리피스가 웃으며 물었다.

"독감이겠죠."

"맞아요."

---

12) 여기서는 환자가 침대에 누워서 물이나 액체를 마시기 위해 사용하는 유리 빨대 같은 것을 뜻한다.

닥터 디컨은 침침한 하숙방을 한 바퀴 둘러보고 말했다.

"입원하지 않으려나? 개인 병동에 넣어 줄 걸세. 여기보다는 간호받기가 나을 테니."

"아니, 전 그냥 여기 있고 싶습니다." 필립이 말했다.

그는 조용히 있고 싶었다. 새로운 환경에서는 늘 서먹서먹했기 때문이다. 간호사들이 옆에서 부산을 떠는 것도 싫었고, 삭막할 정도로 청결한 병원 분위기도 싫었다.

"제가 돌볼 수 있습니다." 그리피스가 냉큼 말했다.

"아, 그래. 잘 됐네."

의사는 처방을 써 주고, 지켜야 할 것을 이른 다음 떠났다.

"자, 이젠 내가 하라는 대로 하는 겁니다." 그리피스가 말했다. "내가 주간 간호사 노릇도 하고 야간 간호사 노릇도 할 테니까 말입니다."

"정말 고맙긴 한데, 난 혼자서도 괜찮아요." 필립이 말했다.

그리피스는 필립의 이마에 손을 짚었다. 커다란 손이 시원하면서도 건조했다. 감촉이 기분 좋았다.

"이 처방을 가지고 약국에 가서 약 좀 지어 오겠어요."

얼마 후 그는 약을 가지고 돌아와 일회분을 필립에게 주었다. 그런 다음 책을 가지러 이 층으로 올라갔다. 그러고는 이내 내려와서 "오늘 오후엔 당신 방에서 공부 좀 해도 괜찮겠죠?" 하고 물었다. "문을 열어 놓을 테니 필요한 것 있으면 소리 질러요."

그날 저녁 필립이 편치 않은 선잠에서 깨어 보니 거실에서 말소리가 들렸다. 그리피스에게 친구가 찾아온 모양이었다.

"오늘 밤엔 오지 않는 게 좋겠어." 그리피스의 목소리였다.

그러고 나서 일이 분 뒤에 또 딴 사람이 방으로 들어와 그리피스가 거기 있는 것을 보고 깜짝 놀라는 듯했다. 그리피스가 사정을 설명하는 소리가 들렸다.

"이 방에 사는 이 학년 학생을 간호하고 있거든. 이 가련한 친구가 독감에 걸려 누워 있어. 오늘 밤엔 카드는 안 되겠는걸."

이윽고 그리피스가 혼자 남게 되자 필립은 그를 불렀다.

"오늘 밤 파티를 일부러 미루려는 건 아니죠?" 그가 물었다.

"당신 때문은 아니에요. 난 어차피 외과학 공부를 해야 하거든요."

"미루지 마세요. 난 괜찮을 거예요. 나 때문에 신경 쓸 거 없어요."

"괜찮아요."

필립은 병이 더 심해졌다. 밤이 되자 헛소리까지 나왔다. 그러다 아침 무렵에 편치 않은 잠에서 깨어났다. 보니 그리피스가 안락의자에서 일어나 무릎걸음으로 벽난로로 걸어가서 석탄을 한 덩이 한 덩이 손가락으로 집어 불 위에 놓고 있는 것이었다. 파자마에 가운 차림이었다.

"여기서 뭐 하고 있어요?" 필립이 물었다.

"내가 깨웠나요? 소리 내지 않고 불을 좀 피워 볼까 했는데."

"왜 자지 않아요? 지금 몇 시죠?"

"다섯 시쯤 됐을 거예요. 오늘 밤은 지켜보는 게 좋겠다 싶어서. 안락의자를 하나 가져왔어요. 매트리스를 깔고 자면 잠이 깊이 들어 당신이 부르는 소리를 못 들을까 봐."

"너무 잘해 주려고 하지 않았으면 좋겠어요." 필립은 신음 소리를 내듯 말했다. "옮을지도 모르잖아요."

"그러면 날 간호해 주면 될 거 아뇨." 그리피스가 웃으며 말했다.

아침이 되자 그리피스는 블라인드를 올렸다. 밤샘을 하느라고 얼굴이 해쓱하고 피곤해 보였지만 그래도 원기가 넘쳤다.

"자, 내가 씻겨 줄게요." 그는 명랑하게 필립에게 말했다.

"혼자 씻을 수 있어요." 부끄러워하며 필립이 말했다.

"무슨 소릴. 입원했다면 간호사가 씻겨 줄 텐데. 나도 간호사처럼 할 수 있어요."

너무 힘이 빠진 나머지 마다할 수가 없어 필립은 그리피스가 손, 얼굴, 발, 가슴 등을 씻도록 두었다. 그는 정말 찬찬히 잘 씻어 주었는데 씻기는 도중에도 쉬지 않고 다정한 말들을 늘어놓았다. 그런 다음 병원에서 하듯이 시트를 갈고, 베개를 털고, 이부자리를 정돈했다.

"아서 수녀가 나를 좀 봤으면 좋겠는데. 그럼 깜짝 놀랄 텐데. 디컨 선생이 일찍 보러 오신다고 했어요."

"왜 이렇게 친절을 베푸는지 모르겠네요." 필립이 말했다.

"좋은 연습이 되잖습니까. 환자를 돌보면 재미있어요."

그리피스는 그에게 아침식사를 차려 주고는 옷을 갈아입고 자신도 요기를 하러 갔다. 열 시가 조금 못 되어 그가 포도 한 송이와 꽃을 약간 사 들고 돌아왔다.

"정말 친절하군요." 필립이 말했다.

그렇게 필립은 닷새를 누워 있었다.

그동안 노라와 그리피스가 그를 간호해 주었다. 그리피스
는 필립과 동갑이었지만 필립에게 유머러스하면서도 어머니
같은 태도를 취했다. 자상하고, 다정하고, 힘을 북돋을 줄 알
았다. 하지만 무엇보다 훌륭한 특질은 그와 접촉하는 사람 누
구에게나 건강한 생명력을 부여해 준다는 사실이었다. 대개의
사람은 어머니나 누이들의 애무를 받고 자라지만 필립은 그런
애무를 받고 자라지 못해 이 튼튼한 젊은 남자의 여성적인 부
드러움에 깊은 감명을 받지 않을 수 없었다. 필립은 차츰 회복
했다. 그러자 그리피스는 필립의 방에 한가롭게 앉아 재미있
는 연애담을 들려주었다. 이 친구는 한꺼번에 여자 서넛을 상
대할 수 있는 바람둥이였다. 여러 여자와 사귀면서 곤경에 빠
지지 않도록 여러 꾀를 동원할 수밖에 없었다고 하는데, 그런
이야기를 듣고 있노라면 흥미진진했다. 그는 자기가 경험한 일
들이 낭만적으로 보이도록 멋지게 윤색하는 재주가 있었다.
그는 빚에 허덕이고 있었고 조금이라도 값나가는 물건은 죄다
전당포에 잡혀 있었지만, 늘 명랑했고, 돈을 잘 썼고, 인심이
후했다. 천성이 모험적이었다. 수상쩍은 직업을 가진 사람이나
떳떳치 못한 일을 꾸미는 사람들을 좋아했다. 런던의 술집에
잘 드나드는 너절한 사람들 가운데 아는 사람들이 많았다. 거
리의 여자들도 그를 친구로 여겨, 살면서 겪는 좋은 일, 나쁜
일, 고민거리 등을 털어놓았다. 노름판의 야바위꾼들은 그의
가난한 처지를 생각해서 저녁을 사 주기도 하고 오 파운드짜
리 지폐를 쥐여 주기도 했다. 그는 시험에도 여러 차례 낙제했

다. 하지만 그것도 아주 낙천적으로 감수하고, 부모의 꾸중도 더없이 고분고분하게 받아들였다. 그래서 그의 부친마저——역시 의사로서 리즈에서 개업하고 있었는데——심하게 화를 내지 못할 지경이었다.

"난 책에 대해서는 영 형편없어." 하고 그는 명랑하게 말했다. "그래서인지 공부가 안 된단 말야."

사는 게 그렇게 즐거워 보일 수 없었다. 하지만 이렇듯 왕성한 청춘기를 보내고도 그가 어떻게든 의사 자격을 따게 된다면 개업의로서 크게 성공하리라는 것은 분명했다. 사람을 기분 좋게 하는 매너만으로도 병을 고칠 테니까 말이다.

필립은 학교 다닐 때 키가 크고 소탈하고 명랑한 아이들을 숭배했듯이 이번에는 그리피스를 숭배했다. 병이 다 나았을 즈음 두 사람은 아주 친근한 사이가 되어 있었다. 필립을 묘하게 기분 좋게 한 것이 있었다. 그리피스가 필립의 작은 거실에 앉아 재미있는 수다를 떨면서 시간을 보내거나, 담배를 끝없이 피워 대는 것을 즐기는 듯이 보인다는 점이었다. 필립은 이따금 그를 리젠트 가 근처의 그 술집에 데리고 가기도 했다. 헤이워드는 그를 우둔한 사람으로 보았지만, 로손은 그의 매력을 인정하고 모델로 삼고 싶어했다. 푸른 눈에 흰 피부, 곱슬한 머리를 가진, 그림처럼 잘생긴 인물이었기 때문이다. 그리피스가 전혀 알지 못하는 문제를 가지고 그들이 토론을 할 때면 그는 잘생긴 얼굴에 사람 좋은 미소를 띠고 잠자코 앉아 있었다. 자기가 그 자리에 있다는 것만으로도 일행을 충분히 즐겁게 하고 있다고 여기는 모양이었는데 틀린 생각이 아니었다. 그는 머캘리스터가 주식 중개인이라는 것을 알고 무슨 말이든 얻어듣고 싶어했다. 머캘리스터는 근엄한 미소를 지으면서, 자기가 이러저러한 때 이러저러한 주식을 사 두었더라면 정말 엄청난 부자가 될 수 있었을 것이라고 말했다. 그 말에 필립도 군침이 돌았다. 이런저런 이유로 예상보다 더 많은 돈을 쓰고 있었기 때문이었다. 머캘리스터가 말하는 쉬운 방법으로 돈을 좀 벌 수 있다면 좋겠다 싶었다.

"다음번에 진짜 좋은 정보 듣게 되면 알려 주겠네." 주식 중개인이 말했다. "종종 그런 정보들이 들어오니까. 때를 기다리기만 하면 되는 거야."

필립은 오십 파운드라도 벌 수 있다면 얼마나 좋을까 싶었다. 노라가 겨울에 입고 싶어 그토록 탐내는 모피 옷을 사 주고 싶었던 것이다. 그는 리젠트 가의 가게들을 둘러보면서 그 돈으로 살 수 있는 물건들을 골라 보았다. 노라라면 무엇을 사 주어도 아깝지 않았다. 그녀가 지금 자기의 삶을 얼마나 행복하게 해 주고 있는가 말이다.

69

어느 날 오후, 병원 일을 마치고 필립은 여느 때처럼 노라네 집에 차를 마시러 가기 전에 몸을 씻고 옷을 갈아입으려고 집에 돌아왔다. 막 열쇠를 따고 들어서려는 참인데 주인 여자가 문을 열어 주었다.

"어떤 여자분이 찾아와 기다리고 있어요." 그녀가 말했다.

"저를요?" 필립은 자기도 모르게 큰 소리로 물었다.

그는 깜짝 놀랐다. 찾아올 여자라고는 노라밖에 없는데 무슨 일로 왔을까.

"함부로 들여보내는 게 아닌데, 글쎄 세 번씩이나 찾아왔지 뭐유. 선생이 없다니까 아주 속이 상하는 모양이더라구요. 하는 수 없이 기다리라고 했지요."

다음 이야기는 들을 것도 없이 그는 주인 여자를 제치고 방 안으로 뛰어 들어갔다. 가슴이 헉 하고 막혔다. 밀드러드였다. 앉아 있던 그녀는 그가 들어오자 벌떡 일어났다. 그녀는 다가오지도, 입을 열지도 않았다. 필립은 너무 놀라 무슨 말을 꺼내야 할지를 몰랐다.

"도대체 무슨 일로 날 찾아왔어요?" 이윽고 그가 물었다.

여자는 대답 대신 울기 시작했다. 두 손을 축 늘어뜨린 채 흘러내리는 눈물을 닦으려 하지도 않았다. 일자리를 구하러 온 하녀 같아 보였다. 한없이 기어들어 가는 태도였다. 갑자기 북받쳐 오르는 감정이 무슨 감정인지 필립은 알 수 없었다. 불현듯 그대로 돌아서서 달아나 버리고 싶은 충동을 느꼈다.

"다시 보게 되리라고는 생각지 않았어요." 마침내 그가 말했다.

"죽어 버리고 싶어요." 신음하듯 그녀가 말했다.

필립은 그녀에게 앉으라고 권할 생각도 나지 않았다. 그 순간에는 마음을 진정시켜야 된다는 생각뿐이었다. 다리가 후들후들 떨렸다. 그녀를 바라보며 그는 절망적인 기분으로 신음하듯 내뱉었다.

"무슨 일이에요?"

"에밀이 가 버렸어요."

가슴이 뛰기 시작했다. 필립은 그 순간, 자기가 그녀를 아직도 열렬히 사랑하고 있다는 사실을 깨달았다. 한 번도 잊은 적이 없었다. 그런데 지금 그녀가 자기 앞에 얌전하고 다소곳이 서 있는 것이 아닌가. 당장 부둥켜안고 눈물로 얼룩진 그 얼굴에 키스를 퍼부어 대고 싶었다. 아, 그동안 얼마나 오래 헤어져 있었던가. 그동안 도대체 어떻게 견뎌 낼 수 있었단 말인가.

"좀 앉는 게 낫겠어요. 마실 것 좀 갖다줄게요."

그는 의자를 불 곁에 끌어다 주고 그녀를 앉혔다. 위스키 소다를 만들어 갖다주자 그녀는 흐느끼면서 마셨다. 그녀는 슬픔이 가득 어린 커다란 눈으로 그를 바라보았다. 눈 아래 기다란 주름이 깊이 나 있었다. 마지막 보았을 때보다 더 여위었고 더 창백했다.

"당신과 결혼할 걸 그랬어요. 당신이 청혼했을 때." 그녀가 말했다.

그 말이 왜 그렇게 가슴을 벅차오르게 하는지 필립은 알 수 없었다. 그때까지 간신히 그녀와 거리를 지키고 있었지만 이제 참아 낼 수 없었다. 그녀의 어깨에 손을 얹었다.

"안됐어요. 사정이 어렵게 되어."

그녀는 얼굴을 필립의 가슴에 파묻고 발작적으로 울음을 터뜨렸다. 모자가 방해가 되자 벗어 버렸다. 그녀가 그처럼 울

수 있으리라고는 필립은 꿈에도 몰랐다. 그는 그녀에게 연거푸 키스를 퍼부었다. 그러다 보니 그녀도 얼마간 마음이 놓이는 모양이었다.

"당신은 내게 항상 잘해 줬어요. 필립." 그녀가 말했다. "그래서 당신을 찾아올 수 있었죠."

"어떻게 됐는지 얘기해 봐요."

"아녜요. 말할 수 없어요. 난 못 해요." 몸을 떼어 놓으며 그녀가 소리 질렀다.

필립은 그녀 곁에 꿇어앉아 그녀의 볼에 얼굴을 갖다 댔다.

"당신도 알잖아요. 내게 말 못 할 게 뭐 있어요. 무슨 일이 있대도 당신을 탓하지 않을게요."

그녀는 조금씩 그간의 이야기를 꺼내기 시작했다. 가끔 가다 너무 애절하게 흐느끼는 바람에 말을 알아들을 수가 없을 때도 있었다.

"지난 월요일에 그 사람이 버밍엄에 올라갔어요. 가면서 화요일에 돌아오겠다고 하더라구요. 그래 놓구서는 돌아오지 않는 거예요. 금요일에도 안 왔어요. 그래서 편지를 썼지요. 도대체 무슨 일이냐구요. 그런데 답장도 보내지 않지 뭐예요. 그래서 또 편지를 썼어요. 또 답장이 없으면 이번엔 내가 버밍엄에 올라가겠다구요. 그런데 오늘 아침에 어떤 변호사가 보낸 편지를 받았어요. 내가 그 사람한테 아무런 권리가 없다는 거예요. 내가 더 이상 귀찮게 굴면 법적인 조치를 취하겠다나요."

"말도 안 되는 소리." 필립이 소리쳤다. "남편 되는 자가 아내에게 어떻게 그럴 수 있나. 당신들 싸웠어요?"

"아, 그래요, 싸웠어요. 월요일 날, 글쎄 그 사람이 나더러 정 나미가 떨어진다지 뭐예요. 하긴 그전에도 그런 말을 곧잘 했 죠. 그러고도 다시 괜찮아지곤 했지만요. 그래서 난 진짜 속 마음은 아닐 거라고 생각했던 거예요. 그런데 내가 애를 가졌 다니까 기겁을 하더라구요. 되도록 그 말을 안 하려고 했지만 더 이상 숨길 수가 없었어요. 내 잘못이라고 하더군요. 철없는 일을 저질렀다나요. 그 사람이 한 말은 도저히 입에 담을 수 도 없어요. 하지만 금방 알게 됐어요. 그 사람이 신사가 아니 란 걸 말예요. 돈 한 푼 안 남기고 가 버렸어요. 집세도 안 내 구요. 내겐 집세 낼 돈도 없었는데 말예요. 그 주인 여자가 내 게 뭐라 했는지 알아요? 글쎄 날 아주 도둑년 취급을 하더라 니까요."

"난 당신들이 아파트를 얻을 줄 알았는데."

"그 사람도 그렇게 말했죠. 하지만 얻은 건 고작 하이버리에 있는 가구 딸린 셋방이지 뭐예요. 그렇게 치사해요. 내가 낭비 벽이 심하다나요. 하지만 한 푼이라도 줘야 낭비를 하죠."

그녀의 특이한 점은 사소한 일과 중요한 일을 가릴 줄 모른 다는 것이었다. 필립은 혼란을 느꼈다. 도대체 처음부터 끝까 지 갈피를 잡을 수 없었다.

"어찌 그런 불한당이 있을까."

"당신은 그 사람을 몰라요. 난 이제 그 사람한테 돌아가지 않을래요. 다시 돌아와서 무릎을 꿇고 빈다고 해도 난 가지 않아요. 그런 사람을 마음에 두었다니 나도 참 바보였어요. 수 입이 얼마라는 것도 새빨간 거짓말이었구요."

필립은 잠시 생각했다. 그녀의 딱한 처지가 너무 불쌍해서 제 사정을 생각할 사이가 없었다.

"내가 한번 버밍엄에 가 볼까요? 그 사람을 만나서 어떻게 수습해 볼 수도 있을 것 같은데."

"아녜요, 그럴 가능성은 조금도 없어요. 그 사람 이제 절대 돌아오지 않아요. 내가 그 사람을 알아요."

"하지만 그 사람은 당신을 부양할 의무가 있잖소. 그 의무는 저버릴 수 없어요. 하지만 이런 문제는 나도 아는 게 없으니 변호사를 찾아가 보는 게 좋을 것 같아요."

"내가 어떻게요? 돈도 없는걸요."

"그건 내가 대 주죠. 아는 변호사한테 내가 편지를 써 줄게요. 스포츠맨인데 내 선친 유언을 집행해 준 사람이에요. 지금 같이 가 보지 않을래요? 아직 사무실에 있을 것 같은데."

"아녜요. 편지를 날 주세요. 혼자 가 보겠어요."

그녀는 이제 얼마간 진정이 된 것 같았다. 그는 앉아서 짤막한 편지를 썼다. 문득 그녀가 무일푼이라는 것이 생각났다. 다행히 전날 수표를 바꿔 둔 것이 있어 그녀에게 오 파운드를 줄 수 있었다.

"내게 잘해 주는군요, 필립."

"당신을 위해 뭔가 해 줄 수 있다는 게 기뻐요."

"아직도 날 좋아하세요?"

"그야 변함없지요."

그녀가 입술을 내밀었고, 그는 거기에 입을 맞췄다. 그녀의 행동에는 전에 없던 어떤 굴종의 태도 같은 게 들어 있었다.

그동안 숱한 괴로움을 겪은 보람이 있는 셈인가.

그녀는 돌아갔다. 그러고 보니 그녀가 이곳에 두 시간 동안 머물렀던 셈이다. 필립은 뭐라 말할 수 없이 행복했다.

"불쌍한 것, 불쌍한 것." 하고 그는 중얼거렸다. 어느 때보다 격렬한 애정이 느껴지면서 가슴이 뜨거워졌다.

여덟 시경에 전보 한 통이 왔을 때까지만 해도 그는 노라에 대해서는 까맣게 잊고 있었다. 뜯어 보지 않고도 노라한테 온 것임을 알 수 있었다.

무슨 일이 있나요?

노라

어떻게 해야 할지, 뭐라고 답을 해야 할지 알 수 없었다. 그녀는 지금 어떤 연극에 단역으로 출연하고 있었다. 연극이 끝나는 걸 기다리고 있다가 전에도 가끔 그랬던 것처럼 산책 삼아 집까지 데려다줄 수도 있었다. 하지만 그날 저녁 노라를 만난다는 것은 생각만 해도 끔찍스러웠다. 편지를 써 볼까도 했지만 여느 때처럼 '사랑하는 노라.'라는 식으로 시작하는 편지를 쓸 마음이 내키지 않았다. 전보를 치기로 마음먹었다.

미안. 나갈 수 없었음.

필립

노라의 모습을 머릿속에 떠올려 보았다. 광대뼈가 툭 튀어

나오고 얼굴빛이 불그죽죽한 자그맣고 못생긴 얼굴, 어쩐지 싫었다. 살갗도 거칠기 짝이 없어 생각만 하면 소름이 돋았다. 전보를 친다고 해서 다 끝나는 것은 아니지만 급한 불은 끄는 셈이다.

이튿날 그는 또 전보를 쳤다.

유감. 갈 수 없음. 편지 보내겠음.

필립

밀드러드는 오후 네 시에 오겠다고 했었다. 그 시간이면 곤란하다는 말을 차마 할 수 없었다. 어쨌거나 자기가 집에 도착하는 시간보다는 먼저 올 것이다. 그는 초조하게 기다렸다. 창가에서 내다보고 있다가 그녀가 오자 직접 문을 열어 주었다.

"그래, 닉슨 씨는 만났소?"

"네. 전혀 소용없대요. 뾰족한 방법이 없다는 거예요. 그냥 쓴웃음 짓고 참을 수밖에요."

"하지만 그럴 수가 있나." 필립이 소리쳤다.

그녀는 지친 듯 털썩 주저앉았다.

"도대체 이유가 뭐래요?"

그녀는 꾸깃꾸깃 구겨진 편지를 한 통 내놓았다.

"당신이 써 준 편지예요, 필립. 이 편지는 가져가지도 않았어요. 어제는 당신에게 차마 그 이야기를 할 수 없었어요. 정말 할 수 없었어요. 에밀이 나와 결혼해 준 게 아니에요. 결혼할 입장이 못 되었어요. 기혼자인 데다 자식이 셋이나 되었거든요."

필립은 돌연 질투심과 고통으로 가슴이 찢어지는 것만 같았다. 견딜 수 없었다.

"그래서 숙모 댁에도 가지 못했어요. 찾아갈 사람이 당신밖에 누가 있어야죠."

"그럼 도대체 그 사람을 왜 따라갔어요?" 마음을 단단히 먹으려고 애쓰면서 나지막한 목소리로 그가 물었다.

"모르겠어요. 처음엔 기혼자인 줄 몰랐어요. 나중에 사실을 털어놓았는데, 그땐 나도 한마디 단단히 해 줬죠. 그러고는 몇 달 동안 만나지 않았어요. 그러다 이 사람이 다시 가게에 찾아와서 자기와 같이 살자고 했는데, 글쎄 모르겠어요, 그때 내게 뭐가 씌었나 봐요. 이건 어쩔 수 없는 일이다 싶더라니까요. 따라갈 수밖에 없었어요."

"그 사람을 사랑했었어요?"

"모르겠어요. 아무튼 그이 이야기를 들으면 웃지 않고는 못배겼어요. 그리고 그이에겐 뭔가 있었어요. 뭐랄까. 그이는, 절대 후회하지 않게 하겠다고 했고, 일주일에 칠 파운드를 내게 주겠다고 했죠. 자기 말로는 일주일에 십오 파운드를 번다고 했는데, 알고 보니 죄다 거짓말이었지만요. 그렇게 못 벌었어요. 하여간 난 그때 아침마다 가게 나가는 게 지겨웠던 참이었고 숙모하고도 사이가 별로 좋지 않았죠. 친척이 아니라 하녀 취급하고 싶어했어요. 내 방 청소는 내가 해야 하고, 내가 하지 않으면 나 대신 해 줄 사람이 없다나요. 지금 생각하면, 정말 바보 같았지만요. 하지만 그이가 가게로 찾아와서 같이 살자고 했을 때 어땠겠어요. 이건 어쩔 수 없다 싶은 생각뿐이었죠."

필립은 그녀로부터 물러났다. 그러고는 테이블에 앉아 얼굴을 두 손으로 감쌌다. 굴욕스럽기 짝이 없었다.

"화내는 것 아니죠, 필립?" 측은한 목소리였다.

"아녜요." 고개를 들었지만 외면한 채 그는 말했다. "가슴이 아플 뿐이에요."

"왜요?"

"당신도 알겠죠. 내가 당신을 끔찍하게 사랑했다는 걸. 난 당신 마음에 들려고 안 한 짓이 없어요. 당신이라는 사람은 사랑이라는 것을 할 줄 모르는 사람이라고까지 생각했어요. 한데, 그런 당신이 그 비열한 자를 위해 모든 것을 희생했다니 너무 놀라운 거예요. 그 사람 무엇이 좋았을까."

"정말 미안해요, 필립. 나중에 얼마나 후회했다구요. 정말이에요."

그는 에밀 밀러를, 그 부얼부얼한 병색의 얼굴, 한시도 쉬지 않고 움직이는 푸른 눈, 그 천박하게 멋을 부린 맵시를 떠올렸다. 늘 새빨간 털조끼를 입고 다녔다. 필립은 한숨을 내쉬었다. 그녀가 일어나서 그에게 다가왔다. 그러고는 그의 목을 감싸 안았다.

"당신이 내게 청혼해 준 것, 난 절대 잊지 않아요, 필립."

필립은 그녀의 손을 붙잡고 올려다보았다. 그녀가 몸을 구부리고 그에게 입을 맞췄다.

"필립, 아직도 당신이 날 원한다면 뭐든지 하라는 대로 하겠어요. 당신이 진짜 신사라는 걸 알고 있으니까."

필립은 심장이 뚝 멎는 것 같았다. 역겨운 말이었다.

"정말 고맙지만 그럴 수 없어요."

"이제는 좋아하지 않나 보죠?"

"아니, 진심으로 사랑해요."

"그럼 잘 지내면 안 되나요? 가능한 사정이 됐는데. 이젠 안될 거 없잖아요."

필립은 그녀로부터 몸을 떼어 놓았다.

"당신은 모를 거예요. 나는 말예요, 당신을 처음 만났을 때부터 사랑병을 앓았어요. 하지만 지금은 말이죠. 그 사내 생각을 하면, 불행하게도 나는 상상력이 뛰어나서 생각만 해도 역겨워진단 말예요."

"당신은 이상한 사람이에요."

그는 다시 그녀의 손을 붙들고 웃음을 지어 보였다.

"내가 고맙게 여기고 있다는 것만은 알아줘요. 당신에게 뭐라고 말할 수 없이 고마움을 느껴요. 하지만 말예요, 이래야 하는 건 나로서도 어쩔 수 없어요."

"당신은 참 좋은 친구예요, 필립."

그렇게 이야기를 나누다 보니, 두 사람은 어느새 지난날의 다정한 사이로 돌아가 있었다. 시간이 꽤 지났다. 필립은 어디 가서 저녁이나 먹고 연예관에 가자고 했다. 그녀는 별로 내키지 않았다. 지금의 처지에 맞게 처신해야 한다는 생각, 불행에 빠진 사람이 선뜻 유흥장에 따라나서기는 곤란하다는 느낌이 본능적으로 들었던 것이다. 결국 필립은 그저 자기 기분을 맞추어 준다는 뜻으로 같이 가자고 부탁했다. 그녀도 그것을 일종의 자기 희생 행위로 삼을 수 있게 되자 마지못하는 척 수락했다. 그녀가 전에 없이 생각이 깊어진 것 같아 필립으로서는 오히려 기뻤다. 그녀는 전에 둘이서 곧잘 갔던 소호의 조그만 식당으로 데려가 달라고 했다. 필립은 그 부탁이 더없이 고마웠다. 그곳에 가자는 것은 그녀도 그곳을 행복한 추억의 장소로 기억하기 때문일 거라고 생각했던 것이다. 저녁을 먹으면서 그녀는 훨씬 즐거운 기분이 되었다. 길모퉁이 술집에서 마신 부르고뉴 적포도주가 마음을 덥혀주었는지 그녀는 슬픈 표정을 짓고 있어야 한다는 것도 까맣게 잊어버리고 있었다. 필립은 지난날 이야기보다는 앞날의 이야기를 하는 것이 낫다는 생각을 했다.

"당신 아마 동전 한 푼 없을 텐데. 그렇죠?" 기회를 보아 그가 말했다.

"당신이 어제 준 것밖에는. 거기서 삼 파운드는 방세로 줘 버렸구요."

"좋아요, 내가 십 파운드쯤 줄 테니 어떻게 지내 봐요. 변호사를 만나서 밀러한테 편지 좀 보내 달라고 할게요. 다만 얼마라도 받아 낼 수 있을 거예요. 백 파운드만 받아 내면 애를 낳을 때까지는 버틸 수 있겠죠."

"그 사람 돈은 한 푼도 받기 싫어요. 차라리 굶어 죽고 말지."

"그래도 사람을 이런 곤경에 빠뜨려 놓고 나 몰라라 하는 건 당치도 않아요."

"나도 자존심이 있어요. 그걸 생각해야죠."

그런 식으로 나와서는 좀 곤란했다. 남아 있는 돈으로 의사 자격을 따기까지 버티자면 철저히 절약하지 않을 수 없었다. 자격을 따고 나서도 지금의 병원에서든 딴 병원에서든 내과와 외과 수련의(병원 상주 의사)로 일 년은 일해야 하는데 그동안에 써야 할 돈이 또 필요했다. 아무튼 밀드러드는 에밀의 인색함을 입증하려고 온갖 이야기를 늘어놓았다. 필립은 자기역시 인색하다는 핀잔을 들을 것 같아 그녀를 탓할 수도 없었다.

"그 사람 돈은 한 푼도 받기 싫어요. 차라리 구걸을 하지. 나도 할 수만 있었다면 벌써 오래전에 일자리를 알아봤을 거예요. 이런 몸으로는 좋지 않을 것 같아 못 한 거죠. 사람이 제 건강도 좀 생각해야 되는 것 아녜요?"

"지금 당장을 걱정할 건 없어요." 필립이 말했다. "당신이 다시 일할 수 있을 때까진 내가 돌봐 줄 수 있어요."

"당신이 도와줄 줄 알았어요. 그렇지 않아도 에밀한테 내가 그랬죠. 나라고 해서 갈 데 없는 줄 아느냐구요. 또 그랬어요. 당신은 신사 중의 신사라구요."

필립은 차츰 두 사람이 헤어진 연유를 알게 되었다. 그자의 아내 되는 사람이 남편이 정기적으로 런던에 가서 불륜 관계를 맺고 있다는 것을 알고 남편 회사의 사장을 찾아갔던 모양이다. 그녀는 남편에게 이혼하자고 협박을 했고, 회사는 회사대로 이혼을 하면 해고를 하겠다고 했다. 밀러는 애들이라면 죽고 못 사는 사람이어서 아이들과 헤어진다는 생각은 꿈에도 하지 못했다. 아내냐 정부냐를 택일해야 했을 때 그는 아내를 택했다. 그는 밀드러드와의 사이에 아이가 생기면 일이 복잡해진다고 생각하고 아이가 생기지 않도록 늘 신경을 써 왔다. 하지만 밀드러드는 출산일이 다가와서 더 이상 숨길 수 없게 되어 사실을 털어놓았던 것이고, 그러자 이자는 기겁을 하고 만 것이다. 그래서 일부러 싸움을 벌이고는 그것을 핑계로 잘 됐구나 하고 떠나 버렸던 것이다.

"출산일은 언제쯤이죠?"

"삼월 초예요."

"석 달 남았군요."

계획을 세울 필요가 있었다. 밀드러드는 하이버리 하숙집에는 더 이상 있지 못하겠다고 못을 박아 말했고, 필립으로서도 그녀가 가까이 오는 게 편리하리라고 생각했다. 내일 뭐든지 좀 찾아보자고 약속했다. 그녀는 복스홀 브리지 로드 근방이 좋을 것 같다고 말했다.

"나중을 생각하면 그곳이 좋을 것 같아요." 그녀가 말했다.

"그건 또 무슨 소리예요?"

"그러니까, 거기서는 두 달 남짓만 살 수 있을 것 같아요. 그 뒤엔 아무래도 딴 집으로 가야 할 것 같으니까요. 좋은 집을 하나 알거든요. 아주 좋은 계층 사람들만 받는 집이에요. 일주일에 사 기니를 받고 더 내는 건 없어요. 물론 의사에게 내는 것은 별도로 쳐야겠지만, 그게 전부예요. 친구 하나가 거기 사는데 그 집 주인이 진짜 교양 있는 여자래요. 주인 여자한테 난 이렇게 말해 둘 생각이에요. 남편은 인도에서 근무하는 관리이고 나는 아기를 낳으러 런던에 왔다고. 런던이 산모에게는 나으니까요."

그런 식의 이야기를 듣고 있노라니 필립은 참으로 해괴하다 싶은 생각이 들었다. 섬세하고 가냘픈 용모, 핏기 없는 얼굴, 겉으로 보기에 그녀는 차갑고 정숙한 처녀 같았다. 그런데 이 여자의 가슴 안에서도 정열의 불길이 타올랐더란 말인가. 그 정열을 생각하니 야릇하게 마음이 어지러웠다. 가슴이 격렬하게 뛰기 시작했다.

70

하숙집에 돌아왔을 때 필립은 틀림없이 노라가 보낸 편지가 와 있으리라고 생각했는데, 뜻밖에 편지는 없었다. 이튿날 아침에도 편지는 오지 않았다. 이 침묵이 오히려 신경을 건드리고 한편으로는 꺼림칙하게 만들었다. 지난 유월 이래 두 사람은, 필립이 런던을 떠나지 않는 한 하루가 멀다 하고 만났다. 그런데 이틀간이나 찾아가지 않았고, 그렇다고 못 간다는 무슨 기별을 보낸 것도 아니니 그녀가 기이하게 여길 것은 뻔했다. 혹시 밀드러드와 만나는 것을 어디선가 우연히 본 것이 아닐까 하는 생각도 들었다. 노라를 상심하게 하거나 슬프게 만든다는 것은 생각만 해도 견딜 수 없는 일이었기 때문에 그는 그날 오후에 당장 그녀를 찾아가기로 마음먹었다. 왜 그렇게 노라와 친밀한 관계까지 가고 말았더란 말인가. 어쩐지 죄다 노라 탓만 같았다. 이런 관계를 계속한다는 것은 생각만 해도 넌더리가 났다.

그는 밀드러드를 위해 복스홀 브리지 로드의 어떤 집 삼 층에 방 두 개를 구해 놓았다. 시끄럽긴 했지만, 밀드러드는 창밖으로 마차들이 덜그럭거리며 지나가는 소리를 좋아하는 사람이니까 문제는 아니었다.

"지나다니는 사람이라고는 온종일 하나도 없는, 그런 따분한 동네는 싫어요." 그녀가 말했다. "활기가 좀 있어야죠."

방을 정한 다음, 그는 무거운 걸음을 이끌고 빈센트 스퀘어로 갔다. 잔뜩 불안한 마음으로 벨을 울렸다. 노라에게 못된 짓을 하고 있다는 꺼림칙한 느낌을 지울 수 없었다. 책망을 들을 일이 두려웠다. 노라는 성질이 급했고, 필립으로서는 다투는 건 질색이었다. 솔직히 털어놓는 게 상책일지 모른다. 밀드러드가 돌아왔다는 것, 그리고 그녀를 사랑하는 자신의 마음이 여전히 강렬하다, 대단히 미안하지만 당신에게 해 줄 수 있는 일은 이제 없다, 그런 식으로 솔직하게 말하는 편이 최선이리라. 그러나 그렇게 말하면 그녀가 얼마나 괴로워하겠는가 하는 생각이 들었다. 필립은 그녀가 지금 자기를 사랑하고 있음을 알고 있었다. 지금까지는 그것이 자랑스러웠고, 한없이 고맙기도 했다. 하지만 지금은 그게 오히려 끔찍한 일이 되어버렸다. 자기 때문에 그녀가 고통을 받아야 할 이유는 없었다. 필립은 그녀가 자기를 어떻게 맞이할 것인지 걱정스러웠다. 층계를 올라가는 동안에도, 그녀가 어떤 행동으로 나올 것인가, 그에 대한 별별 상상이 머리를 스쳤다. 문을 두드렸다. 얼굴이 해쓱해지는 기분이었다. 초조감을 어떻게 숨겨야 할지 몰랐다.

그녀는 뭔가를 열심히 쓰고 있다가 그가 들어가자 벌떡 일어섰다.

"발소리 듣고 당신인 줄 알았어요." 그녀는 소리쳤다. "그동안 대체 어디 숨어 계셨어요, 이 망나니 아저씨?"

반색을 하면서 다가와 목을 껴안는다. 그녀는 다시 보게 되어 기쁘다고 했다. 필립은 그녀에게 키스를 했다. 그런 다음, 마음을 진정시키기 위해 우선 차를 좀 달라고 했다. 그녀는 부산스럽게 불을 붙이고 차를 끓인다.

"그동안 정신없이 바빴어요." 그렇게 말해 놓고 보니 멋쩍기만 하다.

그녀는 명랑하게 재잘거리기 시작했다. 새로 일거리를 하나 맡았는데, 지금까지 거래가 전혀 없던 어떤 출판사와 계약을 하고 짧은 소설을 한 편 써 주기로 했다는 것이었다. 십오 기니를 받는다 했다.

"하늘에서 뚝 떨어진 돈이에요. 그걸로 뭘 했으면 좋을지 말해 볼까요? 간단한 여행을 다녀오는 거예요. 옥스퍼드에 가서 하루쯤 놀다 오는 게 어때요? 대학 구경을 하고 싶어요."

필립은 그녀의 눈에 혹 책망하는 빛이 있나 살펴보았다. 여전히 솔직하고 즐거운 눈빛이었다. 그를 오랜만에 만나 너무 기쁜 모양이었다. 필립은 오히려 맥이 탁 풀렸다. 도저히 그 무참한 이야기를 꺼낼 수 없었다. 그녀는 토스트를 만들어 여러 조각으로 나눈 다음, 마치 어린아이에게나 주듯 한 조각 한 조각 그에게 건네주었다.

"우리 강아지, 이제 배가 불러요?"

그는 웃으며 고개를 끄덕였다. 담배를 물자 그녀가 얼른 불을 붙여 주었다. 그러고는 여느 때 곧잘 그러듯이 필립에게 다가와 무릎 위에 걸터앉았다. 몸이 아주 가벼웠다. 그녀는 필립의 팔에 안긴 채 몸을 젖히며 행복해 죽겠다는 듯 한숨과 같은 콧소리를 냈다.

"듣기 좋은 말 한번 해 봐요." 그녀가 속삭였다.

"무슨 말을 할까요?"

"상상력을 좀 동원해 봐요. 내가 맘에 든다고 말할 수 있잖아요?"

"당신도 알잖아요."

이렇게 되어서는 도저히 말할 용기가 나지 않았다. 이 날만은 어쨌든 그녀를 마음 편하게 두고 나중에 편지를 쓰면 되리라. 그게 더 나을 것 같았다. 노라를 울린다는 것은 생각만 해도 견딜 수 없었다. 그녀는 키스를 해 달라고 했고, 그는 키스하면서 밀드러드를, 그리고 그녀의 창백하고 얇은 입술을 생각했다. 밀드러드에 대한 기억이, 실체는 없으나 허깨비는 아닌, 그보다는 분명한 어떤 모습을 하고 내내 그를 떠나지 않았다. 그 모습이 자꾸만 정신을 어지럽혔다.

"오늘은 아주 조용하네요." 노라가 말했다.

노라의 다변(多辯)은 두 사람 사이에 늘 농담거리가 되었던 터라 필립은 이렇게 대꾸했다.

"언제 당신이 말 한마디라도 할 틈을 주었나요? 난 이제 입이 굳어 버렸어요."

"당신은 남이 말할 때 딴생각하고 있잖아요. 그건 실례예요."

필립은 그녀가 무슨 눈치라도 채지 않았나 생각하면서 얼굴을 붉혔다. 그는 어색하게 눈길을 돌리고 말았다. 오늘따라 무릎에 올라앉은 그녀가 성가셨다. 몸이 닿는 것도 싫었다.

"다리가 저려요." 그가 말했다.

"아이 미안해요." 그녀가 벌떡 일어나며 소리쳤다. "큰일 났어. 신사 양반의 무릎에 앉는 버릇을 고치든가, 아니면 몸무게를 줄여야지."

그는 일어나서 짐짓 발을 굴러 보기도 하고 이리저리 걷는 시늉도 했다. 그런 다음 그녀가 다시 무릎에 앉지 못하도록 벽난롯가에 가서 섰다. 그녀가 얘기하는 것을 들으면서 그는 이 여자가 밀드러드보다 열 배는 낫다고 생각했다. 그를 훨씬 재미있게 해 줄 뿐 아니라 말 상대로서도 즐거웠다. 머리도 더 좋고 성품도 더 낫다. 자그마하지만 착하고, 대담하고, 정직한 여자다. 밀드러드에게는 그런 수식어를 갖다 붙일 수 없다고 생각하니 씁쓰레했다. 분별이 있는 남자라면 마땅히 노라를 택하리라. 밀드러드와 함께 있는 것보다 노라가 그를 훨씬 행복하게 해 줄 수 있을 것이다. 따지고 보면, 노라는 그를 사랑하고 있지만, 밀드러드는 그의 도움에 그저 고마워하고 있을 뿐 아닌가. 하지만 역시 중요한 것은, 사랑을 받는 것보다 사랑을 하는 것. 문제는 그가 지금 온 영혼을 바쳐 밀드러드를 그리워하고 있다는 점이다. 노라와 함께 한나절을 보내기보다 단 십 분이라도 밀드러드와 같이 있고 싶고, 노라의 어떤 키스보다도 밀드러드의 그 차가운 키스 한 번이 더 좋은 것이다.

'어쩔 수 없어.' 그는 생각했다. '밀드러드는 이제 내 골수에 사무쳐 있는 거야.'

그녀가 설령 박정하다 한들, 그녀가 사악하고 저속하다 한들, 미련하고 욕심이 많다 한들 어찌하랴. 이 사랑의 마음을 어찌하랴. 노라와 행복해지고 싶기보다 밀드러드와 불행해지고 싶은 것이다.

그가 돌아가려고 일어서자 노라가 지나가는 말처럼 물었다.

"그럼 내일 또 볼 수 있는 거겠죠?"

"그럼요." 그가 말했다.

내일은 밀드러드의 이사를 도와야 하기 때문에 올 수 없다는 것을 알고 있었지만 차마 그렇게 말할 용기가 나지 않았다. 전보를 쳐야겠다고 마음먹었다. 밀드러드는 아침에 방을 구경하고 마음에 든다고 했다. 점심을 먹은 뒤 필립은 그녀와 하이버리로 갔다. 그녀의 짐으로는 옷가지를 담은 트렁크 하나, 잡동사니를 넣은 또 하나의 트렁크, 그리고 방석, 램프 갓, 사진틀 등이 있었다. 이런 것들로 방에다 가정 같은 분위기를 내보려고 했던 모양이다. 그 밖에도 두세 개의 커다란 마분지 상자가 있었으나 다 해도 사륜마차의 짐 싣는 데를 다 채우지 못했다. 빅토리아 가를 지나는 동안 필립은 노라가 혹 지나가다 볼까 봐 마차 좌석에서 몸을 뒤로 깊숙이 기대앉았다. 전보를 칠 틈이 없었고, 복스홀 브리지 로드 우체국에서 친다는 것도 곤란했다. 그곳에서 전보를 치면 그 동네에 무슨 일로 왔나 의심할 것이 뻔했기 때문이다. 그곳에 왔으면서도 이웃 거리에 있는 그녀의 집에 들르지 않은 핑계를 댈 수 없다. 차라리 찾아가서 한 삼십 분 있다 오는 게 좋겠다고 생각했다. 하지만 꼭 그래야 한다는 게 짜증이 났다. 치사하고 굴욕적인 짓을 하게 만드는 노라가 공연히 밉살스러웠다. 밀드러드와 함께 있으면 행복했다. 그녀를 도와 짐을 푸는 일이 즐거웠다. 집도 자기가 직접 구하고, 방세도 자기가 내는 하숙집에 그녀를 들여 살게 함으로써 그는 뿌듯한 소유감을 느낄 수 있었다. 그녀를 혼자 일하게 두고 싶지 않았다. 필립으로서는 그녀를 위한 일을 한다는 것 자체가 즐거움이었다. 그녀 또한 남이 자기를 위해 하고 싶어하는 일을 굳이 나서서 하고 싶어하지 않았다. 그는 트렁크에서 옷을 꺼내 정돈해 주었다. 그녀는 일단 집 안에 들어오자 다시 문 밖에는 나가지 않겠다고 했다. 그래서 그는 그녀에게 슬리퍼를 갖다주고 부츠를 벗겨 주었다. 그는 이렇게 손으로 직접 하는 일이 좋았다.

"그러다 버릇 들겠어요." 그녀는 필립이 무릎을 꿇고 부츠의 단추를 끄르는 동안 그의 머리카락을 다정하게 어루만지며 말했다.

그는 그녀의 두 손을 쥐고 키스를 했다.

"당신이 이곳에 살게 되어 정말 좋아요."

그는 방석과 사진틀을 제자리에 놓았다. 그녀에게는 청자 항아리가 너덧 개 있었다.

"꽃을 사다 꽂아야겠군."

필립은 자기가 정돈한 방을 대견스럽게 둘러보았다.

"이제 나갈 일이 없으니 편한 옷으로 갈아입을까 봐요. 여기 뒤 좀 끌러 줄래요?"

그녀는 필립이 여자이기나 한 것처럼 스스럼없이 등을 내밀었다. 필립이 전혀 남자로 의식되지 않는 모양이었다. 하지만 필립은 그러한 허물없는 부탁이 마냥 고마울 뿐이었다. 그는 더듬더듬 훅 단추를 끌렀다.

"내가 맨 처음 당신의 찻집에 갔던 날, 이처럼 당신의 단추를 끌러 주게 되리라곤 꿈에도 생각 못 했지." 그는 가까스로 미소를 지으면서 말했다.

"내가 끄를 수 없으니까 누가 해 줘야 되잖아요."

그녀는 침실로 들어가서 싸구려 레이스가 달린 하늘색 다회복으로 갈아입었다. 필립은 그녀를 소파에 앉아 있게 하고 자기가 직접 차를 끓였다.

"난 같이 마실 수 없겠는데요." 서운한 표정으로 그가 말했다. "급한 약속이 있어서 말예요. 하지만 삼십 분 후에 올게요."

무슨 약속이냐고 물으면 뭐라고 대답할까 하고 걱정했지만 그녀는 전혀 관심을 갖지 않았다. 방을 얻을 때 이미 두 사람분 저녁식사를 주문해 두었었다. 그날 저녁은 단둘이 조용히 보내자고 했다. 그는 허둥지둥 뛰어나가 복스홀 브리지 로드 방향의 전차를 집어탈 수 있었다. 어차피 시간이 몇 분밖에 없으니 노라를 보면 곧바로 사실을 털어놓는 게 낫겠다는 생각이 들었다.

"저 말이죠, 잠깐 인사만 하러 들렀어요." 그는 방에 들어서자마자 말했다. "아주 바쁜 일이 있어서요."

노라의 안색이 어두워졌다.

"아니, 무슨 일인데요?"

억지로 거짓말을 해야 한다고 생각하니 울화가 치밀었다. 병원에서 시범 강의가 있어 빠질 수 없다고 대답하면서 그는 얼굴이 붉어짐을 느낄 수 있었다. 노라는 그 말을 못 미더워하는 것 같았다. 그러자 필립은 더욱 짜증이 났다.

"아, 그래요. 괜찮아요. 내일 온종일 보면 되니까."

필립은 그녀를 멀거니 바라보았다. 내일은 일요일이고, 밀드러드와 하루를 보낼 생각으로 기대에 부풀어 있던 참이다. 밀드러드에게 그 정도는 해 주어야 마땅하다고 생각했다. 낯선 집에 그녀를 혼자 놔둘 수는 없는 일 아닌가.

"대단히 미안하지만 내일은 선약이 있어요."

어떻게든 피하고 싶었던 한바탕 소동이 이렇게 시작되고 마는구나, 하는 느낌이었다. 노라의 두 볼이 빨개졌다.

"하지만 고든 씨네를 점심에 초대했는걸요." 고든 씨는 배우인데 일요일마다 아내랑 런던과 지방을 여행한다. "일주일 전에 내가 말했잖아요."

"정말 미안해요. 깜박 잊고 있었어요." 그는 머뭇거렸다. "난 오지 못할 거 같아요. 누구 나 대신 올 사람 좀 없을까요?"

"내일 뭐 할 건데요?"

"그렇게 심문하듯 묻지 않았으면 좋겠는데요."

"말하고 싶지 않단 말예요?"

"그렇다는 건 전혀 아니고요. 하지만 일거수일투족을 죄다 설명해야 한다는 건 좀 그렇잖아요."

노라가 돌연 태도를 싹 바꿨다. 그녀는 인내심을 발휘하여 감정을 억누른 다음 필립에게 다가가 두 손을 거머쥐었다.

"내일 저를 실망시키지 마세요, 필립. 내일 당신과 함께 보내기를 얼마나 고대했는데요. 고든 씨네도 당신을 보고 싶어하고 말예요. 정말 재미있을 거예요."

"가능만 하다면, 나도 그러고 싶어요."

"내가 지금 강요하는 건 아니죠? 난, 당신 귀찮게 하는 일 별로 부탁하지 않잖아요. 그 약속 취소하면 안 돼요? 이번 한 번만?"

"정말 미안해요. 취소는 곤란해요." 그는 무뚝뚝하게 말했다.

"무슨 일인데요." 그녀는 달래듯이 물었다.

그는 생각해 둔 바가 있었다.

"그리피스네 누이동생 둘이 올라오기로 되어 있어요. 우리가 데리고 나가야 해요."

"그게 전부예요?" 그녀는 다행이라는 듯이 말했다. "그리피스는 딴 사람 구할 수 있을 거예요."

더 불가피한 일을 생각해 둘 걸 하는 후회가 되었다. 서투른 거짓말이었다.

"아니, 정말 미안하지만 곤란해요. 약속을 했으니 지켜야 해요."

"나와 먼저 약속했잖아요. 내 약속이 먼저예요."

"그렇게 고집부리지 않았으면 좋겠어요."

그녀는 벌컥 화를 냈다.

"오고 싶지 않으니까 안 오려는 거죠. 요 며칠 사이 무슨 일이 있었는지 모르겠지만, 당신 변했어요."

그는 시계를 보았다.

"가 봐야 되겠어요."

"내일 안 올 건가요?"

"못 와요."

"그렇다면 이제 또 오려고 하지 않아도 돼요." 마침내 그녀가 자제심을 잃고 소리쳤다.

"당신이 그러기를 바란다면." 그가 대답했다.

"더 붙잡지 않겠어요." 그녀는 비꼬듯이 덧붙였다.

그는 어깨를 으쓱하고 돌아서 걸어 나왔다. 그 정도로 끝난 것이 다행이다 싶었다. 울고불고하는 소동도 없었다. 걸어가면서 그는 문제를 그처럼 쉽게 해결해 버린 것에 쾌재를 불렀다. 빅토리아 가로 접어들어 밀드러드에게 가지고 갈 꽃을 몇 송이 샀다.

그날 저녁의 조촐한 만찬은 대성공이었다. 밀드러드가 좋아하는 상어알 요리를 조금 시켰고, 주인 여자는 야채를 곁들인 커틀릿과 푸딩을 만들어 가져왔다. 그녀가 좋아하는 부르고뉴 포도주도 시켜 두었었다. 커튼을 내리고, 불을 활활 지피고, 램프에 갓을 씌우니 방 안은 아늑했다.

"이제 정말 포근한 가정 같군." 필립이 흐뭇한 미소를 지으며 말했다.

"이보다 더 궁색해질까 걱정이에요." 그녀가 대꾸했다.

식사를 마치자 필립은 불 앞에 안락의자 두 개를 끌어다 놓고 그녀와 함께 앉았다. 그는 기분 좋게 파이프를 피워 물었다. 행복하고 넉넉한 기분이었다.

"내일은 뭘 하고 싶어요?" 그가 물었다.

"아, 털스 힐에 갈 작정이에요. 내가 다니던 가게 여자 지배인 생각나죠? 지금 결혼해 살거든요. 내일 와서 함께 지내자고 초대받았어요. 그야 나도 결혼해서 살림하고 있는 줄 알죠."

필립은 가슴이 내려앉았다.

"하지만 난 당신하고 지내려고 어떤 사람 초대까지 거절했는데."

밀드러드가 그를 사랑한다면 자기도 초대를 거절하겠노라고 말하리라 생각했다. 노라 같았으면 당장 그렇게 말할 것임에 틀림없다.

"참 왜 그랬어요, 바보같이. 난 약속한 지 삼 주일이 넘었어요."

"하지만 어떻게 혼자 갈 수 있어요?"

"아, 그건, 에밀이 출장 갔다고 할 거예요. 그이 남편은 장갑 장사를 하는데 아주 괜찮은 집안 사람이래요."

필립은 입을 다물었다. 쓸쓸한 감정이 가슴을 훑고 지나갔다. 그녀가 곁눈으로 그를 힐끗 보았다.

"내가 좀 논다고 샘나는 건 아니겠죠, 필립? 알잖아요. 이번에 외출하고 나면 이제 언제 또 나가 보게 될지 모르잖아요. 게다가 약속까지 했구요."

필립은 그녀의 손을 쥐면서 빙그레 웃었다.

"아녜요, 가서 원 없이 재미있게 놀다 와요. 난 당신이 행복하면 그만이니까."

소파 위에 파란 표지의 조그만 책 한 권이 펼쳐진 채 엎어

저 있었다. 필립은 무심코 그 책을 집어 들었다. 싸구려 대중 소설로 작가는 코트니 패짓이었다. 노라가 필명으로 쓰는 이름이었다.

"이 사람 책 너무 맘에 들어요." 밀드러드가 말했다. "이 사람이 쓴 건 다 읽었어요. 아주 세련된 작품들이에요."

언젠가 노라가 자기 글을 두고 한 말이 생각났다.

"내 책은 하녀들이 엄청나게 좋아해요. 내 작품을 아주 고상하게 보나 봐요."

71

그리피스가 비밀을 털어놓은 보답으로 필립도 그에게 자신의 복잡한 애정 관계를 자세히 털어놓았다. 일요일 아침, 밥을 먹은 뒤, 두 사람이 실내복 바람으로 불가에 앉아 담배를 피워 물었을 때 필립은 전날 일어났던 일들을 낱낱이 이야기했다. 그리피스는 그가 골치 아픈 문제를 쉽게 해결한 것에 축하를 보냈다.

"세상에서 가장 쉬운 일은 여자와 관계 맺는 일." 그는 경구를 읊듯 말했다. "그러나 거기에서 벗어나기는 참으로 골치 아픈 법."

필립은 일을 매끄럽게 처리한 자신의 솜씨가 대견해 제 등이라도 두드려 주고 싶은 심정이었다. 아무튼 완전히 한시름 놓은 셈이다. 텁스 힐에서 즐거운 시간을 보내고 있을 밀드러

드가 생각났다. 그녀가 행복하니 자신도 흐뭇했다. 비록 실망
하기는 했지만 그녀의 즐거움을 샘내지 않았기 때문에 그것
은 자기 쪽의 희생 행위라 할 수 있었고, 그래서 마냥 뿌듯하
기만 했다.

그런데 월요일 아침에 보니 테이블 위에 노라에게서 온 편
지가 한 통 놓여 있었다. 내용인즉 이러했다.

보세요.
지난 토요일엔 화를 내서 미안해요. 용서해 주고 여느 때처
럼 오후에 차 마시러 오세요. 사랑해요.
당신의 노라

가슴이 철렁 내려앉았다. 어떡해야 하나, 하는 생각이 들었
다. 그리피스에게 가서 편지를 보여 주었다.

"그냥 모른 체해 버리게."

"아냐, 그럴 순 없어." 필립이 소리쳤다. "한없이 기다릴 텐데,
그건 내가 견딜 수 없어. 우체부 오는 소리를 애타게 기다리는
심정, 자넨 몰라. 난 알지. 나 때문에 남이 그런 괴로움을 겪게
할 순 없네."

"이 사람아, 이런 문제를 해결하려면 누군가는 괴로움을 겪
을 수밖에 없어. 이를 악물고 참아. 한 가지는 분명하니까. 오
래 가지는 않을 거야."

하지만 노라가 왜 자기에게 그런 괴로움을 당해야 한단 말
인가. 그녀가 그 괴로움을 얼마나 감당해 낼지 그리피스가 어

떻게 안단 말인가? 밀드러드가 결혼한다고 했을 때 그가 당한 고통이 생각났다. 자기가 당한 그 고통을 누구도 다시 겪게 하고 싶지는 않았다.

"괴로움을 주는 게 그렇게 마음에 걸리면, 그 여자에게 다시 돌아가는 수밖에." 그리피스가 말했다.

"그럴 순 없고."

필립은 일어서서 방 안을 초조하게 왔다 갔다 했다. 이 일을 그냥 넘겨 버리지 못한 노라가 얄미웠다. 자기가 더 이상 사랑하지 않을 것임을 그녀도 알고 있음에 틀림없었다. 여자들은 그런 일에 눈치가 빠르다고 하지 않던가.

"무슨 수가 없나?" 그가 그리피스에게 물었다.

"이 사람아, 그렇게 야단 떨지 말게. 이런 일은 지나가면 다 잊게 마련이야. 그 여자가 자네 생각만큼 자네한테 빠져 있지 않은지도 몰라. 사람이란 자기가 남에게 연정을 불러일으켰다고 생각하면 그 감정을 늘 과장하는 경향이 있거든."

그는 말을 멈추고, 재미있다는 듯 필립을 바라보았다.

"이봐, 자네가 할 수 있는 일은 딱 한 가지뿐이야. 편지를 쓰게. 다 끝났다고 말하는 거야. 그 점에 오해 없도록 분명히 해 두어야 해. 상처를 받겠지. 하지만 이런 때는 어정쩡하게 처신하기보다 매정하게 처리해 버리는 편이 상대방에게 상처를 덜 주는 법이야."

필립은 자리에 앉아 다음과 같은 편지를 썼다.

노라 보시오.

마음 아프게 해서 미안하지만, 우리가 토요일 날 내린 결정에 따르는 편이 좋을 것 같군요. 즐겁지 않은 일을 더 이상 질질 끌어 무슨 소용이 있겠어요. 당신은 나더러 가라고 했고, 나는 나왔던 것이오. 다시 돌아가겠단 말은 하지 않겠어요. 안녕히.

필립 케리

그는 그리피스에게 편지를 보여 주고 어떠냐고 물었다. 그리피스는 편지를 읽어 보더니 눈을 반짝이며 필립을 쳐다보았다. 소감을 말하지는 않았다.

"쓸 만한 것 같네." 그가 말했다.

필립은 밖으로 나가 편지를 부쳤다. 오전 내내 마음이 언짢았다. 편지를 받고 노라가 어떤 심정일까, 하나하나가 상상되었다. 눈물을 흘리리라고 생각하니 가슴이 찢어지는 듯했다. 하지만 한편으로는 마음이 놓였다. 눈으로 보는 슬픔보다 머리로 그려 보는 슬픔이 견디기 쉬운 것일까. 이제 거리낄 것 없이 밀드러드를 마음껏 사랑할 수 있게 되었다. 오후에 병원 근무를 마치고 그녀를 만나러 갈 생각을 하니 벌써 가슴이 뛰었다.

옷을 갈아입으려고 여느 때처럼 하숙집에 돌아와서 문에 막 열쇠를 꽂으려는데 등 뒤에서 말소리가 들렸다.

"들어가도 될까요? 삼십 분이나 기다리고 있었어요."

노라였다. 필립은 얼굴이 귀밑까지 빨개짐을 느꼈다. 그녀는 여전히 명랑했다. 목소리에 전혀 화를 내는 기색이 없었고, 두 사람 사이의 불화를 암시하는 것은 전혀 없었다. 궁지에 몰린 느낌이었다. 필립은 불안하기 짝이 없었지만 억지로 미소를 지으려고 했다.

"물론. 들어와요."

그가 문을 열자 그녀는 앞장서 거실로 들어갔다. 초조한 나머지 마음을 진정시키려고 그는 그녀에게 담배를 권하고 자신도 한 대 붙여 물었다. 그녀는 밝은 표정으로 그를 바라보았다.

"왜 그렇게 끔찍한 편지를 쓰셨어요, 이 망나니 아저씨? 그걸 진짜로 알았다면 정말 비참한 심정이었을 거예요."

"진심이었습니다." 그가 정색을 하고 말했다.

"바보 같은 소리 마세요. 요전 날은 내가 심했어요. 그래서 편지를 써서 사과한 거죠. 그런데 당신은 아직 화가 풀리지 않은 거죠? 그래서 내가 이렇게 사과하러 온 거예요. 그야, 당신도 당신 판단이 있으니 내가 이래라저래라 할 수는 없죠. 원하지 않는 일을 강요하고 싶지는 않아요."

그러더니 앉아 있던 의자에서 벌떡 일어나 두 손을 내밀고 그에게 왈칵 다가섰다.

"다시 친구로 지내요, 필립. 내가 기분 상하게 했다면 정말 미안해요."

손을 붙드는 것을 뿌리칠 수는 없었지만 그는 얼굴을 돌렸다.

"이제 너무 늦었어요."

그녀는 방바닥에 주저앉아 그의 무릎을 껴안았다.

"필립, 바보 같은 소리 마세요. 나도 성질이 급해서, 내가 당신 마음을 상하게 했다는 걸 잘 알아요. 하지만 그거 가지고 토라지면 바보예요. 우리 두 사람이 모두 불행하면 뭐가 좋아요? 우리 지금까지 친구로 지내면서 아주 즐거웠잖아요." 그녀는 천천히 그의 손가락을 어루만졌다. "당신을 사랑해요, 필립."

필립은 그녀로부터 몸을 떼며 자리에서 일어나 방 반대쪽으로 걸어갔다.

"미안하지만 내가 할 수 있는 건 아무것도 없어요. 다 끝난 거예요."

"이제 날 사랑하지 않는단 말인가요?"

"그런 것 같아요."

"나를 버릴 기회를 노리다가 그 기회를 잡은 거군요?"

그는 입을 다물었다. 그녀는 그를 한동안 물끄러미 바라보았고 필립은 그 시선을 견딜 수 없었다. 그녀는 아까 그대로 안락의자에 기댄 채 방바닥에 앉아 있었다. 그녀는 소리 없이, 얼굴을 가리려 하지도 않고 울기 시작했다. 커다란 눈물 방울이 볼을 타고 흘러내렸다. 소리 내어 흐느끼지는 않았다. 너무 고통스러워 보고 있을 수가 없었다. 필립은 외면하고 말았다.

"당신 마음을 상하게 해서 정말 미안해요. 내가 당신을 사랑하지 않는 건 내 잘못이 아녜요."

아무런 대꾸도 없었다. 그녀는 슬픔에 넋이 나간 듯 멀거니 그대로 주저앉아 있었다. 눈물만이 주룩주룩 볼을 타고 흘러내렸다. 책망이라도 했더라면 그 편이 나았을 것이다. 필립은 그녀가 분노를 억제하지 못하리라 생각했고, 그럴 경우를 대비해 두고 있었다. 마음 한구석에는, 진짜 싸움으로까지 번져서 서로 막말을 주고받게 되면 자신의 행동도 어느 정도 정당화되리라는 생각도 없지 않았다. 시간이 흘렀다. 마침내 그녀의 소리 없는 울음이 두려워지기 시작했다. 침실로 가서 물한 컵을 가져와 몸을 굽히고 그녀에게 말했다.

"물 좀 마실래요? 마음이 좀 가라앉을 거예요."

그녀는 힘없이 컵에 입을 갖다 대고 두어 모금 마셨다. 그러더니 탈진한 목소리로 희미하게 손수건을 좀 달라고 했다. 그녀는 눈물을 닦았다.

"그야, 내가 당신을 사랑한 만큼 당신이 나를 사랑하지 않는다는 걸 모른 건 아니었죠." 그녀는 신음하듯 말했다.

"사람 일이 다 그런가 봐요. 늘 한편에는 사랑하는 사람이 있고, 또 한편에는 사랑을 받는 사람이 있어요."

밀드러드가 떠오르면서 날카로운 아픔이 가슴을 훑고 지나갔다. 노라는 한참 동안 아무 대꾸도 하지 않았다.

"내 인생은 참 비참했어요. 그래서 사는 게 지긋지긋했지요." 마침내 그녀는 그렇게 입을 열었다.

그에게 하는 말이라기보다는 혼자 하는 말이었다. 필립은 여태까지 노라가 전남편과의 생활이라든가, 가난한 생활을 두고 푸념하는 소리를 한 번도 들은 적이 없었다. 현실에 대담하게 맞서 싸우는 그녀의 용기에 그는 늘 탄복했었다.

"그런데 당신이 나타나서 나에게 아주 잘해 주었어요. 당신은 똑똑한 사람이라 존경스러웠고, 난 믿을 수 있는 사람이 생겨 얼마나 기뻤는지 몰라요. 당신을 사랑했죠. 끝장이 나리라고는 꿈에도 생각지 못했구요. 내 잘못은 전혀 없는데 말이죠."

다시 눈물이 흘러내리기 시작했다. 하지만 이제 다소 자제력이 회복된 듯했다. 필립의 손수건으로 얼굴을 가렸다. 그녀는 감정을 다스리려고 안간힘을 썼다.

"물을 조금만 더 주세요."

그녀는 눈을 훔쳤다.

"이런 꼴을 보여 미안해요. 이렇게 될 줄은 몰랐거든요."

"정말 미안해요, 노라. 당신이 그동안 잘해 준 것에 대해서는 정말 고맙게 생각해요. 그 말만은 하고 싶어요."

그는 노라가 자기를 어떻게 생각할까 궁금했다.

"아, 항상 똑같아요." 그녀는 한숨을 내쉬었다. "남자가 잘해 주길 바랄 때는 박정하게 대해야 한다니까요. 좋게 대하면 그 때문에 늘 괴로움을 당해요."

그녀는 몸을 일으키면서 가 봐야겠다고 말했다. 그녀는 필립을 오랫동안 물끄러미 바라보았다. 그러더니 한숨을 푹 내쉬었다.

"정말 납득이 가지 않아요. 이게 다 어떻게 된 거예요?"

필립은 그 순간 결심했다.

"역시 말하는 게 낫겠어요. 날 너무 원망하지 말아요. 어쩔 수 없는 심정을 이해해 주었으면 좋겠어요. 밀드러드가 돌아왔어요."

그녀의 얼굴에 갑자기 생기가 돌았다.

"왜 진작 말하지 않았어요. 그 정도는 말해 줄 수 있잖아요?"

"용기가 안 났어요."

그녀는 거울에 제 모습을 비춰 보고 모자를 바로 썼다.

"마차 좀 불러 주실래요?" 그녀가 말했다. "도저히 걸을 수 없을 것 같아요."

그는 밖으로 나가 지나가는 마차를 잡았다. 그를 따라 한길로 나온 그녀를 보니 놀랍게도 얼굴이 백짓장처럼 하였다. 갑자기 폭삭 늙어 버린 것처럼 움직임이 힘들어 보였다. 너무 기력이 없어 보여 차마 혼자 보낼 수가 없었다.

"괜찮다면 데려다줄게요."

대답이 없어 그는 마차에 올라탔다. 그들은 묵묵히 마차에 앉아 다리를 건넜고, 아이들이 시끄럽게 소리 지르며 놀고 있는 지저분한 거리를 지났다. 마차가 그녀의 집 앞에 섰으나 그녀는 곧바로 내리려 하지 않았다. 발을 내디딜 힘을 모으고 있는 것만 같았다.

"용서해 줄 거죠, 노라?"

그녀가 얼굴을 돌려 그를 바라보았다. 두 눈에 다시 눈물이 어려 빛나고 있었지만 가까스로 미소를 지어 보였다.

"불쌍한 사람. 나 때문에 걱정이군요. 그럴 필요 없어요. 당신을 탓하지 않을 테니까. 난 곧 괜찮아질 거예요."

원망하지 않겠다는 듯 그녀는 필립의 얼굴을 슬쩍 어루만졌는데 알 듯 말 듯한 뜻을 담은 동작이었다. 그러고는 마차에서 뛰어내려 집 안으로 들어가 버렸다.

필립은 마차 삯을 지불하고 밀드러드의 하숙집으로 천천히 걸어갔다. 이상하게도 마음이 무거웠다. 자기가 나쁜 놈이 아

닌가 하는 생각이 들었다. 하지만 왜? 자기로서는 딴 도리가
없지 않았던가? 과일 가게 앞을 지나다 문득 밀드러드가 포
도를 좋아한다는 게 생각났다. 그녀가 좋아하는 것을 일일이
생각해 챙겨 줌으로써 사랑의 마음을 표현할 수 있다는 것,
고마운 일이 아닐 수 없었다.

72

　다음 석 달 동안 필립은 날마다 밀드러드를 만나러 갔다.
그는 책을 가지고 가서 간식을 든 뒤에 공부를 했고 밀드러드
는 소파에 누워 소설을 읽었다. 그는 이따금 책에서 눈을 떼
고 잠시 그녀를 바라봤다. 행복한 미소가 입가를 스친다. 눈길
을 느낀 그녀는 이렇게 말한다.
　"쳐다보느라고 시간 낭비하지 마세요. 바보같이. 공부나
해요."
　"폭군이시군." 그는 명랑하게 대꾸한다.
　주인 여자가 상을 차리러 들어와서 필립은 책을 치웠다. 기
분이 좋은 김에 주인 여자와 몇 마디 농을 주고받았다. 여자
는 키가 작은 런던 토박이로 중년이었다. 유머가 풍부했고 입
담이 좋았다. 벌써 이 여자와 친해진 밀드러드는 자기 처지가
어떻게 이 지경이 되었는지 거짓말을 섞어 가며 상세하게 얘
기해 주었다. 마음씨 좋은 이 작은 여자는 안쓰러운 생각이
들었는지 밀드러드를 편하게 해 주려고 갖은 애를 썼다. 밀드

러드는 남녀 간의 범절을 의식해서 필립에게 오빠 행세를 해 달라고 부탁해 두었었다. 두 사람은 함께 식사를 했다. 필립은 자기가 주문한 음식이 입맛 까다로운 밀드러드의 구미에 맞으면 기분이 좋았다. 마주 앉아 그녀를 바라보고 있노라면 너무 행복했다. 너무 좋아서 그녀의 손을 꼭 쥐기도 했다. 식사를 하고 나면 그녀는 난롯가 안락의자에 앉고 필립은 마룻바닥에 앉아 그녀의 무릎을 베고 담배를 피운다. 서로 아무 말도 하지 않는 순간이 가끔 있는데, 어쩌다 보면 그녀는 꾸벅꾸벅 졸고 있다. 그럴 때는 깨우게 될까 봐 필립은 움직이지도 못하고 꼼짝 않고 앉아 하릴없이 불을 들여다보며 행복감을 즐겼다.

"잘 잤어요?" 그녀가 깨면 그는 웃으면서 묻는다.

"자지 않았어요." 그녀가 말한다. "눈만 감고 있었지."

밀드러드는 잠들었다는 것을 좀처럼 인정하려 들지 않는다. 성격이 점액질[13]이어서 그런지 그녀는 임신 상태를 별로 불편하게 여기지 않았다. 건강에는 대단한 신경을 써서 건강과 관련된 충고는 누구의 말이든 들었다. 날씨가 좋으면 아침마다 '건강 산책'을 나가 밖에서 상당 시간을 보내다 들어왔다. 추위가 심하지 않을 때는 세인트 제임스 공원에 나가 벤치에 앉아 있기도 했다. 하지만 나머지 시간은 한가로이 소파에 앉아

---

13) 중세 의학에서는 체액의 과다(過多)에 따라 사람의 기질을 다혈질(多血質), 점액질(粘液質), 담즙질(膽汁質), 우울질(憂鬱質) 등 네 가지로 분류했다. 점액질은 감정이 차갑고 활발하지 못하나 침착하고 의지가 강하며 끈기 있는 기질로 인식되어 왔다.

소설책을 읽거나 주인 여자와 잡담을 하면서 보냈다. 남의 소문에 대한 관심은 끝이 없었다. 그녀는 필립에게 주인 여자라든가, 아래층에 든 하숙인들, 양쪽에 사는 이웃들의 신상에 관한 이야기를 시시콜콜하게 해 주었다. 그녀는 이따금 공포에 사로잡힐 때도 있었다. 애를 낳을 때의 고통이 두려워 그 불안을 필립에게 하염없이 쏟아 냈고, 죽을지도 모른다고 생각하고 무서움에 떨었다. 주인 여자와 아래층 여자(밀드러드는 아래층 여자를 직접 알지 못했다. 그녀는 "난 혼자 지내는 게 좋아요. 아무하고나 사귀는 사람이 아니에요."라고 말했다.)가 분만 시에 겪은 이야기를 두려움과 흥미가 뒤섞인 야릇한 태도로 세세히 해주는 것이었다. 하지만 전체적으로 보면 침착하게 출산을 기다리는 편이었다.

"애 낳는 게 내가 처음도 아니잖아요? 의사 말로도 걱정할 거 없다고 해요. 그러고 보면 내 몸이 그리 부실하진 않은가 보죠."

출산 때가 되면 가기로 되어 있는 집의 주인인 오웬 부인이 의사를 소개해 주었다. 밀드러드는 일주일에 한 번씩 의사의 진찰을 받았다. 필립은 분만 비용으로 십오 기니를 물어야 했다.

"더 싼 데 갈 수도 있었지만 오웬 부인이 그 의사를 어찌나 권하는지. 푼돈 아끼려다 큰돈 들지도 모른다는 걱정도 되고요."

"그야 당신 마음만 편하다면 비용 같은 건 괜찮아요." 필립이 말했다.

그녀는 필립이 베푸는 모든 것을 아주 당연한 일처럼 받아들였다. 필립은 필립대로 그녀를 위해 돈을 쓰고 싶어했다. 그녀에게 오 파운드짜리 지폐를 건네줄 때마다 그는 짜릿한 행복감과 자부심을 느꼈다. 밀드러드는 아껴 쓰는 사람이 아니었기 때문에 그는 오 파운드짜리 지폐를 여러 차례 주어야 했다.

"돈이 다 어디로 없어지는지 모르겠어요. 손가락 새로 물이 새듯 없어진다니까요." 하고 본인도 인정하는 바였다.

"괜찮아요. 나로서는 당신을 위해 뭔가 할 수 있다는 게 기쁠 뿐이에요."

바느질에 서툴러 어린애가 입을 옷을 만들지도 못했다. 따지고 보면, 사 입히는 게 훨씬 싸다고 필립에게 말했다. 필립은 최근 그의 돈이 들어가 있던 저당권 하나를 처분했다. 그래서 이제 오백 파운드를 은행에 넣어 두고 더 쉽게 현금화할 수 있는 다른 것에 투자할 예정이어서 대단한 부자나 된 기분이었다. 두 사람은 종종 앞날에 대해 이야기했다. 필립은 밀드러드가 아이를 기르기를 바랐지만 그녀는 한사코 못 기르겠다고 했다. 먹고살자면 돈을 벌어야 하는데 돌볼 어린애가 없어야 돈 버는 일이 수월하다는 것이었다. 그녀의 계획은, 전에 나갔던 회사의 매점 아무 데나 복직하는 것이었다. 아이는 아무나 착실한 시골 아주머니에게 맡기면 된다고 했다.

"일주일에 칠 기니 육 펜스면 애를 아주 잘 돌봐 줄 아줌마를 구할 수 있을 거예요. 그게 애를 위해서나 나를 위해서 나아요."

그런 방안이 필립에게는 매정하게 여겨졌다. 그래서 설득해 보려고 하자 그녀는 비용이 걱정되어서 그러냐는 투로 말했다.

"그건 걱정하지 말아요. 당신더러 부담하라지는 않을 테니까요."

"돈 때문이 아니라는 건 알잖아요."

밀드러드는 은근히 아이가 사산되기를 바랐다. 드러내 놓고 말하진 않았지만 필립은 그걸 알고 있었다. 처음에는 충격이었다. 하지만 이것저것을 따져 본 결과, 그것이 모두에게 바람직스러운 일임을 인정하지 않을 수 없었다.

"말들이야 다 그럴듯하죠." 밀드러드가 푸념하듯 말했다. "하지만 여자 혼자 힘으로 돈 버는 게 어디 쉬워요? 아이가 있으면 더 쉽지 않다구요."

"하지만 당신에겐 내가 있잖아요." 필립이 손을 쥐며 웃는 얼굴로 말했다.

"당신은 언제나 내게 잘해 주었어요, 필립."

"쓸데없는 소리!"

"하지만 나도 전혀 보답을 안 했다고는 할 수 없겠지요."

"아니 그게 무슨 말예요. 난 보답 따윈 바라지 않아요. 내가 당신을 조금이라도 도왔다면 그건 내가 당신을 사랑하기 때문이에요. 당신은 내게 빚진 게 없어요. 당신이 날 사랑해 주면, 난 그걸로 족해요."

필립은 실색하지 않을 수 없었다. 제 몸을 봉사의 대가로 아무렇게나 제공할 수 있는 물건처럼 생각하고 있다니.

"하지만 난 보답하고 싶어요, 필립. 당신은 내게 언제나 잘해 주잖아요."

"그렇다고, 기다려서 나쁠 것도 없잖아요. 당신 몸이 다시 좋아지면, 어디 잠시 신혼여행이라도 갑시다."

"엉뚱하긴요." 그녀는 웃음을 띠며 말했다.

밀드러드는 삼월 초에 출산할 예정이었다. 몸이 회복되는 대로 두 주일 기간으로 해변으로 갈 계획이다. 그러면 필립으로서는 방해받지 않고 시험공부를 할 수 있는 짬을 갖게 된다. 그러고 나면 부활절 휴일. 두 사람은 함께 파리로 갈 계획을 세워 두었다. 필립은 파리에 가서 해야 할 일을 한없이 이야기했다. 파리는 요즈음 한창 멋진 시기다. 라탱 구역에 내가 아는 조그만 호텔에 방을 하나 얻겠다. 그러고는 그 작고 멋진 식당들을 모조리 가 볼 것이다. 연극 구경도 간다. 연예관에도 데리고 가겠다. 내 친구들을 만나면 재미있을 것이다. 전에 크론쇼 이야기를 한 적이 있지 않느냐. (밀드러드는 만나 보고 싶다고 한다.) 로슨도 있다. 두 달 전에 파리로 돌아갔다. 발 불리에에 춤을 추러 가자. 단거리 유람여행도 할 수 있다. 베르사유, 사르트르, 퐁텐블로에 가 보자.

"돈이 너무 많이 들겠어요." 그녀가 말했다.

"비용 따윈 잊어버려요. 우리가 그동안 얼마나 기다려 왔는지 생각해 봐요. 이게 내게는 얼마나 의미 있는 일인지 알아요? 난 당신 말고는 사랑한 사람이 없어요. 앞으로도 그럴 거고요."

그녀는 눈에 미소를 띠고 그의 열렬한 사랑의 말을 들었다.

그녀의 두 눈에는 전에 없던 다정함이 어려 있는 듯했다. 필립은 고마움을 느꼈다. 그녀는 확실히 전보다 다정해졌다. 전에 그의 화를 돋우었던 깔보는 태도가 이젠 사라지고 없다. 이제 필립과는 허물없는 사이가 되어 그의 앞이라고 공연한 겉치레를 하려고 하지도 않았다. 머리도 전처럼 요란하게 꾸미지 않고 그저 간단히 묶을 뿐이다. 앞이마에 잔뜩 머리를 내려뜨려 모양 내던 버릇도 그만두었다. 하지만 이처럼 아무렇게나 차린 모양이 그녀에겐 더 어울렸다. 얼굴이 야위어 눈이 몹시 커 보였다. 눈 아래 몇 가닥 나 있는 굵은 주름이 창백한 볼 때문에 더 깊어 보인다. 한없는 애수에 가득 찬 우수의 표정이 어려 있는 듯했다. 필립이 보기에는 어딘가 성모를 연상시키는 데가 있었다. 둘이서 늘 지금과 같이 보낼 수만 있다면 하고 필립은 생각했다. 이처럼 행복해 보기는 처음이었다.

필립은 밤마다 열 시가 되면 그녀의 집을 나섰다. 그녀가 일찍 잠자리에 들고 싶어하기 때문이다. 저녁에 잃은 시간을 보충하기 위해 그는 두 시간을 더 공부해야 했다. 헤어지기 전에는 보통 그녀의 머리를 빗겨 주었다. 작별 인사를 할 때는 마치 의례를 치르듯 입맞춤을 했다. 먼저 그녀의 손바닥에 입을 맞춘다. (손가락이 가냘프기도 하다. 매니큐어를 칠하는 데 공을 들인 손톱도 아름답고.) 그런 다음, 감은 눈에 입을 맞추는데 오른쪽을 먼저, 왼쪽을 나중에 맞춘다. 마지막으로 입술에 키스를 한다. 필립은 벅차오르는 사랑의 감정을 느끼며 집으로 돌아온다. 필립은 지금 자신을 태우고 있는 희생의 욕망을 충족시킬 기회를 고대하고 있었다.

이윽고 분만을 위해 조산원으로 옮길 때가 되었다. 필립은 이제 오후에만 그녀를 찾아갈 수 있었다. 밀드러드는 여기에서 또 한 차례 얘기를 바꿔 자신의 남편은 군인이며 인도에 파견된 연대에 복무하러 갔다고 했다. 필립은 조산원 원장에게 그녀의 형부로 소개되었다.

"말조심해야겠어요." 그녀가 말했다. "딴 여자가 하나 입원해 있는데 남편이 인도 공무원이래요."

"나 같으면 신경 쓰지 않겠어요." 필립이 말했다. "그 여자 남편이나 당신 남편이나 다 같은 배에 탔을 테니까."

"무슨 배를 타요?" 농담을 못 알아듣고 그녀는 순진하게 물었다.

"'플라잉 더치맨' 호[14] 말이오."

밀드러드는 딸을 순산했다. 필립이 들어가도 좋다는 허락을 받고 들어가 보니 아이가 그녀 곁에 뉘여 있었다. 밀드러드는 몹시 쇠약해져 있었지만 일이 다 끝나 한시름 놓이는 모양이었다. 그에게 아이를 보여 주면서 자기도 요모조모 뜯어보았다.

"우습게 생겼죠? 이게 내 아이라는 게 믿기지 않아요."

아이는 빨갛고 쭈글쭈글하고 기이했다. 필립은 아이를 보

---

14) The Flying Dutchman. 항구에 이르지 못하고 영원히 바다를 떠돌도록 저주받았다는 전설상의 네덜란드인 유령선. 우리나라에서는 이 배 이름을 '방황하는 네덜란드인'이라고 번역하고 있다. 필립은 밀드러드에게 그녀의 남편이나 새로 온 여자의 남편이 모두 유령 같은 존재일지도 모른다고 농담하고 있다.

며 미소를 지었다. 무슨 말을 해야 할지 얼른 떠오르지 않았다. 게다가 조산원이 옆에 서 있어서 난처했다. 자기를 바라보는 눈길로 보아 그녀는 밀드러드의 복잡한 이야기를 믿지 않고 그를 아이 아버지라고 생각하는 것 같았다.

"애 이름을 뭐라고 할 거예요?" 필립이 물었다.

"아직 정하지 못했어요. 매들린으로 할지 아니면 서실리아로 할지."

조산원이 잠시 두 사람을 남기고 나갔다. 필립은 몸을 굽혀 밀드러드의 입술에 키스를 했다.

"다 잘 끝나서 기뻐요, 자기."

그녀는 가냘픈 두 팔로 그의 목을 감았다.

"당신, 정말 든든한 남자예요, 필."

"이제야 당신이 내 것이 된 것 같네요. 얼마나 오랫동안 이때를 기다렸는지 몰라요."

문간에 조산원의 기척이 들렸다. 필립은 얼른 일어섰다. 조산원이 들어왔다. 입가에 희미한 미소가 어려 있었다.

73

삼 주일 후 필립은 브라이튼으로 떠나는 밀드러드와 아이를 배웅했다. 그녀는 빠르게 회복하여 어느 때보다 얼굴이 좋아 보였다. 에밀 밀러와 두 번의 주말을 보냈던 하숙집으로 가는 길이었다. 그 하숙집에는 편지를 써서 남편이 피치 못할 일로 독일에 출장을 가서 아이를 데리고 혼자만 간다고 해 두었다. 그녀는 이야기를 꾸며 내는 게 재미있는 모양이었다. 상당한 창작력을 발휘해 세세한 내용까지 지어냈다. 밀드러드는 브라이튼에서 아이를 맡아 줄 적당한 여자를 물색하겠다고 했다. 필립은 그처럼 빨리 아이를 떨쳐 버리려는 그녀의 냉담함에 놀랐다. 하지만 그녀는 한사코, 아이가 엄마에게 정이 들기 전에 어디든 맡기는 것이 아이에게 낫다는 상식적인 주장을 했다. 필립은 아이를 이삼 주일 데리고 있다 보면 절로 모성애가 발동하리라 생각하고, 그러면 모성애에 기대어 아이를 계속 기르도록 설득할 수 있으리라 기대했지만 그런 일은 일어나지 않았다. 밀드러드가 아이에게 매정하게 하지는 않았다. 해야 할 일은 다 했다. 애 보는 일을 즐거워할 때도 있었다. 아이 이야기도 많이 했다. 하지만 마음속에서는 역시 아이에게 무심했다. 아이를 자신의 일부로 생각지 않았다. 아이가 벌써 제 아비를 닮았다고 생각했다. 아이가 자라면 어떻게 기를 것인가 하는 것이 줄곧 걱정이었다. 바보같이 왜 아이를 갖게되었을까 하고 분통을 터뜨리기도 했다.

"이렇게 될 줄 알았더라면." 그녀가 푸념했다.

필립이 아이의 장래를 걱정하면 웃어 댔다.

"친아빠보다도 더 안달이네요. 에밀이 그렇게 속을 태우는 걸 보고 싶은데."

필립의 머리에는 이전에 무수하게 들었던 탁아소와 못된 사람들에 관한 이야기들이 꽉 차 있었다. 무책임하고 비정한 부모들이 맡긴 불쌍한 아이들을 무자비하게 학대하는 사람들이 많다고 하지 않던가.

"바보 같은 소리 말아요." 밀드러드가 말했다. "양육비를 한 꺼번에 현금으로 갖다 바치니까 그래요. 일주일에 얼마씩 줘 봐요. 그럼, 애들을 뺏기지 않으려고 잘 돌볼 거예요."

필립은 친자식이 없는 사람이나 다른 아이를 더 받지 않겠 다는 사람에게 맡겨야 한다고 주장했다.

"비용 가지고 따져선 안 돼요. 아이의 배를 곯리거나 두들 겨 맞게 하기보다는 일주일에 반 기니를 내는 편이 낫지." 그 가 말했다.

"당신은 참 이상한 사람이에요, 필립." 그녀는 소리 내어 웃 었다.

필립은 갈 데 없는 이 아이가 한없이 측은했다. 조그맣고 못생기고 칭얼대기만 하는 아이. 수치와 고통 속에서 태어난 아이. 아무도 원하지 않는 아이. 친아버지도 아닌 낯선 사람에 게서 먹을 것과 잘 곳과 벌거벗은 몸을 가릴 옷을 얻어야 하 는 아이.

기차가 움직이기 시작하자 그는 밀드러드에게 키스를 했다. 아이에게도 입을 맞추고 싶었지만 그녀가 웃을까 봐 그만두 었다.

"자기, 편지 쓸 거죠? 당신 오는 날 기다리느라고 정말 애가 탈 거예요."

"시험 잘 칠 생각이나 하세요."

그동안 시험 공부는 열심히 한 셈이었다. 이제 열흘밖에 남 지 않아 마지막 분발 중이었다. 무엇보다 시간과 돈을 절약하기 위해서라도 꼭 통과하고 싶었다. 지난 넉 달 동안 믿을 수 없이 빠르게 돈이 손가락 새로 새어 나갔기 때문이다. 그리고 이 시험만 통과하면 고역과 같은 공부가 끝나기 때문이다. 그 다음에는 내과, 산부인과, 외과 관련 공부를 하게 되는데 이 분야는 지금까지 해 오던 해부학이나 생리학보다는 훨씬 흥미를 끌었다. 필립은 남아 있는 교육 과정이 잔뜩 기대되었다. 그뿐 아니라 밀드러드에게 시험에 떨어졌다고 말해야 하는 것도 싫었다. 시험이 어려워서 대부분의 응시자들이 첫번 응시에 탈락한다고는 하나 그가 떨어지면 그녀가 얕볼 게 뻔했다. 그녀는 상대방이 무참하든 말든 아랑곳없이 제 생각을 말해 버리는 버릇이 있었다.

밀드러드가 무사히 도착했음을 알리는 엽서를 보내왔다. 필립은 바쁜 가운데에도 매일 반 시간씩 시간을 내어 그녀에게 긴 편지를 썼다. 늘 수줍어하는 성격 때문에 말로는 마음을 잘 표현하지 못했었다. 하지만 일단 펜을 쥐니 입으로는 차마 하지 못할 별의별 우스꽝스러운 이야기들이 가리지 않고 술술 나왔다. 이러한 발견에 힘입어 그는 심중에 있는 생각을 다 쏟아 냈다. 당신을 사모하는 마음이 온몸 구석구석에 꽉 차 있으며, 따라서 나의 모든 행동, 나의 모든 생각은 다 그 사모하는 마음에서 나오는 것이라는 식의 말은 전 같으면 도저히 할 수 없는 말이었다. 그는 장래에 대해서, 그리고 앞날의 행복에 대해서, 그리고 그녀에게 고마워하는 마음에 대해서 썼다. 스스로 이렇게 묻기도 했다.(전에도 종종 그렇게 물어본 적은 있지만 말로 표현한 적은 없었다.) 당신의 어떤 점이 나의 마음

86

을 그처럼 걷잡을 수 없는 기쁨으로 가득 채우는 것일까. 알 수 없는 일이다. 알 수 있는 것은, 당신과 함께 있으면 행복하다는 것, 그리고 당신과 떨어져 있으면 세상이 갑자기 싸늘하고 삭막하게 느껴진다는 것, 그것뿐이다. 또한 분명한 것은, 당신을 생각할 때면 가슴이 벅차올라 (마치 심장이 폐를 짓누르는 것처럼) 숨쉬기도 어려울 지경이 된다는 것, 심장이 너무 뛰는 나머지 당신과 함께 있는 기쁨이 고통스러울 지경이라는 것, 그것뿐이다. 무릎이 후들거리고 이상하게도 힘이 빠진다. 마치 아무것도 먹지 못해 기운이 없어 떨리는 것만 같다. 그는 애타게 답장을 기다렸다. 그녀가 편지를 자주 쓰리라고는 기대하지 않았다. 그녀로서는 편지 쓰는 일이 쉽지 않을 일임을 알고 있었다. 그래서 네 번의 편지에 대한 답장으로 온 서투른 짤막한 편지만으로도 필립은 흐뭇했다. 방을 빌려 묵고 있는 하숙집, 날씨와 아기에 대해서 말했고, 같은 하숙집에서 알게 된 어떤 숙녀와 부두 산책을 나갔는데 그 여자가 아기를 너무 좋아한다는 이야기, 토요일 저녁에는 극장에 갈 작정이라는 것, 브라이튼에는 휴양객이 점점 늘고 있다는 이야기를 했다. 편지가 너무 실제적이라는 점이 오히려 필립을 감동시켰다. 난삽한 글씨, 형식적인 내용이 이상하게도 웃음을 자아냈고, 얼싸안고 키스를 하고 싶게 만들었다.

필립은 자신만만하게 시험을 치렀다. 두 과목 어느 것에도 애를 먹이는 문제는 없었다. 시험을 잘 치렀음을 알 수 있었다. 시험의 두 번째 부분인 구술시험에서 떨리기는 했지만 대답을 잘했다. 결과가 발표되자 의기양양하게 밀드러드에게 전보를 쳤다.

집으로 돌아오니 그녀로부터 편지가 한 통 와 있었다. 브라이튼에서 일주일 더 머무르면 좋겠다는 것이었다. 일주일에 칠 실링을 받고 아이를 맡아 주겠다는 여자를 찾았지만 그 여자에 대해 더 알아보고 싶다, 바닷바람이 몸에 좋다고 여겨지니 며칠 더 머무르면 틀림없이 큰 도움이 되리라고 본다. 돈 부탁하기는 정말 싫지만 곧 얼마쯤 보내 줄 수 있겠느냐, 실은 새 모자를 하나 사야겠다, 늘상 같은 모자를 쓰고 그 숙녀랑 같이 돌아다닐 수 없더라, 그 숙녀는 아주 멋쟁이다. 필립은 한순간 씁쓸한 실망감을 느꼈다. 시험에 합격한 즐거움이 깡그리 사라져 버렸다.

"내가 사랑하는 만큼의 사 분의 일만 그녀가 나를 사랑한다면 하루라도 별일 없이 더 있겠다고 하지 않을 텐데."

하지만 얼른 그런 생각을 떨쳐 버렸다. 그건 순전히 이기적인 생각이 아닌가. 그녀의 건강이야말로 무엇보다 중요하다. 게다가 지금으로서는 달리 할 일도 없다. 브라이튼에서 일주일을 그녀와 보낼 수 있을지 모른다. 그러면 온종일 그녀와 함께 있을 수 있다. 그렇게 생각하니 가슴이 뛰었다. 밀드러드 앞에 갑자기 나타나 같은 하숙집에 방을 하나 잡았다고 말하면 재미있으리라. 그는 기차 편을 알아보았다. 하지만 다시 생각해 보았다. 그가 나타나면 그녀가 좋아할지 자신이 없었다. 그녀는 이미 브라이튼에 친구가 생겼다. 자기는 조용한 사람인데 밀드러드는 떠들썩하고 재미있게 노는 것을 좋아한다. 자기보다 딴 사람과 어울릴 때 더 재미있어하지 않던가. 한순간이라도 자기가 방해가 된다고 느껴지면 자기로서는 괴롭기 짝이 없을 것이다. 그럴 위험을 무릅쓰기가 겁났다. 런던에 눌러 있을 이유가 없었고, 그녀를 날마다 만날 수 있는 곳에서 주말을 보내고 싶었지만 그런 생각은 편지에 운을 떼지도 못했다. 그에게 당장 할 일이 없다는 것은 그녀도 알고 있었다. 그를 만나고 싶으면 그더러 오라고 했을 것이다. 가겠다고 말했다가 그녀가 무슨 핑계를 대고 오지 말라고 한다면 얼마나 속이 상하겠는가. 그 괴로움을 감당할 용기가 없었다.

이튿날 편지와 함께 오 파운드 지폐를 보냈다. 편지 말미에 주말에 자기를 혹 만나고 싶으면 기꺼이 달려 내려가겠노라, 하지만 이미 세워 둔 계획을 굳이 바꿀 필요는 없다고 했다. 답장을 초조하게 기다렸다. 답장에서 그녀는 이렇게 말했다. 미리 알았더라면 계획을 그렇게 조정했을 텐데 이미 토요일 밤에 연예관에 가기로 약속을 해 둔 상태이다. 게다가 당신이 같은 하숙집에 묵으면 하숙집 사람들이 입방아를 찧을 것이다. 일요일 아침에 와서 하루 동안 놀다 가면 되지 않겠는가? 메트로폴에서 함께 점심을 먹고, 그다음에는 아이를 맡아 주겠다는 여자—귀부인처럼 보이는 여자인데—를 만나 보게 해 주겠다.

일요일. 날씨가 좋아 고맙기 짝이 없었다. 기차가 브라이튼에 다 왔을 때, 햇빛이 차창으로 쏟아져 들어왔다. 밀드러드가 플랫폼에서 기다리고 있었다.

"아니 마중까지 나와 주고!" 그는 그녀의 두 손을 움켜쥐고 소리쳤다.

"안 나올 줄 알았나요?"

"나와 주었으면 했죠. 아주 건강해 뵈네요."

"내게는 정말 좋았어요. 여기에 되도록 오래 있는 게 좋을 거 같아요. 하숙집 사람들도 다들 좋고. 지난 몇 달 동안은 통 사람 접촉을 못 했으니 이젠 좀 재미있게 보내고 싶었어요. 전엔 지루한 적도 많았어요."

새로 산 모자를 쓴 모습이 멋져 보였다. 싸구려 꽃들을 잔뜩 꽂은 커다란 검은 밀짚모자였다. 목에는 기다란 인조 백조 털 목도리를 휘감고 있다. 여전히 가냘팠고, 걸을 때는 늘 그랬듯이 약간 구부정했다. 눈은 커 보이지 않았다. 전에도 핏기라고는 없었지만 살결엔 이전의 흙빛이 사라지고 없었다. 그들은 바다 쪽으로 걸어갔다. 필립은 그녀와 함께 걷는 것이 몇 달 만에 처음임을 깨닫고 새삼스럽게 자신의 절름거리는 걸음이 의식되어 그것을 감추려고 뻣뻣한 걸음이 되었다.

"만나서 기쁘지 않아요?" 미친 듯이 끓어오르는 연정을 가슴에 느끼며 그가 물었다.

"왜 기쁘지 않겠어요. 그런 건 물어볼 거 없어요."

"그런데 말예요. 그리피스가 안부 전하던데요."

"뻔뻔하네요."

그리피스에 대해서는 벌써 이야기를 많이 한 터였다. 얼마나 바람둥이인지도 이야기했고, 그리피스가 절대 비밀에 부치기로 하고 해 준 연애 이야기까지 해서 그녀를 재미있게 해 주었던 적도 있다. 밀드러드는 혐오감을 보이는 때도 있었지만 대체로는 호기심을 가지고 귀를 기울였다. 필립은 감탄사를 섞어 가며 친구의 잘생긴 용모와 매력을 상세히 설명해 주었다.

"당신도 틀림없이 맘에 들 거예요. 나처럼 말이죠. 아주 쾌활하고 재미있는 친굽니다. 아주 좋은 사람이에요."

필립은 두 사람이 전혀 알지 못하는 사이였을 때 그리피스가 병 간호를 얼마나 잘해 주었는지 이야기해 주었다. 그리피스의 희생적인 헌신을 조금도 빼놓지 않고 말해 주었다.

"좋아하지 않을 수 없는 친구죠." 필립이 말했다.

"난 잘생긴 사람은 싫어요." 밀드러드가 말했다. "너무 잘난 척들 하니까."

"그 친구가 당신을 만나 보고 싶어해요. 내가 당신 이야기를 많이 했거든요."

"뭐라고 했는데요?" 밀드러드가 물었다.

밀드러드와의 연애 이야기를 할 사람은 그리피스밖에 없었다. 조금씩 조금씩 하다가 결국은 그녀와의 관계를 모조리 털어놓고 말았다. 그녀의 모습을 쉰 번은 설명해 주었을 것이다. 사랑에 빠진 사람의 표현으로 그녀의 외모를 낱낱이 설명해 주었기 때문에 그리피스는 이제 그녀의 가냘픈 손이 어떻게 생겼는지, 얼굴은 또 얼마나 희디흰지 눈으로 본 듯이 알고 있었다. 필립이 창백하고 엷은 입술의 매력에 대해 이야기하면 그는 웃음을 터뜨렸다.

"정말이지, 난 다행이군. 만사를 자네처럼 그토록 심각하게 생각지 않으니." 그가 말했다. "그래서야 어떻게 인생을 살 수 있단 말인가."

필립은 빙긋 웃었다. 그리피스는 사랑에 미친 사람의 기쁨을, 그것이 고기와 술이고, 숨 쉬는 공기이며, 생존에 필요한 그 밖의 필수품임을 몰랐다. 그리피스는 밀드러드가 아이를 낳을 때 필립이 뒷바라지를 해 주었다는 것, 지금은 그녀를 만나러 간다는 것도 알고 있었다.

"그래, 자넨 뭔가 보상을 받을 만한 자격이 있겠군." 그가 말했다. "적지 않은 돈이 들었겠지. 그나마 돈을 댈 수 있는 형편이 되어 다행이네."

"그럴 형편은 못 돼. 하지만 그까짓 게 대수인가?" 필립이 말했다.

점심을 먹기에는 이른 시각이었으므로 필립과 밀드러드는 산책길의 한 쉼터에 앉아 해바라기를 하면서 오가는 사람을 구경했다. 브라이튼의 남자 점원들이 삼삼오오 짝을 지어 지팡이를 흔들며 지나가는가 하면, 브라이튼의 점원 아가씨들이 떼 지어 깔깔거리며 경쾌한 걸음으로 지나가기도 했다. 하루 일정으로 런던에서 내려온 사람들은 금방 알아볼 수 있었다. 맵싸한 겨울 바람이 지친 그들에게 상쾌한 자극을 주었다. 유태인들이며, 꼭 끼는 새틴 옷에 반짝이는 다이아몬드 장식을 단 뚱뚱한 여인들, 손짓 몸짓이 요란스러운 작고 비대한 남자들이 많았다. 호텔에서 주말을 보내고 있는 깔끔한 차림의 중년 신사들도 있었다. 푸짐한 아침을 먹은 그들은 푸짐한 점심을 맛있게 먹기 위해 부지런히 걷고 있었다. 그들은 친구들과 인사를 주고받으면서 '닥터 브라이튼'이니 '해변의 런던'[15]

---

15) "닥터 브라이튼"은 소설가 윌리엄 메이크피스 새커리(William

이니 하는 이야기들을 했다. 유명한 배우들이 지나가기도 했다. 이들은 일부러 사람들의 눈길을 모르는 척하고 지나갔다. 에나멜 가죽 부츠를 신고 아스트라한 깃[16]이 달린 외투 차림에 은 손잡이가 달린 지팡이를 든 이도 있었다. 어떤 이는 사냥에서 막 돌아온 듯, 반바지와 해리스 트위드 외투[17] 차림에 트위드 모자를 젖혀 쓰고 천천히 거닐고 있었다. 햇살이 푸른 바다 위에서 빛났고, 푸른 바다는 맑고 잔잔하기만 했다.

점심을 먹은 뒤 그들은 아이를 맡아 주기로 한 여자를 만나러 호브[18]로 갔다. 여자는 뒷골목의 조그만 집에서 살고 있었는데 집은 깔끔했다. 하딩 부인이라고 했다. 나이가 들고 몸집이 큰 사람으로, 머리가 반백이었고 얼굴은 불그레하고 살이 쪘다. 모자를 쓴 품이 어머니다운 모습이었고, 필립에게는 상냥한 사람으로 보였다.

"아기 돌보는 일이 여간 번거롭지 않을 텐데요." 필립이 말했다.

여자의 설명에 따르면, 남편은 보좌사제인데 나이가 자기보다 훨씬 많아 영구적인 일자리를 구하는 데 어려움을 겪고 있

Makepeace Thackeray, 1811~1863)가 건강에 좋은 휴양지라는 뜻으로 브라이튼에 붙인 별명이다. 브라이튼은 런던에서 당일치기 여행과 출퇴근이 가능한 거리에 있어 런던에 직장을 둔 사람들이 런던을 떠나 브라이튼에 살면서 이곳을 '해변의 런던(London-by-the-Sea)'이라 불러 왔다.
16) 러시아의 아스트라한 지방에서 만들어진 새끼 양의 곱슬곱슬한 털이 붙어 있는 검은 모피를 말한다.
17) 스코틀랜드 서해의 섬 해리스에서 손으로 짠 모직(毛織) 외투.
18) 브라이튼 옆의 도시.

었다. 관할사제들이 보좌사제를 젊은 사람들로만 구한다는 것이었다. 이따금 누군가가 휴가를 가거나 병에 걸렸을 때 대리로 일을 보고 약간의 보수를 받고 있으며, 자선단체에서 주는 얼마간의 연금을 받는다고 했다. 하지만 외로운 생활이라 아이를 돌보면 뭔가 하는 일이 생기는 셈이며, 그 대가로 일주일에 몇 실링씩이나마 받으면 생활에 보탬이 될 거라는 것이었다. 어린아이는 잘 먹일 테니 걱정 말라고 했다.

"괜찮은 여자죠?" 돌아오는 길에 밀드러드가 말했다.

다시 메트로폴로 돌아가 차를 마셨다. 밀드러드는 벅적거리는 사람들과 밴드를 좋아했다. 필립은 이야기하는 데 지쳐서, 들어오는 여자들의 옷차림을 유심히 살피고 있는 밀드러드의 얼굴을 물끄러미 바라보았다. 그녀에게는 물건 값을 알아맞힐 줄 아는 비상한 재주가 있었다. 그래서 때때로 필립에게 몸을 기울이고 속으로 셈해 본 옷 값을 낮은 목소리로 말해 주는 것이었다.

"저기 깃털 장식 있죠? 저거 칠 기니는 나갈 거예요." 혹은 "저 담비 외투 보세요, 필립. 저거 토끼털이에요. 담비가 아니란 말예요." 하면서 의기양양하게 웃어 대는 것이었다. "일 마일 떨어진 데서도 알아맞힐 수 있어요."

필립은 행복한 미소를 지었다. 상대방이 좋아하는 걸 보니 기뻤고, 그녀의 꾸밈없는 말이 재미있고 감동적이었다. 밴드가 감상적인 음악을 연주했다.

저녁을 먹은 뒤 그들은 역으로 걸어 내려갔다. 필립은 그녀의 팔짱을 끼었다. 그는 두 사람이 함께 갈 프랑스 여행 계획을 말해 주었다. 그녀는 이번 주말에 런던에 갈 예정이지만 다음 주 토요일까지는 떠날 수 없다고 했다. 필립은 이미 파리에 호텔 방 하나를 예약해 두고 있는 터였다. 표 사는 일만을 애타게 기다리는 중이었다.

"이등칸으로 가도 괜찮겠죠? 사치할 형편은 못 되니까. 거기 가서 잘 지내면 더 좋잖아요."

라탱 구에 대해서는 이미 백 번도 더 이야기했다. 라탱 구의 기분 좋은 옛 거리들을 돌아다니자. 그런 다음 뤽상부르의 멋진 공원에서 한가롭게 쉰다. 파리 구경을 실컷 하고 난 다음, 날씨가 좋으면 퐁텐블로에 갈 수도 있다. 나무들에 막 움이 트기 시작하고 있을 것이다. 숲의 신록만큼 아름다운 것이 있을까. 무슨 노래 같기도 하고, 사랑의 행복한 아픔 같기도 하다. 밀드러드는 잠자코 귀를 기울이고 있었다. 그는 고개를 돌려 그녀의 눈을 지그시 들여다보았다.

"당신도 가고 싶은 거죠?"

"그야 물론이죠." 그녀는 웃으며 말했다.

"내가 그날을 얼마나 기다리는지 당신은 모를 거예요. 그때까지 어떻게 날을 보내야 할지 모르겠어요. 혹시 무슨 일이 생겨 못 가게 될까 봐 겁이 나기도 하고요. 때론 말이죠, 미칠 것 같아요. 내가 당신을 얼마나 사랑하는지를 표현할 수 없어서. 그래서 결국은 말이죠, 결국은……."

그는 말을 멈췄다. 역에 다 왔지만 도중에 꾸물거린 탓에 필립은 간신히 작별 인사를 할 시간밖에 없었다. 얼른 키스를 하고 개찰구를 향해 숨이 턱에 닿도록 뛰어갔다. 그녀는 그

자리에 그대로 서 있었다. 뛰어가는 필립의 모습이 기괴해 보였다.

74

밀드러드는 다음 토요일에 돌아왔다. 그날 저녁 필립은 그녀를 독점할 수 있었다. 연극 구경을 하고, 저녁식사 때에는 샴페인을 마셨다. 오랜만에 런던에 돌아와서 처음으로 즐기는 일이라 그런지 밀드러드는 천진스럽게 이것저것 다 즐거워했다. 극장에서 나와 그녀를 위해 핌리코에 얻어 둔 하숙집까지 마차를 타고 가는 동안 그녀는 필립에게 바짝 붙어 앉았다.

"날 만나니까 좋죠?" 그가 물었다.

그녀는 대답 대신 지그시 그의 손을 눌렀다. 애정 표시가 드문 그녀였기에 필립은 기뻐서 가슴이 뛰었다.

"그리피스에게 내일 식사나 같이 하자고 했어요."

"그래요? 잘했어요. 그렇지 않아도 만나 보고 싶었어요."

일요일 밤에는 그녀를 데리고 갈 만한 재미있는 곳이 없었다. 필립은 그녀가 하루 종일 자기하고만 보내면 따분할까 봐 걱정이 되던 참이었다. 그리피스는 재미있는 친구이니 저녁 시간을 보내는 데 도움이 될 것이다. 필립은 두 사람이 다 좋았기 때문에 서로 알고 지내면서 맘에 드는 사이가 되었으면 했다. 헤어지면서 그는 밀드러드에게 이렇게 말했다.

"이제 엿새밖에 남지 않았네요."

그들은 일요일에 로마노의 이 층에서 식사를 하기로 약속해 두었다. 그곳 식사가 퍽 훌륭하고 실제보다 훨씬 값비싸 보였기 때문이다. 그들이 먼저 도착했기 때문에 그리피스가 오기를 얼마 동안 기다려야 했다.

"이 친구는 도무지 시간 지킬 줄을 몰라." 필립이 말했다. "보나마나 여자와 놀고 있을 거예요. 애인이 한두 명이 아니니까."

얼마 안 있어 그가 나타났다. 역시 잘생긴 녀석이었다. 훤칠하고 호리호리했다. 두상이 몸체에 잘 어울려 사람을 압도하는 매력적인 기품을 부여하고 있었다. 곱슬거리는 머리칼, 선이 뚜렷하면서도 친근해 뵈는 푸른 눈, 붉은 입술이 하나같이 아름답다. 밀드러드가 매혹되어 그를 바라보는 모습을 보고 필립은 야릇한 만족감을 느꼈다. 그리피스는 싱긋 웃으며 그들에게 인사했다.

"말씀 많이 들었어요." 그는 밀드러드의 손을 쥐고 말했다.

"제가 들은 것만큼은 못 들었겠죠." 밀드러드가 맞장구를 쳤다.

"악담도 포함해서." 필립이 말했다.

"이 친구가 내 험담을 많이 했나요?"

그리피스는 소리 내어 웃었다. 그의 희고 가지런한 이와 기분 좋은 미소에 밀드러드가 벌써 감탄하고 있음을 필립은 알 수 있었다.

"두 사람 다 오랜 친구처럼 느껴질 걸세. 내가 이미 양편에 상대방 이야기를 많이 해 두었으니까." 필립이 말했다.

그리피스는 요즘 기분이 최고였다. 마침내 최종시험에도 통과해서 자격을 땄을 뿐 아니라 북런던의 한 병원에 수련의(병원 상주 외과의) 자리를 막 얻었던 것이다. 오월 초부터 근무이기 때문에 그사이 쉬는 동안 고향에 갈 예정이었다. 이번 주가 런던에서 보내는 마지막 주일이어서 실컷 놀아 볼 작정이었다. 그는 즐거운 우스갯소리들을 하기 시작했다. 필립으로서는 도저히 흉내 내지 못할 재담이었다. 그저 감탄스러울 뿐이었다. 내용은 없었으나 발랄함이 넘쳤다. 그에게서는 생명력이 흘러넘쳤고 그를 아는 모든 사람이 그 생명력에 영향을 받았다. 그것은 마치 체온처럼 감지할 수 있었다. 밀드러드가 이처럼 생기를 띠는 것을 보기는 처음이었다. 이 작은 자리가 성공을 거두자 필립은 퍽 기뻤다. 그녀는 재미있어 어쩔 줄을 몰랐다. 그녀의 웃음소리가 점점 커졌다. 버릇처럼 몸에 배어 있던 얌전 떨던 모습을 전혀 찾아볼 수 없었다.

이윽고 그리피스가 말했다.

"밀러 부인이라고 부르려니까 잘 되지 않는데요. 필립이 늘상 밀드러드라고만 하니까."

"자네가 그렇게 부른다 해서 설마 자네 눈을 할퀴려 하지는 않겠지." 필립은 웃었다.

"그럼 내게도 해리라고 부르셔야지."

두 사람이 끝없이 떠드는 동안 필립은 잠자코 앉아 사람들이 즐거워하는 모습을 본다는 건 참 기분 좋은 일이라고 생각하고 있었다. 필립이 줄곧 심각한 표정으로 있었기 때문에 그리피스는 이따금 다정하게 놀리기도 했다.

"이분이 당신을 아주 좋아하나 봐요, 필립." 밀드러드가 웃으며 말했다.

"이 사람도 나쁜 친구는 아니죠." 그리피스가 필립의 손을 쥐고 흔들며 말했다.

그가 필립을 좋아한다는 점이 그의 매력을 더욱 돋보이게 했다. 세 사람 모두 술을 잘 마시지 못하는 사람들이라 술기운이 이미 머리까지 퍼져 있었다. 그리피스는 더 수다스러워지고 더 떠들썩해져서 필립은 재미있어하면서도 목소리를 좀 낮추라고 하지 않을 수 없었다. 아무튼 타고난 이야기꾼이었다. 무슨 이야기이든 로맨스와 웃음거리가 빠지지 않았다. 그리고 어디에서든 그는 늘 남자답고 유머러스한 주인공으로 등장했다. 밀드러드는 재미있어 눈을 반짝이면서 이야기를 재촉했다. 그리피스는 숨은 일화를 끝없이 쏟아 놓았다. 전깃불이 꺼지기 시작하자 그녀는 깜짝 놀랐다.

"어머, 벌써 시간이 이렇게 됐어요? 전 아직 아홉 시 반도 못 됐을 거라 생각했는데."

그들이 가려고 일어섰을 때 밀드러드는 작별 인사를 하면서 이렇게 덧붙였다.

"내일 필립 집에 차를 마시러 가거든요. 괜찮으면 오세요."

"그러죠." 그리피스는 함께 웃으며 말했다.

핌리코로 돌아오는 동안 밀드러드는 그리피스 이야기밖에 하지 않았다. 그리피스의 잘생긴 외모, 맵시 있는 옷, 목소리, 활달함에 푹 빠져 있었다.

"좋아하니 정말 기뻐요." 필립이 말했다. "당신, 내가 그 친구 만나 보라고 했을 때 코웃음 치던 거 생각나요?"

"괜찮은 사람이에요. 당신을 아주 좋아하니 말예요. 참 좋은 친구 됐어요."

그녀는 필립이 키스를 할 수 있도록 얼굴을 들어 올렸다. 좀처럼 없던 일이었다.

"오늘 저녁 정말 즐거웠어요, 필립. 고마워요."

"쓸데없는 소리 말아요." 미소를 지었지만 고맙다는 말에 가슴이 찡하면서 눈이 젖어 왔다.

그녀는 문을 열고 들어서려다 필립에게 돌아섰다.

"해리에게 전해 주세요. 내가 사랑에 푹 빠졌다고 말예요."

"알았어요, 그럼 안녕." 그는 웃으며 말했다.

이튿날, 두 사람이 차를 마시고 있는데 그리피스가 들어왔다. 그는 안락의자에 천천히 주저앉았다. 커다란 몸집을 느릿느릿 움직이는 그의 동작에는 야릇하게 관능적인 데가 있었다. 두 사람이 계속 떠들어 대는 동안 필립은 조용히 앉아 있었지만 즐겁기만 했다. 두 사람이 다 좋았기 때문에 두 사람이 서로 좋아하는 것이 아주 자연스러워 보였다. 그리피스가 밀드러드의 관심을 사로잡는다 한들 상관없었다. 저녁이 되면 그녀는 자기만의 것이 아니겠는가. 그에게는 아내의 애정을 신뢰하는 사랑하는 남편의 태도 같은 게 있었다. 아내가 딴 사람과 시시덕거린다 하더라도 탈만 없다면 즐겁게 바라볼 수 있었다. 하지만 일곱 시 반이 되자 그는 시계를 보고 말했다.

"슬슬 저녁 먹으러 나갈 시간 됐어요, 밀드러드."

잠시 침묵이 흘렀다. 그리피스가 뭔가 생각하는 듯했다.

"그럼, 난 가 봐야겠군. 이렇게 늦은 줄 몰랐는걸." 이윽고 그가 말했다.

"오늘 밤에 무슨 하실 일 있으세요?" 밀드러드가 물었다.

"아뇨."

다시 침묵이 흘렀다. 필립은 약간 짜증이 났다.

"난 가서 좀 씻어야겠어요." 하고는 밀드러드에게 말했다. "당신도 손 좀 씻지 않을 거예요?"

그녀는 그 말에 대꾸하지 않았다.

"왜 같이 식사하러 가시지 그래요." 그녀가 그리피스에게 말했다.

그리피스는 필립을 쳐다보았다. 필립이 침울한 표정으로 그를 바라보았다.

"어제 저녁에 같이 했잖습니까." 그는 웃었다. "공연히 방해만 될걸요."

"아이, 괜찮아요." 밀드러드가 우겼다. "필립, 당신이 권해요. 방해되지 않죠?"

"원하면야 얼마든지 같이 가야지."

"좋아요, 그럼." 그리피스가 선뜻 말했다. "잠깐 올라가서 차리고 올게요."

그가 방을 나가자마자 필립이 화난 얼굴로 밀드러드에게 돌아섰다.

"도대체 무엇 때문에 같이 저녁을 먹자는 거예요?"

"어쩔 수 없었잖아요. 할 일도 없다는데 아무 말 않고 있으면 얼마나 우습겠어요."

"아니, 무슨 소리예요. 도대체 왜 할 일이 있느냐고 묻느냐고요?"

밀드러드는 핏기 없는 입술을 꼭 다물었다.

"나도 때론 기분 좀 풀고 싶어요. 늘상 당신하고만 있는 것도 지쳤다구요."

그리피스가 뚜벅뚜벅 계단을 내려오는 소리가 들렸다. 필립은 침실로 들어가 몸을 씻었다. 그들은 근처에 있는 이탈리아 식당에서 저녁을 먹었다. 필립은 화가 나서 입을 다물고 있었지만 그리피스보다 못난 사람으로 보일지 모른다는 생각이 얼른 들어 간신히 불쾌감을 감추었다. 가슴을 후비는 듯한 아픔을 잊기 위해 그는 술을 잔뜩 마시고, 같이 이야기를 해 보려고 애썼다. 밀드러드는 아까 한 말이 후회가 되는지 그의 비위를 맞추려고 온갖 애를 썼다. 상냥하고 다정하게 굴었다. 필립도 이윽고 질투심에 빠진 자기가 어리석었다고 여겨지기 시작했다. 저녁을 먹고 연예관에 가기 위해 이륜마차에 올랐을 때, 두 남자 사이에 앉은 밀드러드는 뭐라 하지 않았는데도 그에게 손을 내밀었다. 화를 냈던 감정이 눈 녹듯 사라져 버렸다. 하지만, 어떻게인지는 모르나, 그리피스도 그녀의 다른 쪽 손을 잡고 있다는 사실을 문득 의식하게 되었다. 고통이 또다시 격렬하게 그를 사로잡았다. 그것은 정말 육체적인 고통이었다. 공포에 휩싸인 필립은 이미 진작 물을 수도 있었을 물음을 이 순간 자문해 보았다. 밀드러드와 그리피스는 서로 사랑하고 있는 것이 아닐까. 눈앞에서 안개처럼 피어오르는 의혹, 분노, 당혹감, 비참함 때문에 연극 따위는 전혀 눈에 들어오지 않았다. 하지만 필립은 애써 아무렇지도 않은 척했다. 말도 하고 웃기도 했다. 그러다가 그는 자신을 고문하고 싶은 야릇한 충동에 사로잡혔다. 그는 일어나서 뭘 좀 마시고 오겠다고 했다. 밀드러드와 그리피스는 지금까지 한 번도 단둘이만 있어 본 적이 없다. 이들을 단둘이만 있게 해 보고 싶었다.

"함께 가세." 그리피스가 말했다. "나도 갈증이 좀 나는군."

"무슨 소리, 여기 있게. 밀드러드의 말 상대가 되어 주어야지."

왜 그런 소리를 했는지 알 수 없었다. 더 견딜 수 없는 괴로움을 맛보자고 두 사람만 같이 있도록 했단 말인가. 그는 바로 가지 않고 발코니로 올라갔다. 거기에서 그는 두 사람을 볼 수 있지만 그들은 자기를 보지 못한다. 이제 두 사람은 무대는 아예 보지도 않고 서로 상대방의 눈을 바라보며 웃고 있었다. 그리피스는 평소의 달변으로 계속 지껄이고 있고 밀드러드는 넋을 잃고 그의 입만 바라보고 있다. 필립은 머리가 무섭게 지끈거리기 시작했다. 그는 꼼짝 않고 그 자리에 서 있었다. 지금 돌아가면 방해만 될 뿐이다. 그가 없으니 두 사람은 마냥 즐거운 것이다. 그는 괴롭고 괴로웠다. 시간이 흘러 이제는 다시 합류하기도 어색하게 되어 버렸다. 자기 따위는 안중에도 없음을 알 수 있었다. 그런데도 저녁 값을 내고 연예관의 입장권을 샀다고 생각하니 속이 쓰렸다. 완전히 바보 취급 당하는 셈이었다. 수치감 때문에 온몸이 뜨거웠다. 그가 없으니 두 사람이 얼마나 좋아하는지 알 수 있었다. 문득 둘만 남겨 두고 돌아가 버릴까 하는 충동이 일었다. 하지만 모자와 외투를 두고 온 데다 나중에 구질구질하게 변명을 늘어놓기도 싫었다.

별 수 없이 자리로 돌아갔다. 그를 보는 순간 밀드러드의 눈에 귀찮아하는 표정이 스치는 듯했다. 가슴이 내려앉았다.

"어디 갔다 이제 오나?" 그리피스가 반갑게 웃으며 말했다.

"아는 사람들을 만나 이야기 좀 하느라구. 빠져나올 수가 있어야지. 같이 있으니 괜찮을 거라고 생각했고."

"난 아주 즐거웠는데 밀드러드는 어땠는지 모르겠군."

밀드러드는 흐뭇해하는 웃음을 가볍게 웃었다. 웃음소리에 담긴 천박한 울림에 필립은 질겁을 하고 말았다. 그는 이제 가자고 했다.

"갑시다, 우리 둘이서 바래다드릴게요." 그리피스가 밀드러드에게 말했다.

필립과 둘이만 남게 되는 것이 싫어 밀드러드가 미리 그런 꾀를 생각해 낸 모양이었다. 마차 안에서 필립은 그녀의 손을 잡지 않았고 그녀도 손을 주지 않았다. 하지만 그녀가 그리피스의 손을 잡고 있음을 그는 처음부터 알고 있었다. 무엇보다 이 모든 게 치사하기 짝이 없다는 생각이 들었다. 가는 도중, 그는 이들이 자기 몰래 만날 계획을 세웠을지 모른다는 생각이 자꾸 들었다. 애초에 둘만을 남겨 두었던 게 큰 잘못이었다. 그들이 일을 꾸미도록 자기가 일부러 기회를 준 셈이었다.

"마차를 기다리라고 하지. 피곤해서 걷지 못하겠는걸." 마차가 밀드러드의 하숙집에 이르자 필립이 말했다.

돌아오는 길에 그리피스는 내내 즐겁게 떠들면서 필립이 무뚝뚝하게 대꾸해도 아랑곳하지 않는 것 같았다. 하지만 필립은 상대방이 뭔가 낌새를 눈치챘음을 알 수 있었다. 필립의 침묵이 마침내 너무 심각해지자 견딜 수 없었던지 그리피스는 갑자기 긴장하면서 입을 다물고 말았다. 필립은 뭔가 말을 하고 싶었지만 어색해서 입이 떨어지지 않았다. 그러는 사이 시간이 자꾸 흘러 기회를 놓쳐 버릴지도 모른다는 생각이 들었다. 곧장 솔직히 털어놓고 말하는 것이 최선이다 싶었다. 그는 간신히 입을 열었다.

"자네, 밀드러드를 사랑하나?" 그가 불쑥 물었다.

"내가?" 그리피스는 소리 내어 웃었다. "그래서 자네 오늘 저녁 그렇게 굴었나? 어찌 그럴 수 있나. 이 사람아."

그가 필립의 팔짱을 끼려고 했지만 필립은 몸을 뺐다. 거짓말임을 알 수 있었다. 그렇다고 그리피스를 자꾸 몰아붙여 그가 밀드러드의 손을 잡고 있었음을 부인하게까지 할 수는 없었다. 갑자기 맥이 빠졌다.

"해리, 자네에겐 아무런 일도 아니겠지. 자넨 여자를 많이 사귀잖나. 그 여자를 뺏어 가지 말게. 내겐 인생이 걸린 문제야. 난 얼마나 괴로웠는지 모르네."

목소리가 떨려 나왔다. 솟구치는 흐느낌을 억제할 수 없었다. 그러는 자신이 부끄러워 못 견딜 지경이었다.

"이 사람아. 자네도 알잖나. 내가 왜 자네 마음 상할 일을 하겠는가. 나는 자네가 정말 좋아. 난 그저 그냥 재미있는 척 했을 뿐이야. 자네가 그런 식으로 생각할 줄 알았더라면 더 조심했을 것이네."

"정말인가?"

"그 여자에겐 눈곱만큼도 관심 없네. 내 말 믿게."

필립은 안도의 한숨을 내쉬었다. 마차가 집 앞에 멈췄다.

75

다음 날 필립은 기분이 퍽 좋았다. 밀드러드가 자기와 시간을 너무 많이 보내면 싫증을 낼 것 같아서 시간을 일부러 늦춰 잡아 저녁식사 때 만나기로 했다. 데리러 갔을 때는 이미 채비를 다 마치고 있었다. 시간을 그렇게 잘 지키다니 해가 서쪽에서 뜨겠다고 놀렸다. 그가 사 준 새 드레스를 입고 있었다. 잘 어울린다고 칭찬해 주었다.

"다시 가져가서 고쳐야 해요. 스커트가 잘 맞지 않아요." 그녀가 말했다.

"그럼 빨리 고쳐 달라고 해야겠네요. 파리에 갈 때 입고 싶으면."

"그 전에는 될 거예요."

"이제 삼 일밖에 남지 않았어요. 열한 시 기차로 가기로 할까요?"

"좋을 대로 해요."

이제 거의 한 달 동안 그녀는 온통 자기만의 것이 된다. 그는 사랑에 굶주린 사람의 눈길로 그녀를 바라보았다. 그러면서 자신의 열정에 피식 웃음이 나왔다.

"당신의 뭐가 그리 좋을까."

"거 듣기 한번 좋네요."

그녀는 얼마나 말랐는지 뼈가 드러나 보일 지경이었다. 가슴도 남자처럼 납작했다. 얄팍하고 창백한 입술 때문에 입은 못나 보였고, 피부도 어쩐지 푸르딩딩해 보였다.

"파리에 가면 철분제를 잔뜩 사 먹여야겠네요." 필립이 웃으며 말했다. "살도 찌고 혈색도 좋게 해서 데려와야겠어요."

"난 살찌고 싶지 않아요."

그녀는 그리피스 이야기를 꺼내지 않았다. 저녁을 먹으면서 필립은 그녀에 대한 자신감도 생겨 얼마간 짓궂게 이렇게 말했다.

"엊저녁에 당신, 해리랑 아주 즐거워 보이던데."

"내가 사랑에 빠졌다고 했잖아요." 그녀는 웃었다.

"그 친구가 당신을 사랑하지 않아 다행이네요."

"그걸 어떻게 알아요?"

"내가 물어봤죠."

그녀는 필립을 바라보며 잠시 머뭇거렸다. 야릇한 광채가 그녀의 눈에 어렸다.

"그럼 이 편지 좀 읽어 볼래요? 오늘 아침 그이에게서 받은 건데."

그녀는 편지 한 통을 건네주었다. 굵직굵직한 필체가 의심할 나위 없이 그리피스의 필적이었다. 여덟 장이나 되는 긴 편지였다. 솔직하고 멋진 명문이었으며, 여자들에게 구애하는 데 이력이 난 사내의 편지였다. 밀드러드를 정열적으로 사랑하며, 처음 만난 순간 사랑에 빠져 버렸노라고 했다. 실은 당신을 사랑하고 싶지 않다. 필립이 얼마나 당신을 좋아하는지 알기 때문이다. 하지만 어쩔 수가 없다. 필립은 참 좋은 친구다. 그래서 자기로서는 부끄럽기 짝이 없다. 하지만 내 잘못은 아니다. 내 넋이 나가 버린 걸 어떻게 하느냐, 그런 내용이었다. 그는 그녀에게 갖가지 기분 좋은 찬사를 늘어놓았다. 마지막으로는, 내일 자기와 점심 약속을 해 주어 정말 고마우며, 그녀를 미친 듯이 보고 싶다고 했다. 편지의 날짜를 보니 어젯밤으로 되어 있었다. 필립과 헤어지고 난 뒤 곧바로 썼던 게 틀림없다. 그리고 자고 있으리라 생각했던 시간에 일부러 밖에 나가 편지를 부쳤던 게 틀림없다.

편지를 읽는 동안 가슴이 벌떡거렸지만 필립은 놀란 내색을 하지 않았다. 그는 미소를 지으며 조용히 편지를 다시 밀드러드에게 건네주었다.

"그래 점심은 잘 먹었어요?"

"그럼요." 그녀는 힘주어 대답했다.

손이 떨리는 것을 느끼고 그는 테이블 밑으로 손을 감췄다.

"그리피스 말을 너무 믿어선 안 될걸요. 이 여자 저 여자 좋아하는 사람이니까."

그녀는 편지를 집어 들고 다시 한번 들여다보았다.

"나도 내 맘대로 되질 않아요." 애써 냉정한 목소리를 만들어 그녀는 말했다. "뭐에 씌었나 봐요."

"나는 좀 거북하게 됐네요. 안 그래요?" 필립이 말했다.

그녀는 그의 얼굴을 힐끗 쳐다보았다.

"그래도 아주 태연하시네요."

"그럼 어떻게 하길 바라요? 두 손으로 머리칼이라도 쥐어뜯을까요?"

"난 당신이 화를 낼 줄 알았어요."

"이상해요, 도무지 화가 나지 않으니. 이런 일이 일어날 줄 알았어야 했어요. 두 사람을 만나게 한 내가 바보지. 어느 모로 보나 그 친구가 나보다 유리하다는 걸 잘 알고 있으면서 말예요. 명랑하지, 미남이지, 재미있지, 당신이 좋아할 이야기도 잘 하지 말이에요."

"무슨 뜻으로 그런 말 하는지 모르겠어요. 내가 머리가 나쁘더라도 그건 어쩔 수 없어요. 하지만 당신이 생각하는 것만큼은 바보가 아니에요. 알았어요? 이봐요, 너무 똑똑한 척하지 마세요."

"나와 싸우고 싶은가 봐요?" 필립이 부드럽게 물었다.

"천만에요. 하지만 당신이 왜 날 그렇게 아무것도 모르는 사람 취급하는지 모르겠어요."

"미안해요. 당신 마음 상하게 하려는 의도는 없었어요. 그냥 이 일을 조용히 이야기해 보고 싶었을 뿐이에요. 우리 두 사람 다, 되도록 일을 복잡하게 만들고 싶진 않잖아요. 내가 보니 당신, 그 친구에게 반했더군요. 그럴 수 있다고 여겨졌어요. 정말 마음이 아팠던 건 다른 게 아녜요. 그 친구가 당신을 부추겼다는 사실이죠. 그 친구는 내가 당신에게 얼마나 빠져 있는지 잘 알고 있어요. 내게는 눈곱만큼도 관심이 없다 해 놓고 오 분이 안 되어 그런 편지를 쓰다니, 치사한 친구라는 생각이 든단 말이에요."

"그런 식의 험담으로 내가 그이를 싫어하리라고 생각한다면 그건 오산이에요."

필립은 잠시 침묵을 지켰다. 무슨 말로 그의 뜻을 알아들을 수 있게 해야 할지 몰랐다. 차분하고 신중하게 말하고 싶었지만 소용돌이치는 감정 때문에 생각을 정리할 수 없었다.

"오래 가지 못할 격정 때문에 모든 것을 희생할 가치가 있을까. 따지고 보면 그 친구, 열흘 이상 좋아하는 사람이 없어요. 그리고 당신은 상당히 냉정한 사람이잖아요. 당신에겐 그런 일이 별 의미가 없을 텐데."

"그건 당신 생각이에요."

그녀의 어조가 싸움이라도 할 듯한 기세여서 일은 더 어려워졌다.

"그 친구를 사랑하고 있다면 그거야 당신으로서도 어쩔 수 없겠죠. 나도 참을 도리밖에 없고. 하지만 우린 지금 잘 지내고 있잖아요. 내가 당신에게 나쁘게 대하던가요? 내가 알기로는, 당신이 날 사랑하지는 않지만 그래도 좋아는 해요. 그러니 우리가 파리에 가면 그리피스는 잊을 수 있을 거예요. 당신이 그리피스 생각을 하지 않겠다고 마음만 먹으면 그게 그렇게 어렵지 않을 거라고요. 내가 당신을 위해 뭘 했다면 당신도 날 위해 뭔가를 해야 하지 않아요?"

그녀는 대답을 하지 않았다. 두 사람은 잠자코 식사를 계속했다. 침묵이 점점 견딜 수 없게 되어 필립은 다른 화제를 꺼냈다. 밀드러드는 딴 데 정신을 두고 있었지만 모르는 척했다. 그녀는 건성으로 대꾸했고, 먼저 이야기를 끄집어내진 않았다. 그러더니 갑자기 그의 말을 불쑥 가로막고 말했다.

"필립, 토요일에 난 못 갈 것 같아요. 의사가 여행은 안 된대요."

거짓말임이 뻔했지만 이렇게 물었다.

"그럼 언제 갈 수 있는데요?"

그녀는 힐끗 그의 얼굴을 쳐다보았다. 필립의 얼굴이 하얗게 굳어 있음을 보고 그녀는 불안스레 얼굴을 돌려 버렸다. 아무래도 약간 겁이 났던 모양이다.

"털어놓고 매듭을 짓는 게 좋겠어요. 난 당신하고 같이 갈 수가 없어요."

"그런 식으로 나올 줄 알았어요. 하지만 마음을 바꾸기엔 너무 늦었어요. 표도 사 놓고 모든 준비가 끝났으니까."

"당신이 말했죠. 내가 원하지 않으면 강요하지는 않겠다고. 나는 가고 싶지 않아요."

"나도 생각을 바꿨어요. 더 이상 허튼수작에 넘어가지 않을 거야. 당신은 가야 해요."

"필립, 난 당신이 친구로서는 아주 좋아요. 하지만 딴 관계는 생각할 수 없어요. 딴 관계는 싫어요. 그건 안 돼요, 필립."

"일주일 전만 해도 가고 싶어했잖아요."

"그때는 사정이 달랐어요."

"그리피스를 만나기 전이란 말인가?"

"아까 당신도 그랬잖아요. 내가 그이를 사랑한다면 그건 어쩔 수 없는 일이라고요."

그녀는 실쭉한 표정으로 눈길을 줄곧 접시에 박고 있었다. 필립의 얼굴은 분노로 하얗게 되었다. 주먹으로 그녀의 얼굴을 후려갈기고 싶었다. 눈자위가 멍든 그녀를 상상해 보았다. 가까운 테이블에 열여덟 살쯤 돼 보이는 청년 둘이 식사를 하면서 힐끔힐끔 밀드러드를 쳐다보았다. 예쁜 아가씨와 식사를 하고 있으니 부러운가 보다고 필립은 생각했다. 필립의 처지가 되어 보고 싶은지도 몰랐다. 침묵을 깬 것은 밀드러드였다.

"같이 가서 뭐가 좋겠어요. 난 내내 그이 생각만 할 텐데. 그러면 당신도 흥이 나지 않을 거 아녜요."

"그거야 당신이 상관할 바 아니고."

그녀는 그 말의 뜻을 생각해 보더니 얼굴을 붉혔다.

"그건 비열하군요."

"그게 어때서?"

"난 당신이 어느 모로 보나 신사라고 생각했어요."

"당신이 잘못 생각한 거죠."

그렇게 대꾸하다 보니 재미가 있어서 필립은 웃음을 터뜨렸다.

"제발 웃지 말아요." 그녀가 소리쳤다. "난 당신이랑 갈 수 없어요, 필립. 정말 미안해요. 내가 당신한테 잘한 건 없지만 그렇다고 뭘 억지로 할 수도 없잖아요?"

"당신 잊어버렸어요? 당신이 어려웠을 때 내가 하나부터 열까지 다 도와주었다고. 애 낳을 때까지 생활비 대 주었지, 병원비니 뭐니 다 내가 내 주었어요. 브라이튼에 산후 조리 갔을 때도 비용을 내가 댔고, 당신 애 양육비도 내가 내고 있어요, 당신 옷값도 내가 내고 있고 말예요. 당신이 지금 입고 있는 옷 가운데 한 가지라도 내가 사 주지 않은 게 있어요?"

"당신이 신사라면 자기가 한 일을 그처럼 내놓고 말하지 않을 거예요."

"제발 잠자코나 있어요. 내가 지금 신사 따위에 신경 쓸 거 같아요? 내가 신사라면 말이지, 당신 같은 천박한 여자하고는 시간 낭비를 하지 않을 거야. 당신이 날 좋아하든 말든 상관하지 않아요. 난 이제 얼간이 취급당하는 게 신물이 나. 당신 알아서 해. 토요일에 파리에 함께 가든가, 아니면 뒷일을 감수하든가."

그녀의 두 볼이 분노로 새빨개졌다. 입을 열자, 평소에 얌전 빼느라고 숨기던 상스러운 어투가 목소리에 그대로 드러났다.

"내가 당신을 한 번이라도 좋아한 적이 있는 줄 알아요? 천만에요. 한 번도 없어요. 당신이 억지로 사귀자고 한 거지. 당신이 키스할 땐 정말 얼마나 싫었는지 몰라. 이젠 절대 내게 손대게 하지 않을 거야. 굶어 죽는 한이 있더라도 말야."

필립은 접시의 음식을 삼켜 넣으려고 애썼지만 목구멍의 근육이 말을 듣지 않았다. 그는 술을 들이켜고 담배에 불을 붙였다. 온몸이 부들부들 떨렸다. 말이 나오지 않았다. 상대방이 일어서기를 기다렸지만 그녀는 입을 꼭 다문 채 흰 식탁보만 노려보고 있을 뿐이다. 거기에 그들 두 사람뿐이었다면 필립은 여자를 와락 껴안고 정신없이 키스를 퍼부었을지도 모른다. 그가 입술로 그녀의 입을 내리누를 때 뒤로 젖혀질 그녀의 하얗고 긴 목을 그는 머릿속으로 상상했다. 두 사람은 아무 말 없이 한 시간을 보냈다. 이윽고 필립은 이상하다는 듯이 그들을 바라보는 웨이터의 눈길을 느꼈다. 그는 계산서를 부탁했다. 그러고는 "일어설까요." 하고 억양 없는 어조로 물었다.

대답을 하지는 않았지만 그녀는 핸드백과 장갑을 챙겼다. 그러고는 외투를 입었다.

"그리피스를 또 언제 만나기로 했죠?"

"내일 만나요." 무심한 어조로 그녀가 말했다.

"이 문제를 그 친구와 상의하는 게 좋을 거요."

그녀는 기계적인 동작으로 핸드백을 열더니 무슨 종이 쪽지를 하나 찾아 꺼냈다.

"여기 이 옷값 청구서예요." 그녀는 머뭇거리며 말했다.

"그래서요?"

"내일 돈을 치르기로 약속했어요."

"그래요?"

"나더러 사도 좋다고 해 놓고서 돈을 치르지 않겠다는 말이에요?"

"그래 맞아요."

"해리에게 부탁하겠어요." 얼굴이 금세 붉어지면서 그녀가 말했다.

"기꺼이 도와줄 거요. 그 친구가 현재 내게 칠 파운드 빚이 있고, 수중에 무일푼이라 지난주에 현미경을 전당포에 잡혀먹었다던데."

"그런 말로 날 겁주려고 하지 말아요. 나도 내 밥벌이는 할 수 있으니까."

"그게 당신으로서는 최선일 거요. 난 이제 당신에게 한 푼도 더 줄 수 없으니까."

그녀는 토요일에 내야 될 방세, 어린애의 양육비가 생각났지만 아무 말도 하지 않았다. 그들은 식당을 나왔다. 길거리로 나왔을 때 필립이 물었다.

"마차를 불러 줄까요? 난 산책을 좀 하겠어요."

"돈이 한 푼도 없어요. 오늘 오후에 내야 할 것이 있어서 내 버렸어요."

"걸어가도 나쁠 것 없겠죠. 내일 날 보고 싶으면 간식 시간 경에 집에 있을 겁니다."

그는 모자를 벗어 보이고는 어슬렁거리며 떠나 버렸다. 잠시 뒤를 돌아보니 그녀는 오가는 차량들을 바라보며 맥없이 서 있었다. 그는 다시 돌아가 웃으면서 그녀에게 동전 하나를 손에 쥐여 주었다.

"이거 이 실링인데, 이거 가지고 타고 가요."

그녀가 무어라고 하기도 전에 필립은 서둘러 가 버렸다.

76

다음 날 오후, 필립은 방에 앉아 밀드러드가 과연 올 것인지 궁금해하고 있었다. 간밤에는 잠을 설쳤다. 오전 시간은 학교 클럽에서 신문을 뒤적거리며 보냈다. 방학 중이라 런던에는 아는 학생들이 별로 남아 있지 않았지만 한두 사람을 만나 체스를 두면서 따분한 시간을 보냈다. 점심을 먹고 나니 몸이 나른하고 머리도 아파 하숙집으로 돌아와 드러누웠다. 소설책을 읽어 보려고 했다. 그리피스는 보지 못했다. 어젯밤에 들어왔을 때 보니 그는 집에 없었다. 나중에 들어오는 기척을 들었지만 여느 때처럼 필립의 방에 들러 자고 있는지 확인하지 않았다. 아침 일찍 집을 나서는 소리가 들렸다. 필립을 피하고 싶은 것이 분명했다. 갑자기 문을 가볍게 두드리는 소리가 났다. 필립은 벌떡 일어나 문을 열었다. 밀드러드가 문간에 서 있었다. 그 자리에 서서 꼼짝하지 않는다.

"들어와요."

그녀가 들어오자 필립은 문을 닫았다. 그녀는 앉더니 머뭇거리며 입을 열었다.

"엊저녁에 이 실링 준 것 고마워요."

"아, 괜찮아요."

그녀는 보일락 말락 미소를 지어 보였다. 그걸 보니, 잘못을 하여 두들겨 맞고 주인에게 알랑거리려는 강아지의 겁먹고 비굴한 표정이 떠올랐다.

"해리와 점심을 먹고 왔어요." 그녀가 말했다.

"그랬어요?"

"토요일에 가는 여행 말예요. 아직도 같이 가고 싶은 마음이 있으면 같이 갈게요."

순간, 짜릿한 승리의 쾌감이 가슴을 스쳤다. 하지만 그것도 한순간. 곧 의심스러운 생각이 들었다.

"돈 때문인가요?" 그가 물었다.

"얼마간은요." 그녀는 간단히 대답했다. "해리는 속수무책이에요. 집세가 오 주일 분이나 밀린 데다 당신한테 빚진 것도 칠 파운드나 되고, 양복점에서는 돈 갚지 않는다고 성화래요. 전당 잡힐 수 있는 건 이미 다 잡혔구요. 나도 새 옷 값 받으러 온 여자에게 나중에 주겠다고 미루느라 아주 애를 먹었어요. 토요일에는 집세도 치러야 해요. 일자리가 어디 금세 얻어지나요? 빈 자리가 날 때까지는 얼마간 기다려야 하잖아요."

그녀는 이 모든 말을 억양 없는 목소리로 푸념하듯 늘어놓았다. 마치 자연의 이치이기 때문에 어쩔 수 없이 겪을 수밖에 없는 운명의 부당함을 열거하는 듯. 필립은 대꾸하지 않았다. 그녀의 말이 무슨 뜻을 담고 있는지 잘 알 수 있었다.

"아까 '얼마간'이라고 했는데." 그가 이윽고 말했다.

"해리가 그러는데, 당신은 우리 둘에게 아주 잘해 주었대요. 자기한테도 아주 좋은 친구였고, 또 내게는 딴 사람이라면 할 수 없는 일을 해 주었대요. 그래서 우리도 당신에게 잘해야 한대요. 그리고 당신이 한 말도 했어요. 자기는 타고난 바람둥이이고 당신 같지는 않다구요. 그래서 내가 자기 때문에 당신을 버리는 건 바보 같은 일이라구요. 자기는 길게 가지 않지만 당신은 길게 갈 거래요. 자기 입으로 직접 그렇게 말하더라구요."

"정말 나랑 같이 가고 싶다는 건가요?"

"그래도 돼요."

필립은 그녀를 바라보았다. 그의 입 언저리가 비참하게 일그러졌다. 이제야말로 진짜 승리를 했다. 그러므로 이제부터 마음먹은 대로 하리라. 그는 자신의 비굴함에 가벼운 비웃음을 보냈다. 그녀가 그의 얼굴을 힐끗 쳐다보았으나 입을 열지 않았다.

"내가 당신과 함께 떠날 날을 죽어라 기다렸어요. 나중엔 이런 생각이 들었지요. 비참한 꼴을 당할 대로 당했으니 이젠 즐거운 일만 남았겠지 하고……."

하고 싶은 말을 미처 끝내기도 전이었다. 갑자기, 예고도 없이 밀드러드가 와락 울음을 터뜨렸다. 전에 노라가 앉아 울던 의자에 앉아, 노라처럼 그녀도 의자 등받이에 얼굴을 파묻고 울어 댔다. 머리를 갖다 대는 부분이 눌려 약간 꺼졌는데 그곳에 얼굴을 대고 울었던 것이다.

'난 여자에겐 운이 없는 사람이야' 하고 필립은 생각했다.

그녀가 흐느낄 때마다 가냘픈 몸이 심하게 들썩였다. 이처럼 모든 것을 다 팽개치고 울어 대는 여자는 처음이었다. 너무 가슴 아픈 광경이라 마음이 갈가리 찢기는 것만 같았다. 필립은 자기도 모르게 다가가 그녀를 껴안았다. 그녀는 물리치지 않고 애절하게 울어 대면서도 그의 위무에 몸을 내맡겼다. 그는 몇 마디 달래는 말을 속삭였다. 무슨 말을 하고 있는지 자기도 알 수 없었다. 그녀 위에 몸을 굽히고 연거푸 키스를 했다.

"그렇게 서러워요?" 그가 마침내 물었다.

"죽고만 싶어요. 애를 낳을 때 죽었더라면." 그녀는 신음하듯 말했다.

여자의 모자가 방해가 되어 필립은 모자를 벗겨 주었다. 그녀의 머리를 의자 위에 좀 더 편안하게 기대 준 다음 테이블로 가서 앉아 그녀를 바라보았다.

"사랑이란 끔찍한 거예요, 그렇죠?" 그가 말했다. "그런데도 다들 사랑을 하고 싶어하니!"

이윽고 격렬했던 흐느낌이 잦아들었다. 그녀는 탈진한 모습으로 머리를 뒤로 젖히고 팔을 맥없이 늘어뜨린 채 의자에 앉아 있었다. 화가들이 옷을 걸어 놓는 데 사용하는 마네킹 같은 기괴한 표정을 한 채.

"난 당신이 그 친구를 그처럼 사랑하고 있는 줄 몰랐어요." 필립이 말했다.

그는 그리피스의 사랑을 잘 이해할 수 있었다. 그의 입장에서서 그의 눈으로 보고 그의 손으로 만져 보았기 때문이다. 그리피스의 몸이 되어 생각해 볼 수도 있었다. 그의 입술로 입맞추고 푸른 눈으로 미소 지으며 그녀를 바라보았다. 놀라운 것은 그녀의 감정이었다. 그녀에게 열정이 있으리라고는 꿈에도 생각지 못했다. 그런데 이것은 분명 열정이었다. 틀림없었다. 필립의 가슴 안에서는 무언가 무너져 내리고 있었다. 정말이지 무엇인가가 붕괴되고 있는 느낌과 더불어 야릇한 무력감이 느껴졌다.

"난 당신을 슬프게 만들고 싶지 않아요. 싫으면 나랑 가지 않아도 돼요. 그래도 돈은 주겠어요."

그녀는 고개를 저었다.

"아녜요. 가겠다고 했잖아요. 가겠어요."

"그 친구를 사랑해서 병이 났는데 같이 가서 뭐가 좋겠어요?"

"그래요, 그 말은 맞아요. 사랑 때문에 병이 났어요. 오래 가지 않으리라는 건 알아요. 그이처럼요. 하지만 지금은 말예요……."

그녀는 말을 멈추고 눈을 감았다. 실신이라도 하려는 것 같았다. 그 순간 퍼뜩 필립에게 야릇한 생각이 떠올랐다. 그것을 더 생각해 보지도 않고 그는 그냥 떠오르는 대로 말하고 말았다.

"왜 그 친구랑 같이 가지 그래요."

"어떻게 그럴 수가 있어요. 우리에게 돈이 없다는 건 알잖아요."

"돈은 내가 줄게요."

"당신이요?"

그녀는 일어나 앉아 그의 얼굴을 바라보았다. 눈이 반짝이기 시작하고 양 볼에 화색이 돌았다.

"아무래도 이 일을 빨리 끝장내는 게 상책일 것 같아요. 그러고 나서 당신은 다시 내게 돌아오는 거예요."

이런 제안을 하고 보니 괴로움으로 가슴이 찢어지는 것 같았다. 그러나 한편으로 그 괴로움은 야릇하고도 미묘한 쾌감을 주었다. 여자는 휘둥그레진 눈으로 그를 뚫어지게 바라보았다.

"아니, 어떻게 우리가 당신 돈으로 그럴 수 있어요? 해리도 그런 생각 못 할 거예요."

"아니, 괜찮아요. 그 친구는 그러겠다고 할 거예요. 당신이 설득하면."

여자가 안 된다고 하니 그는 더욱 우기게 되었지만 사실은 그녀가 진심으로 격렬하게 거절해 주기를 바랐다.

"내가 오 파운드를 줄게요. 토요일부터 월요일까지 다녀올 수 있을 거예요. 어렵지 않아요. 그리피스는 월요일에 고향에 가니까요. 북런던의 병원에 근무 나가기 전까지 말이에요."

"아니, 필립, 진심이에요?" 그녀는 두 손을 맞잡고 소리쳤다. "당신이 우리를 가게만 해 준다면……. 나중에는 정말 당신만을 사랑할 거예요. 당신을 위해 무슨 일이든 할게요. 그렇게만 해 준다면 나는 틀림없이 이 짓을 곧 그만둘 거예요. 정말 돈을 줄 거예요?"

"그럼요."

여자는 이제 완전히 딴판이 되어 있었다. 소리 내어 웃기 시작했다. 정신 나간 사람처럼 좋아했다. 그녀는 일어나서 필립의 곁에 무릎을 꿇고 앉아 그의 두 손을 붙잡았다.

"필립, 당신은 정말 멋쟁이예요. 내가 아는 사람 중에 최고예요. 나중에 화를 내는 건 아니겠죠?"

그는 미소를 지으며 머리를 가로저었다. 하지만 가슴은 찢어지는 듯했다.

"그럼 지금 가서 해리에게 말해도 돼요? 당신이 상관하지 않는다고 말해도 될까요? 당신이 상관없다고 말해 주지 않으면 그이는 가지 않을 거예요. 정말이지, 내가 그이를 얼마나 사랑하는지 당신은 모를 거예요. 하지만 나중엔 당신이 원하는 건 뭐든지 하겠어요. 월요일이면 파리든 어디든 당신을 따라가겠어요."

그녀는 일어서서 모자를 썼다.

"어디를 가려는데요?"

"그이에게 날 데려가려는지 물어보려구요."

"벌써요?"

"더 있다 가면 좋겠어요? 그러라면 그럴게요."

그녀는 다시 앉았다. 그는 푸시시 웃었다.

"아니, 괜찮아요. 어서 가 봐요. 다만 한 가지, 난 지금은 그리피스를 보고 싶지 않아요. 지금 보면 참을 수 없을 거예요. 그 친구에게 나쁜 감정 같은 것은 없다고 말해 줘요. 하지만 내 앞에는 얼씬거리지 말라 하고요."

"좋아요." 그녀는 벌떡 일어나 장갑을 꼈다. "그이가 뭐라고 말하는지 알려 줄게요."

"오늘 저녁에 나랑 저녁이나 하죠."

"좋아요."

그녀는 그가 입을 맞출 수 있도록 얼굴을 디밀었다. 그가 입술을 내리누르자 그녀는 두 팔로 목을 감았다.

"당신은 참 좋은 사람이에요, 필립."

두 시간 후 그녀는 두통이 나서 그와 저녁을 같이할 수 없다는 쪽지를 보내왔다. 필립이 거의 예측한 대로였다. 그리피스와 저녁을 하고 있을 것임이 뻔했다. 질투가 나서 견딜 수 없었다. 하지만 두 사람을 사로잡고 있는 그 돌연한 격정은 아무래도 외부에서 온 어떤 것, 마치 신이 내려 준 것처럼 여겨졌다. 필립으로서는 무력감만이 느껴질 뿐이었다. 두 사람의 사랑은 아주 자연스러워 보였다. 그리피스는 자기보다 나은 점이 훨씬 많았다. 밀드러드의 입장이라면 자기도 밀드러드처럼 하지 않을 수 없으리라. 그 점을 필립은 인정하지 않을 수 없었다. 제일 속이 상했던 점은 그리피스의 배반이었다. 지금까지는 얼마나 좋은 친구였던가. 또한 그는 자기 친구가 얼마나 열렬히 밀드러드를 사랑하고 있는지 알고 있지 않았던가. 그렇다면 친구에게 이처럼 해를 입히지 않았어야 했다.

필립은 금요일까지 밀드러드를 만나지 않았다. 그때쯤 되니 못 견디게 보고 싶어졌다. 하지만 그녀가 다시 찾아왔을 때 필립은 그녀에게 자기는 전혀 안중에도 없는 사람이 되어 있음을 깨닫게 되었다. 그녀의 마음은 온통 그리피스에게 빠져 있었다. 필립은 갑자기 그녀가 싫어졌다. 이제야 밀드러드와 그리피스가 왜 서로 사랑하는지 알 수 있었다. 그리피스는 정말 멍청한 녀석이었다. 그렇다는 것은 전에도 알고 있었지만 그냥 모르는 척하고 있었을 뿐이다. 머리가 텅텅 빈 바보였다. 매력 덕분에 철저한 이기심이 잘 드러나지 않았을 뿐이다. 자신의 욕정을 위해서라면 누구라도 기꺼이 희생시킬 사람이었다. 이자는 생활도 정말 엉망일 만큼 어리석었다. 술집에서 빈둥거리고 연예관이나 들락거리며 이 여자 저 여자에게로 떠돌아다녔다. 책이라고는 한 권도 읽지 않았고, 아는 것이라고는 경박하고 저속한 것뿐이었다. 고상한 생각이라고는 품어 본 적이 없다. 걸핏하면 입에 담는 말이 '멋쟁이'라는 말이었다. 남자에 대해서건 여자에 대해서건 그것이 최고의 찬사의 말이었다. 멋쟁이! 밀드러드가 그를 좋아하게 된 건 이상할 게 없었다. 두 사람은 잘 어울리는 한 쌍이었다.

필립은 밀드러드와 이야기하면서 서로에게 중요하지 않은 화제만을 꺼냈다. 그녀가 그리피스에 대해 이야기하고 싶어한다는 것을 알았지만 기회를 주지 않았다. 이틀 전, 하찮은 핑계로 그녀가 저녁 약속을 취소한 일에 대해서도 전혀 언급하지 않았다. 아무렇지 않은 척하면서, 자기가 갑자기 무관심해졌다고 생각하도록 하려고 했다. 그러면서 그는 교묘한 솜씨로 사소하면서도 그녀에게 상처가 될 만한 일들을 들추어 내 이야기했다. 하지만 그 이야기의 의도가 너무 불분명하고, 그 잔인함이 너무 미묘해서 그녀로서는 따지고 들 수도 없었다. 마침내 그녀는 일어섰다.

"이제 가 봐야 할까 봐요."

"하기야 할 일이 많겠지."

그녀가 손을 내밀자 그는 손을 잡아 작별 인사를 하면서 문을 열어 주었다. 밀드러드가 무슨 말을 하고 싶어하는지 그는 알고 있었다. 자신의 냉정하고 빈정거리는 듯한 태도가 상대방을 겁먹게 했다는 것도 알고 있었다. 필립은 수줍은 성격 때문에 사람 대하는 태도가 너무 경직되는 바람에 본인의 의사와는 다르게 상대방을 놀라게 하는 수가 있었다. 필립은 그 점을 알고 필요할 때면 일부러 그런 태도를 취했다.

"그런데 약속한 것 잊어버렸어요?" 그가 문을 붙들고 있는데 마침내 그녀가 말했다.

"무슨 약속이요?"

"돈 말예요."

"얼마나 필요한데요?"

그는 일부러 자신의 말이 기분 나쁘게 들리도록 냉정한 계산 아래 말했다. 밀드러드는 얼굴을 붉혔다. 그 순간 밀드러드가 자기에게 증오감을 느끼리라는 것을 그는 알고 있었다. 그럼에도 덤벼들지 않는 그녀의 자제력이 놀랍게 여겨졌다. 그는 그녀를 괴롭히고 싶었다.

"옷값도 줘야 하고, 내일은 집세를 내야 해요. 그게 전부예요. 해리가 가지 않겠다니까 여행비는 필요 없어요."

필립은 육중한 무엇으로 가슴을 쿵 하고 얻어맞은 것 같았다. 부지중에 문의 손잡이를 놓고 말았다. 문이 닫혔다.

"왜 안 간다는 거죠?"

"그럴 수 없다는 거예요. 당신 돈으로 말예요."

그 순간 필립은 악마에 사로잡히고 말았다. 마음속에 늘 도사리고 있던 자학의 악마였다. 실제로는 두 사람이 함께 가지 않기를 간절히 바라면서도 그는 자신을 다스릴 수 없었다. 그는 밀드러드를 통해 그리피스를 설득하려 했다.

"내가 괜찮다는데 왜 안 된다는지 모르겠네요."

"나도 그렇게 말했어요."

"하기야 정말 가고 싶다면 주저하지 않겠지."

"아니, 그렇지 않아요. 가고는 싶어해요. 돈만 있다면 당장에라도 갈 거예요."

"그 친구가 꺼림칙하게 생각한다면 돈을 당신에게 줄 수도 있어요."

"그이만 원하면 당신이 돈을 빌려줄 거라고 했지요. 되도록 빨리 갚으면 되지 않겠느냐고요."

"당신도 많이 달라졌군요. 남자더러 주말에 어디로 데려가 달라고 무릎을 꿇고 빌다니."

"정말 그렇죠?" 그녀는 염치없이 피시시 웃으며 말했다.

필립의 등줄기에 서늘한 전율이 스쳐 갔다.

"그럼 어떡할 거예요?"

"별 수 없죠. 그이는 내일 고향에 간대요. 꼭 가야 한다나요."

그 말을 들으니 필립은 살 것 같았다. 그리피스만 없으면 밀드러드를 되찾을 수 있다. 그녀에겐 런던에 아는 사람이 없다. 따라서 이제 자기만을 만날 수밖에 없을 것이다. 단둘이만 남게 되면 지금의 열병은 곧 잊게 만들 수 있다. 자기가 이 문제로 더 이상 말을 꺼내지만 않는다면 일은 끝난다. 하지만 그에게는 그들이 느낄 양심의 가책을 덜어 주고 싶은 악마와 같은 욕망이 있었다. 필립은 그들이 자기에게 얼마나 비열한 행동을 할 수 있는가를 알고 싶었다. 조금만 더 유혹하면 그들은 넘어갈 것이다. 그들이 저지를 비열한 행동을 생각하고 그는 격렬한 기쁨을 느꼈다. 한마디 한마디 말에 가슴이 찢어지는 듯했지만 그는 그 고통 속에서 무서운 쾌감을 느꼈다.

"지금이 아니면 기회가 영영 없을 텐데."

"그렇지 않아도 나도 그렇게 말했어요."

그녀의 목소리에 담긴 열렬한 어조에 필립은 흠칫 놀랐다. 초조한 나머지 그는 손톱을 깨물고 있었다.

"어디로 갈 생각이에요?"

"아, 옥스퍼드로요. 그이가 거기 대학에 다녔다면서요. 대학을 보여 주고 싶다고 했어요."

필립은 언젠가 밀드러드에게 옥스퍼드에 가 보자고 했던 생각이 났다. 하지만 그녀는 경치 구경은 따분하다고 잘라 말했었다.

"날씨도 아주 좋을 것 같은데. 지금쯤 아주 좋을 거예요."

"맘 돌리려고 그이에게 별 소리 다 해 봤어요."

"다시 한번 해 보지 그래요?"

"당신이 권하더라고 해 볼까요?"

"그렇게까지 하지 않아도 될 것 같은데요."

그녀는 그를 쳐다보면서 잠시 생각에 잠겼다. 필립은 애써 다정한 표정으로 그녀를 바라보았다. 그녀가 밉고, 경멸스러우면서도, 그녀를 열렬히 사랑하고 있었다.

"이렇게 하겠어요. 가서 그이가 갈 수 있는지 없는지 알아보겠어요. 그런 다음 되겠다고 하면 와서 내일 돈을 가져갈게요. 언제 집에 있을 거예요?"

"점심 먹고 와서 기다리죠."

"좋아요."

"옷값과 방세는 지금 줄게요."

그는 책상으로 가서 가지고 있던 돈을 꺼냈다. 옷값은 육 기니였다. 게다가 방세와 식비가 있었고, 일주일 분의 어린애 양육비가 있었다. 그는 팔 파운드 십 실링을 주었다.

"고마워요."

그녀는 돌아갔다.

77

학교 지하실에서 점심을 먹은 뒤 필립은 집으로 돌아왔다.

토요일 오후여서 주인 여자가 계단을 청소하고 있었다.

"그리피스 있나요?" 그가 물었다.

"아뇨. 오늘 아침에 갔어요. 선생 나간 뒤에 곧 나갔는데요."

"안 들어온다고 하던가요?"

"글쎄요. 짐을 가지고 갔는데요."

이게 무슨 뜻일까 하고 필립은 생각했다. 그는 책을 집어 들고 읽기 시작했다. 얼마 전에 웨스트민스터 공립 도서관에서 빌려 온 버튼의 『메카 기행』[19]이었다. 첫 페이지를 읽었건만 정신이 딴 데로 가 있어 책의 내용이 전혀 들어오지 않았다. 내내 초인종 소리에 귀를 기울이고 있었다. 그리피스가 밀드러드를 만나지 않고 곧장 고향인 컴버랜드로 떠나 버렸다? 기대하기 힘든 노릇이었다. 얼마 있으면 밀드러드가 돈을 가지러 올 것이다. 이를 악물고 책을 읽어 나갔다. 정신을 집중해 보려고 필사적인 노력을 했다. 안간힘을 써서 문장들을 간신히 머리에 새겨 넣었지만 고통을 참으려는 통에 그것들의 의미는 죄다 왜곡되어 버렸다. 돈을 주겠다는 정신 나간 제의를 왜 했을까. 이제야 한없이 후회되었다. 하지만 엎지른 물, 밀드러드 때문이 아니라 자존심 때문에 취소할 용기가 없었다. 그에게는 일단 결정한 일은 끝까지 하고야 만다는 병적인 고집이 있었다. 세 페이지를 읽었지만 기억에 남아 있는 내용은 전

---

19) 리처드 버튼(Sir Richard Burton, 1821~1890) 경이 쓴 책. 몸은 책 이름을 정확하게 적지 않았다. 책의 원제는 『엘메디나와 메카 순례(Pilgrimage to El-Medinah and Mecca)』. 버튼은 동양학자, 탐험가였으며 『아라비안 나이트』를 완역한 것으로도 유명하다.

혀 없음을 알았다. 처음부터 다시 읽기 시작했다. 문득 정신을 차려 보니 같은 문장을 되풀이하여 읽고 있었다. 그 문장이 악몽의 수식(數式)처럼 끔찍하게 마음속의 생각들과 얽혀들었다. 이제 유일한 방책은 밖에 나가 한밤까지 들어오지 않는 것이리라. 그들도 자정에는 떠날 수 없을 것 아닌가. 그들이 한 시간마다 와서 그가 들어왔나 물어보는 모습이 눈에 선했다. 두 사람이 낙심할 생각을 하니 고소하기 짝이 없었다. 그는 같은 문장을 기계적으로 되풀이해 읽었다. 하지만 도저히 그럴 수는 없는 일. 와서 돈을 가져가게 하자. 그리고 인간이 어느 정도까지 파렴치해질 수 있는지 두고 보자. 그는 책을 더 이상 읽을 수 없었다. 글자가 전혀 눈에 들어오지 않았다. 의자에 등을 대고 누워 눈을 감은 채 그는 참담한 기분으로 명하니 밀드러드를 기다렸다.

주인 여자가 들어왔다.

"밀러 부인 오셨어요. 들어오시게 할까요?"

"들여보내세요."

필립은 그동안의 감정을 내색하지 않고 그녀를 맞아들이기 위해 마음을 가다듬었다. 그녀 앞에 무릎을 꿇고 주저앉아 두 손을 부여잡고 제발 가지 말아 달라고 애걸하고 싶은 충동이 일었다. 하지만 그녀의 마음을 움직일 방법은 아무것도 없음을 알고 있었다. 그가 무슨 말을 했고 어떻게 행동했는지 그녀는 그리피스에게 다 일러바치고 말리라. 그는 부끄러웠다.

"그래, 여행은 어떻게 됐죠?" 그가 짐짓 쾌활하게 물었다.

"가기로 했어요. 해리는 밖에서 기다리고 있어요. 당신이 만나기 싫다고 했잖아요. 그래서 안 들어온 거예요. 하지만 잠깐 들러 작별 인사라도 할 수 있는지 알아보라더군요."

"아니, 보지 않겠어요."

그녀로서는 그가 그리피스를 만나든 말든 상관하지 않음을 알 수 있었다. 여자가 일단 온 이상, 이제는 빨리 보내고만 싶었다.

"이거 봐요. 오 파운드 여깄어요. 이제 그만 갔으면 좋겠어요."

그녀는 돈을 받아 들고 고맙다고 했다. 그러고는 돌아서 방을 나가려 했다.

"언제 돌아올 건가요?"

"아, 월요일에요. 해리가 월요일에 고향 가야 된댔어요."

그다음에 하려는 말이 참으로 굴욕적인 말임을 알고 있었지만 그는 질투와 욕정에 완전히 무너져 있었다.

"그때 가서는 당신을 볼 수 있겠죠?"

목소리에 어쩔 수 없이 애원조가 담겨 있었다.

"그야 당연하죠. 오는 대로 알릴게요."

필립은 그녀와 악수를 했다. 그녀가 집 앞에 세워 둔 사륜 마차에 올라타는 것을 그는 커튼 사이로 지켜보았다. 마차는 사라져 버렸다. 그는 침대에 몸을 던지고 두 손에 얼굴을 파묻었다. 눈에 눈물이 고였다. 자신에 대해 분노가 치밀었다. 그는 주먹을 움켜쥐고 몸을 뒤틀면서 눈물을 참으려고 애썼지만 참을 수 없었다. 견디다 못한 괴로운 흐느낌이 터져 나왔다.

이윽고 그는 일어났다. 기운은 다 빠지고 창피스러운 생각뿐이었다. 세수를 했다. 위스키 소다를 독하게 타서 마셨다. 그러고 나니 기분이 조금 나아졌다. 그때 벽난로 위에 놓인 파리행 차표가 눈에 띄었다. 순간 노여움이 치밀어 올라 그것을 집어 들어 불 속에 던져 버렸다. 환불받을 수 있다는 것을 알고 있었지만 없애 버려야 속이 시원할 것 같았다. 그런 다음 누군가 얘기할 사람을 찾아 밖으로 나섰다. 클럽은 텅 비어 있었다. 누구든 말동무가 없으면 미쳐 버릴 것만 같았다. 로슨은 외국에 나가고 없었다. 이번에는 헤이워드네 집을 찾아가 보았다. 문을 열어 준 하녀 말이 헤이워드는 주말을 보내러 브라이튼에 가고 없다고 했다. 이번에는 화랑으로 가 보았지만 문을 닫고 있는 참이었다. 어찌해야 좋을지 알 수 없었다. 마음이 한없이 산란했다. 옥스퍼드행 기차를 타고 서로 마주 앉아 즐거워하고 있는 그리피스와 밀드러드의 모습이 떠올랐다. 다시 집으로 돌아오고 말았지만 방 안에 들어서니 끔찍한 생각이 들었다. 여태껏 이 방에서 참으로 비참한 생활을 보내 왔다. 다시 한번 버튼의 책을 읽어 보려 했다. 하지만 읽으면서도 한사코, 나는 왜 이리 바보일까, 하는 탄식밖에 나오지 않았다. 같이 여행을 가라고 한 사람도 자기였고, 거기에다 돈까지 대주었으며, 사양하는 것을 억지로 받게 한 사람도 자기였다. 그리피스를 밀드러드에게 소개해 주면 무슨 일이 일어날지 자신도 알고 있었을지 모른다. 자신이 그처럼 정신없이 반했으니 그리피스도 쉽게 욕정이 일지 않았겠는가. 지금쯤 옥스퍼드에 도착했을 것이다. 존 가에 있는 하숙집에 들겠지. 필립은 한 번도 옥스퍼드에 가 보지 않았지만 그리피스로부터 이야기를 많이 들었기 때문에 그들이 어디로 갈지 정확하게 알 수 있었다. 그들은 클래런던 가에서 식사를 할 것이다. 그리피스는 기분을 낼 때면 으레 클래런던 가에서 식사를 하곤 했다. 필립은 채링 크로스[20] 근처의 식당에서 간단한 요기를 했다. 연극 구경을 가기로 마음먹었던 터여서 식당을 나와 오스카 와일드의 작품을 공연하는 극장의 객석에 비집고 들어가 앉았다. 밀드러드와 그리피스도 오늘 밤 극장에 갔을까. 어떻게든 시간을 보낼 텐데, 둘 다 멍청한 사람들이라 대화만으로는 만족하지 못한다. 천박한 정신, 그것이야말로 두 사람을 서로 잘 어울리게 하는 것이다, 라고 생각하며 그는 짜릿한 기쁨을 느꼈다. 멍한 정신으로 공연을 보았다. 그러면서 막간마다 위스키를 마시며 기분을 내 보려고 했다. 술에 익숙하지 않았기 때문에 술기운이 금방 돌았지만 그 취기는 삭막하고 음울하기만 했다. 극이 끝나고 나서 술 한 잔을 더 했다. 그는 잠자리에 들 수 없었다. 잠이 오지 않을 것이 뻔했다. 생생한 상상력이 눈앞에 펼쳐 놓을 장면들이 두려웠다. 그들 생각을 하지 않으려고 애썼다. 아무래도 과음을 한 모양이었다. 갑자기 뭔가 한껏 추잡한 짓을 하고 싶은 욕망이 그를 사로잡았다. 시궁창에서 뒹굴고 싶었다. 그의 온 존재가 짐승처럼 되고 싶었다. 땅바닥을 기어 다니고 싶었다.

절름거리는 다리를 끌고 필립은 피커딜리 거리를 걸어 올라갔다. 음울한 취기가 머리를 감돌고 노여움과 슬픔이 가슴을 쥐어뜯었다. 화장을 짙게 한 매춘부가 그의 팔을 붙잡아 세웠

---

20) Charing Cross. 런던의 중요한 기차역 가운데 하나.

다. 그는 욕지거리를 퍼부으며 여자를 거세게 밀어젖혔다. 몇 걸음 더 가다가 그는 걸음을 멈추었다. 이 여자가 다른 여자만 못하리란 법이 어디 있는가. 거칠게 말한 것이 미안스러웠다. 그는 여자에게 다가갔다.

"이봐요." 그가 말을 붙였다.

"꺼져 버려."

필립은 웃었다.

"다름 아니라, 이걸 좀 물어보고 싶소. 오늘 저녁 나와 저녁을 함께할 영광을 베풀어 줄 수 있겠느냐고."

여자는 깜짝 놀라 바라보더니 한동안 머뭇거렸다. 취한 사람임을 알아본 모양이었다.

"그래도 돼요."

밀드러드의 입에서 자주 듣던 말이라 재미있었다. 그는 밀드러드와 늘 갔던 식당으로 여자를 데리고 갔다. 걸어가면서 여자가 그의 다리를 내려다보고 있음을 알아챘다.

"난 절름발이야. 무슨 이의 있소?"

"별난 분이시네." 여자가 웃었다.

집에 돌아오니 뼈마디들이 욱신거리고 머리가 지끈거려 고함이라도 지르고 싶은 심정이었다. 마음을 가라앉히기 위해 위스키 소다 한 잔을 더 들이켰다. 그러고는 침대로 기어들어 그대로 꿈도 없는 깊은 잠으로 곯아떨어져 다음 날 한낮까지 일어나지 못했다.

78

마침내 월요일이 되었다. 이제 기나긴 고통도 끝났구나 하고 필립은 생각했다. 기차 시간을 알아보니 그리피스가 고향으로 가기 위해 타고 갈 마지막 기차가 한 시 조금 지나서 옥스퍼드를 출발하는 것으로 되어 있었다. 밀드러드는 몇 분 뒤에 출발하는 런던행 기차를 타리라 짐작되었다. 마음 같아서는 마중을 나가고 싶었지만 밀드러드가 하루쯤 혼자 지내고 싶어할지도 모른다는 생각이 들었다. 저녁 무렵이면 아마 돌아왔노라는 쪽지를 그에게 보낼 것이다. 아니면 내일 아침 그녀의 하숙집으로 찾아갈 수 있으리라. 왠지 겁이 났다. 그리피스에게는 증오감이 일었지만 밀드러드에게는, 그 모든 일을 당하고 나서도, 애끓는 욕정만이 느껴질 뿐이었다. 지금 생각하니 헤이워드가 토요일 오후에 런던에 없었던 게 다행이었다. 그때는 괴로운 심정에 누군가의 위로를 찾던 참이라 죄다 털어놓고 말해 버렸을지도 모른다. 그러면 헤이워드는 그의 심약함에 놀랐을 것이다. 자기를 경멸했을지도 모른다. 딴 남자에게 몸을 바친 여자를 애인 삼을 생각을 한다고 경악하거나 혐오감을 느낄지도 모른다. 하지만 경악스럽든 혐오스럽든 무슨 상관이랴? 이 욕정만 채울 수 있다면 어떤 양보인들 마다하지 않을 것이고, 그보다 더한 굴욕도 참을 수 있었다.

저녁 무렵 그의 발걸음은 자기도 모르게 그녀의 집 쪽으로 향했다. 창문을 올려다보았다. 불이 꺼져 있었다. 그녀가 돌아왔는지 물어볼 용기가 나지 않았다. 그는 그녀의 약속을 굳게 믿고 있었다. 하지만 오전 중에는 아무런 편지가 오지 않았다. 정오 무렵 집에 찾아가니 하녀는 그녀가 아직 오지 않았다고 했다. 영문을 알 수 없는 일이었다. 그가 알기로 그리피스는 어느 결혼식에서 신랑 들러리를 서야 했기 때문에 전날 고향에 가지 않으면 안 되었다. 밀드러드에게는 돈이 한 푼도 없다. 그는 있을 수 있는 모든 가능성을 따져 보았다. 오후에 다시 가서 쪽지를 남겨 놓았다. 지난 이 주일 동안 아무 일도 없었던 것처럼 그냥 담담하게 저녁에 식사나 하자고 청하는 쪽지였다. 만날 장소와 시간도 적어 놓았다. 그러고는 헛일이라고 생각하면서도 혹시나 하는 마음에 시간을 맞추어 약속 장소에 나갔다. 한 시간가량 기다려도 그녀는 나타나지 않았다. 수요일 오전에는 직접 찾아가기가 창피스러워 심부름하는 아이에게 편지를 보내어 답장을 받아 오라고 했다. 한 시간 뒤 아이는 뜯지도 않은 필립의 편지와, 부인은 시골에서 아직 돌아오지 않으셨다는 대답만을 가지고 왔다. 필립은 미친 듯이 화가 났다. 이것만은 도저히 참을 수 없는 배신이었다. 그는 밀드러드에게 욕설을 퍼부어 댔다. 이처럼 또 한 차례 더 당한 탓을 그리피스에게 돌렸다. 얼마나 밉살스러운지 살인하는 기쁨을 이해할 것 같았다. 어두운 밤에 그와 마주친다. 목의 경동맥 언저리를 푹 찔러 버린다. 그러고는 거리에서 개처럼 죽게 버려 둔다. 그러면 얼마나 통쾌할까. 그런 생각을 하면서 필립은 돌아다녔다. 슬픔과 분노로 제정신이 아니었다. 좋아하지도 않는 위스키를 오직 모든 것을 잊기 위해 마셨다. 화요일 밤과 수요일 밤을 그는 취한 채로 잠자리에 들었다.

목요일 아침 아주 늦게 일어나 게슴츠레한 눈과 창백한 얼굴로, 혹시 무슨 편지가 와 있지 않나 하여 무거운 몸을 끌고 거실로 갔다. 그리피스의 필적이 눈에 띄었다. 순간 야릇한 느낌이 가슴을 스치고 지나갔다.

여보게,

무슨 말을 써야 할지 모르겠네만 쓰지 않으면 안 된다는 생각이 드네. 내게 너무 화내지 말기 바라네. 밀리와 함께 떠나지 않았어야 한다는 것을 알고는 있네만 나로서도 어쩔 수 없었네. 그녀가 내 혼을 빼 놓아서 그녀를 얻기 위해서라면 무엇이든 했을 것이네. 자네가 우리 여행비를 대겠다고 했다는 말을 듣고 나는 반대할 수가 없었네. 이제 다 지나고 보니 나 자신이 부끄럽기 짝이 없고 내가 왜 그렇게 바보 같은 짓을 했는지 후회가 되네. 자네가 편지를 주어 내게 화나지 않았다고 말해 주게. 그리고 내가 자네를 만나 볼 수 있도록 허락해 주게. 자네가 밀리에게 나를 만나고 싶지 않다고 말했다는 소리를 듣고 얼마나 가슴 아팠는지 모르네. 몇 줄 적어 보내 주게. 그리고 나를 용서한다고 말해 주게. 그럼 마음이 편해질 것 같네. 난 자네가 그 일을 크게 문제 삼고 있지 않다고 생각했네. 문제를 삼았더라면 돈을 주었겠느냐고 생각했던 것일세. 하지만 그 돈을 받지 말았어야 했다는 것은 아네. 나는 월요일에 고향에 왔네만 밀리는 혼자서 옥스퍼드에서 한 이틀 더 머무르고 싶다더군. 수요일에 런던으로 돌아가겠다고 했으니 자네가 이 편지를 받을 때쯤 해서는 이미 그녀를 만난 뒤일 것이네만 하여간 모든 일이

잘 되기를 바라겠네. 날 용서한다는 편지를 꼭 써 주게. 지금
곧 부탁하네.

자네의 친구

해리

필립은 격분하여 편지를 갈가리 찢어 버렸다. 답장 따위는
쓸 생각이 없었다. 그런 식의 사과를 하다니 경멸스러울 뿐이
었으며, 그 양심의 가책이란 것도 참을 수 없었다. 사람은 원
하면 비열한 짓을 할 수 있겠지만 일을 저지르고 나서 후회를
한다는 것은 경멸스럽기 짝이 없었다. 비겁하고 위선적인 편
지라고 생각했다. 감상적인 태도도 역겨웠다.

"비열한 짓을 하고 나서 미안하다고 하고 그것으로 모든 일
을 해결할 수 있다면 그것처럼 쉬운 일이 없다." 그는 혼자 중
얼거렸다.

그는 언젠가 그리피스에게 앙갚음을 할 수 있기를 간절히
바랐다.

하지만 어쨌든 밀드러드가 돌아와 있다는 것만은 알게 되
었다. 면도를 할 새도 없이 허겁지겁 옷을 주워 입고 그는 차
를 한 잔 들이켠 다음 마차를 집어타고 그녀의 하숙집으로 달
려갔다. 마차는 기어가는 것 같았다. 그녀를 보고 싶은 마음
이 고통스러울 지경이었다. 그녀가 제발 자기를 친절하게 맞게
해 주옵소서, 하고 그는 믿지도 않는 신을 향해 저도 모르게
기도했다. 딴 일은 다 잊고 싶었다. 두근거리는 가슴으로 벨을
울렸다. 다시 한번 그녀를 껴안고 싶다는 뜨거운 욕망으로 그

동안의 괴로움 따위는 깡그리 잊고 있었다.

"밀러 부인 있습니까?" 그는 신바람 난 사람처럼 물었다.

"떠나셨는데요." 하녀가 대답했다.

그는 하녀를 멍하니 쳐다보았다.

"한 시간 전에 오셔서 짐을 챙겨 가셨습니다."

한순간 그는 말문이 막히고 말았다.

"내 편지 전하지 않았나요? 어디로 간단 말 없었어요?"

그 순간 밀드러드에게 또 한 번 속았다는 사실을 깨달았다. 그녀는 자기에게 돌아올 생각이 없었던 것이다. 이 자리에서는 망신스러운 꼴을 보이고 싶지 않았다.

"아, 그래요. 연락이 오겠군요. 부인이 딴 주소로 편지를 보냈나 봐요."

그는 발걸음을 돌려 하릴없이 집으로 돌아왔다. 일이 이렇게 될 줄 이미 알고 있었는지도 모른다. 그녀가 한 번이라도 그를 좋아한 적이 있었던가. 처음부터 바보 취급을 해 왔을 뿐이다. 연민이라든가, 다정함이라든가, 인정머리라든가 하는 것은 눈곱만치도 없는 여자였다. 어쩔 수 없는 일은 받아들일 수밖에 딴 도리가 없다. 고통이 얼마나 끔찍한지 필립은 그것을 견디느니 차라리 죽고 싶었다. 이제 이 모든 일을 끝장내 버리는 게 낫다는 생각이 들었다. 강물에 몸을 던지든지 철도에 드러누워 버리고 싶었다. 하지만 그런 생각이 말로써 구체화되자 곧 당치도 않은 발상이라는 생각이 들었다. 이 불행은 시간이 지나면 극복될 수 있다고 그의 이성이 말했다. 노력만 한다면 잊을 수 있으리라. 천박한 계집 하나 때문에 자살을 한다는 건 말도 안 된다. 하나뿐인 생명이 아닌가. 그걸 내던져 버리다니, 미친 짓이다. 감정으로만 보면 이 열병을 극복하지 못할 것 같았다. 하지만 이성은 이것이 결국 시간의 문제임을 알고 있었다,

런던에 머물러 있고 싶지 않았다. 런던에서는 온갖 것이 이 불행을 떠올렸다. 백부에게 전보를 쳐서 블랙스터블에 가겠노라고 알린 다음 서둘러 짐을 꾸려 제일 가까운 시간의 기차를 탔다. 숱한 고통을 겪은 그 너저분한 방에서 한시라도 빨리 벗어나고 싶었다. 깨끗한 공기를 숨 쉬고 싶었다. 자신이 역겨웠다. 자기가 약간 돌아 버린 것이 아닌가 하는 생각마저 들었다.

성년이 된 뒤로 필립은 사제관의 남는 방 가운데 제일 좋은 방을 얻어 쓰고 있었다. 모퉁이 방이었는데 한쪽 창 앞에는 늙은 나무가 한 그루 서 있어 시야를 가리고 있었지만 다른 창을 통해서 정원과 채마밭 너머로 넓은 초원을 내다볼 수 있었다. 필립은 어릴 때의 벽지를 기억하고 있었다. 벽에는 사제의 젊은 시절 친구가 선물한 초기 빅토리아 시대의 이상한 수채화들이 걸려 있었다. 빛은 바랬지만 어떤 매력이 있었다. 화장대에는 뻣뻣한 모슬린 휘장이 둘러져 있었다. 옷을 넣어 두는, 다리가 긴 낡은 옷장이 하나 놓여 있었다. 필립은 흐뭇한 한숨을 내쉬었다. 이것들이 죄다 그에게 어떤 의미를 지니게 될 줄은 꿈에도 몰랐었다. 사제관에서의 생활은 전이나 마찬가지였다. 자리를 옮긴 가구는 하나도 없었다. 사제는 똑같은 것을 먹었고, 똑같은 말을 했으며, 날마다 똑같은 산보를 했

다. 약간 더 뚱뚱해졌고, 약간 더 말수가 줄어들었으며, 약간 더 편협해졌다. 아내 없이 사는 데 이미 익숙해져 있었으며, 아내를 별로 그리워하지도 않았다. 아직도 조사이아 그레이브스와 티격태격했다. 필립은 이 교회위원을 만나러 갔다. 그는 전보다 약간 더 말랐고, 머리가 약간 더 세었으며, 약간 더 금욕적으로 변해 있었다. 여전히 독단적이었고, 여전히 제단 위에 초를 놓는 것을 반대했다. 거리의 가게들도 여전히 신기한 볼거리를 가지고 있었다. 필립은 선원용 장화, 방수 외투, 활차 등 뱃사람들에게 필요한 물건들을 파는 가게 앞에 멈춰 섰다. 어렸을 때 그 자리에 서서 느꼈던 바다를 향한 설렘, 미지의 세계가 마법처럼 일으키던 모험에의 충동이 떠올랐다.

우체부가 똑똑 하고 문을 두드릴 때마다 가슴이 뛰는 것은 어쩔 수 없었다. 혹시 런던의 하숙집 아주머니가 밀드러드로부터 온 편지를 보냈나 해서였다. 하지만 그런 편지가 있을 리 없다는 것을 알고 있었다. 이제 모든 일을 차분히 생각해 보니 밀드러드로 하여금 억지로 자기를 사랑하도록 만들려 했던 것은 불가능한 시도였음을 깨달을 수 있었다. 그는 남자에게서 여자에게로, 또는 여자에게서 남자에게로 전달되는 것이 무엇인지, 그중 하나를 노예로 만들어 놓는 것이 무엇인지 알 수 없었다. 그것을 성 본능이라 부르면 편리하겠지만 그것이 성 본능에 지나지 않는다면, 왜 그것이 이 사람이 아니라 저 사람 쪽으로 강렬하게 끌리게 만드는지 알 수 없었다. 그것은 불가항력적인 일이었다. 지성은 그것과 싸움의 상대가 못 되었다. 우정, 고마움, 이기적 동기도 그것 앞에서는 무력했다.

그는 밀드러드에게 성적 매력을 주지 못했다. 따라서 무슨 짓을 해도 그녀에게는 효과를 보지 못했다. 그렇게 생각하니 역겹기 짝이 없었다. 그렇다면 인간이란 짐승과 다를 게 뭔가. 그는 문득, 인간의 마음에는 어두운 구석들이 무수히 많다고 느껴졌다. 밀드러드가 그에게 무심했기 때문에 그는 한때 그녀를 중성적인 사람으로 생각했다. 빈혈증 환자 같은 외모와 얄팍한 입술, 작은 엉덩이와 평평한 가슴, 맥없는 태도, 이런 것들이 그의 가정을 뒷받침해 주었다. 그러나 알고 보니 그녀에게도 불꽃 같은 정열이 있어 그것을 충족시키기 위해 그녀는 기꺼이 모든 것을 포기했던 것이다. 필립은 한때 그녀와 에밀 밀러 사이의 연애를 이해하지 못했다. 그녀답지 않은 행동이라고만 생각했다. 그녀도 자신의 행위를 전혀 설명하지 못했다. 하지만 이제 그리피스와의 관계를 보고 나니 그것 역시 같은 맥락의 일이었음을 알 수 있었다. 그녀는 걷잡을 수 없는 욕망에 사로잡혀 정신을 차리지 못했던 것이다. 필립은 도대체 두 남자의 어떤 점이 그녀를 그처럼 꼼짝없이 사로잡고 말았나를 생각해 보았다. 두 사람 다 밀드러드의 단순한 유머 감각을 간질이는 천박한 농담을 할 줄 알았고, 천성이 어딘가 조야한 데가 있었다. 하지만 그녀를 사로잡은 것은 아마도 그들의 가장 뚜렷한 특징이었던 노골적인 관능이었을 것이다. 그녀는 평소에 점잖고 세련된 티를 내면서 성에 관련된 일에 대해서는 질겁하는 시늉을 했다. 육체적 기능은 점잖치 못한 것으로 보았다. 평범한 대상도 온갖 세련된 말로 표현하려고 했다. 단순하게 말하기보다 늘 말을 골라 썼다. 그런데 두 사내의 무지막지한 야수성이 그녀의 가냘픈 하얀 어깨를 채찍처럼 내리치자, 그녀는 고통스러운 관능의 쾌감으로 몸부림쳤던 것이다.

필립은 한 가지 마음속으로 작정한 것이 있었다. 그동안 괴로움을 겪었던 그 하숙집으로는 돌아가지 않겠다는 것이었다. 집주인 여자에게 편지를 써서 그 뜻을 알렸다. 한편 자기 물건은 주변에 두고 싶었다. 그래서 가구가 딸리지 않은 방을 구하기로 했다. 더 쾌적하고 값도 더 싸리라. 더욱이 그것은 절박한 사정에서 나온 고려이기도 했다. 지난 일 년 반 동안 거의 칠백 파운드나 지출해 버렸다. 이제 극도로 절약해서 그동안 써 버린 돈을 벌충하지 않으면 안 되었다. 때로 그는 앞일을 생각하면서 두려움에 떨었다. 밀드러드에게 그처럼 많은 돈을 써 버린 것은 바보 같은 짓이었다. 하지만 그런 일이 또 닥친다면 그는 똑같은 일을 되풀이하리라는 것도 알고 있었다. 가끔 혼자서 생각하고 재미있게 여기는 일이 있었다. 그가 얼굴에 감정을 잘 드러내지 않고 행동도 굼뜬 편이라 친구들이 그를 강직하고, 신중하고, 냉정한 사람이라고 본다는 점이었다. 친구들은 그를 합리적인 사람이라 생각하고 그의 상식을 칭찬했다. 하지만 그는 자신의 차분한 표정이 나비의 보호색 같은 기능을 하는 가면(假面)——물론 자기도 모르게 쓰는 가면이지만——에 지나지 않음을 알고 있었다. 그 자신 자기의 의지 박약에 놀라곤 했다. 가벼운 감정에도 마치 바람결의 낙엽처럼 이리저리 휩쓸리고, 격정에 사로잡히면 한없이 무력해졌다. 자제력이라고는 없었다. 자제력을 가진 것처럼 보이는 이유는 그가 다른 사람들에게 영향을 주는 것들에 무관심하기 때문이었다.

필립은 이전에 자기 나름으로 확립했던 철학을 생각하며 일종의 아이러니를 느꼈다. 그 철학은 그가 겪은 위기의 상황에서는 별 쓸모가 없었기 때문이다. 사상이 인생의 중대한 문제들에 정말 도움이 될까 의심스러웠다. 그 자신 어떤 낯선, 그러면서도 자기 안에 자리 잡은 어떤 힘에 좌지우지되어 온 것 같았다. 그 힘은 파올로와 프란체스카[21]를 쉴 새 없이 몰아갔던 그 지옥 바람과도 같이 그를 몰아갔던 것이다. 그는 어떻게 해야 할지를 사고하지만, 막상 행동의 순간이 닥치면 본능과 감정, 그리고 알 수 없는 어떤 힘에 사로잡혀 무력해지고 말았다. 그는 마치 환경과 성격이라는 두 개의 힘에 의해 조종당하는 기계처럼 행동했다. 그의 이성은 방관자처럼 사실을 관찰할 뿐, 무력하여 개입하지 못한다. 그것은 마치 천상에서 인간의 행위를 내려다보지만 현상을 조금도 바꾸지 못하는 에피쿠로스의 신들 같았다.

79

새 학기가 시작되기 이틀 전에 필립은 방을 구하기 위해 런

---

21) 단테의 『신곡』 지옥편에 나오는 인물들. 불륜의 사랑으로 지옥에 떨어져 고통을 받는다.

던으로 올라갔다. 웨스트민스터 브리지 로드와 연결되는 거리를 뒤져 보았지만 거리들이 지저분해서 마음이 당기지 않았다. 마침내 케닝턴 가에서 한적하고 고풍스러운 분위기가 감도는 집을 하나 발견했다. 새커리[22)]가 묘사했던 템스강 이쪽 런던 풍경의 정취가 얼마간 남아 있는 듯했다. 뉴컴스 일가(一家)를 태운 쌍두마차가 서부 런던을 향했을 때 틀림없이 지나갔을 케닝턴 로드에는 플라타너스들이 일제히 잎을 피우고 있었다. 필립의 마음을 끈 거리의 집들은 모두 이층집이었는데, 창들마다 대개는 방을 빌려준다는 광고가 붙어 있었다. 그는 가구가 없는 집이라는 광고가 붙은 한 집을 두드렸다. 말수가 적고 근엄해 보이는 여자가 나와서 네 개의 조그만 방을 보여 주었는데 그중 하나에는 취사용 난로와 개수대가 있었다. 방세는 일주일에 구 실링이었다. 그처럼 여러 개의 방은 필요 없었지만 방세가 싸서 당장 그곳으로 정하고 싶었다. 주인 여자에게 청소와 아침 식사를 해 줄 수 있느냐고 묻자, 그녀는 그 일 말고도 할 일이 많아 곤란하다고 했다. 그 편이 그로서도 오히려 반가웠다. 주인 여자도 방세 받는 것 말고 다른 일은 더 하고 싶지 않다는 눈치였기 때문이다. 하지만 그녀가 이런 말은 해 주었다. 모퉁이를 돌아가면 식품점이 하나 있는데 그곳은 우체국이기도 하다, 거기 가서 물어보면 그런 일을 해 줄 여자를 소개받을 수 있을지도 모른다는 것이었다.

---

22) 윌리엄 메이크피스 새커리(William Makepeace Thackeray, 1811~1863). 찰스 디킨스와 함께 19세기 후반의 대표적인 영국 소설가. 『허영의 시장(Vanity Fair)』, 『뉴컴스 일가(The Newcomes)』 등을 썼다.

필립에겐 그동안 살아오면서 조금씩 사 모아 온 약간의 가구가 있었다. 파리에서 산 안락의자, 테이블 하나, 몇 장의 그림, 그리고 크론쇼가 선물한 조그마한 페르시아 양탄자 등이었다. 백부가 접을 수 있는 침대를 하나 준 게 있었다. 이제 팔월이 되어도 사제관을 세놓지 않기 때문에 쓰지 않게 되었던 것이다. 십 파운드를 더 들여 그 밖에 꼭 필요한 물건들을 사놓았다. 십 실링을 들여 거실로 쓸 방에 미색 벽지를 발랐다. 벽에는 로슨이 준 그랑 조귀스탱 부두의 스케치와, 파리 시절 그가 면도하면서 늘 바라보았던 앵그르의 「오달리스크」와 마네의 「올랭피아」의 사진을 걸었다. 그도 한때는 그림을 그렸다는 것을 추억하기 위해 스페인 청년 미겔 아후리아를 그린 목탄 데생도 걸어 놓았다. 그가 그린 그림 중에는 가장 잘된 것으로, 발가벗은 청년이 주먹을 불끈 쥔 채 두 발로 마룻바닥에 단단히 버티고 서서 얼굴에 인상적인 결의의 표정을 짓고 있는 누드화였다. 오랜 시간이 지난 이제는 그림의 결점을 금방 알아볼 수 있었지만 거기에 얽힌 여러 사연들 때문에 그런대로 봐줄 만하게 여겨졌다. 미겔은 어찌 되었는지 궁금했다. 재능 없는 인간이 예술에 빠지는 것처럼 끔찍한 것은 없다. 가난과 굶주림, 병 따위에 만신창이가 되어 결국 어느 병원에 들어가 있는지도 몰랐다. 아니면 가까이 다가온 절망을 보고 저 센강의 흙탕물에 죽음을 구했는지도 모른다. 아니면 남유럽인의 변덕으로 괴로운 투쟁 따위는 벌써 집어치우고, 마드리드의 관청에서 서기 노릇을 하고 있거나 정치와 투우를 찬양하는 열변을 토하고 있을지도 모를 일이었다.

필립은 로슨과 헤이워드에게 새 숙소 구경을 오라고 청했다. 한 사람은 위스키 한 병을, 한 사람은 파테 드 푸아 그라[23]를 가지고 왔다. 구경 온 친구들이 그의 취향을 칭찬해 주자 그는 기분이 좋았다. 스코틀랜드 출신 주식 중개인도 부르고 싶었지만 의자가 세 개뿐이어서 손님 수를 제한할 수밖에 없었다. 로슨은 자기 소개로 필립이 노라 네스빗과 절친한 사이가 되었다는 것을 알고 있었기 때문에 며칠 전에 우연히 노라를 만난 적이 있노라고 말했다.

"그 여자가 자네 안부를 묻더구먼."

그녀의 이름이 나오자 필립은 얼굴을 붉혔다.(당황스러울 때면 얼굴을 붉히는 거북한 버릇은 여전했다.) 로슨은 의아해하는 눈초리로 그를 쳐다보았다. 로슨은 그즈음 일 년의 대부분을 런던에서 보내고 있었는데 이제는 상당히 환경에 적응해서 머리도 짧게 깎고 말끔한 서지 정장에 중산모를 쓸 정도가 되어 있었다.

"두 사람 관계는 청산이 됐나 보군." 그가 말했다.

"몇 달 동안 보지 못했네."

"노라는 아주 좋아 보이던데. 멋쟁이 모자를 쓰고 타조 깃털을 잔뜩 꽂았더군. 아주 잘나가나 봐."

필립은 화제를 바꾸었지만 그녀 생각이 떠나지 않았다. 그래서 잠시 후 세 사람이 한창 다른 이야기를 하고 있는 도중에 불쑥 물었다.

---

23) 거위의 간으로 만든 파이.

"노라가 내게 화를 내고 있던 것 같던가?"

"아니, 전혀. 자네 이야기를 아주 좋게 하던데."

"만나 보고 싶은 생각이 얼마쯤 있어서."

"잡아먹진 않겠지."

실은 때때로 노라를 생각했다. 밀드러드에게 버림받고 나니 맨 처음 떠오른 사람이 노라였다. 노라라면 그처럼 대하지 않았으리라 생각하니 가슴이 쓰라렸다. 마음 같아서는 당장 그녀에게 달려가고 싶었다. 아마도 마음을 달래 주리라. 하지만 부끄러웠다. 그녀는 언제나 그를 잘 대해 주었지만 자기는 그녀에게 참으로 몹쓸 짓을 하지 않았던가.

'생각이 모자랐어. 노라를 버리지 말았어야 했는데.' 로슨과 헤이워드가 돌아가고 나자 그는 잠자리에 들기 전에 마지막 담배를 피우면서 생각했다.

빈센트 스퀘어의 아늑한 방에서 함께 보냈던 즐거운 시간들, 화랑이나 연극 구경 갔던 일, 깊은 이야기를 주고받았던 그 멋진 밤들이 떠올랐다. 지금 생각해 보면 그녀는 그가 늘 잘되기를 빌어 주었고 그와 관계되는 일이면 무엇에나 관심을 가졌다. 그녀의 사랑은 다정하고 변함없는 사랑이었다. 거기에는 관능 이상의 무엇이 있었다. 모성애 같다고나 할까. 그는 그것이 진심으로 신에게 감사해야 할 참으로 귀중한 사랑임을 전부터 알고 있었다. 마침내 모든 것을 그녀의 온정에 맡겨 보자고 마음이 섰다. 그녀도 쓰라린 괴로움을 겪었을 것임이 틀림없지만 마음이 넓은 사람이니 용서해 주리라. 나쁜 마음을 가지려야 가질 수 없는 사람 아니던가. 편지를 쓸까? 아니다.

불쑥 찾아가서 발밑에 몸을 던져야 하리라.──물론 막상 그래 야 할 순간이 닥치면 쑥스러워 그런 극적인 행동을 하지 못하 리라는 것을 알고 있었지만 아무튼 생각만은 그렇게 해 보고 싶었다.──그러고는 그녀가 자기를 다시 받아 주면 이제 다시 는 배신하지 않겠다고 말해야 하리라. 지난날의 몹쓸 병은 이 제 다 고쳤다. 당신이 훌륭한 사람임을 알고 있다. 이제 나를 믿어도 좋을 것이다. 그의 상상은 미래에까지 날개를 폈다. 일 요일에 그녀와 뱃놀이를 하는 모습을 그려 보았다. 그리니치 에도 가 볼 것이다. 언젠가 헤이워드와 함께 갔던 그 즐거운 소풍을 잊을 수 없다. 런던 항의 아름다움이 변치 않은 소중 한 추억 속에 남아 있었다. 따뜻한 여름날 오후에는 함께 하 이드 파크의 벤치에 앉아 이야기를 나누리라. 조약돌 위로 졸 졸거리며 마냥 즐겁게 흘러가는 시냇물 같은 그녀의 즐거운 수다, 재미있고 때로 경박하면서도 개성이 뚜렷한 그 재잘거 림을 생각하니 그는 혼자 웃음이 나왔다. 이제 그가 겪은 숱 한 괴로움도 기분 나쁜 꿈처럼 사라져 버리리라.

하지만 다음 날, 노라가 틀림없이 집에 있을 간식 시간 무 렵, 그녀의 집 문을 두드렸을 때 갑자기 용기가 사라져 버렸다. 과연 용서해 줄까? 청하지도 않았는데 이처럼 불쑥 그녀 앞에 나서는 자신이 역겹게만 여겨졌다. 문을 열어 준 사람은 전에 날마다 오던 때 본 하녀가 아니고 처음 보는 얼굴의 하녀였다. 네스빗 부인이 계시느냐고 물었다.

"케리라는 사람입니다. 만나 뵐 수 있느냐고 여쭤 주시겠습 니까? 여기서 기다리겠습니다."

하녀는 계단을 뛰어 올라가더니 이내 쿵쾅거리며 내려왔다. "올라오시겠어요? 삼 층 앞방이에요."

"네, 알고 있습니다." 필립은 빙긋이 웃으며 말했다.

올라가는 동안 계속 가슴이 벌떡벌떡 뛰었다. 그는 문을 두드렸다.

"들어오세요." 귀에 익은 명랑한 목소리가 대답했다.

마치 평화롭고 행복한 새로운 삶으로 들어오라는 소리 같았다. 들어가자 노라가 걸어 나와 그를 맞았다. 바로 어제 헤어졌다 다시 만나는 사람처럼 그녀는 손을 내밀어 악수를 청했다. 앉아 있던 한 남자가 몸을 일으켰다.

"케리 씨예요, 킹스포드 씨."

필립은 그녀가 혼자가 아니라서 몹시 낙담했다. 그는 의자에 앉아 낯선 남자를 자세히 뜯어보았다. 이 남자의 이름은 그녀로부터 한 번도 들은 적이 없다. 그런데도 이 사람은 이곳이 제집이나 되듯이 의자에 편히 버티고 앉아 있다. 마흔 살쯤 되어 보이는 남자로 면도질을 말끔히 하고 긴 금발을 단정하게 빗어 넘기고 있었다. 피부가 흰 남자들이 나이가 들면서 흔히 그러듯이 불그레해진 얼굴에 눈은 생기가 없고 피곤해 보였다. 코가 크고 입도 컸다. 광대뼈가 유난히 튀어나왔고, 몸집은 육중해 보였다. 평균 신장보다 키가 컸고, 어깨도 떡 벌어져 있었다.

"그사이 어떻게 되셨나 궁금했어요." 노라가 활달하게 말했다. "며칠 전 로슨 씨를 만났는데, 말하던가요? 당신을 꼭 좀 만나 볼 수 있었으면 좋겠다고 했죠."

그녀의 표정에는 당황하는 기색이 전혀 없었다. 필립으로서는 어색하기 짝이 없는 만남을 그녀는 전혀 아무렇지도 않은 듯이 받아들였는데 그 담담한 태도가 놀라울 지경이었다. 그녀가 차를 따라 주었다. 설탕을 넣으려는 것을 그가 넣지 말라고 했다.

"내 정신 좀 봐." 그녀가 소리쳤다. "까먹었네요."

필립은 그 말을 곧이듣지 않았다. 자기가 차에 설탕을 넣지 않는다는 것쯤은 잘 기억하고 있을 터이기 때문이다. 그는 이것을 그녀가 일부러 무관심한 척하려 하는 표시로 받아들였다.

필립이 찾아와 잠깐 중단되었던 대화가 다시 계속되었다. 필립은 얼마 후 자기가 이야기를 방해하고 있지 않나 하는 생각이 들었다. 킹스포드는 그를 별로 염두에 두지 않았다. 말을 거침없이 잘했는데 유머가 없지는 않았지만 약간 독단적인 데가 있었다. 그는 저널리스트처럼 보였다. 무슨 화제가 나오든 재미있는 이야깃거리가 떨어질 줄 몰랐다. 필립은 줄곧 대화에서 소외되어 분통이 치밀었다. 그래서 이 방문객보다 더 오래 남아 있어야겠다고 생각했다. 이자가 혹 노라를 좋아하는 사람이 아닐까 궁금했다. 전에 종종 둘이서 그녀를 희롱하려는 사내들 이야기를 하며 함께 웃었던 때가 있었다. 필립은 어떻게 해서든 자기와 노라만이 알고 있는 문제로 화제를 돌려 보려 했지만, 그때마다 사내가 끼어들어 필립으로서는 침묵할 수밖에 없는 문제로 얘기를 끌고 가 버리는 것이었다. 그는 노라에게 은근히 화가 났다. 그가 이 자리에서 바보 취급

당하고 있음을 노라도 알고 있을 터이기 때문이다. 하지만 그녀가 이런 식으로 지금 벌을 주고 있는지도 모르지 않는가. 그렇게 생각하니 한결 기분이 나아졌다. 마침내 시계가 여섯 시를 치자 킹스포드가 자리에서 일어났다.

"가 봐야겠소." 그가 말했다.

노라는 악수를 하고 그를 층계참까지 배웅했다. 그녀는 나가서 문을 닫고 몇 분가량 들어오지 않았다. 필립은 이들이 도대체 무슨 얘기를 하는지 궁금했다.

"킹스포드란 사람, 누구죠?" 그녀가 돌아오자 그는 짐짓 명랑하게 물었다.

"아, 그이 말예요. 함스워스 잡지사 편집인이에요. 최근에 원고를 많이 실어 주었어요."

"난 가지 않을 줄 알았죠."

"기다려 줘서 고마워요. 그렇지 않아도 얘기하고 싶었어요." 그녀는 커다란 안락의자에 발이고 뭐고 다 올려놓고 조그맣게 옹크리고 앉아 담배에 불을 붙였다. 그는 미소를 지었다. 그가 늘 재미있어하던 그 자세였던 것이다.

"꼭 고양이 같은데요."

그녀는 검고 아름다운 눈을 반짝 빛냈다.

"이 버릇을 정말 없애야 할 텐데. 이 나이가 되어도 어린애처럼 하고 있으니 말도 안 되죠. 그래도 이렇게 다리를 깔고 앉으면 편해요."

"이 방에 이렇게 다시 와 앉아 있으니 정말 좋군요." 필립은 기분 좋은 듯이 말했다. "이런 자리가 얼마나 그리웠는지."

"왜 오지 않았어요?" 그녀가 명랑하게 말했다.

"오기가 두려웠어요." 얼굴을 붉히며 그가 대답했다.

그녀는 다정스러움에 가득 찬 눈으로 그를 보았다. 입가에는 아름다운 미소가 떠올라 있었다.

"그럴 필요가 없었는데."

그는 잠시 머뭇거렸다. 가슴이 세차게 뛰었다.

"우리가 마지막 만났던 때 생각나요? 내가 너무 심하게 굴었어요. 부끄러워 몸 둘 바를 모르겠어요."

그녀는 그를 물끄러미 바라보았다. 아무런 대꾸도 하지 않았다. 그는 당황스러워지기 시작했다. 정말 터무니없는 일을 생각하고 찾아왔나 보다 하는 생각이 들었다. 여자가 가만히 있는 이상, 이편에서 말을 불쑥 꺼내는 수밖에 없었다.

"날 용서해 줄 수 있겠어요?"

그렇게 말하고 나서 그는 정신없이, 밀드러드가 자기를 버렸다는 것, 그래서 너무 비참해 죽으려고까지 했다는 것을 다 얘기했다. 둘 사이에 있었던 일을 모조리 털어놓았다. 아이를 낳은 일, 그리피스를 만나게 된 것, 자신의 어리석음, 철석같은 믿음, 엄청난 기만에 대해서 이야기했다. 그가 노라의 친절과 애정을 얼마나 그리워했으며, 그 애정을 저버린 일을 얼마나 뼈저리게 후회했던가도 이야기했다. 그녀와 함께 있을 때만 행복했다는 것, 이제야 그녀가 얼마나 귀중한 사람인지를 깨달았다는 것도 얘기했다. 격한 감정 때문에 목소리가 쉬어 버렸다. 필립은 때로 자신의 말이 창피스러워 방바닥만 내려다보며 말하기도 했다. 얼굴은 고통으로 일그러졌다. 하지만 말을 하고 있으니 묘하게 마음이 놓였다. 마침내 얘기가 끝났다. 그는 탈진하여 의자 등받이에 털썩 몸을 기대고 앉아 노라의 반응을 기다렸다. 그는 아무것도 숨기지 않았다. 아니, 심지어는 자신을 깎아내리기 위해 실제보다 더 형편없는 사람처럼 얘기하려고 애썼다. 놀랍게도 노라는 아무 말도 하지 않았다. 필립은 더 기다리지 못하고 얼굴을 들었다. 그녀는 그를 보고 있지 않았다. 얼굴이 하얗게 질린 채, 무슨 생각에 잠겨 있는 듯했다.

"내게 무슨 할 말 없어요?"

그녀가 화들짝 놀라며 얼굴을 붉혔다.

"그동안 무척 힘드셨군요. 정말 미안해요."

그녀는 말을 더 이으려다가 입을 다물었다. 필립은 기다렸다. 마침내 그녀가 간신히 입을 열었다.

"저, 킹스포드 씨와 약혼했어요."

"아니 왜 진작 말하지 않았어요?" 그는 소리쳤다. "당신 앞에서 내가 그런 굴욕스러운 얘기까지 하게 할 필요는 없었잖아요."

"미안해요. 막을 수도 없고 해서……. 그이를 만난 건, 그러니까."──그녀는 상대방의 마음이 상하지 않을 표현을 찾는 듯했다.──"당신이 그 여자친구가 돌아왔다고 말한 다음이에요. 한동안 슬퍼서 혼났어요. 그때 그이가 아주 친절히 대해 주었죠. 어떤 사람 때문에 제가 괴로워하고 있다는 걸 안 거예요. 물론 당신이라는 건 몰라요. 그이가 없었더라면 저도 어떻게 했을지 모르겠어요. 갑자기 이런 식으로 한없이 일만 하면서는 살 수 없다는 생각이 들었죠. 너무 지쳤어요. 몸도 건강하지 않은 것 같았구요. 그이에게 내 남편 얘기를 했죠. 그랬더니 자기와 당장 결혼만 해 준다면 이혼 비용을 대 주겠다는 거였어요. 그이는 직장이 아주 괜찮았어요. 그래서 제가 원하지 않으면 일 따위는 하지 않아도 되었죠. 게다가 그이가 저를 퍽 좋아해서 절 돌봐 주고 싶다는 거예요. 아주 깊은 감명을 받았어요. 지금은 저도 그이를 무척 좋아하구요."

"그럼 이혼을 한 건가요?"

"우선 가(假)판결을 받았어요. 칠월이면 확정이 돼요. 그러면 곧 결혼식을 올릴 작정이구요."

한동안 필립은 아무 말도 하지 못했다.

"공연히 그런 바보 같은 짓은 하지 말걸." 마침내 그는 중얼거렸다.

그는 그 길고긴 굴욕스러운 고백을 생각하고 있었던 것이다. 노라는 알고 싶다는 표정으로 그를 바라보았다.

"당신은 저를 한 번도 진정으로 사랑하지 않았죠."

"사랑한다는 게 그리 즐거운 일은 아니니까."

하지만 필립은 늘 재빨리 자신을 회복할 수 있는 사람이었다. 자리에서 일어나 손을 내밀면서 말했다.

"정말 행복하기 바라요. 따지고 보면 그게 당신에게는 가장 좋은 일일 테니까."

노라는 그의 손을 잡은 채 약간 서글픈 표정으로 바라보았다.

"또 오시겠죠?"

"아뇨." 필립은 머리를 저으며 말했다. "당신들이 행복한 모습을 보면 너무 부러울 거예요."

그는 노라의 집을 천천히 걸어 나왔다. 따지고 보면 그녀의 말이 틀리지 않았다. 그는 한 번도 그녀를 사랑한 적이 없었다. 어쨌든 낙담스러운 일이었다. 화가 치밀기까지 했다. 하지만 마음이 아팠다기보다는 자존심이 더 상했다. 자신도 그 점을 알고 있었다. 얼마 뒤 필립은 자신이 결국 신들의 멋진 노리갯감이었음을 점차 깨닫게 되었다. 그는 자신에 대해 허허롭게 웃었다. 물론 자신의 어리석음에 웃을 줄 아는 능력을 타고났다는 것도 별로 기분 좋은 일은 아니었다.

80

다음 삼 개월 동안 필립은 새로운 과목들을 공부했다. 이 년 전만 해도 학생들이 너무 많이 입학해 학교가 바글바글하더니 이제는 그 수가 눈에 띄게 줄어들어 있었다. 어떤 학생은 시험이 생각보다 어렵다는 걸 알고 병원을 떠나 버렸다. 런던의 생활비를 예측하지 못했다가 나중에 실정을 안 부모가 학생을 데리고 가 버린 경우도 있었다. 이렁저렁하다 딴 직업으로 들어선 학생도 있었다. 필립이 아는 어떤 친구는 기발한 돈벌이 계획을 생각해 냈다. 물건을 싼값에 사서 전당포에 잡혀 먹던 일을 버릇처럼 하던 친구였는데 나중에는 물건을 외상으로 구입하여 전당포에 잡혀 먹는 것이 이득이 더 많다는 걸

터득한 것이다. 나중에 누군가가 즉결 재판소의 기록에서 그의 이름을 발견하여 들통이 났는데 그 일로 병원에서 작은 소동이 났다. 그 친구는 재구속이 되었고, 골치를 썩이던 부친이 보증을 서서 풀려나자 이 젊은 친구는 '백인의 책무'를 다하겠노라고 식민지로 떠나 버렸다.[24] 도시 생활을 처음 해 본 또 한 청년은 연예관과 술집의 매력에 흠뻑 빠지고 말았다. 그리하여 경마쟁이, 야바위꾼, 조마사(調馬師)들과 어울리더니 결국에는 마권 판매소의 직원이 되고 말았다. 필립은 피커딜리 광장 근처의 어느 술집에서, 허리가 꼭 끼는 웃옷을 입고 넓고 납작한 차양의 다갈색 모자를 쓰고 있는 그 친구를 본 적이 있다. 또 한 친구는 노래와 흉내 내기에 타고난 재주가 있었는데 교내 음악회에서 이름난 코미디언 흉내를 내어서 성가를 올리더니 결국은 병원을 포기하고 뮤지컬 코미디의 합창단에 들어가 버렸다. 또 한 친구가 있었다. 하는 짓도 촌스럽고 말투도 유난스러워 도저히 진지한 감정이라고는 갖지 못할 것으로 여겨져 오히려 필립의 관심을 끌었던 친구였다. 이 친구는 건물만 빽빽이 들어찬 런던이라는 데가 숨이 막힐 것 같았던 모양이다. 사방이 꼭꼭 막힌 곳에서 이 친구는 점점 야위어 갔다. 그의 영혼은——가지고 있었으면서도, 가지고 있다고 의식하지 못하고 있었던 것인데——마치 손아귀에 붙잡힌 참새

---

24) '백인의 책무(The White Man's Burden)'란 영국 시인 러드야드 키플링 (Rudyard Kipling, 1865~1936)이 쓴 시의 제목에서 따온 말이다. 키플링은 이 시에서 백인의 식민지 지배가 고결한 동기에서 나오는 것처럼 정당화하고 있다. 여기서는 이 말을 비꼬아 쓰고 있다.

처럼 겁을 먹은 채 가쁜 숨을 몰아쉬면서 팔딱거리는 가슴으로 몸부림쳤다. 어린 시절의 그 넓디넓은 하늘과 탁 트인 인적 없는 들판이 마냥 그리웠던 것이었다. 어느 날, 그는 강의 사이의 쉬는 시간에 아무에게도 말 한마디 없이 훌쩍 사라져 버리고 말았다. 나중에 들으니 의학을 집어치우고 어느 농장에서 일하고 있다고 했다.

필립은 이제 내과와 외과 강의를 들었다. 어떤 요일 오전에는 외래 환자의 붕대를 감아 주는 일을 하고 푼돈을 벌기도 했다. 청진법과 청진기 사용법을 교육받았다. 약 조제법도 배웠다. 칠월에는 약물 시험을 치를 예정이었다. 그는 여러 가지 약으로 물약을 혼합하고, 알약을 만들고, 고약을 이기는 일이 재미있었다. 조금이라도 인간적인 관심을 끄는 일이면 무엇에든 그는 굶주린 사람처럼 덤벼들었다.

먼 발치에서 그리피스를 본 적이 있었지만 죽이고 싶은 생각이 들까 봐 피하고 말았다. 그리피스의 친구들—그 가운데 몇은 이제 그의 친구이기도 했지만—을 대하기도 어쩐지 서먹서먹했다. 다들 그리피스와 자기 사이의 싸움을 알고 있었는데 싸운 이유도 알고 있으리라는 생각이 들어서였다. 그 가운데 키는 멀쑥하면서도 머리통은 작고, 하는 짓도 맥이 없는 램스던이라는 젊은 친구가 있었다. 이자가 또한 그리피스의 열렬한 숭배자였는데 그리피스를 하나에서 열까지, 그러니까 넥타이에서 부츠, 말투, 몸짓에 이르기까지 그대로 흉내 내고 있었다. 이 친구가 필립에게 말하기를, 그리피스는 필립이 자기가 보낸 편지에 답장을 하지 않아 몹시 괴로워하고 있다는 것이었다. 그리피스는 그와 화해하기를 바란다고 했다.

"내게 그런 말을 전하라던가?" 필립이 물었다.

"아냐, 그건 전적으로 내 생각일세." 램스던이 말했다. "자기가 한 짓을 아주 미안해하더라구. 자네가 자기에게 늘 잘 대해 주었다나. 내가 알기론 그 친구, 뭔가 보상하고 싶은 생각이 있는 거야. 자네를 만날까 겁이 나서 병원에도 오지 않는다네. 자네 손에 죽지나 않나 하고 말야."

"그럴지도 모르지."

"그러니 비참한 기분이 들지 않겠나."

"그 자식이 느끼는 그런 사소한 불편 따윈 내겐 아무것도 아냐."

"관계 회복만 된다면 무슨 일이든 할 거야."

"유치하군, 대단한 히스테리야. 그 친구가 왜 신경을 쓰지? 나야 별것 아닌 사람 아닌가. 그 친구야 나 없이도 아무 문제 없을 거구. 난 더 이상 그자에게 관심 없네."

램스던은 필립이 독하고 쌀쌀한 사람이라고 생각했다. 잠시 말을 멈추고 난감한 표정으로 주위를 둘러보았다.

"해리 그 친구, 그 여자와 상종한 걸 백번 후회하고 있네."

"아, 그래?"

필립은 시큰둥하게 대꾸했는데 그러는 자신의 태도가 자못 맘에 들었다. 속으로는 지금 가슴이 벌떡거리고 있다는 것을 아무도 모르리라. 그는 램스던의 다음 말을 초조하게 기다렸다.

"자네도 이제 그 일을 깨끗이 잊었겠지. 그렇잖나?"

"나 말인가? 그야 물론이지."

그는 밀드러드와 그리피스 사이가 어떻게 되었는지를 조금씩 알게 되었다. 그는 미소를 띤 채 태연하게 듣고 있었다. 이야기하는 상대는 워낙 둔해서 필립의 심정을 알아차리지 못했다. 옥스퍼드에서 그리피스와 보낸 주말은, 여자의 성급한 열정을 가라앉히기보다 도리어 더 뜨겁게 달아오르게 한 모양이었다. 그리피스는 여자의 뜻밖의 열정에 놀란 채 집으로 돌아갔는데 여자는 옥스퍼드를 떠나기가 아쉬워 혼자서 한 이틀 더 머물기로 작정했다는 것이었다. 그녀로서는 필립에게 돌아가야 할 아무런 까닭도 없었다. 필립이 역겹게만 여겨질 뿐이었다. 한편 그리피스는 자기가 지핀 정념의 불길에 놀라지 않을 수 없었다. 왜냐하면 그녀와 함께 시골에서 보낸 이틀이 어쩐지 따분했기 때문이다. 그는 이 재미있는 한 토막의 에피소드를 지겨운 연애 사건으로 연장시키고 싶은 마음이 전혀 없었다. 그녀는 그리피스에게 편지를 보내 달라고 했다. 그리피스는 원래가 성실하고 점잖은 데다 예의가 몸에 밴 사람이고 남에게 늘 잘 보이고 싶어하는 사람이라 집에 돌아가 멋들어진 편지를 길게 써 보냈다. 여자 역시 열정이 가득한 답장을 보내왔는데 워낙 표현력이 없는 사람이라 내용은 엉성하고 유치하고 저속했다. 지루한 편지였다. 그런데 다음 날 또 한 통의 편지가 날아오고 또 날아왔다. 그러다 보니 이 여자의 사랑에 우쭐할 일이 아니라 조심해야 하겠다는 생각이 들기 시작했다. 답장을 끊었다. 그랬더니 이번에는 전보가 소나기처럼 쏟아졌다. 어디가 아프냐, 편지를 받지 못했느냐, 답장이 없으니 걱정된다는 둥. 답을 안 할 수가 없었는데 그래도 감정을 건드리지는 않으면서 되도록 무관심한 답장을 쓰려고 했다. 전보를 보내지 말아 달라. 어머니가 고지식한 분이라 전보라면 놀라신다. 자기로선 일일이 설명하기도 어렵다. 그랬더니 답장이 왔는데 꼭 좀 만나야겠다는 것이었다. 그러면서 자기가 가진 물건을 전당 잡혀 비용을 마련해서 당신의 부친이 개업하고 있는 마을에서 사 마일 떨어진 소도시에 올라가 머물 생각이라고 했다.(그녀에게는 필립이 결혼 선물로 준 화장품 케이스가 있었는데 그것을 잡히면 팔 파운드를 받을 수 있었다.) 그 소리에 그리피스는 기겁을 했다. 이번에는 전보를 쳐서 그 따위 짓은 절대 하지 말라고 했다. 런던에 올라가는 대로 연락하겠다고 했다. 그러다 런던에 갔는데 알리기도 전에 그녀가 자기 다니는 병원으로 찾아온 것이다. 그건 싫었다. 만나자마자 앞으로는 어떤 이유로든 병원에 찾아오지 말라고 했다. 삼 주일 만에 다시 만나 보니, 못 견디게 싫증이 나는 여자임을 알 수 있었다. 왜 이 따위 여자와 관계를 맺었을까 후회가 되었고, 되도록 빨리 끝장을 내야겠다고 마음먹었다. 그리피스는 체질상 싸움을 싫어했고 딴 사람에게 고통을 주기도 싫어했다. 하지만 매듭을 지어야 할 일도 있었다. 그는 밀드러드로부터 괴롭힘을 당하지 않아야겠다고 마음먹었다. 그녀를 만나서는 일단 즐겁고 유쾌하고 재미있게, 그리고 다정하게 대했다. 그동안 만나지 못했던 데 대해서는 그럴싸한 변명을 갖다 댔다. 하지만 되도록 만나지 않으려고 온갖 애를 썼다. 억지로 만나자고 할 때는 약속 시간이 다 되었을 즈음에 전보를 치고 딴 날로 미루었다. 하숙집 주인(일자리를 얻고 첫 세 달은 하숙 생활을 했다.)에게는 밀드러드가 찾아오면 없다고 하라고 일러두었다. 여자가 길목에서 기다릴 때도 있었다. 병원 앞에서 그를 두세 시간이나 기다렸을 게 뻔했지만 그는 다정한 말을 몇 마디 던져 주고는 볼일이 있다는 핑계를 대고 재빨리 도망쳐 버렸다. 몰래 병원을 빠져나가는 솜씨도 늘었다. 한번은 밤늦게 하숙집에 돌아오는데 난간에 어떤 여자가 서 있는 것이었다. 여자가 누구인지 알 만하여 그날은 램즈던의 하숙을 찾아가 하룻밤 신세를 졌다. 이튿날 주인 여자 하는 말이, 밀드러드가 찾아와 문간에서 여러 시간을 쭈그리고 앉아 울면서 기다렸다는 것이었다. 나중에는 하는 수 없어 돌아가지 않으면 경찰을 부르겠노라고 했다고 했다.

"그러니까 말야, 자넨 아주 잘 빠져나간 거야." 램즈던이 말했다. "해리가 그러는데, 그 여자가 그런 골칫덩어리일 줄 알았더라면 절대 상종하지 않았을 거라는 거야."

필립은 그날 밤 몇 시간이고 문간에 앉아 기다렸을 그녀를 생각했다. 쫓아 보내려는 여주인의 얼굴을 멀거니 쳐다보았을 그녀의 얼굴이 눈앞에 선했다.

"그 여자 요즘은 뭐 하고 지내나?"

"아, 어디서 일자리를 하나 얻었대나. 잘됐지 뭐. 하루 종일 바쁠 테니까."

여름 학기가 끝나기 직전 그가 마지막으로 들은 이야기는, 그리피스처럼 예의 바른 사람도 여자의 끈질긴 괴롭힘에 시달리다 못해 마침내 분통을 터뜨리고 말았다는 것이었다. 그래서 밀드러드에게, 이제는 넌덜머리가 나니 다시는 눈앞에 얼씬거리지 말고 다시는 귀찮게 하지 말아 달라고 분명히 못을 박아 말했다고 했다.

"딴 도리가 없었다더군. 못 견딜 정도였다는 거야." 램즈던이 말했다.

"그럼 이제 다 끝났단 말인가?" 필립이 물었다.

"그럼. 만나지 않은 지가 열흘이 됐다니까. 자네도 알잖나. 해리란 친구, 사람 버리는 덴 선수니까. 이번이 그래도 제일 만만치 않았던 모양이지만, 결국엔 해치우고 말았잖나."

그러고 나서 필립은 다시는 그녀의 소문을 듣지 못했다. 그녀는 이제 런던의 저 거대한 익명의 사람들 무리 속으로 사라져 버리고 만 것이다.

81

겨울 학기가 시작되면서 필립은 외래환자 담당 실습 보조원이 되었다. 외래환자 담당 의사는 세 명으로, 일주일에 각자 이틀씩 일했다. 필립은 타이렐 박사 밑에 있었다. 타이렐 박사는 학생들 사이에 인기가 높아 그의 실습 보조원이 되려면 경쟁을 거쳐야 했다. 그는 나이 서른다섯에 키가 훤칠하고 깡마른 사람이었다. 머리통은 아주 작고 붉은 머리칼을 짧게 깎았으며 눈은 푸른색의 통방울 눈이었다. 얼굴은 선홍빛을 띠고 있었다. 듣기 좋은 목소리에 입담이 좋았으며, 가벼운 농담을 좋아했고, 세상사를 심각하게 생각하지 않았다. 의사로서는 성공을 거두어 그의 진료를 받으려는 환자가 많았고 언젠가는 훈작사(勳爵士)[25]가 되리라는 말도 있었다. 학생들과 가난한 사람들을 주로 접촉하다 보니 그에게는 보호자연하는 태도가 몸에 배어 있었다. 또 의사 직업을 가진 사람이 흔히 그러하듯, 건강한 사람이 환자들을 대하면서 갖게 마련인, 우월감에서 비롯하는 명랑한 겸양도 배어 있었다. 환자들은 타이렐 박사 앞에 서면 마치 마음씨 좋은 교장 선생 앞에 선 학생의 기분이 되었다. 그는 환자의 병을 터무니없는 학생들 장난 같은 것으로 여겼다. 하지만 다들 그 장난에 화를 내는 것이 아니라 재미있어했다.

학생은 날마다 외래환자실에 나와 환자를 보면서 여러 가지를 배우도록 되어 있었다. 하지만 보조 업무를 맡은 날은 좀 더 뚜렷한 일이 주어졌다. 그 무렵 성 누가 병원의 외래과는 서로 통하는 세 개의 방과 커다랗고 어두운 대기실로 구성되어 있었다. 이 대기실에는 거대한 대리석 기둥들이 서 있고 긴 벤치들이 놓여 있었다. 환자들은 정오에 진찰권을 받은 다음 이 대기실에서 기다렸다. 약병이나 약단지를 든 남녀노소 환자들이 더러운 누더기 차림으로, 혹은 말끔한 차림으로, 침침한 이곳 대기실에서 길게 열을 지어 앉아 기다리고 있었는데 그 모습이 섬뜩하고 으스스한 인상을 주었다. 그들의 모습은

---

25) 나라에 공훈이 있는 사람에게 주는 기사(騎士) 작위. 이 작위를 받으면 성(姓) 앞에 'Sir'라는 경칭이 붙는다. 우리말로는 '경(卿)'이라고 번역한다.

도미에[26]의 음울한 그림들을 연상시켰다. 방들은 죄다 똑같은 색으로 칠해져 있었다. 벽은 담홍색이고 아래 징두리 널판 부분은 갈색이었다. 방마다 소독약 냄새가 코를 찔렀는데 오후가 다 갈 무렵이면 그 냄새가 고약한 사람 냄새와 뒤섞였다. 첫 방이 제일 컸다. 이 방 한가운데에 의사의 테이블과 의자가 놓여 있었다. 그 양옆으로 그보다 작고 더 낮은 테이블이 하나씩 놓여 있다. 그 하나에는 수련의인 병원 상주 내과의가 앉고, 다른 하나에는 그날의 일지를 적는 실습 보조원이 앉는다. 보조원은 이 두꺼운 일지에 환자의 이름, 나이, 성별, 직업, 그리고 병의 진단 내용을 적어 넣는다.

한 시 반이면 수련의가 들어와 벨을 울리고 안내인에게 재진 환자들을 들여보내라고 지시했다. 재진 환자는 늘 바글대서 두 시에 타이렐 박사가 오기까지 되도록 많이 봐야 했다. 필립과 함께 일하게 된 수련의는 체구는 작지만 깔끔한 맵시를 가진 사람이었는데 자신의 위치를 지나치게 의식했다. 실습 보조원들에게는 우월감을 가지고 대했다. 한때 동기였던 나이 든 학생들이 그의 현 지위를 존중하지 않고 허물없이 굴면 노골적으로 싫어했다. 그가 진료를 시작했다. 실습 보조원 하나가 그를 거들었다. 환자들은 끊임없이 들어왔다. 남자 환자가 우선이었다. 이들의 병이란 주로 만성 기관지염, 곧 그들 말로 '고약한 마른기침'이었다. 한 환자는 수련의에게, 그다음

---

26) 오노레 도미에(Honoré Daumier, 1808~1879). 프랑스 화가. 사회풍자적인 그림을 많이 그렸다.

환자는 실습 보조원에게 가서 각각 '진찰권'을 내민다. 경과가 좋을 경우, 진찰권에는 '14일 계속 투약'이라는 말이 씌어지게 된다. 그러면 환자들은 약병이나 약단지를 가지고 약국에 가서 다시 이 주일 분의 약을 받아 간다. 이 방면에 이골이 난 환자들 가운데에는 정식 의사에게 직접 진료를 받으려고 일부러 뒤처지는 사람도 있지만 그렇다고 성공하는 경우는 드물었다. 의사 진료가 필요해 보이는 위중한 환자 서너 명만이 남겨질 뿐이다.

타이렐 박사가 총총걸음으로 쾌활하게 들어왔다. 그는 뭐랄까, 안녕하십니까, 안녕하십니까, 하고 소리 지르면서 서커스 무대로 뛰어나오는 광대를 연상시켰다. 그의 태도를 보면 마치, 이거 무슨 꼴입니까, 병이 나시다니, 제가 금방 고쳐 놓겠습니다, 라고 말하는 것 같았다. 그는 자리를 잡고 앉아 자기가 진찰해야 할 재진 환자들이 있느냐고 물은 뒤 빠른 속도로 환자들을 검진했다. 그는 환자를 예리한 눈으로 주시하면서 증세를 물었고, 또 수련의에게 농담을 건네기도 했다. 그러면 실습 보조원들은 하나같이 깔깔대고 웃어 댔고 수련의도 덩달아 웃음을 터뜨렸는데 그로서는 실습 보조원들이 웃어 대는 건 아무래도 건방지다고 생각되는 모양이었다. 그런 다음 박사는 오늘 날씨가 좋다느니 덥다느니 하면서 벨을 울려 안내인에게 초진 환자들을 들여보내라고 지시했다.

초진 환자들이 하나씩 들어와 타이렐 박사가 앉아 있는 테이블 앞으로 걸어갔다. 환자들 가운데에는 늙은이도 있었고 젊은이도 있었고 중년도 있었다. 대개는 노동 계급 출신으로 부두 노동자, 짐마차꾼, 공장 노동자, 술집 웨이터들이었다. 하지만 말쑥한 차림으로 봐서 점원이나 사무원 등 분명히 윗 계급으로 여겨지는 사람들도 있었다. 이런 사람들이 들어오면 타이렐 박사는 수상쩍다는 듯 바라본다. 때로 가난뱅이로 보이려고 일부러 허름한 옷을 입고 오는 사람도 있었다. 하지만 박사의 날카로운 눈은 속임수를 쓰는 사람들을 귀신같이 가려 냈다. 진료비를 낼 만해 보이는 사람들에게는 가차 없이 진료를 거절하기도 했다. 제일 한심한 규정 위반자들은 여자들이었는데, 속이려는 방법도 서툴기 짝이 없었다. 이들은 누더기나 다름없는 외투와 치마를 입고 오면서도 손가락에 낀 반지는 뺄 줄 몰랐다.

"보석 반지를 낄 정도면 의사 구하실 형편은 되겠네요. 병원은 가난한 사람들을 상대로 하는 자선 기관입니다."[27) 타이렐 박사는 말했다.

그는 진찰권을 돌려주고 다음 환자를 불러들였다.

"진찰권이 있는데요."

"나한텐 소용없습니다. 나가 주세요. 당신은 지금 여기 와서 진짜 가난한 사람에게 필요한 시간을 뺏고 있습니다."

환자는 오만상을 찌푸리며 물러난다.

"저 여자는 아마 신문사에 투서를 할 거야. 런던 병원들의 형편없는 운영 운운하고 말이지." 하고 타이렐 박사는 빙긋 웃

---

27) 당시에 병원은 빈민을 대상으로 한 자선기관이었다. 돈이 있는 사람은 개업의를 찾아가야 했다.

으며 말한다. 그러면서 다음 순서의 진찰기록부를 집어 들고 환자를 날카롭게 훑어보는 것이었다.

대개의 사람들은 병원이 국가 기관이며, 이를 위해 자기들이 지방세를 내기 때문에 진료 혜택을 받는 것은 당연한 권리라고 생각하고 있었다. 또한 자기들을 진료하는 의사들이 많은 보수를 받고 있다고 생각했다.

타이렐 박사는 실습 보조원들에게 각각 한 명씩의 환자를 배당해 주었다. 실습 보조원은 환자를 안쪽에 있는 방으로 데리고 간다. 안쪽 방은 더 작았는데 방마다 안에는 검은 마미단(馬尾緞)[28]을 씌운 침상이 하나씩 놓여 있었다. 실습 보조원은 환자에게 이것저것 묻고 폐와 심장과 간을 검사한 다음, 진단서에 검진 내용을 기록하고, 속으로 나름의 진단을 내려 본 다음, 타이렐 박사가 들어오기를 기다린다. 박사는 남자 환자들의 진찰을 마친 다음 학생들 몇 명을 이끌고 들어온다. 실습 보조원은 자기가 알아낸 것을 소리 내어 읽어 준다. 의사는 한두 가지 묻고 나서 자기가 직접 환자를 진찰한다. 혹 특이사항이 있을 경우, 학생들도 청진기를 갖다 대었다. 한 환자를 두고 두세 학생이 가슴을 청진하고, 두 명은 등을 청진하는 가운데 나머지는 초조하게 차례를 기다리는 광경을 흔히 볼 수 있다. 환자는 학생들 사이에 약간 어색하게 서 있지만 자신이 관심의 중심이 되는 게 그리 기분 나쁘지만은 않다. 타이렐 박사가 병에 대해 유창하게 설명하는 동안 환자는

---

28) 말총을 씨실로 하고 무명실, 삼실, 털실 따위를 날실로 하여 짠 서양 피륙.

어리벙벙한 채로 귀를 기울인다. 학생 두세 명이 의사가 이상음(異常音) 혹은 염발음(捻髮音)이라고 설명하는 것을 들어 보기 위해 다시 청진기를 갖다 댄다. 이윽고 환자에게 옷을 입어도 좋다는 말이 떨어진다.

환자들에 대한 진찰이 끝나면 타이렐 박사는 다시 큰 방으로 돌아와 자신의 책상 앞에 앉는다. 그때 가까이에 학생이 있을 경우 그는 아무나 지목하여 방금 본 환자에게 어떤 처방을 내릴 것인지 묻는다. 학생이 한두 가지 약을 댄다.

"그러겠는가? 독창적인 생각이긴 하군. 하지만 그렇게 성급할 건 없지."

그렇게 말하면 학생들은 늘 웃음을 터뜨리곤 했다. 박사는 자신의 유머가 재미있다는 듯 눈을 반짝이며 학생이 제안한 약과는 다른 약을 처방한다. 똑같은 환자가 둘이 있어 학생이 금방 타이렐 박사가 내린 처방을 그대로 제안하면, 타이렐 박사는 교묘하게도 또 다른 처방을 생각해 낸다. 때로는 약국의 약제사들이 조제하는 일에 지쳐 이미 만들어 놓은 약——오랜 경험에서 효험이 있다고 알려진 병원 조제약——을 내주고 싶어한다는 것을 알고 박사는 짓궂게 복잡한 처방을 내고는 재미있어하기도 한다.

"약제사에게도 일거리를 주어야지. 우리가 계속해서 뻔한 처방만 내 보게. 그 사람들, 조제 감각이 둔해지고 말걸."

학생들이 하하 하고 웃었다. 박사는 제 농담에 흐뭇해서 학생들을 빙 둘러보았다. 그런 다음 벨을 눌러, 안내인이 고개를 디밀자 말했다.

"여자 재진 환자 들여보내 줘요."

그가 의자에 등을 기대고 수련의와 잡담을 하는 동안 안내인이 재진 환자들을 몰고 왔다. 환자들이 줄줄이 들어온다. 앞머리 장식을 길게 늘어뜨리고 입술이 창백한 빈혈증의 젊은 여자들이——이들은 양도 부족하고 질도 형편없는 음식을 그나마 제대로 소화시키지도 못한다.——들어오고, 잦은 출산으로 빨리 늙어 버린 살찐 여자들, 깡마른 노파들이 겨울 기관지염으로 들어오고, 이런 문제, 저런 문제, 갖가지 문제를 가진 여자들이 들어온다. 타이렐 박사와 수련의는 이들에 대한 진찰을 재빨리 끝내 버린다. 시간이 흐름에 따라 조그만 방 안의 공기는 점점 메스꺼워진다. 박사가 시계를 들여다본다.

"오늘 초진 온 여자 환자들이 많나?" 박사가 물었다.

"꽤 되는 것 같습니다." 수련의가 대답했다.

"그 사람들 들여보내지. 재진 환자는 자네가 계속 보고."

초진 환자들이 들어왔다. 남자의 병은 거의 과음 때문이었지만 여자의 경우 영양실조가 많았다. 여섯 시경이 되자 진료가 끝났다. 필립은 내내 탁한 공기 속에 서서 보조를 하느라고 지칠 대로 지친 몸을 끌고 동료들과 차를 마시러 학교를 향해 어슬렁어슬렁 걸어갔다.

하고 보니 일은 아주 흥미로웠다. 거기에는 예술가가 다루어야 할 재료 그대로의 인간이 가공되지 않은 채로 있었다. 필립은 자신이 예술가이고 환자들은 손 안의 진흙과 같다는 생각이 들면서 야릇한 전율을 느꼈다. 그는 파리 시절을 떠올리며 흐뭇한 기분으로 어깨를 으쓱했다. 그 시절 그는 아름다움을 창조해 보겠노라고 색채며 색조며 명암이며 하는 것들에 깊이 몰두해 있었다. 그런데 이제 사람들을 직접 접촉해 보니 전에 느껴 보지 못한 힘의 전율을 느낄 수 있었다. 사람들의 얼굴을 들여다보면서, 그들이 말하는 것을 들으면서 그는 한없는 흥분을 느꼈다. 들어오는 사람들 하나하나가 다 독특했다. 어떤 사람은 점잖치 못하게 발을 질질 끌며 들어왔고, 어떤 사람은 경쾌한 걸음걸이로, 어떤 사람은 무겁고 느린 걸음으로, 또 어떤 사람은 수줍게 걸어 들어왔다. 때로는 겉만 보고도 직업을 짐작할 수 있었다. 상대방이 알아듣게 하려면 어떻게 물어야 하는가를 배웠다. 어떤 문제에서 사람들은 거짓말을 하게 되는가, 어떤 질문을 던지면 진실을 말하게 되는가도 배웠다. 사람들은 같은 것에 대해서도 저마다 달리 반응했다. 위험한 병의 진단을 내려도 웃으면서 농담으로 받아들이는 사람이 있는가 하면, 절망한 나머지 말을 못 하는 사람도 있었다. 필립은 다른 어떤 사람들보다 이들 환자를 대할 때 수줍음이 덜 느껴진다는 사실을 발견했다. 환자들에게 딱히 동정을 느낀다고는 할 수 없었다. 동정이란 일종의 우월감을 뜻했으니까. 하지만 환자들과는 마음이 편했다. 알고 보니, 자신에게도 환자의 마음을 편하게 해 줄 수 있는 능력이 있었다. 그에게 환자가 맡겨지면 환자 쪽에서도 묘하게 그를 신뢰하여 그의 손에 모든 것을 내맡기는 것 같았다.

'어쩌면 난 의사가 되게끔 태어났는지 몰라. 적성에 맞는 직업을 택했다면 그야말로 운이 좋은 것이다.' 그렇게 생각하며 그는 미소를 지었다.

필립의 생각으로는 실습 보조원들 가운데에서 자기만이 오후 근무에 재미를 느끼는 것 같았다. 다른 실습 보조원들에게는 병원을 찾는 사람들이 그저 환자에 지나지 않았다. 병이 복잡하면 흥미를 가졌고 뻔하면 귀찮게 여겼다. 청진기로 이상음을 들었고 비정상 간을 만나면 놀랐다. 폐에서 이상한 소리가 나면 곧바로 얘깃거리가 되었다. 필립에게 그것들은 그 이상의 의미가 있었다. 환자를 보는 것 자체가 흥미로웠고, 머리와 손의 모양, 눈의 표정, 코의 모양이 다 흥미로웠다. 진료실 안에서는 불시에 기습당한 인간 본성을 볼 수 있었다. 관습의 가면이 가차 없이 벗겨지면서 영혼이 적나라하게 드러나기도 했다. 어떤 때는 타고난 극기주의자를 만나기도 하는데 그런 때는 깊은 감동을 받았다. 한번은 무식하고 우악스러운 어떤 남자를 진찰한 적이 있었다. 나을 가망이 없다고 말했다. 그런데도 사내는 낯모를 사람들 앞에서 조금도 흔들림 없이 꿋꿋했다. 본능에서 오는 그 놀라운 자제력에 감탄하지 않을 수 없었다. 하지만 홀로 자신의 영혼과 마주하고 있을 때도 그처럼 용감할 수 있을까? 아니면 절망에 굴복하고 말까? 때로는 비극도 있었다. 한번은 젊은 여자 하나가 여동생을 데리고 진찰을 받으러 왔다. 섬세한 용모, 크고 푸른 눈, 한순간 가을 햇살이 닿자 황금빛으로 빛나던 금발, 놀랄 만큼 아름다운 살결을 지닌 열여덟 살의 아가씨였다. 싱글거리는 학생들의 눈길이 일제히 이 소녀에게 쏠렸다. 음산한 병원에서 이처럼 예쁜 아가씨를 보기는 쉽지 않은 일이었다. 언니 되는 여자가 집안 내력을 이야기했다. 부모가 다 폐결핵으로 죽고, 오빠도 언니도 죽었으며, 이제 그들 둘만이 살아남아 있다고 했다. 그런데 동생이 요즘 기침을 하면서 체중이 줄기 시작했다는 것이다. 소녀가 블라우스를 벗으니 목덜미의 살결이 마치 우윳빛 같았다. 타이렐 박사는 잠자코 여느 때처럼 재빠르게 소녀를 진찰했다. 그는 소녀의 몸 한 곳을 가리키면서 두세 명의 실습 보조원에게 청진기를 대 보라고 했다. 그런 다음 소녀에게 옷을 입어도 좋다고 했다. 조금 떨어진 곳에 서 있던 언니가 동생에게 들리지 않도록 나지막한 목소리로 박사에게 물었다. 목소리가 두려움에 떨리고 있었다.

"그거지요, 박사님?"

"그런 것 같습니다."

"저 애가 마지막이에요. 저 애마저 가면 전 어떡해요."

여자는 울기 시작했다. 의사는 무거운 표정으로 그녀를 바라봤다. 의사가 보니 이 여자에게도 폐병 소질이 있어 보였다. 이 여자도 오래 살지는 못할 것 같다. 소녀가 돌아보고 언니가 울고 있음을 알아차린다. 그녀는 그 눈물이 무엇을 뜻하는지 깨닫는다. 예쁜 얼굴이 갑자기 해쓱해지면서 눈물이 주루룩 볼을 타고 내린다. 두 여자는 일이 분 동안 그 자리에 그대로 서서 소리 없이 울고 있었다. 이윽고 언니는, 냉정한 사람들이 자기들을 지켜보고 있다는 것도 잊은 채 동생에게 다가갔다. 그러고는 소녀를 두 팔로 꺼안고 마치 아기라도 어르듯 이리저리 흔들기 시작하는 것이었다.

두 사람이 가고 난 뒤 한 학생이 물었다.

"그 아가씨 얼마나 살겠습니까, 선생님?"

타이렐 박사는 어깨를 으쓱해 보였다.

"그 여자 오빠와 언니가 증세를 발견하고 석 달 만에 죽었다니까 이 아가씨도 마찬가지일 거야. 돈이 많다면 무슨 수라도 쓰겠지만. 이 사람들더러 성 모리츠 병원[29]에 가 보랄 수도 없고. 속수무책이지."

한번은 튼튼하고 기운이 펄펄 넘쳐 보이는 한 사내가 진찰을 받으러 왔다. 이유인즉 통증이 그치지 않아 괴롭다는 것이었다. 자기네 클럽 의사도 별 손을 못 쓰고 있다고 했다. 그 사내에 대한 판정도 죽음이었다. 그런데 이 사람의 죽음은 과학이 무력하기 때문에 무섭더라도 받아들일 수밖에 없는 불가피한 죽음이 아니었다. 그것은 이 사람이 복잡하기 짝이 없는 문명이라는 거대한 기계의 한 작은 톱니바퀴에 지나지 않았기 때문에, 그리고 하나의 자동장치처럼 환경을 변화시키기에는 무력했기 때문에 피할 수 없게 된 그런 죽음이었다. 절대 안정을 취하는 길밖에 딴 방법이 없었다. 하지만 의사는 불가능한 것은 요구하지 않았다.

"지금보다 힘이 안 드는 일자리를 구해야겠소."

"저희 분야에선 힘이 안 드는 일이 없는걸요."

"글쎄, 계속 이러다간 죽어요. 병이 아주 심하단 말이오."

"제가 죽는단 말입니까?"

"그런 말은 아니지만, 하여간 중노동은 맞지 않아요."

"제가 일을 안 하면 집사람과 애들은 누가 먹여 살립니까?"

---

29) 스위스의 알프스에 있는 결핵 요양원.

타이렐 박사는 어깨를 으쓱했다. 이런 딜레마는 벌써 수백 번은 겪었을 것이다. 시간은 없고, 봐야 할 환자는 아직도 많았다.

"그럼, 약을 처방해 줄 테니 일주일 후에 다시 와서 경과를 말해 줘요."

사내는 아무 쓸모도 없는 처방이 적힌 진찰권을 받아 들고 방을 나가면서 이렇게 생각한다. 의사야 말하고 싶은 대로 말하라지. 일을 그만둬야 할 만큼 몸이 나쁜 것 같진 않은걸. 이 좋은 일자리를 버릴 수야 있나.

"그 사람 일 년은 버티겠지." 타이렐 박사는 말했다.

때로는 희극도 있었다. 가끔은 번득이는 런던식 유머가 선보이기도 했고, 가끔은 찰스 디킨스의 소설에나 나옴 직한 노부인이 괴상한 수다를 떨어 그들을 즐겁게 하기도 했다. 한번은 어떤 유명한 연예관의 발레단 무용수 하나가 찾아왔다. 이 여자는 쉰 살은 되어 보였는데 자기 나이가 스물여덟이라 했다. 화장을 덕지덕지 하고, 학생들에게 커다랗고 검은 눈으로 노골적인 추파를 던졌다. 그녀는 드러내 놓고 유혹하는 웃음을 살살 웃어 댔다. 타이렐 박사에게도 자신만만한 태도로—박사는 이를 몹시 재미있어했지만—마치 주정뱅이 팬을 대하듯 허물없이 대했다. 그녀는 만성 기관지염이라면서 직업에 지장이 많다고 투덜거렸다.

"글쎄, 어째서 이런 병에 걸렸는지 모르겠어요. 정말예요. 여태까지 한 번도 병치레해 본 적이 없거든요. 절 보시면 금방 알 거예요."

그녀는 눈을 굴리며 젊은 학생들을 둘러보았다. 눈길을 따라 짙게 칠한 속눈썹이 쓰윽 움직였다. 학생들에게 미소 짓느라고 누런 이빨이 번쩍 드러났다. 런던 사투리를 심하게 쓰면서도 세련된 티를 내려고 해서 한마디 한마디가 그지없이 웃겼다.

"그게 바로 겨울 마른기침이라는 겁니다." 타이렐 박사가 엄숙하게 말했다. "중년 여자들에게 많지요."

"아니, 숙녀에게 그게 무슨 말씀이세요. 제가 중년이란 말은 아직 한 번도 들어 본 적이 없어요."

눈을 휘둥그레 뜨면서 여자는 고개를 갸우뚱 기울이고 알 듯 말 듯한 교활한 표정을 지으며 박사를 쳐다보았다.

"이래서 우리 직업은 어렵답니다. 때로는 숙녀분들에게도 못 할 소리를 해야 하니까요." 박사가 말했다.

여자는 처방을 받아 들며 박사에게 마지막 교태 어린 미소를 던졌다.

"제 춤 한번 보러 오실 거죠, 선생님?"

"그러믄요."

박사는 벨을 울려 다음 환자를 불렀다.

"신사 여러분, 잘 돌봐 주셔서 고마워요."

하지만 전체적인 느낌은 비극도 아니고 희극도 아니었다. 뭐라고 꼬집어 말하기 힘들었다. 다원적이고 다양하다고 할까. 눈물과 웃음이 있었다. 행복과 슬픔이 있었다. 지루하기도 하고, 재미나기도 하고, 무정하기도 했다. 보이는 그대로였다. 소란스럽고 격정적인가 하면 엄숙하기도 했다. 슬프기도 하고 우습기도 했다. 하찮기도 했다. 단순하면서 복잡했다. 기쁨이 있었고 절망이 있었다. 자식에 대한 어머니의 사랑, 여자에 대한 남자의 사랑이 있었다. 욕망이 무거운 발을 끌면서 병원의 방들을 지나가며 죄 있는 자와 죄 없는 자, 홀로 된 아내들과 비참한 아이들에게 벌을 주었다. 술이 사람들을 포로로 잡아 벗어날 길 없는 대가를 치르게 했다. 이 방들에서는 죽음의 탄식이 흘러나왔다. 이곳에서 불쌍한 소녀를 공포와 수치로 몰아넣으며 생명의 탄생이 진단되기도 했다. 이곳에는 선도 악도 없었다. 사실만이 존재했다. 그것이 인생이었다.

82

연말 무렵, 필립이 외래환자과에서 실습 보조원으로 일해야 하는 삼 개월 기간을 거의 다 끝마치고 있을 때, 파리에 있는 로슨으로부터 편지 한 통이 왔다.

필립 보게나.

크론쇼가 지금 런던에 있는데 자네를 만나 보고 싶어하네. 소호의 하이드 가 43번지에 살고 있다네. 나야 거기가 어딘지 잘 모르지만 자네는 찾을 수 있을 걸세. 가엾게 생각하고 좀 돌봐 주게나. 처지가 아주 딱하게 된 모양이네. 지금 무엇을 하고 있는가는 본인이 말해 줄 걸세. 여긴 늘 마찬가지네. 자네가 여기 있었던 때와 달라진 게 조금도 없는 것 같아. 클러튼은 돌아왔는데 아주 구제불능이 되어 버렸네. 만나는 사람마다 싸움질일세. 내 짐작에는 가진 게 한 푼도 없는 모양이야. 자르댕 데 플랑트[30] 바로 건너편 조그만 스튜디오에서 살고 있는데, 그린 것은 아무에게도 보이지 않네. 어디에도 내놓질 않으니 그가 무얼 하고 있는지 아무도 모르지. 천재인지도 모르겠네만 한편으론 돌았는지도 모르겠네. 그건 그렇고 요전 날 우연히 플래너건을 만났네. 부인에게 라탱 구역을 구경시키던 중이더군. 그림을 집어치우고 지금은 총포상을 하고 있다나. 사업이 잘되는 모양일세. 부인이 아주 미인이어서 초상화를 한 장 그려 볼까 하는 중이네. 자네라면 얼마쯤 달라고 하겠나? 놀라게 하고 싶지는 않지만 그렇다고 저쪽에서 기꺼이 삼백 파운드 주겠다는 걸 이쪽에서 백오십 파운드만 달라고 하는 바보는 되고 싶지 않거든. 그럼 이만 줄이네.

프레드릭 로슨

필립은 크론쇼에게 편지를 썼다. 그러고는 다음과 같은 답장을 받았다. 흔히 쓰는 편지지 반쪽에 쓰여 있었고 봉투는 얄팍하고 지저분했는데 아무리 보아도 우송 도중에 더러워진 것은 아닌 성싶었다.

케리,
물론 자네를 잘 기억하고 있네. 자네를 저 '절망의 구렁텅

---

30) 파리의 '식물원'.

이'[31]에서 구해 내는 데 나도 한몫은 했다고 생각하네. 이제는 나 자신이 그곳에 빠져 헤어나지 못하게 되었지만 말일세. 자네를 만나 보고 싶네. 나는 이 낯선 도시의 이방인으로 속물들에게 시달리고 있네. 파리 얘기를 하면 즐거울 걸세. 굳이 이곳으로 와 달라고 하지 않겠네. 내 하숙은 무슈 퓌르공[32]과 같은 저명 직업을 가진 사람을 모실 수 있을 만큼 웅장하지는 않으니까. 하지만 저녁마다 일곱 시에서 여덟 시 사이에 딘 가의 오봉 플레질이라는 식당에서 간소한 식사를 하는 나를 볼 수 있을 걸세. 이만 줄이네.

J. 크론쇼

필립은 편지를 받은 날로 당장 찾아가 보았다. 그가 말한 식당은 겨우 방 하나밖에 없는 최하급 식당으로 손님이라곤 크론쇼뿐인 것 같았다. 그는 바람 드나드는 곳을 피해 구석진 자리에 앉아 있었다. 한 번도 벗은 것을 본 적이 없는 그 남루한 외투를 여전히 걸치고 있었고 낡은 중산모도 여전했다.

"혼자 먹을 수 있어 이리로 오네. 장사가 잘 안 되는 모양이야. 오는 사람들이라고는 수상쩍은 여자 서너 명, 실직한 웨이

---

31) The Slough of Despond. 영국의 성직자이자 작가인 존 버니언(John Bunyan, 1628~1688)이 쓴 우의소설(寓意小說) 『천로역정(Pilgrim's Progress)』에 나오는 말이다.
32) 프랑스의 극작가 몰리에르(Molière, 1622~1673)의 희극 『기분환자(Le Malade imaginaire)』에서 주인공을 치료하는 의사로 나오는 사람. 여기서는 그냥 '의사'라는 뜻으로 쓴 말이다.

터 한두 명, 그뿐이야. 곧 문을 닫을 모양이더군. 음식은 형편없어. 하지만 이 집 장사가 안 되는 바람에 내가 좋지."

크론쇼 앞에는 압생트 잔이 놓여 있었다. 거의 삼 년 만에 만나는 셈이었다. 필립은 달라진 그의 모습을 보고 깜짝 놀랐다. 전에는 비대한 편이었으나 지금은 바짝 마른 누런 얼굴을 하고 있었다. 목의 피부는 늘어져 쭈글쭈글했고, 옷은 남의 것을 빌려 입은 것처럼 헐렁했다. 서너 사이즈나 더 큰 칼라가 초라한 몰골을 더욱 두드러지게 했다. 손은 끊임없이 떨고 있었다. 필립은 편지지 위에 뒤죽박죽 제멋대로 기어다니듯 씌어진 편지의 필체가 떠올랐다. 병이 심해진 게 분명했다.

"요즈음은 별로 먹지 않네. 아침에는 몸이 몹시 안 좋다네. 저녁식사로 지금 수프를 좀 떠먹고 있는 중이라네. 그러곤 치즈 한 조각을 먹지."

필립이 자기도 모르게 눈길을 압생트에 보내자 크론쇼는 눈치를 채고 뻔한 충고를 하지 말라는 듯 장난스러운 표정을 지어 보였다.

"내 병을 진단해 보니 압생트를 마시면 안 된다는 거겠지."

"간경변증이 분명해요."

"분명하지."

그는 전에 상대를 꼼짝없이 주눅 들게 만들었던 그 강한 눈길로 필립을 지그시 바라보았다. 네 녀석이 생각하고 있는 것은 너무 뻔하다고 말하는 것 같았다. 그 뻔한 것을 선선히 인정해 버리는 마당에 무슨 말을 더 할 수 있단 말인가? 필립은 화제를 바꾸었다.

"파리에는 언제 돌아가실 작정입니까?"

"파리에는 돌아가지 않네. 나는 죽어 가고 있어."

그 말을 얼마나 자연스럽게 하는지 필립은 깜짝 놀랐다. 대꾸할 말을 이것저것 떠올려 보았지만 죄다 헛된 말처럼 여겨졌다. 크론쇼가 죽어 가고 있다는 것은 틀린 말이 아니었다.

"그럼 런던에 아주 눌러 계시겠다는 말씀입니까?" 그는 어설프게 물었다.

"내게 런던이 뭐지? 난 물을 떠난 물고기일세. 내가 걷는 거리는 사람들로 북적거려. 사람들에 부딪힐 지경이지. 하지만 난 마치 죽은 도시를 걷고 있는 것 같네. 다만 파리에서 죽을 수는 없다는 생각이 들었지. 동족 사이에서 죽고 싶었어. 나도 모르겠네. 숨어 있던 무슨 본능이 마지막 순간에 날 이리로 데려왔는지."

필립은 크론쇼가 동거했던 여자와 그 칠칠치 못한 두 아이에 대해서 알고 있었지만 크론쇼는 그들에 관해서는 한마디 말도 없었다. 필립도 그들에 관한 이야기를 꺼내고 싶지 않았다. 다들 어떻게 되었는지 궁금했다.

"왜 자꾸 죽는다는 말만 하시는지 모르겠어요."

"재작년 겨울에 폐렴에 걸렸었네. 낫고 나니 다들 기적이라고 하더군. 그런데 난 아무래도 폐렴에 약한가 봐. 한 번만 더 걸리면 죽고 말 걸세."

"당치도 않은 말씀이에요. 그렇게까진 나쁘지 않습니다. 조심만 하시면 돼요. 그런데 왜 술을 끊지 않으시죠?"

"그야 끊고 싶지 않으니까. 결과를 받아들일 각오만 되어 있다면 무슨 일이든 할 수 있는 법이네. 그래, 난 결과를 받아들일 각오가 되어 있네. 자네야 하기 쉬운 말로 술을 끊으라 하겠지. 하지만 내게 남은 건 이제 이것뿐이야. 술 없는 인생, 그게 내게 무슨 의미가 있겠나? 이 압생트, 이것에서 내가 얻는 행복을 자네는 알겠나? 나는 압생트가 그립네. 그래서 압생트를 마실 때는 한 방울 한 방울을 음미하지. 그러고 나면 난 형언할 수 없는 행복감 속에서 뛰노는 것 같은 기분을 느끼네. 자네로선 역겨운 소리겠지. 자네는 청교도라 속으로 관능적인 쾌락을 경멸하지 않나. 허나 관능적인 쾌락이야말로 무엇보다 강렬하고, 무엇보다 절묘하네. 다행히 나는 민감한 감각을 타고난 사람이라 혼신을 다하여 관능을 충족시켜 왔다네. 이제 그 값을 치러야 하겠지. 치를 준비는 되어 있네."

필립은 한동안 물끄러미 그를 쳐다보았다.

"두렵지는 않으십니까?"

크론쇼는 냉큼 대답하지 않았다. 할 말을 찾는 모양이었다.

"때론 두렵네. 혼자 있을 때는." 그는 필립에게 눈길을 주며 말했다. "자네는 그걸 벌이라고 하겠나? 아닐세. 난 두려움을 꺼리지 않네. 어리석지 않나. 언제나 죽음을 보며 살아야 한다는 저 기독교의 말 말일세. 삶을 위한 유일한 방법은 죽는다는 걸 잊는 것일세. 죽는다는 건 중요하지 않네. 현명한 인간이라면 죽음의 공포 따위에는 전혀 영향받지 않아. 그야 나도 죽을 때에는 살려고 몸부림치겠지. 그리고 미칠 듯이 무섭겠지. 또 나를 그런 식으로 몰아 온 내 인생을 뼈저리게 후회하지 않곤 못 배기겠지. 하지만 말일세, 난 그 후회를 인정하지 않네. 내 지금 비록 허약하고, 늙고, 병들어 가난하게 죽어 가고 있지만 난 여전히 나 자신의 영혼을 다스리고 있어. 난 아무것도 후회하지 않네."

"선생님께서 제게 주신 페르시아 융단을 기억하십니까?"

지난날의 저 여유 있는 미소가 크론쇼의 입가에 떠올랐다.

"자네가 인생의 의미가 뭐냐고 물어서 내가 그 융단이 해답을 줄 거라고 했지. 그래, 해답을 찾아냈나?"

"아뇨." 필립도 미소를 지으며 말했다. "말해 주시지요."

"아냐, 아닐세. 그럴 수 없네. 스스로 찾지 않는 해답은 의미가 없네."

83

크론쇼가 시집을 내게 되었다. 친구들이 벌써 여러 해 전부터 시집 출판을 권해 왔지만 게을러 빠져서 손을 대지 않고 있었던 것이다. 친구들이 충고를 하면 늘 하는 대꾸가, 영국에서는 시에 대한 애정이 죽어 버렸어, 하는 것이었다. "여러 해의 사색과 노력을 들인 시집을 한 권 낸다고 하세. 어슷비슷한 다른 책들에 섞여 두세 줄의 경멸에 찬 비평을 받는 것이 고작이지. 이삼십 부쯤 팔리려나. 나머지는 폐지가 되어 버리네. 명성에 대한 욕망은 이미 오래전에 버렸네. 그것 역시 한갓 미망(迷妄)이 아닌가." 그런데 한 친구가 일을 떠맡고 나섰던 것이다. 이 사람 역시 글을 쓰는 사람으로 레너드 업존이라고,

필립도 한두 차례 라탱 구의 카페에서 크론쇼와 함께 만난 적이 있었다. 영국에서는 평론가로 상당한 명성이 있었고, 특히 근대 프랑스 문학의 권위자로 인정받고 있었다. 프랑스에 꽤 오래 머무르면서 《메르퀴르 드 프랑스(Mercure de France)》지[33]를 당대 최고의 평론지로 만든 사람들과 함께 어울렸는데 그들의 견해를 그저 영어로 표현한 것만으로도 그는 영국에서 독창성이 있다는 평판을 얻었던 것이다. 필립도 그의 평론을 몇 개 읽은 적이 있다. 그에게는 토머스 브라운[34] 경을 거의 그대로 모방하여 개발해 낸 자신의 문체가 있었다. 그는 신중하게 균형을 갖춘 정교한 문장과 지금은 안 쓰는 화려한 어휘를 구사했다. 그런데 그것이 그의 글을 개성 있게 보이도록 했던 것이다. 레너드 업존은 크론쇼를 설득해 시고(詩稿)를 죄다 달라고 했는데, 그만하면 웬만한 책 한 권의 분량이 된다는 것을 알았다. 출판사 문제는 자기가 힘을 써 보겠노라고 약속했다. 크론쇼는 돈이 필요했다. 병이 든 뒤로 안정된 일거리를 구하기가 더 힘들어졌기 때문이다. 술값 조달도 어려운 형편이었다. 그러다 업존으로부터 연락이 왔다. 이 출판사 저 출판사 알아보았는데 다들 작품이 좋다고는 하면서도 출판하기에는 좀 그렇다고 여긴다는 것이었다. 그러자 이제 크론쇼 편에서 관심을 보이기 시작했다. 업존에게 답장을 써서 궁한 처지

---

33) 프랑스의 유서 깊은 잡지. 1672년에 창간된 『르 메르퀴르 갈랑(Le Mercure Galant)』이 이름을 바꾼 것이다.

34) Thomas Brown(1605~1682). 17세기 영국의 의사, 문학가. 문체가 난해한 것으로 유명하다.

를 호소하는 한편 더 애써 달라고 부탁했다. 죽을 때가 닥치자 그도 책을 출판해 남겨 두고 싶었던 모양이다. 마음 한구석에는 훌륭한 시를 썼다는 생각도 있었다. 새로운 별처럼 세상에 등장하고 싶었다. 이 아름다운 보물을 한평생 혼자 간직하고 있다가, 이제 세상과 작별하면서 그것이 자기에겐 더 이상 쓸모없게 되어 그것을 경멸이라도 하듯 세상에 내던져 준다. 멋진 일이 아닐 수 없었다.

그가 영국으로 돌아오기로 결심하게 된 직접적인 이유는 레너드 업존이 출판사를 구했다는 소식을 전해 왔기 때문이었다. 업존이 얼마나 기막힌 설득 솜씨를 발휘했는지 출판사가 인세 가운데에서 미리 십 파운드를 지불하겠다고 했다는 것이었다.

"인세 선금이야. 알겠나." 하고 크론쇼는 필립에게 말했다. "밀턴도 계약금으로 십 파운드밖에 받지 못했지."

업존은 자기 이름으로 비평을 쓰겠다고 했고, 서평을 하는 친구들에게도 잘 써 달라고 부탁을 하겠노라 했다. 크론쇼는 이 일에 초연한 체하고 있었지만, 자기 책이 일으킬 반향을 생각하면서 좋아하고 있다는 걸 쉽게 알 수 있었다.

어느 날, 필립은 크론쇼와 약속하고 그 형편없는 식당으로 식사를 하러 갔다. 크론쇼는 여전히 그곳에서만 식사를 하겠다고 고집이었다. 그런데 그가 나타나지 않았다. 알고 보니 그곳에 나타나지 않은 지가 사흘째였다. 간단한 요기를 하고 그는 크론쇼가 맨 처음 편지를 보냈던 주소로 찾아가 보았다. 하이드 가를 찾기가 쉽지 않았다. 꾀죄죄한 집들이 다닥다닥 붙어 있는 거리였다. 유리창 깨진 게 한두 개가 아니었는데 하나같이 프랑스어 신문지 조각으로 아무렇게나 발라 놓고 있었다. 문을 페인트칠한 지는 벌써 여러 해 된 것 같았다. 집들의 일 층에는 세탁소, 구두방, 잡화상 따위의 허름한 가게들이 들어서 있었다. 누더기를 걸친 아이들이 길에서 놀고 있었고, 낡아 빠진 배럴 오르간이 삐걱거리며 저속한 곡을 연주하고 있었다. 크론쇼의 집(아래층은 싸구려 과자 가게였다.)을 찾아 문을 두드리자, 더러운 앞치마를 두른 나이 든 프랑스 여자가 문을 열었다. 필립은 크론쇼 씨가 계시냐고 물었다.

"아, 네, 맨 위층 뒷방에 영국인이 살아요. 지금 계신지는 모르겠수. 볼일이 있으면 직접 올라가 보시구려."

층계에는 가스등이 하나 켜져 있었다. 집 안에서는 역겨운 냄새가 감돌았다. 올라가는 동안 이 층의 어느 방에서 여자가 하나 나와 수상쩍다는 듯 그를 쳐다보았으나 무슨 말을 하지는 않았다. 맨 위 층계참에 올라서니 세 개의 문이 있었다. 필립은 그 가운데 하나를 두드렸다. 다시 한 번 두드렸다. 응답이 없었다. 손잡이를 돌려 보니 잠겨 있었다. 다른 문을 두드려 보았다. 대답이 없다. 다시 손잡이를 돌려 보았다. 열렸다. 안은 캄캄했다.

"누구야?"

크론쇼의 목소리였다.

"케리입니다. 들어가도 되겠습니까?"

대답이 없다. 그는 안으로 들어갔다. 창은 닫혀 있고 악취가 코를 찔렀다. 거리의 아크등 불빛이 비쳐 들고 있었다. 침대

두 개가 방을 꽉 채운 조그만 방이 눈에 들어왔다. 세면대, 의자 하나가 있었다. 그것 때문에 사람이 들어설 틈이 없었다. 크론쇼는 창가의 침대에 누워 있었다. 꼼짝도 하지 않았으나 나직한 소리로 킥 하고 웃었다.

"초를 켜지 그래." 그가 입을 뗐다.

성냥을 그어 보니 침대 옆 마룻바닥에 촛대가 있었다. 필립은 촛대에 불을 붙여 세면대 위에 놓았다. 크론쇼는 여전히 꼼짝 않고 드러누워 있었다. 잠옷 바람의 모습을 보니 기괴해 보였다. 모자를 벗은 대머리도 흉물스러웠다. 얼굴은 죽은 사람처럼 흙빛이었다.

"아니, 안색이 아주 안 좋은데요. 누구 여기서 돌봐 주는 사람 없습니까?"

"아침에 조지가 일 나가기 전에 우유를 갖다주네."

"조지가 누군데요?"

"이름이 아돌프라서 내가 그냥 조지라고 부르지. 이 궁전 같은 아파트의 동거인일세."

그러고 보니 또 다른 침대에서 누가 자긴 잤는데 이부자리는 개지 않은 채 그대로였다. 베개의 머리 닿는 부분이 새까맸다.

"아니, 이 방을 누구랑 같이 쓰신단 말이에요?" 필립은 자기도 모르게 큰 소리로 물었다.

"안 될 게 뭔가? 소호 하숙비가 좀 비싼가. 조지라는 친구, 웨이터일세. 아침 여덟 시에 나가서 문 닫을 시간에 오니까 전혀 방해가 안 되지. 우린 두 사람이 다 불면증이라네. 이 친구가 이것저것 신세 타령을 하면서 시간을 보내 주는 바람에 좀

낫지. 스위스 친구야. 난 웨이터라면 다 좋더라구. 이 친구들
은 인생을 재미있는 시각으로 보거든."

"언제부터 누워 계셨어요?"

"사흘 됐네."

"그래, 사흘 동안 우유 한 병밖에 마시지 않았단 말입니까?
왜 제게 연락을 주지 않으셨어요. 이럴 수가 있습니까? 돌봐
주는 사람 하나 없이 하루 종일 이런 곳에 누워 계시다니."

크론쇼는 가볍게 웃었다.

"자네 얼굴을 좀 보게나. 그래 이보게. 딱해하는 자네 마음,
내가 잘 아네. 자넨 좋은 친구일세."

필립은 얼굴이 달아올랐다. 그가 이 끔찍스러운 방을, 그리
고 가엾은 시인의 참담한 상황을 보았을 때 느꼈던 당황스러
움이 얼굴에까지 나타났으리라고는 미처 생각지 못했던 것이
다. 크론쇼는 필립을 지긋이 바라보면서 여전히 부드러운 웃
음을 띠고 있었다.

"난 말야, 아주 행복하다네. 이것 봐. 내 시 교정지일세. 알
아 두게. 다른 사람들은 불편에 괴로워할지 몰라도 난 아랑곳
하지 않네. 꿈을 가지고 살면서 시간과 공간의 지배자가 되기
만 한다면 생활 환경이 무슨 대수겠는가."

교정지는 침대 위에 놓여 있었다. 어둠 속에 누워서도 손으
로 집어 들 수 있는 자리에 있었다. 그는 눈을 번쩍이며 그것
을 필립에게 보여 주었다. 또렷한 인쇄의 효과가 마냥 흐뭇한
표정으로 그는 페이지를 넘겼다. 그는 시의 한 연을 소리 내어
읽었다.

"어때, 나쁘진 않지?"

필립은 딴 생각을 하고 있었다. 얼마간 비용이 드는 일이었다. 사실 현재로선 지출을 조금도 더 늘릴 형편은 못 되었다. 하지만 그렇다고 하더라도 이런 경우, 경비를 따지고 있다는 것은 역겨운 일이었다.

"저는 말이죠. 선생님이 계속 여기 계시는 걸 두고 볼 수는 없습니다. 제게 남는 방이 하나 있습니다. 지금은 아무것도 없지만 침대 하나 정도는 쉽게 빌릴 수 있을 겁니다. 당분간 제 집에 와서 계시지 않겠어요? 방세라도 절약이 될 테니까요."

"이 착한 친구, 자네는 창문을 열라고 닦달을 하겠지."

"원하시면 창문을 죄다 꽁꽁 봉해 버려도 좋습니다."

"내일이면 괜찮아질 거야. 실은 오늘도 일어나려면 일어날 수 있었을 텐데, 그냥 귀찮아서."

"그럼 옮기는 건 문제 아니겠군요. 제 집에서는 기분이 안 좋다 싶으시면 아무 때나 주무시면 돼요. 시중은 제가 들어드릴 거구요."

"자네가 괜찮다면 신세를 지겠네." 크론쇼는 별로 싫지는 않은 듯한 맥없는 미소를 지으면서 말했다.

"잘됐습니다."

필립이 이튿날 크론쇼를 데리러 가기로 했다. 필립은 바쁜 아침 시간에 한 시간쯤 짬을 내어 이사할 준비를 해 놓았다. 크론쇼는 옷을 갖춰 입고 기다리고 있었는데 커다란 외투 차림에 모자까지 쓴 채 침대에 걸터앉아 있었다. 작고 초라한 여행 가방에 옷이며 책 따위도 이미 꾸려 두고 있었다. 가방은 발치의 마룻바닥에 놓여 있었다. 흡사 기차역 대합실에 앉아 있는 듯한 모습이었다. 그런 모습을 보니 필립은 웃음이 나왔다. 두 사람은 사륜마차를 불러 창을 꼭꼭 닫고 케닝턴으로 갔다. 필립은 손님을 우선 자기 방에 있게 했다. 그러고는 아침 일찍 나가 자기가 쓸 헌 침대와 싸구려 옷장, 그리고 거울을 사다놓았다. 크론쇼는 곧 교정에 착수했다. 상태가 훨씬 좋아진 듯했다.

크론쇼는 병 때문에 걸핏하면 짜증을 내긴 했지만 그것만 빼면 필립에게 별 부담이 없는 손님이었다. 필립은 아침 아홉 시에 강의가 있어 밤까지는 크론쇼를 볼 일이 없었다. 한두 번 필립은 크론쇼를 설득하여 저녁식사 때 그가 직접 만든 음식을 같이 먹자고 해 보았으나 아무래도 집 안에서는 마음의 안정이 안 되는 모양이었다. 그는 대체로 소호에 있는 싸구려 식당 같은 데서 뭘 먹고 오기를 좋아했다. 한번은 타이렐 박사를 만나 보라고 했으나 한마디로 거절했다. 의사를 만나면 술을 끊으라고 할 터인데 그로서는 술 끊는 일만은 하지 않겠다고 결심하고 있었다. 그는 아침이면 언제나 심하게 앓았다. 그러나 점심에 압생트를 마시고 다시 일어서는 것이었다. 그리고 필립이 돌아오는 한밤이 될 때쯤이면, 처음 만났을 때 필립을 놀라게 했던 그 뛰어난 언변으로 떠들어 댈 수 있게 되는 것이었다. 교정은 끝났다. 책은 이른 봄의 출판물과 함께 나올 예정이었다. 그때면 독자들도 크리스마스 대목에 쏟아진 책의 홍수로부터 헤어나서 차분한 마음으로 새로운 것을 찾을 것이기 때문이다.

84

새해가 되어 필립은 외과의 외래환자과에서 붕대를 풀고 감는 일을 하게 되었다. 일의 성격은 지금까지 해 오던 일과 비슷했다. 다만 외과이니만큼 내과보다는 손수 해야 하는 일이 더 많았다. 태만한 사회가 점잔을 부리는 통에 더 널리 번지는 두 가지 병[35]이 있는데 환자들 대부분이 그 병을 앓고 있었다. 필립이 일을 돕는 보조 의사는 이름이 제이콥스였다. 땅딸막한 사람으로 떠들썩하고 명랑한 성격이었다. 머리는 벗겨지고 목청이 컸다. 런던 사투리를 썼고 학생들 사이에서는 보통 '무서운 간섭꾼'으로 통했다. 하지만 외과의로서나 교사로서나 똑똑했기 때문에 단점을 모른 척해 주는 학생들도 있었다. 꽤 익살맞은 구석도 있어서 환자에게나 학생들에게나 가리지 않고 농지거리를 건네곤 했다. 제 실습 보조원들을 바보로 만드는 것을 아주 좋아했다. 실습 보조원들이야 아는 게 없고, 긴장하고 있는 데다 그와 맞먹고 응수할 수 없는 처지라 그들을 바보로 만드는 일은 어렵지 않았다. 그는 상대방을 뜨끔하게 하는 입바른 말을 잘 했다. 학생들로서는 그런 말을 듣고 참으면서 웃는 척할 수밖에 없었지만 당사자로서는 이런 오후가 마냥 즐거운 것 같았다. 어느 날, 곤봉발을 가진 사내아이 환자가 들어왔다. 아이의 부모가 그 아이의 발을 어떻게 해 볼 도리가 없겠느냐고 물었다. 제이콥스가 필립을 돌아봤다.

---

35) 성병(性病)을 완곡하게 표현한 말.

"케리, 이 환자 자네가 맡는 게 좋겠네. 자네가 잘 아는 분 야 아닌가."

필립은 얼굴이 달아올랐다. 상대가 분명히 농담으로 한 말 인 만큼 더욱 그러했다. 평소에는 주눅이 들어 있던 실습 보 조원들이 아첨이라도 하듯 웃어 댔다. 사실 틀린 말이 아니었 다. 그것은 필립이 병원에 온 이래 계속 열심히 연구해 온 병이 었다. 갖가지 형태의 기형족(畸形足)에 관한 도서관 문헌을 읽 지 않은 게 없었다. 그는 아이의 구두와 양말을 벗겼다. 열네 살 소년으로 주먹코에 파란 눈, 얼굴은 주근깨투성이였다. 부 친의 말로는 가능하다면 어떻게 교정을 해 달라, 먹고사는 데 큰 지장이 있지 않겠느냐는 것이었다. 필립은 아이를 찬찬히 뜯어보았다. 쾌활한 아이였다. 수줍어하는 기색이라곤 전혀 없이 떠들어 댔는데 부친이 나무랄 만큼 넉살이 좋았다. 자기 다리에 관심이 많았다.

"보기에만 그렇죠. 전혀 불편하지 않아요." 하고 그는 필립 에게 말했다.

"잠자코 있어, 어니. 쓸데없는 소리가 너무 많구나." 부친이 말했다.

필립은 발을 검사한 다음 기형이 된 부분을 가만히 어루만 졌다. 알 수 없는 일이었다. 늘 그를 짓누르고 있는 굴욕감을 이 아이는 왜 조금도 느끼지 않는 것일까. 왜 자기는 제 불구 를 이처럼 초연한 태도로 아무렇지 않게 받아들일 수 없는 것 일까? 이윽고 제이콥스가 다가왔다. 아이는 안락의자 끝에 걸 터앉아 있고, 의사와 필립이 아이의 양쪽에 섰다. 앞에는 학생들이 반원 모양으로 둘러서 있다. 예의 그 재기 발랄한 솜씨로 제이콥스는 곤봉발을 주제로 짤막하고 명쾌한 강론을 베풀었다. 그것의 다양한 종류와 해부학적 조건의 차이에서 발생하는 여러 형태에 관한 설명이었다.

"자네 경우는 탈리페스 에쿠이누스[36]이겠지?" 그가 갑자기 필립을 향해 물었다.

"네."

필립은 동료 학생들의 눈길이 일시에 자기에게 쏠리는 것을 느꼈다. 얼굴이 빨개지는 것을 막을 수 없다는 게 저주스럽기만 했다. 두 손바닥에 땀이 배는 것을 느낄 수 있었다. 제이콥스의 말은 막힘이 없었고 탄복할 만큼 총명했다. 과연 노련했고 과연 인정할 만했다. 그는 자기 직업에 대단한 흥미를 가지고 있었다. 하지만 필립은 듣고 싶지 않았다. 어서 빨리 끝내주기만을 바랄 뿐이었다. 그러다 갑자기 제이콥스가 자기에게 말을 하고 있다는 것을 깨달았다.

"케리 군, 자네 잠깐 양말 좀 벗어 볼 수 있겠나?"

필립은 전율 같은 것이 온몸을 꿰뚫고 지나가는 것을 느꼈다. 뒈져 버려 이 자식아, 하고 소리치고 싶은 충동이 솟구쳤다. 하지만 소동을 벌일 만한 용기는 없었다. 상대방의 가차 없는 조롱이 겁났다. 간신히 태연한 척했다.

"그러죠."

---

36) talipes equinus. 필립이 가진 기형족(畸形足)의 라틴 명칭. 우리 의학 용어로는 '첨족(尖足)'이라고 한다.

그는 주저앉아 구두끈을 풀었다. 손가락이 바들바들 떨렸다. 이러다간 매듭을 풀지도 못할 것 같았다. 새삼 학교 다니던 시절이 떠올랐다. 애들이 억지로 발을 내보이게 하던 일, 뼛속 깊이 사무치던 그 비참함.

"이 사람, 발을 아주 깨끗이 관리하는구먼그래." 제이콥스가 거슬리는 런던 사투리로 말했다.

수행하는 학생들이 낄낄거렸다. 문득 보니 진찰받고 있던 소년마저 호기심에 가득 차서 그의 발을 열심히 내려다보고 있었다. 제이콥스가 그의 발을 거머쥔 채 말했다.

"그렇지, 이럴 줄 알았어. 보아하니 자넨 수술을 받았군. 어렸을 때인가?"

그러고 나서도 그는 계속해서 유창한 설명을 늘어놓았다. 학생들은 몸을 기울이고 발을 들여다보았다. 제이콥스가 발을 놓자 학생들 두셋은 눈을 가까이 대고 더 자세히 살펴보았다.

"이제 웬만큼 하시지." 웃음을 띤 채 필립은 이죽거리며 말했다.

마음만 먹으면 놈들을 죄다 죽여 버릴 수도 있다고 생각했다. 끌로 놈들의 목덜미를 푹푹 찔러 버리면 얼마나 통쾌할까.(왜 하필 끌이 떠올랐는지 알다가도 모를 일이었다.) 인간이란 정말이지 잔인한 동물이다. 차라리 지옥이 있다는 걸 믿고 싶었다. 놈들이 끔찍한 고통을 당한다고 생각해야 기분이 풀리겠으니 말이다. 제이콥스 씨는 이제 치료의 문제로 화제를 돌렸다. 그는 한편으로 아이의 부친에게, 또 한편으로는 학생들에게 말을 했다. 필립은 양말을 신고 구두끈을 맸다. 마침내 의사의 설명이 다 끝났다. 그러나 덧붙일 말이 생각난 모양인지 필립을 돌아보고 말했다.

"자네 말일세. 내 생각엔, 수술을 다시 한번 받아 볼 필요가 있을 것 같네. 물론 보통의 발처럼 만들어 줄 수는 없지. 하지만 좀 낫게 고쳐 줄 수는 있을 것 같아. 잘 생각해 보게. 휴가가 필요할 때 잠깐 입원하면 돼."

하기야 필립 자신도 무슨 방법이 없을까 하고 종종 생각해 보았던 문제였다. 하지만 그 문제를 꺼내기가 싫어 병원의 어떤 의사하고도 상의하지 못했다. 여러 문헌을 읽어 알게 된 것은, 어렸을 적에 무슨 수술을 받았는지는 모르나—당시는 기형족의 치료법이 오늘날만큼 발달하지 못했다.—나이가 든 지금에 와선 별 효과를 기대할 수 없다는 것이었다. 그렇긴 하나 수술을 받아서 보통 사람들이 신는 구두와 비슷한 구두를 신을 수만 있다면, 그리고 절름거리는 걸음이 조금이라도 덜하기만 하다면 수술을 받는 것도 나쁘지는 않을 것이다. 한때 백부의 말을 철석같이 믿고 전능한 하느님에게 제발 기적을 일으켜 달라고 열심히 빌었던 일이 떠올랐다. 그는 슬프게 웃었다.

'그땐 나도 어지간히 순진했어.' 그는 생각했다.

이월 말이 되어 가자 크론쇼는 눈에 띄게 나빠졌다. 이제는 일어나지도 못했다. 자리에 누운 채 그는 창문을 꼭꼭 닫아 놓으라고 고집을 피웠고, 의사는 한사코 보지 않으려 했다. 영양분이 될 만한 것은 거의 먹지 않고 위스키와 담배만을 청했다. 두 가지 어느 것도 하지 않아야 한다는 것을 필립도 알고 있었으나 크론쇼의 고집을 당해 낼 수가 없었다.

"술 담배가 명을 재촉하겠지. 상관없네. 자넨 이미 경고를 해 준 셈일세. 됐네, 자넨 자네 할 바를 다 했어. 하지만 나는 자네의 경고를 무시하겠네. 술을 좀 주게나, 제기랄것."

레너드 업존은 일주일에 두세 차례 불쑥불쑥 찾아왔다. 그의 모습에는 어딘지 낙엽 같은 데가 있었다. 아니 낙엽이라는 말이 그의 모습을 묘사하는 딱 들어맞는 표현이라 할 만하다. 잡초 같아 보이는 서른다섯의 사내. 머리카락은 엷은 빛깔로 길었고 얼굴은 하얬다. 바깥바람은 거의 쐬지 않고 살아온 사람의 얼굴. 비국교과 목사들이 쓰는 모자 비슷한 것을 쓰고 있다. 필립은 그의 보호자연하는 태도가 마음에 들지 않았고 매끄러운 화술도 지겨웠다. 레너드 업존은 자신의 이야기를 듣기 좋아했다. 이야기를 듣고 있는 사람이 과연 관심을 보이고 있는가 하는 문제——말을 잘하려면 이 점을 가장 중요시해야 하는데——에 대해서는 둔감했다. 상대방이 이미 다 알고 있는 것을 지껄이고 있으면서도 그 사실을 전혀 눈치채지 못했다. 잘 선정된 어휘를 사용하면서 그는 필립에게 로댕이니 알베르 사맹,[37] 세자르 프랑크[38]를 어떻게 평가해야 할 것인가를 말해 주는 것이었다. 필립이 고용한 하녀는 아침에 고

---

37) Albert Samain(1858~1900). 프랑스 시인. 영혼의 동경과 우수(憂愁)를 노래한 그의 데카당 풍의 시들은 세기말에 널리 읽혔다.
38) César Franck(1822~1890). 벨기에 태생의 프랑스 작곡가.

작 한 시간을 일하다 가 버리고 필립은 하루 종일 병원에 나가 있어야 했기 때문에 크론쇼는 대부분 혼자 있을 수밖에 없었다. 업존은 필립에게 누구든 곁에 있어 줄 사람이 필요하지 않느냐고 말하면서도 그 일이 가능하도록 방법을 제시해 주지는 않았다.

"저 위대한 시인을 저렇게 혼자 내버려 두다니, 생각만 해도 무서워. 곁에서 지켜보는 사람도 없이 죽어 버릴 수 있을 것 아닌가."

"그러기가 쉬울 겁니다."

"아니, 어찌 그리 무정한 말을 할 수 있나!"

"그럼 매일 여기 와서 일을 보시지 그래요? 그러면 저분이 필요할 때 직접 도와줄 수 있을 거 아닙니까." 필립이 냉정하게 말했다.

"아니, 내가 말인가? 여보게, 난 익숙한 환경이 아니면 일을 하지 못하네. 게다가 밖에서 볼 일도 많고."

업존은 필립이 크론쇼를 자기 집에 데려온 것 자체도 못마땅했다.

"저 양반을 소호에 그냥 두었어야 했어." 그는 길고 깡마른 두 팔을 흔들며 말하는 것이었다. "그 더러운 골방엔 그래도 일말의 낭만이 있었네. 워핑이나 쇼어디치[39]라면 참을 수 있겠어. 하지만 케닝턴의 품위는 견딜 수 없어. 시인이 어찌 이런

---

39) Wapping. 동런던의 한 구로 신문사가 많다.
　　Shoreditch. 런던의 한 구.

곳에서 죽을 수 있단 말인가!"

크론쇼는 우울증이 심해지면 과민해지는 수가 있었다. 그럴 때마다 필립은 늘 그것도 병의 한 징후라는 사실을 상기하면서 애써 짜증을 억눌렀다. 때로 그가 들어오기 전에 업존이 크론쇼를 찾아오는 때도 있었다. 그런 때면 크론쇼는 필립에 대해 불평을 터뜨리곤 했다. 업존은 자못 만족스러운 듯 귀를 기울였다.

"실은 케리 그 친구, 미(美)가 뭔지 몰라. 중산계급 정신을 벗어나지 못했지." 업존은 빙긋이 웃는다.

그는 필립에게 몹시 이죽거렸다. 그런 그를 대하느라고 필립은 상당한 자제력을 발휘해야 했다. 하지만 어느 날 저녁은 참을 수가 없었다. 병원에서 고단한 하루를 보내고 지칠 대로 지쳐 있었다. 주방에서 차를 끓이고 있는데 레너드 업존이 그에게 왔다. 그러면서 하는 말이 크론쇼가 필립을 못마땅하게 생각하고 있다는 것이었다. 자꾸 의사를 만나 보라고 하는 게 불만이라고 했다는 것이었다.

"자네 모르겠나? 자넨 말일세. 지금 아주 누리기 힘든, 굉장한 특권을 누리고 있는 거야. 그래서 자네는, 자네의 그 굉장한 책무를 인식하고 있다는 것을 보여 주기 위해서라도 자네가 할 수 있는 최선을 다해야 하네."

"너무 굉장한 특권이라 제게는 벅찬데요." 필립이 대꾸했다.

돈 문제만 나오면 레너드 업존의 표정은 약간 경멸조가 되었다. 민감한 기질 때문에 돈 비슷한 말만 꺼내도 금방 언짢아하는 것이었다.

"크론쇼의 태도에는 훌륭한 점이 있네. 그런데 자네가 그걸 훼방 놓고 있어. 자꾸 성화를 해서 말일세. 자네가 설사 이해할 수 없다손 치더라도 그 섬세한 감정만은 고려해 줘야 하네."

필립의 얼굴이 어두워졌다.

"크론쇼 선생에게 가 봅시다." 그가 냉담하게 말했다.

시인은 드러누워 책을 읽고 있었다. 파이프를 입에 문 채. 공기가 퀴퀴했다. 필립이 늘 깨끗하게 치우기는 하지만 그래도 방에는 크론쇼가 어딜 가나 늘 따라다니는 너저분한 분위기가 있었다. 두 사람이 들어가자 그는 안경을 벗었다. 필립은 화가 머리끝까지 치밀어 올랐다.

"업존 씨가 그러던데, 제가 귀찮아 죽겠다면서요. 진찰 받아 보라 한다고 말예요. 그래요, 저는 선생님이 진찰을 받았으면 좋겠어요. 언제 돌아가실지 모르지 않습니까? 누구든 검진을 하지 않으면 사망진단서를 끊을 수가 없어요. 검시(檢屍)를 받아야 할 겁니다. 그러면 저는 의사를 부르지 않았다는 책망을 들을 거구요."

"아 참, 그걸 미처 몰랐군. 난 또 자네가 나를 위해 의사를 보라는 줄만 알았지. 자네를 위해 그러는 줄 몰랐네. 그렇다면 자네 좋을 때에 언제든 진찰을 받기로 함세."

필립은 대꾸하는 대신 보일락 말락하게 어깨를 으쓱했다. 크론쇼가 그를 건너보며 빙긋 웃었다.

"여보게, 그렇게 화난 얼굴 하지 말게. 자네가 날 위해 뭐든 해 주고 싶어하는 그 마음, 내 잘 알고 있네. 자네 의사를 만나기로 하세. 하긴 의사가 무슨 수를 써 줄지도 모르지. 하여간 이제 자네 마음이 놓이겠군." 그러고는 업존을 돌아보고 소리 질렀다. "레너드, 자네 정말 한심한 사람이야. 이 사람을 왜 그렇게 걱정시키고 싶어 안달인가? 이 사람은 말일세, 내 성질을 참는 것만으로도 벌써 굉장한 일을 하고 있네. 자넨 그저 내가 죽고 나면 멋진 글이나 한 편 써 주면 돼. 딴 건 필요 없단 말일세. 난 자넬 잘 알아."

이튿날 필립은 타이렐 박사를 찾아갔다. 박사에게 사정 이야기를 하면 관심을 가져 주리라 생각되었던 것이다. 타이렐 박사는 그날 일이 끝나자 필립을 따라 케닝턴에 와 주었다. 진찰 결과는 필립이 말한 그대로였다. 환자는 가망이 없었다.

"자네가 바란다면 입원을 시켜 주겠네. 작은 입원실이 있으니까." 그가 말했다.

"무슨 말을 해도 듣지 않을 겁니다."

"저 사람 언제 죽을지 모르네. 아니면 또 폐렴에 걸리든지."

필립은 고개를 끄덕였다. 타이렐 박사는 한두 가지 도움말을 주고 나서 필립이 부르면 언제든 다시 오겠다고 했다. 가면서 자기 주소를 남겨 두었다. 필립이 크론쇼의 방에 돌아가 보니 그는 조용히 책을 읽고 있었다. 그는 굳이 의사가 뭐라더냐고 묻지도 않았다.

"이 사람아, 이젠 됐나?"

"누가 뭐래도 의사 말은 듣지 않으시겠죠?"

"맞았어." 크론쇼는 웃음 지었다.

85

그러고 나서 두 주일쯤 지났을까, 어느 날 저녁 필립은 병원 일을 마치고 집으로 돌아와 크론쇼의 방문을 두드렸다. 대답이 없어 그는 그대로 들어갔다. 크론쇼는 옆으로 웅크린 자세로 누워 있었다. 필립은 침대 곁으로 다가갔다. 잠을 자고 있는지, 아니면 여느 때처럼 억제하기 힘든 흥분성 발작이 나서 그렇게 누워 있는지 알 수 없었다. 들여다보니 놀랍게도 입을 딱 벌리고 있었다. 어깨를 흔들어 보았다. 필립은 경악의 외마디 소리를 지르지 않을 수 없었다. 크론쇼의 옷 안으로 손을 넣어 심장에 손을 갖다 댔다. 어찌해야 좋을지 막막했다. 하릴없이 언젠가 들은 말이 생각나 크론쇼의 입 앞에 거울을 갖다 대어 보았다. 크론쇼와 단둘이 있다는 사실이 무서웠다. 크론쇼는 모자를 쓴 채로, 외투도 입은 채로였다. 필립은 층계를 뛰어 내려가 거리로 나왔다. 마차를 잡아타고 할리 가로 달려갔다. 타이렐 박사는 집에 있었다.

"지금 가 주실 수 있겠습니까? 아무래도 크론쇼 선생이 죽은 것 같습니다."

"그렇다면 내가 가서 무슨 소용이 있겠나?"

"그래도 가 주시면 고맙겠습니다. 밖에 마차를 세워 놨습니다. 삼십 분이면 될 겁니다."

타이렐은 모자를 썼다. 마차 안에서 그는 한두 가지 질문을 했다.

"아침에 집을 나설 때는 별 이상이 없어 보였습니다." 필립은 대답했다. "방금 들어가 보고 깜짝 놀랐습니다. 저렇게 곁에 아무도 없이 혼자 죽었다고 생각하니……. 본인은 자기가 죽으리라는 걸 알고 있었을까요?"

필립은 전에 크론쇼가 한 말이 떠올랐다. 마지막 순간에 죽음의 공포에 사로잡혔는지 궁금했다. 자기라면 그런 곤경에 처하면 어땠을까 생각해 보았다. 죽음은 확실하고, 공포가 그를 사로잡는데 옆에는 아무도, 용기가 되는 말 한 마디 해 줄 사람이 없다면?

"자네 꽤 언짢은가 보군."

타이렐 박사는 반짝이는 파란 눈으로 그를 바라보았다. 무심한 눈길만은 아니었다. 그는 크론쇼를 살펴보고 나서 말했다.

"죽은 지 몇 시간 된 게 틀림없네. 아무래도 잠든 채로 죽은 것 같아. 가끔 그런 일이 있으니까."

시체는 쭈그러들어 흉측해 보였다. 도무지 사람으로 여길 수 없었다. 타이렐 박사는 무감정한 얼굴로 시신을 바라보았다. 그러다가 기계적인 동작으로 시계를 꺼냈다.

"자, 그럼 난 가 봐야겠네. 사망진단서는 보내 줌세. 친척들에게도 알려야겠지?"

"친척이 있을 것 같지 않습니다."

"장례는 어떡하나?"

"아, 그건 제가 어떻게 해 보겠습니다."

타이렐 박사는 힐끗 필립을 쳐다보았다. 그는 장례비로 금화 두 닢쯤 보태 줘야 하지 않을까 하는 생각을 했다. 필립의 형편에 대해서는 아는 바가 없었다. 아마 그만 한 경비쯤은 댈 만한 여유가 있는지 모른다. 섣불리 말을 꺼내면 필립에게 오히려 실례가 될지도 모를 일.

"자, 그럼, 내가 도울 일이 있으면 무슨 일이든 알려 주게나."

필립과 타이렐은 함께 밖으로 나가 문간에서 헤어졌다. 필립은 레너드 업존에게 전보를 치기 위해 전신국으로 갔다. 그런 다음, 날마다 병원 가는 길에 지나는 장의사를 찾아갔다. 이 장의사가 가끔 눈길을 끌었던 것인데, 무엇보다 검은 천에 은색으로 새겨진 세 개의 낱말 때문에 그랬다. '저렴', '신속', '품격'이라는 말이 두 개의 견본용 관과 함께 진열장을 장식하고 있었던 것이다. 그걸 보면 필립은 늘 웃음이 나왔다. 장의사는 작고 뚱뚱한 유태인이었다. 길고 번들번들한 검은 곱슬머리에 검정 옷을 입고, 뭉뚝한 손가락에 커다란 다이아몬드 반지를 끼고 있었다. 타고난 유들유들함과 직업에 걸맞은 공손함이 뒤섞인 특이한 태도로 그는 필립을 맞아들였다. 필립에게 도와줄 사람이 없다는 것을 재빨리 간파하고 그는 곧 여자를 하나 보내 필요한 조처를 취하도록 하겠노라고 했다. 그는 장례비로 엄청난 값을 불렀다. 필립이 난색을 보이자 장의사가 그를 인색한 사람으로 보는 듯해서 필립은 갑자기 부끄러운 생각이 들었다. 하여간 가격을 놓고 입씨름한다는 것도 끔찍한 일이어서 필립은 결국 자기로서는 감당하기 힘든 비싼 가격에 동의하고 말았다.

"저도 이해합니다, 손님." 하고 장의사는 말했다. "그야 허례허식은 필요 없다고 하시겠죠. 저도 공연한 과시는 찬성하지 않습니다. 정말입니다. 하지만, 손님께서도 남부끄럽지 않을

정도는 하고 싶으시겠죠. 제게 맡겨 두십쇼. 되도록 저렴하게
해 드리겠습니다. 물론 갖추어야 할 것은 빠짐없이 갖추면서
말입니다. 그것 말고 제가 더 말씀드릴 게 있겠습니까?"

필립은 저녁을 먹으러 집으로 돌아왔다. 저녁을 들고 있는
데 장의사에서 보낸 여자가 시신을 입관하러 왔다. 그러고는
얼마 뒤 레너드 업존으로부터 전보가 왔다.

애통스럽기 그지없음. 식사 약속 때문에 오늘 밤 갈 수 없어
유감. 내일 아침 일찍 가겠다. 심심한 조의를 표하며.

업존.

얼마의 시간이 지난 뒤 여자가 거실 방문을 두드렸다.

"다 끝났습니다. 가서 잘됐는지 좀 봐 주시겠어요?"

필립은 여자를 따라갔다. 크론쇼는 눈을 감고 두 손을 경건
하게 가슴 위에 모은 채 단정하게 누워 있었다.

"꽃이 좀 있어야겠습니다."

"내일 사 오겠소."

여자는 흡족한 듯 시신을 흘끗 쳐다보았다. 그녀는 할 일을
다 끝냈기 때문에 이제 소매를 내리고 앞치마를 벗고 모자를
썼다. 필립이 얼마냐고 물었다.

"그러니까 이 실링 반을 주시는 분도 계시고, 어떤 분은 오
실링도 주세요."

필립은 오 실링보다 적게 주기가 쑥스러웠다. 여자는 필립
이 느낄 슬픔을 고려하여 지나치지 않는 정도에서 장황한 감

사의 말을 늘어놓고 돌아갔다. 필립은 다시 거실로 돌아와 저녁 먹다 남긴 것을 치우고 자리를 잡고 앉아 월섬의 『외과학』을 읽기 시작했다. 책이 눈에 들어오지 않았다. 이상하게도 마음이 가라앉지 않는다. 계단에서 무슨 소리가 날 때마다 그는 움찔움찔 놀랐다. 가슴이 벌떡거렸다. 옆방에 있는 그것, 바로 얼마 전까지만 해도 사람이었건만 이제는 아무것도 아니다. 생각만 해도 두려웠다. 적막이 살아 있는 것일까. 적막 안에서 무언가가 신비스럽게 움직이고 있는 것 같았다. 죽음이, 이 세상의 것이 아닌 그 무서운 것이 모든 방들을 무겁게 짓누르고 있었다. 한때 친구였던 존재가 문득 소름 끼치도록 무서워졌다. 억지로 책을 읽어 보려 했다. 그러나 곧 절망적인 기분이 되어 그는 책을 밀어 놓고 말았다. 무엇보다 마음을 괴롭힌 것은 바로 얼마 전에 끝나 버린 저 인생의 그지없는 허무함이었다. 그가 지금 살아 있다든가 죽어 있다든가 하는 게 문제가 아니었다. 차라리 태어나지 않았더라면 더 낫지 않았을까. 필립은 젊은 시절의 크론쇼를 상상해 보았다. 몸은 호리호리하고 발걸음은 경쾌하며 머리카락이 더부룩한 청년, 활달하고 희망에 부풀어 있는 청년 크론쇼를 머릿속에 그려 보려 했으나 아무래도 상상이 잘 되지 않았다. 필립이 세웠던 삶의 원리, 그러니까 길모퉁이 저쪽에 있는 경관을 조심하면서 자신의 본능을 따르는 것, 그 원리도 이 경우에는 별로 소용이 없었다. 크론쇼가 바로 그런 원리에 따라 살았기 때문에 저처럼 비참한 실패로 끝나고 말지 않았는가. 본능이란 믿을 것이 못 되었다. 필립은 갈피를 잡을 수 없었다. 그래서 자문해 보았다.

그러한 삶의 원리가 소용없다면 도대체 어떤 원리가 있는 것일까. 왜 사람들은 이런 방식이 아니고 저런 방식으로 행동하는 것일까. 사람들은 결국 감정에 따라 행동하리라. 하지만 그 감정은 좋을 수도 있고 나쁠 수도 있다. 결과가 좋게 끝난다거나 참담한 실패로 끝난다거나 하는 것은 순전히 우연이 아닐까. 생각할수록 삶이란 얽히고설킨 혼돈 같았다. 사람들은 자기도 모르는 힘에 사로잡혀 이리 뛰고 저리 뛴다. 왜 그래야 하는지 목적도 증발해 버린다. 그저 뛰기 위해 뛰고 있는 것만 같다.

이튿날 아침, 레너드 업존은 자그마한 월계관을 하나 들고 나타났다. 그걸 죽은 시인의 머리에 씌우겠다는 것이었는데 그러한 자신의 발상이 대견스러운 모양이었다. 필립은 못마땅하다는 표시로 묵묵히 있었지만, 그는 한사코 죽은 이의 대머리에 그것을 씌우려고 했다. 씌우고 나니 기괴해 보였다. 마치 연예관의 코미디언이 웃기려고 쓰는 모자의 테 같았다.

"그냥 가슴 위에 얹어 놓을까." 업존이 말했다.

"배 위에다 놓았네요." 필립이 말했다.

업존은 어슴프레 웃는 듯하더니 이렇게 대꾸했다.

"시인의 심장이 있는 곳은 시인만이 안다네."

두 사람은 다시 거실로 돌아왔다. 필립은 자신이 생각해 둔 장례 계획을 들려주었다.

"비용을 아끼지는 않았겠지. 내 생각엔 영구차 뒤에 빈 마차들이 길게 따라가게 했으면 좋겠네. 말에는 기다란 깃털 장식을 달아 바람에 휘날리도록 했으면 좋겠고, 장례식 참석자도 많아야겠지. 다들 모자에 긴 리본을 달게 하는 거야. 빈 마차들의 긴 행렬, 난 그게 좋아."

"장례 비용을 죄다 제가 치러야 할 모양인데, 전 형편이 별로 넉넉하지 못해요. 그래서 되도록 조촐하게 준비했습니다."

"아니, 이 사람아. 그렇다면 왜 차라리 걸인 장례식으로 하지 그랬어? 그랬더라면 오히려 시적인 데가 있었을 것 아닌가. 자네의 그 범속한 감각은 못 말리겠군."

필립은 얼굴을 붉혔으나 뭐라고 대꾸하지는 않았다. 다음 날 두 사람은 필립이 빌린 마차를 타고 영구차 뒤를 따라갔다. 로슨은 올 형편이 못 되어 화환을 하나 보냈다. 관이 너무 초라해 보이지 않도록 필립은 화환 두 개를 더 샀다. 돌아오는 길에는 마부가 사정없이 채찍질을 해 댔다. 녹초가 되어 버린 필립은 어느덧 잠이 들고 말았다. 그는 업존의 목소리에 눈을 떴다.

"시집이 아직 나오지 않아서 다행이야. 약간 늦추는 게 좋겠어. 내가 서문을 쓸 생각이네. 묘지에 가는 중에 생각이 났지. 괜찮게 쓸 수 있을 것 같네. 아무튼 우선 《새터데이》지에 글을 한 편 쓰겠어."

필립은 대꾸하지 않았다. 두 사람 사이에 침묵이 흘렀다. 이윽고 업존이 입을 열었다.

"이미 써 둔 건 손대지 않는 게 낫겠지. 평론지에 글을 한 편 쓸 생각이야. 나중에 그걸 서문으로 넣어도 되겠지."

필립은 월간지들을 눈여겨 살폈다. 과연 몇 주일 뒤 글이 나왔다. 글은 상당한 반향을 일으켰다. 그 글의 발췌문이 여러 신문에 실리기도 했다. 훌륭한 글이었다. 크론쇼의 젊은 시절에 대해서는 별로 알려진 바가 없어 전기(傳記)적인 면에서는 선명하지 못했지만 문장은 섬세하고 다감하고 생생했다. 레너드 업존은 난삽한 문체를 동원하여 라탱 구 시절의 크론쇼를, 그가 시를 쓰고 예술을 논하는 모습들을 아름답게 묘사하고 있었다. 크론쇼를 멋진 인물, 영국의 베를렌으로 만들어 놓았다. 레너드 업존의 화려한 문장이 소호에서의 저 더러운 말년과 누추한 골방을 묘사할 때는 독자를 전율케 하는 위엄과 한결 비장한 웅변조를 띠었다. 그는 억제된 표현을 매혹적으로 사용하여, 내놓고 말하지는 않지만 깊은 우정을 암시하면서 그가 시인을 꽃이 만발한 과수원 한가운데 인동덩굴로 뒤덮인 오두막으로 데려가고자 애썼던 일, 또한 비록 선의에 서였다고는 하나, 누군가가 시인을 겉만 번지르르한 범속한 동네 케닝턴으로 데리고 가 버린 그 분별없는 불감증에 대해서도 얘기했다. 레너드 업존은 케닝턴의 분위기를 억제된 유머를 사용하여 — 토머스 브라운 경의 어휘를 충실히 본받으면 그렇게 될 수밖에 없었는데 — 묘사해 놓고 있었다. 또한 섬세한 풍자적 수사법으로 시인의 마지막 몇 주간을 이야기했다. 크론쇼가, 간호를 자청한 젊은 의학도의 선의에서 나온 그 서투른 보살핌을 참을성 있게 견뎌 내야 했던 일. 그리고 이 성스러운 방랑자가 그 구제불능의 중산계급적 환경에서 가련한 신세로 전락하고 말았던 것 등. '재를 뒤집어쓴 사람에게 빛나는 관'을 씌워야 한다, 고 그는 '이사야 서'를 인용해 말했다.[40] 저 버림받은 시인이 겉만 버젓한 범속의 치장을 하고 죽은 것은 아이러니의 승리라 할 만하다. 그것은 바리새인들 사이의 그리스도를 연상시킨다. 이러한 비교를 하면서 업존은 절묘한 문구를 써 내기도 했다. 그런 다음 그는 한 친구 얘기를 했다. 품위상 누구인지를 밝히지는 못하고 점잖은 추측만으로 은근히 암시만 했을 뿐인데, 하여간 그 친구는 죽은 시인의 심장 위에 월계관을 올려놓았다는 것이었다. 그리고 죽은 이의 아름다운 두 손은, 예술의 향기가 향기로운 아폴론 신의 푸른 잎사귀 위에, 검게 그을린 뱃사람들이 저 겹겹 신비에 싸인 중국에서 싣고 온 옥(玉)보다 더 푸른 잎사귀 위에, 마치 관능에 취한 듯 놓여 있었다는 것이었다. 그런 다음, 글은 멋들어진 대조적 서술로 끝났다. 왕자처럼, 아니면 차라리 거지처럼 묻혀야 했을 시인의 중산계급적이고 평범하고 산문적인 장례에 대한 서술이 그것이었다. 그것이야말로 예술과 아름다움과 정신적인 것에 대한 속물들의 결정타이자 최후의 승리였다는 것이었다.

레너드 업존은 이전에 이보다 훌륭한 글을 쓴 적이 없었다. 이 글이야말로 세련미, 우아함, 연민의 조화가 이루어 낸 기적의 명문이었다. 그는 크론쇼의 시 가운데 가장 잘된 것들을 죄다 자신의 글에 인용했기 때문에, 막상 시집이 나왔을 때는 그 취지가 대부분 사라져 버린 뒤였다. 하지만 업존의 위상은

---

40) 재 속에서 나온 미인. '이사야 서' 61장 3절에 나오는 "시온에서 슬퍼하는 사람에게 희망을 주어라. 재를 뒤집어썼던 사람들에게 빛나는 관을 씌워 주어라."라는 말을 인유(引喩)한 것. 몸은 한때 『인간의 굴레에서』의 제목을 『재 속에서 나온 미인(Beauty from Ashes)』이라고 붙이려 했다.

상당히 올라 있었다. 이때부터 그는 무시하지 못할 비평가로 인정받았다. 그때까지 그는 약간 냉담한 사람으로 여겨지고 있었다. 그런데 이번의 글은 그지없이 매력적인 따뜻한 인간미를 보여 주었던 것이다.

86

봄이 되자 필립은 외래환자과의 드레싱 실습보조원 과정을 마치고 입원 환자 담당 실습보조원이 되었다. 이 과정은 육 개월이었다. 실습보조원은 매일 오전 수련의(병원 상주 외과의)와 함께 남자 병동과 여자 병동에서 근무했다. 병세를 기록하고, 각종 검사를 하고, 간호사들과 시간을 보내는 것이 그들의 일과였다. 일주일에 두 번은 오후에 의사가 학생들 몇을 데리고 회진하면서 공부를 시켜 주었다. 여기에는 외래환자과에서 경험하게 되는 격정적 분위기와 끊임없는 변화, 현실과의 끈끈한 접촉은 없었다. 대신 필립은 여기서 많은 것을 배울 수 있었다. 그는 환자들과 잘 어울렸다. 환자들이 그의 진료를 좋아한다는 것을 알고는 우쭐한 기분도 들었다. 그들의 병에 깊은 동정을 느낀다고는 할 수 없었지만 어쨌든 그들을 좋아하기는 했다. 또 그는 거만하지 않아서 다른 실습보조원들보다는 환자들 사이에 인기가 있었다. 언제나 상냥했고 다정했으며, 용기를 북돋는 말을 해 주었다. 병원 일을 해 본 사람이라면 다 마찬가지이지만, 필립 역시 여자 환자보다는 남자 환자 대하기가 더 쉽다는 것을 알게 되었다. 여자 환자들은 걸핏하면 불평을 하거나 화를 냈다. 과로에 지쳐 빠진 간호사들을 놓고도 심하게 투덜거렸다. 응당 해 주어야 할 시중을 왜 해 주지 않느냐는 것이었다. 말썽을 부리기 일쑤였고, 고마워하는 마음이라고는 없었으며, 무례하기까지 했다.

다행히도 필립은 얼마 안 있어 친구를 하나 사귀었다. 어느 날 아침, 수련의가 그에게 새로 입원한 남자 환자를 맡겼다. 침대 옆에 앉아 '진찰권'에 신상명세를 기입하다 보니 저널리스트로 되어 있었다. 병원을 찾는 환자로서는 드물게 이름이 소프 애설니였고,[41] 나이는 마흔여덟이었다. 급성 황달에 걸렸으며, 관찰이 필요한 원인 불명의 증상 때문에 입원해 있었다. 규정상 묻게 되어 있는 여러 질문에 그는 쾌활하고 교양있게 대답했다. 누워 있었기 때문에 키가 큰지 작은지 알 수 없었으나, 머리통과 손이 작은 것으로 보아 평균치보다는 작은 사람인 듯했다. 필립에게는 남의 손을 보는 버릇이 있었는데 애설니의 손을 보고는 깜짝 놀랐다. 아주 작았을 뿐만 아니라 손가락이 가냘프고 길었고 손톱은 아름다운 장밋빛이었다. 살결도 아주 부드러웠다. 황달만 아니라면 놀랄 만큼 흰빛이었을 것이다. 환자는 두 손을 담요 밖에 내놓고 있었는데 한 손은 편 채이다. 보니, 집게손가락과 가운뎃손가락을 나란히 붙이고 있다. 그는 필립에게 말을 하는 동안에도 자기 손을

----

41) 병원은 주로 하층 계급 사람들이 이용하는 자선 기관이었다. 소프 애설니가 병원 환자로서 드문 이름이라는 것은 그 이름이 하층 계급에 속하지 않는 이름으로 보인다는 뜻이다.

바라보며 스스로 흐뭇해하는 눈치였다. 필립은 호기심이 동해 남자의 얼굴을 슬쩍 훔쳐보았다. 얼굴빛은 누랬지만 범상한 얼굴은 아니었다. 눈이 파랗고, 코는 윤곽선이 굵은 매부리코로 위압적이고 호전적으로 보였지만 못생기지는 않았다. 그리고 조그마한 턱수염, 끝을 뾰족하게 다듬었고 회색빛이었다. 이마가 약간 벗겨지긴 했다. 하지만 머리는 길게 기르고 있었는데 한때는 틀림없이 아름다운 곱슬머리였을 것이다.

"저널리스트이시군요. 어느 신문에 기고하십니까?" 필립이 물었다.

"가리지 않아요. 아무거나 봐도 내 글을 볼 수 있을 거요."

마침 침대 곁에 신문 한 장이 놓여 있었다. 그는 그것을 집어 들더니 거기에 실린 광고 하나를 손으로 가리켰다. '런던, 리젠트 가, 린 앤드 세들리'라는, 필립도 잘 아는 회사 이름이 큰 활자로 찍혀 있었다. 그 아래에 그보다는 작지만 그래도 상당히 큰 활자로 '망설임은 시간의 도적'이라는 위압적인 교훈적 어구가 인쇄되어 있다. 그다음에는 '왜 오늘 주문하지 않으십니까?'라는 물음이 나왔는데 이 물음은 당연해서 놀라웠다. 그러고는 다시, 살인자의 가슴을 양심의 철퇴로 내리치듯 '왜 망설이십니까?'라는 말이 큰 활자로 찍혀 있다. 곧이어 대담한 표현이 뒤따랐다. '세계 일류 시장에서 파격적인 가격에 장갑 수천 켤레 입하', '세계 최고의 신뢰를 자랑하는 회사에서 충격적인 할인 가격으로 수천 켤레의 스타킹 입하'. 마지막에는 앞의 물음이 다시 나왔다. 하지만 이번에는 결투장에서 도전의 장갑을 던지는 듯한 어조이다. '왜 오늘 주문하지 않으

십니까?'

"린 앤드 세들리 광고 담당입니다." 그는 아름다운 손을 가볍게 흔들었다. "용도가 천하긴 합니다만……."

필립은 환자에게 규정상 묻게 되어 있는 질문을 계속했다. 그 가운데 어떤 것은 틀에 박힌 질문이었으나, 환자가 숨기고 싶어하는 것을 환자 자신이 깨닫도록 유도하는 교묘한 질문도 있었다.

"외국에서 사신 적 있으십니까?"

"스페인에서 한 십일 년 있었소."

"무슨 일을 하셨던가요?"

"톨레도에 있는 영국 수도회사에서 비서 일을 했습니다."

그 말을 들으니 필립은 클러튼이 톨레도에서 몇 개월을 보냈다는 이야기가 생각났다. 그는 저널리스트의 대답에 호기심이 동하여 그의 얼굴을 바라보았다. 그러나 호기심을 보이는 것은 바람직스럽지 않다는 생각이 들었다. 환자와 의사 사이에는 일정한 거리를 두는 것이 좋았다. 진찰을 마치고 필립은 다른 침대로 갔다.

소프 애설니의 병은 심각하지는 않았다. 누런 끼는 남아 있었지만 곧 많이 좋아졌다. 특정 반응이 정상화되기까지 관찰이 필요하다는 의사 소견 때문에 계속 입원해 있을 뿐이었다. 하루는 필립이 병실에 들어서니 애설니가 손에 연필을 쥔 채무슨 책인가를 읽고 있었다. 필립이 그에게 다가가자 그는 책을 내려놓았다.

"좀 봐도 될까요? 뭘 읽고 계시는지." 책이라면 지나치지 못하는 필립이 물었다.

집어 들고 보니 스페인어로 된 시집이었다. 산 후한 데 라 크루스라는 사람의 시집이었다. 책을 펼치자 종이쪽지 하나가 떨어졌다. 집어 보니 무슨 시 같은 것이 적혀 있다.

"설마 시간 보낼 일이 없어 시를 쓰신다고는 하지 않으시겠죠? 입원 환자에게는 아주 좋지 않은 활동입니다."

"그저 번역을 좀 하고 있었소. 의사 선생은 스페인어를 아시오?"

"모릅니다."

"그럼, 산 후안 데 라 크루스에 대해서는 다 아시겠죠?"

"전혀 모릅니다."

"신비주의자였죠. 스페인 최고의 시인 가운데 하나[42]일 겁니다. 영어로 번역할 필요가 있다는 생각이 듭디다."

"번역 좀 봐도 되겠습니까?"

"이건 그냥 대충 해 본 겁니다." 그렇게 말하면서 애설니는 종이쪽지를 얼른 내밀었다. 제발 읽어 주었으면 하는 눈치였다.

연필로 쓴 것이었는데 깔끔하게 썼지만 필체가 특이해서 읽기가 힘들었다. 마치 고대 문자로 쓴 것 같았다.

"이렇게 쓰면 시간이 많이 걸리지 않나요? 놀랍습니다."

"손으로 썼다고 아름답지 말라는 법은 없겠죠."

시의 첫 부분은 이렇게 되어 있었다.

---

42) 애설니가 여기서 언급하는 신비주의 시인 산 후안 데 라 크루스(San Juan de la Cruz, 1542~1591)의 이름은 '십자가의 성 요한'이라는 뜻을 가진다. 영어로는 'Saint John of the Cross'. 그는 사제, 신학자, 시인, 산문가였다.

어두운 밤

사랑의 불길 안고

아, 행복하여라!

나는 살며시 빠져나왔네

고요히 잠들어 있는 집 떠나…….

필립은 새삼 호기심이 생겨 소프 애설니의 얼굴을 바라보았다. 묘한 느낌이었다. 잘 알 수 없지만 그 앞에서 어쩐지 수줍어진다고나 할까, 아니면 마음이 끌린다고 할까, 하여간 그런 게 있었다. 알 수 있는 것은 그에게 어딘지 윗사람답게 행동하려는 태도가 있다는 것이었다. 애설니에게 자기가 우스꽝스럽게 보였을지도 모른다는 생각이 미치자 필립은 얼굴이 달아올랐다.

"아주 드문 성함이시던데요." 얼떨결에 엉뚱한 말이 나왔다.

"요크셔에서 오래된 이름이죠. 한때는 집안 어른이 말을 타고 소유지를 한 바퀴 돌자면 하루가 꼬박 걸렸다고 하더군요. 이제는 위세가 땅에 떨어졌지요. 여자들은 헤퍼지고 남자들은 둔해지고."

근시여서 그런지 그는 말을 하면서 상대방을 특이한 시선으로 물끄러미 바라보았다. 그는 시집을 집어 들었다.

"스페인어를 알아야 합니다. 고상한 언어예요. 이탈리아어처럼 매끄럽지는 않아요. 이탈리아어는 테너 가수나 오르간 연주자에게 좋은 말 아닙니까. 그 대신 스페인어는 장엄해요. 정원의 시냇물같이 졸졸거리지 않고 거대한 강물의 격랑처럼 출렁거리는 언어죠."

필립은 그의 거창한 어법이 재미있었다. 하지만 필립은 수
사법에 민감했다. 애설니가 『돈 키호테』를 원어로 읽었을 때
의 강렬한 기쁨과 사람의 혼을 사로잡는 칼데론의 로맨틱하고
투명하고 정열적인 말의 음악에 대해 그림 같은 표현과 불꽃
같은 열정으로 설명해 주는 동안 필립은 매혹되어 귀를 기울
였다.

"일을 봐야겠군요." 이윽고 필립이 말했다.

"어이구, 미안하오. 깜박했군요. 제 처에게 말해서 톨레도
사진을 한 장 가져오도록 해 보여 드리겠어요. 시간 나면 오십
시오. 얘기나 합시다. 저로서는 정말 즐겁군요."

그 뒤 며칠 동안, 필립은 틈만 나면 저널리스트를 찾아가
얘기를 나눴는데 그러는 사이 두 사람은 친해졌다. 소프 애설
니는 뛰어난 이야기꾼이었다. 대단한 이야기를 하는 것은 아
니었지만 늘 생기 발랄한 표현으로 상상력을 자극함으로써
상대방에게 영감을 불어넣는 이야기를 했다. 상당 시간을 가
식의 세계에서 살고 있던 필립은 자신의 공상이 새로운 풍경
으로 가득 차고 있음을 알 수 있었다. 애설니는 예의가 바른
사람이기도 했다. 세상이나 책에 대해서도 필립보다 아는 것
이 많았다. 나이도 훨씬 위였다. 무슨 화제든 막힘이 없는 것
으로 보아도 뛰어난 사람임에 틀림없었다. 하지만 그도 병원
에서는 의료의 수혜자로서 엄격한 규칙을 따르지 않으면 안
되었다. 그는 이 두 입장 사이에서 수월하고 재미있게 제 위치
를 조정해 내고 있었다. 한번은 필립이 왜 입원하게 되었으냐

고 물었다.

"아, 내 신조는 사회가 제공하는 모든 혜택을 누리자는 것입니다. 난 내가 살고 있는 시대의 이점을 누리고 싶습니다. 병에 걸리면 병원에서 고칩니다. 난 남을 의식하는 공연한 수치심 따위는 없어요. 아이들은 다 공립학교에 보내 교육을 시킵니다."

"정말입니까?"

"그래야 훌륭한 교육도 받을 수 있지요. 내가 윈체스터에서 받은 것보다는 훨씬 훌륭한 교육 말입니다. 그렇지 않고서야 내가 어떻게 아이들을 교육시킬 수 있겠소? 자식이 아홉이나 됩니다. 내가 퇴원하거든 한번 와서 애들을 만나 보지 않으시겠소?"

"그러고 싶습니다."

87

열흘이 더 지나자 소프 애설니는 퇴원할 수 있을 만큼 좋아졌다. 그는 필립에게 주소를 주었고, 필립은 다음 일요일 한 시에 그와 점심을 하겠다고 약속했다. 애설니는 이니고 존스가 지은 집에 살고 있다고 했었다. 그는 무슨 이야기든 열성적으로 하는 버릇이 있었고 떡갈나무 난간 이야기를 할 때도 마찬가지였다. 필립에게 현관문을 열어 주기가 바쁘게 그는 문간 위 대들보에 새겨진 우아한 조각을 보여 주면서 필립의 감탄을 자아냈다. 첸서리 레인과 호번[43] 구역 사이의 골목에 자리 잡은 이 집은 당장이라도 페인트칠을 해야 할 낡아 빠진 집이었지만 당대의 위엄을 지니고 있었다. 이 거리는 이제 슬럼가나 다름없이 되어 버렸으나 한때는 상류층의 거리였던 것이다. 이 거리를 재개발하여 말끔한 사무실 건물들을 짓는다는 계획이 있었다. 덕분에 집세가 싸서 애설니는 자기 수입에 맞는 값으로 위층 두 개를 구할 수 있었다. 필립은 누워 있는 모습의 애설니만 보다가 그날 처음 서 있는 모습을 보았는데 키가 너무 작아 깜짝 놀랐다. 165센티미터에도 못 미치는 듯했다. 옷차림 또한 요란했다. 프랑스 노동자들이 입는 푸른 리넨 바지에 낡아 빠진 갈색 비로드 상의를 입고 있었다. 허리에는 빨간 띠를 둘렀고 칼라는 낮은 것을 했으며, 넥타이는 《펀치(Punch)》지[44] 만화에 나오는 프랑스인이 매는 것과 같은 펄렁이는 나비 넥타이를 매고 있었다. 그는 아주 반갑게 필립을 맞아들였다. 그러고는 곧바로 집 건물에 관한 이야기를 꺼내면서 계단 난간을 애무라도 하듯 어루만지는 것이었다.

"이것 보십시오. 한번 만져 보세요. 비단결 같아요. 정말이지 우아함의 극치 아닙니까? 헌데 오 년 뒤에는 이걸 철거해서 땔감으로 팔아 버린다고 하니."

그는 필립에게 굳이 이 층에 있는 방 하나를 보여 주겠다고 했다. 셔츠 바람의 남자와 얼굴이 불그레한 여자, 그리고 세

---

43) 런던의 중심 지역. 시티 구역 서쪽으로 유명한 건물들이 많이 남아 있다.
44) 영국에서 150년간 발간되었던 주간 잡지(1841~1992). 재미있는 기사와 문예평론으로 유명했다.

아이가 일요일 점심을 먹고 있었다.

"이 방 천장을 좀 보여 드리려고 이 분을 모셔 왔습니다. 저렇게 훌륭한 천장을 보신 적이 있습니까? 안녕하세요, 아주머니. 이분은 케리 선생님이시라고, 제가 입원 중에 신세를 진 분입니다."

"들어오십시오." 남자가 말했다. "애설니 씨의 친구분이면 누구나 환영입니다. 애설니 씨는 친구분이 찾아오면 이 천장을 안 보여 주는 사람이 없습니다. 우리가 뭘 하고 있든 상관을 안 하시죠. 자고 있건, 목욕을 하고 있건, 아무 때나 들어오십니다."

그들이 애설니 씨를 좀 이상한 사람으로 여기고 있음을 알 수 있었다. 그래도 그가 싫지는 않은 듯했다. 애설니가 17세기식 천장의 아름다움에 대해 열변을 토하는 동안 그들은 입을 벌린 채 듣고만 있었다.

"이걸 헐어 버리다니, 범죄나 마찬가지예요. 그렇지 않소, 호지슨 씨? 당신은 영향력을 가진 시민인데 왜 신문에 편지를 써서 항의를 하지 않소?"

셔츠 바람의 남자는 껄껄 웃으며 필립을 향해 말했다.

"애설니 씨는 저렇게 실없는 농담을 잘 하신다니까요. 사람들이 그러는데 이 동네 집들은 위생에 아주 나빠 살기에 안 좋다던데요."

"위생 따위가 뭐요, 내겐 예술이 중요하오." 애설니가 소리질렀다. "난 말이오, 아이들이 자그마치 아홉이나 되오. 그런데 배수 시설이 나빠도 탈 없이 잘만 크던걸. 그야 물론, 내가 무슨 위험을 감수하겠다는 뜻은 아니에요. 이제 당신네 그 신식 사상 설교는 그만둬요. 여기서 이사 나갈 때는 다음 집에 배수 시설이 잘 됐는지부터 확인하겠지만 말이오."

그때 문을 두드리는 소리가 들렸다. 금발의 귀여운 소녀가 얼굴을 내밀었다.

"아빠, 엄마가 얘기 그만하시고 빨리 식사하러 오시래요."

"이 애가 내 셋째 딸입니다." 하고 애설니는 극적인 제스처로 아이를 가리키면서 말했다. "이름은 마리아 델 필라르인데 제인이라고 불러 주는 걸 더 좋아한답니다. 제인, 코를 풀어야겠다."

"손수건이 없어요, 아빠."

"쯧쯧, 애야." 그는 무늬가 화려한 커다란 손수건을 꺼내면서 애에게 말했다. "이 손가락을 하느님이 왜 주셨을 것 같으냐?"

그들은 계단을 올라 위층으로 갔다. 필립은 벽에 짙은 떡갈나무 널빤지를 붙인 방으로 안내되어 들어갔다. 방 한가운데에는 기다란 티크 테이블이 하나 놓여 있는데 두 개의 철봉이 다리를 받치고 있다. 스페인에서 '메사 데 이에라헤'라고 부르는 것이다. 식기가 두 사람분이 놓여 있는 것으로 보아 거기에서 식사를 하는 모양이었다. 커다란 안락의자도 두 개 놓여 있었다. 팔걸이는 납작하고 넓은 떡갈나무로 되어 있고 앉는 부분과 등받이는 가죽을 댄 의자였다. 수수하고 우아했으나 편안하지는 않았다. 그 밖에 가구라고는 한 가지뿐이었는데 정교한 도금 철세공 장식의 '바르게뇨'라는 장식선반이 그것으로 거칠면서도 섬세한 종교적 도안이 새겨진 대(臺) 위에 놓여 있었다. 그 위에는 많이 상하긴 했지만 색깔이 화려한 광택 접시가 두세 개 세워져 있다. 벽에는 아름답긴 하나 낡아 빠진 액자에 스페인의 옛 대가들 그림이 몇 개 붙어 있다. 소재도 섬뜩하고, 오래된 데다 관리를 잘못하여 몹시 낡았으며, 구상은 이류에 지나지 않았지만 열정의 불꽃은 있어 보였다. 방 안에 값나갈 만한 것은 없었지만 분위기는 근사했다. 위풍당당하면서도 간소하달까. 이것이 바로 옛 스페인 정신이 아니겠는가 하고 필립은 생각했다. 애설니가 한참 비밀 서랍이 달린 아름다운 장식의 '바르게뇨'를 열어 보이고 있을 때, 눈부신 갈색 머리를 두 가닥으로 땋아 등 뒤로 늘어뜨린 키 큰 소녀 하나가 들어왔다.

"어머니가 식사 준비가 다 됐대요. 자리에 앉으시면 제가 곧 내올게요."

"샐리, 잠깐 이리 와서 선생님께 인사 드려라." 애설니는 그렇게 말하고, 이번에는 필립을 향해 말했다. "덩치가 보통이 아니죠? 큰딸입니다. 너 몇 살이지, 샐리?"

"유월이면 열다섯이에요, 아버지."

"이 애의 세례명은 본래 '마리아 델 솔'[45]이죠. 첫 아이라 카스티야[46]의 저 영광스러운 태양에 봉헌한 것입니다. 한데 재 어미는 얘를 샐리라고 부르고 재 남동생은 얘를 푸딩 페이

---

45) '태양의 마리아'라는 뜻이다.
46) 스페인의 옛 왕국. 여기서는 스페인을 가리킨다.

스[47]라고 부른답니다."

소녀는 수줍은 듯 희고 가지런한 이를 살풋 드러내고 웃으며 얼굴을 붉혔다. 몸매가 숙성했고 나이에 비해 키가 컸다. 회색빛 눈이 명랑하게 반짝였으며 이마가 널찍했고 볼은 발그레했다.

"가서 엄마에게 말씀 드려라. 손님 앉으시기 전에 잠깐 나와서 인사 드리라고."

"어머니는 식사 끝나면 나오시겠대요. 아직 손을 씻지 않으셨거든요."

"그럼 우리가 엄마한테 갈까? 손님도 음식 만든 사람에게 인사도 없이 요크셔 푸딩을 드실 수 없을 테니까."

필립은 주인을 따라 주방으로 갔다. 물건이 빽빽이 들어찬 조그마한 방이었다. 무슨 소리가 요란하게 나다가 손님이 들어가자 뚝 그쳤다. 방 한가운데에 커다란 테이블이 놓여 있고, 아이들이 테이블에 둘러앉아 식사를 기다리고 있었다. 한 여자가 오븐 앞에 서서 구운 감자를 하나씩 꺼내고 있다.

"베티, 여기 케리 선생 오셨소." 애설니가 말했다.

"아니, 왜 이런 데에 모시고 오셨어요. 무슨 흉을 보시려고."

여자는 때 묻은 앞치마를 두르고, 무명 옷소매를 팔꿈치 위까지 걷어 올리고 있었다. 머리에는 컬용 핀을 잔뜩 꽂고 있다. 덩치가 큰 여자로, 키도 남편보다 7센티미터는 족히 커 보

---

47) '푸딩 같은 얼굴'이라는 뜻으로 말랑말랑한 살결을 가진 얼굴을 놀리는 말이다.

였다. 금발에 파란 눈, 상냥한 얼굴을 하고 있다. 한때는 미인이었으나 나이를 먹고 애들을 여럿 낳느라 살이 찌고 불그죽죽해진 것 같다. 파란 눈은 광택이 사라지고, 살결은 거칠고 붉었으며, 머리카락도 빛깔을 잃고 있었다. 그녀는 허리를 펴고 앞치마에 손을 훔치고선 필립에게 내밀었다.

"어서 오세요, 선생님." 그녀는 느릿한 목소리로, 그러면서 필립에게는 묘하게 귀에 익은 듯한 사투리로 말했다. "우리 집 양반이 병원에서 신세를 많이 졌다고 하더군요."

"자, 이제 우리 집 강아지들을 소개해 드리겠소." 하면서 애설니는 똥똥한 고수머리 아이를 가리키며 말했다. "이 애가 소프, 장남입니다. 가문의 칭호와 재산, 책임을 상속할 아이죠. 그리고 저기가 애설스탠, 해럴드, 그리고 에드워드." 애설니는 그렇게 말하면서 손가락으로 세 명의 꼬마들을 차례로 가리켰는데 다들 건강한 장밋빛 혈색을 가진 아이들로 얼굴에 웃음을 띠고 있었다. 아이들은 필립의 웃는 눈길이 자기들을 향하고 있다고 느꼈는지 수줍은 태도로 앞에 놓인 접시에 눈길을 떨구었다. "이제 딸들을 소개하죠. 첫째가 마리아 델 솔……."

"푸딩 페이스." 꼬마 하나가 소리쳤다.

"이 녀석아, 네 유머는 아직 멀었다. 둘째가 마리아 데 로스 메르세데스, 그리고 차례로 마리아 델 필라르, 마리아 데 라 콘셉시온, 마리아 델 로자리오."[48]

---

48) 모두 가톨릭의 성모 마리아와 관련된 이름들이다. 각각 '자비의 성모', '기둥의 성모', '수태의 성모', '묵주의 성모'라는 뜻을 가진다.

"전 다르게 불러요. 샐리, 몰리, 코니, 로지, 제인이라고요."
애설니 부인이 말했다. "여보, 이제 방으로 들어가세요. 식사
를 내보낼 테니까요. 애들은 먼저 씻기고 잠깐 있다 들여보낼
게요."

"여보, 내가 당신 이름을 지었다면 '비눗물의 마리아'라고 했
을 거야. 우리 불쌍한 개구쟁이들을 늘 비눗물로 괴롭히니까."

"케리 선생님, 먼저 들어가세요. 그렇잖으면 어느 세월에 식
사를 하시게 될지 모르니까요."

애설니와 필립은 수도승들이 쓰던 것 같은 커다란 의자에
걸터앉았다. 샐리가 쇠고기와 요크셔 푸딩, 구운 감자와 양배
추를 담은 큰 접시 두 개를 가져왔다. 애설니는 주머니에서 6펜
스짜리 동전 하나를 꺼내 주면서, 맥주를 사 오라고 했다.

"저 때문에 이렇게 상을 따로 차리신 거 아닌지 모르겠습니
다. 아이들이랑 같이 먹었더라면 좋았겠는데." 필립이 말했다.

"천만에요. 난 늘 혼자 먹는걸요. 난 전통적인 관습이 좋아
요. 나는 여자가 남자와 상을 같이해서는 안 된다고 봅니다.
대화가 안 되는 데다 여자들에게도 좋을 게 없어요. 쓸데없는
생각만 하게 되니까. 여자가 머릿속에 생각이 있으면 한시도
속이 편치 않지요."

주객이 모두 음식을 아주 맛있게 먹었다.

"이런 요크셔 푸딩 먹어 본 적 있습니까? 집사람 아니면 못
만들 겁니다. 이건 귀한 집 규수와 결혼하지 않은 덕이라고나
할까요. 귀한 집 규수가 아니라는 건 벌써 아셨죠?"

거북한 질문이어서 필립은 어떻게 대답해야 좋을지 몰랐다.

"그런 생각 조금도 못 했는데요." 서투른 답변이었다.

애설니는 웃음을 터뜨렸다. 특이할 만큼 유쾌한 웃음이었다.

"아녜요, 귀한 집 여자는 아닙니다. 귀한 집과는 인연이 멀죠. 부친이 농사 짓는 사람이었어요. 이 사람은 평생 한번도 H 발음 고칠 생각을 해 본 적이 없구요.[49] 우리는 아이들을 열둘 뒀는데 지금 아홉만 남았죠. 나는 이렇게 말합니다. 이제 제발 그만 낳자고. 그런데 고집이 보통 세야죠. 이제 완전히 버릇이 되어 버렸다니까요. 모르긴 몰라도 스물을 낳기까지는 양이 차지 않을 겁니다."

그때 샐리가 맥주를 사 가지고 돌아왔다. 그녀는 먼저 필립의 잔에 맥주를 따른 다음 반대편으로 건너가 아버지의 잔에 맥주를 약간 따라 부었다. 아버지가 한 손으로 딸의 허리를 끌어안고 말했다.

"이렇게 예쁘고 숙성한 아가씨를 보신 적이 있나요? 겨우 열다섯인데 스무 살은 되어 보입니다. 이 볼 좀 보세요. 태어나서 한 번도 병치레를 해 본 적이 없어요. 누가 이 녀석의 남편이 될지 모르지만 복이 많은 거죠, 안 그렇니, 샐리야?"

샐리는 어렴풋한 미소를 머금은 채, 별로 당황하지도 않고 조용히 듣고 있었다. 아버지가 그처럼 떠벌려 대는 데 익숙해진 모양이었다. 오히려 다소곳하게 듣고 있는 품이 퍽 귀여웠다.

"아버지, 음식 식겠어요." 아버지의 팔을 빠져나오면서 샐리

---

49) 베티는 H 발음을 하지 않는 사투리를 쓰고 있다. 베티는 이 사투리를 고칠 생각을 하지 않았다는 말인데, 그것은 교육을 제대로 받지 않았다는 것을 뜻한다.

가 말했다. "푸딩 드시려면 부르세요, 알았죠?"

다시 두 사람만 남게 되었다. 애설니는 주석 맥주잔을 입으로 가져갔다. 그러고는 한꺼번에 죽 들이켰다.

"정말이지, 영국 맥주만큼 맛있는 게 또 있을까? 이 소박한 즐거움을 주신 하느님께 감사드려야지요. 로스트 비프와 라이스 푸딩, 그리고 왕성한 식욕과 맥주, 다 고맙지 뭡니까? 나도 한때 귀한 집 규수와 산 적이 있죠. 아이구 제발, 그런 여자와는 결혼하지 말아요."

필립은 웃었다. 그곳의 분위기가 아주 유쾌했다. 야릇한 옷차림의 작달막하고 재미있는 사내, 벽에 널빤지를 붙인 방, 스페인식 가구, 영국식 음식, 이 모든 것이 절묘한 부조화를 이루고 있었던 것이다.

"웃으시는군. 이봐요, 의사 선생은 선생보다 지체 낮은 여자하고 결혼하는 건 상상도 못 하시겠지. 선생만큼 똑똑한 여자를 원하실 거구. 부부란 역시 대등한 관계라야 한다는 생각으로 꽉 차 있죠, 아마. 이보슈, 고리타분한 생각이오! 남자가 어디 마누라랑 정치 얘기를 하겠소? 베티가 미분학을 어떻게 생각하든 내가 어디 관심 있겠소? 남자에게 필요한 것은 음식 잘하고 애 잘 보는 여자죠. 난 둘 다 겪어 봐서 잘 알아요. 자, 이제 푸딩을 가져오라 합시다."

그가 손뼉을 치니 곧 샐리가 들어왔다. 그녀가 접시를 치우는 걸 보고 필립이 일어나 거들려고 하자 애설니가 막았다.

"그냥 둬요. 저 애도 선생이 공연히 부산 떠는 걸 바라지 않을 테니. 그렇지, 샐리? 얘는 자기가 시중드는데 남자가 가만히 앉아 있다고 해서 실례라고 생각지 않아요. 기사도 따위엔 관심이 없죠, 그렇지, 샐리?"

"네, 아버지." 샐리는 다소곳이 대답했다.

"내가 하는 말이 무슨 말인지 알겠지, 샐리?"

"아뇨, 아버지. 하지만 아버지께서 나쁜 말 하시면 어머니가 싫어하시는 걸 아시잖아요."

애설니는 껄껄대고 웃었다. 샐리가 걸쭉하고 먹음직스러워 보이는 라이스 푸딩 두 접시를 가져왔다. 애설니는 자기 몫을 맛있게 먹어 대기 시작했다.

"우리 집 규칙 가운데 하나는 말이죠. 일요일 점심 메뉴가 절대 바뀌지 않는다는 겁니다. 하나의 의식이죠. 일 년에 쉰두 번의 일요일이 있는데 그 가운데 쉰 번은 로스트 비프와 라이스 푸딩을 먹는단 말씀입니다. 부활절 일요일에는 새끼 양고기에 푸른 완두콩을 먹고, 성 미카엘 축일 때는 로스트 구스와 애플 소스를 먹지요. 그런 식으로 우리는 집안 전통을 지키고 있습니다. 샐리도 결혼을 하게 되면 내가 가르친 이 좋은 일들을 많이 잊어버리겠지만, 이것만은 절대 잊어버리지 않을 거예요. 행복하게 살고 싶으면 일요일에는 로스트 비프와 라이스 푸딩을 먹어야 한다는 것 말입니다."

"치즈 드시려면 부르세요." 샐리가 무덤덤하게 말했다.

"물총새 전설을 아시오?" 애설니가 물었다. 필립도 이제 이화제에서 저 화제로 정신없이 건너뛰는 그의 화법에 익숙해져 가고 있었다. "물총새라는 놈은 말이죠. 바다 위를 날다가 지치면 암놈이 숫놈 밑으로 들어가 등에 업고 난답니다. 암놈

날개 힘이 더 세대요. 마누라라는 것은 모름지기 이 물총새 같아야 하는 것 아닙니까. 난 첫 번째 아내와 삼 년을 살았죠. 좋은 집 규수였습니다. 일 년에 천오백 파운드나 나오는 재산도 있었죠. 우리는 켄싱턴에 있는 조그마한 붉은 벽돌집에서 살았는데, 조촐하고 근사한 만찬 파티를 많이 열었어요. 멋진 여자였지요. 다들 그렇게 말했어요. 우리랑 식사를 같이한 변호사 부부며, 문학을 좋아한다는 증권 중개인들, 그리고 신출내기 정치인들이 다 그랬어요. 그래요, 멋진 여자였습니다. 내가 교회에 나갈 땐 늘 실크 모자와 프록코트를 입고 가게 했고, 고전 음악회에도 많이 데려가 주었죠. 그 사람은 일요일 오후에 열리는 강연을 아주 좋아했어요. 아침 여덟 시 반에는 어김없이 식탁에 앉았고요. 혹 늦기라도 하면 난 식은 음식을 먹어야 했습니다. 책도 고상한 것만 읽었죠. 그림도 고상한 것만, 음악도 고상한 것만 좋아했습니다. 아이구 그런데 말이죠, 그런 여자는 지겹더라구요. 하기야 지금도 여전히 멋진 여자죠. 켄싱턴 구의 그 조그마한 붉은 벽돌집에서 살고 있어요. 모리스 벽지[50]를 붙인 벽에 휘슬러의 동판화[51] 같은 것을 붙여 놓고 말이죠. 여전히 조촐하고 근사한 만찬 파티를 열고 있어요. 군터 레스토랑[52]에서 송아지 고기 요리와 아이스크림

---

50) 영국의 시인, 장인(匠人), 사회개혁 운동가였던 윌리엄 모리스(William Morris, 1834~1896)가 고안한 독특한 문양의 벽지.
51) 영국에서 활약했던 미국 화가 제임스 맥닐 휘슬러(James McNeill Whistler, 1834~1903)는 판화 작품을 많이 남겼다.
52) 유명한 식당 이름.

따위를 주문해서요. 이십 년 전과 똑같죠."

필립은 그 잘못 짝지어진 부부가 어떻게 헤어졌는지 묻지 않았다. 그러나 애설니가 먼저 이야기를 꺼냈다.

"베티는 정식 아내가 아니라오. 아내가 이혼을 안 해 주겠다지 뭐요. 그래서 애들이 하나같이 사생아로 되어 있어요. 그렇다고 더 나쁠 거 있겠소? 베티는 그 켄싱턴의 조그마한 붉은 벽돌집에서 하녀로 있었어요. 사오 년 전인데, 내가 형편이 곤란해진 데다 딸린 아이가 일곱이나 되어 처한테 가서 도와 달라고 했지요. 이 사람 하는 말이, 도와줄 수는 있지만 조건이 있다는 겁니다. 베티를 포기하고 외국에라도 나가라는 거예요. 하지만 내가 베티를 버릴 수 있겠소? 덕분에 한동안 우리는 굶어 죽을 지경이 됐죠. 아내 말로는, 내가 시궁창 같은 생활을 좋아한다나. 난 형편이 점점 더 나빠졌어요. 세상 밑바닥까지 온 셈이니까. 지금은 의류 회사 광고 담당으로 일주일에 삼 파운드를 벌어 살고 있어요. 하지만 난 날마다 하느님께 감사드린다우. 켄싱턴의 그 조그마한 붉은 벽돌집을 벗어난 것을."

샐리가 체더 치즈를 가지고 들어왔다. 애설니의 청산유수와 같은 이야기는 그칠 줄을 몰랐다.

"가족을 먹여 살리자면 돈이 필요하다고들 하는데 그것처럼 잘못된 생각은 없어요. 그야 신사 숙녀로 키우자면 돈이 필요하겠지. 하지만 난 내 애들을 신사 숙녀로 키우고 싶진 않습니다. 샐리도 이제 내년부터는 벌이를 해야 해요. 양장점에 견습공으로 들어가게 되어 있지요. 그렇잖니, 샐리? 그리고 남자애들은 모두 나라에 봉사할 겁니다. 다 해군에 보내고 싶어요. 해군 생활은 아주 재미있고 건강합니다. 음식도 좋고, 보수도 좋고, 죽을 때까지 연금도 나오고요."

필립은 파이프에 불을 붙였다. 애설니도 하바나 담배를 피웠다. 그는 자기가 직접 담배를 말았다. 샐리가 식탁을 치웠다. 필립은 과묵한 사람이었는지라 이처럼 집안의 여러 가지 깊은 이야기를 듣고 있노라니 쑥스러운 기분이 들었다. 애설니는 몸집은 자그마하면서도 목소리가 우렁차고, 외국인 같은 외모에 표현이 거창하고 주장이 분명하여, 하여간 놀라운 인물이었다. 여러모로 크론쇼를 연상시켰다. 줏대가 뚜렷하다든가 보헤미안 기질을 가지고 있다든가 하는 점이 닮은 것 같았다. 다만 애설니가 훨씬 더 활달한 기질을 가지고 있었다. 지적인 면은 더 성글었다. 크론쇼의 이야기를 매혹적으로 만들어 주었던 것은 추상적인 것에 대한 관심이었는데, 애설니는 그 방면에 대해서는 관심이 없었다. 그는 자기 집안을 아주 자랑스럽게 생각했다. 엘리자베스 시대 풍의 저택 사진들을 필립에게 보여 주면서 그는 이렇게 말했다.

"애설니 가문이 이 집에서 칠 세기를 살고 있다우. 아, 그 벽난로며 천장이며, 그걸 보시기만 한다면!"

판자벽에 장식 벽장이 있었는데, 그는 거기서 족보를 꺼냈다. 그리고 어린애처럼 대견해하며 그것을 필립에게 보여 주었다. 과연 대단했다.

"같은 집안 이름이 계속 되풀이되는 게 보이죠? 소프, 애설스탠, 해럴드, 에드워드. 우리 애들 이름은 이 집안 이름들을 따서 붙여 준 겁니다. 딸들에게는, 아시다시피, 스페인식 이름을 붙여 줬구요."

그러다 보니 필립은 이게 온통 교묘한 거짓말이 아닌가 하는 꺼림칙한 느낌이 들었다. 비열한 동기에서가 아니라 그저 상대방을 감명시키고 놀래 주고 싶은 마음에서 만들어 낸 이야기가 아닌가 하고 말이다. 애설니는 윈체스터 학교에 다녔다고 말한 적이 있었다. 하지만 사람의 품성을 예민하게 판별할 줄 아는 필립이 보기에, 이 사람은 어딜 봐도 유명 사립학교에서 교육받은 티가 나지 않았다. 애설니가 자기 선조들이 이룬 막강한 가계에 대해 하나하나 설명하고 있는 동안, 필립은 이 사람이 혹 윈체스터의 어떤 상인, 아니면 경매인, 아니면 석탄 가게의 아들이 아니었을까, 혹은 그가 지금 족보를 보여 주며 자랑하고 있는 이 오랜 가문과는 성씨가 비슷하다는 것 말고는 전혀 관계가 없는 것이 아닌가 하고 생각하면서 혼자서 재미있어했다.

88

문을 두드리는 소리가 나고 이어 한 떼의 아이들이 우르르 몰려 들어왔다. 이제 다들 깨끗하고 말끔했다. 얼굴은 비누로 씻어 반짝였고, 머리도 단정하게 빗어 넘겼다. 다들 샐리의 인솔 아래 주일학교에 나갈 참이었다. 애설니는 연극조의 요란한 어투로 아이들에게 우스개 말을 건넸다. 그가 아이들을 사랑하고 있다는 사실을 금방 알 수 있었다. 애들이 튼튼하고 잘생겼다고 자랑하는 그의 모습은 마음을 뭉클하게 할 지경이었다. 애들은 필립에게 부끄러움을 타는 듯했다. 부친이 다녀오라고 하자, 애들은 살았다 싶은 듯 쏜살같이 달려 나갔다. 얼마 있으니 애설니 부인도 나타났다. 컬용 핀을 다 빼어 내고 이제 공들여 꾸민 앞머리를 내려뜨리고 있다. 민무늬 검정옷을 입고 모자에는 값싼 꽃을 꽂은 그녀는 집안일로 붉게 거칠어진 손을 검은 양피 장갑에 끼워 넣느라 애먹고 있었다.

"교회에 다녀올게요, 여보. 부탁할 것 없죠?" 그녀가 물었다.

"기도만 해 주면 돼, 베티."

"기도 가지고는 별 소용 없을 텐데요. 당신에겐 이제 기도가 먹히지 않아요." 그녀는 웃으면서 말했다. 그러고선 필립을 향해 느릿느릿한 말투로 말했다. "이 양반은 아무리 말해도 교회에 나갈 생각을 안 해요. 무신론자나 다름없죠."

"여봐요, 이 사람 루벤스 둘째 부인 닮지 않았소?" 애설니가 큰 소리로 말했다. "이 사람에게 17세기 옷을 입히면 근사해 보이지 않을까? 이봐요, 결혼이란 모름지기 그런 여자하고 해야 하오. 이 사람 봐요."

"아무래도 당신 혼자만 너무 말이 많은 것 같아요." 그녀가 조용히 말했다.

여자는 간신히 장갑의 단추를 채우는 데 성공했다. 그러나 나가기 전에 필립을 돌아보고서는 상냥하긴 하나 약간 쑥스러운 듯한 미소를 지었다.

"간식 시간까지는 계실 거죠? 이 양반은 말 상대가 있는 걸 좋아해요. 마땅한 말벗을 잘 만나진 못하지만요."

"물론 계셔 주겠지." 애설니가 얼른 대꾸했다. 그러고는 여자가 나가 버리자 이렇게 말했다. "난 애들을 꼬박꼬박 주일학교에 보냅니다. 베티가 교회에 나가는 것도 좋고요. 여자는 신앙을 가져야 한다고 생각하죠. 난 믿지 않아도 여자나 애들은 교회에 다니는 게 좋아요."

필립은 진리와 관련된 문제에 대해서는 깐깐한 편인지라 이같이 가벼운 태도가 적이 놀라웠다.

"그럼 선생께서 참되다고 믿지 않는 것을 애들이 배우고 있어도 그냥 보고 있을 수 있다는 말입니까?"

"아름다운 것이라면 참되지 않다고 하더라도 난 별로 상관하지 않아요. 심미적 감각뿐만 아니라 이성까지도 만족시킨다는 것은 보통 일이 아니니까. 난 베티가 가톨릭교도가 되길 바랐어요. 종이꽃 관을 쓰고 개종하는 걸 보고 싶었지만 이 여자는 죽으나 사나 신교도죠. 그것도 그렇지만 종교란 체질적인 문제이기도 해요. 종교적 심성을 가지고 있으면 아무거나 믿게 돼죠. 그렇지 않으면 무슨 신앙을 쏟아 넣든 헛일이에요. 결국 그걸 버리게 되니까. 도덕을 가르치는 데는, 모르긴 몰라도, 신앙이 제일 좋을 겁니다. 신앙이란 당신네 의사들이 사용하는 어떤 약과도 같아요. 흡수가 잘 되도록 다른 약을 녹여 주는 약 말입니다. 그런 약은 자체로는 효과가 없지만 다른 약의 흡수를 돕죠. 우리가 도덕을 받아들이는 건 그것이 바로 종교와 결합되어 있기 때문이에요. 종교를 잃게 되면 도덕도 받아들이기 힘들어지게 되죠. 사람은 허버트 스펜서[53]보다는 하느님의 사랑을 통해 선을 배우게 되면 착한 사람이 되기 쉬워요."

이것은 필립의 생각과는 정반대였다. 지금도 그는 기독교가 무슨 수를 써서라도 벗어나야 할 굴욕적인 굴레라고 생각하고 있었다. 마음속 깊은 곳, 무의식 속에서 그것은 터캔베리 성당의 따분한 예배, 그리고 블랙스터블의 추운 교회에서 견뎌야 했던 지겹도록 기나긴 예배 시간과 연결되어 있었다. 그래서 애설니가 말하는 도덕이란 그에게는 그저 종교의 일부분, 곧 지성의 불완전성 때문에 아직 버리지 못하고 있는——하지만 필립은 신앙만이 도덕을 의미 있게 한다고 보지 않았고, 그런 의미의 신앙은 이미 버렸다.——종교의 일부분에 지나지 않았다. 필립이 대답을 생각하고 있는 동안, 토론보다제 이야기 흥에 취한 애설니는 어느 사이 한바탕 가톨릭 예찬론을 늘어놓고 있었다. 그에 따르면, 가톨릭은 스페인의 본질이었다. 스페인은 그에게 특별한 의미를 지니고 있었다. 결혼생활을 하면서 체험한 넌덜머리 나는 인습성을 탈출하기 위해 간 곳이 바로 스페인이었기 때문이다. 애설니의 요란한 몸짓과 단호한 어조는 그가 하는 말을 인상 깊게 만드는 효과를 냈다. 그러한 몸짓과 어조로 그는 필립에게 스페인의 대성당들에 대해서, 그리고 그 광대하고 어두운 공간들과 어마어마한 금빛 제단 장식들, 금도금이 바래 버린 호화로운 철 세공

53) Herbert Spencer(1820~1903). 영국의 철학자, 사회학자. 경험론과 진화론에 입각하여 사회 발전을 설명하고 사회유기체설을 주창했다. 주저로 『사회학 원리(Principles of Sociology)』가 있다.

품, 향연(香煙)이 가득한 성당 안의 공기, 그리고 그 정적을 묘사해 주었다. 짧은 중백의를 입은 참사위원들, 붉은 중백의를 입은 복사(服事)들이 성물실(聖物室)에서 성가대석을 향해 걸어가는 모습이 필립의 눈앞에 선했다. 단조롭게 읊는 저녁 기도 소리도 귓전에 들리는 듯했다. 애셜니가 언급하는 지명들, 아빌라, 타라고나, 사라고사, 세고비아, 코르도바 같은 이름들이 가슴속에서 나팔 소리처럼 울려 퍼졌다. 바람 휘몰아치는 황갈색 황야의 유서 깊은 스페인 도시들에 우뚝 서 있는 거대한 잿빛 화강암 더미들이 눈에 보이는 것만 같았다.

"저도 늘 세비야[54]에 가 보고 싶었습니다." 필립이 무심코 그렇게 말하자 애셜니는 한 손을 극적인 동작으로 번쩍 치켜들고는 말을 딱 멈추었다.

"세비야? 안 돼요, 안 돼. 거긴 가지 말아요." 애셜니는 소리쳤다. "세비야라고 하면, 무엇보다 과달키비르 강가의 정원에서 케스터네츠를 울리며 노래하고 춤추는 아가씨들, 그리고 투우, 오렌지꽃, 만틸라,[55] 그러니까 '만토네스 드 마닐라'[56] 같은 것들이 맨 먼저 떠오르는 곳 아닙니까. 코믹 오페라와 몽마르트르의 스페인이라고 할 수 있는 곳이죠. 그곳의 싸구려

54) Sevilla(영어로는 Seville). 스페인의 남서부 과달키비르강의 주요 항구이며 문화 중심지. 투우의 도시. 인기 오페라 「카르멘(Carmen)」과 「세비야의 이발사(Le Babier de Séville)」의 배경이기도 하다. 돈 후안(Don Juan)도 여기에서 살았다는 전설이 있다.
55) 스페인 여자들이 머리에 써서 어깨까지 늘어뜨리는 엷은 천으로 된 숄.
56) '마닐라 삼으로 만든 숄'이라는 뜻.

매력을 오랫동안 싫증 내지 않고 좋아한다면 틀림없이 지성이 천박한 사람이에요. 세비야가 가진 것은 테오필 고티에[57]가 다 가져가고 말았지요. 그 사람 뒤에 그곳을 찾는 우리 같은 사람들은 그 사람의 감각을 재탕할 수밖에 없어요. 고티에가 뻔한 것을 근사하게 주물렀던 거죠. 거기에는 뻔한 것밖에 없어요. 죄다 손때가 묻고 닳아 빠졌지요. 무리요[58]가 그곳 태생 화가입니다."

애설니는 의자에서 일어서 스페인 장롱이 있는 곳으로 걸어가 커다란 금빛 경첩과 멋진 자물쇠가 달린 앞문을 내려 열고 그 안의 작은 서랍들을 보여 주었다. 서랍에서 그는 한 묶음의 사진을 꺼냈다.

"엘 그레코를 아시오?" 그가 물었다.

"아, 네. 제 파리 시절 친구 하나가 그 사람한테 크게 감명을 받았다고 하더군요."

"엘 그레코는 톨레도의 화가입니다. 진작 보여 드리고 싶은 사진이 있었는데 베티가 찾아내질 못했어요. 엘 그레코는 톨레도를 아주 좋아했죠. 이건 엘 그레코가 그린 톨레도 시 그림입니다. 사진보다 더 정말 같죠. 이리로 와서 앉아요."

---

57) Théophile Gautier(1811~1872). 프랑스의 시인이자 소설가. 한동안 스페인을 여행하면서 이베리아 반도의 풍경, 스페인어, 스페인 문화 등에서 받은 감상을 적은 『에스파냐』(1845)라는 시집을 낸 바 있다.
58) 바르톨로메 에스테반 무리요(Bartolom Esetbán Murillo, 1617~1682). 세비야에서 활동한 화가로서 스페인의 바로크 미술을 대표한다. 풍속화, 종교화를 많이 그렸고 특히 「원죄 없는 마리아의 발현」이 유명하다.

필립은 의자를 앞으로 끌어당겼다. 애설니가 그의 앞에 사진을 밀어 놓았다. 필립은 아무 말 없이 오랫동안 사진을 찬찬히 들여다보았다. 손을 뻗어 다른 사진들을 집으려 하자 애설니가 얼른 건네주었다. 이 수수께끼 같은 거장의 작품을 보는 것은 그것이 처음이었다. 처음 보았을 때는 그 자유분방한 화풍이 어리둥절하게 느껴졌다. 인물이 유별스레 기다랗게 그려져 있었다. 머리는 아주 작았다. 자세도 과장되어 있다. 이것은 리얼리즘이 아니었다. 그러나 사진임에도 불구하고 어떤 고뇌 어린 리얼리티를 느낄 수 있었다. 애설니가 생생한 어휘를 동원하여 무언가를 열심히 설명하고 있었지만 필립에게는 그의 말이 어슴프레하게 들려올 뿐이었다. 알 수 없는 일이었다. 참으로 기묘한 감동이었다. 그 그림들이 그에게 무언가를 암시하는 듯했으나 어떤 의미인지 알 수가 없었다. 인물화가 여러 개 있었다. 우수 어린 커다란 눈이 무슨 말을 하고 있는 것만 같은 남자들의 초상이 있었고, 고뇌하는 표정으로 알 수 없는 몸짓을 하고 있는 프란체스코파 아니면 도미니크파 차림의 키가 큰 수도사들의 그림이 있었으며, '성모 승천'도 있었고, '십자가에 못 박힌 예수'도 있었다. 이 예수 그림은 화가가 어떤 영감으로 그렸는지, 그 시신이 인간의 육신이면서 동시에 신의 육신임을 잘 표현하고 있었다. '예수 승천'도 있었는데 천상을 향해 오르는 그리스도는 허공에 서 있으면서도 마치 단단한 대지 위에 서 있는 듯했다. 치켜올린 사도들의 팔, 물결 같은 옷자락, 도취의 몸짓이 성스러운 환희의 느낌을 전달해 주었다. 배경의 대부분은 영혼의 암야(暗夜)[59]를 상징하는 밤하늘로, 심상치 않은 달빛에 섬뜩하게 빛나며 기이한 지옥 바람에 휘몰리고 있는 거친 구름으로 뒤덮여 있었다.

"저런 하늘을 톨레도에서 여러 번 봤어요." 애설니가 말했다. "그래서 이런 생각이 들었소. 엘 그레코가 맨 처음 톨레도에 갔을 때 저런 밤이 아니었을까 하는. 그리고 그 인상이 너무 강렬하여 평생 거기에서 빠져나오지 못했던 게 아니었을까 하는."

필립은 클러튼이 이 기이한 화가로부터 이상한 영향을 받았던 일이 생각났는데, 그 사람의 작품을 본 것은 이것이 처음이었다. 생각해 보면 클러튼은 파리 시절에 알았던 사람 가운데에서도 제일 흥미 있는 인물이었다. 그의 냉소적인 태도, 적의를 품은 초연함 때문에 깊이 알기는 어려웠지만, 지금 생각해 보면 그에게는 어떤 비극적인 힘이 있었던 것 같다. 그것을 그림을 통해 표현해 보려고 그는 헛된 안간힘을 썼다. 신비에 대한 관심이라고는 전혀 없는 시대에 신비가였던 그는, 내부에서 들끓는 모호한 충동들을 제대로 표현해 내지 못해 삶을 견뎌 내지 못했던 범상치 않은 성격의 사내였다. 그의 지성은 영혼의 용도를 표현할 수 있게끔 마련되어 있지 않았다. 그가 영혼의 동경을 표현할 수 있는 새로운 기법을 고안해 낸 이 그리스인[60]에게 깊은 공감을 느낀 것은 놀라운 일이 아니

---

59) '영혼의 암야(dark night of the soul)'라는 말은 스페인의 신비주의 신학자이자 시인인 '십자가의 성 요한', 곧 산 후안 데 라 크루스(San Juan de la Cruz, 1542~1591)의 시에서 비롯한 표현으로 영혼의 절망감을 나타내는 말이다.
60) 엘 그레코를 말한다. '엘 그레코'란 스페인어로 '그리스인'이라는 뜻.

었다. 필립은 스페인 신사들의 초상을, 그들의 주름 달린 옷자락, 뾰족한 수염, 엄숙한 검은색 의상과 어두운 배경 속에서 희부옇게 드러나 보이는 얼굴들을 다시 한번 바라보았다. 엘 그레코는 영혼의 화가였다. 그리고 이 신사들, 지쳐서가 아니라 마음의 억압 때문에 창백해지고 쇠약해진 이 신사들은, 이 세상의 아름다움은 조금도 알지 못한 채 걷고 있는 것 같았다. 그들의 눈이 내부의 마음으로만 향하여, 보이지 않는 영광에 현혹되어 있기 때문이다. 현세가 내세로 가는 통로에 지나지 않음을 이보다 냉혹하게 보여 준 화가가 있을까. 그가 그린 사람들의 영혼은 각자의 눈을 통해 저마다 불가사의한 그리움을 말해 주고 있다. 그들의 오관은 소리나 냄새나 빛깔에 반응하는 것이 아니라, 바로 영혼의 미묘한 감각에 상상할 수 없을 만큼 날카롭게 반응한다. 귀족이 수도승의 마음을 품고 걷고 있으며, 그의 눈은 수도원의 성자들이 보는 것을 보고 있고, 그런데도 그는 놀라지 않는다. 입가에는 미소조차 어려 있지 않다.

필립은 말없이 톨레도의 사진을 다시 한번 들여다보았다. 그곳에 있는 그림 가운데 그를 가장 강렬하게 사로잡는 그림이었다. 눈을 뗄 수가 없었다. 바야흐로 인생의 새로운 발견을 눈앞에 둔 듯한, 야릇한 느낌이 들었다. 그의 마음은 모험의 본능으로 떨려 왔다. 문득 한때 그의 마음을 불태웠던 사랑이 생각났다. 지금 그의 마음속에서 솟구치고 있는 격정에 비하면 사랑이란 얼마나 사소한가. 지금 보고 있는 그림은 긴 그림인데, 언덕 위에 집들이 다닥다닥 붙어 서 있다. 한구석에는 한 소년이 커다란 시가지 지도를 손에 들고 서 있다. 다른 한 구석에는 타구스 강을 상징하는 고전적 형상이 그려져 있고, 하늘에는 천사의 무리에 둘러싸인 성모가 그려져 있다. 이것은 필립의 관념에 비추어 보면 생경한 풍경이 아닐 수 없었다. 그는 지금까지 정확한 리얼리즘을 존중하는 집단 속에서 살아왔기 때문이다. 그러나 이상하게 그러한 그에게도, 여기에는 그가 여태껏 겸허하게 추종해 온 대화가들이 이룩한 그 어떤 리얼리티보다 더 위대한 리얼리티가 표현되어 있다는 느낌이 들었다. 애설니가 설명하는 말이 귀에 들어왔다. 이 그림이 얼마나 정확한지, 톨레도의 시민들이 이 그림을 보러 와서 거기에서 자기 집을 찾아낸다는 것이었다. 화가는 자기가 본 것을 그대로 그렸지만 그는 영혼의 눈으로 보았던 것이다. 그 잿빛 도시에는 이 세상 것이 아닌 그 무엇이 떠돌고 있었다. 그것은 영혼의 도시, 밤의 빛도 낮의 빛도 아닌 어떤 박명의 빛 속에서 본 영혼의 도시였다. 그것은 푸른 언덕, 그러나 이 세상 푸른 빛이 아닌 푸른 언덕 위에 서 있으며, 그것은 거대한 성벽과 보루로 둘러싸여 있다. 사람이 발명한 기계나 무기로는 무너뜨릴 수 없고, 기도와 단식, 회오의 탄식과 육신의 고행으로써만 무너뜨릴 수 있는 성벽과 보루였다. 그것은 신의 요새였다. 저 회색의 집들은 이 세상 석공들이 아는 돌로 지어진 것이 아니며, 그 외관에는 공포를 자아내는 무엇이 있어 거기에는 어떠한 인간이 살고 있는지 알 길이 없다. 이 도시의 거리를 거닐어 보라. 사람들이 보이지 않아도 놀랍지 않으리라. 그러나 비어 있지는 않다. 보이지는 않아도 내부의 감관은 거기에 무엇인가가 있음을 느끼게 된다. 그곳은 신비의 도시, 밝은 곳에서 어둠 속으로 들어갈 때처럼 우리의 상상력이 비틀거리는 곳, 거기에서는 영혼이 벌거벗고 돌아다니며, 불가지(不可知)를 인식하고, 표현할 수는 없지만 절실한 느낌으로 절대자를 체험했다는 이상한 의식을 가지게 된다. 따라서 저 푸른 하늘, 육안이 아니라 영혼이 그것의 리얼리티를 확인해 주는 진짜 하늘, 가벼운 구름장들이 지옥에 떨어진 혼들의 비명과 탄식처럼 기이한 미풍에 날아가고 있는 저 푸른 하늘에서 '성모'가 붉은 옷과 푸른 덧옷을 입고 날개 달린 천사들에 둘러싸여 있는 모습을 본다 한들 놀랍게 여겨지지 않는다. 이 도시의 주민들은 성모의 그 환영(幻影)을 본다 해도 놀라지 않을 것이며, 오히려 경건하고도 감사하는 마음으로 그들의 갈 길을 갈 것이다. 필립은 그렇게 느꼈다.

애설니는 스페인의 신비주의 작가들, 테레사 데 아빌라와 산 후안 데 라 크루스, 프라이 디에고 데 레온 등[61]에 대해서도 이야기했다. 이들은 모두, 필립이 엘 그레코의 그림에서 느낀 것과 같은, 눈에 보이지 않는 것에 대한 열망을 가지고 있었다. 그들은 형체가 없는 것을 만지고, 보이지 않는 것을 보는 이상한 힘을 가지고 있는 듯했다. 그들은 모두 그의 시대가 산출한 스페인 사람이었다. 그들의 가슴속에는 위대한 국민의

---

61) Teresa de Ávila(1515~1582). 스페인의 신비주의자. 1612년 시성(諡聖)되어 산타 테레사 데헤수스(Santa Teresa de Jesus)라고도 불리운다.
산 후안 데 라 크루스. 앞에 나온 바 있는 '십자가의 성 요한'.
Fray Diego de León(1527~1591). 스페인의 시인, 학자.

온갖 드높은 위업들이 약동하고 있었다. 그들의 공상은 아메리카와 카리브해의 푸른 섬들의 아름다운 풍경에 관한 것들로 가득 찼다. 그들의 핏줄에는, 오랜 세월 무어족(族)과 싸우면서 얻은 힘이 힘차게 흐르고 있었다. 세계의 주인이었기에 그들은 자랑스러웠다. 그리고 그들은 제각기 가슴속에서 저 카스티야의 광막한 광야와 황갈색 황야, 눈 덮인 산맥을, 안달루시아의 햇빛과 푸른 하늘, 들꽃 만발한 평원을 느끼고 있었다. 삶은 열정적이고 풍부했다. 삶이 풍부했으므로 그들은 그 이상의 것을 끊임없이 동경했다. 그들은 인간이었으므로 만족하지 못했다. 그리고 그들은 그들의 열렬한 생명력을, 표현할 수 없는 것을 향한 탐구에 격렬하게 내쏟았다. 애설니는 그가 한동안 심심풀이 삼아 번역해 두었던 시를 읽어 줄 상대를 만나 자못 기분이 좋았다. 맑고 떨리는 목소리로 그는 '영혼'과 그 애인 그리스도에게 바치는 찬가, 곧 '엔 우나 노체 오스쿠라'[62]라는 말로 시작하는 아름다운 시와 프라 루이스 드 레온의 '노체 세레나'[63] 등을 낭송했다. 그의 번역은 단순하면서도 기교도 있었다. 그는 원문의 거칠면서도 장엄한 표현을 어떻게든 연상시키는 어휘를 적절히 선택하고 있었다. 엘 그레코의 그림이 시에 대한 설명이라면, 시는 그 그림에 대한 설명이라고 할 수 있었다.

필립은 관념주의[64]에 대해 얼마간 경멸감을 품고 있었다.

---

62) en una noche oscura. '어느 어두운 밤에'라는 뜻.

63) noche serena. '고요한 밤'이라는 뜻.

64) '이상주의'라고도 옮길 수 있겠다.

그는 삶에 대해 늘 열정을 가지고 있었기 때문에, 그가 여태 껏 만난 관념주의는 대체로 삶으로부터의 비겁한 도피처럼 여겨졌다. 관념주의자는 번잡한 인간 세계를 견디지 못하고 그곳에서 몸을 빼낸다. 싸울 힘이 없는 그는 삶의 투쟁을 비속하게 여긴다. 그는 자만심이 강하며, 남들이 자기를 스스로 평가하는 만큼 인정해 주지 않기 때문에 남들을 경멸함으로써 위안을 삼는다. 필립이 보기에 그 전형은 헤이워드였다. 잘생기고, 게으르며, 이제 너무 살이 찐 데다 대머리가 되어 가고 있는데, 아직도 옛 미모의 흔적을 간직하면서 확실치는 않지만 언젠가는 굉장한 일을 하고 말겠노라는 뜻을 여태 그럴싸하게 떠들어 대는 것이었다. 그러나 이러한 허풍 뒤에는 길거리의 천박한 연애와 위스키밖에 없었다. 헤이워드로 대표되는 이것에 대한 반동으로, 필립은 '있는 그대로의 삶'의 중요성을 역설했다. 불결, 악덕, 불구에 그는 거부감을 느끼지 않았다. 그는 벌거벗은 인간을 원한다고 선언했다. 비열성이나 잔인성이나 이기심, 혹은 탐욕의 예를 목격할 때 그는 오히려 흥미를 느꼈다. 그것이 바로 현실이기 때문이다. 파리 시절, 그는 삶에 아름다움도 추함도 없으며, 있는 것은 오직 진실뿐임을 배웠다. 미의 탐구는 감상적인 일에 지나지 않았다. 아름다움의 폭압으로부터 벗어나기 위해 그는 풍경화에 '쇼콜라 므니에'의 광고판[65]을 그려 넣지 않았던가?

---

65) 므니에 초콜릿을 선전하는 유명한 광고 포스터. 어린 소녀가 벽에 'Chololat Menier'라고 낙서하고 있는 그림이 그려져 있다.

하지만 지금 여기서 그는 무언가 새로운 것을 깨달은 느낌이 들었다. 이미 한동안 그것을 향해 망설이면서 다가가고 있었지만 이제야 그 사실을 뚜렷이 알게 된 느낌, 바야흐로 발견의 순간에 다다른 느낌이었다. 어렴풋하게나마 그가 여태껏 경배해 온 리얼리즘보다 더 나은 것이 여기에 있다고 느껴졌다. 물론 그것은 나약하기 때문에 물러서는 생명 없는 관념주의는 아니었다. 그것은 강한 것, 힘찬 것이었다. 그것은 삶의 다양함, 삶의 활력, 아름다움과 추함, 고매함과 비열함을 모두 받아들였다. 이것 역시 리얼리즘이기는 하지만 한 차원 높은 현실주의, 사실들에 더 강렬한 빛을 던져 그것들을 다른 것으로 변모시키는 리얼리즘이었다. 필립은 지금은 죽고 없는 저 카스티야 귀족들의 준엄한 눈을 통해 사물을 더 심오하게 보게 된 것 같았다. 그래서 처음에는 격렬하고 뒤틀려 보였던 성자들의 몸짓도 이제는 어떤 신비스러운 의미를 띠고 있는 듯이 보였다. 그 의미가 무엇인지는 알 수 없었다. 그것은 하나의 메시지, 중요하긴 하지만 미지의 언어로 되어 있어 해독할 수 없는 메시지 같았다. 그는 늘 삶의 의미를 찾고 있었다. 그런데 바로 여기에 그 의미가 있는 듯이 여겨졌다. 다만 그것은 불투명하고 애매했다. 그는 깊은 번민에 빠졌다. 그는 진리처럼 보이는 것이, 폭풍우 몰아치는 어두운 밤, 번개의 섬광에 한순간 드러난 산맥처럼 그 모습을 드러내는 것을 목도했다. 사람이 자신의 삶을 우연에 맡길 필요가 없다는 것, 사람의 의지란 강하다는 것을 깨달은 것 같았다. 또한, 자기통제라는 것이 격정에 굴복하는 의지만큼이나 열정적이고 적극적인 마음 자

세일 수 있다는 것, 내면의 삶도 많은 나라를 정복하고 미지
의 땅을 탐험한 사람의 삶과 마찬가지로 다양하고, 다채롭고,
풍부한 경험을 줄 수 있다는 것을 깨달았다는 느낌이 들었다.

89

　필립과 애설니가 한창 얘기를 주고받고 있는데 갑자기 계
단을 쿵쾅거리며 뛰어 올라오는 발소리들이 들렸다. 애설니가
문을 여니 주일학교에서 돌아온 아이들이 웃고 떠들면서 몰
려 들어왔다. 반갑게 맞이하면서 그는 애들에게 오늘은 무엇
을 배웠느냐고 물었다. 샐리가 잠깐 나오더니 어머니의 부탁
을 전했다. 간식을 준비하는 동안 아버지가 아이들과 놀아 달
라는 것이었다. 그러자 애설니는 안데르센의 동화를 하나 이
야기하기 시작했다. 알고 보니 수줍어하는 아이들이 아니었
다. 필립이 무서운 아저씨가 아니라는 것을 금방 간파한 모양
이었다. 제인이 다가와 그의 곁에 서는가 싶더니 어느 사이 그
의 무릎 위에 올라앉아 있었다. 외로운 삶을 살아왔던 필립이
가족의 분위기에 젖어 보기는 이것이 처음이었다. 동화에 귀
를 기울이고 있는 아름다운 아이들의 모습을 바라보면서 필
립의 눈에는 저절로 미소가 어렸다. 이 새로 사귄 친구의 생활
은 얼핏 보기에 별나기는 했지만, 이제 보니 그지없이 자연스
러웠고, 그것이 그의 삶을 아름답게 하고 있는 듯했다. 샐리가
다시 들어왔다.

"자 애들아, 간식이 다 됐다."

제인은 필립의 무릎에서 미끄러져 내려왔고, 다들 부엌으로 들어갔다. 샐리가 그 길쭉한 스페인식 테이블에 식탁보를 깔면서 물었다.

"어머니도 여기 나오셔서 함께 들어도 되냐고 물으시네요. 아이들 먹을거리는 제가 줄게요."

"어머니한테 이렇게 말씀드리려므나. 자리를 함께 해 주시면 대단한 영광이겠다고." 애설니가 말했다.

필립은 속으로 이 사나이는 멋 부리는 웅변조 말이 아니면 한마디도 못하는가, 하고 생각했다.

"그럼, 제가 준비하겠어요." 샐리가 말했다.

곧 그녀는 쟁반에 코티지 로프,[66] 버터 조각, 딸기 잼 단지 등을 받쳐 들고 다시 왔다. 샐리가 그것들을 테이블에 차려 놓고 있는데 아버지가 딸을 놀려 댔다. 이제는 데이트할 때도 됐다는 것이었다. 그러면서 필립에게 하는 말이, 저 애는 자존심이 세서 주일학교 문밖에서 자기를 집까지 에스코트할 영광을 누리고 싶어하는 사내 녀석들이 줄줄이 기다리고 있는데도 녀석들을 거들떠보지도 않는다는 것이었다.

"공연한 말씀 하시네요, 아버지." 샐리는 천천히 상냥한 미소를 지으면서 말한다.

"이 아이를 보고 설마, 하고 생각하실지 모르겠소. 하지만 양복점의 조수가 하나 있었는데 그 애가 글쎄 자기를 보고도

---

66) 둥근 빵 두 개를 포개어 놓은 모양의 잉글랜드 전통 빵.

알은체를 하지 않는다고 군대에 가 버리고 말았지 뭡니까? 또 전기 기사가 하나 있었죠. 전기 기사 말입니다. 이 친구는 글쎄 이 애가 교회에서 찬송가 책을 같이 보지 않는다고 날마다 술만 퍼마신다고 하지 않아요. 그러니 이 애가 머리를 묶어 올리는 때가[67] 되면 무슨 일이 벌어질지 생각만 해도 끔찍하다니까요."

"어머니가 차를 직접 내오시겠대요." 샐리가 말했다.

"이 녀석은 내가 무슨 말을 해도 관심이 없어요." 하고 웃으면서 애설니는 귀엽고 자랑스러워 못 견디겠다는 듯 딸을 쳐다보았다. "이 애는 제 일 하나밖에 몰라요. 전쟁이 일어나든, 난리가 나든, 천지가 뒤집히든 아랑곳하지 않을 애죠. 정말이지, 남자만 성실하다면 더없는 신붓감이 될 텐데."

애설니 부인이 차를 내왔다. 앉아서 버터 바른 빵을 썰기 시작했다. 그녀가 남편을 어린애처럼 다루는 걸 보고 있노라니 필립은 재미있었다. 남편을 위해 잼을 발라 주거나, 버터 바른 빵을 먹기 좋게 잘라 주는 것이었다. 모자를 벗긴 했으나 약간 끼는 일요일 외출복을 입은 그녀의 모습은 필립이 어렸을 때 곧잘 백부와 함께 방문했던 농부의 아낙네와 똑같았다. 그제서야 그녀의 말소리가 귀에 익은 이유를 알 수 있었다. 블랙스터블 근방 말투와 똑같았던 것이다.

"고향이 어디십니까?" 필립이 그녀에게 물었다.

---

67) 성년이 되기 전의 소녀들은 보통 머리를 땋는다. 이 땋은 머리를 풀거나 다른 식으로 치장하면 성년이 되었다는 표시이다.

"켄트예요. 편에서 살았고요."

"짐작이 맞았군요. 제 백부가 블랙스터블 관할사제로 계십니다."

"어머나, 신기해라." 그녀가 말했다. "저도 아까 교회에서 손님이 혹시 케리 신부님과 인척이라도 되지 않나 하고 생각했었거든요. 그분 많이 뵈었어요. 제 사촌 하나가 블랙스터블 교회 건너 록슬리 농장의 바커 씨와 결혼을 했거든요. 저도 어렸을 때 거기 자주 갔었어요. 정말 신기하네요."

그녀는 새삼 관심을 가지고 그를 바라보았다. 희멀건한 그녀의 눈에 생기가 돌았다. 필립에게 편을 아느냐고 물었다. 블랙스터블에서 십 마일쯤 떨어진 시골에 있는 예쁜 마을이라는 것이었다. 추수감사절이면 그곳 사제가 이따금 블랙스터블에 가기도 했다고 했다. 그녀는 그 근방에서 농사 짓는 사람들의 이름을 여럿 말했다. 어린 시절의 시골 이야기를 다시 할 수 있다는 게 기뻤던 모양이다. 그녀와 같은 계층의 사람들에게는 특히 그러했지만, 그녀에게도 역시 고향의 기억은 끈끈하게 남아 있었다. 그녀는 고향의 풍경과 사람들을 되살려 생각해 보는 것이 무척 즐거웠다. 필립에게도 회상은 야릇한 감동을 주었다. 한 줄기 시골 바람이 런던의 한복판, 벽에 판자를 붙인 이 방 안까지 불어오는 것 같았다. 우람한 느릅나무들이 여기저기 서 있는 켄트의 널찍한 들판이 눈앞에 선했다. 초목 내음 밴 대기를 숨 쉬느라 그의 콧구멍이 벌름거렸다. 북해의 소금 내음도 배어 있는 바람, 그래서 그런지 대기의 내음이 짜릿하고 강렬했다.

필립은 열 시가 되어서야 자리에서 일어섰다. 아이들은 잠자리에 들기 전에 여덟 시쯤 인사를 하러 왔다. 다들 자연스럽게 얼굴을 들어 필립의 키스를 받았다. 귀엽기 그지없었다. 샐리는 가볍게 손만 내밀었다.

"이 아이는 처음 만난 남자에게는 절대 키스하지 않는답니다." 그녀의 아버지가 말했다.

"그럼 또 한번 와야겠군요." 필립이 말했다.

"아버지 말씀 귀담아들으실 것 없어요." 샐리가 웃으면서 말했다.

"정말 끄떡도 하지 않는 아가씨라니까." 아버지가 사족을 붙였다.

애설니 부인이 아이들을 재우러 간 동안에 두 사람은 빵과 치즈와 맥주로 밤참을 했다. 필립이 작별 인사를 하러 부엌에 들어가자 그녀는 의자에 앉아 쉬면서 《주간 속보》 지를 읽고 있었는데 다음에 꼭 다시 와 달라고 진심으로 부탁했다.

"이 집 양반이 실직만 안 한다면 일요일엔 늘 맛있는 걸 장만하니까요." 하고 그녀가 말했다. "저이에겐 찾아와 말벗 해 주는 게 고마운 일이구요."

다음 토요일, 필립은 애설니가 보낸 엽서를 하나 받았다. 내일 점심 때 와서 식사나 하자는 것이었다. 그러나 애설니의 형편으로 보아 선뜻 초대에 응할 일도 아닌 것 같아서 필립은 그냥 간식 시간에 가겠다고 답장을 했다. 그리고 그를 접대하는 데 부담이 안 가도록 커다란 건포도 케이크를 하나 샀다. 온 집안 식구가 그를 반갑게 맞아 주었고, 가지고 간 케이크로 그는 아이들 마음을 완전히 사로잡을 수 있었다. 필립은 모두 다 같이 주방에서 음식을 들자고 제안했다. 간식 시간은 화기애애하게 떠들썩했다.

얼마 안 있어 필립은 일요일마다 버릇처럼 애설니의 집에 가게 되었다. 아이들이 그를 무척 좋아했다. 필립 아저씨가 소탈한 데다 어른 티를 내지 않았고, 또 자기들을 좋아한다는 것을 금방 알았기 때문이다. 필립이 찾아와 문간에서 벨을 울리면 애들 가운데 하나가 냉큼 창문 밖으로 얼굴을 내밀고 누가 왔는지 확인한다. 그가 맞으면 다들 우르르 아래층으로 뛰어 내려와 그를 맞아들였다. 그러고는 모두가 그의 품에 뛰어드는 것이었다. 간식 시간이 되면 서로 그의 옆에 앉겠다고 싸웠다. 어느 사이 아이들은 그를 필립 아저씨라고 부르기 시작했다.

애설니는 워낙 이야기하고 싶어 못 견디는 사람이었다. 덕분에 필립은 그의 인생 역정을 조금씩 알게 되었다. 여러 직업을 전전한 듯한데 필립이 듣기에는 하는 일마다 망쳤던 것 같다. 실론의 차 농장에서 일을 했다고도 하고, 이탈리아 포도주를 팔려고 미국을 여행한 적도 있다고 했다. 톨레도의 수도회사 사무관으로 근무한 것이 한 직장에서 가장 오래 근무한 경력이었다. 저널리스트로 일하면서 한동안 어느 석간 신문의 경범재판소 담당 기자를 하기도 했던 모양이다. 중부 지방의 어느 신문사 부주간, 그다음은 리비에라의 어느 신문사 주간을 맡기도 했다. 이런 갖가지 직업을 전전하면서 그는 재미있는 일화들을 많이 모았다. 이 일화들을 남들에게 재미있게 들려주면 신바람이 나는 모양이었다. 책도 많이 읽었다고 했다. 특히 진기한 내용의 책들을 즐겨 읽었다. 그러고는 그동안 쌓아 둔 심오한 지식을 쏟아 내면서 듣는 사람들이 감탄하면 아이처럼 좋아했다. 그러다 삼사 년 전에는 완전한 빈털터리가 되어 하는 수 없이 어느 커다란 의류 회사의 광고 담당 자리를 얻게 되었다는 것이다. 자기 능력에 비추어 만족스러운 일자리는 아니었지만——그는 자기 능력을 높이 평가했다.——아내가 워낙 강하게 부탁하는 데다 집안 식구 돌보는 일도 급해 어쩔 수 없이 계속 붙들고 있다고 했다.

90

애설니의 집을 나와 필립은 첸서리 레인을 내려가 스트랜드 거리를 따라가다 팔러먼트 가의 끄트머리에서 버스를 탔다. 애설니 가족과 알고 지낸 지 여섯 주쯤 되었을까. 어느 일요일, 여느 때처럼 버스를 타려고 했는데 케닝턴행 버스가 만원이었다. 유월이었지만 온종일 비가 내려 밤이 되니 으슬으슬 추웠다. 좌석에 앉아 가려고 그는 피커딜리 광장까지 걸어갔다. 정류장은 분수 있는 곳이었는데 여기서는 대체로 손님이 두세 명은 넘지 않았다. 다만 이 노선에서는 버스가 십오 분 간격으로 운행되기 때문에 좀 기다려야 했다. 그는 멍하니 사람의 무리를 바라보았다. 술집이 문을 닫을 시간이라 사람들이 붐볐다. 그의 머리는 애설니가 근사한 말솜씨로 들려준

갖가지 얘기를 되살려 보느라고 바빴다.

갑자기 그는 심장이 멎을 뻔했다. 밀드러드였다. 벌써 몇 주일째 까맣게 잊고 있던 그 밀드러드였다. 그녀는 섀프츠버리 애비뉴의 모퉁이에서 길을 건너려고 횡단보도 앞에 서서 마차의 행렬이 지나가기를 기다리고 있었다. 건너갈 기회를 엿보느라고 다른 것은 눈에 들어오지 않는 모양이었다. 깃털 장식을 잔뜩 단 커다란 검은 밀짚모자를 쓰고 검은색 실크 드레스를 입고 있었다. 그 무렵에는 여자들이 치맛자락을 길게 입는 것이 유행이었다. 길이 트이자 밀드러드는 치맛자락을 질질 끌면서 길을 건너 피커딜리 거리 쪽으로 걸어 내려갔다. 필립은 가슴을 벌떡거리면서 그녀의 뒤를 따랐다. 말을 걸고 싶은 마음은 없었지만 이 시간에 도대체 어딜 가는지 궁금했다. 얼굴을 한번 보고 싶었다. 그녀는 느릿느릿 걸음을 옮겨 에어 가로 꼬부라져 들어가 리젠트 가로 들어섰다. 그러더니 다시 피커딜리 광장 쪽으로 걸어 올라갔다. 알 수 없는 노릇이었다. 도대체 무엇을 하고 있는지 알 수 없었다. 누군가를 기다리고 있는 듯했다. 누구일까, 갑자기 맹렬한 궁금증이 솟구쳤다. 그녀는 중절모를 쓴 한 작달막한 남자를 앞질러 걸어갔다. 남자는 같은 방향으로 아주 느릿느릿 걸어가고 있었다. 그녀는 지나가면서 남자를 힐끗 곁눈질해 보았다. 그녀는 몇 걸음 더 걸어가다 스완 앤드 에드거 호텔에 이르자 걸음을 멈추고 길 쪽을 향해 서서 기다렸다. 남자가 가까이 오자 그녀는 미소를 지어 보였다. 남자는 잠시 그녀를 물끄러미 쳐다보더니 고개를 돌리고 어슬렁거리며 가 버렸다. 이제 모든 것을 알 수 있었다.

너무 끔찍한 일이라 기가 막힐 지경이었다. 두 다리에 일순 힘이 쭉 빠지면서 서 있을 수가 없을 것 같았다. 곧 정신을 차려 급히 그녀를 뒤따라가 팔을 붙잡았다.

"밀드러드!"

그녀는 기겁을 하고 뒤돌아보았다. 얼굴이 새빨개지는 것 같았지만 어두워서 잘 보이지는 않았다. 한동안 두 사람은 서로 마주 본 채 묵묵히 서 있었다. 마침내 그녀가 입을 열었다.

"아니 웬일이세요."

필립은 뭐라고 대꾸해야 좋을지 알 수 없었다. 온몸이 후들후들 떨리기만 했다. 머릿속에 줄지어 떠오르는 말들은 순전히 싸구려 연극조의 말들뿐이었다.

"정말 끔찍해." 혼잣말이라도 하듯 그는 신음처럼 내뱉었다.

그녀는 더 이상 아무 말도 하지 않고, 얼굴을 돌린 채로 길바닥만 물끄러미 내려다보았다. 필립은 고통으로 얼굴이 일그러지는 것 같았다.

"어디 가서 얘기 좀 할 데 없을까요?"

"난 얘기하고 싶지 않아요." 그녀는 실쭉하여 말했다. "그냥 내버려 둘 수 없어요?"

어쩌면 돈이 다 떨어져 이 시간에 아무 데도 가지 못하고 있는 것이나 아닐까, 하는 생각이 퍼뜩 스쳤다.

"혹 돈이 궁색하다면, 내게 금화 두어 개는 있어요." 자기도 모르게 그런 말이 나왔다.

"무슨 뜻인지 모르겠어요. 난 그저 걸어서 하숙집에 돌아가는 길이라구요. 같은 직장에서 일하는 아가씨와 만나기로 되어 있어요."

"제발 이제 거짓말은 그만둬요."

문득 보니 그녀는 울고 있었다. 다시 물었다.

"어디 가서 얘기 좀 할 수 없을까? 당신 하숙방에 가면 안 돼요?"

"안 돼요, 그건 안 돼요." 그녀는 흐느꼈다. "우리 하숙엔 남자를 못 데려가요. 괜찮으면 내일 만나요."

약속을 지키지 않을 게 틀림없었다. 그래서 그는 놓아주지 않을 작정이었다.

"아냐, 지금 어디든 갑시다."

"참, 아는 집이 하나 있어요. 그런데 육 실링을 내야 해요."

"괜찮아요, 어디죠?"

그녀가 주소를 말해 주었고, 그는 마차를 불렀다. 그들은 그레이즈 인로드 근처의 영국박물관을 지나 어떤 지저분한 거리까지 갔다. 그녀가 길모퉁이에 마차를 세웠다.

"문간까지 타고 가면 싫어해요."

그것이 마차를 타고 나서 두 사람이 처음으로 나눈 말이었다. 몇 걸음 더 걸어간 뒤 밀드러드는 어느 집 문을 세게 세 차례 두드렸다. 아파트를 세놓는다는 말이 적힌 판지가 문틀 위부채꼴 채광창에 붙어 있는 게 눈에 띄었다. 조용히 문이 열리고 키가 큰 중년의 여인이 그들을 맞아들였다. 여자가 필립을 유심히 살피더니 밀드러드에게 무어라고 낮은 소리로 말했다. 밀드러드가 앞장서서 필립을 데리고 복도를 지나 뒤쪽에 있는 어느 방으로 갔다. 방 안은 깜깜했다. 그녀는 성냥을 달라고 해서 가스등에 불을 붙였다. 등피도 없었다. 가스등은 쉬익 소리를 내며 타올랐다. 보니, 작고 지저분한 침실이었는데 겉을 송판처럼 보이도록 칠한, 작은 방에는 걸맞지 않은 커다란 가구들이 놓여 있었다. 레이스 커튼도 더러웠다. 벽난로는 커다란 종이 부채로 가리워져 있었다. 밀드러드는 벽난로 옆에 놓인 의자에 털썩 주저앉았다. 필립은 침대 끝에 걸터앉았다. 창피스러운 생각이 들었다. 이제 보니 밀드러드는 볼화장도 짙게 하고, 눈썹도 시꺼멓게 그렸다. 그런데도 여전히 깡마르고 병색으로 보였다. 볼의 연지 때문에 핏기 없는 피부가 더욱 푸르스름하게 보였다. 그녀는 멍하니 종이 부채를 바라보고 있었다. 필립은 무슨 말을 꺼내야 할지 생각이 나지 않았다. 금방 울음이라도 터질 듯 자꾸만 목이 메어 왔다. 그는 두 손으로 얼굴을 가렸다.

"아아, 정말 끔찍해." 그는 신음하듯 말했다.

"그렇게 요란 떨 것 없잖아요. 난 당신이 고소해할 줄 알았는데."

필립은 대꾸하지 않았다. 그러자 갑자기 그녀가 흐느끼기 시작했다.

"설마 내가 좋아서 이런다고 생각진 않겠죠?"

"아, 아녜요. 딱해요. 정말 딱하네요." 그가 소리쳤다.

"아주 대단히 고맙군요."

필립은 다시 할 말을 잃고 말았다. 무슨 소리를 하든 이 여자는 힐책이나 조롱으로 받아들일 것 같았다. 그건 뭐라 해도 싫었다.

"아이는 어디 있어요?" 마침내 그가 물었다.

"런던에 데리고 있어요. 브라이튼에 두려면 돈이 들잖아요. 돈이 없어 하는 수 없이 데려왔죠. 하이버리 쪽에 방을 하나 얻었어요. 주인에게는 무대 배우라고 하고요. 웨스트 엔드까지 그 먼 길을 날마다 걸어다녀야 하는 것도 보통 일이 아니지만 누가 선뜻 여자에게 세를 주려고 해야 말이죠."

"전에 나가던 가게에서는 다시 써 주지 않나요?"

"어딜 가도 자리가 없어요. 발이 부르트도록 돌아다녔지만 소용없었어요. 아니, 한 번 구하기는 했었죠. 그런데 몸이 좀 좋지 않아 일주일쯤 쉬었다 다시 나갔더니 글쎄 이젠 필요 없다지 뭐예요. 하긴 그쪽 탓을 할 수도 없죠. 그렇잖아요? 그런데선 몸이 약한 여자를 둘 수도 없을 테니까."

"지금도 안색이 별로 좋아 보이질 않아요."

"오늘만 해도 몸이 안 좋아 나와선 안 되는데, 별 수 있나요? 돈이 없는데. 에밀한테 편지 썼어요. 돈이 한 푼도 없다고. 그런데 답장도 없어요."

"나한테 알릴 수도 있었잖아요."

"그건 싫었어요. 그런 일도 있은 뒤고. 내가 어렵다는 것을 알리고 싶지 않았어요. 당신이 나더러 꼴좋다는 식으로 말했어도 난 놀라지 않았을 거예요."

"당신은 아직도 나란 사람을 잘 모르는 모양이군."

한순간, 그동안 이 여자 때문에 받았던 그 모든 고통이 생각났다. 그 고통을 다시 생각하니 가슴이 저렸다. 그러나 결국 그것도 지난 일에 지나지 않았다. 그녀를 바라보면서 그는 이제 그녀를 사랑하고 있지 않다는 것을 깨달았다. 안됐다는 생각이 들었지만 그녀로부터 벗어난 건 기뻤다. 그녀를 엄숙하게 바라보면서, 그는 내가 왜 이런 여자에게 빠져 그토록 정신을 못 차렸을까, 하고 생각했다.

"당신은 진짜 신사예요. 신사는 당신밖에 없어요." 밀드러드는 그렇게 말하고선 잠시 머뭇거리더니 얼굴을 붉혔다. "이런 말 하기 싫지만, 필립, 돈 좀 빌릴 수 있어요?"

"좀 가진 게 있어 다행이네요. 그런데 이 파운드밖에 안 돼요."

그는 금화 두 개를 주었다.

"갚을게요, 필립."

"아니, 괜찮아요. 걱정할 거 없어요." 그는 웃어 보였다.

그러고 보니 하고 싶은 말은 한마디도 못 한 셈이었다. 두 사람은 이 모든 것이 당연한 일이거나 한 것처럼 얘기하고 있었다. 눈치를 보니 이제 그녀는 돌아가고 싶은 모양이었다. 다시 그 끔찍한 생활로 말이다. 그렇다고 그에게 막을 수 있는 방법이 있는 것도 아니었다. 그녀는 돈을 챙기려고 일어나 있었고 두 사람은 이제 마주 보고 서 있었다.

"내가 붙들고 있는 건 아니죠? 집에 돌아가고 싶으실 텐데." 그녀가 말했다.

"아니, 바쁜 건 없어요."

"그렇다면 좀 앉아도 되겠군요."

이 말, 갖가지 뜻이 함축되어 있는 이 말에 필립은 가슴이 미어질 것 같았다. 그녀는 지칠 대로 지친 듯 의자에 털썩 주저앉았는데, 그 모양을 보고 있노라니 마음이 찢어지는 것 같았다. 오랫동안 침묵이 흘렀다. 어색해진 필립이 담배에 불을 붙였다.

"필립, 당신이 내게 싫은 소리 한마디 하지 않은 것, 고맙게 생각해요. 난 당신이 무슨 말을 해도 감수할 수밖에 없다고 생각했죠."

그녀는 또 울고 있었다. 필립은 그녀가 에밀 밀러에게 버림받았을 때 자기를 찾아와 울어 대던 모습을 떠올렸다. 그녀의 괴로움, 그가 당한 굴욕을 다시 떠올리자 지금 그가 느끼는 측은한 감정이 더 걷잡을 수 없이 격렬해지는 것 같았다.

"이 생활을 그만둘 수만 있으면 좋겠어요." 그녀는 신음하듯 말했다. "정말 지긋지긋해요. 난 이 생활에 맞지 않아요. 그런 여자가 아녜요. 그만둘 수만 있으면 무슨 짓이든 하겠어요. 하녀라도요. 정말이지, 죽어 버리고 싶어요."

그러면서 자기 자신이 불쌍하게 여겨진 모양인지 이제 완전히 넋 놓고 울어 대기 시작했다. 그녀는 깡마른 몸뚱이를 들썩거리면서 발작적으로 흐느꼈다.

"정말, 당신은 이게 어떤 생활인지 몰라요. 당해 보지 않고는 아무도 몰라요."

필립은 그녀가 울어 대는 걸 두고 볼 수가 없었다. 그녀의 끔찍한 처지가 가슴이 미어지듯 괴로웠다.

"아, 가여워라, 가여워." 그는 중얼거리듯 말했다.

그는 마음이 몹시 아팠다. 그때 퍼뜩 한 가지 생각이 영감처럼 떠올랐다. 그는 뛸 듯이 기뻤다. 그렇게 행복할 수가 없었다.

"이것 봐요, 당신이 이 생활을 청산하고 싶다면 말예요. 내게 좋은 생각이 있어요. 나도 요즘 몹시 궁해서 최대한 절약해서 살아야 하지만 케닝턴의 조그만 아파트에 사는데 빈방이 하나 있어요. 당신이 괜찮다면 애기랑 거기서 살아도 돼요. 지금 여자를 하나 쓰고 있는데 청소도 해 주고 음식도 해 주고 하는 값으로 일주일에 삼 실링 육 펜스를 주고 있어요. 그 일을 당신이 하면 어떨까. 당신이 먹는 것은 그 여자에게 나가는 돈에서 얼마 더 나가지 않을 거예요. 한 사람이 먹거나 두 사람이 먹거나 큰 차이 있겠어요. 아이야 별로 먹지 않을 거고."

그녀는 울음을 그치고 그를 바라보았다.

"당신은, 그런 일이 있는데도 날 받아 주시겠다는 거예요?"

난처하긴 했지만 분명히 해 두고 싶은 말이 있어서 필립은 약간 얼굴을 붉히며 입을 열었다.

"오해하지 않았으면 좋겠어요. 난 단지 내 집의 놀고 있는 방 하나와 먹을 것을 제공하겠다는 것뿐이니까. 당신에게 기대하는 것도 딱 한 가지예요. 내가 지금 고용한 여자가 하고 있는 일을 똑같이 해 주면 돼요. 그 밖에는 당신에게 아무것도 원하지 않아요. 당신도 그 정도의 음식이야 할 수 있겠지."

그녀는 벌떡 일어나 그에게 다가오려고 했다.

"당신 정말 좋은 사람이에요, 필립."

"아니, 그냥 거기 있어 줘요." 하고 그는 마치 그녀를 밀어내기라도 하듯 손을 내밀면서 얼른 말했다.

왠지 알 수 없었지만 그녀가 자기 몸에 손을 댄다는 것이 생각만 해도 견딜 수 없었다.

"당신과 친구 이상의 관계가 되고 싶진 않아요."

"당신 정말 좋은 사람이에요. 정말요." 그녀는 같은 말을 되풀이했다.

"오겠다는 뜻이죠?"

"네, 갈게요. 이 생활을 청산할 수만 있다면 무슨 짓이든 하겠어요. 앞으로는 당신을 절대 실망시키지 않을 거예요. 약속해요. 언제 갈까요, 필립."

"내일 오면 어때요?"

또다시 그녀는 눈물을 쏟았다.

"도대체 왜 또 우는 거죠?" 웃으면서 그가 물었다.

"너무 고마워서 그래요. 이 신세를 어떻게 갚아야 할지 모르겠어요."

"아니, 괜찮아요. 이제 집에 돌아가는 게 낫겠군요."

그는 주소를 써 주고, 다섯 시 반에 오면 준비해 놓고 기다리겠다고 했다. 너무 늦은 시간이어서 집까지 걸어서 갈 수밖에 없었지만 행복감에 취한 나머지 길이 멀다고 느껴지지 않았다. 하늘이라도 나는 기분이었다.

91

이튿날 그는 일찍 일어나 밀드러드를 맞기 위해 방을 치웠다. 그동안 돌봐 주었던 여자에게는 이제 그만두어도 좋다고 했다. 밀드러드는 여섯 시경에 왔다. 필립은 창가에서 내다보고 있다가 얼른 내려가 문을 열어 주고 그녀를 거들어 짐을 들어 올렸다. 짐이라고는 누런 종이에 싼 커다란 꾸러미 세 개뿐이었다. 꼭 필요하지 않은 것은 죄다 팔아 버렸던 것이다. 전날 밤에 입었던 검은 실크 드레스를 입고 있었고, 볼에 연지는 바르지 않았지만 눈자위에는 아침에 대충 씻었음에도 불구하고 검은 화장 자국이 남아 있었다. 그 때문에 그녀는 몹시 병약해 보였다. 조금 전 아이를 안고 마차에서 내리던 그녀의 모습은 그야말로 처량하기 그지없는 여인의 모습, 그것이었다. 그녀는 약간 어색한 듯했다. 두 사람 다 평범한 인사말 말고는 할 말을 찾지 못했다.

"그래 잘 찾아왔네요."

"이 동네에는 처음이에요."

필립은 방을 보여 주었다. 크론쇼가 죽었던 방이었다. 생각해 보면 우스웠지만 필립은 다시는 그 방에 들어가고 싶지 않았다. 크론쇼가 죽은 뒤 그는 줄곧 작은 방에서 지내면서 잠도 간이침대에서 잤다. 크론쇼가 편하게 지내도록 큰 방을 양보했던 것이 그렇게 된 것이다. 아이는 곤히 잠들어 있었다.

"이 아이 알아보지 못하겠죠?" 밀드러드가 물었다.

"브라이튼에 맡긴 뒤로 못 봤으니까."

"어디다 눌까요. 이젠 무거워서 오래 안고 있지도 못하겠어요."

"요람이 없어 어떡하죠." 필립은 난처한 듯 웃었다.

"아, 괜찮아요, 나랑 자면 되니까. 늘 그러는걸요."

밀드러드는 아이를 안락의자 위에 내려놓은 다음 방을 둘러보았다. 대부분 전에 필립의 하숙집에서 보았던 낯익은 물건들이 놓여 있었다. 한 가지만 처음 보는 것이었는데, 그것은 로슨이 지난 해 초가을에 그려 준 필립의 상반신 그림이었다. 그림은 벽난로 위에 걸려 있었다. 밀드러드는 그림을 보고 말했다.

"마음에 드는 점도 있지만 마음에 들지 않는 점도 있어요. 그림보다는 실물이 더 잘생긴 것 같네요."

"살다 보니 나아지는 것도 있군. 전에는 날 보고 한 번도 잘생겼다는 말을 한 적이 없잖아요." 필립은 웃으며 말했다.

"난 남자 용모 같은 건 관심이 없는 사람이에요. 잘난 남자들은 싫구요. 너무 잘난 척해서요."

그녀의 시선이 본능적으로 거울을 찾아 방을 한 바퀴 돌았지만 거울은 없었다. 그녀는 손을 올려 이마에 길게 늘어뜨린 머리카락을 매만졌다.

"내가 이 집에 있으면 딴 사람들이 뭐라 하지 않을까요?" 그녀가 불쑥 물었다.

"아니, 주인 내외밖에 살지 않아요. 남편은 하루 종일 나가 있고, 여자는 토요일 날 방세 줄 때밖에는 보지 못해요. 자기네들끼리 꼭꼭 숨어 사는 사람들이에요. 나도 여기 온 뒤로 한두 마디 이상 해 본 적이 없어요."

밀드러드는 짐을 풀어 정리하기 위해 침실로 들어갔다. 필립은 책을 읽어 보려 했지만 마음이 들떠 좀처럼 읽히지 않았다. 그는 의자에 기대앉아 담배를 붙여 물고 잠들어 있는 아이를 미소를 머금고 바라보았다. 행복했다. 밀드러드에 대해서는 이제 사랑의 감정이 남아 있지 않음이 분명했다. 지난날의 감정이 그처럼 완벽하게 사라져 버린 것에 그도 놀랄 지경이었다. 육체적으로는 이제 희미하게나마 혐오감마저 느껴졌다. 그녀의 몸이 닿으면 소름이 끼칠 것만 같은 생각이 들었다. 왜 그러는지 자신도 알 수 없었다. 얼마 안 있자 문을 두드리는 소리가 나고 그녀가 다시 들어왔다.

"저 말예요, 문 두드릴 거 없어요. 저택 순회는 다 해 보셨나요?"

"그렇게 좁은 부엌은 처음 봤어요."

"두고 봐요. 우리 집 산해진미를 장만하는 데는 충분할 테니." 필립은 가볍게 응수했다.

"아무것도 없더라구요. 나가서 뭐 좀 사 와야겠어요."

"그래요, 한데 죄송하지만 우리가 철저한 긴축 재정을 해야 한다는 걸 명심해 주셨으면 하오." 기분이 좋은 필립은 부탁 말을 농조로 했다.

"저녁거리는 뭘로 사 올까요?"

"아무거나 당신이 요리할 수 있는 걸로." 필립이 웃었다.

그녀는 돈을 받아 가지고 나갔다. 반 시간쯤 지나자 그녀는 물건을 사 들고 돌아와 사 온 것을 테이블 위에 올려놓았다. 층계를 올라온 탓인지 숨을 헐떡거렸다.

"당신 말예요, 빈혈증이에요. 아무래도 약을 좀 지어야겠어요." 필립이 말했다.

"가게를 찾느라 한참 걸렸어요. 쇠간을 좀 샀어요. 이거 맛있잖아요? 게다가 많이 먹을 수는 없는 거니까 살코기보다는 경제적이에요."

부엌에 가스 곤로가 있었다. 밀드러드는 쇠간을 곤로에 올려놓고 식탁을 차리러 거실로 들어왔다.

"왜 한 사람 자리만 깔죠? 당신은 안 먹을 작정이에요?" 필립이 물었다.

밀드러드는 얼굴을 붉혔다.

"나랑 같이 먹는 걸 싫어할 줄 알았죠."

"싫을 이유가 뭐 있겠어요?"

"난 그냥 하녀 아녜요?"

"저렇게 꼭 막히긴! 왜 그렇게 바보 같아요?"

그는 웃어 보였지만 겸손해진 그녀의 모습을 대하니 묘하게 가슴이 찡했다. 불쌍한 것 같으니라구! 처음 만났을 때 그녀가 도도하게 굴었던 생각이 났다. 그는 잠시 주저하다 말했다.

"내가 당신에게 무슨 은전을 베푼다고 생각지 말아요. 이건 일종의 거래에 지나지 않으니까. 나는 당신한테 숙식을 제공하고, 당신은 그 대가로 내게 노동을 제공한단 말예요. 이것으로 당신이 내게 빚지고 있는 것은 하나도 없어요. 그리고 이 거래에서 당신이 내게 비굴해질 것도 없고 말예요."

그녀는 아무런 대꾸도 하지 않았지만 눈물이 볼을 타고 쏟아져 내렸다. 필립은 병원에서 얻은 경험으로 그녀와 같은 계층 출신의 여자들이 남의 시중드는 일을 천한 일로 여긴다는 것을 알고 있었다. 그래서 얼마간 짜증이 나지 않을 수 없었다. 하지만 그는 자신을 나무랐다. 그녀는 아무튼 지치고 병들어 있는 사람이 아닌가 말이다. 그는 의자에서 일어나 그녀를 거들어 식탁에 한 사람 자리를 더 깔았다. 어느 사이에 아이가 잠에서 깨어 있었다. 밀드러드가 아이에게 먹일 '멜린즈 푸드'를 사 둔 게 있었다. 쇠간과 베이컨이 다 되자 두 사람은 식탁에 앉았다. 필립은 절약을 하느라고 식사 때 물 말고는 아무것도 마시지 않기로 하고 있었지만, 위스키 반 병쯤은 남아 있었다. 조금만 마신다면 밀드러드 몸에도 좋으리라는 생각이 들었다. 그는 식사가 즐겁게 끝나도록 갖은 애를 다 썼으나 밀드러드는 내내 기분이 가라앉아 있었고, 지칠 대로 지쳐 있는 듯했다. 식사를 마치자 그녀는 아이를 재우려고 자리에서 일어났다.

"당신도 일찍 자는 게 좋을 것 같아요. 아주 피곤해 보여요." 필립이 말했다.

"설거지만 끝내고서 곧 자야겠어요."

필립은 파이프에 불을 붙여 물고 책을 읽기 시작했다. 옆방에 누군가가 있어 소리가 난다는 건 기분 좋은 일이었다. 때로 너무 적적해 견딜 수 없던 적도 있었던 것이다. 밀드러드가 식탁을 치우러 들어왔다. 그릇을 씻는지 접시들이 부딪혀 딸그락거리는 소리가 들렸다.

그녀는 설거지를 할 때도 검은 실크 드레스를 입고 했는데 역시 그녀답다고 생각하면서 필립은 혼자 픽 웃었다. 공부해야 할 것이 있었기 때문에 그는 책을 가지고 테이블로 갔다. 그는 오슬러의 『의학』을 읽고 있었다. 오랫동안 널리 사용되었던 테일러의 책을 누르고 학생들 사이에서 최근 인기를 얻고 있는 책이었다. 얼마 뒤 밀드러드가 소매를 내리며 들어왔다.

필립은 무심코 가벼운 눈길을 던졌으나 자리에서 일어나지는 않았다. 분위기가 어색하여 신경이 쓰였다. 자기가 그녀에게 무슨 귀찮은 일을 요구할지도 모른다고 생각하지나 않을까 하는 생각이 들었다. 좀 냉정한 방법이긴 하지만 다시 확인시켜 주는 길 외에 달리 뾰족한 수가 없었다.

"참 그런데 말이죠, 내가 내일 아홉 시에 강의가 있어요. 아침을 여덟 시 십오 분에 먹고 싶은데 되겠어요?"

"아, 그럼요. 내가 팔러먼트 가에 살 때는 아침마다 헌 힐에서 출발하는 여덟 시 이십 분 버스를 탔는걸요."

"당신 방이 불편하지 않아야 할 텐데. 오늘 밤에 푹 자고 나면 당신 아주 딴사람 된 것 같은 기분일 거요."

"늦게까지 공부할 건가 보죠?"

"보통 열한 시나 열한 시 반에 자요."

"그럼 잘 자요."

"잘 자요."

두 사람 사이에는 테이블이 있었다. 그는 굳이 손을 내밀어 악수를 청하지 않았다. 그녀는 조용히 문을 닫았다. 옆방에서 부스럭거리는 소리가 들려왔고, 얼마 안 있어 그녀가 잠자리에 드는지 침대가 삐걱거리는 소리가 들렸다.

92

이튿날은 화요일이었다. 여느 때처럼 필립은 서둘러 아침밥을 먹고 아홉 시 강의에 맞춰 가기 위해 허둥지둥 뛰어나갔다. 밀드러드와는 몇 마디밖에 할 틈이 없었다. 저녁에 돌아오니 그녀는 창가에 앉아서 그의 양말을 깁고 있었다.

"너무 부지런한데." 그는 웃으며 말했다. "하루 종일 뭐 했어요?"

"아, 대청소를 했죠. 그러고는 잠깐 애를 데리고 나갔다 왔어요."

그녀는 허름한 검은 옷을 입고 있었다. 전에 찻집에서 일할 때 입었던 유니폼 같은 것이었다. 남루하긴 했지만 전날 입었던 실크 옷보다는 더 나아 보였다. 아이는 마룻바닥에 앉아 있었다. 필립이 아이 곁에 앉아 아이의 맨발을 만지작거리자 그녀는 커다란 눈으로 묘한 표정을 지으며 필립을 빤히 바라보더니 갑자기 웃음을 터뜨렸다. 오후의 햇살이 비껴들어 방 안에 부드러운 빛을 던지고 있었다.

"퇴근하고 돌아와 집에 누가 있는 걸 보니 기분이 나쁘지 않네요. 역시 집에는 여자와 아이가 있어야 어울려요."

그는 병원 약국에 들러 사 온 빈혈 치료용 영양제 한 병을 밀드러드에게 주고 식후에 꼭 먹으라고 당부했다. 그녀도 잘 아는 약이었다. 열여섯 살 이후로 줄곧 먹다 말다 해 온 약이었기 때문이다.

"로슨이라면 당신의 창백한 안색이 더 좋겠지." 필립이 말했다. "그림 그리기에 좋다고 말이에요. 하지만 난 요즘 철저한 실질주의자가 되어 버렸어요. 그래서 당신이 우유 짜는 아가씨처럼 얼굴에 화색이 돌 때까진 맘이 편치 않을 거예요."

"벌써 기분이 좋아진 것 같은걸요."

간소한 저녁을 먹고 나자 필립은 쌈지에 담배를 채우고 모자를 썼다. 화요일이면 으레 비크 가에 있는 술집에 나갔던 것이다. 밀드러드가 오고 난 뒤 곧바로 화요일이 된 게 다행이라 생각되었다. 이 기회에 그녀와의 관계를 분명하게 해 두고 싶었다.

"밖에 나가나요?" 그녀가 물었다.

"그래요, 화요일은 하루 저녁쯤 쉽니다. 그럼 내일 봐요. 잘자고."

이 술집에 나가면 늘 즐거웠다. 철학자 증권 중개인 머캘리스터가 으레 거기 나와 있었는데 이 사람은 무슨 화제든 마다하지 않고 얘기하기를 좋아했다. 헤이워드도 런던에 머무를 때면 단골 고객이었다. 헤이워드와 머캘리스터는 서로 싫어하는 사이였지만 일주일에 하루 저녁만은 버릇처럼 만났다. 머캘리스터는 헤이워드를 형편없는 자로 보고 그의 섬세한 감정을 비웃었다. 헤이워드에게 글은 잘 되어 가느냐고 비꼬듯이 묻고는, 상대방이 애매하게 언젠가 대작을 내놓을 것이라는 식으로 말하면 경멸 어린 미소를 보냈다. 두 사람이 종종 열띤 논쟁을 벌이기도 했다. 하지만 역시 펀치 주는 좋았다. 두 사람 다 이 술을 좋아했다. 그래서 저녁이 다 갈 무렵이면 의견 차이도 대체로 조정이 되고 서로 상대방을 둘도 없는 친구로 생각했다. 이날 저녁에도 필립이 술집에 들어서니 두 사람이 다 나와 있었다. 로슨도 나와 있었다. 로슨은 요즘 발걸음이 뜸한 편이었다. 런던에서 사람을 많이 알게 되어 저녁 약속이 빈번해진 것이다. 이들은 요즘 사이가 썩 좋았다. 머캘리스터가 증권시장에서 좋은 주(株)를 하나 소개해 준 덕분에 헤이워드와 로슨이 오십 파운드씩 벌었던 것이다. 돈을 풍덩풍덩 쓰면서도 벌이는 시원찮은 로슨으로서는 횡재나 다름없었다. 요즘 그는 초상화가로서는 꽤 평판을 얻어 비평가들로부터 상당한 주목을 받고 있었을뿐더러 그에게 무료로 초상화를 그리도록 허락하는 귀부인들도 많았다. (이것은 양쪽을 동시에 광고하는 셈이었다. 귀부인들은 예술 후원자인 체할 수 있었다.) 하지만 자기 아내의 초상화 값을 넉넉하게 지불하려는 진짜배기 속물이 얻어걸리는 일은 드물었다. 그런 처지에 돈이 생겼는지라 로슨은 흐뭇해서 어쩔 줄을 몰랐다.

"정말이지 이렇게 기가 막힌 돈벌이는 처음이야. 동전푼이나 찾으려고 주머니를 뒤질 필요가 없게 됐어." 그가 소리쳤다.

"자넨 지난 화요일에 여기 나오지 않아서 손해 본 거야." 머캘리스터가 필립에게 말했다.

"아니, 그럼, 왜 편지로 좀 알려 주지 그랬어요?" 필립이 말했다. "백 파운드면 정말 요긴하게 쓸 수 있는데."

"아, 그럴 시간이 없었네. 돈을 벌려면 항상 현장에 있어야 해. 지난 화요일 좋은 건수가 있다는 말을 듣고 이 친구들에게 도박 한번 해 보겠느냐고 물었지. 수요일 아침에 천 주를 사 주었더니 그날 오후에 오르더군. 당장 팔았지. 저 친구들에겐 각자 오십 파운드씩 남겨 주었고 난 이백 파운드쯤 챙겼네."

필립은 부러워 미칠 지경이었다. 얼마 안 되는 재산을 투자

해 두었던 마지막 저당권마저 최근에 처분해 버린 참이라 이제 남은 것이라고는 육백 파운드뿐이었다. 그래서 이따금 앞날을 생각하면 아찔할 지경이었다. 의사 자격을 얻으려면 아직도 이 년은 더 버텨야 했다. 그런 다음 한동안은 병원 근무를 노려 볼 생각이었기 때문에 그렇게 하자면 적어도 삼 년간은 한 푼도 벌 수 없다는 말이 된다. 아무리 아껴 쓴다고 해도 그때가 되면 백 파운드도 채 남아 있지 않을 것이다. 혹 병이 난다든지, 돈을 벌지 못한다든지 실직을 한다든지 하는 경우에 대비할 비상금은 거의 없는 셈이었다. 그러나 운 좋게 한몫 잡으면 사정이 싹 달라지는 것이 아닌가?

"이 사람아, 상관 없네." 머캘리스터가 말했다. "뭔가가 곧 터질 테니까. 얼마 안 있으면 남아프리카에서 다시 붐이 일 거야. 그럼 그때 가서 방법을 한번 강구해 봄세."

머캘리스터는 남아프리카의 광산 주식 시장에도 관심을 두고 있어 한두 해 전에 있었던 호경기 때 벼락부자가 된 사람들 이야기를 곧잘 했다.

"그럼 다음번엔 잊지 마세요."

그들은 자정이 다 될 때까지 앉아 이야기했다. 제일 먼 곳에 사는 필립이 먼저 일어서야 했다. 마지막 전차를 놓치면 걸어갈 수밖에 없었다. 걸어가다 보니 시간이 한참 걸렸다. 집에 도착했을 때에는 열두시 반이 다 되어 있었다. 이 층에 올라가 보니 놀랍게도 밀드러드가 아직 자지 않고 안락의자에 앉아 있었다.

"아니 왜 아직 자지 않고 있는 거죠?" 그가 소리쳤다.

"잠이 오지 않아서요."

"그래도 자려고 해야죠. 그래야 휴식이 돼요."

그래도 그녀는 움직이려고 하지 않았다. 그러고 보니 저녁 먹고 난 뒤 검은 실크 드레스로 바꿔 입은 차림이다.

"당신에게 혹 필요한 일이 있을지 몰라서 일어나 있는 게 좋 겠다 싶었어요."

그러면서 필립의 얼굴을 쳐다보았다. 창백하고 가냘픈 입술 에 희미한 미소가 스쳤다. 무슨 뜻인지 알 듯 모를 듯했다. 약 간 난처한 기분이 들었지만 필립은 짐짓 명랑하면서도 사무적 인 태도로 말했다.

"고맙긴 고마운데 안 될 말씀입니다. 당장 가서 자도록 해 요. 내일 아침에 일찍 일어나야 하잖아요."

"자고 싶지 않아요."

"무슨 바보 같은 소리." 그는 냉정하게 말했다.

그녀는 뾰로통해서 일어나 자기 방으로 돌아갔다. 요란하게 문을 걸어 잠그는 소리를 들으며 필립은 빙긋 웃었다.

다음 며칠은 별일 없이 지나갔다. 밀드러드는 새로운 환경 에 웬만큼 익숙해진 것 같았다. 필립이 아침을 먹고 허둥지둥 나가고 나면 그녀는 오전 내내 집안일을 했다. 먹는 것은 간소 했지만 그녀는 고작 몇 가지 안 되는 식품을 사면서 하염없이 시간 보내기를 좋아했다. 또 자기 먹을 점심을 짓는 것쯤은 별 로 어렵지 않을 텐데도 늘 코코아와 버터 바른 빵만으로 때웠 다. 점심을 먹고 나면 아이를 유모차에 태워 밖으로 나갔다. 산책에서 돌아오면 오후 나머지 시간을 하는 일 없이 보냈다.

하긴 몸이 지칠 대로 지쳐 있어 일을 많이 하지 않는 편이 좋았다. 그녀는 필립이 그동안 좀처럼 가까이하지 못했던 주인집 여자와도 사귀게 되었다. 필립이 방세 내는 일을 맡겨 가까워진 것인데, 일주일이 지나지 않아 그녀는 필립이 일 년 동안 알게 된 것보다 더 많은 것을 알아내어 이웃 사람들 이야기를 해 주었다.

"좋은 여자던데요. 아주 점잖은 사람이에요. 우리가 부부라고 했어요." 밀드러드가 말했다.

"꼭 그럴 필요가 있었나요?"

"글쎄, 뭐라고 말은 해야 하잖아요. 결혼하지 않은 사람이 동거한다고 해 봐요. 얼마나 이상하게 보이겠어요. 어떻게 생각할지 모를 일이지만."

"전혀 곧이듣지 않았을걸요."

"믿었어요. 정말예요. 결혼한 지 이 년이 됐다고 했어요. 어쩔 수 없었어요. 아이가 있잖아요. 그런데 당신 부모님이 허락을 안 한다고 했죠. 당신이 '학생'이라서 말예요. 그래서 결혼식도 몰래 올렸다고 했어요. 하지만 부모님들도 이제 어쩔 수 없다고 단념하셨기 때문에 올 여름엔 다들 부모님 댁에 내려가 지낼 거라구요."

"거짓말 솜씨는 귀신 뺨 치겠네."

그녀의 거짓말 좋아하는 습성이 여전한 것에 필립은 은근히 화가 났다. 지난 이 년 동안 여러 고초를 겪으면서 배운 것이 하나도 없단 말인가. 하지만 그는 그냥 어쩔 수 없지 하는 기분으로 어깨만 으쓱하고 말았다.

'하긴 뭘 배울 기회도 별로 없었겠지.' 하고 그는 속으로 생각했다.

구름 한 점 없는 따뜻하고 아름다운 저녁이었다. 남런던에 사는 사람들이 온통 거리로 쏟아져 나온 것 같았다. 날씨가 바뀌면 런던 사람은 으레 밖으로 나서는 게 일이거니와 대기 속에 사람을 한없이 들뜨게 하는 무엇인가가 있을 때도 있었다. 밀드러드는 저녁상을 치우고 창가로 가 기대섰다. 거리의 갖가지 소음이 그들이 있는 데까지 들려왔다. 사람들이 서로 부르는 소리며 마차들 지나가는 소리, 먼 데서 들려오는 배럴 오르간 소리.

"필립, 오늘 밤에도 공부해야 하죠?" 그녀가 뭔가 아쉬운 듯이 묻는다.

"그래야죠. 그렇지만 꼭 해야 된다는 건 아니고. 왜, 뭐 내가 해 줬으면 하는 일이라도 있어요?"

"밖에 좀 나가 보고 싶어요. 전차를 타고 이 층 좌석에 앉아 시내나 한 바퀴 돌아봤으면 하고."

"원한다면."

"그럼 가서 모자 좀 쓰고 올게요." 그녀는 기쁜 듯이 말했다.

그날 저녁 같은 때 집 안에 틀어박혀 있다는 건 사실 불가능한 일이었다. 아이는 잠들어 있었기 때문에 그냥 두고 가도 문제가 없었다. 밀드러드는 전에도 밤에 외출할 때 늘 혼자 두고 나갔다고 했다. 중간에 절대 깨는 법이 없다는 것이었다. 그녀는 모자를 쓰고 돌아왔는데 몹시 들떠 있었다. 어느 틈에 볼연지도 살짝 발랐다. 필립은 그녀가 흥분한 나머지 그 창백한 볼에 화색까지 돈 건가 하고 생각했다. 어린애같이 좋아하는 것을 보니 가슴이 뭉클했다. 자기가 너무 엄하게 대하지 않았나 자책까지 되었다. 바깥으로 나오자 그녀는 웃기 시작했다. 첫 번째로 온 전차가 마침 웨스트민스터 브리지로 가는 것이어서 두 사람은 얼른 올라탔다. 필립은 파이프에 불을 붙여 물고, 밀드러드와 함께 사람들로 북적거리는 거리를 구경했다. 가게마다 문을 열고 휘황하게 불을 밝히고 있었으며, 사람들이 다음 날 쓸 물건을 사고 있었다. 캔터베리라는 연예관 앞을 지날 때 갑자기 밀드러드가 소리쳤다.

"저봐요, 필립. 저기 가 봐요. 몇 달 동안 연예관 한 번 못 갔어요."

"우리가 일등석 구입할 처지가 못 되는걸요."

"무슨 상관예요. 일반석이라도 좋아요."

그들은 전차에서 내려 극장 입구까지 백 야드쯤 되돌아 걸어갔다. 육 펜스씩 내고 꽤 좋은 자리를 구했다. 높긴 했지만 일반석은 아니었다. 바깥 날씨가 너무 좋은 밤이라 빈 좌석이 많았다. 밀드러드의 눈은 반짝반짝 빛났다. 말할 수 없이 즐거운 모양이었다. 그런 단순소박함이 필립의 마음을 찡하게 했다. 참으로 알 수 없는 여자였다. 그녀의 어떤 점은 아직도 좋았다. 장점도 많은 여자라고 생각되었다. 다만 자랄 때의 환경이 좋지 않았고 생활이 어려웠던 것이다. 지금 생각해 보면 필립은 그녀 자신도 어쩔 수 없는 일들을 가지고 그녀를 많이 나무랐던 것 같다. 그녀로서는 도저히 가질 수 없는 미덕을 그가 요구했다면 아무래도 그의 잘못이라고 할 수밖에 없었다. 환경이 달랐더라면 그녀도 훌륭한 여자가 되었을지 모른다. 하여간 치열한 생존 싸움에는 도저히 어울리지 않는 여자였다. 그녀의 옆얼굴을 보니, 입을 약간 벌리고, 볼에 어렴풋한 홍조를 띤 모습이 이상하게도 순결한 처녀 같은 느낌이 들었다. 문득 그녀가 견딜 수 없이 불쌍하게 여겨졌다. 순간 필립은 그동안 그녀 때문에 겪었던 숱한 괴로움을 깡그리 용서하고 말았다. 자욱한 담배 연기 때문에 눈이 쓰라렸다. 필립이 돌아가자고 하자 그녀는 애원이라도 하듯 돌아보며 끝까지 구경하고 가자고 한다. 웃으면서 승낙하지 않을 수 없었다. 그녀는 그의 손을 잡아 쥐고, 극이 끝날 때까지 내내 놓지 않았다. 극이 끝나고 관객들과 함께 혼잡한 거리로 밀려 나왔지만 그녀는 아직 집에 돌아가고 싶은 마음이 없었다. 두 사람은 사람들 무리를 구경하면서 어슬렁어슬렁 웨스트민스터 브리지 가를 걸어 올라갔다.

"이렇게 즐거워 보기는 몇 달 만에 처음이에요." 그녀가 말했다.

필립은 가슴이 뿌듯했다. 밀드러드와 아이를 자기 집으로 데려가고 싶은 갑작스러운 충동을 실행한 것, 그렇게 된 운명에 그는 감사했다. 고마워 어쩔 줄 모르는 그녀를 보노라니 기분이 퍽 좋았다. 마침내 그녀가 피곤을 느낀 모양이었다. 그들은 돌아가기 위해 전차를 집어탔다. 밤이 이슥해 있었다. 전차에서 내려 그들의 집이 있는 동네로 접어들자 거리엔 이미 인적이 끊겨 있었다. 밀드러드가 슬며시 팔짱을 끼었다.

"옛날에도 이랬죠, 필."

그녀는 지금까지 한번도 그를 필이라고 부른 적이 없었다. 그리피스가 그렇게 불렀을 따름이다. 그런 생각이 들자 야릇하게 마음이 아팠다. 죽고만 싶었던 당시의 일이 새삼스레 떠올랐다. 너무 괴로운 나머지 자살까지도 심각하게 생각해 보지 않았던가. 모든 게 아득한 옛일 같았다. 그러면서 필립은 지난날의 자신에 대해 웃음이 나왔다. 이제 밀드러드에게는 한없는 연민만이 느껴질 뿐 다른 감정은 없었다. 이윽고 집에 닿았다. 거실에 들어서서 필립은 가스등에 불을 붙였다.

"아이는 괜찮아요?"

"들어가 볼게요."

그리고 돌아와서 하는 말이, 집을 비운 동안 꼼짝도 하지 않았다는 것이었다. 신통한 아이였다. 필립은 손을 내밀었다.

"그럼 잘 자요."

"벌써 자려구요?"

"한 시가 다 됐어요. 요즘엔 늦게 자는 게 버릇이 안 돼서 말이에요."

그녀는 필립의 손을 잡고는 살풋 웃으며 그의 눈을 들여다보았다.

"필. 요전 날 그 집에서 당신이 여기 와 살라고 했을 때, 당신은 나더러 그냥 음식 하는 일 같은 것 말고는 아무것도 바라지 않는다고 했지요. 그때 내 의중을 어떻게 생각했는지는 몰라도 내 뜻은 그게 아니었어요."

"그래요?" 하고 필립은 손을 빼내면서 말했다. "난 진심이었어요."

"그렇게 바보처럼 굴지 말아요." 그녀는 웃었다.

그는 고개를 가로저었다.

"아녜요, 난 정말 진심이었어요. 다른 조건으로라면 당신더러 여기 와서 살아 달라고 하지 않았을 거예요."

"왜 그렇죠?"

"그럴 수 없었을 거예요. 뭐라고 설명할까, 아무튼 그러면 모든 게 엉망이 되어 버릴 것 같아서."

그녀는 어깨를 으쓱 올렸다.

"아, 좋아요. 좋도록 해요. 그렇다고 무릎 꿇고 애걸복걸하지는 않을 테니까."

그녀는 문을 쾅 닫고 나가 버렸다.

93

이튿날 아침, 밀드러드는 토라져서 입을 닫고 있었다. 방에 틀어박혀 있다가 점심 때가 다 되어서야 간신히 나왔다. 그녀는 음식 만드는 솜씨가 형편없었다. 찹스 앤 스테이크[68]를 내놓는 게 고작이었다. 남는 재료를 이용할 줄도 몰랐다. 그래서 필립이 애초에 생각했던 것 이상으로 돈이 많이 나갔다. 간신히 음식을 차려 놓고 그녀는 필립과 마주 앉기는 했지만 아무

---

68) 돼지 등심 구이. 뼈가 붙은 것을 '찹스(chops)'라 부르고, 뼈가 없는 부분을 '스테이크(steaks)'라 부른다.

것도 먹으려 하지 않았다. 필립이 왜 먹지 않느냐고 물었다. 그러자 머리가 몹시 아프고 배가 고프지도 않다고 했다. 필립은 다행히 그날 오후 나가서 시간 보낼 수 있는 데가 있었다. 애설니네 집 사람들은 늘 쾌활하고 다정했다. 필립은 이 집 식구들이 그의 방문을 진심으로 기다리고 있었음을 깨달았는데 그 사실이 그로서는 기쁘기도 하고 뜻밖이기도 했다. 집에 돌아오니 밀드러드는 이미 잠자리에 든 뒤였다. 다음 날도 그녀는 말을 하지 않았다. 저녁 식사 때는 도도한 표정으로 미간을 찌푸리고 앉아 있었다. 필립은 짜증이 났지만 좀 더 너그러워지자고 자신을 타일렀다. 상대방의 처지를 이해해야 한다고 생각했다.

"왜 그렇게 말이 없죠?" 그는 짐짓 명랑하게 웃으면서 말을 건넸다.

"음식 하고 청소만 하면 되는 거 아녜요? 말까지 해야 되는 줄 몰랐는데요."

뻔뻔스러운 대답이었다. 하지만 한집에서 같이 살자면 일이 잘 풀리도록 애쓰지 않을 수 없다.

"요전 날 일 때문에 화가 났나 보네요."

내놓고 이야기하기는 거북했지만 그렇다고 그냥 넘어갈 수도 없는 일이었다.

"무슨 말인지 모르겠어요." 그녀가 대꾸했다.

"제발 내게 화내지 말아요. 당신과 친구 사이 이외의 관계를 생각했다면 여기 와서 살아 달라고 하지 않았을 거예요. 내가 당신더러 여기 와서 살라고 한 것은, 당신에게 갈 데가 없다고 생각했기 때문이었고, 또 여기 와서 사는 동안 뭔가 일자리를 찾아볼 수도 있겠다 싶었기 때문이었어요."

"아니, 그래, 내가 뭘 바랐나요?"

"누가 뭘 바랐다는 게 아녜요." 그는 얼른 말했다. "다만, 내가 당신 호의를 무시한다고 생각해선 안 된다는 말예요. 당신이 날 위하는 마음에서 그랬다는 건 나도 알아요. 문제는 내 기분이죠. 그건 어떻게 할 수가 없어요. 당신 하자는 대로 하면 모든 게 더럽고 진저리 나는 일이 되고 말 테니까."

"이상한 사람이에요." 그녀는 그의 얼굴을 물끄러미 보면서 말했다. "참 알다가도 모르겠어요."

이제 화는 풀려 있었다. 다만 알 수 없다는 표정이었다. 결국 그녀는 필립의 말뜻을 이해하지 못했던 것이다. 하지만 그녀는 일단 상황을 받아들인 듯했다. 또한 막연하게나마 그의 행동은 존경스러운 것이라는 것, 그래서 자기로서는 마땅히 그 행동을 존경스럽게 여겨야 한다고 생각되는 모양이었다. 하지만 또 한편으로 그녀는 그를 비웃어 주고 더 나아가서는 경멸해 주고 싶은 마음도 없지 않았다.

'별난 사람이야' 하고 그녀는 생각했다.

그러고 난 뒤로는 생활이 순조로웠다. 필립은 낮에는 종일 병원에서 지냈고, 저녁에는 집에서 공부를 했다. 애설니네에 가거나 비크 가의 술집에 갈 때만이 예외였다. 한번은 그를 실습보조원으로 두고 있는 의사가 만찬에 초대해 주어 그 집에 간 적이 있었고, 두세 번은 동료 학생들이 연 파티에 참석한 적이 있었다. 밀드러드는 자신의 단조로운 생활을 일단 받아들이고 있었다. 필립이 가끔 저녁에 그녀만 두고 외출하는 것을 서운하게 생각하고 있는지는 몰랐지만 결코 내색하지는 않았다. 이따금씩은 필립이 연예관에 데리고 가 주기도 했다. 필립은 자신의 애초의 의도, 곧 두 사람 사이의 관계를 한쪽이 집안일을 해 주면 한쪽은 숙식을 제공하는 관계로 유지하려던 의도를 잘 실천하고 있었다. 그녀는 올 여름에는 아무래도 일자리를 구하기가 힘들다고 판단하고 필립의 동의를 얻어 가을까지는 계속 그대로 눌러 있기로 결정을 보았다. 가을이면 일자리 얻기가 좀 수월하리라는 생각을 하면서.

"나야, 당신이 일자리를 구하더라도 당신만 원한다면 여기 그냥 있어도 상관없어요. 방은 어차피 비어 있고, 아이는 전에 일하던 여자가 와서 봐 주면 되니까."

그는 요사이 밀드러드의 아이에게 폭 빠지고 말았다. 지금까지는 별로 드러날 기회가 없었지만 워낙 인정 많은 기질을 타고났던 모양이다. 하기야 밀드러드도 딸아이에게 못하는 것은 아니었다. 아이 뒷바라지도 잘했고, 아이가 감기에 걸렸을 때는 밤잠을 설쳐 가면서 간호를 하기도 했다. 하지만 그녀에게는 아이가 역시 성가신 존재여서 귀찮게 굴 때에는 소리를 질러 댔다. 아이를 귀여워하기는 했지만 자신을 희생할 만한 모성애는 없었던 것이다. 밀드러드는 감정을 잘 드러내지 않는 성질이라 노골적인 애정 표현을 우습게 보았다. 필립이 아이를 무릎에 앉히고 장난도 치고 입도 맞추고 하는 것을 보면 웃어 댔다.

"친아빠라 해도 그렇게 소란 떨진 않겠어요. 당신은 정말,

아이라면 정신을 못 차리는군요."

필립은 얼굴을 붉혔다. 비웃음 당하는 것만은 언제나 싫었다. 남의 자식을 그처럼 정신없이 좋아한다는 것이 우스운 일이긴 했고, 애정을 함부로 쏟아붓는다는 것도 쑥스러웠다. 하지만 아이는 필립이 자기를 귀여워한다는 것을 아는지 자꾸만 그에게 얼굴을 비벼 대거나 그의 팔에 안기려고 했다.

"당신에겐 다 좋겠죠." 하고 밀드러드가 말했다. "성가신 일을 당해 보지 않아서 그래요. 한밤중에 저 공주님이 자지 않겠다고 보채 봐요. 한 시간 넘어 잠을 설치면 어떤 기분이 들겠는가."

필립은 그동안 죄다 잊어버리고 있었다고 생각한 어린 시절의 온갖 일들이 머리에 떠올랐다. 그는 아이의 발가락을 만지작거리며 말했다.

"요 꼬마 돼지는 장에 가구요, 이 꼬마 돼지는 집에 있대요."

저녁때 집에 돌아와 거실에 들어가면 제일 먼저 눈길이 가는 것은 방바닥에 뒹굴고 있는 아이였는데, 아이가 그를 알아보고 반가운 듯 까르륵거리면 그는 짜릿한 기쁨을 느끼곤 했다. 밀드러드는 아이에게 그를 아빠라고 부르도록 가르쳤다. 그러고는 아이가 시키지 않았는데도 처음으로 그렇게 부르자 그녀는 배를 잡고 웃어 댔다.

"당신은 저 애가 내 아이라서 좋아하는 거예요, 아니면 아무 아이나 다 그렇게 좋아하는 거예요?" 그녀가 물었다.

"딴 아이는 아는 아이가 없어서 잘 모르겠는걸요."

입원 환자 병동 실습보조원으로 일하던 두 번째 학기가 끝날 무렵, 필립에게는 조그만 행운이 찾아왔다. 칠월 중순경이었다. 어느 화요일 날 밤, 여느 때처럼 비크 가의 술집에 갔더니 그날은 머캘리스터뿐이었다. 두 사람은 함께 앉아 그날 오지 않은 친구들 이야기를 했는데 얼마 안 있어 머캘리스터가 이런 말을 꺼내는 것이었다.

"참 그런데 말이지, 오늘 괜찮은 소식을 하나 들었네. 클라인폰타인즈 새 주식 말인데, 로디지아[69]에 있는 금광이야. 한 번 해 보려나? 조금 벌지 몰라."

필립은 그렇지 않아도 이제나저제나 하고 그런 기회를 기다리고 있던 참이었다. 그러나 막상 기회가 닥치니 망설여졌다. 갑자기 돈을 날릴지도 모른다는 두려움이 생겼던 것이다. 그에게는 도박꾼의 기질이라고는 없었다.

"하고는 싶은데, 선뜻 용기가 안 나는군요. 잘못되면 얼마나 손해를 보게 되죠?"

"내가 공연한 소릴 했나 보군. 난 자네 관심이 대단할 줄 알았지." 머캘리스터는 차갑게 대답했다.

머캘리스터가 아무래도 자기를 실없는 사람으로 보는 것 같았다.

"그야, 좀 벌어 보고 싶은 생각도 굴뚝같죠." 그는 웃었다.

"모험할 각오 없이는 돈을 못 버네."

머캘리스터는 화제를 바꾸고 말았는데 필립은 상대방의 말

---

69) 아프리카 대륙 동남부 내륙에 있는 짐바브웨의 옛 이름. 영국의 식민지였다.

에 대꾸는 하면서도 속으로는 혹 이번 투기가 성공하면 이 주식 중개인이 다음번에 만날 때 놀려 대겠지, 하는 생각을 하고 있었다. 이 사람이 보통 독설가인가 말이다.

"괜찮다면 이번에 한번 해 보죠." 여전히 꺼림칙한 기분을 떨치지 못하고 그가 말했다.

"좋아, 그럼 자네 몫으로 이백오십 주를 사 두고, 반 크라운만 오르면 당장 팔아 버리겠네."

필립은 그럴 경우 돈이 얼마나 돌아올지 재빨리 계산해 보고서는 입에 군침이 돌았다. 삼십 파운드가 그저 굴러 들어오는 셈이었다. 이건 그야말로 행운이다 싶었다. 이튿날 아침, 밥을 먹으면서 그는 밀드러드에게 그 이야기를 했다. 그녀는 그를 정신 나간 사람 취급했다.

"증권으로 돈 벌었다는 사람 못 봤어요. 에밀이 입버릇처럼 한 말이 뭔지 아세요. 증권으로 돈 벌 생각은 하지 말라는 거였어요."

필립은 병원에서 돌아오는 길에 석간 신문을 사 들고 얼른 증권 시세란을 펴 보았다. 그러나 이런 데는 일자무식이어서 머캘리스터가 말한 주가 어디에 나와 있는지도 찾아내기 힘들었다. 한참 들여다보니 그 주가 사분의 일 파운드가량 올라 있었다. 갑자기 가슴이 뛰었다. 그러나 다음 순간, 머캘리스터가 혹 잊어버리고 사지 않았으면 어떡하나, 무슨 사정이 있어 살 수 없었으면 어떡하나 하는 생각이 들어 견딜 수 없이 불안하고 초조해지는 것이었다. 머캘리스터는 전보를 쳐 주겠다고 했었다. 마음이 조급하여 전차를 기다릴 수도 없었다. 그는 마차를 집어탔다. 보통 때는 없던 사치였다.

"전보 안 왔어요?" 그는 방 안으로 뛰어들며 물었다.

"아뇨." 밀드러드가 대답했다.

그는 금방 풀이 죽고 말았다. 낙담하여 그는 의자에 털썩 주저앉았다.

"그러니까 결국 내 것은 사 주지 않았어, 빌어먹을 자식." 그러고는 또 탄식하듯 내뱉었다. "난 운이 없는 놈이야. 그런데도 하루 종일 그 돈을 어떻게 쓸까 궁리하고 있었으니 참."

"그래, 어떻게 쓸 작정이었는데요?"

"이제 와서 그게 무슨 소용이에요? 아이구, 그 돈 꼭 필요했는데."

그녀가 깔깔거리며 전보를 내놓았다.

"그저 장난 좀 해 본 거예요. 내가 뜯어 봤어요."

그는 전보를 나꿔챘다. 머캘리스터가 이백오십 주를 샀다가 자기가 말한 대로 반 크라운의 이익을 내고 팔았다는 내용이었다. 수수료 계산서는 다음 날 보내겠다고 했다. 필립은 밀드러드의 심한 장난에 화가 치밀어 올랐지만 곧 기쁨 때문에 풀리고 말았다.

"이제야 좀 맘을 놓겠어요. 당신에게도, 원하면, 새 옷 한 벌 사 줄게요." 그는 소리쳤다.

"정말 한 벌 사 줘요."

"그리고 말이죠, 할 게 또 있어요. 칠월 말에 수술을 받을 겁니다."

"아니, 어디 안 좋으세요?"

그때 그녀에게 퍼뜩 떠오른 생각은, 필립에게 자기가 알지 못하는 병이 있어 그 때문에 그동안 자기에게 그처럼 이상하게 굴었는지도 모른다는 것이었다. 필립은 얼굴을 붉혔다. 자신의 불구에 대한 말을 꺼내기 싫었기 때문이다.

"아니, 그게 아니고, 내 발 수술하면 좋을 거라고 해서 말예요. 지금까지는 시간을 낼 수 없었죠. 하지만 이제 시간은 큰 문제가 아녜요. 원래는 내달부터 드레싱 실습보조 근무를 시작할 예정이었는데 시월부터 해야겠어요. 몇 주일만 입원하면 되니까 퇴원하면 어디 바닷가에나 가서 여름을 보내기로 하죠. 건강에 좋을 거예요. 당신이나 애기에게도 좋고, 나에게도 좋고."

"그럼, 브라이튼으로 가요, 필립. 브라이튼이 좋더라구요. 꽤 괜찮은 사람들이 가는 데 아니에요."

필립은 막연하게 콘월 근처의 조그만 어촌을 생각하고 있었지만 그녀의 말을 듣고 보니 밀드러드 같은 여자는 그런 곳에 가면 따분해 못 견딜 것이라는 생각이 들었다.

"난 어디든 상관없어요. 바닷가이기만 하면."

웬일일까, 문득 바다가 못 견디게 그리워졌다. 미역을 감고 싶었다. 바닷물에 몸을 담그고 물장구를 칠 생각을 하니 마음이 마냥 설렜다. 수영이라면 잘했다. 거친 바다만큼 그를 들뜨게 하는 것도 없었다.

"정말 신날 거예요." 그는 소리쳤다.

"신혼여행 같겠죠?" 그녀가 말했다. "그런데, 새 옷 사는 데 얼마나 줄래요, 필?"

94

필립은 그가 드레싱 실습보조원으로 일했던 외과의 제이콥스 씨에게 수술을 부탁했다. 제이콥스 씨는 기꺼이 승낙해 주었는데 그것은 그가 마침 당시 관심에서 멀어져 있던 기형족에 대하여 흥미를 느끼고 논문을 쓰려고 자료를 모으던 중이었기 때문이었다. 그는 필립에게 정상적인 한쪽 발과 똑같게 만들 수는 없다는 단서를 붙였다. 그래도 결과는 꽤 괜찮으리라 믿는다고 했다. 절름거리는 거야 여전하겠지만 여태까지 신어 왔던 구두보다는 모양이 나은 구두를 신을 수 있을 거라고 생각한다는 것이었다. 필립은 전에, 믿음이 있으면 산이라도 옮길 수 있다는 말을 믿고 하느님께 열심히 기도했던 일을 떠올리고 쓴웃음을 지었다.

"전 기적을 바라는 게 아닙니다."

"잘 생각한 것 같네. 그나마라도 한번 해 보겠다고 한 거 말야. 자네도 개업을 해 보면 알겠지만, 다리를 절면 약점이 돼. 세상 사람들이란 까다롭기 짝이 없어서 말일세, 의사에게 무슨 문제가 있으면 신뢰하지를 않는다니까."

필립은 이른바 '특실'에 입원했는데, 이것은 각 병동의 바깥쪽 층계참에 있는 입원실로 특별 환자들만 쓰는 곳이었다. 이곳에 그는 한 달가량 들어 있었다. 걸을 수 있게 될 때까지는 퇴원해서는 안 된다 했기 때문이었다. 수술 경과가 좋아 그는 입원 기간을 아주 즐겁게 보냈다. 로슨과 애설니가 문병을 와주었고, 하루는 애설니 부인이 아이들을 둘씩이나 데리고 찾아오기도 했다. 아는 학생들도 가끔 와서 얘기를 나누다 가 곤 했다. 밀드러드는 일주일에 두 번씩 왔다. 모두가 그에게 잘 해 주었다. 평소에는 남에게 폐를 끼치면 늘 기겁을 하던 필립 이었지만 이번에는 고마워하고 감동했다. 신경 쓰이는 일에서 벗어난 것도 즐거웠다. 입원해 있는 동안만은 장래를 걱정할 필요가 없었다. 언제 돈이 떨어질까 걱정할 필요도 없었고 기 말시험을 걱정할 필요도 없었다. 독서도 마음껏 할 수 있었다. 최근에는 밀드러드가 자꾸 방해를 하는 바람에 책도 제대로 읽지 못했다. 책을 읽기 위해 정신을 집중하려고 하면 그녀는 밑도 끝도 없는 말을 던지고는 했는데 그가 대꾸를 하지 않으 면 금방 토라졌다. 책을 들고 차분히 자리를 잡았다고 생각하 면 또 어김없이 무슨 일거리를 가지고 찾아왔다. 코르크 마개 가 안 빠진다고 그걸 빼 달라거나 망치를 가지고 와서 못을 박아 달라거나 하는 것이었다.

그들은 팔월에 브라이튼에 가기로 결정했다. 필립은 방만 빌리고 싶었지만 밀드러드는 그렇게 되면 자기가 또 밥을 짓거 나 집안일을 해야 되지 않느냐, 식사를 제공해 주는 하숙집에 가야 자기가 하루라도 편히 쉴 수 있지 않느냐고 고집을 부 렸다.

"집에서는 날마다 음식 장만하는 것 신경써야 하잖아요. 지 겨워 죽겠어요. 이번엔 한번 맘껏 쉬고 싶어요."

필립이 졌다. 밀드러드가 마침 켐프 타운에 있는 하숙집 한 군데를 알고 있었는데 일주일에 일인당 이십오 실링밖에 받 지 않는다고 했다. 밀드러드는 방 문제는 자기가 편지를 써서 알아보겠노라고 했다. 하지만 퇴원하고 돌아와 보니 아무것도 해 놓은 일이 없었다. 필립은 화가 치밀었다.

"그렇게 할 일이 많은 줄 몰랐네요."

"어떻게 일일이 다 챙길 수 있어요? 잊어버린 게 내 잘못이에요?"

필립으로서는 당장이라도 바닷가에 달려가고 싶은 마음 때문에 한가롭게 하숙집 주인에게 편지를 쓰고 자시고 할 마음의 여유가 없었다.

"이렇게 합시다. 짐은 역에 맡겨 두고 그 집에 가서 방이 있나 알아본 뒤에, 방이 있으면 짐꾼을 시켜 짐을 가지러 보내기로."

"좋을 대로 하세요." 밀드러드가 토라져 말했다.

워낙 남에게 말 듣는 것을 싫어하는 성미라 그녀는 금방 샐쭉해져서 도도하게 입을 딱 다물고 필립이 떠날 준비를 하는 동안 내내 먼 산만 바라보고 앉아 있었다. 조그만 아파트 안은 팔월 태양 아래 무덥기 짝이 없었고, 길 쪽에서는 고약한 냄새가 배인 더운 바람이 끊임없이 올라왔다. 벽에 빨간 수성페인트를 칠한 특실에 누워 있으면서, 필립은 신선한 대기며 가슴에 부딪치는 바닷물이 너무나 그리웠다. 런던에서 하루라도 더 자야 한다면 미쳐 버릴 것만 같았다. 밀드러드도 피서객으로 벅적대는 브라이튼 거리를 보자 기분이 풀렸고, 두 사람은 신명이 나서 켐프 타운을 향해 마차를 달렸다. 필립은 아이의 볼을 어루만졌다.

"여기서 이삼 일만 지내면 이제 이 볼도 까맣게 되겠죠?" 그는 웃으며 말했다.

그들은 하숙에 도착하여 마차를 돌려보냈다. 지저분해 보이는 하녀 하나가 문을 열어 주어 필립이 방이 있느냐고 묻자 그녀는 물어봐야겠다고 하면서 주인 여자를 부르러 갔다. 이윽고 사무적인 태도가 몸에 밴 뚱뚱한 중년의 여자 하나가 내려와 이런 직업에 이골이 난 눈으로 두 사람을 찬찬히 뜯어보더니 어떤 방이 필요하냐고 물었다.

"독방 둘에, 방 하나에는 어린이용 침대가 있었으면 좋겠는데요."

"그런 방은 없는데요. 널찍한 이인용 방은 하나 있어요. 어린이용 침대는 드릴 수 있고요."

"그건 곤란한데." 필립이 말했다.

"다음 주면 방 하나를 더 드릴 수 있어요. 요즘 브라이튼은 아주 꽉 차서 손님들이 마음대로 고르지 못할걸요. 주는 대로 써야지."

"이삼 일간이라면, 필립, 어떻게 견딜 수 있지 않을까요?" 밀드러드가 말했다.

"아무래도 방 두 개를 쓰는 게 나을 것 같아요. 어디 다른 데라도 좀 소개해 주실 수 있을까요?"

"그거야 어렵지 않지만, 딴 데도 마찬가질걸요."

"아무튼 장소만이라도 가르쳐 주시죠."

그 뚱뚱한 여자는 바로 옆거리에 있는 집을 가르쳐 주었다. 두 사람은 그 집을 찾아갔다. 필립은 아직 지팡이를 짚어야 했고 몸도 허약한 상태였지만 곧잘 걸었다. 아이는 밀드러드가 안고 있었다. 두 사람은 한동안 말없이 걸었다. 그런데 필립이 언뜻 보니 밀드러드가 울고 있지 않은가. 귀찮은 생각에 못 본 체했으나 시선을 끌려고 하는지 그녀가 일부러 말을 붙였다.

"손수건 좀 빌려줄래요? 애 때문에 꺼낼 수 없어 그래요." 얼굴을 돌린 채 그녀는 우느라 목이 메인 목소리로 말했다.

그는 손수건을 꺼내 주었으나 아무 말도 하지 않았다. 눈물을 닦은 그녀는 필립이 아무 말도 없자 이번에는 이렇게 말했다.

"내가 그렇게 싫은가 보죠."

"길거리에서 제발 소란 피우지 말아요."

"방을 그렇게 따로 쓰겠다고 하면 이상하게 보일 거 아니겠어요. 남들이 어떻게 생각하겠어요?"

"사정을 알면 참 정숙한 사람이라고 여기겠죠."

그녀는 곁눈질로 힐끔 그를 보았다.

"설마 우리가 부부가 아니라고 동네방네 떠들고 다니려는 건 아니겠죠?" 그녀가 재빨리 물었다.

"그럴 생각 없어요."

"그럼 왜 군이 부부처럼 지내지 않으려는 거죠?"

"글쎄요, 그건 설명하기 곤란해요. 난 당신을 망신스럽게 할 생각은 없지만, 그렇게는 도저히 못 하겠어요. 우스꽝스럽고 억지 같아 보일 수도 있겠지. 하지만, 나로서도 어쩔 수가 없어요. 한때 당신을 너무 사랑해서 말이죠……." 그는 갑자기 말을 멈췄다. "하여간, 이런 문제는 설명하기가 어려워요."

"끔찍이도 사랑해 주셨겠군요." 그녀는 놀라운 소리를 듣는

다는 듯이 말했다.

그들이 소개받은 하숙집 주인은 눈이 약삭빨라 보이고 입이 수다스러운, 소란스러운 미혼의 중년 여자였다. 여기서는 이인용 방 하나를 쓰면 일주일에 일인당 이십오 실링에 아이 요금으로 오 실링을 추가로 내야 했고, 일인용 방 두 개를 쓰면 일주일에 일 파운드를 더 내야 했다.

"그만큼 더 받을 수밖에 없어요." 여자가 변명하듯 설명했다. "급하면, 일인용 방에도 침대를 두 개 넣어야 하거든요."

"그렇다고 파산하지야 않겠지. 당신 생각은 어때요, 밀드러드?"

"나야 상관있나요. 아무래도 좋아요." 그녀가 대답했다.

필립은 그녀의 토라진 대답을 웃음으로 넘기고 말았다. 짐은 하숙집 여주인이 사람을 시켜 찾으러 보내겠다고 해서 두 사람은 자리에 앉아 한숨 돌렸다. 필립은 발이 좀 아팠는데 의자 위에 올려놓으니 한결 기분이 좋았다.

"같은 방에 앉아 좀 쉬어도 되겠죠?" 밀드러드가 시비를 걸듯이 말했다.

"우리 싸우지 맙시다, 밀드러드." 그가 부드럽게 말했다.

"난 당신이 일주일에 일 파운드를 내다 버릴 만큼 부자인 줄 몰랐어요."

"화내지 마요. 정말, 우리가 같이 지낼 수 있으려면 이렇게 해야 해요."

"날 업신여기는 거죠, 그렇죠?"

"누가 업신여긴다고 그래요. 내가 왜 그러겠어요?"

"너무 부자연스럽잖아요."

"부자연스럽다고? 당신, 날 사랑하지 않잖아요?"

"내가요? 사람을 어떻게 보고 하는 말이에요?"

"당신은 사랑에 빠질 사람 같지 않아요. 안 그래요?"

"모욕적인 말이에요, 그건." 그녀는 샐쭉해서 말했다.

"나 같으면 이런 문제로 소란 떨지 않겠어요."

하숙집에는 여남은 사람이 들어 있었다. 모두가 비좁고 침침한 방의 긴 테이블에서 함께 식사를 했는데, 여주인이 식탁 머리에 앉아 고기를 썰어 나눠 주었다. 음식은 형편없었다. 여주인은 프랑스 요리라고 했으나 그 말은 조잡하게 만든 소스로 저질의 재료를 얼버무렸다는 뜻에 지나지 않았다. 가자미를 넙치로, 뉴질랜드 양고기를 새끼 양고기로 눈가림했던 것이다. 부엌도 작고 불편하기 짝이 없어 제대로 되어 나오는 음식이 없었다. 이 집에 묵는 손님들은 하나같이 답답하고 거드름 떠는 사람들뿐이었다. 나이든 미혼의 딸을 데려온 노숙녀들, 유난히 점잔 빼는 별스러운 늙은 독신 남자, 부인을 데리고 와서 결혼한 딸과 식민지에서 한 가닥 한다는 아들 자랑에 열을 올리는 혈색 나쁜 얼굴의 중년 회사원 같은 사람들이었다. 식사를 하는 가운데 미스 코렐리[70]의 최근 소설이 화제에 올랐다. 앨머태디마보다 레이턴 경이 더 좋다는 사람도 있었고 레이턴 경보다 앨머태디마가 더 좋다는 사람도 있었다. 밀드러드도 가만 있지 못했다. 그녀는 곧 자기가 필립과 얼마나

---

70) 마리 코렐리(Marie Corelli, 1854~1924). 영국의 대중소설가.

로맨틱한 결혼을 했는지 여자들에게 떠들어 댔다. 필립은 자기가 어느새 관심의 대상이 되어 있음을 알았다. 밀드러드는 그의 집안이 지방 명문가인데 그가 '학생'의 몸으로 결혼을 했다고 부모들이 겨우 몇 푼만 던져 주고는 폐적시켜 버렸다고 꾸며 댔다. 밀드러드의 아버지로 말할 것 같으면, 역시 데번셔 지방의 대지주인데, 그녀가 필립 같은 사람과 결혼했다 해서 눈곱만치도 도와주지 않으려 한다는 것이었다. 사정이 이런 형편이라서 하숙집 같은 데를 왔고 애기 유모도 고용하지 못하고 있잖아요. 하지만 워낙 두 사람이 다 넓은 데서 사는 게 버릇이 되고, 또 비좁으면 갑갑증이 나서 이렇게 방을 따로 쓰고 있지 뭐예요. 다른 사람들에게도 다 하숙집에 묵게 된 나름의 사정이 있었다. 독신 남자 가운데 한 사람의 말에 따르면, 자기는 휴가 때 보통 메트로폴[71]로 간다, 하지만 한편으로는 허물없는 사람들 사귀기도 좋아한다, 비싼 호텔에 가면 어디 그런 사람 만날 수 있느냐는 것이었다. 중년이 된 딸을 데려온 할머니 말은, 자기는 런던에 근사한 저택을 가지고 있는데 지금 수리중이어서 딸에게 "그웨니, 금년 휴가는 간소하게 보내야겠구나." 하고 달래서 이곳에 오게 된 것인데 자기들 살던 데와는 영판 다르다고 했다. 밀드러드에게는 이 사람들이 죄다 굉장한 사람들로 보였다. 그녀는 거칠고 평범한 사람들은 질색이었다. 그런가 하면 신사는 어디로 보나 신사여야 한다고 했다.

---

71) 고급 호텔을 말한다.

"진짜 신사 숙녀라면, 어디로 보나 신사여야 해요." 그녀가 말했다.

필립으로서는 이 말이 아무래도 아리송했지만 그녀가 같은 말을 두세 차례 다른 사람에게도 했을 때, 상대방이 과연 옳은 말이라고 맞장구를 치는 것을 보고는 결국 자기만 머리가 나빠 못 알아듣는 거라고 결론지을 수밖에 없었다. 필립이 밀드러드와 둘이만 지내게 된 것은 이번이 처음이었다. 런던에서는 낮 시간에는 서로 얼굴 볼 일이 전혀 없었고, 퇴근하여 돌아오면 밀드러드와 이런저런 집안일이며 아이 문제, 이웃 사람들 소문을 가지고 이야기를 하다가 시간이 되면 필립은 제 공부를 시작했다. 그런데 이제는 온종일 그녀와 함께 보내고 있다. 아침밥을 먹고 나면 바닷가로 나갔다. 수영을 한 차례 하고 바닷가를 산책하고 나면 오전이 후딱 가 버렸다. 밤에는 아이를 재워 놓고 부두로 나가 시간을 보내면 그것도 좋았다. 음악도 들을 수 있었고, 끊임없이 흘러가는 인파를 구경할 수도 있었기 때문이다. (필립은 이 사람들이 어떤 사람들일까 하고 상상해 보면서 그들의 신상과 내력을 추측해 보는 게 재미있었다. 그래서 밀드러드가 뭐라고 말을 걸어 오면 생각이 방해받지 않도록 그저 입만으로 대답하는 버릇이 들어 버렸다.) 하지만 오후 시간은 길고도 따분했다. 바닷가에 앉았다. 밀드러드는 브라이튼이 건강에 좋은 곳이니까 이곳에서 얻을 수 있는 것은 다 얻어 가자고 했다. 밀드러드가 온갖 잡다한 문제로 걸핏하면 말을 걸어 오는 바람에 필립은 책을 제대로 읽을 수가 없었다. 필립이 듣는 둥 마는 둥 하면 불평을 늘어놓았다.

"제발, 그 고리타분한 책 좀 치울 수 없어요? 밤낮 책만 읽어서 좋을 거 뭐 있어요. 머리만 복잡해지지. 그렇지 않아요, 필립?"

"당치도 않은 소리!"

"게다가, 사람을 옆에 두고 예의가 아네요."

도무지 이야기 상대가 안 되는 여자로군, 하고 필립은 생각했다. 게다가 이 여자는 자기가 꺼낸 이야기에도 정신을 집중하지 못했다. 자기 앞으로 개가 달려가거나 어떤 사람이 색다른 운동복이라도 입고 지나가면 뭐라고 꼭 한마디씩을 지껄이는데 그러느라고 자기가 금방 하고 있던 말을 까맣게 잊어버렸다. 사람 이름도 곧잘 까먹곤 했는데, 이름이 생각나지 않으면 짜증을 내면서 한참 하던 이야기를 멋대로 중단하고 골머리를 앓는 것이었다. 그래도 생각이 나지 않으면 포기하기도 한다. 하지만 나중에 갑자기 생각나는 때도 있다. 그런 때는 필립이 무슨 얘기를 하고 있든 상관없이 불쑥 말을 가로막았다.

"맞아, 콜린스였어요. 결국 이렇게 생각날 줄 알았다니까. 콜린스라는 이름이 생각나지 않았던 거예요."

이쪽의 이야기는 전혀 듣고 있지 않았던 게 분명해서 필립으로서는 분통이 터질 일인데도, 그래도 참고 입을 다물고 있을라치면 또 왜 그렇게 무뚝뚝하게 대하느냐고 푸념하는 것이었다. 그녀의 머리로는 추상적인 사고를 단 오 분도 견뎌 내지 못했다. 필립이 자기 취향에 따라 어떤 주제를 일반화시켜 이야기하려고 하면 그녀는 당장 하품부터 했다. 밀드러드는 꿈을 많이 꾸었는데, 꿈만은 기가 막힐 정도로 잘 기억해서 날이면 날마다 꿈 이야기를 시시콜콜히 했다.

어느 날 아침, 소프 애설니로부터 긴 편지가 왔다. 휴일을 멋지게 보내고 있다는 내용이었다. 그가 휴일을 보내는 방식에는 건전한 감각이 엿보였고 역시 그다웠다. 십 년 동안 똑같은 방식으로 휴일을 보낸다고 했다. 온 가족을 데리고 애설니 부인의 고향에서 얼마 떨어지지 않은 켄트의 어느 홉[72] 농장에 가서 홉 따기를 하며 삼 주일을 보내는 것이었다. 그러면 공기 좋은 곳에서 지내면서 돈도 벌고——애설니 부인에게는 그것이 또한 대만족이었다.——어머니 대지를 새롭게 접촉할 수 있었다. 애설니는 바로 이 대지와의 접촉이 중요하다고 강조했다. 자연 속에서 지내면 새 힘이 난다고 했다. 마법 의식과 같은 것이랄까, 그 의식을 통해 그들은 젊음을 되찾았고, 팔다리에 새 힘이 솟구치고, 정신이 새롭게 맑아지는 것을 느꼈다. 그렇지 않아도 필립은 전에 이 문제에 대해 그가 요란하고 생생한 수사를 동원하여 공상에 가득 찬 생각을 이야기하는 것을 들은 적이 있었다. 그런데 이번에 하루쯤 시간을 내어 한번 오라는 것인데, 셰익스피어와 글라스 하프[73]에 대해 고찰해 둔 의견이 있으므로 그걸 얘기해 주고 싶고, 애들도 필립 아저씨

---

72) 여러해살이 덩굴풀. 열매는 솔방울 비슷하며 방향과 쓴 맛이 있어 맥주의 향미제로 쓰인다.

73) 영국 소설가 올리버 골드스미스(Oliver Goldsmith, 1728~1774)의 소설 『웨이크필드의 목사(The Vicar of Wakefield)』에 나오는 말을 인용한 것. 상류 계층 사람들 사이에 유행했던 이야기 주제들로 그림, 취미, 셰익스피어, 글라스 하프 등이 언급되고 있다. 글라스 하프는 18세기 유럽에서 인기 있었던 악기였다.

가 보고 싶어 안달이라고 했다. 필립은 오후에 밀드러드와 바닷가에 앉아 쉬면서 편지를 다시 읽었다. 애설니 부인은 자식을 그렇게 많이 두었으면서도 명랑성을 잃지 않았고, 늘 따뜻하게 환대해 주었으며 성격이 좋았다. 그리고 샐리, 나이에 비해 근엄하고, 우습게도 어머니처럼 행동하면서 어른 같은 의젓함을 갖춘, 길게 땋아 늘인 금발과 시원스러운 이마의 아가씨. 그리고 명랑하고 떠들썩하며 건강하고 잘생긴 나머지 아이들. 필립은 자기도 모르게 이들에게 마음이 끌렸다. 이들에겐 그가 여태껏 아무에게서도 발견하지 못했던 미덕이 있었는데 그것은 다들 선하다는 점이었다. 이제야 깨닫게 되었지만 그의 마음을 끌고 있었던 것은 다름 아닌 선한 심성의 아름다움이었다. 이론상으로 그는 선(善)을 믿지 않았다. 도덕이 편의의 문제에 지나지 않는 것이라면, 선이라든가 악이라든가 하는 것은 아무런 의미도 없었다. 논리를 거역하기는 싫었다. 하지만 여기엔 애써 노력하지 않아도 이미 갖추어져 있는 타고난 것으로서의 소박한 선이 있었다. 그것이야말로 아름다운 것이라고 여겨졌다. 곰곰이 생각한 끝에 필립은 편지를 천천히 찢어 버렸다. 밀드러드를 두고 갈 수도 없는 노릇이었고 그렇다고 데리고 가고 싶지도 않았다.

날씨는 무덥고 하늘엔 구름 한 점 없었다. 그들은 그늘을 찾아 더위를 피하고 있었다. 아이는 바닷가에서 조약돌을 만지작거리며 골똘하게 놀고 있다. 이따금 필립에게 기어 와 돌을 하나 쥐어 주었다가, 다시 빼앗아 조심스럽게 땅에 내려놓곤 한다. 자기만이 아는 어떤 비밀스럽고도 복잡한 놀이를 하고 있는가. 밀드러드는 잠들어 있었다. 머리를 뒤로 젖히고 입을 약간 벌린 채, 두 다리를 쭉 뻗고 누워 있다. 속옷 밑으로 목이 긴 구두가 흉측하게 삐져나와 있다. 그녀에게 무심한 눈길을 던지고 있던 필립은 이제 새삼스레 그 여자를 자세히 뜯어보았다. 생각해 보면 한때 이 여자를 미친 듯이 사랑했었다. 그런데 이제는 왜 그토록 철저히 무관심하게 되었을까. 이 백팔십도의 변화에 기가 막혀 그의 마음은 둔중한 아픔에 가득 찼다. 그동안의 고통이 죄다 헛것이 되고 말았단 말인가. 한때는 그녀의 손길이 닿기만 해도 넋을 잃을 지경이었다. 그녀의 영혼 안으로 뛰어 들어가 모든 생각, 모든 감정을 함께 나누고 싶은 적도 있었다. 그러나 한편으로 얼마나 고통스러운 일이 많았던가. 그러니까 가령, 두 사람 사이에 잠시 침묵이 흐른 뒤, 그녀가 입을 열어 한마디 한다. 그 말을 듣고 나면 두 사람이 서로 얼마나 동떨어진 생각을 하고 있었던가를 알 수 있다. 필립은 그때까지 마음과 마음을 단절시키는 그 넘을 수 없는 벽을 무너뜨리고자 애써 왔다. 생각해 보면, 한때 이 여자를 미친 듯이 사랑했다가 이제는 전혀 사랑하지 않는다는 것, 그것은 야릇한 비극이었다. 이제 그녀가 지긋지긋하게 여겨질 때도 있다. 이 여자는 배운다는 것을 전혀 몰랐다. 인생의 경험을 통해서도 배우는 바가 없었다. 전에도 늘 그랬지만 지금도 예의라곤 조금도 없다. 하숙집에서 고된 일을 하고 있는 하녀에게 거드럭거리며 말하는 것을 듣고 있노라면 필립은 역겨움이 치밀어 올랐다.

그러다가 그는 자신의 장래 문제도 생각해 보았다. 사 년째 공부가 끝나면 산과학(產科學) 시험을 치를 수 있다. 그리고 일 년만 더 공부하면 자격을 따게 된다. 그러고 나면 스페인 여행도 가능하리라. 사진으로만 보았던 그림들을 직접 보고 싶었다. 아무래도 엘 그레코가 자기에게는 퍽 중요한 비밀을 쥐고 있는 것 같았다. 톨레도에 가게 되면 그 비밀을 알아낼 수 있을 것이다. 호사하고 싶은 마음은 없으니 백 파운드면 스페인에서 육 개월은 보낼 수 있을 터이다. 머캘리스터가 한 번 더 좋은 것을 소개해 주면 그만 한 돈은 쉽게 만들 수 있으리라. 아름다운 옛 도시들, 그리고 카스티야의 황색 평원을 생각하면 벌써부터 마음이 달아올랐다. 틀림없이 스페인에서는 지금보다 더 풍부한 삶을 체험할 수 있고, 더 강렬한 삶을 살 수 있을 것이다. 그 옛 도시들 어딘가에서 개업을 할 수도 있으리라. 지나가는 사람이든 눌러사는 사람이든 외국인들이 많은 곳이니 생활비쯤이야 벌 수 있을 것이다. 그러나 그건 나중 일이다. 우선 두어 군데 병원 근무를 거쳐야 한다. 그래야 경험도 생기고 나중에 일자리 얻는 것도 쉬워진다. 대양을 돌아다니는 대형 부정기 화물선의 선의(船醫) 자리를 하나 얻었으면 싶었다. 그래서 배가 항구마다 들러 한가로이 짐을 싣는 동안 그는 이국의 풍물을 구경하고 싶었다. 동양에 가 보고 싶었다. 방콕과 상하이, 그리고 일본 항구들의 풍경이 그의 뇌리에 꽉 차 있었다. 야자수와 새파란 열대의 하늘, 검은 피부의 사람들, 온갖 형상의 탑들을 그는 머릿속에 그려 보았다. 그의 콧구멍은 벌써 동방의 향기에 취해 있었다. 아름답고 낯선 세계에 대한 열망으로 그는 가슴이 뛰었다.

밀드러드가 잠에서 깼다.

"어머, 깜빡 잠이 들었나 봐." 그녀가 말했다. "아니 어쩜, 이 장난꾸러기 아가씨, 도대체 무슨 짓을 하고 놀았지? 어저께만 해도 말짱했던 옷이, 이것 좀 봐요 글쎄, 필립."

95

런던에 돌아온 필립은 외과 병동에서 드레싱 실습보조원 일을 시작했다. 외과는 내과보다는 흥미를 덜 끌었다. 더 경험적인 학문인 내과 쪽이 상상력을 더 폭넓게 자극했던 것 같다. 하는 일은 내과 쪽 일보다 약간 힘들었다. 아홉 시부터 열 시까지 강의에, 강의가 끝나면 병동으로 간다. 병동에서는 상처의 붕대를 풀고, 실을 뽑아 내고, 다시 붕대를 감아 주는 일을 했다. 필립은 붕대 감는 데는 제법 자신이 있어 간호사들로부터 칭찬을 받기도 했는데 그러면 기분이 썩 좋았다. 매주 며칠은 오후에 정해 놓고 하는 수술이 있었다. 그는 계단식 수술실 연단[74]의 수술대 곁에 흰 가운을 입고 서서, 집도의(執刀醫)가 원하는 수술 기구를 재빨리 건네주거나, 의사가 수술 부위를 잘 볼 수 있도록 스폰지로 피를 끊임없이 닦아 냈다. 어쩌다 평소에 하지 않는 드문 수술을 할 때에는 계단식 수

---

74) 서양의 의학교 수술실은 대개 극장식 계단 좌석을 갖추고 교단 또는 연단 위치에 수술대가 있다.

술실이 학생들로 꽉 차지만, 보통 때는 참관 학생이 대여섯 명을 넘지 않기 때문에 그런 때는 수술이 오붓한 분위기에서 진행되어 좋았다. 이때만 해도 온 세계가 맹장염에 관심이 많았는지 이 병으로 수술실에 실려 오는 환자들이 많았다. 필립을 조수로 데리고 있던 의사는 누가 더 짧은 시간에, 더 작은 절개로 맹장을 제거할 수 있는가 하는 문제로 동료 의사 한 사람과 선의의 경쟁을 벌이고 있었다.

얼마 안 있어 필립은 응급실 근무를 맡게 되었다. 드레싱실습보조원들은 이 근무를 교대로 하게 되어 있었다. 삼 일간 하는 근무인데 이 기간 동안에는 병원에 묵으면서 식사도 휴게실에서 하게 된다. 일 층 응급실 가까이에 침대가 갖추어진 방이 하나 있었는데 낮에는 침대를 벽장에 넣어 두었다. 구급 환자가 언제 들어올지 모르기 때문에 당번 실습보조원은 낮이나 밤이나 대기하고 있어야 했다. 가만히 쉴 틈이 없었다. 밤에도 머리맡의 비상벨이 두어 시간이 멀다 하고 울렸는데 벨이 울리면 본능적으로 벌떡 일어났다. 제일 바쁜 날은 당연히 토요일 밤으로, 술집 문 닫을 시간이 그중에서도 제일 바빴다. 고주망태가 되어 경찰에 끌려오는 남자들이 많았다. 이런 때는 위 세척을 해야 한다. 술에 취한 데다가 남편에게 얻어맞아 이마가 깨지거나 코가 터져 피를 흘리면서 들어오는 여자들도 있었다. 개중에는 남편을 고소하겠다고 소리소리 지르는 여자가 있는가 하면, 창피해서 그냥 사고라고 얼버무리는 여자도 있었다. 환자가 들어오면 조수는 자기가 할 수 있는 처치를 최대한 하지만, 중상이다 싶은 경우는 병원에 체류

하는 수련의를 부른다. 이런 경우 아주 신중을 기해야 하는데 수련의가 오 층에서 다섯 계단이나 내려와서 아무것도 아니라는 게 밝혀지면 잔뜩 짜증을 내기 때문이다. 응급 환자들은 손가락을 벤 사람에서부터 목에 칼을 맞은 사람에 이르기까지 가지각색이었다. 기계에 손이 결딴난 소년들이 실려 오는가 하면 마차에 치인 사람, 험하게 놀다가 뼈를 부러뜨린 아이들이 실려 왔다. 이따금 자살 미수자도 경찰에 실려 왔다. 필립이 본 한 자살 미수자는 눈빛이 무섭고 거친 사내로 목 한쪽 끝에서 다른 쪽 끝까지 깊은 상처가 나 있었다. 이 사내는 경찰관 감시 아래 여러 주일 입원해 있었는데, 자살이 미수로 그치고 만 것에 분통이 터지는지 시무룩한 얼굴로 한마디도 하지 않았다. 그자는 퇴원하기만 하면 그 즉시 죽어 버리고 말겠다고 공공연하게 말했다. 병실은 언제나 만원이었다. 그래서 병원 상주 수련의는 환자가 경찰에 실려 오면 언제나 난감해했다. 환자가 병원으로 실려 와서 죽기라도 하면 신문에 좋지 않은 기사들이 나기 때문이다. 하지만 환자가 지금 죽어가고 있는 상태인지, 아니면 단순히 술에 취해 정신이 없는 상태인지 분간하기가 어려운 때도 있었다. 필립은 잠자리에 들어한 시간도 못 되어 다시 불려 일어나기가 귀찮아서 아주 고단하기 전까지는 잠자리에 들지 않았다. 대신 응급실에 앉아 대기하면서 짬이 나면 야간 간호사와 이야기를 나누었다. 야간 간호사는 머리가 반백에 생김새가 남자 같은 여자였는데 응급실에서 야간 간호사 일을 한 지가 벌써 이십 년째였다. 혼자 꿋꿋하게 사는 사람이었고 성가시게 굴 동생도 없었기 때문에 그녀는 자기가 하는 일에 만족이었다. 동작은 느렸지만 아주 노련했고, 하는 일에 실수가 없었다. 미숙하기도 하고, 곧잘 긴장하는 실습보조원들로서는 그녀가 곁에 있어 늘 든든했다. 실습보조원들을 수없이 많이 대해 본 그녀는 그들을 대단하게 여기지 않았고, 어느 실습보조원들에게나 '미스터 브라운'이라고 불렀다. 그들이 본명으로 불러 달라고 하면 그저 그때만 고개를 끄덕이고 여전히 '미스터 브라운'이라고 부르는 것이었다. 환자가 없을 때, 필립은 말털 덮개를 씌운 소파가 두 개 놓여 있고 가스등 불이 너울거리는 응급실에서 그녀와 함께 앉아 이야기를 듣는 게 즐거웠다. 그녀는 벌써 오래전부터 병원에 실려 오는 환자들을 인간으로 보지 않게 되었다고 했다. 그저 음주 만취, 팔 골절, 목 절상(折傷)으로 보인다는 것이었다. 그녀는 세상에 미만한 악과 불행과 잔인성을 어쩔 수 없는 현상으로 받아들였다. 인간의 행위에는 찬양할 것도 비난할 것도 없다는 생각이었다. 주어진 현상을 받아들인다는 태도였다. 그녀의 말에는 일종의 음울한 유머가 있었다.

"한번은 템스강에 뛰어들어 죽으려는 사람이 있었어요." 그녀가 필립에게 말했다. "사람들이 건져 내 이리로 실어 왔죠. 그런데 열흘 뒤에 보니까 그때 마신 강물 때문에 장티푸스에 걸려 버리고 말았어요."

"죽었나요?"

"그야, 죽었죠. 그런데 그걸 자살로 봐야 할지, 말아야 할지 모르겠더라구요. 이상한 사람들이에요, 자살하는 사람들 말이죠. 또 한 사람 생각나는데, 이 사람은 일자리를 잃은 데다

가 마누라도 죽어 버리자 옷가지를 전당포에 잡히고 권총을 한 자루 샀어요. 그런데 그만 실수를 해서 한쪽 눈만 다치고 죽진 않았죠. 그런데 말예요, 한쪽 눈을 날리고 얼굴 한쪽도 날아갔는데 이 사람이 내린 결론은 글쎄, 이 세상이 알고 보니 그리 험악한 데가 아니라는 거예요. 그러곤 그 뒤로 잘 살았죠. 내가 그동안 겪어 본 바로는요, 사랑 때문에 죽는 사람은 생각만큼 없어요. 다 소설가들이 지어 내는 이야기죠. 자살은 주로 돈 때문에 해요. 알 수 없는 노릇이지만."

"사랑보다는 돈이 중요하지 않겠어요?" 필립이 대꾸했다.

아무튼 이즈음 필립의 머리를 꽉 채우고 있던 것은 돈 문제였다. 뒤늦게야 깨달았지만, 그가 짐짓 태연하게 되풀이했던 말, 그러니까 한 사람 비용으로도 두 사람이 살 수 있다고 한 말은 맞는 말이 아니었고, 이제 생활비가 걱정스러워지기 시작했던 것이다. 밀드러드는 알뜰한 살림꾼이 못 되었다. 그래서 외식하면서 사는 것만큼이나 돈이 많이 들었다. 애 옷도 사 주어야 했고, 밀드러드는 부츠며 우산, 그 밖에 그녀로서는 없이는 못 사는 자질구레한 것들을 사야 했다. 브라이튼에서 돌아온 뒤, 그녀는 일자리를 구하겠노라고 큰소리쳤지만 적극적으로 나서서 알아볼 생각을 하질 않았고, 게다가 얼마 안 있어 감기에 걸려 보름이나 누워 있어야 했다. 몸이 나은 후에는 광고를 보고 두어 군데 찾아가 보긴 했지만 아무 소득도 없었다. 너무 늦게 찾아가 이미 자리가 찬 뒤거나, 자기 힘에 부치는 일거리이거나 둘 중에 하나였다. 한번은 고용 제의를 받았는데 보수가 일주일에 십사 실링밖에 되지 않는다면서 아무려면 그만 한 보수로 일을 할 수 있느냐고 했다.

"궁하다고 이쪽에서 손해 보면서 들어가는 건 좋지 않아요." 그녀가 말했다. "사람이 너무 싸구려로 굴면 존중을 못 받거든요."

"십사 실링이면 그리 나쁜 것도 아닌데." 필립이 비꼬았다.

필립으로서는 그만 한 액수라면 가계에 상당한 보탬이 되리라는 생각을 지울 수 없었다. 그런데도 밀드러드는 면접할 때 변변한 옷차림을 하지 못해 자꾸 떨어진다는 투로 말하기 시작했다. 옷을 사 주자 두어 차례 더 시도를 하기는 했지만 아무리 봐도 적극적인 시도는 아니었다. 애초에 일자리를 얻고 싶은 마음이 없었다. 돈을 쥐는 방법은 이제 증권 거래밖에 없었다. 필립은 지난 여름의 행운이 다시 오기를 바랬다. 하지만 트란스발에 전쟁이 터져[75] 남아프리카 증권 시장은 별 볼일이 없었다. 머캘리스터 말로는, 레드버즈 불러[76]가 한 달 뒤에는 프리토리아에 진주할 것이기 때문에 그때가 되면 경기가 좋아질 것이라고 했다. 참을성 있게 기다리는 수밖에 없었다. 그들이 바라는 것은 영국군이 불리해져 주가가 떨어지는 것

---

75) 트란스발은 남아프리카 공화국의 주 이름으로, 세계 제일의 금 생산지이다. 이곳에서 터진 전쟁이란 '남아프리카 전쟁', 다른 말로 '보어 전쟁(Boer War)'을 말한다. 보어 전쟁은 남아프리카 공화국의 네덜란드 정착민(보어인)들과 영국인 정착민 사이의 싸움이었다. 이 전쟁은 1899년에서 1902년까지 계속되었다. 이 전쟁에서 보어인들은 매우 용맹하여 영국군에게 많은 괴로움을 주었으나 결국에는 영국인이 이겼다.

76) 레드버즈 헨리 불러(Redvers Henry Buller, 1839~1908). 영국의 장군으로 당시 남아프리카 공화국 파견군의 사령관.

이었다. 그때 주를 사들이면 유리하기 때문이다. 필립은 그가 애독하는 신문의 '시정잡담(市井雜談)'란을 열심히 읽기 시작했다. 그는 걱정 때문에 신경이 날카로워졌다. 한두 번 밀드러드에게 말을 심하게 한 적이 있는데, 워낙 이런 경우에 대처하는 요령도 없고 참을성도 없는 그녀가 화를 내며 대드는 바람에 곧 싸움으로 번지고 말았다. 싸움 뒤에 필립은 으레 자기가 한 말을 후회하고 용서를 비는 편이지만 밀드러드는 용서라는 것을 몰라 한번 싸우고 나면 이삼 일간은 부루퉁해 있곤 했다. 그녀가 하는 짓 하나하나가 필립은 신경에 거슬렸다. 밥을 먹는 태도가 그랬고 거실 사방에 구질구질하게 옷을 어질러 놓는 버릇이 그랬다. 필립은 그때 전쟁의 추이에 정신을 빼앗겨 조석간 가리지 않고 닥치는 대로 신문을 읽고 있었다. 하지만 그녀는 세상 돌아가는 일에 눈곱만치도 관심이 없었다. 그동안 알게 된 동네 사람이 두서넛 있었던 모양인데 그중 한 사람이 그녀에게 보좌사제가 심방을 하고 싶어한다고 했던가 보았다. 그녀는 결혼 반지를 끼고 필립의 아내 행세를 했다. 필립의 방에는 파리 시절에 그린 두세 개의 누드화가 걸려 있었다. 두 개는 나부였고, 하나는 미겔 아후리아를 그린 것으로 모델이 주먹을 거머쥔 채 두 다리를 떡 버티고 서 있는 자세를 그린 작품이었다. 필립은 이것들이 자기가 그린 것 가운데 제일 잘된 그림들이라 걸어 놓고 있었다. 행복했던 지난날의 추억거리이기도 했다. 그런데 밀드러드에게는 오래전부터 이 그림들이 못마땅했다.

"저 그림들 좀 떼어 버렸으면 좋겠어요, 필립." 마침내 그녀가 말을 끄집어냈다. "저 13번지에 사는 포먼 부인이 어제 오후에 왔었는데, 어디다 눈을 둬야 할지 몰라 민망해서 정말 혼났어요. 저것들을 아주 이상한 눈으로 보더라니까요."

"아니, 저 그림들이 어때서요?"

"점잖지 못해요. 뭐랄까, 보기 흉하잖아요, 벌거벗은 사람 그림을 다 걸어 놓고. 애기한테도 안 좋고요. 이제 이것저것 알아 가기 시작하고 있는데."

"당신은 왜 그렇게 저속하지?"

"저속하다구요? 정숙한 거죠. 여태껏 아무 말 하지 않았지만 말예요, 그래 당신은 내가 하루 종일 저 발가벗은 사람들을 쳐다보고 좋아하기라도 할 것 같았어요?"

"밀드러드, 당신에겐 유머 감각도 없어요?" 필립이 쌀쌀하게 말했다.

"도대체 유머 감각하고 이 문제가 무슨 관계가 있단 말예요. 내 손으로 직접 떼 버리고 싶은 마음이 굴뚝같아요. 내가 저것들을 어떻게 생각하는지 한번 말해 볼까요? 아주 흉측해요."

"당신 생각 따윈 알고 싶지 않아요. 그리고 그림에 손대는 거 허용하지 않겠어요."

밀드러드는 필립에게 화가 나면 으레 그 화풀이를 아이에게 했다. 필립도 아이를 귀여워했지만 아이도 필립을 따랐다. 그래서 아침이면 그의 방으로 뒤뚱뒤뚱 걸어왔고(곧 두 살이 되는 나이라 제법 잘 걸었다.) 필립이 침대 위로 번쩍 안아 올려 주면 아주 좋아했다. 밀드러드는 심사가 틀어지면 아이를 필립의 방에 가지 못하게 했는데, 그럴 때면 이 불쌍한 아이는 요란하게 울어 대곤 했다. 필립이 무어라고 나무라면 그녀는 으레 이런 식으로 대꾸했다.

"그러면 버릇이 되잖아요."

그래도 그가 한마디 더 하면 이번에는 이렇게 말했다.

"내 자식 내 맘대로 하는데 당신이 무슨 상관이에요. 누가 들으면 당신이 애 아빠 줄 알겠어요. 난 이 애 엄마라구요. 엄마로서 이 애에게 좋고 나쁜 건 가려야 하잖아요."

아둔하기 짝이 없는 이러한 태도에 필립은 분통이 터졌다. 하지만 이제는 별다른 관심을 두고 있지 않기 때문에 그녀로 인하여 화가 나는 일도 그렇게 잦지는 않았다. 그녀와의 생활도 익숙해진 셈이었다. 크리스마스가 되어 필립은 이틀간의 휴가를 얻었다. 그는 호랑가시나무를 사다가 방을 장식하고 크리스마스 날엔 밀드러드와 아이에게 각각 조그만 선물을 하나씩 했다. 식구가 두 사람뿐이어서 칠면조를 사기는 무엇해서 밀드러드가 닭을 한 마리 사서 굽고 동네 식품점에서 크리스마스 푸딩을 하나 사서 끓였다. 기분을 내서 포도주도 한 병 샀다. 식사를 마치고 난 뒤, 필립은 불가의 안락의자에 앉아서 파이프를 피웠다. 오랜만에 마신 포도주로 취한 덕분인지 늘 머리를 떠나지 않았던 돈 걱정도 잠시 잊을 수 있었다. 행복하고 편안했다. 얼마 안 있어 밀드러드가 들어와서 아이가 잠자리에 들기 전에 키스를 해 달란다고 했다. 그는 기분이 좋아 얼굴에 함박웃음을 띠고 밀드러드의 침실로 들어갔다. 필립은 아이에게 이제 자야지 하고 말하고, 등불을 끈 다음, 밤중에 아이가 울 경우를 생각해서 문을 열어 둔 채 거실로 돌아왔다.

"당신은 어디에 앉지?" 그가 밀드러드에게 물었다.

"당신은 당신 의자에 앉으세요. 난 그냥 바닥에 앉겠어요."

필립이 의자에 앉자 그녀는 벽난로 옆에 자리를 잡고 앉아 그의 무릎에 머리를 기대었다. 불현듯 복스홀 브리지 로드에 있던 그녀의 하숙집에서도 두 사람이 그런 식으로 앉아 있었던 일이 떠올랐다. 위치만 바뀌었을 뿐이다. 그때는 그가 바닥에 앉아 밀드러드의 무릎에 머리를 기대었었다. 그때는 정말이지 얼마나 미친 듯이 그녀를 사랑했던가! 그런 생각을 하다 보니 새삼 밀드러드에 대해 그동안 오래 잊고 있던 따뜻한 감정이 되살아나는 느낌이 들었다. 그의 목을 껴안았던 아이의 부드러운 팔이 아직도 그의 목을 감고 있는 것 같았다.

"기분 좋아요?" 하고 그가 물었다.

그녀는 그를 올려다보고는 가볍게 미소를 지으면서 고개를 끄덕였다. 두 사람은 아무 말 없이 한동안 물끄러미 불꽃을 응시했다. 이윽고 그녀가 몸을 돌리고 알 수 없다는 표정으로 그를 빤히 바라보았다.

"내가 여기 온 뒤로 당신은 한 번도 키스해 주지 않았어요. 알고 있어요?" 그녀가 불쑥 물었다.

"키스하고 싶어요?" 그는 웃는 얼굴로 말했다.

"이제 그런 식으로는 좋아하지 않는가 보죠?"

"아니, 아주 좋아하는데요."

"아이를 훨씬 더 좋아하잖아요?"

필립은 대답하지 않았다. 그녀가 그의 손에 볼을 갖다 댔다. 이윽고 그녀는 눈길을 내리깐 채 물었다.

"이제 나 때문에 화난 것, 다 풀린 거지요?"

"내가 대체 왜 화를 내겠어요?"

"정말이지, 지금처럼 당신이 좋아 본 적이 없네요. 불구덩이를 통과하고 나니 이제야 당신을 사랑하는 법을 알게 됐어요."

그 말을 듣고 필립은 소름이 끼쳤다. 그녀는 지금 자기가 좋아하는 싸구려 소설에서 읽은 표현을 써먹고 있었다. 그러면서 필립은 방금 그 말이 그녀 자신에게는 어떤 의미를 갖는 것일까 하고 생각했다. 하기는 《패밀리 해럴드》[77] 같은 데서 볼 수 있는 과장된 어법을 사용하는 것 말고는 달리 자신의 진정한 감정을 표현할 방법을 모를 수도 있으리라.

"우리가 이런 식으로 살고 있는 게 참 이상해요."

필립은 한동안 대답하지 않았다. 두 사람 사이에 다시 침묵이 흘렀다. 이윽고 그가 입을 열었지만 그 사이에 침묵의 간격이 있었음을 인식하지 못한 듯했다.

"내게 화를 내선 안 돼요. 이럴 수밖에 없으니까요. 당신이 내게 이런 일, 저런 일, 또 다른 일로 날 괴롭혔을 때 난 당신이 잔인하고 나쁜 사람이라고 생각했어요. 지금도 그걸 잊을 수 없어요. 하기야 어리석은 건 나였죠. 당신은 날 사랑하지 않았으니까. 사랑하지 않는다고 탓하는 건 우스운 일이고요. 난 당신이 나를 사랑하도록 할 수 있다고 생각했죠. 하지만 이제 그게 불가능하다는 걸 깨달았어요. 당신의 무엇이 당신을

---

77) 유익한 정보와 흥밋거리 이야기들을 실어 발간했던 주간지.

사랑하도록 만드는지 모르겠어요. 하지만 그게 뭐든 중요한 건 그것 단 하나예요. 그게 없다면 아무리 다정하거나 너그러워도, 아무리 그 비슷한 좋은 점이 있다 해도 그것만으로는 모자라요."

"난, 당신이 날 진정으로 사랑했다면 지금도 여전히 사랑하리라고 생각했어요."

"나도 그렇게 생각했던 것 같아요. 지금도 기억하지만, 그 사랑이 영원히 가리라고 생각했죠. 당신을 잃는다면 차라리 죽어 버리는 게 낫겠다고까지 생각했어요. 당신이 늙어서 쭈글쭈글해지기를 바라기도 했고요. 딴 사람들이 당신을 좋아하지 않고 나만이 당신을 독점할 수 있도록 말이에요."

그녀는 아무 대꾸도 하지 않았다. 이윽고 그녀는 자리에서 일어나 그만 자러 들어가야겠다고 말했다. 어색한 미소를 어렴풋하게 띠고 있었다.

"오늘은 크리스마스 날이에요, 필립. 굿나잇 키스 해 주지 않을래요?"

필립은 약간 얼굴을 붉히며 소리 내어 웃고는, 그녀에게 키스했다. 여자는 자기 방으로 들어갔고, 필립은 책을 읽기 시작했다.

96

이삼 주 뒤에 고비가 왔다. 필립의 태도 때문에 밀드러드는 이상한 격앙 상태에 빠지게 되었다. 그녀의 마음속에서 온 갖 감정이 교차했고, 기분이 변덕스럽게 자꾸만 바뀌었다. 많은 시간을 혼자 보내면서 그녀는 제 처지를 곰곰이 생각해 보았다. 이 모든 감정을 죄다 드러내 놓고 표현하지는 않았다. 자신도 잘 모를 감정들이었기 때문이다. 하지만 마음속에 유난히 강하게 자리 잡고 있는 것도 있어서 그녀는 그것을 되풀이하여 곱씹어 보았다. 그녀로서는 필립이라는 사람을 도저히 이해할 수 없었고, 마음에 들지도 않았다. 그러나 그가 신사임은 분명했기 때문에 그를 곁에 두고 있는 건 나쁘지 않았다. 필립의 부친이 의사였고 백부가 성직자라는 사실도 그녀에게는 대단하게 생각되었다. 한때 그를 마음껏 농락해 본 적도 있기 때문에 얼마간 깔보는 마음도 있었지만 한편으로 그가 앞에 있으면 어쩐지 마음이 편하지 않았다. 함부로 굴 수가 없었다. 행동거지 하나하나를 그가 흠잡고 있는 것만 같았다.

처음 케닝턴의 이 작은 하숙집에 왔을 때 그녀는 심신이 지쳐 있기도 했고 부끄럽기도 했다. 그래서 혼자 있는 게 좋았다. 방세를 물지 않아도 될 뿐 아니라, 비가 오나 눈이 오나 세상에 나가 일을 하지 않아도 되고, 몸이 불편하면 가만히 자리에 누워 있을 수도 있다고 생각하니 위안이 되기도 했다. 생각하면 이전의 생활은 지긋지긋했다. 아무에게나 애교를 떨어야 하고 아무에게나 굽신거려야 한다는 것은 정말 끔찍한 노릇이었다. 지금도 지난날의 생활이 떠오를 때마다 뭇 사내들의 거친 태도와 험한 말투가 생각났고, 그럴 때면 그녀는 제 신세가 처량하여 눈물이 나왔다. 하지만 이제 지난날 생각은 별로 떠오르지 않는다. 필립이 자기를 구해 준 것은 분명 고마워해야 할 일이었다. 생각해 보면 필립은 자기를 얼마나 진심으로 사랑했던가. 그리고 또 자기는 그에게 얼마나 못되게 굴었던가. 그걸 생각하면 후회가 가슴에 사무쳤다. 빚을 갚는 게 어려운 일은 아니었다. 그녀로서는 아무것도 아니었다. 자기의 뜻을 거절해서 놀랍긴 하지만 뭐, 싫다는 덴 도리가 없지 않은가. 얼마든지 점잖은 척하라지, 두고 보라지, 자기가 먼저 곧 안달할 게 뻔해, 그러면 이번엔 내가 퇴짜 놓는 거지 뭐. 내가 뭘 아쉬워한다고 생각하면 크게 잘못 생각한 거야. 그녀는 필립이 제 손안에서 놀고 있다고 철석같이 믿고 있었다. 좀 특이한 사람이긴 하지만, 이 사람에 대해선 하나부터 열까지 안다는 자신이 있었다. 종종 싸움도 벌이고, 두 번 다시 보지 않겠다고 큰소리 탕탕 치고 나서도 이내 무릎을 꿇고 빌지 않던가 말이다. 전에 필립이 자기에게 얼마나 쩔쩔맸나를 생각하면 기분이 짜릿했다. 자기가 밟고 지나겠다고 하면 그는 땅바닥에 넙죽 엎드리기라도 했으리라. 엉엉 울어 대는 것도 보았다. 난 이 사람 다루는 법을 훤히 알아, 관심을 전혀 두지 말고 자기 기분을 알아차리지 못한 척하면서, 철저히 외롭게 놔두는 거야, 그러면 얼마 뒤엔 틀림없이 굴복하게 되어 있어. 그녀는 혼자서 후훗 하고 기분 좋게 웃었다. 필립이 전에 치욕을 당하면서까지 자기에게 용서를 빌던 일이 떠올랐던 것이다. 그러면 그녀는 못 이기는 체 받아들이고 그를 마음대로 가지고 놀지 않았던가. 남자라는 것을 죄다 알아 버린 지금, 남자와는 더 이상 상종하고 싶은 마음이 없었다. 필립과 안정되게 사는 편이 좋았다. 필립이야 어디를 보아도 신사는 신사였다. 그거야말로 깔볼 수 없는 일이 아닌가. 어쨌든 서둘 것은 없고, 자기 쪽에서 먼저 수를 써야 할 필요도 없다. 그녀는 필립이 아이에게 폭 빠져 있는 것을 보고 기분이 좋았다. 우습기는 했지만 말이다. 남의 자식을 그처럼 애지중지하다니 고소를 금치 못할 노릇이었다. 별난 사람은 별난 사람이었다.

뜻밖의 일이 한두 가지 있긴 했다. 여태껏 그녀는 필립의 쩔쩔매는 태도에 익숙해 있었다. 전에는 그녀를 위한 일이라면 무어든 기꺼이 했다. 심한 말을 하면 금세 풀이 죽고, 다정한 말 한마디면 기뻐서 어쩔 줄 몰랐다. 그런데 이제는 딴판이 되었다. 그녀는 필립이 지난 일 년 동안 전혀 변하지 않았다고 생각했다. 필립의 감정에도 변화가 있을 수 있다는 생각은 조금도 하지 못했던 것이다. 그녀의 심술을 필립이 모른 체하면 그녀는 그것이 일종의 연극이라고 생각했다. 책을 읽고 싶다면서 그녀더러 잔소리는 그만두라고 할 때도 있었다. 이럴 때 그녀는 벌컥 화를 내야 할지, 아니면 그냥 토라지고 말지 판단이 서지 않아 이러지도 저러지도 못했다. 그런 다음에는 으레 대화를 하게 되었는데 필립은 두 사람 관계를 플라토닉하게 유지하고 싶다고 말했고, 그녀는 그녀대로 두 사람이 다 아는 지난날의 사건을 떠올리고, 필립이 혹 임신을 걱정하고 있는지도 모른다고 생각했다. 그녀는 필립을 안심시키려고 애썼다. 소용없는 일이었다. 밀드러드라는 여자는 자기가 섹스에 집착해 있었기 때문에 남자도 응당 그러리라고 믿어 버리고 그러지 않을 가능성에 대해서는 전혀 생각지 못했다. 그녀의 남자 관계란 섹스를 통해서만 맺어진 것이라 남자가 섹스 말고 다른 데 관심을 둘 수 있다는 사실을 도무지 이해하지 못했던 것이다. 혹시 딴 여자가 있나 하여 병원 간호사들이라든가 밖에서 만나는 여자들을 염두에 두고 필립을 세심하게 관찰해 보기도 했다. 이리저리 유도 질문을 해 보아도 결론은 애설니 집에 위험한 사람은 없다는 것이었다. 또한 대개의 의학도들처럼, 필립도 일 때문에 간호사들을 접촉하긴 하지만 그들을 이성으로 의식하고 있지는 않다고 생각지 않을 수 없었다. 간호사란 필립의 머리에서 희미한 요오드포름 냄새를 연상시킬 뿐이었다. 필립에게 오는 편지도 없고 필립의 소지품 가운데 여자 사진이 있는 것도 아니었다. 여자가 있다면 기가 막히게 잘 속이고 있는 셈이었다. 하지만 필립은 밀드러드가 묻는 말에 언제나 솔직하게 대답했고, 무슨 속셈으로 묻는지도 분명 눈치채지 못했다.

"아무래도 딴 여자가 있는 것 같진 않아." 마침내 그녀는 결론을 내렸다.

안심이 되었다. 왜냐하면 그것은 필립이 아직 자기를 사랑하고 있음을 분명히 말해 주기 때문이다. 그러나 그렇다면 지금의 행동은 이해할 수 없었다. 자기를 그런 식으로 대하려면 왜 자기 집에 와서 살라고 했단 말인가? 이렇게 사는 것은 부자연스럽기 짝이 없었다. 밀드러드는 사람에게 동정, 관용, 친절의 마음이 있을 수 있음을 상상하지 못하는 여자였다. 그녀로서는 필립이 이상한 사람이라는 결론밖에 내릴 수 없었다. 명쾌한 설명은 아니었지만 결국, 필립이 기사도를 발휘하느라 그렇게 행동한다고 믿기로 했다. 그러고는 평소에도 싸구려 소설 책에서 읽은 온갖 황당한 이야기들로 머릿속이 꽉 차 있던 터라 그녀는 필립의 자상한 배려에 대해서도 온갖 로맨틱한 설명을 끌어다 멋대로 상상했다. 말하자면 그녀의 공상은, 쓰라린 오해, 불에 의한 정화, 백설 같은 영혼, 크리스마스 날 밤의 혹독한 추위 속의 죽음 등의 이야기로 꽉 차 있었다. 그녀는 두 사람이 브라이튼에 가게 되면 이 모든 우스꽝스러운 짓에 종지부를 찍겠노라고 마음먹고 있었다. 거기 가면 두 사람만 있게 될 터이고, 다들 그들을 부부로 생각할 것이며, 또한 분위기 있는 선창가와 음악도 있지 않겠는가. 하지만 어떻게 해도 필립의 마음을 돌려 같은 방을 쓰도록 할 수 없다는 걸 알았을 때, 그리고 필립이 전에 없던 냉정한 어조로 그 문제에 대해 확실히 못을 박아 말했을 때, 그녀는 문득 그가 그녀와 육체적인 관계를 원치 않는다는 사실을 깨달았다. 그녀는 깜짝 놀랐다. 필립이 전에 자기에게 했던 모든 말, 그리고 자기를 미친 듯이 사랑했던 일이 떠올랐다. 그녀는 굴욕감이 느껴지고 화가 치밀었다. 하지만 그녀에게는 자신을 버티어 내는 일종의 타고난 오만함이 있었다. 흥, 내가 자기를 사랑한다고 생각해선 오산이야. 사랑하지 않는 게 사실이니까. 필립이 한없이 밉살스러운 때도 있어서 어떻게 하면 골탕을 먹일 수 있을까도 생각해 보지만 그럴 때마다 자신이 완전히 무력한 처지에 빠져 있음을 깨닫곤 했다. 그를 어떤 식으로 다루어야 할지 알 수 없었다. 조바심이 나기 시작했다. 한두 번은 울어 보기도 했다. 한두 번은 맘먹고 애교도 부려 보았다.

하지만 밤에 바닷가를 산책하면서 팔짱이라도 끼려고 하면 그는 꼭 무슨 구실을 붙여 이내 몸을 빼내곤 했다. 그녀의 몸이 닿는 게 불쾌하기라도 한 듯했다. 이해할 수 없는 일이었다. 딱한 가지 그를 어떻게 해 볼 수 있는 방법은 아이를 통해서였다. 아이가 점점 사랑스러워지는 모양이었다. 아이를 때리거나 쥐어박으면 그는 얼굴이 하얗게 질리며 화를 냈다. 이전의 그부드러운 미소가 눈자위에 어리는 것은 그녀가 어린애를 안고 있을 때뿐이었다. 그녀가 애를 안고 있는 모습을 어떤 남자가 바닷가에서 사진 찍어 준 적이 있는데 그때 그 사실을 알았다. 그 뒤로는 필립이 보도록 곧잘 일부러 애를 안고 서 있기도 했다.

런던으로 돌아온 뒤로 밀드러드는 일자리를 찾으러 나섰다. 일자리에 대해서는 그녀가 마음만 먹으면 얼마든지 구할수 있으니 염려 말라고 늘 큰소리쳐 오던 터였다. 그녀도 이제 필립으로부터 벗어나고 싶었다. 필립에게 이제 집을 구했으니 애를 데려가겠노라고 당당히 선언한다. 그러면 얼마나 통쾌할까 하고 생각했다. 그런데 막상 일자리를 구할 수 있는 가능성이 높아지자 용기가 꺾였다. 장시간의 근무를 견뎌 낼 수 있을지도 걱정이었고, 여자 지배인들로부터 턱짓 하나로 이리 가라 저리 가라 지시를 받기도 싫었다. 유니폼을 다시 입어야 한다고 생각하니 자존심이 용납하지 않았다. 게다가 이웃의 다른 사람들에게는 자기네가 잘산다는 식으로 말해 두었다. 자기가 일하러 다녀야 한다는 것이 알려지게 되면 얼마나 망신인가. 그녀의 타고난 오만스러움이 발동했다. 그녀는 필립을 떠나고 싶지 않았고, 필립이 뒤를 보살펴 주겠다고 하는 한, 구태여 떠날 필요가 없다는 생각이 들었다. 풍덩풍덩 쓸 돈은 없지만 어쨌든 먹고 잘 데는 있는 셈이고 필립의 형편이 나아질 가능성도 있었다. 그의 백부가 노인이라 언제 죽을지 모를 일이고, 죽고 나면 유산을 좀 받을 테니 말이다. 그렇지 않더라도, 주급 몇 실링을 받기 위해서 아침부터 밤까지 고된 일을 하느니 이대로가 더 나았다. 일자리를 찾으려는 노력이 느슨해졌다. 신문의 구인란을 계속 훑어보기는 했지만 그건 떳떳한 일자리가 생기기만 하면 뭐든 해 볼 생각이 있다는 시늉을 내 보는 것에 지나지 않았다. 그러다 불현듯 그녀는 공포에 사로잡혔다. 필립이 이제 더 이상 보살펴 주지 못하겠노라고 하면 어떡하나 하는 생각이 들었기 때문이다. 이제 필립을 좌지우지할 힘은 전혀 없었다. 필립이 자기를 거기에 두고 있는 이유는 오직 아이를 좋아하기 때문이라는 생각이 들었다. 이 모든 문제를 곰곰이 생각해 본 다음, 그녀는 언젠가 기어이 이 빚을 갚고야 말리라고 울분 속에서 다짐했다. 그녀는 필립이 이제 자기를 좋아하지 않는다는 사실을 받아들이기가 힘들었다. 자기를 좋아하게 만들리라 생각했다. 그녀는 울화를 견딜 수 없었는데, 어떤 때는 필립에게 야릇한 욕정이 느껴지기도 했다. 하지만 요사이 그는 너무 쌀쌀맞아 분통이 터질 지경이었다. 필립을 두고 한시도 그런 생각에서 벗어나지 못했다. 그녀는 필립이 요사이 자기를 함부로 대하고 있다고 생각했고 그녀로서는 왜 그런 대접을 받아야 하는지 알 수 없었다. 이렇게 살면 부자연스럽다는 생각만 들었다. 그러다가, 이렇게 살지만 않는다면 아이를 가지게 될 것이고, 그러면 틀림없이 필립이 자기와 결혼을 할 텐데, 하고 생각하기도 했다. 필립은 이상한 사람이긴 하지만, 어디로 보나 신사였고 그것만은 아무도 부정할 수 없었다. 마침내 이 문제가 일종의 강박관념이 되어 버려, 그녀는 무리를 해서라도 두 사람의 관계를 바꿔 보겠다고 마음먹었다. 이제 필립은 키스조차 하지 않으려 했지만 그녀는 키스를 받고 싶었다. 전에는 그가 얼마나 열렬하게 그녀의 입술에 입술을 맞추었던가. 그렇게 생각하자 야릇한 느낌이 들었다. 그녀는 이따금 그의 입술을 훔쳐보기도 했다.

이월 초의 어느 날 밤, 필립은 로슨과 저녁 식사 약속이 있다고 했다. 로슨이 자기 스튜디오에서 생일 축하 파티를 열기로 되어 있었다. 필립은 늦게 돌아온다고 말해 두었다. 로슨은 친구들이 좋아하는 펀치 술을 이미 비크 가의 단골 술집에서 두어 병 사다 놓아두고 있었고, 하루 저녁 다들 신나게 놀아 볼 판이었다. 밀드러드가 여자 손님은 오지 않느냐고 물었다. 필립은 여자는 없노라고 말했다. 남자들만 초대받았다고 했다. 그저 앉아 담배나 피우면서 잡담을 할 거라고 했다. 밀드러드 생각에는 조금도 재미있는 모임 같지 않았다. 자기가 화가라면 모델들도 대여섯 명 불러 놓을 텐데, 하고 생각했다. 밀드러드는 침대에 들었으나 좀처럼 잠이 오지 않았는데, 얼마 안 있어 퍼뜩 한 가지 생각이 떠올랐다. 그녀는 침대에서 일어나 층계참에 나가 필립이 들어올 수 없도록 쪽문의 걸쇠를 걸어 버렸다. 필립이 돌아온 것은 한 시경이었다. 문이 열리지 않아 필립이 투덜거리는 소리가 들렸다. 그녀는 자리에서 빠져나가 문을 열어 주었다.

"대체 왜 문을 걸어 잠갔어요? 나오게 만들어 미안스럽게 말예요."

"이상하네. 열어 놨는데. 왜 문이 잠겼지?"

"어서 들어가 자요. 감기 걸리겠어요."

그는 거실로 들어가서 가스등을 켰다. 그녀도 따라 들어왔다. 그녀는 벽난로 쪽으로 갔다.

"잠깐 발 좀 녹여야지. 얼음장 같애."

필립은 앉아서 구두를 벗기 시작했다. 눈에 생기가 돌고 볼은 벌겠다. 술을 많이 마셨나 보다고 그녀는 생각했다.

"재미있었어요?" 그녀가 웃으면서 물었다.

"응, 아주 좋았어요."

필립은 조금도 취해 있지 않았다. 한참 웃고 떠들다 와서 아직 흥이 깨지지 않았을 뿐이다. 이런 날 밤이면 으레 파리 시절이 생각났다. 하여간 기분이 좋았다. 그는 주머니에서 파이프를 꺼내어 담배를 쟁였다.

"안 잘 참이에요?" 그녀가 물었다.

"아직요, 전혀 졸립지가 않아요. 로슨 녀석, 오늘 대단하더라니까요. 내가 들어설 때부터 떠들기 시작하더니 헤어질 때까지 줄창 떠들어 대더라고요."

"그래 무슨 얘길 했는데요?"

"무슨 얘길 했냐고요? 세상 만사 모든 것에 대해 가리지 않고 지껄여 댔죠. 들어 주는 사람 하나 없는데 다들 바락바락 소리 질러 가며 얘길 했어요. 당신이 그걸 봤어야 하는 건데."

필립이 그 장면을 떠올리며 유쾌한 듯 소리 내어 웃자 밀드러드도 따라 웃었다. 그녀는 아무래도 필립이 자기 주량 이상 마신 게 틀림없다고 생각했다. 바로 그걸 노리고 있었다. 남자란 뻔하니까.

"좀 앉아도 돼요?"

미처 대답할 틈도 없이 그녀는 필립의 무릎 위에 덥썩 올라앉았다.

"자지 않으려면 가서 실내복이라도 걸치는 게 어때요."

"아니, 난 이대로가 좋아요." 그러면서 그녀는 두 팔로 목을 감싸 안으며 그의 얼굴에 볼을 부비면서 말했다. "당신 왜 그렇게 내게 무섭게 대하죠, 필?"

그는 일어서려고 했지만, 그녀는 놓아주지 않았다.

"나, 당신 사랑해요, 필립." 그녀가 말했다.

"당치 않은 소리 마요."

"아녜요, 정말예요. 당신 없인 못 살겠어요. 당신을 가지고 싶어요."

그는 목을 감은 그녀의 팔을 풀었다.

"제발 일어나요. 당신 지금 바보같이 굴고 있어요. 나까지 완전히 얼간이로 만들고 있고요."

"필립, 사랑해요. 내가 그동안 당신에게 잘못이 너무나 많았어요. 보상만 된다면 무슨 짓이든 하겠어요, 네? 이런 식으론 못 살겠어요. 이게 어디 사람처럼 사는 건가요?"

그녀를 제자리에 그대로 둔 채 그는 의자에서 슬쩍 빠져나갔다.

"미안하지만, 이제 너무 늦었어요."

그녀는 흑흑 애처롭게 흐느끼기 시작했다.

"도대체 왜 그래요? 어쩜 그렇게 잔인하죠?"

"내가 당신을 너무 사랑했기 때문인가 봐요. 이제 그 정열을 다 써 버렸어요. 그 비슷한 것만 생각해도 소름이 끼칩니다. 이제는 당신을 볼 때마다 에밀과 그리피스가 생각나고요. 그런 일은 내가 어떻게 할 수가 없어요. 그냥 신경과민인가 봐요."

그녀는 그의 손을 움켜쥐고 키스를 퍼부어 댔다.

"그만둬요." 그는 소리 질렀다.

그녀는 의자에 털썩 주저앉았다.

"난 이렇게는 못 살아요. 날 사랑하지 않겠다면 차라리 나가겠어요."

"바보 같은 소리 작작 해요. 갈 데가 어디 있다는 거예요. 있고 싶은 대로 얼마든지 있어요. 다만 한 가지는 분명히 알아 둬요. 우린 친구고 그 이상은 아니라는 것 말예요."

순간 그녀는 그 맹렬한 격정을 싹 거두어 버리고, 호홋 하며 알랑거리는 듯한 웃음을 가볍게 웃었다. 그러고는 필립에게 가만가만 다가와 허리를 꽉 껴안았다. 그러면서 나직하고 달래는 듯한 투로 말했다.

"바보같이 굴기는요. 당신 요즘 너무 예민해졌나 봐. 나도 말예요. 맘 먹으면 아주 잘할 수 있다구요."

그녀는 필립의 얼굴에 볼을 갖다 대고 부벼 댔다. 필립은 그녀의 웃음이 역겨운 추파로 여겨졌다. 무언가를 암시하듯 반짝이는 눈빛에 그만 소름이 끼쳤다. 그는 본능적으로 몸을 뒤로 뺐다.

"안 돼." 그가 말했다.

하지만 그녀는 한사코 놓아주지 않았다. 그녀의 입술이 그의 입을 더듬어 찾았다. 그는 그녀의 두 손을 꽉 붙들고는 거칠게 제 몸에서 떼어 내며 그녀를 밀어젖혔다.

"구역질이 나." 그가 말했다.

"구역질이 난다구?"

갑자기 떠밀린 그녀는 한 손으로 벽난로를 짚고 간신히 자세를 바로잡았다. 그녀는 잠시 그를 노려보았다. 갑자기 양쪽 뺨이 빨갛게 물들어 갔다. 돌연 분노에 찬 날카로운 웃음이 터져 나왔다.

"그래 구역질이 날 거다!"

그녀는 잠깐 말을 끊고 숨을 깊숙이 들이마셨다. 그러더니 느닷없이 격렬하게 욕설을 퍼부어 대기 시작했다. 악을 바락바락 썼다. 입에 담지 못할 지저분한 욕설을 있는 대로 다 쏟아부었다. 얼마나 추잡스러운 욕을 해 대는지 필립은 기가 질릴 지경이었다. 평소에 그처럼 얌전을 빼고, 상스러운 소리를 들으면 질겁을 하던 사람이라 설마 그런 욕설을 알고 있으리라고는 꿈에도 생각지 못했던 일이었다. 그녀는 그에게 다가와 얼굴을 바짝 들이밀었다. 얼굴이 격분으로 일그러지고 맹렬하게 내뱉는 욕설 때문에 입 언저리에 거품이 흘러내렸다.

"네까짓 자식 내가 한 번이라도 좋아한 적 있는 줄 알아? 천만에, 한 번도 없어. 그저 장난으로 상대한 거야. 너 같은 건 지겨웠어, 아주 지겨웠단 말야, 지긋지긋했어. 난 네놈이 돈을 준대도 싫어. 내 몸에 손가락 하나 대게 할 줄 알아? 어쩔 수 없이 키스를 하긴 했지만 얼마나 징그러웠는지 알아, 이 자식아? 그리피스랑 둘이서 널 비웃어 댔지. 널 머저리 자식이라고 비웃었단 말야. 머저리 자식, 머저리!"

그러면서 그녀는 또 입에 담지 못할 욕설을 퍼붓기 시작했다. 결점이란 결점은 모조리 까발기며 욕을 해 댔다. 치사한 노랑이라고 했다. 숙맥이라고 했고, 허세만 부리는 이기적인 자식이라고도 했다. 아픈 데란 아픈 데는 가리지 않고 비웃어 댔다. 그러고는 마침내 돌아섰다. 계속 험하고 상스러운 욕을 발악하듯 퍼부어 대면서. 그녀는 방문의 손잡이를 움켜쥐고 거칠게 열어젖혔다. 그런 다음 획 돌아서더니, 이것이야말로 결정적인 상처를 입힐 수 있다고 알고 있던 한마디 말을 내던졌다. 그녀는 자신이 내쏟을 수 있는 모든 증오와 독기를 이 말에 온통 쏟아부었다. 그 말이 비수처럼 그에게 내리꽂혔다.

"야, 이 절름발이 병신아!"

97

이튿날 아침 눈을 뜨면서 필립은 이크, 하고 놀랐다. 늦었구나 하고 생각하면서 시계를 보니 아홉 시였다. 자리에서 벌떡 일어나 면도를 할 더운 물을 따르러 부엌으로 갔다. 밀드러드의 모습이 보이지 않았다. 어제 저녁에 사용한 그릇들이 씻지도 않은 채 설거지 통에 그대로 들어 있었다. 필립은 그녀의 방문을 두드렸다.

"밀드러드, 일어나. 한참 늦었어."

한 번 더 세게 두드려 보았지만 대답이 없다. 필립은 그녀가 골이 단단히 난 거라고 생각했다. 너무 늦어 더 신경쓸 겨를이 없었다. 그는 불 위에 물을 떠 얹어 놓고 욕조에 뛰어들었다. 욕조에는 한기가 가시도록 늘 하루 전날 밤에 물을 가득 채워 놓곤 했다. 옷을 갈아입는 동안 밀드러드가 아침을 준비해서 거실에 차려 놓으려니 생각했다. 전에도 골이 났을 때 두세 번 그런 적이 있었다. 그런데 오늘따라 전혀 기척이 없다. 뭘 좀 먹으려면 알아서 차려 먹고 가는 수밖에 없음을 깨달았다. 그가 늦잠을 잘 때면 번번이 그런 수작을 부리니 짜증이 났다. 출근 준비가 다 됐는데도 밀드러드는 여전히 코빼기를 보이지 않는다. 그런데 그때 방 안에서 부스럭거리는 소리가 났다. 이제야 일어나는 모양이었다. 그는 손수 차를 끓여 마신 다음, 빵 두어 조각에 버터를 발라 입에 집어넣으면서 신발을 꿰어 신고, 부리나케 층계를 뛰어 내려가 전차를 타기 위해 골목을 나와 큰길로 달려갔다. 그는 게시판에 전쟁에 관한 소식이라도 붙어 있지 않나 하여 신문 판매점을 열심히 쳐다보면서 어젯밤 일을 다시 생각해 보았다. 이미 지난 일인 데다 하룻밤 자고 나서 생각해 보니 암만 생각해도 괴이하게 여겨졌다. 자신도 우스꽝스럽게 처신했고, 감정을 잘 다스리지도 못했다. 그 당시에는 감정을 걷잡을 수 없었다. 밀드러드가 자기를 그처럼 우스꽝스러운 상황으로 몰아넣는 게 얄미웠다. 발악하던 그녀의 모습, 함부로 내뱉던 추잡한 욕설을 생각하니 새삼 기가 막혔다. 마지막에 던진 조롱의 말이 떠올라 자기도 모르게 얼굴이 달아올랐다. 하지만 까짓 것, 경멸해 버리고 말자고 마음먹었다. 오래전부터 알고 있었지만, 누구든 자기에게 화가 나면 하나같이 그의 불구를 가지고 조롱했다. 병원 동료들이 그의 걸음 흉내를 내는 것을 여러 차례 목격한 적도 있다. 학생 때처럼 보는 데서 그러지는 않았지만, 그가 보지 않는다고 생각하면 곧잘 그런 흉내를 냈다. 이제는 그것이 어떤 악의에서 나온 행동이 아님을 잘 알고 있었다. 사람이 워낙 흉내 내기 좋아하는 동물이고, 그런 흉내를 내면 사람들을 쉽사리 웃길 수 있기 때문에 그러는 것이다. 알기야 하지만, 그렇다고 그려러니 하고 받아들일 수도 없는 노릇이었다.

일에 몰두할 수 있게 되어 그는 기뻤다. 병실에 들어서니 분위기가 즐겁고 다정하다. 수간호사가 얼른 사무적인 미소로 인사를 건넨다.

"꽤 늦으셨네요, 케리 선생님."

"어젯밤 좀 놀았습니다."

"그렇게 보이네요."

"고맙군요."

웃으면서 그는 오늘 보게 될 첫 번째 환자에게 갔다. 결핵성 궤양에 걸린 소년이다. 그는 우선 붕대부터 풀었다. 아이가 필립을 보고 반가워했다. 필립은 상처에 새 붕대를 감아 주면서 아이에게 농담을 걸었다. 필립은 환자들 사이에 인기가 있었다. 허물없이 대해 주기 때문이었다. 손길이 섬세하고 부드

러워서 그가 손을 대면 아프지가 않았다. 실습보조원 가운데
에는 대충대충 거칠게 다루는 사람도 있었다. 점심은 동료들
과 클럽 룸에서 했다. 버터 바른 핫케이크 하나, 코코아 한 잔
으로 간단하게 때우면서 전쟁 이야기를 했다. 군의로 나가는
사람들이 있었지만, 당국은 아주 까다로워서 병원 근무 경험
자가 아니면 받아 주지 않았다. 어떤 사람 말로는 전쟁이 쉽게
끝나지 않으면 얼마 안 가 유자격자는 누구나 받아들일 거라
고 했다. 하지만 중론은 전쟁이 한 달을 넘기지 못하리라는 것
이었다. 로버츠 장군[78]이 출전했으니 조만간 사태 수습이 되
리라고 했다. 머캘리스터의 생각도 마찬가지였다. 그는 필립에
게, 기회를 보고 있다가 종전 직전에 주를 사야 한다고 했다.
종전만 되면 경기가 호전될 테니 다들 한몫 잡을 수 있다는
것이었다. 필립은 머캘리스터에게 좋은 기회가 오기만 하면 곧
자기 몫의 주를 사 달라고 말해 두었다. 지난 여름 삼십 파운
드를 벌어 재미를 본 적이 있는지라 잔뜩 구미가 당겼다. 이번
에는 이백 파운드쯤 벌어 보고 싶었다.

　근무를 마치고 그는 케닝턴 집으로 돌아가기 위해 전차를
탔다. 오늘 저녁엔 밀드러드가 어떻게 나올지 궁금했다. 토라
져서 말대꾸도 안 할지 모른다고 생각하니 골치가 아팠다. 일
년 중 이맘때 치고는 따뜻한 저녁이었다. 남런던의 잿빛 거리
에도 이월의 나른함이 어려 있었다. 긴긴 겨울을 보낸 자연은

---

78) 프레더릭 슬레이 로버츠(Frederick Sleigh Roberts, 1832~1914). 레드버
즈 불러 장군이 보어인을 물리치지 못하자 1900년 사령관에 임명된 영국
장군으로 전쟁을 승리로 이끌었다.

이제 만물을 잠에서 깨우느라 분주했고, 땅속에서는 봄의 전령이 그 영원한 활동을 다시 시작하느라 바스락거렸다. 필립은 차에서 내리고 싶지 않았다. 집으로 돌아가기가 싫었고, 상쾌한 바람을 더 쐬고 싶었다. 하지만 돌연 아이를 보고 싶은 충동이 불같이 일었다. 아이가 반가워서 꺄르륵거리며 아장아장 다가오는 모습을 상상하면서 그는 혼자 빙그레 웃었다. 집에 돌아와 무심코 창문을 올려다보니 방에 불이 켜져 있지 않아 그는 깜짝 놀랐다. 이 층으로 올라가 문을 두드렸지만 아무 대답이 없다. 밀드러드는 외출할 때면 열쇠를 매트 밑에 두곤 했는데 더듬어 보니 역시 열쇠가 있었다. 그는 안으로 들어가 거실로 들어서면서 성냥을 켰다. 얼른 알 수는 없었지만 무슨 일이 있었음이 분명했다. 그는 가스등의 심지를 올리고 불을 붙였다. 방 안에 순식간에 불빛이 가득 찼다. 그는 사방을 둘러보았다. 숨이 멎을 것 같았다. 방 안이 온통 난장판이었다. 물건이란 물건은 모조리 부서져 있었다. 미칠 듯한 분노가 치밀었다. 밀드러드의 방으로 뛰어 들어갔다. 깜깜했고 텅비어 있었다. 불을 켜 보니 밀드러드의 물건이고 아이의 물건이고 하나도 남아 있지 않았다. (들어오면서 층계참을 보니 유모차가 여느 때 있던 자리에 없어 밀드러드가 어린애를 데리고 나갔나 보다 하고 생각했었다.) 세면대 위에 있던 물건도 모조리 부서져 있고, 의자의 시트도 두 장 모두 칼로 열십자로 좍좍 그어져 있다. 베개는 뜯겨져 있고, 침대의 시트와 홑이불도 길게 찢겨 있다. 거울은 망치로 때려 부순 듯 산산조각이 나 있다. 필립은 황당했다. 제 침실로 들어가 보니 거기도 난장판이었다. 물단지와 물대야는 박살이 났고, 거울은 산산조각이 났으며, 침대 시트는 갈기갈기 찢겨 띠처럼 너덜너덜했다. 밀드러드는 베개에 주먹이 들어갈 만한 커다란 구멍을 내고 안에 든 깃털을 끄집어내 사방에 흩뿌려 놓았다. 담요는 칼로 북북 찢어 놓았다. 화장대 위에는 필립의 어머니 사진들이 놓여 있었는데 사진틀은 박살 난 채 깨진 유리 조각들이 너덜너덜했다. 필립은 부엌으로 들어가 보았다. 여기도 부서질 수 있는 것은 깡그리 부서져 있었다. 유리컵이며, 푸딩 그릇이며, 쟁반이며, 접시며 할 것 없이.

기절초풍할 일이었다. 밀드러드는 편지도 남겨 놓지 않고, 이 폐허만을 남겨 분노를 표시했다. 닥치는 대로 때려 부수고 있는 그녀의 이를 악문 표정이 눈에 선했다. 그는 거실로 돌아가 사방을 둘러보았다. 너무 기가 막혀 이제 화도 나지 않았다. 그는 야릇한 기분으로 그녀가 테이블 위에 놓아둔 부엌칼과 석탄 깨는 망치를 들여다보았다. 문득 부러진 채로 벽난로 안에 버려져 있는 고기 써는 커다란 칼이 눈에 띄었다. 그렇게 부러뜨리자면 상당한 시간이 걸렸을 것이다. 로슨이 그려 준 필립의 초상화도 열십자로 여러 번 찢겨 흉측하게 입을 벌리고 있었다. 필립 자신이 그린 그림들도 발기발기 찢겨 있고, 사진들, 마네의 「올랭피아」, 앵그르의 「오달리스크」, 필립 4세의 초상도 석탄 망치로 여러 차례 얻어맞아 박살이 나 있었다. 식탁보, 커튼, 그리고 안락의자 두 개에도 다 길게 칼자국이 나 있다. 그야말로 철저한 파괴였다. 필립은 그의 테이블 앞의 벽에 크론쇼가 준 양탄자 조각을 걸어 두고 있었다. 밀드러드는 늘 그것을 싫어했다.

"양탄자면 바닥에 깔아야죠." 그녀가 말했다. "더럽고 냄새나는 천 조각밖에 더 되나요?"

필립이 그 양탄자에 굉장한 수수께끼의 답이 들어 있노라고 말하자 그녀는 더더욱 분개했다. 필립이 자기를 놀린다고 생각했던 것이다. 그 천 조각에 세 번씩이나 칼질을 하자면 적잖은 힘이 들었을 터인데, 하여간 누더기가 다 되어 걸려 있었다. 필립에게는 푸른색과 흰색이 섞인 자기(瓷器)가 두세 개 있었다. 값나가는 물건은 아니고 비싸지 않은 값으로 하나씩 사 모았던 것이지만 여러 추억 때문에 아끼던 물건이었다. 그것도 가루가 되어 바닥에 흩어져 있었다. 책들에도 뒷장에 긴 칼자국이 나 있고, 가제본된 프랑스 책들은 책장이 죄다 뜯겨져 있다. 벽난로 위에 놓아둔 자그만 장식품들 역시 조각조각 부서져 난로 앞에 버려져 있다. 칼이나 망치로 찢고 부술 수 있는 것은 남김없이 찢기고 부서져 있었다.

필립의 소유품이라고 해 봐야 다 해서 삼십 파운드의 값도 채 안 나갈 것이다. 하지만 그것들은 대부분 오랜 친구나 마찬가지로 정이 들어 있었다. 그는 또 다분히 가정적인 사람이라 크건 작건 이 모든 잡동사니들이 다 자기 물건이기 때문에 죄다 애착을 느끼고 있었다. 그는 늘 이 작은 가정을 대견스럽게 여겼고, 돈을 조금만 들이고도 자신의 집을 아름답고 개성있게 꾸밀 줄 알았다. 그런데 이게 뭔가, 그는 참담한 절망감에 빠지고 말았다. 도대체 어떻게 이처럼 잔인할 수 있단 말인가, 하고 그는 자신에게 물었다. 별안간 그는 아찔한 기분으로 벌떡 일어나 옷장이 있는 복도로 나가 보았다. 옷장을 열어 본 그는 안도의 한숨을 내쉬었다. 그녀도 이것만은 생각해 내지 못했던 듯 모든 것이 고스란히 남아 있었다.

그는 거실로 돌아와 난장판을 다시 돌아보면서, 어떻게 하면 좋을까 하고 생각했다. 치워 볼 엄두가 나지 않았다. 게다가 집 안에 음식이라곤 하나도 없었고, 배는 고팠다. 그는 밖으로 나와 대충 요기를 했다. 다시 돌아오니 얼마간 냉정을 회복할 수 있었다. 아이를 생각하니 마음이 찡했다. 아이도 날 보고 싶어할까 하는 생각이 들었다. 처음엔 보고 싶어하겠지만 일주일만 지나면 잊어버릴 것이다. 아무튼 밀드러드가 사라져 준 것만은 고마운 일이었다. 이제 그 여자에 대한 노여움이 가시긴 했지만 생각만 해도 진절머리가 났다.

"이제 제발, 다시는 보지 말았으면 좋겠다." 그는 자기도 모르게 큰 소리로 말했다.

이제 길은 딱 한 가지, 이 집을 나가는 수밖에 없다. 내일 아침 집을 비우겠다고 하자. 피해를 회복할 능력도 없고 남은 돈도 얼마 없어 지금보다 싼 하숙집을 구할 수밖에 없다. 어서 이 집을 벗어나고 싶었다. 비용이 걱정되었지만 이 집에 더 있다간 밀드러드의 악몽에서 벗어나지 못할 것만 같았다. 필립은 마음먹은 계획을 실행하기까지 줄곧 초조하고 마음이 놓이지 않았다. 그는 이튿날 오후, 부서진 것, 부서지지 않은 것을 몽땅 다 해서 삼 파운드를 주겠다는 중고가구상을 불러 물건을 처분하고, 이틀 후에 병원 맞은편의 하숙집, 그러니까 그가 의학교에 입학했을 당시 빌려 썼던 하숙집으로 이사했다. 주인 여자는 점잖은 사람이었다. 맨 위층의 침실을 얻었는데 일주일에 육 실링만 주면 되었다. 작고 누추한 데다 맞붙어 있는 뒷집 마당이 훤히 내다보이기 했지만, 이제 가진 것이라곤 옷 몇 벌과 책 한 상자뿐이었으니 상관없었고, 싼값에 방을 얻은 것만 해도 고마울 지경이었다.

98

필립 케리의 운명, 자신 말고는 그 누구에게도 중요하지 않았던 그 운명이, 이제 어쩌다 조국이 겪는 사건들로부터 영향을 받게 되었다. 새로운 역사가 만들어지고 있었다. 그런데 그 과정이 매우 중대했기 때문에 그것이 한 이름 없는 의학도의 삶에까지 영향을 미쳤다는 것은 어쩐지 당치 않게 여겨졌다. 마거스폰테인, 콜렌소, 스피온 콥 전투가 연거푸 이튼의 운동장에서 패배하여[79] 영국민을 굴욕감에 빠뜨렸고, 귀족과 신사 계급의 체통에 치명타를 입히고 말았다. 천부의 통치 감각을 부여받았다고 주장해 온 그들에게 지금까지 어느 누구도 심각하게 도전해 온 일이 없었기 때문이다. 구질서가 일소되고, 새로운 역사가 만들어지고 있었다. 그때 거인은 저력을 발휘했다. 다시 비틀거리며 일어서서 마침내 승리를 얻어 내는

---

[79] 웰링턴 공작이 나폴레옹을 격파한 후 '워털루의 승리는 이튼의 운동장에서 얻은 것'이라고 말한 데서 나온 말이다.

듯이 보였다. 크론예이가 파르데베르그에서 항복하고, 레이디 스미스는 탈환되었으며, 삼월 초에는 로버츠 경이 블룸폰테인에 입성했다.[80)

이런 뉴스가 런던에 전해진 지 이삼 일 뒤, 머캘리스터가 비크 가의 술집에 나타나 증권 거래가 활기를 띠기 시작했음을 기쁘게 선언했다. 평화가 눈앞에 보이고 있으며, 이삼 주 안에는 로버츠 장군이 프레토리아에 입성할 것이고, 주가는 이미 오르고 있다는 것이었다. 이제 증권 붐이 일어나게 되어 있다고 했다.

"지금이 기회야." 그가 필립에게 말했다. "다들 덤벼들 때까지 기다리면 이미 늦어. 지금 아니면 안 돼."

그에게는 내부의 정보가 있었다. 남아프리카의 한 광산 지배인이 자기 회사 사장에게 전보를 보내왔는데, 설비가 무사하니 되도록 빨리 작업을 재개해야 한다고 했다는 것이다. 이건 투기가 아니라 투자라고 했다. 자기 사장도 이것을 좋은 건이라고 생각한다면서 머캘리스터는 자기도 두 누이 몫으로 오백 주를 사 두었다고 했다. 누이들에겐 영국은행 주와 같이 안전한 것이 아니면 절대 손대지 않게 한다는 것이었다.

"입고 있는 옷이라도 잡혀 몽땅 투자할까 하네." 그가 말했다.

주가는 이 파운드 팔 분의 일에서 사 분의 일 사이였다. 그

---

80) 피테르 아르노두스 크론예이(Pieter Arnodus Cronje, 1836~1911). 보어 전쟁 때의 보어 장군. 파르데베르그(Paardeberg), 레이디스미스(Ladysmith), 블룸폰테인(Bloemfontein)은 모두 남아프리카 공화국의 지명이다.

는 필립에게, 너무 욕심 부리지 말고 십 실링이라도 오르면 만족하라고 했다. 자기는 삼백쯤 살 작정이니 필립도 그 정도로 사라고 권했다. 자기가 사 두었다가 적당할 때 팔겠다고 했다. 필립은 그를 전적으로 믿었다. 천성이 신중한 스코틀랜드 사람인 데다 전번에도 예상이 적중했기 때문이다. 필립은 당장 그러마고 했다.

"모르긴 몰라도, 우리가 정산하기 전에 주를 되팔 수 있을 걸세." 머캘리스터가 말했다. "하지만 못 팔 경우, 자네한테 넘기겠네."

증권이란 참 끝내주는 제도 같았다. 이익을 남길 수 있을 때까지 기다리고 있으면 되고, 제 돈을 쓸 필요도 없으니.

그는 신문 증권시세란을 새로운 관심을 가지고 읽기 시작했다. 이튿날 보니 모든 주가 조금씩 올라 있어서 머캘리스터는 주당 이 파운드 사 분의 일에 살 수밖에 없었다는 편지를 보내왔다. 시황(市況)은 보합세(保合勢)를 유지하고 있다고 했다. 하지만 하루 이틀 뒤에는 시세가 하락했다. 남아에서 온 뉴스는 약간 불안했고, 필립이 산 주도 이 파운드로 떨어져 마음을 불안하게 만들었다. 하지만 머캘리스터는 낙관했다. 보어인들은 더 이상 버틸 수 없다, 로버츠 장군이 사월 중순 이전에는 요하네스버그에 입성할 테니 두고 보라, 내기를 걸어도 좋다고 했다. 정산을 하게 되면 필립은 거의 사십 파운드를 물어야 한다. 적잖게 걱정이 되었지만 그대로 쥐고 있을 수밖에 없다고 생각되었다. 현재의 형편에 그만 한 손해를 감당하기는 벅찼다. 이삼 주일 동안은 아무 일도 없었다. 보어인들은 자기들이 이미 패배했으며, 항복하는 길밖에 없다는 사실을 받아들이지 못하는 모양이었다. 실제로 그들은 한두 전투에서 작은 승리를 거두었고 그에 따라 필립의 주는 반 크라운이 더 떨어졌다. 전쟁이 아직 끝나지 않은 게 분명했다. 팔려는 주가 엄청났다. 머캘리스터를 만나 보니 그도 비관적이 되어 있었다.

"손해라도 줄이는 게 상책일지 모르겠네. 나도 시세 차액으로 번 것을 다 까먹고 말았네."

필립은 불안해 못 견딜 지경이었다. 밤에는 잠이 오지 않았다. 아침을 후다닥 해치우고──그것도 이제 차와 버터 바른 빵만으로 줄였다.──클럽의 독서실로 가서 신문을 보았다. 나쁜 소식이 있을 때도 있고, 새로운 소식은 아예 없을 때도 있었다. 주식값에 변동이 있다 하면 언제나 하락이었다. 어찌해야 좋을지 알 수 없었다. 지금 팔면 삼백오십 파운드 가까이 되는 액수를 죄다 날리고 만다. 그러면 팔십 파운드밖에 남지 않는데 그것으로 살아야 한다. 왜 어리석게 증권에 손을 댔을까 하는 후회가 뼈저릴 지경이었지만 그냥 버티고 있을 수밖에 딴 도리가 없었다. 결정적인 일이 터져 주가가 올라 줄지 모른다. 이제 바라는 건 이익이 아니라 손해를 메꾸는 일이었다. 의학교 과정을 마칠 수 있으려면 그 길밖에 없었다. 여름 학기는 오월에 시작한다. 학기가 끝나면 산과(産科) 시험을 치를 작정이었다. 그러고 나면 일 년밖에 남지 않는다. 따져 보니, 수업료니 뭐니 다 포함해서 백오십 파운드는 있어야 과정을 마칠 수 있다는 결론이 나왔다. 물론 최소한의 경비였다.

사월 초가 되어 그는 머캘리스터를 만나 보고 싶어 비크 가에 있는 술집에 나가 보았다. 그와 얘기를 나누면 얼마간 마음이 놓이기 때문이다. 돈을 날린 사람이 자기뿐이 아니고 딴 사람들도 많다는 것을 알면 그나마 위안이 된다. 그런데 막상 가 보니 헤이워드밖에 없었다. 필립이 자리에 앉자 헤이워드가 대뜸 말한다.

"나 이번 일요일에 케이프[81]로 떠나네."

"뭐라구요?"

헤이워드가 그런 종류의 일을 한다는 건 상상할 수 없는 일이었다. 병원에서도 이 무렵 많은 사람들이 출정하고 있었다. 정부에서는 자격만 되면 누구나 환영하는 판이었다. 기병으로 출정해도 의과 학생임이 밝혀지면 곧장 병원으로 배치된다는 소식들이 고향으로 전해졌다. 애국심의 물결이 온 나라를 휩쓸었고, 사회의 각계각층에서 자원자가 쏟아져 나오고 있었다.

"무엇으로 가려는데요?" 필립이 물었다.

"아, 도싯 의용기병대[82]야. 일반 기병으로 가네."

필립이 헤이워드를 알고 지낸 지가 팔 년째였다. 젊었을 적에는 문학과 예술을 얘기할 줄 아는 이 사내가 너무 감탄스러워 친밀하게 지냈지만 그 친밀감도 이제 사라진 지 오래이다.

---

81) Cape. 남아프리카 남단(南端)의 '희망봉'을 말한다. 이곳의 도시는 케이프타운.

82) 잉글랜드 남부의 주 도싯(Dorset) 지방에서 결성된 의용기병대. 1899년에 발발한 남아프리카 전쟁에 참전한 자원부대의 일부이다.

이제 그냥 버릇처럼 만날 뿐이다. 헤이워드가 런던에 있을 때는 일주일에 한두 번은 꼬박꼬박 만났다. 그야 아직도 그는 섬세한 감수성으로 책에 대해 이야기할 줄 알았다. 하지만 필립은 아직 관용의 단계까지는 이르지 못해서, 어떤 때는 헤이워드의 이야기에 짜증이 나기도 했다. 세상에서 예술만큼 중요한 것이 없다는 투의 주장은 이제 전혀 믿지 않았다. 헤이워드가 행동과 성공을 경멸하는 것도 화가 났다. 필립은 펀치주를 저으면서 두 사람의 옛 우정을, 그리고 헤이워드가 대단한 일을 하리라고 한때 철썩같이 믿었던 자신의 기대감을 떠올렸다. 그런 헛된 환상을 버린 지는 오래됐다. 헤이워드라는 사람은 말만 할 뿐 행동할 사람이 아님을 이제는 알고 있다. 이제 나이 서른다섯이 되어 본인도 젊었을 때와는 달리 일년에 삼백 파운드의 수입으로는 살기가 고달프다고 생각하는 듯했다. 아직도 유명 양복점에서 지은 옷을 입고 다니긴 했지만, 옛날 같으면 요즘처럼 오래 입는 것은 상상도 못 할 일이었다. 이제 살이 찔 대로 찌고, 금발을 제아무리 솜씨 좋게 빗어도 대머리를 숨기지 못했다. 푸른 눈도 생기를 잃고 희멀건해졌다. 술을 지나치게 마신다는 것을 짐작하기 어렵지 않았다.

"도대체 어떻게 케이프에 출정할 생각을 했나요?"

"글쎄, 그래야 할 것만 같아서."

필립은 입을 다물었다. 그러고 보니 바보 같은 물음이었다. 헤이워드 자신도 뭐라 설명할 수 없는 마음속의 어떤 불안에 쫓기고 있는 것이리라. 내면의 어떤 강력한 힘이 조국을 위해 나가 싸우라고 명령하는 것이다. 이상한 일이었다. 헤이워드는 애국심을 편견 이상으로 보지 않았고, 자신이 사해동포주의 자임을 자랑스럽게 생각했으며, 조국 영국을 유배(流配)의 장소라고 생각하던 사람이 아니던가. 집단으로서의 동포는 그의 민감한 감수성에 상처를 입히는 존재에 지나지 않았다. 도대체 무엇이 사람을 이처럼 제 삶의 철학과는 반대되는 행동을 하게 만드는 것일까. 평소의 헤이워드라면 야만인들이 서로를 살육할 때 한 걸음 비켜서서 미소를 띠고 지켜봐야 마땅하지 않는가. 사람이란 어떤 알 수 없는 힘의 손에 놀아나, 이리 하라면 이리 하고, 저리 하라면 저리 하는 꼭두각시와 같다. 그러한 행동을 정당화하기 위해 이성을 동원하기도 한다. 정당화가 불가능하면 이성 따위는 무시하고 행동해 버리고 만다.

"사람이란 이상해요. 난 선배님이 기병을 지원해 전쟁에 나가리라고는 꿈에도 생각지 못했거든요."

헤이워드는 무안한 듯 웃었지만 아무 말도 하지 않았다.

"어제 신체검사를 받았네." 이윽고 그가 입을 열었다. "번거롭긴 했지만 건강에 문제가 없는지를 알아보자면 그 정도의 수고를 할 만한 가치는 있더군."

그는 번거롭다는 뜻의 말을 프랑스어로 했는데 영어로 해도 될 말을 군이 프랑스어로 하면서 젠체하는 버릇은 여전했다. 그때 머캘리스터가 들어왔다.

"케리, 그렇지 않아도 만나고 싶었네." 그가 말했다. "회사 사람들이 자네 주식을 더 이상 맡아 두고 싶어하지 않는데 어떡하지. 증시 사정이 아주 좋지 않아서 자네가 인수해 갔으면 하던데."

필립의 마음은 어두워졌다. 도저히 그럴 수는 없었다. 그렇게 되면 자신이 모든 손해를 떠맡아야 한다. 그래도 자존심을 지켜야 했으므로 필립은 조용히 대꾸했다.

"그런다 해서 무슨 소용이 있을지 모르겠네요. 그냥 팔아 버리시지요."

"그렇게 말해 주니 좋네만, 팔 수 있을지 모르겠네. 증시가 침체 상태라 매입자가 없어."

"하지만 일 파운드 팔 분의 일이란 시세가 나와 있지 않아요?"

"그야, 그렇긴 하지. 하지만 그건 아무런 의미가 없는 시세야. 그 값을 받을 수가 없네."

필립은 잠시 아무 말도 하지 않았다. 마음을 진정시키려고 애썼다.

"그럼 한 푼도 받을 수 없단 말인가요?"

"아니, 그런 식으로 말하지 말게. 값이 전혀 없다는 건 아냐. 다만 당장은 살 사람이 없다는 뜻이지."

"그럼 얼마를 받든 팔아 버리세요."

머캘리스터는 필립을 뚫어지게 바라보았다. 상대방은 깊은 충격을 받은 것 같았다.

"이보게, 자네에게 참 미안하네. 하지만 나도 자네와 마찬가지 신세일세. 누군들 전쟁이 이렇게 질질 끌 줄 알았겠나. 내가 자넬 끌어들인 셈이네만 나도 마찬가지로 당했네."

"탓하고 있는 게 아네요." 필립이 말했다. "도박이야 다 자기 책임 아니겠어요?"

필립은 머캘리스터와 이야기하기 위해 서 있다가 다시 테이블로 돌아가 앉았다. 기가 막혀 말이 나오지 않았다. 갑자기 미친 듯이 머리가 아파 왔다. 하지만 남자답지 못한 사람처럼 보이고 싶지는 않았다. 그는 한 시간쯤 더 앉아 있었다. 남들이 말을 하면 말끝마다 미친 듯이 웃어 댔다. 그러다 마침내 자리에서 일어섰다.

"자넨 아주 담담하게 받아들이는군." 악수를 하면서 머캘리스터가 말했다. "삼사백 파운드를 잃고 좋아할 사람은 없지."

필립은 누추한 제 하숙방으로 돌아와 침대에 몸을 던지고, 절망감에 몸부림쳤다. 자신의 어리석은 짓이 한없이 후회되었다. 이왕 일어난 일, 어쩔 수 없는 일이니 후회해 보았자 소용없다고 생각은 하면서도, 가슴이 찢어지는 것은 어쩔 도리가 없었다. 걷잡을 수 없이 비참한 심정이었다. 잠이 오지 않았다. 지난 몇 년 동안 이런저런 이유로 함부로 돈을 낭비했던 일이 한꺼번에 떠올랐다. 머리가 견딜 수 없이 아팠다.

이튿날 저녁, 마지막 우편으로 청산서가 날아왔다. 통장을 살펴보았다. 청산을 하고 보면 칠 파운드밖에 남지 않는다. 칠 파운드! 하지만 청산을 할 수 있다는 것만으로도 다행이었다. 머캘리스터에게 돈이 없다고 해야 할 처지였다면 얼마나 끔찍한 일이었을까. 필립은 여름 학기 동안 안과에서 드레싱 실습 보조원 일을 하는 중이었다. 그래서 검안경을 팔겠다는 학생이 있어서 그것을 사 두었던 터였다. 아직 돈을 치르지 못한 상태였는데 이제 와서 물리고 싶다고 말할 용기가 나지 않았다. 게다가 책도 몇 권 사야 했다. 오 파운드 가지고 살아야 했다. 그 돈으로 육 주일을 버텼다. 그런 다음 하는 수 없이 백부에게 편지를 썼다. 스스로 생각해도 사무적인 편지였다. 전쟁 때문에 막심한 손해를 보았노라, 백부가 도와주지 않고는 학업을 계속할 수 없게 되었노라고 썼다. 백오십 파운드를 십팔 개월에 걸쳐 매달 나누어 빌려주면 좋겠다고 했다. 이에 대해서는 이자를 지불하겠고 나중에 취업이 되면 원금을 분할해서 갚아 나가겠노라고 했다. 늦어도 일 년 육 개월 후엔 의사 자격을 얻게 될 것이고, 그렇게 되면 주급 삼 파운드의 조수 자리는 틀림없이 얻을 수 있다. 백부는 답장을 보내어 자기는 아무것도 해 줄 수 없다고 했다. 만사가 최악일 때 재산을 팔아 넘기라는 건 가당찮은 일이다. 얼마 되지 않은 재산은 병이라도 날 경우를 대비해서 가지고 있는 것이 자신에 대한 의무라고 생각한다. 편지는 짤막한 설교로 끝났다. 그동안 내가 몇 차례나 너에게 경고하지 않았느냐. 넌 내 경고를 전혀 들으려고 하지 않았다. 솔직하게 말해서 뜻밖의 일도 아니다. 네 낭비와 무절제한 생활이 이런 식으로 끝장나리라는 것은 오래전부터 예상해 왔던 바이다. 필립은 백부의 편지를 읽으면서 몹시 창피스러웠다. 백부가 그의 부탁을 거절하리라고는 꿈에도 생각지 못했다. 분통이 터져 견딜 수 없었다. 하지만 분노도 잠시, 곧 끝없는 허탈감에 빠지고 말았다. 이 상태에서 백부가 도와주지 않는다면 병원 과정을 마치기는 불가능하다. 걷잡을 수 없는 두려움에 사로잡혀 필립은 자존심이고 뭐고 다 팽개치고, 다시 한번 블랙스터블 관할사제에게 편지를 썼다. 그는 더 절박한 표현으로 자신의 사정을 사제에게 설명했다. 하지만 이번에도 설명이 제대로 되지 않았는지, 백부는 그가 처한 절망적인 상황을 알아차리지 못하는 모양이었다. 절대로 마음을 바꿀 수 없다는 답장이 왔던 것이다. 스물다섯 살이나 되었으니 밥벌이는 마땅히 해야 하지 않느냐고 했다. 내가 죽으면 유산 가운데 얼마는 네게 가겠지만 그 전에는 한 푼도 줄 수 없다고 했다. 필립은 편지를 읽으면서, 오랫동안 그의 진로를 못마땅하게 생각하던 사람이 이제 제 말이 옳다는 것이 밝혀지자 흐뭇해하는 모습을 눈앞에 그릴 수 있었다.

99

필립은 옷을 전당포에 잡히기 시작했다. 생활비를 줄이느라고 아침을 먹고 나서는 한 끼만 더 먹는 것으로 하루를 때웠다. 이튿날 아침까지 견뎌야 하기 때문에 오후 네 시에 버터 바른 빵에 코코아를 먹었다. 저녁 아홉 시가 되면 허기가 져서 빨리 잠자리에 들지 않을 수 없었다. 로슨에게 돈을 좀 빌려볼까 했지만 거절당할지도 모른다는 생각에 선뜻 내키지 않았다. 나중에는 어쩔 수 없어서 오 파운드만 빌려 달라고 했다. 로슨은 흔쾌히 빌려주었지만 이런 말을 덧붙였다.

"일주일 뒤엔 돌려줄 수 있겠지? 액자 값을 줘야 하거든. 요즘은 나도 한참 쪼들려서 말야."

실은 갚을 길이 없음을 자신도 번연히 알고 있었다. 돈을 갚지 못하면 로슨이 어떻게 생각할까 부끄러워서 빌린 돈을 쓰지도 않고 고스란히 그대로 돌려줄 수밖에 없었다. 로슨은 점심을 먹으러 나가는 참이었는지 같이 가자고 했다. 목이 메어 음식이 넘어가지 않았다. 음식다운 음식을 앞에 놓고 있으니 가슴이 뭉클했다. 오는 일요일에 애설니 집에 가면 틀림없이 맛있는 식사를 할 수 있을 것이다. 하지만 애설니 식구들에게 최근에 일어난 일을 털어놓고 이야기할 용기가 나지 않았다. 그들은 필립을 자기네보다는 부자라고 생각하고 있다. 자기가 한 푼도 없는 신세임을 알게 되면 업신여기지나 않을까 두려웠다.

지금까지 늘 궁하게 살아오긴 했지만 이처럼 먹는 일까지 어려워지리라고는 꿈에도 생각지 못했던 일이었다. 그가 아는 사람들 사이에서는 그런 일이 일어나는 법이 없었다. 부끄러운 병에라도 걸린 사람처럼 그는 수치스러워 죽을 지경이었다. 지금과 같은 상황은 지금까지 한 번도 겪어 보지 못한 상황이었다. 너무 놀라 병원 다니는 일 말고는 무슨 일을 어떻게 해야 할지 알 수 없었다. 어떻게든 무슨 수가 트이리라는 막연한 희망을 가질 수밖에 없었다. 지금 겪고 있는 일이 도무지 현실 같지가 않았다. 문득 처음 학교에 입학했을 때 생각이 났다. 그때 그는 자기가 꿈을 꾸고 있다고 생각했고 꿈에서 깨어나면 자기는 다시 집에 있을 거라고 생각했다. 하지만 일주일만 지나면 자기는 돈 한 푼 없는 신세가 된다는 사실을 곧 깨달았다. 당장 돈을 마련할 방도를 강구해야 했다. 요즘 한참 의사가 모자라는 판이니까 의사 자격증만 있으면 곤봉발이라 해도 케이프에 출정할 수 있다. 불구만 아니라면 지금 계속

342

파견되고 있는 의용기병 연대에 지원할 수도 있다. 그는 의학교 사무관을 찾아가서, 혹시 성적 부진 학생을 가르칠 가정교사 일자리 같은 건 없느냐고 물어보았다. 사무관은 그런 일거리는 없다고 했다. 필립은 의학신문 광고란을 뒤져 읽고, 풀럼 로드에서 시료소(施療所)을 하는 어느 의사가 무면허 조수를 구한다는 광고를 보고 응모해 보았다. 면접을 하러 갔더니 의사가 당장 그의 발을 힐끔 쳐다보았다. 그러고는 필립이 병원에서 사 년째 실습생이라고 하자 대뜸 경험이 모자란다고 했다. 공연한 구실임이 뻔했다. 의사가 원하는 사람은 자기 지시대로 부지런히 움직여 줄 수 있는 조수일 것이다. 필립은 다른 돈벌이 방법을 찾아볼 수밖에 없었다. 프랑스어와 독일어를 알고 있으니, 혹 외국에 편지 써 주는 일거리를 구할 수 있지 않을까 하는 생각이 들었다. 암담했지만 이를 악물었다. 딴 도리가 없었다. 직접 찾아와 응모해야 된다는 광고를 보았지만 자신이 없어 가지 못했고, 서면 응모를 하라는 곳만 응모해 보았다. 하지만 내세울 만한 경력도 없고 추천장을 얻을 수도 없었다. 그가 할 줄 아는 독일어와 프랑스어가 상용(商用) 언어도 아니었다. 상용 전문어는 전혀 알지 못했다. 속기도 할 줄 모르고 타자도 못 쳤다. 아무리 생각해도 그의 경우는 가망이 없었다. 부친의 유언 집행인이었던 변호사에게 편지를 써 볼까 하는 생각도 들었지만 그것도 선뜻 내키지 않았다. 변호사가 신신당부하는 말을 듣지 않고 그의 유산이 투자되어 있던 저당권을 팔아 버렸기 때문이다. 닉슨 씨가 그를 매우 못마땅하게 생각하고 있음을 백부로부터 들어 알고 있었다. 닉슨 씨는 필립이 회계사 사무실에서 일했던 때를 미루어 판단하여 그를 게으르고 무능력한 사람으로 보고 있었다.

"차라리 굶어 죽는 편이 낫겠다." 필립은 혼자 중얼거렸다.

자살해 버리는 게 어떨까 하는 생각을 한두 번 한 적도 있었다. 필요한 건 병원의 약국에서 얼마든지 구할 수 있었다. 최악의 경우, 아무런 고통 없이 끝장을 낼 수 있는 방법을 가지고 있다고 생각하니 그래도 위안이 되었다. 그렇다고 그 문제를 진지하게 생각해 본 것은 아니었다. 밀드러드가 그리피스와 달아났을 때, 너무 괴로운 나머지 고통에서 벗어나려고 죽어 버리고 싶었던 적이 있었다. 하지만 이 경우의 감정은 달랐다. 응급실 수간호사의 말, 곧 실연보다 빈곤 때문에 자살하는 사람이 더 많다고 하던 말이 떠올랐다. 자기는 예외라고 생각하면서 필립은 속으로 웃었다. 바람이 있다면 지금의 이 괴로움을 누구와 얘기라도 할 수 있었으면 하는 것이었다. 하지만 차마 그럴 수도 없었다. 창피스러웠기 때문이다. 그는 계속 일자리를 찾았다. 방세는 벌써 삼 주일째 내지 못한 채로 집주인 여자에게 월말에 돈이 들어오면 내겠다고 해 놓았다. 그녀는 아무 말 안 했으나 입을 꼭 오므린 채 언짢은 기색이었다. 월말이 되자 그녀는 밀린 방세를 좀 내 주시겠느냐고 물었다. 당장은 줄 수 없다고 말하려니까 견딜 수 없이 괴로웠다. 백부에게 편지를 내면 다음 토요일에는 틀림없이 방세를 드릴 수 있으리라고 대답했다.

"꼭 좀 부탁드려요. 케리 씨. 저도 집세를 내야 하니까요. 한없이 미뤄 드릴 수가 없어요." 여자가 화를 내고 말하지는 않았지만 결심이 단단해 보여 필립은 겁이 났다. 그녀는 잠시 입을 다물었다가 다시 입을 열었다. "다음 토요일까지 주지 않으시면 병원 사무관에게 말할 수밖에 없어요."

"아, 알았어요. 꼭 드릴게요."

그녀는 잠깐 그의 얼굴을 쳐다보더니 을씨년스러운 그의 방을 슬쩍 둘러보았다. 그러고는 별다른 억양 없이 지나가는 투로 자연스럽게 말했다.

"오늘은 맛있는 고기를 좀 구웠어요. 부엌에 내려오셔서 같이 식사를 하시죠."

필립은 귓불까지 빨갛게 달아오르는 느낌이었다. 뜨거운 것이 울컥 목을 메었다.

"고맙습니다, 히긴스 부인. 한데 지금 전혀 시장하지 않군요."

"아, 그러세요."

주인 여자가 나가자 필립은 침대에 몸을 던졌다. 터져 나오려는 울음을 참으려고 그는 두 주먹을 꽉 움켜쥐었다.

100

토요일. 방세를 내겠다고 약속한 날이었다. 필립은 일주일 내내 무슨 수가 생기기만을 바랐다. 그런데 일자리도 구하지 못했다. 이처럼 곤란한 지경까지 몰린 적은 여태 한 번도 없었다. 정신이 얼떨떨하여 어찌해야 좋을지 알 수 없었다. 마음 한구석으로는 이 모든 게 도대체 터무니없는 무슨 장난이 아닌가 하는 생각이 들었다. 남은 돈이라곤 동전 몇 푼뿐이었다. 당장 필요하지 않은 옷들은 다 팔아 버렸다. 이제 책 몇 권과 한두 푼밖에 받지 못할 잡동사니뿐이었다. 주인 여자는 그가 드나드는 것을 줄곧 감시했다. 이제 방에서 뭔가 더 집어 들고 나오면 틀림없이 가로막고 말 것이다. 남은 길은 방세를 낼 수 없게 되었노라고 솔직하게 털어놓는 수밖에 없다. 하지만 그럴 만한 용기가 나지 않았다. 때는 유월 중순. 맑고 따뜻한 밤이었다. 필립은 하숙집에 들어가지 않기로 작정했다. 템스강이 한가롭고 고요해 보여 그는 첼시 강둑길을 느릿느릿 걸었다. 걷다 지쳐 그는 벤치에 앉아 졸았다. 얼마나 잤을까. 꿈에 경찰관이 다가와 흔들어 깨우면서 돌아가라고 하는 바람에 깜짝 놀라 눈을 떴다. 눈을 떠 보니 곁엔 아무도 없다. 다시 정처 없이 무작정 걸었다. 걷다 보니 치스윅에 이르러 있었다. 거기에서 또 잤다. 하지만 벤치가 딱딱하여 이내 깨고 말았다. 밤이 한없이 길게만 여겨졌다. 몸이 덜덜 떨렸다. 비참한 생각이 들어 견딜 수 없었다. 정말 어찌해야 좋을지 알 수 없었다. 강둑길에서 잠을 자다니, 창피스럽기 짝이 없는 일이었다. 너무 창피스러워 어둠 속인데도 볼이 달아올랐다. 이런 데서 잠을 잔다는 사람들 얘기가 생각났다. 그런 사람들 가운데는 관리도 있고, 성직자도 있고, 대학을 다닌 사람도 있다고 들었다. 이러다가 자기도 자선기관에 줄을 서서 죽을 타려고 기다리는 신세가 되는 건 아닐까 하는 생각이 들었다. 차라리 죽어 버리는 게 낫겠다 싶었다. 이런 식으로 살아갈 수는 없다. 로슨이 자기의 이런 처지를 알면 틀림없이 도와줄 것이다. 하지만 우스꽝스럽게도, 자존심 때문에 도움을 청할 수가 없다. 아무리 생각해도 왜 이런 꼴이 되고 말았는지 알 수 없었다. 언제나 최선이라고 생각되는 일을 하려고 애써 오지 않았던 가. 그런데도 일마다 틀어지고 말았다. 힘 닿는 대로 남을 도우려고 했으며, 자신이 남보다 더 이기적이었다고 생각되지도 않았다. 그런데도 이런 곤경에 빠지고 말다니 참으로 부당하지 않을 수 없다.

하지만 그런 생각을 해 보아야 쓸데없는 일. 그는 하염없이 걸었다. 어둠이 엷어지고 있었다. 고즈넉한 강물은 아름다웠다. 새벽녘에는 뭔가 신비로운 기운이 감돌았다. 날씨는 쾌청할 듯 뿌연 새벽 하늘엔 구름 한 점 보이지 않는다. 몸이 한없이 피곤하고 배가 고파 창자가 요동을 했지만 그는 한자리에 가만히 앉아 있을 수 없었다. 언제 경찰이 와서 뭐라고 말할까 두려웠다. 그런 수모는 받기 싫었다. 몸이 끈적끈적해서 세수를 하고 싶었다. 마침내 그는 햄프턴 궁에 와 있었다. 뭔가를 먹지 못하면 울음이 나올 것만 같았다. 싸구려 음식점을 찾아 들어갔다. 뜨거운 음식 냄새가 코를 자극하니 속이 메스꺼워진다. 한 끼만 먹어도 하루를 버틸 수 있는 영양가 있는 음식으로 먹으려 했으나 음식을 보자 속이 뒤틀렸다. 홍차 한 잔과 버터 바른 빵을 시켰다. 문득 그날이 일요일이라는 것, 그래서 애설니 집에 갈 수 있다는 생각이 떠올랐다. 그들이 먹을 로스트 비프와 요크셔 푸딩이 생각났다. 하지만 몸이 무섭게 피곤하여 그 행복하고 소란스러운 식구들을 대면할 기력이 남아 있지 않았다. 처량하고 비참한 기분이었다. 혼자 있고 싶었다. 그는 햄프턴 궁의 정원에 들어가 누워 자기로 작정했다. 뼈마디가 욱신거리는 듯했다. 세수를 하고 물을 마실 수 있는 펌프를 찾을 수 있으리라. 목이 탔다. 허기가 가시고 나니 비로소 즐거운 기분으로 꽃이며, 잔디며, 잎이 무성한 나무들에 대해 생각할 수 있었다. 여기 있다 보면 앞일에 대한 좋은 방안이 떠오를 것만 같았다. 풀밭 그늘에 앉아 파이프를 피워 물었다. 절약을 하느라 이미 오래전부터 파이프를 하루에 두 대로 제한하고 있었다. 담배 쌈지가 아직 두둑했기 때문에 한결 마음이 놓였다. 딴 사람들은 돈이 없으면 어떻게 할까 궁금했다. 그러다가 잠이 들고 말았다. 눈을 떠 보니 한낮이 가까웠다. 어서 런던으로 가야겠다는 생각이 들었다. 아침 일찍 런던에 도착하여 구인광고를 보고 조금이라도 가망이 있어 보이는 곳을 찾아가 봐야 한다. 백부의 말이 생각났다. 죽을 때 작으나마 유산을 남기겠다고 했다. 그것이 얼마가 될지 알 수 없다. 몇백 파운드는 넘지 않으리라. 상속권을 저당하여 돈을 조달할 수는 없을까. 백부의 동의 없이는 불가능할 것이다. 동의는 절대 해 주지 않을 것이고.

"백부가 죽을 때까지 어떻게든 버티는 수밖에 없다."

백부의 나이를 계산해 보았다. 블랙스터블 관할사제는 일흔이 훨씬 넘었다. 만성 기관지염이 있다. 하지만 이 병을 가지고도 오래 사는 노인들이 많다. 하여간 그 사이에 무슨 수가 생기리라. 필립은 자신의 상황이 터무니없이 비정상적인 상태라는 느낌을 떨쳐 버릴 수 없었다. 그와 같은 특수한 상황에 빠진 사람이 굶어 죽는 법이란 없다. 그가 이 극도의 절망 상태에 굴복하지 않는 것은 이 체험을 도무지 현실이라고 믿을 수 없기 때문이었다. 그는 로슨에게 반 파운드를 빌리기로 마음 먹었다. 그는 궁정에서 하루 종일 보내면서 배가 고프면 담배를 피웠다. 런던으로 다시 출발하기 전까지는 아무것도 먹지 않을 작정이었다. 런던까지 가자면 길이 멀기 때문에 힘을 아껴 두어야 했다. 날이 서늘해지기 시작할 무렵 그는 길을 떠났다. 가다 지치면 벤치에서 자곤 했다. 간섭하는 사람은 없었다. 세수를 하고 옷도 손질했다. 빅토리아 역에서 면도를 하고, 홍차와 버터 바른 빵을 사 먹었다. 식사를 하면서 조간신문 광고란을 읽었다. 신문을 들여다보니 어떤 유명한 백화점의 '가구용 직물부'에서 점원을 구한다는 광고가 눈에 띄었다. 그것을 보니 이상하게 맥이 빠진다. 중류 계급의 편견 때문에 가게의 점원 노릇이 차마 못 할 짓으로만 여겨진다. 하지만 그는 어깨를 으쓱했다. 못 할 건 또 뭔가? 한번 응모해 보기로 마음 먹었다. 그는 야릇한 느낌이 들었다. 자기가 지금 갖은 굴욕을 다 받아들이고 있을 뿐만 아니라, 심지어는 굴욕을 불러들임으로써 오히려 운명의 손길을 강요하고 있는 것은 아닌가. 아홉 시가 되어 쑥스러운 기분으로 백화점을 찾아가 보니 사람들이 벌써 많이 와 있었다. 열여섯 총각부터 사십 대의 중년들까지 온갖 연령층의 사람들이 다 왔다. 개중에는 두런두런 이야기를 주고받는 사람들도 있었지만 대부분은 묵묵히 입을 다물고 있었다. 필립이 끼어들자 주위 사람들이 적의의 눈길을 던졌다. 한 사내가 이렇게 말하는 소리가 들렸다.

"채용하지 않으려거든 빨리 알려나 주었으면 좋겠어. 딴 데도 가 봐야 하잖아."

필립 곁에 서 있던 사내가 힐끗 쳐다보더니 물었다.

"경력 있수?"

"아뇨."

사내는 잠시 말을 끊었다 다시 이었다. "여기보다 작은 데서도 약속이 안 되어 있으면 점심 시간 이후에는 만나 주지 않아요."

필립은 점원들을 바라보았다. 친츠 날염 면포와 크레톤 날염 마포[83]를 정리하는 점원도 있었고, 지방에서 우편으로 주문해 온 품목들을 챙기는 점원도 있었다.(옆 사람이 그렇게 말했다.) 아홉 시 십오 분쯤 되자 구매담당이 출근했다. 기다리고 있던 구직자 가운데 한 사람이 다른 사람에게 저자가 기번스 씨라고 하는 소리가 들렸다. 키가 작고 뚱뚱한 중년 남자로 검은 턱수염을 기르고 있었으며 머리카락은 까맣고 반들반들했다. 몸놀림이 빠르고 얼굴이 영리하게 생겼다. 실크 모자를 쓰고 프록코트를 차려입었으며, 코트 깃에 잎사귀가 달린 흰 제라늄을 꽂고 있었다. 그는 문을 열어 놓은 채 사무실로 들어갔다. 사무실은 조그만 방으로 미국제 이동식 책상, 책장, 비품장밖에 없었다. 바깥에 서 있는 사람들은 그가 기계적으로 옷깃에서 제라늄을 뽑아 물이 담긴 잉크병에 꽂는 모양을 멀

---

83) 친츠는 꽃무늬 등이 여러 색깔로 날염(捺染)된 무명 피륙을 말하고, 크레톤도 마찬가지로 여러 무늬가 날염된 삼베 피륙으로서 주로 커튼이나 의자 커버용으로 쓰인다. 친츠나 크레톤은 이들 피륙이 유래했던 곳을 나타낸다.

거니 바라보았다. 근무 중인 사람이 옷에 꽃을 달고 있으면 규정 위반이었다.

그날, 같은 부서 직원들은 상사의 비위를 맞추느라 꽃을 칭찬했다.

"이렇게 근사한 꽃은 처음인데요. 직접 기르신 건 아니죠?"

"아냐, 내가 기른 걸세." 그는 빙그레 웃는다. 영리해 뵈는 두 눈에 자랑스러워하는 빛이 가득 어렸다.

그는 모자를 벗고 윗도리를 갈아입었다. 그러고 나서는 우편물을 대충 훑어본 다음에야 줄지어 기다리고 있는 구직자들을 힐끗 바라보았다. 그가 손가락으로 가볍게 신호를 보내자 줄 맨 앞에 선 사람이 안으로 들어간다. 한 사람 한 사람 그의 앞으로 가서 묻는 말에 대답했다. 구매담당은 응모자의 얼굴을 똑바로 쳐다보면서 아주 짤막하게 질문했다.

"나이는? 경험은? 먼저 직장은 왜 그만뒀죠?"

상대방이 대답을 해도 그는 아무런 표정이 없다. 차례가 되어 기번스 씨 앞에 선 필립은 상대방이 자기를 이상한 눈길로 물끄러미 바라본다고 느낀다. 필립의 옷은 말끔했고, 재단도 좋은 편이었다. 그는 다른 구직자들과는 어딘지 달라 보였다.

"경험은?"

"없습니다만."

"그럼 안 되겠소."

필립은 사무실을 걸어 나왔다. 이 시련이 생각보다 훨씬 덜 고통스러웠기 때문에 별로 실망을 느끼지도 않았다. 일자리가 처음부터 대번 얻어걸리리라고는 바랄 수 없는 노릇 아닌가.

그는 가지고 있던 신문을 펼쳐 다시 광고란을 훑어보았다. 호번에 있는 어떤 상점에서도 판매사원을 구하고 있었다. 그곳에 가 보았다. 하지만 가 보니 벌써 누군가가 채용된 뒤였다. 하루 종일 굶지 않으려면 로슨이 점심 먹으러 나가기 전에 그의 스튜디오를 찾아가야 했다. 그래서 그는 브롬튼 로드를 지나 요먼스 로 쪽으로 갔다.

"여보게, 난 이달 말까진 완전히 빈털터리일세." 기회를 잡아 그는 얼른 말을 꺼냈다. "십 실링만 빌려줄 수 있겠나?"

돈을 빌려 달라는 얘기를 꺼내기가 그처럼 어려울 수 없었다. 생각해 보면 병원에서 같이 공부하던 친구들은 애초에 갚을 생각도 없으면서 아주 스스럼없이, 아니 오히려 호의라도 베풀 듯이 그로부터 곧잘 돈을 얼마간씩 빌려 가곤 하지 않았던가.

"그거야 어렵지 않네."

하지만 로슨의 주머니에서는 돈이 팔 실링밖에 나오지 않았다. 필립은 실망했다.

"아, 그럼. 오 실링만 빌려주겠나." 그는 아무렇지도 않은 듯 말했다.

"여기 있네."

필립은 먼저 웨스트민스터의 공중 목욕탕으로 가서 육 펜스를 주고 목욕을 했다. 그런 다음 식사를 했다. 오후가 되니 도대체 무엇을 해야 할지 알 수 없었다. 도저히 병원으로 돌아갈 용기가 나지 않았다. 보는 사람마다 어찌 된 일이냐고 물어 댈 게 뻔했다. 게다가 이제 거기에는 볼일이 없다. 그가 일하던 두어 부서에서는 그가 나타나지 않아 이상하게 생각하겠지만 어떻게 생각하든 그게 중요한 건 아니었다. 아무 말 없이 그만두고 만 학생이 자기만이었던가. 필립은 무료 도서관에 가서 죽치고 앉아 지겨워질 때까지 신문을 읽었다. 그런 다음에는 스티븐슨의『신 아라비안 나이트』를 꺼내 들었다. 하지만 좀처럼 읽히지가 않았다. 글을 보아도 머릿속에 들어오지 않았고, 생각은 하염없이 비참해진 제 신세를 두고 맴돌았다. 그는 내내 같은 생각만을 하고 있었다. 생각이 한 곳에서만 맴돌다 보니 골치가 아팠다. 마침내 신선한 공기가 마시고 싶어 그는 그린 파크를 찾아 들어가 풀밭 위에 누웠다. 생각할수록 자신의 불구가 원망스러웠다. 그 때문에 전장에도 나가지 못한다. 어느 사이에 잠이 들어 그는 자신의 발이 갑자기 말짱해져서 의용기병대에 입대하여 케이프에 가 있는 꿈을 꾸었다. 신문에서 본 사진들이 꿈의 재료가 되었다. 군복을 입고 남아프리카의 초원에서 그는 전우들과 함께 모닥불을 둘러싸고 앉아 있었다. 잠에서 깨어나 보니 아직 훤한 대낮이었다. 얼마 있으니 빅 벤[84]이 일곱 시를 치는 소리가 들렸다. 아무 할 일도 없이 앞으로 열두 시간을 더 보내야 한다. 끝없이 긴 밤이 두렵기만 했다. 하늘에는 구름이 낮게 드리워 아무래도 비가 올 것만 같았다. 어딘가 하룻밤 유숙할 하숙집이라도 찾아야 할 듯했다. '편안한 침대, 육 펜스'라는 광고를 전에 램버스 동네 거리의 가로등 같은 데서 본 일이 많다. 하지만 그런 싸구려 하

---

84) 웨스트민스터의 국회의사당 시계탑의 시계 이름.

숙엔 한 번도 가 본 적이 없다. 고약한 냄새와 빈대나 벼룩도 무서웠다. 되도록이면 노숙을 하기로 마음먹었다. 그는 공원이 문을 닫을 때까지 남아 있다가 밖으로 나와 걷기 시작했다. 피곤하기 짝이 없었다. 무슨 사고라도 나면 좋겠다 싶은 생각이 들었다. 그러면 병원으로 실려 가 몇 주일 동안은 깨끗한 침대에서 누워 지낼 수 있을 것 아닌가. 한밤중이 되니 배가 고파서 도저히 먹지 않고는 견딜 수 없어 하이드 파크 코너의 노점에 가서 감자 두 개와 커피 한 잔을 시켜 먹었다. 그런 다음 다시 걷기 시작했다. 불안한 나머지 어디서고 잠을 잘 수 없었다. 경찰의 눈에 띄어 욕을 치르게 될까 봐 겁이 났다. 이제 경관이 이전과는 전혀 달리 보이게 되었다. 밖에서 밤을 지내는 게 오늘로 사흘째였다. 이따금 피커딜리의 벤치에 앉아 쉬다가 그는 날이 샐 무렵 어슬렁어슬렁 강둑길로 걸어갔다. 십오 분마다 울리는 빅 벤의 소리에 귀를 귀울이며, 런던의 중심가가 잠을 깨려면 시간이 얼마나 남았을까 계산해 보았다. 날이 밝자 동전 몇 푼을 들여 차림새를 단정하게 고친 다음, 광고를 보기 위해 신문을 사들고, 다시금 일자리를 찾아 나섰다.

이런 식으로 대여섯 날을 지냈다. 제대로 먹지 못해 힘이 빠지고 병이 날 것만 같았다. 일자리를 더 찾아 다닐 기력도 남아 있지 않았고, 일자리는 일자리대로 하늘의 별 따기였다. 혹시나 하는 마음으로 상점 뒷문 같은 데서 하염없이 기다리다가 결국은 무뚝뚝한 한마디 말로 거절당하는 일에도 차츰 익숙해지고 있었다. 광고를 낸 곳을 찾아 이제 런던 구석구석을 가 보지 않은 데가 없었다. 자기처럼 퇴짜맞은 구직자들의 얼굴도 알아볼 정도가 되었다. 한두 명은 그를 친구처럼 대하고 싶은 모양이었지만 마음이 너무 지치고 괴로운 상태여서 그로서는 그들의 접근을 받아들일 수 없었다. 오 실링의 빚을 진 로슨에게는 더 이상 찾아가지 못했다. 정신이 몽롱해진 나머지 생각도 제대로 할 수가 없어 앞날에 대해서도 될 대로 되라는 식의 생각이 들었다. 울기도 많이 울었다. 처음에는 우는 자신에 화가 나고 창피스러운 생각이 들었지만 나중에는 울고 나면 오히려 마음이 풀리고 허기도 가시는 느낌이 들었다. 새벽에는 몹시 추웠다. 어느 날 밤에는 몰래 하숙집에 들어가 속옷을 바꿔 입기도 했다. 새벽 세 시경에 다들 잠든 것을 확인하고 슬쩍 들어가 다섯 시에 나왔다. 침대에 들어가 누우니 더없이 포근하고 좋았다. 온몸의 뼈마디가 욱신거리면서도 그렇게 누워 있으니 더할 나위 없이 편했다. 너무 기분이 좋아 잠들고 싶지 않을 지경이었다. 이제는 조금 먹는 것에도 점차 익숙해져 그다지 허기도 느껴지지 않았다. 힘을 못 쓸 뿐이었다. 마음 한구석에서는 죽어 버리고 싶은 생각이 떠나지 않았지만 그 생각에 집착하지 않으려고 필사적으로 애썼다. 일단 죽음의 유혹에 사로잡히면 벗어나기 어려우리라 생각되었기 때문이다. 그는 끊임없이 자신을 타일렀다. 금방 무슨 수가 생길 것이다. 자살을 한다는 건 바보 같은 생각이다. 그는 현재의 상황이 너무 어처구니없어 좀처럼 현실로 받아들일 수가 없었다. 이 상황이 비록 고통스럽기는 하지만 결국은 회복되고 말 질병과 같은 것이라 생각했다. 밤마다 그는 무슨 일이 있어도 다시는 이런 밤을 보내지 않겠다고 맹세하고, 날이 새면 백부나 변호사인 닉슨 씨, 아니면 로슨에게 편지를 쓰겠다고 결심했다. 하지만 막상 때가 되면 굴욕을 무릅쓰고 자신의 참담한 실패를 고백할 마음이 나지 않았다. 로슨이 어떻게 받아들일지 알 수 없었다. 필립은 로슨과 사귀면서 그를 생각이 산만한 사람으로 생각했고 자신은 언제나 균형 있는 상식을 가진 사람임을 자부해 왔다. 그런데 이제 그에게 자기가 저지른 온갖 못난 일을 죄다 털어놓아야 할지 모른다. 로슨이 이야기를 듣고 나면 일단 얼마간 도와주기는 하겠지만 그러고 나서는 냉정하게 등을 돌려 버릴지도 모른다는 생각이 자꾸만 들었다. 백부나 변호사도 사정을 알게 되면 도와주기야 할 것이다. 하지만 필립은 그들의 힐책이 두려웠다. 누구로부터도 힐책을 듣고 싶지 않았다. 그는 이를 악물고, 이미 일어난 일은 이왕에 그렇게 되었으니 불가피한 것이라고 되풀이해 말했다. 후회란 무의미한 것이다.

하루하루가 끝없이 길게만 여겨졌다. 로슨에게 빌린 오 실링도 오래 갈 리 없다. 필립은 어서 일요일이 왔으면 했다. 애설니를 찾아갈 수 있기 때문이다. 무엇 때문에 진작 애설니를 찾지 않았는지 자신도 알 수 없었다. 혼자 힘으로 어려움을 이겨 내고 싶은 마음이 간절하긴 했다. 애설니 자신도 이미 절망적인 어려움을 겪어 본 사람이기 때문에 그러면 어떻게든 도와줄 것이다. 점심을 먹고 나면 애설니에게 자신의 곤경을 털어놓을 기회가 자연히 생길 터이다. 필립은 그때 가서 애설니에게 할 말을 혼자서 되풀이해 말해 보았다. 그러다가 보니 애설니가 혹시 요란스러운 말로 자기의 말을 어물쩍 넘겨 버리지나 않을까 하는 생각이 자꾸만 들었다. 그렇다면 그것이야말로 아찔한 일이어서 필립은 애설니를 시험하는 일을 최대한 늦추고 싶었다. 친구들에 대해서는 이미 믿음을 죄다 버린 뒤였다.

토요일 밤은 춥고 음습했다. 필립은 끔찍할 정도로 고생을 했다. 토요일 한낮부터 다음 날, 지칠 대로 지친 몸을 이끌고 애설니 집에 가기까지 그는 입에 아무것도 넣지 못했다. 마지막 남은 이 펜스는 일요일 아침 채링 크로스의 유료 화장실에 들어가 세수를 하고 빗질을 하는 데 써 버렸다.

101

필립이 초인종을 울리자, 머리 하나가 창밖으로 나오더니 이내 아이들이 다투어 문을 열려고 계단을 뛰어 내려오는 시끄러운 소리가 들렸다. 필립은 아이들이 키스를 할 수 있도록 허리를 굽히고 근심이 깃든 창백하고 야윈 얼굴을 내밀었다. 아이들의 애정에 넘치는 환대를 받고 필립은 그만 감격하여 마음을 가다듬느라고 무슨 구실을 대고 층계에서 한동안 꾸물댔다. 요즘 그는 신경이 아주 예민해 있었기 때문에 무슨 일에든 걸핏하면 눈물을 흘렸다. 아이들은 지난 일요일에 왜 오지 않았느냐고 물었다. 필립은 아파서 못 왔다고 했다. 그러자 아이들은 무슨 병인지 알고 싶어했다. 필립은 재미있게 하려

고 일부러 이상한 병명을 갖다 댔다. 희랍어와 라틴어를 합성한 알쏭달쏭하고 알아듣기 힘든 병명——의학 용어에는 그런 것이 부지기수다.——을 말해 주니 아이들이 깔깔대고 웃는다. 아이들은 필립을 거실로 끌고 가서, 아빠도 그 말을 배울 수 있도록 병명을 다시 한번 말해 주라고 했다. 애설니는 자리에서 일어나 악수를 청했다. 그는 필립을 빤히 바라보았다. 하긴 원래 퉁방울 눈이라 언제나 상대방을 빤히 바라보는 것 같은 느낌을 주었다. 그런데도 필립은 오늘따라 어쩐지 그의 시선에 마음이 쓰였다.

"지난 일요일에 기다렸었소."

필립은 워낙 거짓말을 못 해 거짓말을 하려면 늘 당황했다. 오지 못한 이유를 설명하고 나니 어느 사이에 얼굴이 새빨개져 있었다. 마침 애설니 부인이 들어와 손을 내밀었다.

"몸은 좀 회복되셨나요?"

그녀가 왜 자기에게 병이 났다고 생각하는지 알 수 없었다. 그가 아이들과 함께 올라왔을 때 부엌문은 닫혀 있었고, 자기 곁을 떠난 아이는 아무도 없었기 때문이다.

"점심 드시려면 십 분은 더 기다리셔야겠어요." 그녀는 느릿느릿한 말투로 말했다. "기다리시는 동안 우유에 계란 섞어 넣은 것 좀 드시겠어요?"

그녀의 얼굴에 뭔지 염려하는 표정이 어려 있어 필립은 공연히 불안했다. 그는 억지로 웃어 보이며 조금도 배가 고프지 않다고 했다. 샐리가 식탁을 차리러 들어왔다. 필립은 샐리에게 농을 걸었다. 식구들은 다들 그녀에게 엘리자베스 숙모처럼 뚱뚱해질 거라고 놀리고는 했었다. 엘리자베스 숙모란 애설니 부인의 숙모인데, 아이들은 그녀를 한 번도 본 적이 없으면서 틀림없이 살이 뒤룩뒤룩 찐 여자일 거라고 생각했다.

"이봐, 샐리, 지난번 만나고 난 뒤에 무슨 일이 있었나?" 필립은 그런 식으로 농을 시작했다.

"없어요. 제가 알기론"

"아무래도 체중이 느는 것 같은데?"

"아저씨는 반대군요. 아주 해골 같아요." 샐리가 대뜸 응수했다.

필립은 얼굴이 빨개졌다.

"샐리, 그게 무슨 말대꾸냐!" 아버지가 소리쳤다. "벌로 머리카락 한 올을 자를 테다. 제인. 가위를 가져오너라."

"아니, 아버지. 아저씨가 정말 마르셨잖아요." 샐리가 이의를 제기했다. "아주 앙상하세요."

"넌 뭐가 문제인지 모르는구나. 아저씨는 얼마든지 말라도 되지만 넌 뚱뚱하면 꼴불견이란 말야."

그렇게 말하면서도 애설니는 자랑스럽게 딸을 끌어안고 사랑스러워 죽겠다는 듯이 바라보았다.

"상을 차려야겠어요, 아버지. 이래 봬도 좋아할 사람 얼마든지 있어요."

"예끼!" 애설니는 극적인 동작으로 손을 휘저으며 소리쳤다. "이 녀석이 날 놀리는구나. 호번에서 보석상 하는 레비의 아들 조지프가 청혼을 해 왔다고 하는 말이렷다."

"그래 허락했나, 샐리?" 필립이 물었다.

"아직도 우리 아버지를 모르세요? 죄다 지어 낸 말이에요."

"아니, 그게 청혼이 아니라면 말이다, 조지 성자님과 메리 잉글랜드[85]의 이름을 걸고 말하지만, 조지프 녀석의 코를 붙잡고, 녀석의 속셈이 무언지 당장 실토시키고 말겠다."

"아버지, 이제 앉으세요. 식사 준비 다 됐어요. 자 애들아. 가서 다들 손 씻고 와야지. 다들 씻어. 밥 먹기 전에 내가 다 손 검사할 테니까. 자, 어서."

필립은 자기가 일단 음식을 입에 대면 정신없이 먹게 되리라고 생각했다. 하지만 막상 음식을 보니 속이 뒤틀려서 도무지 먹을 수가 없었다. 머리도 노곤했다. 애설니가 여느 때와 달리 별로 말을 하지 않고 있다는 것도 깨닫지 못했다. 안락한 집에 앉아 있으니 마음이 그지없이 놓이기는 했지만 때때로 자기도 모르게 자꾸 창밖으로 눈길이 갔다. 비바람이 몰아쳐 올 듯한 날씨였다. 맑던 날씨가 어느새 험하게 변해 버렸다. 냉기가 돌고 싸늘한 바람이 불고 있었다. 이따금 빗줄기가 창문을 두들겨 댔다. 오늘 밤은 어떻게 보내야 할지 암담하기 짝이 없었다. 애설니네 식구는 다들 잠자리에 일찍 든다. 따라서 밤열 시까지는 자리에서 일어나야 한다. 황량한 어둠 속으로 나가야 한다고 생각하니, 심란하기 그지없다. 마음씨 따뜻한 사

---

85) 성 조지(Saint George)는 잉글랜드인이 국민 성자로 떠받드는 사람. 4세기경에 로마군의 군인이었다가 소아시아에서 순교했다. 잉글랜드의 국기인 붉은 십자기(十字旗)는 성 조지 십자기라고 불리운다. '메리 잉글랜드'란 노래와 춤을 즐기며 유쾌하게 살았던 엘리자베스 시대의 잉글랜드를 말한다. 잉글랜드의 황금기를 암시한다.

람들과 함께 있으니 집 밖에서 혼자 지낼 때보다 마음이 더 괴롭다. 그래서 필립은 자신에게 줄곧 말했다. 이런 밤을 밖에서 새는 사람들은 나만이 아니다. 무수히 많다. 필립은 아무 말이나 지껄여 딴 생각을 하려고 애썼지만 얘기를 하는 중에도 창문에 빗줄기가 부딪는 소리가 들리면 깜짝깜짝 놀랐다.

"마치 삼월 날씨 같군." 애설니가 말했다. "이런 날에는 아무도 영국해협을 건너고 싶은 마음이 나지 않을걸."

이윽고 식사가 끝나자, 샐리가 들어와 상을 치우기 시작했다.

"싸구려 담배 한 대 피워 보시겠소?" 애설니가 시가 한 대를 건넸다.

필립은 담배를 받아 들어 연기를 기분 좋게 들이마셨다. 연기를 마시니 한결 마음이 가라앉았다. 샐리가 식탁을 다 치우고 나가려고 하자, 애설니는 그녀에게 문을 닫고 나가라고 했다.

"자, 이젠 우리뿐이오." 그는 필립을 돌아보며 말했다. "베티에게 일러 뒀으니 아이들도 부르기 전까지는 들어오지 않을 거요."

필립은 놀란 얼굴로 애설니를 쳐다보았다. 무슨 말인지 영문을 모른 채 있는데 애설니가 늘 하던 동작으로 코에 안경을 걸치면서 말을 이었다.

"실은 지난 일요일에 당신이 오지 않아 무슨 일이 생겼느냐고 편지를 보냈었소. 그런데도 답이 없어 수요일 날 당신 하숙집을 찾아갔었죠."

필립은 얼굴을 돌린 채 아무 말도 하지 않았다. 가슴이 격

렬하게 뛰기 시작했다. 애설니도 잠자코 말이 없었다. 시간이
흐르자 필립은 침묵을 견딜 수 없었다. 무슨 말을 해야 할지
한마디도 떠오르지 않았다.

"하숙집 주인 여자 얘길 들으니, 당신이 지난 토요일 밤부
터 들어오지 않는다고 했소. 지난 달 방세도 내지 않았다고
하면서. 도대체 그동안 어디서 잤소?"

대답을 하려니 괴롭기 짝이 없었다. 그는 창밖을 노려보았다.

"잘 데가 없었어요."

"당신을 찾았어요."

"왜요?"

"베티와 나도 한때 그처럼 어려움을 겪은 적이 있소. 우리
에겐 돌봐야 할 어린 것들이 있었지만. 왜 우리 집으로 오지
않으셨소?"

"올 수가 없었습니다."

필립은 금방 울음이 터질 것 같았다. 기운이 하나도 없었
다. 정신을 가다듬으려고 그는 눈을 감고 미간에 힘을 주었다.
불현듯 애설니에게 화가 치밀어 올랐다. 왜 모른 체 그냥 두지
않는단 말인가. 하지만 이제 아무런 기력도 남아 있지 않았
다. 얼마 후, 여전히 눈을 감은 채, 그는 목소리가 격해지지 않
도록 천천히, 지난 한두 주일 동안에 있었던 일의 자초지종을
이야기해 주었다. 얘기를 해 나가면서 그는 자기의 행동이 새
삼 얼마나 어리석은 짓이었나를 깨달을 수 있었다. 그렇게 느
껴지니 얘기하기가 더 어려웠다. 애설니가 자기를 정말 바보라
고 생각하리라.

"이제 일자리를 찾을 때까지 우리랑 함께 지내도록 합시다."
필립이 얘기를 마치자 애설니가 말했다.

왜인지 모르지만 필립은 얼굴이 달아올랐다.

"고마운 말씀이지만, 그럴 수 없습니다."

"그건 또 왜요?"

필립은 대답하지 않았다. 폐가 될지도 모른다는 생각에 자기도 모르게 사양했던 것이다. 워낙 수줍음을 타고나서 남의 호의를 받아들이지 못했다. 더욱이 애설니네도 겨우 입에 풀칠이나 하고 사는 형편이다. 새 식구를 더 받아들일 방도 없고 돈도 없다는 것을 빤히 알지 않는가.

"두말할 것 없어요. 이리로 꼭 와야 하오. 소프가 제 동생들이랑 끼어 자고 당신이 그 아이 침대에서 자면 돼요. 그리고 당신 한 사람 더 먹는다고 해서 얼마나 차이가 있겠소."

필립이 어찌해야 좋을지 몰라 우물쭈물하는 사이 애설니는 문 쪽으로 가서 아내를 불렀다.

"베티." 그녀가 들어오자 애설니가 말했다. "케리 씨가 같이 지내기로 했어."

"참 잘됐어요. 가서 침대 준비를 해 놓을게요."

응당 그래야 한다는 듯이 말하는 그녀의 따뜻하고 다정한 말에 필립은 가슴이 뭉클했다. 필립은 남들이 자기를 친절하게 대해 주리라고는 전혀 기대하지 않는다. 그래서 이들의 친절이 놀랍고 감동스럽기만 했다. 두 줄기 굵은 눈물이 볼을 타고 흘러내리는 것을 막을 수 없었다. 애설니 내외는 필립의 문제로 이것저것 의논하면서 마음이 약해진 필립이 지금 눈물

바람을 하고 있다는 것을 전혀 눈치채지 못하는 척했다. 애설니 부인이 방을 나가자 필립은 의자 뒤로 기대앉아 창밖을 내다보며 가볍게 웃었다.

"밖에서 지내기에 별로 좋은 날씨는 아니죠?"

102

애설니는 자기가 다니는 의류 상회가 워낙 크기 때문에 필립의 일자리쯤은 쉽게 구해 줄 수 있을 거라고 장담했다. 점원 몇 사람이 입대하여 전쟁터에 나갔는데, 애국심 넘치는 린 앤드 세들리 상회는 그들이 돌아올 때까지 자리를 꼭 비워 두겠다고 약속했다고 한다. 회사 측은 전쟁에 나간 영웅들의 업무를 뒤에 남은 사람들에게 맡겼다. 그러면서도 이들의 봉급을 올려 주지는 않았기 때문에 결국 회사는 애국심을 과시하고 돈도 아끼게 된 셈이었다. 하지만 전쟁은 계속되었고 경기는 불황이었다. 휴가철이 다가오고 있었다. 휴가철이 되면 많은 직원들이 저마다 이 주일씩 자리를 비우게 된다. 그렇게 되면 아무래도 사람을 더 쓰지 않을 수 없었다. 그렇다 하더라도 경험에 비추어 필립은 회사가 과연 자기를 써 줄지 의심스러웠다. 하지만 애설니는 자기가 회사에서 요직에 있으니까 자기 부탁이면 지배인도 들어주지 않을 수 없을 거라고 했다. 게다가 당신은 파리에서 공부한 경력까지 있으니 도움이 되지 않겠느냐. 좀 기다리면 틀림없이 의상 디자인을 하고 포스터를 그리는 보수 좋은 자리를 얻을 수 있을 것이라고 했다. 필립은 여름철 세일에 필요한 포스터를 한 장 그렸고, 애설니는 그것을 들고 회사에 갔다. 이틀 뒤, 애설니는 포스터를 다시 가지고 돌아왔다. 그러면서 한다는 말이 지배인이 아주 탄복을 하면서도 현재로서는 도안부에 빈 자리가 없다고 진심으로 미안해하더라는 것이었다. 필립은 다른 일거리는 없느냐고 물었다.

"없을 것 같소."

"확실합니까?"

"사실은 내일, 우리 상회에서 안내원 모집 광고를 내요." 애설니는 그런 자리는 곤란하지 않겠느냐는 듯이 안경 너머로 필립을 바라보았다.

"제가 채용될 가능성이 있겠습니까?"

애설니는 약간 난처한 표정을 지었다. 훨씬 나은 자리를 구할 수 있다는 듯이 말한 입장이었기 때문이다. 그렇다고 찢어지게 가난한 형편에 필립을 무한정 먹이고 재워 줄 수는 없는 노릇이었다.

"더 나은 자리가 날 때까지 한번 해 보겠소? 일단 직원이 되고 나면 나은 자리를 얻기가 더 쉬울 테니까."

"제가 어디 체면 가릴 만한 형편이 됩니까." 필립은 웃으면서 말했다.

"그렇게 하겠다면, 내일 아침 아홉 시 십오 분 전까지 나와요."

전시인데도 일자리 구하기가 보통 일이 아님이 분명했다. 필립이 상회에 나가 보니 벌써 많은 사람들이 와서 기다리고 있었다. 개중에는 그동안 일자리를 찾아 돌아다닐 때 보았던 사람들도 있었다. 어느 날 오후엔가 본, 공원에서 빈둥거리던 사람도 있었다. 이제 보니 그 사람도 자기처럼 갈 데가 없어 밖에서 밤을 지낸 모양이었다. 별의별 남자들이 다 모여 있었다. 노인도 있고 젊은이도 있고, 큰 사람도 있고 작은 사람도 있었다. 다들 지배인과 면접할 때 조금이라도 잘 보이려고 애를 쓴 흔적이 역력했다. 모두 머리를 말끔하게 빗고 손도 깨끗이 씻었다. 나중에 알았지만 그들이 대기하던 곳은 식당과 작업실로 통하는 복도였다. 복도에는 몇 야드마다 대여섯 단의 계단이 나 있었다. 매장에는 전기가 들어와 있었으나 복도에는 보호용 철사망이 씌워진 가스등만이 요란스러운 소리를 내면서 타고 있다. 필립은 정시에 도착했지만 열 시가 다 되어서야 사무실로 안내되었다. 사무실은 마치 치즈 조각을 옆으로 뉘어놓은 듯한 세모난 방이었다. 벽에는 코르셋 차림의 여자 그림들과 인쇄 견본용인 듯한 포스터가 두 장 붙어 있었는데 한 장은 초록색과 흰색의 굵은 줄무늬가 있는 파자마 차림의 남자 그림이었고, 다른 한 장은 바람을 잔뜩 받은 돛단배가 짙푸른 바다를 헤쳐 가는 그림이었다. 돛에는 큰 글자로 '그레이트 화이트 세일'이라고 쓰여 있었다. 사무실의 제일 넓은 벽은 상점 진열장의 뒷면으로 되어 있었다. 마침 진열장을 장식하는 중이어서 면접 시간인데도 점원 한 명이 계속 들락거렸다. 지배인은 편지를 읽고 있었다. 얼굴이 불그레한 사내였는데 머리카락과 커다란 콧수염이 다 모랫빛이었다. 시곗줄 한 가운데에 축구공 모양 메달이 포도송이처럼 매달려 있다. 그는 전화기가 놓인 커다란 책상 앞에 셔츠 차림으로 앉아 있었다. 책상 위에는 애설니의 작품인 듯한 그날치 광고, 그리고 신문에서 오려 내어 두터운 종이에 붙여 놓은 기사가 놓여 있다. 그는 필립을 흘낏 쳐다보았지만 아무 말도 하지 않고 한구석의 조그만 책상 앞에 앉은 여자 타이피스트에게 편지 한 통을 받아쓰게 했다. 그런 다음에야 그는 필립에게 이름과 나이, 경력을 물었다. 심한 런던 사투리를 쓰면서 높은 금속성의 목소리로 말했는데 그 목소리를 자기로서는 어떻게 할 수 없는 모양이었다. 넓적한 윗니가 앞으로 튀어나와 있다. 건들거려서 쭉 잡아 빼면 그대로 뽑힐 것만 같았다.

"애설니 씨가 제 말씀을 드렸을 줄 압니다만."

"아, 그 포스터를 그린 젊은이가 자넨가?"

"네."

"그건 우리에겐 소용없네. 쓸 데가 없어."

그는 필립을 위 아래로 훑어보았다. 필립에게는 앞서 면접한 사람들과는 어딘가 다른 점이 있음을 느낀 듯했다.

"자넨 프록코트를 입어야겠어. 그런데 프록코트가 없나 보군. 자넨 아주 점잖은 청년으로 뵈는데. 그림 그려서는 돈 벌기가 힘들었나 봐요."

필립은 이 사람이 자기를 고용할 생각인지 아닌지 알 수 없었다. 말이 흡사 시비조였다.

"집은 어딘가?"

"부모님은 제가 어렸을 때 모두 돌아가셨습니다."

"난 젊은이들에게 기회를 주고 싶네. 내가 일자리를 준 친구들도 꽤 돼. 지금 다들 과장이 되어 있네. 내 입으로 말하기는 좀 그렇지만, 다들 내게 고마워하고 있지. 내가 어떻게 돌봐 주었는지 다 알고 있으니까. 바닥부터 시작하게. 밑에서부터 차근차근 올라가는 거야. 사업을 배우려면 그 길밖에 없어. 그 점만 명심한다면 어느 자리까지 오르게 될지 누가 알겠나. 자네만 잘하면 자네도 언젠가 나와 같은 자리에 앉을 수 있을지 몰라. 그 말 명심하게, 젊은이."

"최선을 다하도록 하겠습니다."

필립은 이런 자리에서는 되도록 상대방에게 깍듯한 경칭[86]을 붙여야 한다는 걸 알고 있었다. 하지만 붙이고 보니 이상했고 좀 지나치지 않았나 하는 생각이 들었다. 지배인은 말하기를 좋아했다. 그런 말을 늘어놓으면서 그는 자신의 지위에 뿌듯한 만족을 느끼는 모양이었다. 그는 필립을 쓰겠다 안 쓰겠다는 말은 하지 않고 한참 동안 딴 말만 잔뜩 늘어놓았다.

"그래, 자넨 잘할 것 같네." 마침내 그는 거드름을 피우며 말했다. "어쨌든 일단 한번 써 보기로 하지."

"고맙습니다."

"곧바로 시작할 수 있네. 주당 육 실링에 숙식 제공이네. 의식주 일체를 제공한다는 뜻일세. 육 실링은 용돈이야. 자네 마음대로 써도 되는 돈이지. 급료는 월급으로 지불하네. 월요일부터 시작하게. 불만 없겠지?"

"없습니다."

"해링턴 가가 어딘지 알고 있나? 섀프츠베리 애비뉴 말야.

---

86) 여기에서의 경칭이란 'sir'를 말한다.

숙소는 거길세. 10번지네. 일요일 밤부터 자도 좋아. 그건 자네 좋을 대로 하게. 월요일에 짐을 들여도 좋고." 지배인은 고개를 끄덕여 보였다. "그럼 가 보게."

103

애설니 부인이 돈을 빌려준 덕분에 필립은 하숙집에 밀린 돈을 갚고 물건을 찾아 왔다. 옷 한 벌을 저당 잡힌 전당표에 오 실링을 보태 전당포에서 프록코트 한 벌을 살 수 있었다. 몸에 아주 잘 맞았다. 나머지 옷들도 다시 찾았다. 짐은 패터슨 운송업 센터를 시켜 해링턴 가로 보내고 월요일에 애설니와 함께 매장에 나갔다. 애설니는 필립을 의상부의 구매담당에게 소개하고 가 버렸다. 구매담당은 샘프슨이라는 나이 서른 살의 쾌활하고 부산스러운 조그만 사내였다. 필립과 악수를 하고, 이 사내는 늘 자랑스럽게 여기는 자신의 교양을 과시하느라고 필립더러 프랑스어를 할 줄 아느냐고 물었다. 필립이 할 줄 안다고 하자 그는 깜짝 놀랐다.

"다른 나라 말도 하나?"

"독일어를 합니다."

"아, 그래! 나도 가끔 파리에 가지. 팔레 부 프랑세?[87] 맥심[88]

---

87) '프랑스어 할 줄 아나?'라는 뜻.
88) 음식점 이름.

에 가 보았나?"

필립은 의상부의 계단 꼭대기 위치에 배치되었다. 그가 할 일은 손님들에게 상점 안의 각종 부서의 위치를 안내하는 일이었다. 샘프슨이 지껄이는 바를 들으니, 아주 여러 부서가 있는 듯했다. 그는 문득 필립이 절름거리는 것을 알아차렸다.

"아니, 다리가 왜 그렇소?"

"한쪽이 곤봉발입니다. 하지만 걷는 데나 일하는 데는 지장이 없습니다."

구매담당은 알 수 없는 일이라는 듯 잠시 그의 발을 내려다보았다. 지배인이 왜 이런 자를 고용했나 하고 의아스럽게 생각되는 모양이었다. 필립이 판단하건대 지배인은 그에게 문제가 있음을 눈치채지 못했었다.

"하루 만에 죄다 외울 순 없겠지. 잘 모르겠거든 여점원 아무에게나 물어보면 돼요."

샘프슨은 가 버렸다. 필립은 이런저런 부서의 위치를 기억하려고 하면서, 안내를 원하는 손님이 없나 하고 열심히 살펴보았다. 한 시가 되어 점심을 먹으러 올라갔다. 식당은 상회의 거대한 건물 맨 위층에 있었는데 널찍하고 조명도 잘 되어 있었다. 하지만 먼지가 들어오지 못하도록 창문을 꼭꼭 닫아 놓고 있었다. 음식 냄새가 코를 찔렀다. 식탁보가 덮인 기다란 식탁들이 줄지어 있고, 그 위에 물이 담긴 커다란 유리병들이 일정한 간격을 두고 놓여 있었다. 소금 그릇과 식초병이 식탁 가운데에 죽 놓여 있다. 점원들이 왁자지껄 몰려 들어와 열두 시 반에 식사를 하러 온 사람들이 앉았다 가서 아직도 온기가 남아 있는 긴 의자들에 앉는다.

"피클이 없군." 옆자리의 사내가 필립에게 말했다.

키가 크고 마른 사내로 매부리코에 얼굴이 창백했다. 머리
통이 길죽했는데 마치 무엇엔가 여기저기 눌린 듯이 이상하
게 울퉁불퉁했고, 이마와 목에는 빨긋빨긋 커다란 여드름이
돋아 있었다. 이름이 해리스라고 했다. 여러 가지 피클이 가득
담긴 커다란 그릇들이 식탁에 줄줄이 놓여 있는 날도 있었다.
피클의 인기는 대단했다. 나이프와 포크가 눈에 띄지 않았다.
하지만 이내 흰 옷을 입은 뚱뚱한 사내아이가 양손에 나이프
와 포크를 잔뜩 집어 들고 와서 식탁 한가운데에 요란하게 내
려놓았다. 저마다 필요한 대로 집어 들었다. 방금 더러운 물에
슬쩍 집어넣었다 꺼내 왔는지 뜨뜻하고 미끈미끈했다. 고기가
국물 속에서 헤엄치고 있는 음식 쟁반을, 역시 흰 재킷을 입
은 사내아이들이 가지고 들어와 돌렸다. 이들이 마술사 같은
재빠른 손동작으로 그릇들을 내던지듯 식탁 위에 내려놓을
때마다 국물이 튀어 식탁보를 적시곤 했다. 그런 다음 이들은
양배추와 감자를 담은 큰 접시들을 들여왔다. 필립은 보기만
해도 속이 메슥거렸다. 보아 하니 다들 그 위에다 식초를 잔뜩
부어 댔다. 시끄럽기 짝이 없었다. 떠들고, 웃고, 소리쳤다. 거
기에 나이프와 포크 딸그락거리는 소리, 음식을 씹고 삼키는
야릇한 소리가 요란했다. 필립은 다시 제 근무 위치에 돌아와
서야 겨우 마음이 놓였다. 이제는 어느 부가 어디에 있는지 거
의 외우고 있어서 누가 묻더라도 다른 점원에게 별로 물어볼
일이 없었다.

"첫 번째에서 오른쪽으로 들어가 왼쪽 두 번째입니다, 부인."

일이 조금 한가해질 때면 그에게 한두 마디 말을 거는 여점 원도 있었다. 그가 어떤 사람인지 알아보려는 것 같았다. 다섯 시에는 간식을 하러 다시 식당으로 올라갔다. 내내 서 있다가 자리에 앉으니 좋았다. 버터를 듬뿍 바른 커다란 빵이 나왔다. 잼 통을 들고 온 사람들이 많았다. 통에 자기 이름을 써 두고 보관소에 넣어 두는 모양이었다.

여섯 시 반에 근무가 끝날 때쯤 되니 필립은 기진맥진했다. 점심 때 옆자리에 앉았던 해리스가 그를 해링턴 가에 데리고 가서 숙소를 보여 주겠노라고 했다. 자기 방에 빈 침대가 하나 있는데, 다른 방은 다 찼으니 필립은 아마 자기 방에 배정 될 거라고 했다. 해링턴 가의 숙소는 원래 제화점을 하던 곳이 었다. 가게가 침실로 사용되고 있었다. 창문을 위로부터 사 분의 일만 남기고 죄다 판자로 가려 안은 어두컴컴했다. 열 수도 없기 때문에 한구석에 난 조그만 채광창을 통해서만 겨우 환기가 되었다. 퀴퀴한 냄새가 났다. 그곳에서 자지 않는 것만도 고마운 일이었다. 해리스는 필립을 이 층에 있는 거실로 데려 갔다. 그 방에는 낡아 빠진 피아노가 한 대 놓여 있었는데 건반이 얼마나 낡았는지 마치 군데군데 썩은 이빨이 박힌 치열 같았다. 테이블 위의 뚜껑 없는 시가 상자 속에는 도미노의 골패쪽이 들어 있었다. 철 지난《더 스트랜드 매거진》과《더 그래픽》지들이 놓여 있다. 다른 방들은 침실로 사용되었다. 필립이 기거하게 되어 있는 방은 꼭대기 층에 있었다. 방에는 침대가 여섯 개 놓여 있고, 침대 옆에는 트렁크나 상자가 하나씩 놓여 있었다. 가구라고는 서랍장 하나뿐이었다. 커다란 서랍이 네 개, 작은 서랍이 둘 붙어 있었다. 신참자인 필립은 작은 서랍 하나를 쓰게 되어 있었다. 서랍마다 열쇠가 딸려 있었지만 열쇠 모양이 똑같아 별 쓸모가 없었다. 해리스가 귀중품은 트렁크에 넣어 두라고 귀띔해 주었다. 벽난로 위에는 거울이 붙어 있었다. 해리스는 필립에게 화장실도 안내해 주었는데 화장실은 상당히 컸고 세면대가 여덟 개나 나란히 세워져 있었다. 기숙자들은 다들 여기에서 세수를 했다. 화장실 옆으로 목욕통 두 개가 들어 있는 욕실이 붙어 있었는데 목욕통은 나무 부분이 비누 때가 묻어 변색되어 있었다. 사람마다 다른 높이로 목욕물을 채워 통 안쪽에는 그 흔적을 나타내는 검은 테가 층층이 나 있었다.

해리스와 필립이 침실로 돌아오니 키가 큰 사내 하나가 옷을 갈아입는 중이었고, 열여섯 살쯤 되어 보이는 사내아이 하나가 요란하게 휘파람을 불면서 머리를 빗고 있었다. 이윽고 키 큰 사내는 아무에게도 말 한마디 없이 나가 버렸다. 해리스가 소년에게 눈을 찡긋하니, 소년도 휘파람을 불면서 눈을 찡긋했다. 해리스는 방금 그 사내의 이름이 프라이어라고 필립에게 말해 주었다. 군인인데 지금 견물부(絹物部)에서 일한다고 했다. 남들과는 거의 말을 하지 않고, 밤마다 저처럼 인사 한마디 없이 홱 나가서 여자를 만난다고 했다. 이윽고 해리스도 나갔다. 소년만이 남아 필립이 짐을 푸는 모습을 호기심에 찬 눈으로 바라보았다. 이름은 벨이라 했는데, 급료 없이 잡화부에서 일하고 있다고 했다. 필립의 연미복에 상당한 관심을 보였다. 소년은 같은 방을 사용하는 다른 사람들 얘기를 해 주면서 필립에 관해서도 시시콜콜히 캐물었다. 쾌활한 소년이었는데 이야기를 하다가도 반쯤 쉰 목소리로 연예관에서나 들을 수 있는 노래를 한 자락씩 흥얼거렸다. 필립은 짐을 다 정리하고 나자 밖으로 나와 거리를 거닐며 사람들 무리를 구경했다. 식당 앞을 지날 때면 문밖에 걸음을 멈추고 그곳에 들어가는 사람들을 지켜보기도 했다. 허기가 져서 그는 과일빵을 사서 먹으면서 걸었다. 열한 시 반이면 사감이 가스등을 껐는데 그에게서 바깥문 열쇠를 받아 놓기는 했지만 혹시 문이 잠겨 들어가지 못할까 봐 시간에 맞추어 들어갔다. 벌금 제도에 대해서는 이미 들어서 알고 있었다. 열한 시가 넘어 들어가면 벌금 일 실링을 물어야 했고, 십오 분을 넘기면 벌금 반 크라운에 회사에 보고까지 되었다. 세 번 위반하면 해고였다.

필립이 돌아와 보니, 전직 군인만 빼놓고는 다 들어와 있고 두 사람은 벌써 잠자리에 들어 있었다. 필립이 들어가니 방 안의 사람들이 환성을 질렀다.

"야, 클래런스! 이런 망나니!"

벨이 기다란 베개에 필립의 연미복을 입혀 놓았던 것이다. 소년은 그런 장난이 재밌는 모양이었다.

"친목회에 입고 갈 옷이야, 클래런스."

"조심하지 않으면 저 친구가 린 상회의 공주님을 가로채 버릴걸."

친목회에 대해서는 필립도 들어서 알고 있었다. 친목회 때문에 급료에서 돈을 얼마씩 뗐는데 그게 그네의 불만 가운데 하나였다. 한 달에 이 실링밖에 되지 않았지만, 의료비와 헌소설 대본소 이용료를 충당할 만한 금액이었다. 하지만 매월 세탁비로 사 실링을 더 뗐기 때문에 필립으로서는 육 실링의 주급 가운데 사 분의 일은 받지 못하는 셈이었다.

그 방 사람들 대부분이 두툼한 베이컨 조각을 사이에 넣은 롤빵을 먹고 있었다. 저녁 식사로는 흔히 이런 샌드위치를 먹었는데, 몇 집 건너에 있는 구멍 가게에 가면 이 펜스에 살 수 있었다. 전직 군인이 허겁지겁 들어왔다. 그는 아무 말 없이 재빠르게 옷을 훌훌 벗어 던지더니 침대로 뛰어들었다. 열한 시 십 분이 되자 가스등이 한 차례 환하게 타오르다가 오 분 후에는 꺼졌다. 군인은 잠들었지만 나머지들은 파자마와 속옷 차림으로 커다란 창문가에 몰려 서서 창문 아래로 지나가는 여자들에게 먹다 남은 샌드위치 조각을 내던지며 큰 소리로 농담을 했다. 맞은편 육 층 건물은 유태인 양복점의 재봉소였는데 열한 시가 되면 일을 끝냈다. 방마다 불이 밝게 켜져 있고 창에는 블라인드도 없었다. 일이 끝나면 이 노동 착취자의 딸——가족은 내외, 작은 사내아이 둘, 스무 살 먹은 딸이다.——이 불을 끄려고 집 안을 돈다. 이 여자는 때로 재봉사 가운데 누군가로부터 구애를 받기도 했다. 필립과 같은 방을 쓰는 친구들은 재봉사들이 서로 뒤에 남으려고 온갖 꾀를 쓰는 것을 지켜보며 아주 재미있어했다. 누가 성공을 거둘 것인가를 두고 내기를 걸기도 했다. 자정이 되면 거리 끝에 있는 '해링턴 암스'[89]에서 사람들이 쫓겨 나왔고, 그러면 그들은 곧 잠자리에 들었다. 문에서 제일 가까운 자리에서 자는 벨은 침대를 펄쩍펄쩍 뛰어넘어 방 건너편 제 침대로 건너갔는데 제 침대에 들어서도 말을 멈출 줄 몰랐다. 마침내 군인이 고르게 코를 고는 소리만 빼놓고는 사방이 조용해졌을 때 필립은 잠이 들었다.

필립은 일곱 시의 요란한 벨 소리에 잠이 깼다. 여덟 시 십오 분 전까지 모두 옷을 갖추어 입고 양말 바람으로 구두를 찾아 신기 위해 허둥지둥 아래층으로 내려갔다. 구두끈은 옥스퍼드 가에 있는 상회로 아침 식사를 하러 달려가면서 맸다. 여덟 시에서 일 분이라도 늦으면 아침은 없다. 게다가 일단 상회 안에 들어서면 뭘 사 먹으러 나갈 수가 없게 되어 있었다. 따라서 시간에 맞추어 들어갈 수 없겠다 싶으면 숙소 근처의 구멍가게에 들러 빵을 한두 개 사기도 했다. 하지만 그것도 돈이 드는 일이라 대개는 점심 때까지 굶었다. 필립은 버터 바른 빵을 약간 들고 차를 한 잔 마신 다음 여덟 시 반이 되자 그날 근무를 다시 시작했다.

"첫 번째에서 오른쪽으로 들어가 왼쪽 두 번째입니다, 부인."

얼마 안 되어 이제 손님들의 질문에 기계적으로 대답이 나왔다. 일은 단조롭고 피곤했다. 며칠이 지나자 다리가 아파 서 있을 수가 없었다. 부드럽고 두터운 양탄자가 깔려 있었는데도 발바닥에 불이 나는 듯했고 밤에 돌아오면 아파서 양말을 벗기도 힘들었다. 다들 마찬가지였다. 동료 안내원들 말에 따르면 발에서 끊임없이 땀이 나기 때문에 양말이나 부츠가 금

방 상해 버린다고 했다. 같은 방을 쓰는 사람들이 모두 같은 고생을 겪고 있었다. 아픔을 식히기 위해 발을 이불 밖에 내놓고 잤다. 필립도 처음에는 걷기조차 힘들어 저녁이면 해링턴 가의 숙소 거실에서 여러 날을 찬물에 발을 담그고 있어야 했다. 이런 때면 잡화용품부에서 일하는 벨이 동무를 해 주었다. 벨은 가끔 외출하지 않고 우표 수집한 것을 정리하곤 했다. 조그만 종이들에 우표를 붙이면서 단조로운 가락으로 휘파람을 불어 댔다.

104

친목회는 한 주 걸러 월요일마다 열렸다. 필립이 린 상회에 들어간 뒤 두 번째 월요일에 친목회가 열렸다. 필립은 같은 부서에 근무하는 여점원 한 사람과 같이 가기로 했다.

"저 사람들하고 너무 가까이 지내지 말아요, 저처럼요." 그녀가 말했다.

이 여자는 미세스 호지스라는 사람인데, 머리를 흉하게 염색한 마흔다섯 살의 자그마한 여자였다. 누런 얼굴에 붉은 모세혈관이 사방으로 그물처럼 퍼져 있었고, 눈동자는 푸르죽죽하고 흰자위는 누르스름했다. 필립에게 호감이 갔는지 들어온지 일주일이 못 되어 그를 세례명으로 불렀다.

"우리 두 사람은 좌절이 뭔가를 배운 사람이에요." 그녀가 말했다.

그녀는 자기 본명이 호지스가 아니라고 하면서, 남편의 이름을 꼭 미스터 로지스라고 했다.[90] 남편은 변호사였는데, 자기에게 너무 못되게 굴어 차라리 독립해서 사는 편이 좋겠다고 생각하고 헤어지고 말았다는 것이었다. 하지만 살림을 혼자 꾸려 나간다는 게 좀 쉬운 일인가요, 이봐요. 그녀는 아무에게나 이봐요, 하며 허물없이 말했다. 두 사람은 늘 집에서 늦은 식사를 했다. 그녀는 식사를 하고 나서는 커다란 은 브로치에 달린 핀으로 이를 쑤시는 버릇이 있었다. 채찍과 수렵용 말채찍을 교차시키고, 가운데에 두 개의 박차를 붙인 모양의 브로치였다. 필립은 새로운 환경에 들어서니 마음이 안정되지 않았고, 여점원들은 그들대로 필립을 '거드름쟁이'라고 불렀다. 한 여점원이 그를 '필'이라고 부른 적이 있었다. 필립은 그 여자가 자기를 그렇게 부르리라고는 꿈에도 생각하지 못했기 때문에 대답을 하지 않았다. 그러자 그녀가 고개를 번쩍 들어 올리면서 그더러 거드름 떨지 말라는 것이었다. 그러더니 다음번에는 아주 빈정대는 어조로 '미스터 케리' 하고 불렀다. 미스 주얼이라는 아가씨였는데, 어떤 의사와 결혼한다고 했다. 동료 아가씨들 가운데 아무도 그 남자를 본 사람이 없었지만 여자에게 근사한 선물을 보내는 것으로 보아 다들 틀림없는 신사일 거라고 말했다.

"이봐요, 저것들이 뭐라든 신경 쓰지 말아요." 미세스 호지

---

90) '미스터 호지스(Mister Hodges)'를 런던 사투리로 발음하면 h 발음이 안되고 r 발음은 연음이 되기 때문에 '미스터 로지스'처럼 말하게 된다.

스가 말했다. "나도 당신처럼 다 겪은 일이에요. 가엾은 것들, 언제 철이 들려는지. 내 말 들어요. 당신도 나처럼 꿋꿋이 처신하면 저 애들도 당신을 좋아하게 될 테니까."

친목회는 지하 레스토랑에서 열렸다. 춤을 출 공간을 마련하기 위해 테이블을 모두 한쪽으로 치워 놓았고, 휘스트 놀이[91]에 필요한 작은 탁자들은 따로 준비되어 있었다.

"윗사람들은 일찍 와 있어야 해요." 미세스 호지스가 말했다.

그녀는 필립에게 미스 베넷을 소개시켜 주었다. 이른바 린 상회 최고의 미녀라는 아가씨였다. 그녀는 숙녀 내의부의 구매담당이었다. 필립이 파티장에 들어갔을 때 그녀는 신사 내의부 구매담당과 이야기를 하고 있었다. 우람한 몸집의 여자로 커다랗고 발그레한 얼굴에 화장을 짙게 했으며 가슴이 풍만했다. 아마빛 머리카락을 매우 공들여 빗어 올리고 있었다. 높은 깃을 단 검은 드레스 차림으로 화려하게 성장을 했는데 취향이 그다지 나쁜 편은 아니었다. 반들거리는 검은 장갑을 끼고 카드 놀이를 하고 있었다. 목에는 금목걸이를 여러 개 걸고 있었고, 손목에는 팔찌를 꼈으며, 가슴에는 사진이 든 둥근 팬던트들을 늘어뜨리고 있었다. 그중 하나에는 알렉산드라 왕비[92]의 사진이 들어 있다. 그녀는 검은 새틴 핸드백을 들고 센센[93] 껌을 씹고 있었다.

"처음 뵙겠어요. 케리 씨." 그녀가 말했다. "우리 친목회는 처

---

91) 브리지 게임의 원조가 되는 카드 게임.
92) 이 소설의 배경이 되던 시대의 영국 왕 에드워드 7세의 부인.
93) 입안에서 좋은 냄새가 나도록 씹는 껌 비슷한 것의 상표명.

음이시죠? 좀 어색하실지 모르지만 전혀 그럴 거 없어요. 정말예요."

그녀는 사람들을 편하게 해 주려고 최선을 다했다. 어깨를 툭툭 치고는 깔깔대고 웃었다.

"저 장난꾸러기죠?" 그녀는 필립을 돌아보며 소리쳤다. "못 말린다고 생각하시겠죠? 하지만 저도 어쩔 수 없어요."

친목회에 참석할 사람들이 계속 들어왔다. 대부분 젊은 직원들인데, 주로 여자 친구가 없는 청년들, 데이트 상대를 찾지 못한 아가씨들이었다. 젊은 남자들 몇몇은 정장 차림에 흰 야회용 넥타이를 매고 빨간 비단 손수건을 꽂았다. 다들 무슨 솜씨 부릴 일이 있는지 어딘가에 바쁘게 정신이 팔려 있는 듯한 표정이었다. 자신만만해 보이는 사람들도 있었지만 불안해 보이는 사람들도 있었다. 이들은 불안한 눈으로 자신의 관중을 살펴보았다. 이윽고 머리숱이 풍성한 아가씨 하나가 피아노에 앉더니 건반을 요란하게 두들겨 댔다. 청중이 모두 자리에 앉자 그녀는 한 바퀴 휘둘러본 다음 자기가 연주할 곡목을 말했다.

"러시아 여행."

한바탕 박수가 쏟아져 나왔다. 그러는 사이, 아가씨는 재빨리 팔목에 방울을 찼다. 그러고는 생긋 웃어 보이더니 순간 우렁찬 선율을 울려 내기 시작했다. 연주가 끝나자 이번엔 더 요란한 박수갈채가 터져 나온다. 박수가 그치자 그녀는 앙코르 곡으로 바다를 묘사하는 음악을 한 곡 더 연주했다. 바닷가에 철썩이는 파도를 묘사할 때는 낮은 트릴로 연주했고, 폭풍을 나타낼 때는 우뢰와 같은 화음을 사용하면서 페달을 요란하게 밟았다. 그다음에는 한 남자가 나와 「내게 작별 인사를」이라는 노래를 불렀다. 앙코르 곡으로는 「그대 노래에 잠들게 해주오」를 불렀다. 청중은 아주 세심하게 반응을 조정했다. 누구에게나 박수를 쳐서 앙코르 곡을 하나 더 하게 만들었다. 서운해하는 사람이 아무도 없도록 박수에 차등을 두지도 않았다. 미스 베넷이 우아한 걸음으로 필립에게 다가왔다.

"피아노나 노래를 잘하실 것 같아요, 케리 씨." 그녀가 장난스럽게 말했다. "척 보면 알거든요."

"미안하지만 못해요."

"낭송도 못하세요?"

"그런 재주라고는 전혀 없습니다."

신사용 내의부 구매담당은 낭송을 잘하기로 소문난 사람이었다. 그의 부서 직원들이 일제히 소리를 질러 그를 불러 댔다. 더 재촉할 필요도 없이 그는 곧장 일어나 어떤 긴 비극시 한 편을 낭송하기 시작했다. 눈을 부릅뜨는가 하면 손을 가슴에 얹기도 하고, 때로는 극심한 고뇌에 빠진 듯 연기를 하기도 했다. 그러다가 맨 마지막 행에서, 그날 저녁 식사에 오이를 먹었노라고 실토를 해서 다들 웃음을 터뜨렸다. 이미 다 알고 있는 시라 일부러 웃어 주는 면이 없지 않았지만 하여간 웃음은 요란하고 길었다. 미스 베넷은 노래도 연주도 낭송도 하지 않았다.

"아니, 그렇지 않아요. 베넷 양에게도 특기가 있어요." 미세스 호지스가 말했다.

"이거 왜 이래요. 놀리지 말아요. 실은 손금을 좀 보고 점을 칠 줄 알죠."

"어머, 그럼 내 손금 좀 봐줘요, 미스 베넷." 그녀의 부서에서 일하는 아가씨들이 기분을 맞추느라고 일제히 소리를 질렀다.

"난 손금 봐 주는 건 싫어요. 정말예요. 좋지 않은 일을 말해 주었다가 다 맞아 들어가니까 미신을 믿게 되는 것 같더라구요."

"제발, 미스 베넷, 딱 한 번만 봐 줘요."

몇 명의 아가씨가 그녀를 둘러쌌다. 놀라 외치는 소리, 낄낄대는 소리, 빨갛게 달아오르는 표정들, 낙담하거나 감탄하는 외침 소리 사이에서 미스 베넷은 금발의 남자, 흑발의 남자, 편지와 함께 온 돈, 여행 등 여러 운세에 대해 신비스러운 이야기를 하느라 짙은 화장을 한 얼굴에 구슬 같은 땀방울을 흘리고 있었다.

"나 좀 봐. 온통 땀투성이야."

저녁 식사는 아홉 시에 있었다. 케이크, 과일빵, 샌드위치, 홍차, 커피가 나왔는데 모두 무료였다. 탄산수가 마시고 싶으면 돈을 내야 했다. 젊은 남자들은 호기를 부려 아가씨들에게 진저 비어를 권하기도 했으나, 아가씨들은 점잔을 빼느라고 사양했다. 미스 베넷은 진저 비어를 아주 좋아해서 하루 저녁에 두 병, 때로 세 병까지 마셨다. 하지만 자기가 마신 술값은 늘 자기가 내겠다고 우겼다. 그래서 남자들은 그녀를 더 좋아했다.

"참 괴짜야." 하고 남자들은 말했다. "그래도 형편없는 부류는 아니거든. 딴 여자들하곤 좀 달라."

저녁 식사가 끝나자 휘스트 놀이가 시작되었다. 이 놀이가
시작되니 떠들썩했다. 사람들이 이 테이블에서 저 테이블로
옮겨 다니면서 얼마나 웃고 떠들어 대는지 요란스럽기 짝이
없었다. 미스 베넷은 점점 흥분되는 모양이었다.

"나 좀 봐. 온통 땀투성이야."

그러는 사이, 대담한 젊은이 하나가 춤을 추려거든 이제 슬
슬 시작해 보는 게 어떠냐고 제안했다. 아까 반주를 했던 아
가씨가 피아노 앞에 앉아 힘차게 페달을 밟았다. 그녀는 꿈결
같이 몽롱한 왈츠곡을 연주했다. 베이스로 박자를 맞추면서
오른손으로는 옥타브를 번갈아 오르내리며 멜로디를 쳤다. 변
화를 주기 위해 두 손을 교차시켜 베이스로 선율을 치기도
했다.

"저 애 참 잘 치죠?" 미세스 호지스가 필립에게 말했다. "그
런데 말예요. 저 앤 레슨이라곤 한 번도 받아 본 적이 없대요.
다 듣고 배운 거래요."

미스 베넷은 무엇보다 춤과 시를 좋아했다. 춤을 아주 잘
췄다. 아주 느릿느릿 췄는데 그렇게 춤을 추고 있노라면 눈에
는 생각이 아주 먼 나라에 가 있는 듯한 표정이 어렸다. 그녀
는 또한 숨 쉴 새도 없이 말을 했다. 댄스 홀이 어떻다는 둥,
덥다는 둥, 저녁 식사가 어땠다는 둥. 그녀는 런던에서 제일
좋은 댄스 홀이 포트먼 룸스[94]라면서 거기에서 춤을 추면 늘

---

94) 베이커 거리에 있는 유명한 댄스 홀.

기분이 좋다고 했다. 거기에 오는 사람은 세련된 사람들뿐이라고 했다. 자기는 모르는 남자와는 아무하고나 춤을 출 수가 없다, 쥐뿔도 모르는 사람에게 어떻게 자기를 다 내보일 수 있겠느냐고 했다. 친목회에 모인 사람들은 거의 다 춤을 썩 잘 추어서 다들 마음껏 즐기고 있었다. 다들 얼굴이 땀으로 범벅이 되었고 청년들의 높은 칼라는 땀에 젖어 처졌다.

필립은 구경을 하면서 그 어느 때보다 더 울적했다. 오랫동안 느끼지 못했던 울적함이었다. 견딜 수 없이 외로웠다. 하지만 돌아가지 않았다. 건방지게 보일까 싶었기 때문이다. 그는 여자들과 얘기를 나누며 웃기도 했지만 마음속은 한없이 쓸쓸하기만 했다. 미스 베넷이 그에게 여자 친구가 있느냐고 물었다.

"없어요." 그는 웃으며 대답했다.

"아니 그럼, 여기에서 얼마든지 고를 수 있잖아요. 멋지고 교양 있는 아가씨들도 많아요. 얼마 있으면 여자 친구가 생길 거예요."

그녀는 장난기 어린 눈으로 필립을 바라보았다.

"너무 가까이 지내선 안 돼요." 미세스 호지스가 말했다. "내 충고는 그래요."

열한 시가 다 되어 파티가 끝났다. 필립은 잠을 이룰 수 없었다. 다른 사람들처럼 그도 쑤시는 두 발을 이부자리 밖으로 내놓고 있었다. 지금의 이 생활을 잊어버리려고 그는 안간힘을 썼다. 군인이 나직이 코를 골고 있었다.

105

봉급은 한 달에 한 번 비서가 지불했다. 봉급날이 되면 점원들은 떼를 지어 간식을 먹고 내려와 복도로 가서 기다란 줄 끝에 섰다. 극장 일반석 입구 바깥에 줄지어 선 관객들처럼 그들은 질서 정연하게 기다렸다. 그러다 차례가 되면 한 사람씩 사무실로 들어간다. 비서는 책상에 앉아 있고 그 앞에는 돈이 든 나무 쟁반이 놓여 있다. 비서가 이름을 묻는다. 그런 다음 의심쩍은 눈길로 힐끗 쳐다본 다음 재빨리 장부를 들여다보고 받아야 할 금액을 크게 말한다. 그런 다음 쟁반에서 돈을 집어 헤아려 건네준다.

"수고했소. 다음 사람."

"감사합니다."

돈을 받은 사람은 차석 비서에게 가서 세탁비 오 실링, 친목회비 이 실링, 기타 벌금 낼 것이 있으면 그것을 치르고 방을 나간다. 남은 급료를 가지고 다시 자기 부서로 돌아가 거기에서 퇴근 시간을 기다린다. 필립과 같은 숙소를 쓰는 사람들은 대개 저녁 식사로 샌드위치를 먹었기 때문에 샌드위치 가게 아주머니에게 빚을 지고 있었다. 살이 뒤룩뒤룩 찐, 재미있는 나이 든 여자였다. 얼굴이 넓적하고 붉었으며 검은 머리를 앞이마에서 좌우로 갈라 곱게 빗어 넘겼는데 영낙없이 빅토리아 여왕의 젊었을 때 사진에서 볼 수 있는 스타일이었다. 늘 조그만 검정 보닛을 쓰고 흰 앞치마를 두르고 있었다. 소매는 팔꿈치까지 걷어 올리고 있었다. 크고 지저분하고 기름기가 번지르르한 손으로 샌드위치를 썰었다. 윗도리에도 기름, 앞치마에도 기름, 치마에도 기름기투성이이다. 이름은 미세스 플레처였지만 다들 그냥 '아줌마'로 불렀다. 이 여자는 점원들을 정말 좋아해서 다들 자기 자식이라고 불렀다. 월말이 다 되어도 시원시원하게 외상을 주었다. 처지가 딱한 사람들에게는 때로 돈도 몇 실링씩 빌려준다고 했다. 마음씨 좋은 여자였다. 점원들은 휴가를 떠나거나 휴가에서 돌아오면 그녀의 붉고 통통한 뺨에 입을 맞추었다. 일자리에서 쫓겨나 놀면서 이 아줌마로부터 공짜 음식을 얻어먹고 연명한 사람이 한둘이 아니라고 했다. 젊은이들은 그녀의 넓은 도량을 고마워하면서 진심 어린 애정으로 보답했다. 그들이 늘 하는 이야기가 있었다. 어떤 남자 하나가 브래드포드에서 성공을 거두어 가게를 다섯 개나 차렸는데 십오 년 만에 돌아와서 플래처 아줌마를 찾아와 금시계를 선물했다는 것이었다.

필립은 월급에서 제할 것 제하고 나니 십팔 실링밖에 남지 않았다. 태어나서 처음 벌어 본 돈이었다. 하지만 기쁜 마음은 조금도 들지 않았고 오히려 씁쓸한 기분뿐이었다. 남은 게 쥐꼬리만큼밖에 되지 않아 자신의 신세가 더욱 참담하게 느껴졌다. 애설니 부인에게 진 빚을 갚으려고 십오 실링을 가지고 갔으나 그녀는 십 실링밖에는 받으려 하지 않았다.

"그런 식으로 받으시면 다 갚을 때까지 팔 개월은 걸리겠는데요."

"남편이 벌고 있으니 우리야 그렇게 급하지 않아요. 그리고 케리 씨도 승진이 될지 모르잖아요."

애설니는 틈만 나면 지배인에게 필립 이야기를 하겠노라 하면서 그의 재능을 썩이다니 안타깝다고 했다. 하지만 애설니는 아무것도 못 했다. 필립은 자기뿐 아니라 지배인 역시 광고 담당을 대단한 사람으로 보고 있지 않다는 결론을 쉽게 내릴 수 있었다. 매장에서 가끔 애설니를 만날 때가 있었다. 여기서는 그의 유난스러움을 전혀 볼 수 없었다. 단정하게 차려입은 평범하고 허름한 옷차림으로 이 조그만 사나이는 마치 사람들의 눈길을 피하려는 듯이 주눅 들고 얌전한 태도로 매장을 황망히 지나갔다.

"내가 거기서 얼마나 혹사당하는지를 생각하면." 하고 그는 집에 돌아오면 말했다. "그냥 사표를 던져 버릴까 싶은 생각이 굴뚝같애. 그런 곳에서는 나 같은 사람에겐 전망이 없어. 난 이제 기를 다 뺏겼어. 힘이 남아 있지 않아."

애설니 부인은 남편의 푸념에 별로 신경을 쓰지 않고 잠자코 바느질만 했다. 하지만 입 모양을 보니 무언가를 참는 모양이다.

"요즈음 일자리 구하기가 어디 쉽나요. 지금 직장은 그래도 안정된 직장이잖아요. 회사에서 필요하다고 할 때까지는 눌러 계셔야죠."

애설니가 그만두지 않으리라는 것은 뻔한 일이었다. 배운 것도 없고 법률적인 부부 관계에 있지도 않은 여자가 이 영리하고 변덕스러운 남자를 꼼짝 못하게 다스리고 있는 양을 보노라면 흥미로웠다. 필립의 처지가 바뀌어 버리자 애설니 부인은 마치 어머니처럼 그를 친절하게 대해 주었다. 먹는 것을 걱정해 줄 때마다 필립은 가슴이 뭉클했다. 일요일마다 이 따뜻한 집을 찾을 수 있다는 것이 필립에게는 삶의 위안이며 낙이었다. (나중엔 길이 들어서 늘 같은 것의 되풀이라 끔찍하다는 생각도 들었지만.) 의젓한 스페인식 의자에 걸터앉아 애설니와 인생 만사를 토론하는 일은 커다란 기쁨이었다. 지금의 신세가 암담하기 짝이 없긴 했지만 그래도 애설니와 헤어져 해링턴 가로 돌아갈 때는 늘 뿌듯한 기쁨을 느끼곤 했다. 처음에는 그동안 배운 것을 잊지 않도록 계속해서 의학 서적을 읽어 보려고 했는데 이제는 그것도 부질없는 노릇으로 여겨졌다. 온종일 일하고 기진하여 돌아오면 도저히 책에 정신을 집중할 수 없었다. 언제쯤이나 다시 병원으로 돌아갈 수 있을지 알 수 없는 터에 공부는 계속해서 무슨 소용이겠느냐는 생각이 들었다. 걸핏하면 병원에 근무하고 있는 꿈을 꾸기도 했다. 잠이 깨는 것이 고통스러웠다. 다른 사람들과 한 방에서 같이 잔다는 사실이 말할 수 없이 거북했다. 그는 홀로 지내는 데 익숙해져 있었다. 다른 사람들과 늘 같이 있어야 한다는 것, 한순간도 홀로 있을 수 없다는 것이 이런 때는 견딜 수 없는 일이었다. 절망을 이겨 내기 어려운 때가 바로 그런 순간이었다. 그런 삶을 계속하게 될 자신의 모습이 눈에 선했다. 처음에서 오른쪽으로 들어가 왼쪽 두 번째입니다, 부인, 이런 말을 무한히 되풀이해야 한다. 쫓겨나지 않는 것만도 감지덕지해야 한다. 얼마 있으면 전쟁에 나갔던 사람들이 돌아올 것이고 회사에서는 그들의 복직을 약속하고 있는 터이다. 그렇게 되면 누군가가 보따리를 싸야 한다. 이 하찮은 자리나마 쫓겨나지 않으려면 분발하지 않을 수 없다.

여기서 해방되는 길은 딱 하나, 백부의 죽음밖에 없었다. 백부가 죽으면 몇백 파운드는 상속받을 것이고 그렇게 되면 그 돈으로 병원 과정을 마칠 수 있다. 필립은 노인의 죽음을 간절히 빌었다. 백부가 얼마나 살 수 있을까 계산해 보았다. 지금 칠십을 훨씬 넘었을 것이다. 정확히는 알 수 없지만 적어도 일흔다섯은 되었을 것이다. 만성 기관지염을 앓고 있는 데다 겨울이면 심한 기침에 시달린다. 이미 다 알고 있었지만 그래도 필립은 교과서에 나와 있는 노인의 만성 기관지염에 대한 자세한 내용을 읽고 또 읽어 보았다. 겨울 날씨가 혹독하면 노인은 견뎌 내지 못할 것이다. 필립은 올 겨울에 비가 내리고 강추위가 몰아치기를 열심히 빌었다. 줄곧 그 생각만 하다 보니 편집광이 되어 버릴 지경이었다. 그러고 보니, 백부는 무더위에도 약했다. 팔월에 들어 혹심한 더위가 삼 주나 계속되었다. 당장에라도 사제의 급서를 알리는 전보가 날아들 것만 같았다. 그 순간에 느낄 벅찬 해방의 기쁨을 상상해 보았다. 층계 맨 위에 서서 고객들이 물어 오는 매장을 안내하면서도 그의 머리는 끊임없이 유산을 어떻게 사용할까, 하는 생각으로 꽉 차 있었다. 얼마나 되는지 알 수 없었다. 오백 파운드가 넘지 않을지도 모른다. 하지만 그 정도라도 좋다. 점원은 당장 집어치우겠다. 그만두겠다는 통지 따위도 필요 없다. 그저 짐을 싸 들고 아무에게도 한마디 말도 하지 않고 나와 버릴 것이다. 그러고는 병원으로 돌아갈 것이다. 그게 첫 번째 할 일이다. 지금까지 배운 것을 다 까먹은 게 아닐까. 하지만 반년이면 회

복할 수 있을 것이다. 그러고는 되도록 빨리 세 가지 시험을
치르겠다. 먼저 산과학을 치르고 그런 다음 내과학과 외과학
을 치른다. 하지만 백부가 약속을 저버리고 전 재산을 관할 교
무구나 교회에 기부해 버리면 어떡하나 하는 생각이 들면 미
칠 것만 같았다. 그런 생각을 하니 하늘이 노래졌다. 그 정도
로 잔인하지야 않겠지. 그럴 경우도 대비해서 마음먹어 둔 게
있다. 이런 생활을 무한정 계속할 수는 없는 노릇이었다. 뭔가
나아질 때가 있으리라고 기대하면서 지금의 삶을 간신히 견
뎌 내고 있지 않은가. 희망이 없다면 두려움도 없어질 것이다.
그럴 경우 할 수 있는 딱 하나 용감한 선택은 죽는 일뿐이다.
이 경우도 대비해서 어떤 약을 먹어야 고통 없이 죽을 수 있으
며 그것을 어떻게 구할 수 있을 것인가 하는 문제도 치밀하게
생각해 두었다. 삶이 견딜 수 없게 될 경우라도 어떻게든 거기
에서 벗어날 수 있는 길은 있다고 생각하니 그래도 마음이 놓
였다.

"두 번째에서 오른쪽으로 가서 계단을 내려가시면 됩니다.
부인. 왼쪽 첫 번째에서 곧바로 들어가십시오, 미스터 필립스.
더 안쪽으로요."

한 달에 일주일 필립은 당번을 섰다. 아침 일곱 시에 매장
으로 가서 청소부들을 감독한다. 청소가 끝나면 진열장과 마
네킹에 씌워 놓은 덮개를 벗긴다. 또 저녁 때 점원들이 다 돌
아가고 나면 다시 진열장과 마네킹에 덮개를 씌우고, 다시 청
소부들을 감독한다. 먼지를 뒤집어써야 하는 지저분한 일이었
다. 근무 중에는 읽지도 쓰지도 못하고 담배도 못 피우게 되어

있었고, 그저 돌아다니게만 되어 있었기 때문에 시간이 한없이 지루하기만 했다. 아홉 시 반에 근무가 끝나고 나서야 저녁이 나왔는데 이것만이 위안이었다. 다섯 시에 먹는 간식만으로는 간에 기별도 가지 않았기 때문에, 상점에서 제공하는 치즈 바른 빵에 얼마든지 마실 수 있는 코코아가 그렇게 고마울 수가 없었다.

린 상회에서 근무한 지 삼 개월쯤 되던 어느 날, 구매담당 샘프슨 씨가 잔뜩 화가 나서 매장으로 들어섰다. 지배인이 출근하면서 우연히 의상 진열장을 보고 그를 불러 색채 배치가 엉터리라고 따끔하게 한 소리 했던 것이다. 상사의 힐난을 잠자코 들을 수밖에 없었던 샘프슨 씨는 점원들에게 울화통을 터뜨렸다. 그는 진열장 장식을 담당하는 가련한 친구에게 욕을 퍼부어 댔다.

"일을 제대로 하려면 당신이 직접 해야 할 거 아냐." 샘프슨은 호통을 쳤다. "내가 늘 말하지 않았어? 앞으로도 그래. 도대체 자네들을 믿고 뭘 어떻게 맡길 수 있겠나. 그러면서도 머리가 돌아간다고 할 수 있겠어? 머리가?"

그 말을 샘프슨은 가장 뼈아픈 욕이나 되는 듯이 직원들에게 내뱉었다.

"진열장에 강청색을 사용하면 다른 푸른색이 다 죽는다는 걸 몰라?"

그는 매장을 사나운 눈초리로 돌아보았다. 그의 눈길이 필립에게 멎었다.

"케리, 다음 주 금요일엔 자네가 한번 해 보게. 어디 솜씨 좀 보세."

그는 투덜거리면서 사무실로 들어가 버렸다. 필립은 참담한 기분이 들었다. 금요일 아침에 그는 견딜 수 없는 수치감을 느끼며 진열장으로 들어갔다. 볼이 뜨겁게 달아올랐다. 진열장에 들어가 있는 꼴을 행인들에게 보여야 한다고 생각하니 치가 떨렸다. 아직도 그런 느낌을 떨쳐 버리지 못하다니 어리석다고 생각은 하면서도 계속 거리 쪽으로 등을 돌리고 일을 했다. 그 시간에 아는 의학생이 옥스퍼드 거리를 지나갈 리 만무하고 런던에 따로 아는 사람도 없었다. 하지만 일을 하는 동안에는 무슨 응어리가 목에 걸려 있는 기분이었다. 등을 돌리기만 하면 아는 사람의 눈길과 마주칠 것만 같았다. 일을 되도록 빨리 해 치우고 싶었다. 얼른 보아도 빨강 계통의 색들이 더 어울린다는 것을 알 수 있었고, 옷들 사이의 간격을 전보다 더 벌려 놓음으로써 좋은 효과를 낼 수 있었다. 구매담당은 밖으로 나가 진열장을 들여다보더니 아주 흡족한 모양이었다.

"역시 내 생각이 틀리지 않았군. 자네를 시키길 잘했어. 맞아, 자네와 나는 신사 출신 아닌가. 여기서 그런 말을 내놓고 하진 않지만 말야, 우린 신사 출신이야. 어떻게든 그게 드러나게 마련이지. 자넨 그걸 어떻게 아느냐고 할지 모르지만 난 알아. 다 드러나게 마련이야."

필립은 그 일을 전담하게 되었다. 하지만 사람들에게 알려지는 것은 내키지 않았다. 진열장 치장을 바꾸는 금요일 아침이 두려웠다. 그는 두려움 때문에 새벽 다섯 시에 잠이 깨어 다시 잠을 이루지 못하고 속을 끓였다. 매장의 여점원들은 필립이 이 일을 부끄러워하며 일을 할 때는 언제나 거리 쪽에 등을 지고 선다는 것을 금방 알아챘다. 다들 웃으면서 그를 '거드름쟁이'라고 불렀다.

"백모가 지나가다 보고 당신 이름을 유언장에서 빼 버릴까 봐 걱정이 되세요?"

여점원들과는 대체로 사이가 좋은 편이었다. 그들은 필립을 약간 괴짜라고 생각했지만 딴 사람들과 다른 것은 그의 기형 발 때문이리라고 생각했다. 시간이 지나면서 필립이 좋은 사람임을 알게 되었다. 그는 누구든 언제나 군소리 없이 일을 도왔으며 예의가 바르고 성격도 차분했다.

"그 사람 참 신사야." 다들 그렇게 말했다.

"아주 과묵하고, 안 그래요?" 하고 한 여자가 말했는데 이 여자가 열을 내어 연극 이야기를 하면 필립은 묵묵히 귀를 기울여 주었던 것이다.

여자들에게는 대개 남자 친구가 있었다. 남자 친구가 없는 여자들을 보면 왜 남자들이 관심을 갖지 않는지 알 만했다. 한두 명은 필립에게 수작을 붙여 보고 싶은 눈치를 보이기도 했다. 필립은 이들이 어떤 식으로 자기에게 접근하려 하는가를 아주 호기심 있게 지켜보았다. 필립으로서는 한동안 여자 관계를 충분히 가져 본 셈이다. 그는 거의 언제나 피곤한 상태에 있었고 배가 고플 때도 많았다.

106

필립은 행복했던 시절에 잘 다니던 곳을 일부러 피했다. 비
크 가 술집의 작은 모임도 이제 흩어지고 말았다. 머캘리스터
는 친구들을 저버리고 발걸음을 끊고 말았고, 헤이워드는 케
이프에 가 있다. 로슨밖에 남아 있지 않았다. 로슨과는 이제
공통 관심사가 없다고 생각되어 만나고 싶은 맘이 나지 않았
다. 하지만 어느 토요일 오후, 식사를 마치고 세인트 마틴즈
레인의 무료 도서관에 가서 오후를 보내 볼까 하고 옷을 갈아
입고 리젠트 가를 걸어가다가 뜻밖에 로슨과 마주쳤다. 아무
말 없이 지나가 버리고 싶었지만 로슨이 그럴 기회를 만들어
주지 않았다.

"아니 자네 그동안 내내 어디 있었나?" 그가 소리쳤다.

"나 말인가?"

"자네에게 편지를 했었는데. 내 스튜디오에서 한잔하자고
말야. 그런데 답장이 와야 말이지."

"난 못 받았는데."

"그래, 알아. 자넬 찾으러 병원에 가 봤더니, 내 편지가 그대
로 편지함에 들어 있더군. 자네, 의학 공부 집어치운 건가?"

필립은 잠시 망설였다. 사실을 털어놓기가 부끄러웠다. 하지
만 부끄러워하는 그 마음이 더 분통 터졌다. 그는 간신히 입
을 열었다. 얼굴이 붉어지는 것을 어쩔 수 없었다.

"그래, 얼마 안 되는 돈을 다 날리고 말았네. 사정이 그렇게
되어 학업을 계속할 수 없었어."

"그런가, 참 안됐구먼. 지금은 뭘 하고 있는데?"

"옷가게 안내원일세."

그 말이 목을 메이게 했지만 얼버무리지 않기로 결심했다. 그는 로슨을 똑바로 바라보았다. 상대방이 오히려 당황스러워했다. 필립은 차가운 미소를 띠었다.

"린 앤드 세들리 상회에 가서 기성복부에 들러 보면 날 볼 수 있을 걸세. 프록코트를 걸치고 유유히 걸어다니면서 속옷과 양말을 사려는 부인들에게 매장을 안내하지. 첫 번째에서 오른쪽으로 돌아 왼쪽 두 번째입니다, 부인, 하면서 말이지."

로슨은 필립이 농담을 하고 있다는 걸 알고 어색하게 소리 내어 웃었다. 뭐라 할 말을 찾지 못했다. 필립이 하고 있다는 일을 상상해 보니 정말 끔찍한 일이었다. 그렇다고 안됐다고 말하기도 어려웠다.

"사는 게 좀 달라진 셈이군."

막상 그렇게 말하고 보니 엉뚱한 말 같아서 그는 공연히 그런 말을 했다고 당장 후회가 되었다. 필립의 얼굴이 벌겋게 달아올랐다.

"좀 달라진 셈이지. 그건 그렇고, 자네에게 오 실링 빚진 게 있지."

필립은 주머니에 손을 넣어 은화를 몇 개 꺼냈다.

"아냐, 괜찮아. 아주 잊고 있었네."

"이거 받아."

로슨은 잠자코 돈을 받았다. 두 사람은 인도 한복판에 서 있었기 때문에 행인들이 지나가면서 자꾸만 부딪쳤다. 필립의 눈에 어려 있는 냉소적인 표정 때문에 로슨은 몹시 언짢았다. 자네 낙담하여 마음이 무거운가 보다고 말해 주고 싶었지만 할 수 없었다. 무슨 말이든 해 주어야 한다는 생각은 들면서도 어찌해야 좋을지 알 수가 없었다.

"저 말야, 내 작업실에 가서 얘기 좀 할까?"

"아닐세."

"왜 그러나?"

"얘기할 게 없어."

필립은 로슨의 눈에 고통스러운 표정이 어리는 것을 보았다. 자기로서는 어쩔 수 없었다. 미안했지만 자신의 처지를 생각지 않을 수 없었다. 그간의 사정을 죄다 얘기해야 한다는 생각이 견딜 수 없었다. 지금의 신세에 대해서는 죽어도 생각지 않는다고 마음먹어야 간신히 견딜 수 있는 형편 아니던가. 마음을 열어 놓기 시작하면 또 나약해질 자신이 두려웠다. 더욱이 그를 비참하게 만들었던 장소들이 견딜 수 없이 싫었다. 그 스튜디오에서 주린 배를 움켜쥐고 로슨이 먹을 것을 내오기를 기다릴 때의 굴욕스러움, 마지막 만났을 때 그에게 오 실링을 빌렸던 일을 떠올렸다. 굴욕스러웠던 그날들이 자꾸만 떠올라 이제는 로슨을 보기조차 싫었다.

"이봐 그럼, 언제 같이 저녁이라도 하세. 자네 좋은 날 말야."

필립은 로슨의 친절에 가슴이 뭉클했다. 이상하게 왜들 이렇게 내게 친절할까 하고 그는 생각했다.

"이보게, 정말 고맙네. 하지만 사양하겠어." 필립은 손을 내밀었다. "잘 가게."

알 수 없는 필립의 행동에 로슨은 어리벙벙하여 손을 잡았다. 필립은 절룩절룩 재빨리 그 자리를 떠나 버렸다. 마음이 여전히 무거웠다. 늘 그러듯이 자신이 저지른 짓을 책망하기 시작했다. 무슨 돼먹지 못한 자존심으로 다정한 우정을 거절하고 말았을까. 그때 뒤에서 그를 쫓아오는 발걸음 소리가 들리더니 로슨이 그를 불렀다. 필립은 걸음을 멈추면서 돌연 적의에 사로잡혔다. 그는 쌀쌀하고 무뚝뚝한 표정으로 로슨을 돌아봤다.

"웬일인가?"

"자네 헤이워드 소식은 들었겠지?"

"케이프에 간 것은 알고 있어."

"죽었네, 상륙하자마자."

한순간 필립은 말이 나오지 않았다. 귀를 믿을 수 없었다.

"어떻게 말인가?"

"장티푸스에 걸렸었다네. 참 운도 나쁘지? 자네가 모르고 있을 것 같아서. 나도 소식 듣고 몹시 놀랐네."

로슨은 고개를 얼른 끄덕하고는 가 버렸다. 전율이 필립의 가슴을 훑고 지나갔다. 제 나이 또래의 친구를 잃기는 이번이 처음이었다. 크론쇼는 훨씬 나이 든 사람이었던 만큼 그의 죽음은 당연한 일로 생각되었다. 헤이워드의 소식은 특별한 충격을 주었다. 자기도 죽을 수 있다는 생각을 일깨워 주었기 때문이다. 다른 사람이나 마찬가지로 필립 역시 누구나 죽게 마련임을 잘 알고 있었지만, 그 일이 자기에게도 일어나리라는 실감을 갖지는 못했던 것이다. 헤이워드에 대한 따뜻한 감정은 오래전에 식었다고는 하나, 죽음에 대한 소식은 그에게 적잖은 충격을 주었다. 불현듯 그와 나누었던 즐거운 얘기들이 떠올랐다. 이제 다시는 함께 얘기를 나눌 수 없으리라고 생각하니 가슴이 아팠다. 맨 처음 만났던 일, 그 뒤 하이델베르크에서 함께 지낸 몇 달 동안의 즐거운 생활이 떠올랐다. 다시 오지 않을 그 시절을 생각하니 울적해졌다. 그는 정처 없이 기계처럼 걸었다. 문득 정신을 차리고 보니 헤이마켓에서 꺾어 들지 않고 섀프츠베리 애비뉴를 어슬렁거리고 있어 짜증이 났다. 오던 길을 되돌아가자니 싫었다. 게다가 헤이워드의 소식을 듣고 난 뒤라 책을 읽을 마음도 나지 않았고, 그저 조용히 혼자 앉아 생각을 하고 싶을 따름이었다. 영국박물관에나 가 보기로 마음먹었다. 지금으로서는 오직 홀로 있을 수만 있으면 좋았다. 린 상회에 들어간 뒤, 그는 종종 박물관을 찾아가서 파르테논 군상 앞에 앉아 있곤 하는 버릇이 생겼다. 딱히 뭘 곰곰이 생각하는 것도 아니었고 그저 신(神)들의 무리를 보면서 그의 어지러운 영혼을 달랠 뿐이었다. 하지만 오늘은 신들도 아무 말을 해 주지 못했다. 잠시 후 필립은 참지 못하고 그 방을 빠져나왔다. 사람들이 너무 붐볐다. 멍청한 얼굴의 시골 사람들, 안내서에 골몰해 있는 외국인들. 그들의 천박함이 영원한 걸작을 더럽히고, 그들의 소란스러움이 신의 불멸의 휴식을 어지럽혔다. 다른 방으로 들어가니 거기에는 사람이 거의 없었다. 필립은 지친 몸으로 풀썩 주저앉았다. 신경이 극도로 날카로워져 있었다. 사람들 생각을 머리에서 지워버릴 수가 없었다. 린 상회에서도 사람들 때문에 같은 기분이 될 때가 있었다. 그는 두려움에 사로잡혀 줄지어 지나가는 사람들을 바라보았다. 너무나 추악해 보였고, 얼굴에는 천박함이 가득 어려 있어 한마디로 소름이 끼칠 지경이었다. 그들의 모습은 하찮은 탐욕들로 일그러져 있어 미(美)의 관념과는 전혀 관계 없는 사람들처럼 여겨졌다. 눈길은 음흉하고 턱은 소심해 보였다. 사악한 마음은 없다고 하더라도 쩨쩨하고 천박한 마음뿐이었다. 유머라는 것도 저속한 농담뿐이다. 어떨 때는 자기도 모르게 이들이 어떤 동물을 닮았을까 하고 바라볼 때도 있었다. (그런 생각을 하지 않으려고 애쓰긴 했다. 금방 강박 관념이 되었기 때문이다.) 죄다 양이나 말, 여우, 염소처럼 보였다. 인간이 이제 역겹기만 했다.

하지만 차츰 그곳의 분위기가 마음을 가라앉혀 주었다. 마음이 한결 차분해졌다. 그는 방에 줄지어 세워져 있는 묘석들을 멀거니 바라보았다. 기원전 사오 세기경에 아테네의 석공들이 만든 것이었다. 아주 단순한 형식으로 대단한 기교를 들이지는 않았지만 거기에는 아테네의 뛰어난 정신이 깃들어 있었다. 세월은 대리석 묘석을 어딘지 히메투스[95]의 벌꿀을 연상시키는 벌꿀색으로 바꾸어 놓고 윤곽선도 부드럽게 만들어 놓고 있었다. 벤치에 앉은 나체상 모양도 있었고, 죽은 자가 사랑하는 이들과 하직하는 모양, 죽은 자가 살아남은 사람과 손을 붙들고 있는 모양의 조각도 있었다. 어느 묘석에든 '잘 가시오.'라는 슬픈 말이 새겨져 있다. 그 말뿐 다른 말은

---

95) 그리스에 있는 산 이름. 고대 시대에 벌꿀로 이름 높았다.

없었다. 그 간결함이 오히려 마음을 무한히 슬프게 했다. 친구가 친구와 이별하고, 아들이 어머니와 이별했다. 이 감정의 억제가 살아남은 이의 슬픔을 더욱 뼈저리게 했다. 아득하게 먼 옛날의 일이다. 이 사별의 불행이 있은 뒤 세월은 몇백 년이 흐르고 흘렀다. 이천 년이 흐르는 사이, 운 사람이나 울린 사람이 이제 모두 흙이 되어 버렸다. 하지만 슬픔만은 아직도 살아 있다. 슬픔에 가득 찬 필립의 가슴속에서는 연민이 솟구쳐 올랐다.

"정말 가엾고 불쌍하다." 그는 중얼거렸다.

그때 이런 생각이 떠올랐다. 입을 벌린 구경꾼들, 안내서를 들고 돌아다니는 뚱뚱한 외국인들, 상점에 바글거리는 천하고 평범한 사람들, 쩨쩨한 탐욕과 저속한 걱정거리들을 가진 이 모든 사람들은 결국 죽을 운명을 가진 존재이다. 이들 역시 사랑을 하며, 사랑하던 이들과 헤어져야 한다. 아들은 어머니와, 아내는 남편과. 그런데 이들의 삶이 추하고 더럽기 때문에 그들의 사별은 더 비극적이었다. 그들은 세상을 아름답게 하는 것이 무엇인지 모르고 살기 때문이다. 아주 아름다운 묘석이 하나 있었다. 두 청년이 손을 맞잡고 있는 모습이 부조(浮彫)되어 있었다. 선의 과묵함과 형태의 단순함을 보노라면 조각가가 이별의 감정을 정확하게 느끼고 있었으리라는 생각이 들었다. 그것은 이 세계가 줄 수 있는 또 하나의 가장 값진 것, 곧 우정에 대한 하나의 탁월한 기념비였다. 그것을 보면서 필립은 눈물이 핑 돌았다. 헤이워드가 생각났고, 그를 처음 만났을 때 열렬히 존경했던 일이 떠올랐다. 그러고는 실망이 뒤따랐고, 그다음은 무관심하게 되었고 결국은 버릇과 추억만으로 관계를 지탱했다. 사는 일의 기묘함 가운데 하나였다. 어떤 사람을 몇 달 동안이나 하루도 빼지 않고 만나 너무 친밀해져서 이제 그 사람 없이는 살지 못할 듯한 생각이 든다. 그러다가 헤어지게 된다. 그래도 모든 것은 아무 탈 없이 진행된다. 없어서는 안 될 것만 같았던 친구가, 지나고 보니 없어도 된다는 것을 알게 된다. 생활은 계속되고 헤어진 사람에 대한 그리움도 느끼지 못한다. 필립은 하이델베르크 시절의 젊은 날을 생각했다. 헤이워드는 유능한 능력을 가지고 있어 미래에 대한 열정에 가득 차 있었다. 하지만 그는 아무것도 이루지 못하고 조금씩 조금씩 실패자의 운명을 받아들이고 말았다. 이제 그도 죽었다. 그의 죽음도 그의 삶만큼이나 허망했다. 하잘것없는 병으로, 볼품없이 죽고 말았다. 삶의 마지막 순간에도 또 한번 뭔가 성취하는 데 실패하고 만 것이다. 태어나지 않았던 것보다 나을 바 없는 삶이었다.

도대체 살아서 뭐 한다는 말인가? 필립은 절망적인 기분으로 자문해 보았다. 산다는 게 온통 허망하게 여겨졌다. 크론쇼도 마찬가지였다. 그가 세상에 태어나 살았다는 것에 어떤 의미가 있겠는가. 그는 죽어 잊히고 말았다. 팔리다 만 그의 시집이 헌책방에 놓여 있을 뿐. 주제넘은 저널리스트로 하여금 한 편의 서평을 쓰게 만든 것뿐 그의 삶은 어떤 것에도 이바지한 게 없어 보였다. 필립은 속으로 소리 질렀다.

'도대체 살아서 뭐 한단 말인가?'

노력과 결과는 전혀 맞아 들지 않았다. 젊은 시절 빛나던 희망을 가졌던 대가는 쓰라린 환멸뿐이었다. 고통과 병과 불행의 비중이 너무 무거웠다. 이것은 무엇을 뜻하는 것일까? 그는 자신의 삶을 되돌아보았다. 인생을 시작할 무렵의 그 드높았던 희망, 그의 육체에서 비롯했던 어쩔 수 없었던 한계, 친구다운 친구가 없어 느꼈던 외로움, 청년기 내내 견뎌 내야 했던 애정 결핍 등을 생각해 보았다. 그는 늘 최선이라고 생각되는 일만 해 왔다고 생각했었다. 그런데 왜 이런 비참한 실패를 맛보아야 한단 말인가. 어떤 사람들은 자기보다 못한 조건으로도 성공을 거두고, 또 어떤 사람들은 훨씬 유리한 조건을 가지고도 실패한다. 만사가 순전히 우연이란 말인가. 비[雨]는 착한 사람에게나 악한 사람에게나 똑같이 내린다.[96] 그런데 인생에서는 어느 것에도 이유나 까닭이 없다.

크론쇼를 생각하며 필립은 그가 주었던 페르시아 융단을 떠올렸다. 인생의 의미가 무엇이냐고 묻자, 그것이 그 질문에 대한 답을 줄 것이라고 했었다. 갑자기 그 해답이 떠올랐다. 그는 픽 웃었다. 답을 알고 나니 수수께끼 문제를 받았을 때와 같은 기분이 들었다. 답을 알아맞히기 위해 골머리를 앓다가 답을 듣고 나면 왜 그것을 생각하지 못했을까 하는 생각이 드는 법이다. 해답은 분명했다. 인생에는 아무런 뜻이 없다. 우주를 돌고 있는 별의 한 위성 지구 위에서, 이 행성의 역사의 한 부분을 이루는 조건에 영향을 받아 생물이 발생했다. 지구상에서 생명체가 탄생했듯이 그것은 다른 조건 아래에서는

---

96) 마태복음 5장 45절 참조.

끝장을 볼지도 모른다. 다른 생명체보다 하등 중요하다고 할 수 없는 인간, 그 인간도 창조의 절정에서 생겨난 것이 아니라 환경에 대한 물리적 반응으로 생겨난 것에 지나지 않는다. 필립은 동방의 어떤 왕 얘기가 생각났다. 인간의 역사를 알고 싶었던 이 왕은 한 현자를 시켜 오백 권의 책을 가져오게 했다. 나라 일로 바빴던 왕은 책들을 간단히 요약해 오라고 했다. 이십 년 뒤, 현자가 돌아와 오십 권으로 줄인 역사책을 내놓았다. 하지만 왕은 이제 너무 늙어 그 수많은 묵직한 책을 도저히 읽을 수 없어 그것을 다시 줄여 오도록 명령했다. 또 이십 년이 흘렀다. 늙어 백발이 된 현자가 왕이 원한 지식을 한 권의 책으로 줄여 가지고 왔다. 하지만 왕은 병상에 누워 죽어 가고 있었다. 한 권의 책마저 읽을 수가 없었다. 그러자 현자는 왕에게 사람의 역사를 단 한 줄로 줄여 말해 주었다. 그것은 이러했다. 사람은 태어나서, 고생하다, 죽는다. 인생에는 아무런 뜻이 없었다. 사람의 삶에 무슨 목적이 있는 것이 아니다. 사람이 태어난다거나 태어나지 않는다거나, 산다거나 죽는다거나 하는 것은 조금도 중요한 일이 아니다. 삶도 무의미하고 죽음도 무의미하다. 필립은 벅찬 기쁨을 느꼈다. 소년 시절, 신을 믿어야 한다는 무거운 신앙의 짐을 벗어 버렸을 때 느꼈던 것과 같은 기쁨이었다. 이제 책임이라는 마지막 짐까지도 벗어 버린 듯한 기분이었다. 처음으로 완전한 자유를 누리게 되는 셈이었다. 자기 존재의 무의미함이 오히려 힘을 느끼게 해 주었다. 이제까지 자기를 박해한다고만 생각했던 잔혹한 운명과 갑자기 대등해진 느낌이 들었다. 인생이 무의미하다면, 세상도 잔혹하다고 할 수 없기 때문이다. 그가 무엇을 하고 안 하고는 이제 중요하지 않았다. 실패라는 것도 중요하지 않고 성공 역시 의미가 없다. 그는 우주의 역사에서 아주 짧은 순간, 지구의 표면을 점유하고 있는 바글대는 인간 집단 가운데 아주 하찮은 생물에 지나지 않았다. 하지만 동시에 혼돈 속에서 허무의 비밀을 찾아냈으니 그는 전능자라 할 만했다. 필립의 벅찬 상상 속에는 온갖 생각들이 얽히고설키며 잇따라 떠올랐다. 그는 뿌듯한 만족감을 느끼며 길게 심호흡을 했다. 펄쩍펄쩍 뛰며 노래라도 부르고 싶었다. 지난 몇 달 동안 이렇게 행복했던 적은 한 번도 없었다.

'아, 삶이여!' 그는 마음속으로 외쳤다. '아, 삶이여, 그대의 독침은 어디 있는가?'[97]

삶에 아무런 뜻이 없음을 마치 수학 공리의 증명처럼 힘 있게 입증해 준 상상의 분출과 함께 또 하나의 사상이 용솟음쳤다. 크론쇼가 페르시아 양탄자를 선물했던 것은 바로 그것을 말해 주려 했던 듯하다. 직조공이 양탄자의 정교한 무늬를 짜면서 자신의 심미감을 충족시키려는 목적 외에 다른 목적을 갖지 않았듯이, 사람도 그렇게 살 수 있을 것이다. 또 사람의 행동이 자신의 선택을 넘어서는 곳에 있다고 믿어야 한다면, 우리는 우리의 삶도 그렇게 볼 수 있을 것이다. 그 삶도 나름의 무늬를 짜고 있다고. 어떤 행위는 쓸모가 없는 만큼

---

97) '고린도인들에게 보낸 첫째 편지(고린도 전서)', 15장 55절에 나오는 말, '죽음아, 네 승리는 어디 갔느냐? 죽음아, 네 독침은 어디 있느냐?'라는 말을 바꿔 쓴 것이다.

꼭 해야 할 필요가 없다. 자신의 즐거움을 위해서 하는 것뿐이다. 살아가면서 겪는 온갖 일들과 행위와 느낌과 생각들로 그는 하나의 무늬를, 다시 말해, 정연하거나 정교한, 복잡하거나 아름다운 무늬를 짤 수 있다. 선택의 능력이 있다는 것은 환상에 지나지 않을지 몰라도, 또한 그것이 현상과 달빛을 엮어 주는 교묘한 속임수에 지나지 않을지라도, 그것은 중요하지 않다. 그에게 그렇게 여겨지면 그런 것이다. 아무런 의미도 없고, 아무것도 중요하지 않다는 생각을 배경으로 하여, 삶의 거대한 날실에(알지 못할 샘에서 흘러나와 알지 못할 바다로 끊임없이 흘러가는 강물과도 같은), 사람은 다양한 실가닥을 선택하여 무늬를 짬으로써 자기만의 만족을 얻을 수 있을 것이다. 물론 가장 뚜렷하고, 가장 완벽하고, 가장 아름다운 무늬가 하나 있다. 태어나, 성장하여 결혼하고, 자식을 생산하고, 먹고살기 위해 일하다 죽는다는 무늬가 그것이다. 하지만 복잡하고 훌륭한 다른 무늬들도 있다. 행복이 없는 무늬, 성공을 추구하지 않는 무늬가 그것이다. 그것들에서도 한결 착잡한 아름다움을 발견할 수 있다. 어떤 삶들은——헤이워드의 삶도 그중 하나이지만——우연이라는 눈먼 무관심에 의해 디자인이 완성되기도 전에 끊겨 버린다. 그래서 그것도 중요하지 않다, 는 위안이 편하다. 크론쇼와 같은 삶은 이해하기 어려운 무늬다. 그러한 삶도 그 나름대로 정당하다는 것을 이해하려면 관점이 바뀌고 옛 기준은 바뀌어야 한다. 필립은 행복을 얻고 싶은 욕망을 버림으로써 그의 마지막 미망을 떨쳐 버릴 수 있다고 생각했다. 행복이라는 척도로 삶을 잰다면 이제까지 그의 삶

은 끔찍했다. 하지만 이제 다른 척도로도 잴 수 있음을 알고
나니 절로 기운이 솟는 듯했다. 고통도 문제가 아니듯 행복도
문제가 아니었다. 살면서 만나는 행복이나 고통은 모두 삶의
다른 세부적인 사건들과 함께 디자인을 정교하게 만들어 줄
뿐이다. 한순간 그는 삶의 우연사들을 넘어서 있는 듯한 느낌
이 들었다. 그것들은 전처럼 그에게 영향을 미치지 못할 것만
같았다. 그에게 일어나는 일은 무슨 일이든 이제는 삶의 무늬
를 더 복잡하게 만드는 동기가 될 뿐이다. 종말이 다가오면 그
는 무늬의 완성을 기뻐할 것이다. 그것은 하나의 예술품이리
라. 그 예술품의 존재를 알고 있는 사람이 자기뿐이라 한들,
자신의 죽음과 함께 그것이 사라져 버린다 한들 그 아름다움
이 결코 덜하지는 않을 것이다.

필립은 행복했다.

107

구매담당 샘프슨 씨는 필립에게 호감을 가지고 있었다. 샘
프슨 씨는 멋쟁이였으며 늘 자신만만했다. 매장의 아가씨들은
그가 모르긴 몰라도 돈 많은 고객과 결혼할 거라고 했다. 그
는 교외에 살고 있었는데 이따금 사무실에 야회복을 입고 나
타나 점원들을 놀라게 했다. 아침에 정장을 한 모습으로 청소
하는 사람들 앞에 나타날 때도 있었다. 그가 사무실에 들어
가 프록코트로 바꿔 입는 사이 그들은 서로 의미심장하게 눈

길을 주고받았다. 이런 날 아침이면 서둘러 아침을 먹으러 사무실을 빠져나갔는데, 돌아오는 길에 층계를 올라오면서 필립을 보면 눈을 찡긋하고 양손을 부비며 말했다.

"어젯밤, 정말 근사했어. 참 멋졌지. 정말이야."

그는 필립에게 신사 계급 출신은 회사에서 그뿐이며, 인생이 무엇인지 알 만한 사람은 자기와 필립밖에 없다고 했다. 그래 놓고선 돌연 태도를 바꾸어 필립을 '자네'라고 부르는 대신 미스터 케리라고 부르면서, 구매담당의 지위에 맞는 위엄을 갖춘 뒤 필립을 다시 안내계의 위치로 돌려보내는 것이었다.

린 앤드 세들리 상회는 매주 한 번씩 파리에서 나오는 패션 신문을 받아 보면서 거기에 실린 의상 디자인을 고객이 원하는 대로 개조해 내어놓았다. 그들의 고객은 특별했다. 무엇보다 중요한 손님은 중소 공업도시에서 오는 여자들이었다. 이들은 제법 멋을 알아서 자기 지역에서 드레스를 맞춰 입으려 하지 않았는데, 그렇다고 자기들 재정 형편에 맞는 좋은 옷 가게를 찾아낼 수 있을 만큼 런던 사정에 훤한 것도 아니었다. 이들 말고도, 이들과는 어울리지 않지만 연예관에 출연하는 연예인 고객이 많았다. 이들은 샘프슨 씨가 혼자 개척한 단골이었는데 그는 그것을 아주 자랑스럽게 여겼다. 이들은 처음에 린 상회에 무대 의상만을 주문했으나 차츰 샘프슨 씨의 상술에 넘어가 다른 옷들도 많이 샀다.

"파캥[98] 제품만큼 훌륭하면서 가격은 절반입니다." 샘프슨

---

98) 파리의 유명한 양장점.

씨의 말이었다.

워낙 말주변이 좋고 누구에게나 잘 대했기 때문에 이런 부류의 고객들은 그에게 호감을 가졌다. 다들 입을 모아 이렇게 말했다.

"뭐하러 돈을 버려요. 린에서 코트나 스커트를 사도 아무도 몰라요. 다들 파리에서 산 줄 안단 말예요."

샘프슨 씨는 자기가 옷을 만들어 준 유명 연예인들과 친하게 지내는 것을 큰 자랑으로 삼고 있었다. 미스 빅토리아 버고에게 식사 초대를 받아 일요일 두 시에 털스 힐에 있는 그녀의 아름다운 저택에 다녀온 다음 날 그는 이것저것 자세하게 이야기해 주어 가게 안을 즐겁게 만들었다. "우리가 만들어 준 그 보라색 옷을 입고 있더라구. 그러면서도 시치미를 뚝 떼고 있질 않겠어? 별 수 없이 내가 말했지. 내 손으로 디자인하지 않았더라면 정말 파캥에서 만든 옷인 줄 알았겠노라고." 필립은 여자의 옷 따위에는 전혀 관심이 없었지만 시간이 흐르면서 차츰—그러는 자신에 대해 흥미를 느끼며—그 방면에 전문적인 관심을 가지게 되었다. 색채에 대해서라면 판매부의 누구보다도 세련된 안목을 가지고 있었다. 파리에서 미술 공부를 한 뒤로 선(線)에 대한 지식도 상당했다. 샘프슨 씨는 자기의 무능을 잘 아는 문외한이지만 약삭빨라서 다른 사람의 의견을 종합할 줄 알았다. 그래서 새 디자인을 만들 때는 언제나 자기 부서 직원들의 의견을 일일이 묻는 것이었다. 그는 눈치가 빨라 필립의 비평이 중요하다는 것을 얼른 알아냈다. 하지만 질투가 많은 사람이라 그는 남의 충고를 받아들였다는 사실을 좀처럼 인정하려 들지 않았다. 필립의 제안에 따라 도안을 고쳐 놓고도 끝에 가서는 늘 이런 식으로 말하곤 했다.

"그래, 결국은 내 생각으로 돌아오고 마는군."

필립이 여기에 온 지 다섯 달쯤 지났을까. 하루는 유명한 비희극(悲喜劇) 배우 미스 앨리스 앤토니아가 상점을 찾아와 샘프슨 씨를 만나고 싶다고 했다. 몸집이 커다란 여자로 머리칼은 아마빛이고 화장을 대담하게 했으며, 목소리는 금속성이었다. 시골 연예관의 대중석을 찾는 청년들과도 허물없이 지내는 활달한 성품의 여배우였다. 새로 나온 곡을 부르게 되면서 샘프슨 씨더러 의상을 한 벌 디자인해 달라고 했다.

"좀 대담한 것으로 해 주세요. 낡아 빠진 건 싫어요. 딴 사람들하고는 전혀 다른 걸로 해 주어요."

사근사근하고 싹싹한 샘프슨 씨는 잘 알겠노라, 원하는 대로 만들어 주겠다고 자신만만하게 말했다. 여러 가지 스케치까지 보여 주었다.

"여기에는 아마 마음에 드는 게 없으시겠죠. 하지만 이런 건 어떨지 보여 드리고 싶군요."

"아, 아녜요. 이런 걸 말하는 게 아녜요." 그녀는 스케치를 얼핏 보더니 참지 못하겠다는 듯이 말했다. "제가 말하는 건 사람들이 척 보기만 해도 정신이 아찔해질 그런 거란 말예요."

"예, 잘 알겠습니다. 미스 앤토니아." 구매담당은 사근사근하게 웃으며 대답하긴 했지만 표정은 얼떨떨해져 있었다.

"이러다가 또 파리에 가서 맞춰야 될지도 모르겠네."

"아닙니다, 미스 앤토니아. 저희도 아주 만족스럽게 해 드릴 수 있습니다. 저희도 파리에서 만들어 내는 만큼 만들어 낼 수 있습니다."

그녀가 옷자락을 끌며 가게를 나가고 나자, 샘프슨 씨는 아무래도 걱정이 되는지 이 일을 미세스 호지스와 의논했다.

"정말 재미있는 여자예요." 미세스 호지스가 말했다.

"앨리스, 지금 그대 어디 있느뇨?"[99] 구매담당은 짜증을 내듯 말해 놓고 속으로는 일단 자기가 그녀에게 점수를 땄다고 생각했다.

연예관의 무대 의상에 대해 그가 가진 생각은 짧은 스커트, 소용돌이 모양의 레이스, 번쩍이는 금속 장식, 이런 범주를 넘어선 적이 없었다. 하지만 미스 앤토니아는 이 문제를 두고 분명하게 자신의 의사 표시를 한 셈이었다.

"어머나, 맙소사!" 하고 그녀는 소리 질렀다.

이 가벼운 비명 소리에 담긴 어조는 진부한 것을 거부하는 뿌리 깊은 반감을 드러내고 있었다. 금속 장식이 지겹다는 말을 덧붙이지는 않았지만 말이다. 샘프슨 씨는 한두 가지 생각을 짜내어 보았지만 미세스 호지스는 당장 그걸로는 될 것 같지 않다고 말했다. 필립에게 이 일을 제안한 사람은 그녀였다.

"필, 당신 그림 잘 그리죠? 한번 솜씨를 시험해 보는 게 어때요?"

필립은 싸구려 수채화 물감을 한 통 샀다. 저녁 시간에 소란스러운 열여섯 살 청년 벨이 옆에서 휘파람을 불며 우표를

---

99) 영국인들에게 널리 알려진 한 소가곡의 제목.

정리하고 있을 때 한두 장의 스케치를 그렸다. 전에 파리에서 보았던 의상을 몇 개 생각해 내어 그 가운데 하나를 골라 적당히 고친 다음, 잘 쓰지 않는 대담한 색채를 배합하여 자기만의 효과를 내 보았다. 그려 놓고 보니 마음에 들었다. 이튿날 아침 미세스 호지스에게 그것을 보였다. 그녀는 약간 놀라더니 당장 구매담당에게 그림을 가져갔다.

"독특하군. 그 점은 분명해."

사실 그는 판단하기 곤란했다. 하지만 그러면서도 눈썰미는 있었기 때문에 멋지게 성공할 수 있는 작품임을 알아볼 수 있었다. 그가 체면상 몇 가지 고칠 데를 지적하자 안목이 그보다는 높은 미세스 호지스가 그냥 그대로 미스 앤토니아에게 보여 보자고 했다.

"잘 되든 안 되든 그 여자에게 보여 보죠. 마음에 들지도 모르잖아요."

"하긴 좋다고 할지도 모르지." 하고 샘프슨 씨는 '데콜레타쥐'[100] 디자인을 바라보며 말했다. "제법 잘 그렸지 않소? 왜 여태 이런 재주를 숨기고 있었나그래."

미스 앤토니아가 왔다고 알려 오자 샘프슨 씨는 그녀가 사무실에 들어서자마자 그림을 볼 수 있도록 테이블 위 눈에 띄는 자리에 놓아두었다. 아닌 게 아니라 그녀는 금방 반응을 보였다.

"저건 뭐죠? 저걸로 해 주세요."

---

100) 어깨와 목을 많이 드러낸 여자 옷.

"바로 미스 앤토니아를 위해 디자인해 본 것입니다. 마음에 드십니까?"

"마음에 드냐고요! 한잔 주세요. 진 한 방울 넣어서."

"거 보십시오. 파리에 가실 필요가 없습니다. 뭐든 원하시는 것을 말씀만 하시면 저희들이 다 해 드립니다."

당장 일이 시작되었다. 완성된 옷을 보고 필립은 뿌듯한 만족감을 느꼈다. 구매담당과 미세스 호지스에게 모든 공로가 돌아갔으나 필립으로서는 아무래도 좋았다. 샘프슨 씨와 미세스 호지스를 따라 처음으로 티볼리 극장에 가서 미스 앤토니아의 의상을 구경한 필립은 벅찬 감격을 느꼈다. 미세스 호지스가 묻는 바람에 그는 하는 수 없이 그림 공부를 했노라고 털어놓고 말았다. (함께 사는 동료들이 잘난 척한다고 생각할까 봐 그는 과거의 경력을 입 밖에 내지 않으려고 언제나 극도로 조심해 왔다.) 그녀는 그 사실을 샘프슨 씨에게 전했다. 샘프슨 씨는 그 일에 대해 아무 말도 하지 않았지만 약간 경의를 가지고 그를 대하기 시작했고, 얼마 후에는 시골 고객들의 옷 디자인을 두 가지나 그에게 맡겼다. 그것도 고객들이 흡족해했다. 그러자 구매담당은 고객들에게 '파리에서 미술 공부를 한 똑똑한 청년'이 우리 직원이라고 떠들어 대기 시작했다. 곧 필립은 상점의 칸막이 뒤에서 셔츠 바람으로 아침부터 밤까지 그림만 그리게 되었다. 어떤 때는 너무 바빠 식사 때를 놓친 패거리들과 함께 오후 세 시가 되어서야 간신히 점심을 먹은 적도 있었다. 필립으로서는 그것이 좋았다. 그 시간이면 사람도 거의 없고, 다들 지쳐 말을 꺼내지 않았기 때문이다. 음식도 한결 나았다. 구매담당 식탁에서 남은 음식이 돌아왔다. 필립이 안내원에서 의상 디자이너로 승격되자 매장에 커다란 파문이 일었다. 필립은 자기가 부러움의 대상이 되어 있음을 알았다. 머리통 모양이 기묘한 점원 해리스, 그러니까 필립이 가게에서 맨 처음 알게 되었고 그에게 늘 친근하게 대했던 해리스조차 질투심을 숨기려 하지 않았다.

"운 좋은 사람은 따로 있나 봐. 자네도 머지않아 구매담당이 되겠군. 그러면 우린 자네에게 말도 올려야겠지?"

그러면서 그는 필립더러 봉급을 올려 달라 하라고 했다. 지금 하는 일은 훨씬 힘든 일인데도 처음 정한 그대로 여전히 주급 육 실링만 받고 있지 않느냐는 것이었다. 하지만 봉급 인상을 요구한다는 건 그렇게 간단한 문제 같지 않았다. 지배인은 그런 요구에 대체로 빈정거리는 태도로 반응했다.

"그래, 좀 더 받아야겠다는 말이지? 그래 얼마나 받아야겠다는 겐가?"

봉급 인상을 원하는 점원은 질겁을 하여 일주일에 이 실링은 더 받아야 한다고 생각한다고 말한다.

"그래, 좋네. 자네가 그만큼을 받을 자격이 있다고 생각한다면 그렇게 받아도 좋겠지." 그러고 나서 잠깐 말을 끊고, 그는 때로 차디찬 표정으로 말을 잇는다. "그리고 해고 통지도 함께 받을 수 있을 거야."

그러고 나면 봉급 인상 요구를 취소해도 소용이 없다. 떠나는 수밖에 없다. 지배인의 생각은, 불만 있는 점원 치고 일을 제대로 하는 놈은 없다는 것이었다. 따라서 승진시킬 만한 가

치가 없으며 당장 보따리를 싸게 하는 게 낫다는 주의였다. 그러다 보니 떠날 각오가 되어 있지 않는 한, 아무도 봉급 인상을 요구하지 못했다. 필립은 망설였다. 같은 방 동료들은 구매 담당이 자네 없이는 일을 못 할 테니 안심하라고 했지만 필립은 그들의 말을 곧이곧대로 듣지는 않았다. 그들은 괜찮은 친구들이긴 했지만 유머 감각도 유치해서 필립이 자기들 말을 듣고 봉급 인상을 요구했다가 보따리라도 싸게 되면 고소해할지도 몰랐다. 그는 지난날 일자리를 구하면서 겪었던 모진 굴욕을 잊을 수 없었다. 다시는 그런 굴욕을 겪고 싶지 않았다. 게다가 다른 곳에서 디자이너 일자리를 찾기가 쉽지 않다는 것을 잘 알고 있었다. 자기만큼 그릴 줄 아는 사람들은 수도 없이 많았다. 하지만 사실 돈이 몹시 궁하기도 했다. 옷이 낡을 대로 낡았고 하루 종일 두꺼운 양탄자 위에 서 있느라 양말과 구두도 상할 대로 상해 있었다. 되든 안 되든 용기를 내어 한번 맞부딪혀 보자고 마음을 먹고 어느 날 아침 지하실 식당에서 아침식사를 마친 다음 지배인실로 통하는 복도로 올라오다가 필립은 광고를 보고 몰려든 구직자들의 긴 행렬을 보았다. 백 명은 될 것 같았다. 그들 가운데 누가 고용되든 보수는 그와 마찬가지로 숙식 제공과 주급 육 실링이 될 게 뻔했다. 그 가운데 몇 사람은 일자리를 가진 것만으로도 부럽다는 듯 필립을 힐끗거리며 보았다. 등골이 오싹했다. 감히 봉급 인상 요구를 할 수가 없었다.

108

겨울이 지나갔다. 필립은 가끔 병원에 갔다. 아는 사람과 마주치지 않도록 밤늦은 시간을 택하여 몰래 들어가 자기에게 온 편지가 있는지 알아보았다. 부활절 때, 백부로부터 온 편지 한 통이 있었다. 백부로부터 편지를 받기는 뜻밖이어서 깜짝 놀랐다. 그가 태어나서 블랙스터블 관할사제로부터 편지를 받아 본 것은 고작 대여섯 번쯤이었다. 편지 내용도 언제나 사무적이었다.

필립 보아라.

근간 혹 휴가를 얻어 이곳에 내려올 생각이 있거든 내려오기 바란다. 널 만나 보고 싶다. 난 지난 겨울 기관지염으로 몹시 고생을 했다. 닥터 위그램도 회복이 불가능하다고 생각했지만, 내가 워낙 건강한 체질이라 고맙게도 거짓말처럼 깨끗이 나았다.

이만 줄인다.

윌리엄 케리

편지를 읽고 필립은 분통이 터졌다. 조카가 지금 어떻게 살고 있는지 궁금하지도 않단 말인가. 안부를 묻는 말이라곤 한 마디도 없다. 이 노인은 조카가 굶어 죽든 말든 전혀 관심이 없다. 하지만 집으로 돌아가던 길에 퍼뜩 무슨 생각이 머리를 스쳤다. 가로등 밑에서 편지를 다시 읽어 보았다. 전처럼 딱딱한 사무적 필체로 쓴 편지가 아니었다. 글자 획도 더 클뿐더러, 쓰면서 떨린 흔적이 있다. 백부 자신은 인정하고 싶지 않았을지 모르지만 아마도 병은 본인 생각보다 더 중태였던 모양이다. 그래서 이 사무적인 편지에다 세상에 단 하나밖에 없는 혈육을 만나고 싶은 마음을 표현하려고 했던 것일까. 필립은 칠월에 두 주일쯤 휴가를 얻어 블랙스터블에 내려가겠노라고 답장을 써 보냈다. 백부의 초대는 마침 잘된 일이었다. 그렇지 않아도 이 단기 휴가를 어떻게 보낼까 걱정하고 있던 참이었다. 구월이 되면 애설니네는 홉을 따러 가는데 필립은 시간을 낼 수가 없다. 구월은 가을 모델을 준비하는 시기이기 때문이다. 린 상회의 규정으로는, 사원은 누구나 필요가 있든 없든 무조건 두 주일의 휴가를 받게 되어 있었다. 휴가 기간 중에 갈 곳이 없으면 숙사에 기거할 수는 있으나 식사는 제공받지 못한다. 사원 가운데에는 런던 가까이에 아는 사람이 하나도 없는 사람도 꽤 있었다. 이런 사람들에겐 휴가가 오히려 괴롭다. 얼마 안 되는 급료로 끼니를 사 먹어야 하고, 온종일 시간은 있으나 할 일은 없다. 필립도 밀드러드와 브라이튼에 가 본 뒤로—벌써 이 년 전 일이다.—런던을 한 번도 벗어나 본 적이 없다. 그래서 신선한 공기와 조용한 바다가 그리웠다. 오월과 유월 내내 휴가를 얼마나 애타게 기다렸는지 막상 떠날 때가 닥치자 오히려 심드렁한 기분이 들었다.

떠나기 전날 밤, 인계인수할 한두 가지 업무에 관해 구매담당 샘프슨 씨와 얘기를 하는 중인데, 그가 불쑥 물었다.

"자네 급료가 얼만가?"

"육 실링입니다."

"좀 부족하겠군. 자네 휴가 마치고 돌아오면 십이 실링으로 인상하도록 해 보겠네."

"감사합니다." 필립은 웃으며 말했다. "그렇잖아도 옷을 좀 사 입었으면 하던 참입니다."

"자네가 근무만 잘하고 딴 녀석들처럼 여자들과 노닥거리지만 않는다면, 케리 자네는 내가 잘 돌봐 주겠네. 그야 아직 자넨 배워야 할 게 많아, 하지만 유망하네. 그건 내가 말할 수 있지. 자넨 괜찮을 거야. 업무만 제대로 익히기만 하면 내가 당장 주급을 일 파운드로 인상시켜 주도록 해 보겠네."

그러려면 도대체 얼마를 더 기다려야 한단 말인가 하고 필립은 생각했다. 이 년?

필립은 백부의 변화에 깜짝 놀랐다. 마지막 보았을 때만 해도 체격이 건장하고 자세는 곧았으며, 수염을 말끔하게 깎은 둥글고 육감적인 얼굴이었다. 그런데 볼이 이상스러울 만큼 꺼지고 피부도 누리끼리했다. 눈두덩이 축 처지고, 폭삭 늙어 허리까지 굽었다. 지난번 병치레하면서 턱수염도 더부룩하게 자랐고 걷는 것도 힘에 겨워했다.

"오늘은 몸이 별로 좋지 않구나." 필립이 막 도착하여 식당에 마주 앉자 그가 말했다. "더위 나기가 힘이 든다."

필립은 우선 관할구의 소식을 이것저것 물은 다음 백부를 바라보았다. 얼마나 더 지탱해 낼 수 있을까. 아무래도 여름철 무더위를 넘기지 못할 것 같았다. 보아 하니, 두 손이 앙상하기 짝이 없고 게다가 후들후들 떨고 있다. 필립에게는 적잖은 의미를 가진 징후였다. 만약 백부가 이번 여름에 죽는다면 그는 겨울학기 초부터 병원으로 돌아갈 수 있다. 이제 린 상회로 돌아가지 않아도 된다고 생각하니 가슴이 마구 뛰었다. 점심 때, 구부정하게 식탁에 앉아 간신히 식사를 하는 사제에게 백모가 돌아가신 뒤 줄곧 그를 돌봐 온 가정부가 말했다.

"신부님, 필립 씨더러 썰어 달라고 하시지 그래요?"

약점을 내보이고 싶지 않아 손수 고기를 썰려던 백부는 그 말을 듣고 옳다구나 싶은지 손을 멈추었다.

"식욕은 좋으신 모양이군요." 필립이 말했다.

"아, 그럼. 언제나 잘 먹는다. 하지만 네가 지난번에 왔을 때보다는 살이 빠졌지. 난 마른 편이 좋다. 살찌는 건 싫어. 닥터 위그램도 내가 살이 빠져야 좋다고 하더라."

식사를 마치자 가정부가 사제에게 약을 가져다주었다.

"처방전을 필립 도련님에게 보여 드리시오." 사제가 말했다. "필립도 의사니까. 처방이 잘 됐는지 보여 주고 싶소. 그렇지 않아도 닥터 위그램에게 너도 의사 공부를 하고 있으니 진료비를 좀 깎아 줘야 한다고 했다. 참 엄청나게 비싸더구나. 두 달 동안 매일 왕진을 왔는데, 한 번 올 때마다 오 실링을 청구하더라. 엄청난 돈 아니냐? 요즘에는 일주일에 두 번 온다만, 이제 올 필요가 없다고 할 참이다. 필요하면 부르겠다고 하고."

필립이 처방전을 읽는 동안, 백부는 궁금해하는 표정으로 필립을 살폈다. 처방은 마취제였다. 두 가지 약을 먹는데 한 가지는 신경통이 견디기 힘들 때만 복용한다고 했다.

"아주 조심해서 복용한다. 아편 중독자가 되긴 싫으니까."

백부는 필립의 문제에 대해서는 한마디도 언급하지 않았

다. 필립은 자기가 돈을 달랄까 봐 백부가 미리 선수를 써서 줄곧 치료비 타령만 하고 있는 거라고 생각했다. 의사에게는 얼마를 주었으며, 약을 짓는 데는 얼마가 더 들었는지를 백부는 다 말해 주었다. 병을 앓는 동안에는 침실에 날마다 불을 때야 했고, 요사이 일요일에는 아침뿐만 아니라 저녁에도 마차를 타고 교회에 나가야 한다고도 했다. 필립은 화가 치밀어 올라 돈 빌려 달란 말은 않을 테니 제발 걱정하지 말라고 말해 주고 싶었지만 간신히 참았다. 아무래도 백부에게는 먹는 즐거움과 돈 욕심밖에는 남아 있지 않은 듯했다. 늙어도 참으로 가증스럽게 늙어 버렸다.

오후에 닥터 위그램이 왔다. 왕진을 마치고 돌아갈 때 필립은 의사를 대문까지 배웅했다.

"어떻게 보십니까?" 필립이 물었다.

닥터 위그램은 옳은 일을 하기보다 실수를 하지 않으려고 애를 쓰는 사람이었다. 그래서 뒤탈이 두려운 분명한 의견 제시는 되도록 피하려고 했다. 그가 블랙스터블에서 개업한 지는 삼십오 년이나 되었다. 그는 '매우 신중한 의사'라는 평판을 얻고 있었다. 환자들도 대부분 똑똑한 의사보다 신중한 의사가 낫다고 생각했다. 블랙스터블에는 새로 개업한 의사가 한 사람 있었는데——이곳에 정착한 지가 십 년이 되었는데도 사람들은 아직도 그를 뜨내기 취급을 했다.——아주 똑똑하다는 말을 들었다. 하지만 그의 환자들 가운데는 상류층 사람이 별로 없었다. 그 사람의 정체를 확실히 알고 있는 사람이 아무도 없다는 것이 이유였다.

"아, 뭐 괜찮네." 필립의 물음에 닥터 위그램이 대답했다.

"심각한 데는 없는지요?"

"글쎄, 자네 백부도 이제 젊은 사람이 아니잖나." 의사는 조심스러운 웃음을 가볍게 웃으며 말했다. 하지만 그 말은 따지고 보면 사제가 노인이 아니라는 말로도 들렸다.

"환자 당신은 심장이 좋지 않다고 생각하시는 것 같던데요."

"심장이 걱정이 되더군." 의사는 대담하게 말했다. "조심하셔야 할 것 같네. 아주 조심하셔야 할 것 같아."

얼마나 오래 사실 것 같냐는 물음이 혀끝까지 나왔다. 하지만 아무래도 상대방이 놀랄 것 같았다. 삶의 범절은 이런 문제일수록 완곡한 표현을 요구한다. 그는 딴 질문을 하면서 퍼뜩 이런 생각이 들었다. 의사쯤 되면 환자 친척들이 환자가 빨리 죽기를 바란다는 것을 뻔히 알고 있으리라는. 걱정해서 하는 말의 속셈도 다 꿰뚫어 볼 것이다. 자신의 위선에 희미하게 웃음 지으며 필립은 눈길을 내리깔았다.

"당장 위험하지는 않으시단 말씀이군요?"

바로 이런 질문을 닥터 위그램은 싫어했다. 한 달을 넘기기 어렵다고 하면 가족들은 임종을 기다리고 마음의 준비를 한다. 그러다가 때가 되어도 환자가 죽지 않으면 가족들은 공연한 괴로움을 겪었다고 의사에게 원망을 퍼붓는다. 한편 일 년은 더 살겠다고 했는데 일주일 만에 죽어 버리게 되면 가족들은 엉터리 의사라고 욕을 해 댄다. 환자가 그렇게 빨리 죽을 줄 알았더라면 고인에게 조금이라도 더 잘해 드렸을 거라고 생각하는 것이다. 닥터 위그램은 손을 씻는 시늉을 해 보

였다.[101]

"글쎄, 지금 상태로만 계신다면 큰 위험은 없을 것 같긴 한데." 하고 그는 마침내 용기를 내어 말했다. "다만 이제 젊은 사람 같진 않다는 점은 잊지 말아야지. 기계가 이제 노후(老朽)되었단 말일세. 이번 더위만 넘기신다면 올 겨울까진 별 탈이 없으실 것 같네. 그리고 겨울도 그다지 어렵지 않게 나신다면야 글쎄, 그때야 무슨 일이 있겠는가."

필립이 식당으로 돌아오니 백부는 여전히 같은 자리에 앉아 있었다. 실내용 모자를 쓰고 털실로 짠 숄을 어깨에 걸치고 있는 모습이 기괴해 보였다. 줄곧 문을 뚫어지게 바라보고 있다가 필립이 들어오자 표정부터 살폈다. 필립은 백부가 자기를 무척 기다리고 있었음을 알아차릴 수 있었다.

"그래, 의사가 뭐라고 하더냐?"

순간적으로 필립은 이 노인이 죽음을 두려워하고 있음을 깨달았다. 어쩐지 부끄러운 생각이 들어 자기도 모르게 눈길을 돌리고 말았다. 인간성의 나약한 면을 대할 때면 언제나 당황스러웠다.

"훨씬 좋아지셨다고 하더군요."

백부의 눈에 기쁨의 빛이 떠올랐다.

"나야 워낙 체질이 건강한 편이지. 그래 딴 말은 없었고?"
무언가 미심쩍은 듯 다시 물었다.

필립은 빙긋 웃었다.

---

101) 손을 씻는 제스처는 때로 책임을 지지 않겠다는 표시이기도 하다.

"조심만 하시면 백 살까지도 사시겠대요."

"그렇게까진 모르겠지만 여든까지야 살 수 있겠지. 우리 어머니도 여든네 살까지 사셨으니까."

케리 씨가 앉아 있는 의자 옆에는 조그만 테이블이 하나 있고, 그 위에는 성경책과 커다란 공동기도서가 놓여 있었다. 오랜 세월 동안 그가 가족들에게 읽어 주던 책들이었다. 사제는 떨리는 손을 뻗어 성경책을 집어 들었다.

"옛 구약의 족장들은 다 장수를 했어, 그렇지?" 그는 기묘한 소리를 내며 가볍게 웃으면서 말했다. 어쩐지 나약하게 호소하는 듯한 웃음이었다.

노인은 악착같이 살고 싶어했다. 그러면서도 그는 종교가 말하는 것을 철썩같이 믿었다. 그는 영혼의 불멸을 믿어 의심하지 않았다. 그리고 힘이 닿는 한 천당에 갈 수 있도록 선하게 살아왔다고 생각했다. 오랜 세월 사제 생활을 하면서 얼마나 많은 죽어 가는 사람들에게 신앙의 위안을 베풀어 왔던가. 그는 마치 처방을 내리면서도 사례를 받을 수 없는 의사와 같았다. 현세의 삶에 악착같이 매달려 있는 노인의 집착에 필립은 혼란스럽고도 놀라웠다. 노인의 마음속에 어떤 이름 모를 공포가 숨어 있는 것일까. 필립은 백부의 영혼을 파헤쳐 보고 싶었다. 아무래도 그가 가지고 있을 미지의 공포를 적나라하게 들여다볼 수 있을지도 모르니까.

이 주일의 기간은 순식간에 지나가 버리고 필립은 다시 런던으로 돌아왔다. 팔월의 더위가 기승을 부리는 동안 그는 의상부 칸막이 뒤에서 와이셔츠 바람으로 도안을 하면서 보냈다. 점원들은 순번대로 휴가를 떠났다. 저녁 때가 되면 필립은 으레 하이드 파크에 나가 악대의 연주를 들었다. 차츰 일이 손에 익어 피로감도 줄어들었고 마음은 오랜 정체 상태를 벗어나 참신한 활동을 바라고 있었다. 이제 바라는 것은 백부의 죽음뿐이었다. 매일 밤 같은 꿈만 꾸었다. 어느 날 아침 일찍 백부의 돌연한 별세를 알리는 전보를 받는다. 드디어 자유다. 그러다 눈을 떠 보면 꿈에 지나지 않는데 그런 때는 은근히 화가 치밀어 올랐다. 하지만 어차피 조만간 일어날 일이므로 그는 앞날에 대한 세밀한 계획을 짜는 데 마음을 쏟았다. 계획에 따르면 면허를 따기까지 공부해야 할 일 년을 재빨리 보내 버린 다음, 늘 마음에 자리 잡고 있던 스페인 여행에 대해 깊이 생각해 보는 것이다. 스페인에 대한 책을 무료 도서관에서 빌려다 읽었다. 도시들의 풍경은 이제 사진을 통해 머릿속에 훤했다. 이런 생각에 잠기다 보면 자신은 어느새 코르도바 시를 어슬렁거리다가 과달키비르강에 걸린 다리 위에 서 있다. 톨레도의 꾸불꾸불한 거리들을 헤매다가 교회들을 찾아가 앉아 신비의 화가 엘 그레코가 그를 위해 간직해 두고 있던 비밀을 구경하고 있기도 한다. 애설니까지도 덩달아 죽을 맞추었다. 일요일 오후면 두 사람은 함께 마주 앉아, 스페인에서 중요한 것은 하나도 놓치지 않도록 아주 상세한 여행 계획을 짰다. 조급한 마음도 달랠 겸 필립은 스페인어를 공부하기 시작했다. 해링턴 가의 텅 빈 숙소에서 매일 저녁 한 시간씩 스페인어를 연습하면서 영어 번역본을 옆에 두고 『돈 키호테』의 그 장대한 문장을 해독해 보기도 했다. 애설니가 일주일에 한 번씩 교습을 해 주었다. 필립은 여행에 도움이 될 만한 문장들을 몇 개 외워 놓기도 했다. 애설니 부인은 두 사람을 보고 웃었다.

"두 사람이 하나같이 웬 스페인어예요! 왜 좀 쓸모 있는 일을 하시지 않고."

하지만 샐리는——이제 나이가 차서 크리스마스에는 머리를 묶어 올린다고 했다.——가끔 옆에 서서, 아버지와 필립이 자기는 모르는 말로 이야기를 주고받는 동안 진지한 표정으로 귀를 기울이곤 했다. 그녀는 아버지를 이 세상에서 최고로 훌륭한 사람으로 생각했고, 필립에 대해서 말할 때도 언제나 아버지로부터 들은 칭찬의 말을 빌려 했다.

"아버지가 그러시는데 필립 아저씨는 굉장한 분이시래." 동생들에게 그렇게 말하는 것이었다.

장남 소프도 이제 아레투사 함[102]을 탈 만한 나이가 되어 있었다. 애설니는 소프가 휴가를 맞아 군복 차림으로 돌아오면 아주 멋져 보일 거라고 그 모습을 근사하게 묘사함으로써 식구들을 즐겁게 했다. 샐리는 열일곱 살이 되면 곧바로 재봉 기술을 배울 참이었다. 애설니는 수사적인 어법을 동원하여, 이제 내 새끼들이 혼자 날게 되어 어미 둥우리를 떠나게 되는구나, 라고 했다. 그러면서 곧 눈물을 글썽이며, 하지만 보금자리는 그대로 있을 터이니 돌아오고 싶을 땐 언제든 돌아오거라, 고 한다. 잠자리와 먹을 것은 늘 준비해 놓을 테다. 애비는

---

102) 영국의 순양함 이름.

늘 마음을 열어 놓고 있을 터이니 곤란한 일이 있으면 언제든 찾아오거라.

"참, 당신은 말이 많아요." 애설니 부인이 말했다. "이 애들이 착실하게만 살면 무슨 곤란이 있겠어요. 정직하게 살고, 일하기를 싫어하지만 않는다면 일자리를 잃어버릴 염려는 없어요. 난 그렇게 생각해요. 난 말예요. 막내가 제 밥벌이를 하는 것만 보게 되면 더 바랄 게 없어요."

출산과 과로, 그리고 끊임없는 걱정 속에서 살아온 삶의 영향이 이제 애설니 부인에게도 서서히 나타나고 있었다. 밤이 되면 등이 쑤셔서 일손을 놓고 앉아 쉬어야 할 때도 있었다. 바람이 하나 있다면, 여자아이를 하나 두어 힘든 일을 맡기고 아침 일곱 시까지는 푹 잘 수 있었으면 하는 것이었다. 애설니는 희고 아름다운 손을 내저었다.

"아, 베티, 우리는 나라에 크게 이바지하고 있어. 아이들을 아홉이나 건강하게 길러 냈고, 사내들은 다 국왕에게 봉사할 것 아닌가. 딸들은 요리도 하고 재봉도 하면서 제 아이들을 또 튼튼하게 길러 낼 거고." 그는 샐리를 돌아보면서, 아들의 장래에 비해 딸의 장래가 별것 아님을 알아차렸는지 위로하는 말을 거창하게 덧붙였다. "그냥 참고 기다리는 자, 그들 역시 봉사하는 자들이니라."[103]

애설니는 평소 모순투성이 이론들을 열렬히 신봉하고 있었

---

[103] 영국의 청교도 시인 존 밀턴(John Milton, 1608~1674)의 시 「눈멀음에 대해(On His Blindness)」의 마지막 행을 그대로 인용한 말이다. "They also serve who only stand and wait."

는데 최근에 거기에 사회주의까지 하나 더 보탰다. 그래서 이런 식으로 말하는 것이었다.

"사회주의 국가라면 당신이랑 나랑 연금을 잔뜩 받을 텐데."

"사회주의 얘기 따윈 그만둬요. 사회주의라면 딱 질색이니까." 그녀는 소리쳤다. "그건 게을러 빠진 건달 패거리들이 노동자를 우려 먹으려는 수작이에요. 내 신조는, 내 일은 내가 알아서 할 테니 간섭 말라는 거예요. 누가 이래라저래라 하는 건 싫어요. 난 아무리 궂은 일이라도 참고 견뎌 내겠어요. 부지런한 게 상수 아녜요?"

"사는 게 어찌 궂은 일이기만 하겠소?" 애설니가 말했다. "아냐! 우리에겐 좋은 때도 있었고 나쁜 때도 있었소. 힘들었던 때도 있었고 가난한 때도 있었지. 하지만 보람이 있어. 암, 난 몇백 배나 되는 보람을 느껴. 이 아이들을 보면 말야."

"당신은 말만 근사해요. 애설니." 화를 내지는 않았지만, 그녀는 깔보는 표정으로 조용히 남편을 바라보며 말했다. "당신이야 아이들 기르면서 좋은 면만 보았죠. 난 저 아이들을 다 낳았고, 저 애들 키우느라고 온갖 고생을 다 했어요. 이제 와서 저렇게 다 자란 아이들이 싫다는 건 아니에요. 하지만 다시 태어난다면 결혼은 않겠어요. 독신이었다면 지금쯤 조그만 가게라도 하나 장만했을 게고, 은행에도 사오백 파운드는 들어 있을 거예요. 힘든 일 해 줄 하녀도 하나 둘 수 있었을 거고. 정말이지, 다시는 태어나고 싶지 않아요. 뭘 준대도 싫어요."

필립은 끝없는 노역에서 벗어나지 못하는 삶을 사는 헤아릴 수 없이 많은 사람들을 생각해 보았다. 그들에게 삶은 아름답지도 추하지도 않을 것이며, 그저 계절의 변화를 받아들이듯 받아들여야 하는 어떤 것이리라. 이 모두가 헛된 것이려니 생각하니 분노가 치밀어 올랐다. 필립으로서는 삶이 무의미하다는 생각을 받아들일 수 없었다. 하지만 보이는 것마다, 생각되는 것마다 그 믿음을 더욱 강하게 만들어 주었다. 분노가 치밀어 올랐지만, 그것은 즐거운 분노였다. 삶이 무의미하다면 그것을 별로 두려워할 것도 없을 테니까. 필립은 이상한 힘을 느끼며 삶과 마주했다.

109

가을이 지나고 겨울로 접어들었다. 필립은 백부의 가정부 포스터 부인에게 주소를 적어 주고, 무슨 일이 생기면 연락을 하라고 해 두었다. 그래도 일주일에 한 번은 혹 무슨 편지라도 있나 하여 병원에 가 보았다. 어느 날 저녁, 편지함을 보니 다시는 보고 싶지 않은 필적으로 그의 이름이 적혀 있는 편지 한 통이 들어 있었다. 야릇한 느낌이 들었다. 한동안 편지를 집어 들 마음이 나지 않았다. 역겨운 기억들이 무수히 되살아났다. 하지만 마침내 참지 못하고 봉투를 뜯고 말았다.

피츠로이 스퀘어
윌리엄 가 7번지

필,

가능한 한 빨리 한번 만나 줄 수 없을까요? 잠깐이면 돼요. 아주 난처한 일을 당했는데, 어떡해야 좋을지 모르겠어요. 돈 문제는 아니에요.

밀드러드

필립은 편지를 갈기갈기 찢어 거리의 어둠 속에 홱 뿌려 버렸다.

"그래, 망하는 꼴을 보고 싶다." 그는 중얼거렸다.

다시 얼굴을 본다는 생각만으로도 구역질이 났다. 곤란한 일을 당하든 말든 내가 알 게 뭐야. 그래야 싸다. 생각만 하면 화가 치밀고, 한때 사랑의 감정을 품었다는 사실조차도 진절머리가 난다. 지난 일을 떠올리면 욕지기가 났다. 그는 템스강을 건너면서 본능적으로 그녀에 대한 생각으로부터 벗어나려고 했다. 잠자리에 들었으나 잠이 오지 않았다. 무슨 일이 생긴 것일까? 병이 들어 굶고나 있지 않을까 하는 걱정을 머리에서 떨쳐 버릴 수가 없었다. 정말 절망적인 상태가 아니라면 그런 편지를 보내지 않았을 것이다. 그는 마음 약한 자신에게 화가 났지만, 그녀를 만나 보지 않고서는 마음이 편할 수 없음을 알고 있었다. 이튿날 아침 그는 봉함엽서를 써서 출근길에 부쳤다. 되도록 냉담한 어투로, 어려운 일이 생겼다니 안됐다, 오늘 저녁 일곱 시에 편지에 적어 보낸 장소로 가겠다고 썼다.

주소를 찾아가 보니 지저분한 거리에 있는 허름한 하숙집이었다. 다시 그녀를 보아야 한다는 생각에 넌더리를 내면서 밀드러드가 집에 있느냐고 물어보았다. 그러면서도 제발 하숙을 옮겼기를 바랐다. 하숙생이 자주 바뀌는 집으로 보였다. 봉투에 찍힌 우체국 소인을 눈여겨보지 않았으니 그 편지가 편지함에 며칠 동안이나 꽂혀 있었는지 알 수 없었다. 초인종 소리에 나온 여자는 필립이 묻는 말에는 대꾸도 없이, 말없이 앞장서서 복도를 따라 들어가 어느 구석진 방문을 노크했다.

"밀러 부인, 손님 오셨어요."

문이 빠끔히 열렸다. 경계하는 듯한 밀드러드의 얼굴이 슬쩍 나왔다.

"어머, 당신이군요. 들어오세요."

필립이 들어서자 그녀는 문을 닫았다. 아주 조그만 침실이었다. 그녀가 사는 곳은 언제나 지저분했다. 마룻바닥 위엔 더러운 구두가 한 짝씩 따로따로 아무렇게나 뒹굴고 있었다. 서랍장 위에 모자가 놓여 있고, 그 옆에 가발이 놓여 있었다. 테이블 위에는 블라우스가 던져져 있다. 필립은 모자를 벗어 놓을 곳을 찾아 방을 둘러보았다. 방문의 문짝 위 못에는 치마가 걸려 있는데 치맛자락에 흙이 묻어 있다.

"앉지 그래요." 그렇게 말하면서 그녀는 어색하게 웃었다. "나한테서 편지 받고 놀랐죠?"

"목소리가 쉬었는데, 목이 아픈가요?"

"네, 얼마 전부터 그래요."

필립은 입을 다물었다. 왜 만나자고 했는지 용건을 말하기를 기다렸다. 방 안 꼴만 보아도 그녀가 다시 이전의 생활로 돌아갔음을 분명히 알 수 있었다. 아이는 어떻게 되었는지 궁금했다. 벽난로 위에 아이의 사진이 놓여 있었지만 방 안에 아이가 살았던 흔적은 보이지 않았다. 밀드러드는 손수건을 들고 있었다. 그것을 공처럼 둘둘 말아 이 손에서 저 손으로 옮기면서 만지작거리고 있었다. 몹시 초조한 표정이었다. 그녀는 난로 속의 불을 응시하고 있었기 때문에 필립은 눈길을 마주치지 않고도 그녀를 관찰할 수 있었다. 마지막으로 보았을 때보다 몸이 훨씬 말랐다. 누렇고 푸석푸석한 피부가 광대뼈에 바짝 달라붙어 있다. 전에는 머리를 염색했었는데 지금 보니 아마빛이다. 전혀 딴 사람처럼 보였고, 더 저속해 보였다.

"당신 편지를 받고 마음이 놓였어요." 그녀가 마침내 입을 열었다. "병원에 안 나갈지도 모른다고 생각했거든요."

필립은 대답하지 않았다.

"면허는 따셨겠죠?"

"아뇨."

"왜요?"

"이제 병원에 나가지 않아요. 사정이 있어 그만뒀어요. 일 년 반 전에."

"마음이 정말 잘 바뀌는군요. 한곳에 매달려 있지 못하고."

필립은 또 한 번 입을 다물고 말았다. 이윽고 그는 차디찬 어조로 말을 꺼냈다.

"투기를 했다가 얼마 안 되는 돈이지만 모조리 날리고 말았어요. 그래서 학업을 그만둘 수밖에 없었고. 이제는 먹고사는 일만도 급급하게 됐죠."

"그럼 지금은 뭘 해요?"

"상점에 나가요."

"상점에요?"

그녀는 필립의 얼굴을 힐끗 쳐다보고는 얼른 외면해 버렸다. 얼굴이 붉어졌기 때문인 듯했다. 무엇 때문에 초조한지 그녀는 자꾸만 손수건으로 손바닥을 두드렸다.

"설마 의사가 되겠다는 생각을 아주 포기한 건 아니겠죠?" 그녀는 그 말을 묘하게도 내뱉듯이 말했다.

"완전히 포기한 건 아네요."

"그 때문에 만나고 싶기도 했구요." 그녀의 쉰 목소리가 기어드는 목소리로 낮아졌다. "왜 목이 이렇게 됐는지 모르겠어요."

"왜 병원에 안 가죠?"

"가기 싫어요. 학생들이 구경하듯 쳐다보는 것도 싫고, 입원을 하라고 할까 봐 겁도 나고요."

"어디가 어떻게 아파요?" 필립은 외래 환자를 진료할 때 사용하는 틀에 박힌 질문을 냉정하게 했다.

"종기가 하나 났는데 낫지 않아요."

공포의 전율이 필립의 가슴을 훑고 지나갔다. 이마에 땀이 솟아났다.

"입안을 좀 봐요."

필립은 그녀를 창가로 데리고 가서 자세히 살펴보았다. 그러다 문득 그녀의 눈길과 마주쳤다. 끔찍한 공포의 빛이 어려 있었다. 보고 있기가 무서울 지경이었다. 그녀는 공포에 질려 있었다. 필립으로부터 안심하라는 말이 나오기를 바라고 있었다. 애원이라도 하듯 그의 얼굴을 바라보았다. 차마 위로의 말을 청하지는 못했지만, 온 신경을 곤두세우고 그 말을 기다리고 있었다. 하지만 필립에게는 위로해 줄 말이 없었다.

"아주 안 좋은 것 같은데요."

"무슨 병이에요?"

병명을 말해 주자, 그녀는 하얗게 질렸다. 입술까지 거의 노랗게 되었다. 절망적인 감정에 사로잡힌 그녀는 조용히 울기 시작했다. 이윽고 울음은 격렬한 흐느낌으로 바뀌었다.

"안됐지만 알 건 알아야 하니까." 이윽고 필립은 말했다.

"차라리 죽어서 끝장내 버리면 좋겠군요."

필립은 이제 그런 말에는 신경을 쓰지 않았다.

"돈은 있어요?"

"육칠 파운드밖에 없어요."

"이런 생활 집어치워야 해요. 왜 일자리를 찾아볼 생각을 안 하죠? 난 이제 도와줄 여력이 없어요. 주급이 고작 십이 실링이니까."

"도대체 어떻게 하면 좋죠?" 그녀는 초조한 듯이 소리쳤다.

"빌어먹을! 무슨 수를 좀 찾아보려고 애써야 하잖아요?"

그는 엄숙한 어조로, 그녀 자신이 처한 위험과 그녀로 인해 타인이 처하게 될 위험에 대해서 말해 주었다. 그녀는 시무룩한 얼굴로 듣고 있었다. 필립은 그녀를 위로해 보려고 했다. 마침내 그녀는 떨떠름한 태도로 시키는 대로 하겠노라고 했다. 필립은 처방전을 써서 근처의 약방에 갖다주겠다고 했다. 약은 절대 빼먹지 말고 정확하게 시간을 맞춰 복용하라고 당부했다. 그는 일어나서 손을 내밀었다.

"너무 상심할 거 없어요. 목은 금방 나을 거니까."

그가 방을 나가려 하자 그녀는 갑자기 얼굴을 일그러뜨리고 필립의 옷자락을 붙잡으며 쉰 목소리로 외쳤다.

"필, 가지 말아요. 무서워요. 혼자 두고 가지 마세요. 제발, 필. 찾아갈 사람이 아무도 없어요. 친구라고는 당신뿐이에요."

필립은 그녀의 공포를 느낄 수 있었다. 그것은 이상하게도 죽음을 두려워하던 백부의 눈에서 보았던 공포와 같았다. 필립은 눈길을 떨어뜨렸다. 이 여자는 두 번이나 내 삶에 뛰어들어 나를 불행하게 만들었다. 그녀는 아무것도 그에게 요구할 자격이 없다. 하지만 까닭 모르게 그의 가슴속 깊은 곳에는 이상한 아픔이 있었다. 그 때문에 편지를 받고 나서 그녀의 부름에 응할 때까지 줄곧 마음이 편치 않았던 것이다.

'이러다간 정말 이 여자로부터 영영 벗어나지 못할지 모른다.' 그는 혼자 생각했다.

난처한 점은 그녀에 대해 야릇한 육체적 혐오감이 느껴진다는 것이었다. 그 때문에 그녀 가까이에 있기가 몹시 거북했다.

"내가 뭘 해 주었으면 하는데요?"

"나가서 함께 식사나 해요. 내가 살게요."

필립은 잠시 망설였다. 이제 자신의 삶에서 영원히 사라졌다고 생각했던 이 여자가 다시 자신의 생활에 슬그머니 기어들고 있는 것이 아닐까. 그녀는 불안에 휩싸인 눈길로 그를 바라보며 말했다.

"내가 당신에게 몹쓸 짓 한 거 알아요. 하지만 지금은 날 두고 가지 마세요. 당신은 이제 분을 푼 셈 아녜요. 당신이 지금 날 혼자 두고 가 버리면 난 정말 어떡해야 할지 막막해요."

"알았어요, 그러기로 해요. 하지만 비싸지 않은 데로 가는 거예요. 요즘 마구 쓸 돈이 없으니까."

그녀는 앉아서 구두를 신은 다음, 치마를 바꿔 입고 모자를 썼다. 두 사람은 밖으로 나와 함께 걷다가 이윽고 토트넘 코트 로드에서 식당을 하나 발견했다. 필립은 요즈음 식사 시간이 바뀌어 입맛이 나지 않았고, 밀드러드도 목이 아픈지 음식을 삼키지 못했다. 두 사람은 차가운 햄을 조금씩 들었고 필립은 맥주를 한잔했다. 지난날 자주 그랬듯이 두 사람은 서로 마주 앉아 있었다. 밀드러드도 잊지 않고 있을까. 서로 할 말이 없어 입을 다물고 있을 수밖에 없는 상황이어서 필립이 억지로라도 말을 꺼내지 않으면 안 되었다. 식당의 환한 불빛과 겹겹이 비춰 보이는 촌스러운 거울에 둘러싸여 그녀의 모습은 늙고 초췌해 보이기만 했다. 필립은 아이가 어떻게 되었는지 궁금했지만 차마 물어볼 용기가 나지 않았다. 마침내 그녀가 먼저 얘기를 꺼냈다.

"아이는 지난 여름에 죽었어요."

"뭐라구요?"

"안됐다는 말쯤 할 수 있잖아요."

"아니, 잘됐어요."

그녀는 힐끗 쳐다보더니, 말뜻을 알아차리고 얼굴을 돌려 버렸다.

"당신은 그 애를 아주 좋아했잖아요. 난 늘 이상하게 생각했죠. 남의 아이를 어떻게 그렇게 좋아할 수 있나 하고."

식사를 마치고, 약국에 들러 주문해 둔 약을 찾았다. 그 더러운 하숙집으로 다시 돌아가 필립은 그녀에게 약을 먹였다. 그런 다음 그는 해링턴 가로 돌아가야 할 시간이 될 때까지 그녀와 함께 있어 주었다. 지루해 미칠 것만 같았다.

필립은 매일 그녀를 보러 갔다. 그녀는 필립이 처방한 약을 복용하고 시킨 대로 고분고분 따랐다. 얼마 안 있어 눈에 띄게 효과가 나타나자 그녀는 필립의 솜씨를 신뢰하게 되었다. 병에서 회복되어 갈수록 그녀는 활기를 되찾아 갔다. 이제 말하는 것도 활발해졌다.

"일자리만 구하면 좋아질 거예요. 이번에 좋은 경험을 했으니 도움이 될 거예요. 당신을 생각해서라도 이제 착실하게 살 작정이에요."

밀드러드를 만날 때마다 필립은 일자리를 구했느냐고 물어보았다. 그럴 때마다 그녀는 걱정 말라고 했다. 마음만 먹으면 언제든지 구할 수 있다는 것이었다. 방책이 여럿 있다고 했다. 한두 주일은 아무것도 안 하고 푹 쉬는 게 더 낫다고 했다. 필립도 그 말에는 아무 말 못 했지만 약속한 기간이 지나고 나서는 더 성화를 부렸다. 그러면 그녀는 웃어 대곤 했는데 이제는 훨씬 활기에 넘쳐 필립더러 왜 이렇게 보채냐고 했다. 그러면서 그동안 만나 본 식당 여자 지배인들 이야기를 길게 길게 늘어놓았다. 그녀는 식당 같은 데서 일자리를 구할 생각이었다. 여자 지배인들이 뭐라고 물었고 자기는 어떻게 대답했는지 시시콜콜히 말해 주는 것이었다. 확실하게 결정된 것은 아무것도 없었음에도 그녀는 다음 주초까지는 일단락이 나리라고 장담했다. 서둘 건 없다. 서두르다 맘에 들지 않는 일자리를 구하는 것도 문제라면서.

"당치도 않은 소리예요." 초조한 필립이 말했다. "일자리가 있으면 아무거나 잡아야죠. 내가 도울 수도 없는 처지고 당신 돈도 곧 떨어질 거 아녜요."

"그래도 아직 빈털터리는 아니니까 좀 더 골라 봐야겠어요."

필립은 그녀를 노려보았다. 이 집에 오기 시작한 지 삼 주일째. 처음에 그녀에게는 칠 파운드도 남아 있지 않았었다. 불쑥 수상한 생각이 들었다. 그녀가 한 말 가운데 어떤 말이 떠올랐다. 그는 속으로 이것저것 따져 보았다. 도대체 일자리를 찾아보려고나 했을까 하는 생각이 들었다. 내내 거짓말을 해 왔는지도 모른다. 돈을 그토록 오래 쓴다는 것도 이상했다.

"방세가 얼마죠?"

"아, 주인집 여자가 아주 좋은 사람이에요, 딴 사람들하고 다르죠. 형편이 되면 달라지 뭐예요."

그는 입을 다물었다. 너무 끔찍한 생각이 떠올라 입을 열기가 무서웠다. 하기야 물어보아도 소용없을지 몰랐다. 죄다 잡아떼고 말 테니까. 알고 싶으면 혼자 알아보아야 했다. 그는 매일 저녁 여덟 시에 그녀의 집을 나섰다. 시계가 여덟 시를 알리자 그는 자리에서 일어났다. 이번에는 해링턴 가로 가지 않고 피츠로이 스퀘어의 거리 모퉁이에 자리 잡고 서서 윌리엄 가에서 누가 오나 보았다. 얼마나 기다렸을까, 지루해서 더 이상 참지 못하고, 잘못 추측했다고 생각하면서 막 떠나려는 참이었다. 7번지 문이 스르르 열리면서 밀드러드가 나오는 것이 아닌가. 그는 어둠 속에 몸을 숨기고 자기 쪽으로 다가오는 그녀를 지켜보았다. 그녀는 방에서 보았던 깃털 달린 모자를 쓰고, 길거리에서 입기에는 너무 야하고, 계절로 보아서도 어울리지 않는, 눈에 익은 드레스를 입고 있었다. 그녀를 천천히 뒤따라갔다. 그녀는 토트넘 코트 로드에 이르러 걸음을 늦추었다. 옥스퍼드 가 모퉁이에서 그녀는 걸음을 멈추고 주위를 둘러보더니 길을 건너 연예관 쪽으로 갔다. 필립은 그녀에게 다가가 팔을 붙들었다. 그녀는 볼을 붉게 화장하고 입술도 칠하고 있었다.

"어디 가요, 밀드러드."

그의 목소리에 그녀는 화들짝 놀라면서 거짓말하다 들킬 때 늘 그러듯이 얼굴을 붉혔다. 다음 순간 그가 익히 알고 있는 분노의 빛이 퍼뜩 눈에 어리면서 그녀는 본능적으로 험한 말로 자신을 방어하려고 했다. 하지만 입 끝까지 나온 그 욕설을 그녀는 입 밖에 내뱉지는 않았다.

"아, 그냥 쇼를 구경하려고 나왔어요. 매일 밤 혼자서 있으려니 갑갑하지 않아요."

필립은 이제 그냥 모르는 척하지 않았다.

"안 돼요. 제발, 그러면 위험하다고 내가 수십 번 말했잖아요. 이런 짓 이제 당장 그만두란 말이야."

"잔말 말아요!" 그녀는 사납게 소리 질렀다. "나더러 어떻게 살란 말야."

필립은 그녀의 팔을 붙들고 무작정 끌고 가려 했다.

"제발 좀 따라와요. 내가 집까지 데려다줄게요. 당신은 지금 무슨 짓을 하고 있는지 모르고 있어요. 이건 범죄란 말야."

"무슨 상관이야. 제 놈들 알아서 할 탓이지. 사내놈들이 내게 잘 대해 주기나 했나? 내 알 바 아니란 말야."

그녀는 필립을 밀어젖히고 매표구로 뚜벅뚜벅 걸어가서 돈을 밀어 넣었다. 필립의 주머니에는 삼 페니뿐이었다. 뒤따라갈 수가 없었다. 그는 발길을 돌려서 어슬렁어슬렁 옥스퍼드 가를 걸어 내려갔다.

"나도 이젠 어쩔 수 없어." 그는 중얼거렸다.

그것이 마지막이었다. 그 뒤로 다시는 그녀를 만나지 않았다.

110

이 해 크리스마스는 목요일이어서 가게들은 나흘 동안 문을 닫게 되었다. 필립은 백부에게 편지를 써서 휴일 기간 동안 사제관에서 지내도 되겠느냐고 물었다. 포스터 부인이 답장을 보내왔는데, 케리 씨가 몸이 불편하여 대신 쓴다면서 그가 필립을 꼭 만나고 싶어하니 내려와 주었으면 한다고 했다. 그녀는 문간에서 그를 맞이했다. 악수를 하면서 이렇게 말했다.

"지난번 오셨을 때보다 더 나빠지셨어요. 하지만 내색은 하지 마세요. 건강 때문에 아주 민감해지셨어요."

필립은 끄덕였다. 그녀가 식당으로 안내했다.

"필립 도련님이 오셨어요."

블랙스터블 관할사제는 다 죽어 가고 있었다. 푹 꺼진 볼, 쭈그러든 몸을 보면 확연히 알 수 있었다. 안락의자에 웅크리고 앉아 머리를 기묘하게 뒤로 젖힌 채 어깨에는 숄을 두르고 있다. 지팡이에 의지하지 않고는 걷지도 못했다. 손도 떨려 음식을 간신히 먹었다.

'이제 오래가지 못하겠구나.' 백부의 모습을 보며 필립은 생각했다.

"어때 보이냐, 내 모양이? 지난번보다 더 나빠진 것 같으냐?"

"여름보다 나아지신 것 같은데요."

"더위 탓에 그랬겠지. 더위라면 난 언제나 질색이거든."

지난 몇 달 동안 케리 씨가 한 일이라고는 몇 주일을 침실에서 보내고 몇 주일은 아래층 방에서 보낸 것이 전부였다. 곁에 종을 준비해 두고 있었는데, 얘기를 하다가 종을 울려 옆방에 대기하고 있는 포스터 부인을 불러 자기가 처음에 거실을 나온 게 어느 날이었느냐고 물었다.

"십일월 칠 일입니다."

케리 씨는 필립이 그것을 어떻게 생각하는지 알고 싶은 듯 얼굴을 살폈다.

"하지만 아직 식욕은 좋다, 그렇지, 포스터 부인?"

"그럼요, 아주 잘 드시는 편이지요."

"그래도 살은 붓지 않는 것 같다."

오직 건강밖에 딴 관심은 없었다. 꺾을 수 없는 한 가지 생각에 집착해 있었다. 그것은 목숨을 부지하는 것이었다. 설사 먹고 자는 단조로운 일밖에 없고 고통이 끊이지 않는 삶이라 하더라도, 설사 모르핀 기운으로 자는 수밖에 없다 하더라도 그러했다.

"진료비가 엄청나단 말이야." 그는 다시 종을 울렸다. "포스터 부인, 필립 도련님에게 약방 청구서 좀 보여 줘요."

그녀는 참을성 있게 벽난로 위에 놓아두었던 청구서를 가져와 필립에게 건네주었다.

"그건 한 달분밖에 안 돼. 너도 의사니까 약을 좀 싸게 구할 수 있을지 모르겠구나. 백화점에다 주문해 볼까도 생각했다만 그러자면 우송료가 들 것 같고."

필립의 생활에 대해서는 눈곱만큼도 관심이 없는 듯, 어떻게 지내느냐는 말도 묻지 않았지만 필립이 곁에 있으니 좋은 모양이었다. 얼마나 있다 갈 수 있느냐고 물었다. 화요일 아침에는 돌아가야 한다고 하자, 더 있다 갈 수 없겠느냐고 했다. 그는 자신의 증세를 세세히 설명하는가 하면 의사가 한 말도 몇 번이나 되풀이해 말해 주었다. 그러다 문득 말을 중단하고 종을 울린다. 포스터 부인이 들어오자 이렇게 말한다.

"딴 게 아니고, 거기 있나 해서. 확인하려고 불렀던 거요."

그녀가 다시 나가자 그는 필립에게, 포스터 부인이 가까이에 있다는 걸 확인하지 않으면 몹시 불안하다고 했다. 이 여자가 곁에 있으면 무슨 일이 나도 금방 조처를 취해 줄 수 있다는 것이었다. 필립이 보기에 부인은 몹시 지쳐 있고 잠 부족으로 눈이 축 처져 있어 부인에게 너무 무리하게 하는 게 아니냐고 말해 보았다.

"천만에! 소처럼 튼튼한 여자야." 그러고는 나중에 포스터 부인이 약을 가지고 들어오자 이렇게 말했다.

"포스터 부인, 필립이 당신에게 너무 일이 많아 힘들겠다고 하는데, 어떻소? 당신 내 병 구완하는 건 싫지 않지요?"

"전 괜찮아요. 힘 닿는 대로 해 드리고 싶어요."

이윽고 약 기운이 돌자 케리 씨는 잠이 들었다. 필립은 부엌으로 들어가 포스터 부인에게 일을 견디어 낼 수 있느냐고 물어보았다. 벌써 여러 달 동안 제대로 쉬어 본 적이 없다는 걸 알고 있었기 때문이다.

"글쎄요, 어떻게 하겠어요. 저 노인 양반이 저만을 의지하고 사시는데. 그야 어떤 때는 힘들게 하시기도 하지만, 그래도 저 양반을 좋아하지 않을 수 없어요. 저도 이제 여기 온 지 벌써 여러 해 되었구요. 저분이 세상을 떠나시면 저도 어떻게 해야 할지 모르겠어요."

필립은 그녀가 노인을 진정 좋아하고 있다는 사실을 알 수 있었다. 그녀는 노인의 몸을 씻겨 주고, 옷을 입혀 주고, 음식을 먹여 주며, 밤에도 자다가 대여섯 번은 일어났다. 노인이 그녀를 옆방에 재우고 눈만 떴다 하면 종을 울려 댔기 때문이었다. 그는 그녀가 나타날 때까지 계속 종을 울려 댔다. 노인은 금방이라도 죽을 것 같았지만 몇 달을 더 살지도 몰랐다. 가족도 아닌 사람을 그렇게 참을성 있게 보살펴 줄 수 있다는 것은 참으로 놀라운 일이었다. 백부를 돌봐 줄 사람이 세상에 이 여자 한 사람뿐이라는 것도 비극적이고 안쓰러운 일이었다.

필립이 보기에는 백부에게 종교란, 비록 평생을 그것에 대해 설교해 오기는 했지만, 이제 형식적인 중요성밖에 갖지 않는 것만 같았다. 일요일마다 보좌사제가 와서 성찬례를 하고, 사제도 이따금 성서를 읽었다. 하지만 그는 분명히 죽음을 두려워하고 있었다. 죽음이 영생에 이르는 문임을 믿으면서도 영생에 들어가고 싶어하지 않았다. 끊임없는 통증 때문에 의자에 매인 신세가 되어 이제 바깥 출입을 할 수 있는 희망을 버린 채, 그는 고용한 여자의 손에 맡겨진 어린애처럼 자기가 아는 이 세상에 한사코 매달려 있었다.

필립의 머리에는 차마 물어볼 수 없는 한 가지 질문이 맴돌고 있었다. 물어보았자 백부는 틀에 박힌 대답을 하고 말 것임이 뻔했다. 이제 육체라는 기계가 고통스럽게 마모되어 가고 있는 인생의 종점에서 사제는 과연 영혼 불멸을 믿고 있는가 궁금했다. 아마 가슴속 저 깊은 곳에서는 신이란 없으며 죽음 뒤에는 아무것도 없다고 믿고 있으면서도 다급한 경우가 닥치더라도 그 속마음을 발설하지 않도록 억누르고 있는 게 아닐까.

복싱 데이[104] 저녁, 필립은 백부와 함께 식당에 앉아 있었다. 이튿날 아침 아홉 시까지 출근하려면 이른 새벽에 떠나야 했으므로, 케리 씨에게 미리 인사를 해 두려고 했다. 블랙스터블 관할사제는 깜빡 잠이 들어 있었다. 필립은 창가의 소파에 누워서 읽던 책을 무릎 위에 놓고 멍하니 방 안을 둘러보았

---

104) 크리스마스 다음 날이 일요일이 아닐 경우 쉬는 휴일.

다. 이 가구들은 얼마나 나갈까. 그는 벌써 집 안을 둘러보고 어렸을 때부터 눈에 익은 물건들을 살펴보았었다. 제법 값이 나갈 만한 도자기 몇 점이 있었다. 런던으로 가지고 갈 만한 가치가 있을까, 하고 생각했다. 하지만 가구는 죄다 빅토리아 시대풍의 마호가니 제품으로 튼튼하기는 하지만 볼품이 없었다. 경매장에 내놓아도 값이 없을 것이다. 책이 삼사천 권 정도 되었지만 책값이 형편없다는 건 세상 사람이 다 안다. 아마 백 파운드도 넘지 못할 것이다. 백부가 얼마나 물려줄지 알 수 없었다. 벌써 백 번도 넘게 해 본 계산이 있었다. 의학교 과정을 마치고 학위를 딴 다음, 수련의를 하는 기간까지 최소한 얼마나 들 것인가 하는 것이었다. 그는 끙끙대며 자고 있는 노인을 바라보았다. 쭈글쭈글한 그 얼굴에는 이제 어디에도 인간다운 모습이 남아 있지 않았다. 기괴한 동물의 얼굴일 뿐이었다. 저 쓸모없는 생명을 끝장내 버리기는 참으로 쉬운 일이었다. 백부가 잠을 잘 수 있도록 포스터 부인이 매일 밤 약을 조제할 때마다 그런 생각을 하곤 했다. 약병이 두 개 있었다. 하나는 매일 정해 놓고 먹는 약이 든 병이고, 또 하나는 고통을 견딜 수 없을 때 복용하는 아편제가 든 병이었다. 부인은 이것을 따라서 노인의 침대맡에 놓아둔다. 노인은 보통 새벽 서너 시에 이걸 마신다. 한 번 마실 약을 두 배로 늘려 놓는 것쯤 간단한 일이다. 그러면 백부는 밤사이에 죽을 것이고 이상하게 여길 사람은 아무도 없다. 닥터 위그램도 사제가 그런 식으로 죽을 것으로 생각하고 있었다. 그렇게 죽어야 고통이 없으리라. 필립은 당장 절실하게 필요한 돈을 생각하면서 주먹을 불끈 쥐었다. 이 늙은이가 그 비참한 목숨을 몇 달 더 부지한 다고 해서 어떤 뜻이 있겠는가. 하지만 필립에게는 그 몇 달이 더할 나위 없이 중요하다. 지금의 시련을 끝장낼 수 있다. 내일 당장 직장으로 돌아갈 생각을 하니 치가 떨렸다. 그를 계속 쫓아다니고 있던 생각이 다시 떠올라 가슴이 벌떡거렸다. 그 생각을 아무리 쫓아 버리려 해도 되지 않았다. 정말 그건 너무 쉽고도 간단한 일이었다. 노인에 대한 애정은 조금도 없었고 지금까지 한 번도 좋아해 본 적이 없다. 이 노인은 평생 자기만을 위해 살아왔다. 자기를 존경해 준 아내에게도 이기적으로 대했고, 양육을 맡은 조카에게도 냉정했었다. 잔인한 사람이라고까지는 할 수 없지만, 어리석고 무정하고, 하찮은 욕심에 가득 찬 사람이었다. 정말이지 그건 너무 쉽고도 간단한 일이었다. 하지만 용기가 나지 않았다. 나중에 후회할 일이 두려웠다. 자기가 저지른 일을 두고 평생을 후회한다면 돈이 무슨 소용이겠는가. 후회할 게 무엇이겠는가 하고 여러 번 생각해 보았지만 계속해서 마음에 떠올라 걱정스럽게 만드는 것들이 있었다. 그것들이 양심의 목소리가 아니기를 바랐다.

백부가 눈을 떴다. 필립은 마음이 놓였다. 백부는 이제 좀 더 인간다워 보였다. 솔직히 아까 마음에 떠올랐던 생각에 그는 소름이 끼쳤다. 그는 살인을 생각하고 있었던 것이다. 다른 사람들도 그런 생각을 할까? 아니면 자기가 비정상적이고 사악한 사람일까. 하긴 막상 때가 닥치면 행동에 옮기지 못했으리라. 하지만 생각만은 끊임없이 다시 떠올랐다. 막상 행동하지 못하는 것은 두려움 때문이었다. 백부가 입을 열었다.

"필립, 넌 내가 죽기를 기다리는 건 아니겠지?"

필립은 가슴이 철렁했다.

"아니, 제가 왜 그러겠어요."

"아무렴, 그러지 않아야지. 내가 죽으면 얼마 안 되는 돈이야 받겠지만, 그렇다고 죽기를 바라면 못쓴다. 그러면 네게도 이롭지 않아."

그는 나지막한 목소리로 말했다. 목소리에 야릇한 불안이 깃들어 있었다. 그 말을 듣고 필립은 가슴이 찡했다. 어떤 신기한 직감이 늙은이로 하여금 자신의 마음을 어지럽힌 그 낯선 욕망을 짐작하게 했더란 말인가.

"앞으로 이십 년은 더 사세요."

"아니, 그렇게까진 바라지 않는다. 하지만 몸조리만 잘하면 삼사 년이야 왜 더 못 살겠니."

그는 잠시 입을 다물었다. 필립은 뭐라 할 말이 없었다. 그러자 노인은 전부터 이런 생각을 하고 있었다는 듯이 말했다.

"누구든 자기 생명이 허락하는 한 살 권리가 있는 법이다."

필립은 백부의 마음을 딴 데로 돌리고 싶었다.

"이건 딴 얘긴데, 이제 미스 월킨슨에게서는 소식이 오지 않나요?"

"왔었지. 금년 언제인가 편지를 보냈더라. 결혼을 했다고."

"정말이에요?"

"그래, 홀아비에게 시집을 갔다더군. 꽤 잘사는가 보더라."

111

이튿날부터 필립은 다시 출근을 시작했다. 하지만 몇 주일이면 올 거라 생각했던 백부의 별세 소식은 오지 않았다. 몇 주일이 지나 몇 달이 되었다. 어느덧 겨울도 다 가고 공원의 나무들이 움을 틔워 내기 시작하고 있었다. 필립은 맥이 완전히 빠지고 말았다. 시간의 걸음은 무거웠으나 멈추지는 않았다. 젊은 시절도 다 지나가고 있었다. 얼마 안 있으면 어느 것 하나 이루지 못한 채 청춘을 잃고 마는 게 아닐까 하는 생각이 들었다. 지금 하고 있는 일을 언젠가는 그만둘 것이 분명했기 때문에 더더욱 목표 세우기가 힘들었다. 의상 디자인 하는 일은 솜씨가 늘었다. 독창적일 정도는 못 되었지만, 프랑스의 유행을 영국 시장에 맞게 변형시키는 요령은 터득했다. 자신의 디자인에 자못 만족할 때도 있었지만, 옷으로 만드는 과정에서 딴 사람이 언제나 망쳐 놓고 말았다. 자신의 아이디어가 제대로 살아나지 않을 때면 울화가 터지기도 했지만 그러는 자신이 재미있었다. 처신은 조심스럽게 해야 했다. 뭔가 독창적인 구상을 내놓을 때마다 샘프슨 씨는 퇴짜를 놓았다. 그들의 고객은 '요란한 것(이 말을 그는 프랑스어로 했다.)'은 찾지 않는다, 점잖은 상인 계급이 아니냐, 이런 계층을 상대로 할 때는 그들의 취향을 함부로 무시해서는 안 된다는 것이었다. 한두 번은 필립에게 험한 말을 하기도 했다. 필립의 구상이 번번이 자신의 구상과는 어긋났기 때문에 젊은 녀석이 잘난 체한다고 생각되는 모양이었다.

"이봐, 젊은 친구. 조심하는 게 좋을 거야. 그렇지 않으면 자네, 언제 길거리로 내쫓길지 몰라."

필립은 면상을 한 대 후려갈겨 주고 싶었지만 참았다. 어차피 이런 생활도 얼마 남지 않았고, 이따위 작자들하고는 영영 볼 일이 없을 테니까. 하지만 때로는 얄궂게 절망스러운 기분에서 도대체 백부의 몸이 무쇠로라도 만들어졌단 말인가, 하고 소리 지르기도 했다. 참 대단한 체질이다. 보통 사람이 그와 같은 병에 걸렸다면 벌써 일 년 전에 죽었을 것이다. 하지만 마침내 사제가 위독하다는 소식이 왔을 때 다른 생각에 몰두해 있던 필립은 깜짝 놀랐다. 칠월이었다. 이 주일 뒤면 휴가를 얻기 때문에 그렇지 않아도 가 봐야 했던 참이었다. 포스터 부인이 편지를 보내왔다. 의사 말이 케리 씨가 며칠을 넘기지 못할 것 같으니 백부를 뵙고 싶으면 당장 내려오라는 내용이었다. 필립은 구매담당에게 가서 그만두겠다고 했다. 샘프슨 씨도 사리는 아는 사람이라 사정 이야기를 듣고 나서는 까다롭게 굴지 않았다. 필립은 같은 부서의 동료들에게 작별 인사를 했다. 그가 그만두는 이유가 이미 그들 사이에 부풀려져 소문이 나 있었다. 다들 필립이 떼돈이라도 물려받는 줄 알고 있었다. 미세스 호지스는 눈물을 글썽이며 손을 잡았다.

"이제 만나기 힘들겠네요."

"전 이곳을 그만두게 되어 기쁩니다."

이상하게도, 여태까지 진절머리나게 여겨졌던 사람들인데 막상 헤어지려니 솔직히 말해 서운했다. 마차를 타고 해링턴 가의 숙소를 떠날 때에도 마음이 조금도 흥겹지 않았다. 이런 경우에 느낄 감정을 미리 예상했던 탓인지 지금으로서는 무덤덤한 기분이었다. 마치 며칠간의 휴가라도 떠나는 사람처럼 담담했다.

'내 성격도 참 돼먹지 않았어.' 그는 생각했다. '어떤 일을 애타게 기다렸다가도 막상 일이 이루어지면 번번이 실망한단 말야.'

정오를 약간 넘겨 그는 블랙스터블에 도착했다. 포스터 부인이 문간에서 그를 맞아 주었다. 눈치를 보니 백부가 아직 살아 있음을 알 수 있었다.

"오늘은 좀 나아지셨어요. 참 체력이 굉장하세요."

그녀는 케리 씨가 누워 있는 침실로 그를 안내했다. 백부는 필립을 보자 희미한 미소를 지어 보였다. 적을 또 한 번 골탕 먹인 자기의 꾀에 흐뭇해하는 듯한 미소였다.

"어제만 해도 다 끝났다고 생각했었지." 기진한 목소리로 그는 말했다. "포스터 부인, 어때, 다들 포기했었지?"

"정말 체력이 굉장하세요. 그건 틀림없어요."

"늙다리가 아직도 살아 있단 말이겠지."

포스터 부인은 사제에게, 힘드실 테니 말씀을 아끼시라고 했다. 그녀는 사제를 어린아이처럼 다정하면서도 엄하게 다루었다. 노인은 너희들 설마 이럴 줄 몰랐을 게다 하고 생각하며 어린애처럼 고소해하는 듯했다. 필립이 갑자기 온 이유도 금세 알아차렸다. 필립이 헛걸음한 것이 재미있는 모양이었다. 심장 발작이 또 오지만 않는다면 한두 주일은 거뜬히 넘길 것 같았다. 심장 발작은 전에도 여러 차례 있었다. 그때마다 이제는 정말 죽는구나 생각하면서도 다시 살아났던 것이다. 그의 체력을 놓고 말들이 많았지만 실제로 얼마나 강한지는 아무도 몰랐다.

"하루 이틀 머물러 있을 생각이냐?" 노인은 필립이 휴가로 내려왔다고 여긴다는 척 물었다.

"네, 그럴까 합니다." 필립은 명랑하게 말했다.

"그래, 바닷바람이 몸에 좋지."

얼마 있으니 닥터 위그램이 왔다. 그는 사제를 진찰한 다음, 필립과 얘기를 나누었다. 그는 격식을 차려 말했다.

"아무래도 이 고비를 넘기지 못하실 것 같네. 우리로서는 정말 큰 손실이 아닐 수 없네. 나와는 삼십오 년을 알아 온 분이신데."

"지금은 아주 좋아 보이시는데요."

"약 기운으로 그러실 뿐이네. 하지만 오래 가지 못해. 지난 이틀 동안 몹시 힘드셨네. 죽을 고비를 대여섯 번이나 넘기셨을 거야."

의사는 잠시 입을 다물었다. 그러더니 별안간 문 앞에서 필립에게 물었다.

"포스터 부인이 아무 말 않던가?"

"아니, 왜요?"

"이 지방 사람들이 아주 미신적이지 않나. 이 여자 말로는, 케리 씨에게 혹 마음에 걸리는 일이 있을지 모르겠다고 하더군. 그걸 없애지 않아 쉬 돌아가시지 못한다는 거야. 그런데 차마 고백할 용기가 안 나신다는 거지."

필립은 잠자코 있었다. 의사가 말을 이었다.

"그야, 터무니없는 말이지. 그분이 얼마나 성실하게 사셨나. 맡으신 일을 다 하셨고, 관할사제로서도 훌륭하셨지. 돌아가시면 다들 가슴 아파하실 거네. 가책받을 일을 하셨을 리 없어. 난 후임 사제가 그분의 절반만큼이라도 해낼지 걱정이야."

며칠 동안 케리 씨는 별다른 변화를 보이지 않았다. 왕성하던 식욕은 사라져서 이제 거의 아무것도 먹지 못했다. 닥터 위그램은 환자를 괴롭히는 신경염 통증에 대해서는 주저 없이 진통제를 주었다. 마비된 수족이 계속 경련을 일으켜 진통제를 끊을 수 없으니 기력이 점차 쇠해지지 않을 수 없었다. 정신만은 또렷했다. 필립과 포스터 부인이 함께 간호를 했다. 포스터 부인은 벌써 여러 달째 노인의 뒷바라지를 하느라 지칠 대로 지쳐 있어서 밤에라도 푹 쉴 수 있도록 필립 자신이 환자 곁에 있기로 했다. 잠이 깊이 들지 않도록 그는 긴긴 밤을 안락의자 위에 앉아 갓을 씌운 촛불 밑에서 『아라비안 나이트』를 읽었다. 어릴 때 읽고 나서는 처음이었지만, 이야기를 읽고 있노라니 어린 시절이 떠올랐다. 때로는 밤의 적막에 귀를 기울이기도 했다. 아편 기운이 떨어지면 케리 씨는 잠을 이루지 못했고, 필립도 덩달아 계속해서 바빴다.

마침내 어느 날 새벽, 새들이 나무 사이에서 요란하게 지저귀는데 필립은 자기 이름을 부르는 소리를 들었다. 그는 침대 곁으로 다가갔다. 누워 있는 케리 씨의 눈길은 천장을 향해 있었다. 그는 필립에게 눈길을 돌리지 않았다. 이마에 땀이 솟아 있었다. 필립은 수건으로 땀을 닦아 주었다.

"필립이냐?" 노인이 물었다.

갑자기 변해 버린 목소리를 듣고 필립은 깜짝 놀랐다. 쉬어 버린 나지막한 목소리였다. 공포에 질린 인간의 목소리였다.

"네, 뭐 필요하세요?"

잠시 침묵이 흘렀다. 보지 못하는 눈이 여전히 천장을 노려보고 있었다. 갑자기 얼굴에 경련이 일었다.

"이제 죽으려는가 보다."

"아니, 무슨 말씀이세요." 필립이 소리를 질렀다. "앞으로 몇 년은 더 사실 거예요."

두 줄기 눈물이 노인의 볼을 타고 흘러내렸다. 필립은 가슴이 찡했다. 백부는 지금까지 한 번도 인생사에 대한 감정을 드러낸 적이 없었다. 그런 사람의 눈물을 보게 되니 소름이 끼쳤다. 그것은 말로는 표현할 수 없는 공포를 뜻하는 것이리라.

"시먼즈 씨를 불러오너라. 성찬례[105]를 하고 싶다."

시먼즈 씨는 보좌사제였다.

"지금 말인가요?"

"그래, 당장. 그렇지 않으면 늦는다."

필립은 포스터 부인을 깨우러 갔다. 하지만 이미 시간이 그렇게 되었는지 그녀는 벌써 일어나 있었다. 정원사를 시켜서

---

105) 영국 교회의 고(高)교회파가 따르는 가톨릭식 의전. 성찬(聖餐)이란 그리스도의 몸과 피를 상징하는 밀떡과 포도주를 받는 예식을 말한다. 그리스도는 십자가에 매달리기 전의 최후의 만찬에서 제자들과 밀떡과 포도주를 나누며 그것이 자신의 살과 피를 상징한다 하였다. 성찬례는 고해성사 다음에 이루어진다.

전갈을 보내게 한 다음 그는 다시 백부의 침실로 돌아왔다.

"시먼즈 씨를 부르러 보냈느냐?"

"네."

침묵이 흘렀다. 필립은 침대 곁에 앉아 때때로 이마의 땀을 닦아 주었다.

"필립, 손을 좀 이리 다오." 이윽고 노인이 입을 열었다.

필립이 손을 내밀자 노인은 죽음을 맞는 순간에 위안을 삼으려는 듯, 목숨에 매달리듯 그의 손을 꼭 쥐었다. 평생 한 사람도 진정으로 사랑해 본 일이 없었으리라. 하지만 이제야 본능적으로 인간을 찾고 있다. 축축하고 차가운 손이었다. 손아귀의 힘은 허약하고 필사적이었다. 노인은 죽음의 공포와 싸우고 있었다. 누구나 한 번은 이 공포를 겪어야 하리라고 필립은 생각했다. 정말 얼마나 끔찍한 일인가! 그런데도 사람들은 이 잔인한 고통을 겪게 하는 신을 믿는다! 필립은 한 번도 백부를 사랑해 본 적이 없었다. 지난 이 년 동안은 날마다 백부가 죽기를 바랐다. 그런데 막상 닥치고 보니 가슴에서 솟구치는 연민을 어쩔 수 없었다. 사람이 짐승이 아니기 때문에 치러야 하는 대가가 정말 얼마나 큰가!

두 사람 다 침묵을 지키고 있었다. 다만 케리 씨가 한 번 나직하게 물었을 뿐이다.

"아직 오지 않았니?"

이윽고 포스터 부인이 조용히 들어와 시먼즈 씨가 왔다고 알렸다. 시먼즈 씨는 중백의와 두건을 넣은 가방을 들고 왔다. 포스터 부인이 성찬용 접시를 가져왔다. 시먼즈 씨는 말없이 필립과 악수한 다음, 성직자의 엄숙한 표정을 짓고 환자 곁으로 다가갔다. 포스터 부인과 필립은 방을 나왔다.

필립은 아침 이슬에 온통 젖은 신선한 뜰을 이리저리 거닐었다. 새들이 즐겁게 지저귀고 있었다. 하늘은 푸르렀지만 소금 내 섞인 공기는 상쾌하고 서늘하기만 했다. 장미꽃들이 활짝 피어 있었다. 짙푸른 나무들, 파란 잔디는 생생한 빛을 띠고 있다. 그는 정원을 천천히 거닐었다. 거닐면서 지금 침실에서 거행되고 있는 성찬례를 생각하고 있었다. 그것은 기묘한 감정을 불러일으켰다. 이윽고 포스터 부인이 나와서 백부가 보고 싶어한다는 말을 전했다. 보좌사제가 물건을 검은 가방에 다시 집어넣고 있었다. 환자가 고개를 약간 돌리더니 미소로 그를 맞았다. 필립은 깜짝 놀랐다. 환자에게는 엄청난 변화가 일어나 있었다. 눈에서는 공포에 질린 표정이 어디론가 사라지고, 얼굴의 경련도 사라지고 없었다. 행복하고 평온한 표정이었다.

"이제 준비를 다 마쳤다." 목소리도 달라져 있었다. "하느님이 부르시면 이젠 언제라도 영혼을 하느님께 맡기겠다."

필립은 아무 말도 하지 않았다. 백부의 말이 진심임을 알 수 있었다. 기적이나 다름없었다. 구세주의 살과 피를 받아 힘을 얻었던 것이다. 이제 그는 밤으로의 피할 수 없는 여행을 더 이상 두려워하지 않았다. 죽어 가고 있음을 그는 알고 있었다. 그는 체념했다. 그는 한 마디 말만은 덧붙였다.

"사랑하는 내 아내 곁으로 가겠다."

이 말에 필립은 깜짝 놀랐다. 백부는 백모에게 얼마나 냉담하고 이기적으로 대했던가, 겸손하고 헌신적인 아내에게 얼마나 무심했던가. 보좌사제도 깊은 감동을 받고 돌아갔다. 포스터 부인이 울면서 보좌사제를 문간까지 배웅했다. 케리 씨는 긴장한 탓에 기진했는지 곧 가벼운 잠에 빠졌다. 필립은 침대 곁에 앉아서 임종을 기다렸다. 한낮이 가까워 오면서 노인의 호흡이 거칠어졌다. 의사가 와서, 이제 죽어 가고 있다고 했다. 노인은 의식을 잃은 채 이따금 이불깃을 힘없이 긁어 댔다. 가만히 있지 못하고 소리를 질렀다. 닥터 위그램이 피하주사를 놓아 주었다.

"이제 이것도 소용이 없네. 금방 돌아가실 거야."

의사는 시계를 들여다본 다음 환자를 보았다. 필립이 보니 한 시였다. 닥터 위그램은 점심 시간이 되었다고 생각하는 모양이었다.

"이제 선생님이 하실 일이 없겠군요."

"나로서는 이제 할 일이 없네." 의사가 말했다.

의사가 돌아가자 포스터 부인은 필립더러 목수에게 가서 ─ 장의사 일도 겸하고 있었다. ─ 염하는 여자를 보내 달라고 부탁하고 오겠느냐고 했다.

"바람을 좀 쐬고 오세요. 기운이 날 거예요."

장의사는 반 마일쯤 떨어진 곳에서 살았다. 필립이 용건을 말하자, 그는 이렇게 물었다.

"아니 언제 돌아가셨습니까?"

필립은 문득 말이 막혔다. 생각해 보니, 백부가 아직 살아 있는데 염할 여자를 부르러 온 셈이니 아무래도 가혹했다. 포스터 부인이 왜 그에게 다녀오라고 했을까? 다들 그가 노인을 서둘러 해치워 버리고 싶어 안달한다고 생각할지 모를 일 아닌가. 목수가 이상한 눈길로 바라보는 듯했다. 목수는 또 같은 질문을 했다. 필립은 짜증이 났다. 왜 그걸 꼭 알려고 하나.

"신부님께서 언제 돌아가셨어요?"

필립은 금방 돌아가셨노라고 할까 하는 생각이 얼핏 들었다. 하지만 환자가 목숨을 몇 시간 더 끌면 그 말을 해명할 길이 없을 것이다. 그는 얼굴을 붉히며 어색하게 대답했다.

"아니, 아직 돌아가신 건 아녜요."

목수는 어안이 벙벙한 듯이 그를 바라보았다. 필립은 얼른 둘러댔다.

"포스터 부인이 혼자 힘으로 힘들어서 여자 한 사람이 있었으면 해요. 아시겠어요? 지금쯤 돌아가셨을지도 모르지만."

목수는 고개를 끄덕였다.

"아, 알았습니다. 곧 보내 드릴게요."

사제관에 돌아와 필립은 침실로 올라갔다. 포스터 부인이 침대 곁 의자에 앉아 있다가 일어섰다.

"나가실 때와 마찬가지예요."

그녀는 요기를 하려고 아래층으로 내려가고, 필립은 죽음의 과정을 호기심 있게 지켜보았다. 아직도 죽음과 싸우고는 있지만 이미 의식을 잃은 이 존재에게 이제 인간다운 면은 찾아볼 수 없었다. 이따금 벌어진 입 사이로 웅얼거림이 발작적으로 터져 나올 뿐이었다. 구름 한 점 없는 하늘에서 햇빛이 뜨겁게 내리쬐고 있었지만 정원의 나무들은 상쾌하고 서늘했다. 멋진 날씨였다. 쉬파리 한 마리가 유리창에 부딪히면서 붕붕대고 있었다. 갑자기 거칠게 가르릉거리는 소리가 났다. 필립은 깜짝 놀랐다. 온몸에 소름이 쫙 끼쳤다. 사지가 한 차례 부르르 떨리는가 싶더니 노인은 어느새 죽어 있었다. 기계는 이미 서 있었다. 쉬파리가 유리창에 머리를 부딪치면서 요란하게 붕붕거렸다.

112

조사이아 그레이브스는 이런 일에 통달한 사람답게 장례식이 남부끄럽지 않으면서도 적절한 비용으로 치러질 수 있도록 모든 일을 잘 처리해 주었다. 장례가 끝나자 그는 필립을 따라 사제관으로 돌아왔다. 유언장은 그가 맡고 있었다. 세상 일을 잘 알고 있는 그는 때 이른 간식을 들면서 격식에 따라 필립에게 유언장을 읽어 주었다. 유언은 한 장의 종이에 반쪽 분량으로 적혀 있었는데, 케리 씨 소유의 재산 전부를 조카에게 물려준다는 내용이었다. 유산으로는 우선 가구가 있었고, 팔십 파운드가량의 은행 예금, ABC상회의 주식 이십 주, 올솝 양조회사 주식 약간, 옥스퍼드 연예관 주식 약간, 런던의 어떤 레스토랑 주식이 약간 있었다. 그레이브스 씨는 이것들을 모두 자기의 권유로 사들였다고 했다. 그는 아주 자랑스러운 듯 지껄여 댔다.

"이것 보게. 사람이 먹지 않고 살 수 있나. 술도 마셔야겠지.

그뿐인가. 재미난 구경도 하고 싶어하네. 돈이란 사람 생활에서 필수적이라고 생각하는 데다 투자하면 안전해."

그 말은 그가 개탄하면서도 받아들이고 있는 대중의 저속성을, 선택된 사람들의 세련된 취향과 미묘하게 구별하고 있었다. 투자액을 다 합치니 오백 파운드가량 되었다. 거기에다 은행 잔고와 가구를 처분하여 들어올 금액을 더해야 한다. 그것이 필립의 재산이었다. 기뻐할 정도는 아니었으나 더할 나위 없이 마음이 놓였다.

되도록 빨리 경매를 하자는 의논을 마친 뒤, 그레이브스 씨는 곧 돌아갔다. 필립은 자리를 잡고 앉아 고인의 서류를 정리하기 시작했다. 윌리엄 케리 신부는 무엇이든 없애 버리지 않고 보관해 두는 버릇을 자랑으로 여겼다. 오십 년이나 묵은 편지 꾸러미며, 일일이 부전(付箋)을 붙인 서류 뭉치들이 차곡차곡 쌓여 있었다. 자기 앞으로 온 편지뿐만 아니라 자기가 보낸 편지까지도 사본을 남겨 두고 있었다. 누런 편지 묶음 하나가 눈에 띄었다. 1840년대에 사제가 옥스퍼드 학생이었을 때 방학을 맞아 독일 여행을 하면서 부친에게 써 보낸 편지들이었다. 필립은 무심히 편지들을 읽어 나갔다. 그가 알고 있던 윌리엄 케리와는 딴판의 윌리엄 케리였다. 물론 날카로운 안목을 가진 사람이라면 청년의 모습에서 뒷날의 그를 암시하는 여러 징후를 읽어 낼 것이다. 편지는 격식을 갖추었으면서도 약간 과장된 문체를 사용하고 있었다. 볼 만한 것은 모조리 보겠다는 결심을 내비치는가 하면, 라인 강변의 성들을 열정에 가득 찬 문장으로 묘사하기도 했다. 샤프하우젠 폭포는

"경이롭고 아름다운 것들을 만들어 내신 우주의 전능한 창조주께 경외의 감사를 드리게" 만들었으며, "은혜로운 조물주의 이 창조물을 직접 눈으로 본 사람은 감동한 나머지 순결하고 성스러운 삶을 살리라고 반드시 마음먹을 것"이라는 생각을 하지 않을 수 없노라고 썼다. 어떤 서류 뭉텅이를 보니, 서품을 받은 직후의 윌리엄 케리를 그린 듯한 작은 초상화가 들어 있었다. 호리호리한 청년 보좌사제의 모습이었다. 긴 머리칼이 자연스럽게 굽이치며 앞이마를 덮었고, 커다란 검은 눈은 꿈꾸는 듯했으며, 얼굴은 창백하고 금욕적이었다. 필립은 문득 전에 백부가 해 주던 얘기가 생각났다. 백부는 자기를 좋아하던 여자들이 슬리퍼를 잔뜩 만들어 갖다주더라는 얘기를 하면서 소리 없이 웃곤 했었다.

　오후 내내, 그리고 저녁 내내 필립은 헤아릴 수 없이 많은 편지를 정리했다. 먼저 주소와 이름을 살펴본 뒤, 반으로 찢어서 옆에 있는 휴지통 속에 던져 버렸다. 그러다가 우연히 헬렌이란 이름이 적힌 편지 한 통을 발견했다. 처음 보는 필적이었다. 가늘고 각이 진 고풍스러운 필체였다. 편지는 '윌리엄 시숙님께'로 시작하여 '계수 헬렌 올림'으로 끝나 있다. 순간, 돌아가신 어머니가 써 보낸 편지일지도 모른다는 생각이 들었다. 어머니의 편지를 한 번도 본 적이 없으므로 필체는 당연히 낯설리라. 내용은 필립 자신에 대한 것이었다.

　　윌리엄 시숙님께
　　저희들 아이의 탄생을 축하해 주시고, 저에게도 친절한 말

458

씀을 해 주신 데 대해 남편이 따로 감사의 글을 올렸을 줄 압니다. 다행히도 저희 모자는 다 건강해서, 하느님께서 제게 베풀어 주신 크신 자비에 깊이 감사드리고 있습니다. 이제야 겨우 펜을 들 수 있게 되어, 저도 시숙님과 루이자 형님께 감사의 말씀을 드리고 싶습니다. 저희가 결혼한 이래 두 분께서 늘 한결같은 친절을 베풀어 주시어 제가 마음속으로 얼마나 감사드리고 있는지 말씀을 전하고 싶군요. 그리고 한 가지 꼭 부탁드리고 싶은 일이 있습니다. 저희 내외는 시숙님께서 아이의 대부가 되어 주셨으면 합니다. 승낙해 주시기 바랍니다. 시숙님께서 대부의 책임을 소홀하게 생각하실 분이 아니어서 이 일이 작은 부탁이 아님을 잘 알고 있습니다만, 시숙님께서는 아이의 백부이시기도 하고 성직자이시기도 하기 때문에 이 일을 꼭 맡아 주셨으면 합니다. 아이의 행복한 장래를 진심으로 바라면서, 아이가 선량하고 정직한 그리스도인으로 자라기를 하느님께 밤낮으로 빌고 있습니다. 시숙님이 아이를 인도해 주시어 아이가 장차 훌륭한 그리스도 신앙의 전사가 되어, 삶의 모든 나날을 하느님을 두려워하고, 겸손하며 경건한 마음으로 살아갈 수 있기를 바랍니다.

계수 헬렌 올림

필립은 편지를 밀어 놓고, 턱을 괴고 앉아 생각에 잠겼다. 가슴이 뭉클해지면서 한편으로는 놀라운 생각이 들었다. 무엇보다 신앙심에 가득 찬 그 어조가 놀라웠다. 쓸데없이 야단스럽지도 않았고 감상적이지도 않았다. 죽은 지가 이십 년에 가까운 어머니에 대한 기억이라고는 아름다운 분이었다는 것 말고는 없었다. 이제 소박하고 신앙심 깊은 여자였음을 알고 나니 기분이 이상했다. 그런 면이 있으리라고는 꿈에도 생각지 못했다. 그는 어머니가 아들에 대해 말한 부분과 아들에게 기대하고 바랐던 부분을 다시 읽어 보았다. 지금 자신은 어머니의 기대와는 전혀 동떨어진 사람이 되어 있었다. 그는 잠시 자신을 바라보았다. 그러고 보면 어머니가 돌아가신 게 오히려 잘됐는지도 몰랐다. 순간 그는 발작적으로 편지를 찢어 버렸다. 그 편지의 다정함과 소박함을 아무도 알아서는 안 될 것만 같았다. 어머니의 부드러운 마음이 표현된 편지를 읽고 있노라니 어쩐지 못된 짓을 저지르고 있는 듯한 느낌이 들었다. 그는 계속해서 사제의 무미건조한 편지들을 읽어 나가기 시작했다.

며칠 뒤 그는 런던으로 돌아왔다. 그러고는 이 년 만에 처음으로, 낮 시간에 성 누가 병원을 찾아갔다. 먼저 의학교 사무관을 만났다. 필립을 보더니 그는 깜짝 놀라면서 도대체 그동안 어디서 무엇을 했느냐고 물었다. 하지만 필립도 그동안 경험을 많이 한 덕분에 얼마간 자신감을 가지고 있었고 세상을 보는 눈도 달라져 있었다. 전 같았으면 그런 물음에 당황했을지 모르지만 이제는 자못 냉정하게, 더 이상 캐묻지 못하도록 일부러 애매하게 대답했다. 개인적인 사정이 생겨 학업을 중단하지 않을 수 없었노라, 하지만 이제 되도록 빨리 자격을 얻고 싶노라고 했다. 맨 먼저 치를 수 있는 시험은 산과와 부인병 분야였다. 먼저 부인과 병동의 실습 보조원 자리에 이름을 적어 넣었다. 마침 휴가철이어서 별 어려움 없이 산과 실습 보조원 자리를 얻을 수 있었다. 팔월 마지막 주와 구월 초의 두 주일을 그곳에서 근무하기로 했다. 면접을 끝내고, 필립은 여름 학기말 시험이 끝나 다소 한산해진 의학교 교정을 걸어 나왔다. 강가의 둔덕길을 따라 천천히 걸었다. 감개무량했다. 이제 인생을 새롭게 시작할 수 있으리라고 생각했다. 지난날의 과오와 어리석음, 불행은 다 잊어버리자. 흘러가는 강물을 보고 있노라니 모든 것은 흘러갔고, 또한 모든 것은 지금도 끊임없이 흘러가고 있으며, 어느 것도 절대적인 것은 없다는 생각이 들었다. 무한한 가능성으로 가득 찬 미래만이 그를 기다리고 있었다.

다시 블랙스터블로 돌아가 필립은 백부의 재산을 처분하느라 분주한 시간을 보냈다. 경매는 팔월 중순에 하기로 날을 잡았다. 그즈음이면 여름 휴가를 맞아 그곳을 찾는 사람이 많으므로 좋은 값을 받을 수 있었다. 목록을 작성하여 터캔베리, 메이드스톤, 애슈퍼드 등지의 헌책방들에 보냈다.

어느 날 오후, 필립은 문득 터캔베리의 모교를 찾아가 보고 싶은 생각이 들었다. 언제였던가, 이제 독립한 인간이 되었노라고 벅찬 해방감을 느끼면서 학교를 떠난 뒤 한 번도 가 본 적이 없었다. 여러 해 동안 낯을 익혔던 터캔베리의 좁다란 거리를 다시 걸어 보니 감회가 야릇했다. 옛 상점들을 둘러보니 여전히 같은 곳에서 같은 물건을 팔고 있었다. 한쪽 진열장에는 교과서나 종교 서적, 신간 소설 등을 늘어놓고, 다른 진열장에는 대성당이며 도시들의 사진을 장식해 놓은 서점들, 크리켓 배트와 낚시 용품, 테니스 라켓, 축구공 따위를 파는 운동구점, 학생 시절에 정해 놓고 옷을 사 입었던 양복점, 백부가 터캔베리에 올 때마다 으레 생선을 사 갔던 생선가게 등. 그는 높은 담벼락 너머로 예비학교의 붉은 벽돌 건물이 보이는 더러운 거리를 따라 어슬렁거리며 걸어 보았다. 조금 더 가니 킹스 스쿨의 교문이 나왔다. 건물로 둘러싸인 운동장 한가운데에 서 보았다. 마침 정각 네 시여서 학생들이 우르르 쏟아져 나왔다. 사각모를 쓰고 가운을 걸친 선생들의 모습도 보였다. 다들 모르는 사람들이었다. 학교를 떠난 지 십 년이 넘었으니 이곳에도 변화가 많았으리라. 교장의 모습이 보였다. 교장은 육 학년 학생으로 보이는 키가 큰 학생과 얘기를 하면서 교사를 나서 자택 쪽으로 걸어가고 있었다. 그는 거의 옛날 그대로였다. 그때처럼 큰 키에 시체처럼 창백한 낭만적인 사나이, 눈도 여전히 정열적으로 이글거린다. 하지만 까맣던 수염은 희끗희끗해지고, 창백한 얼굴에는 주름이 더 깊이 패였다. 필립은 교장에게 다가가 인사를 할까 했지만 상대편이 자기를 알아보지 못할지 모른다는 생각이 들었다. 자기가 누구라고 설명하기는 구차스러운 일이었다.

학생들은 서로 얘기를 나누며 어정거리고 있었다. 얼마 있으니 옷을 갈아입으러 달려갔던 아이들 몇 명이 파이브스[106] 경기를 하러 나왔다. 어떤 아이들은 두셋씩 짝을 지어 교문을 빠져나갔다. 필립은 이들이 크리켓 경기장으로 가고 있음

---

106) fives. 손이나 배트로 공을 벽에 치며 하는 경기.

을 알 수 있었다. 연습장에서 공을 치려고 교정으로 들어가는 아이들도 있었다. 학생들 사이에서 필립은 이방인처럼 서 있었다. 한두 아이가 필립에게 힐끗 무심한 눈길을 던졌다. 이 학교의 '노르만식 계단'107)을 구경하러 오는 사람들이 드물지 않았기 때문에 낯선 사람이라 해도 별 관심을 끌지 못했다. 필립은 학생들을 찬찬히 바라보았다. 우울한 기분으로 그는 자신과 이들 사이에 존재하는 거리를 생각했다. 하고 싶었던 일은 많았으나 이루어 놓은 일은 하나도 없다고 생각하니 씁쓸하기만 했다. 돌이킬 수 없이 지나가 버린 모든 세월이 죄다 헛되이 낭비된 것만 같았다. 싱싱하고 활달한 이 아이들은 지금 그가 예전에 했던 것들을 그대로 하고 있다. 그가 학교를 떠난 뒤 단 하루도 지나지 않은 듯했다. 하지만 이제 이곳에 아는 사람이라곤 없다. 한때는 이름이나마 다 알았건만. 몇 해가 지나면 지금 이 아이들도 낯선 사람들이 들어찬 이곳에서 자신처럼 이방인이 되어 서 있게 되리라. 하지만 그런 생각도 아무런 위안이 되지 않았다. 사람의 삶이 허망하다는 느낌만 들뿐이었다. 세대에서 세대로 의미 없는 순환만 되풀이된다는 느낌뿐. 동급생들은 어찌 되었을까. 이제 다들 서른 살 가까이 되었을 것이다. 벌써 죽은 사람도 있을 것이고 결혼을 하여 자식을 둔 사람도 있을 것이다. 군인이나 사제, 의사, 변호사가

107) 잉글랜드의 정복자 노르만인이 12세기에 캔터베리 대성당 경내에 지은 지붕이 있는 계단 건축물. 현재는 킹스 스쿨 구내 시설에 속한다. 학교 공식 행사가 이곳에서 열리고 캔터베리 대주교들이 이곳에서 학생들에게 연설했다고 한다.

되어 있을 것이다. 이제 다들 청춘을 뒷전으로 보내고 착실하게들 살고 있겠지. 나처럼 인생을 엉망으로 만들어 버린 사람이 또 있을까? 한때 온 마음을 바쳐 좋아했던 아이가 떠올랐다. 우습게도 이름이 생각나지 않았다. 생긴 모양은 뚜렷이 기억났다. 제일 친한 친구였다. 하지만 이름만은 도무지 떠오르지 않는다. 그 아이 때문에 질투심에 사로잡혀 괴로워했던 일이 재미있게 생각났다. 짜증스럽게도 이름이 생각나지 않는다. 다시 소년 시절로 되돌아가고 싶었다. 학교 안마당을 거닐고 있는 저 아이들처럼. 그래서 이제는 잘못을 저지르지 않고 새출발을 해서 인생에서 무엇인가를 이룩하고 싶었다. 견딜 수 없는 외로움이 엄습해 왔다. 지난 이 년 동안 겪어야 했던 궁핍한 삶이 한스럽게만 여겨졌다. 목숨을 부지하느라고 발버둥 치는 사이 삶의 고통에는 무감각하게 되어 버렸기 때문이다. "이마에 땀을 흘려 일용할 양식을 얻으리라."[108] 이 말은 인간에게 내린 저주라기보다 생존을 감수할 수 있도록 해 주는 향유(香油)가 아닌지.

필립은 자기 자신을 참을 수 없었다. 인생을 양탄자의 무늬로 보게 된 자신의 사상을 떠올렸다. 따지고 보면 그가 겪은 불행이란 정교하고 아름다운 장식의 일부에 지나지 않는다. 그는 속으로 다짐했다. 권태이든 격정이든, 쾌락이든 고통이든, 모든 것을 즐거운 마음으로 받아들여야 한다. 왜냐하면 그

---

108) 성경의 '창세기'에서 인간이 신의 명령을 어긴 죄로 신이 노하여 내린 저주. 3장 19절 참조.

것이 삶의 무늬를 더 풍부하게 하니까. 그는 의식적으로 아름다움을 찾았다. 학생 시절, 학교 구내에서 대성당의 고딕식 건물을 바라보고 그것의 아름다움에 깊은 감동을 받았던 일을 떠올렸다. 그는 대성당 쪽으로 발길을 옮겨 구름 낀 하늘 아래 솟아 있는 거대한 잿빛 형상, 그리고 신에게 바치는 인간의 찬양과도 같이 높이 솟아 있는 중앙탑을 바라보았다. 하지만 아이들은 연습장에서 방망이질을 하고 있었다. 다들 민첩하고 강하고 팔팔하다. 듣지 않으려 해도 그들의 외침과 웃음소리가 귓전을 때렸다. 청춘의 외침이 듣기를 강요한다. 눈앞의 아름다운 것을 바라보는 이는 자신밖에 없었다.

113

팔월 마지막 주부터 필립은 구역 왕진 근무를 하게 되었다. 하루 평균 세 번 정도의 분만 왕진을 다녀야 했기 때문에 여간 힘든 일이 아니었다. 환자는 미리 병원에서 카드를 받아 두어야 했다. 분만일이 되면, 심부름하는 아이가—대개는 여자아이인데—카드를 관리인에게 가져왔고, 관리인은 다시 아이를 길 건너편 필립의 하숙집으로 보냈다. 밤에 일이 생길 경우에는 열쇠를 가진 관리인이 직접 건너와서 필립을 깨웠다. 깜깜한 밤에 일어나 인적 없는 사우스 사이드 거리를 걸어가다 보면 필립은 신비스러운 기분이 들곤 했다. 그런 시각에 카드를 들고 오는 사람은 으레 산모의 남편이었다. 아이를 많이 낳아 본 남편은 이런 일에 대개 심드렁했지만 갓 결혼한 남자는 쩔쩔매기 일쑤였고 때로는 술을 마시고 불안을 가라앉히려 하기도 했다. 일 마일 이상을 걸어야 하는 때도 있었다. 그런 때면 필립은 심부름 온 남편과 함께 그의 직장 여건이며 생활 형편 같은 것에 관한 얘기를 나누며 갔다. 그러는 사이 필립은 템스강 남쪽 지역의 여러 직업 실태들에 대해 알게 되었다. 필립은 자기가 만나는 계층의 사람들에게 신뢰감을 심어 주었다. 숨이 턱턱 막히는 방 안에서 필립이 여러 시간 출산 수발을 드는 동안, 방을 반이나 차지한 커다란 침대에 누워 있는 산모나 산모의 모친, 그리고 산파는 필립에게도 마치 자기들끼리 말하듯이 자연스럽게 말을 건넸다. 지난 이 년 동안 체험한 생활 덕분에 필립은 빈곤 계층의 생활에 대해 얼마간 알고 있었다. 그들도 자기네 사정을 잘 아는 필립을 좋아했다. 필립이 자기네의 자질구레한 속임수에 넘어가지 않는 점도 신통하게 여겼다. 그는 친절했고, 환자를 다루는 손길이 부드러웠으며, 결코 화를 내는 법이 없었다. 그들은 의사가 거드름 떨지 않고 자기들과 스스럼없이 함께 차를 마셨기 때문에 기뻐했다. 새벽녘이 되어도 아이가 나오지 않아 기다려야 할 때면, 그들은 의사에게 고기 국물 바른 빵을 대접했다. 필립은 아무거나 마다하지 않고 맛있게 잘 먹었다. 왕진 가는 집들 가운데 어떤 집들은 지저분한 한길 가 더러운 골목 안에 다닥다닥 붙어 있어 햇볕도 안 들고 통풍도 안 되었으며 불결하기 짝이 없었다. 하지만 어떤 집들은 비록 벌레 먹은 마루에 지붕에서 비가 새는, 낡아 빠진 집들이긴 해도 뜻밖에 당당한 위용을 갖춘 경우도 있었다. 이런 집에서는 흔히 정교한 조각 세공이 된 떡갈나무 난간을 볼 수 있다. 장식 판벽이 고스란히 남아 있기도 했다. 이런 집에는 사람들이 꽉 들어차 살았다. 한 방에 한 식구가 살았다. 낮에는 골목길에서 아이들이 뛰어노는 소리가 온종일 그치지 않는다. 헐어 빠진 벽은 빈대와 벼룩의 서식처였다. 공기가 탁할 대로 탁해서 필립은 속이 메스꺼워 담배를 피워 물어야 할 때도 있었다. 이곳에 사는 사람들은 그날 벌어 그날 먹고살았다. 따라서 아이가 태어나는 것이 반갑지 않았다. 아버지는 울화가 치민 채, 어머니는 절망감을 느끼며 새 아이를 맞이했다. 먹는 입이 또 하나 늘어난 셈이었다. 기왕에 있는 식구들 먹기도 넉넉하지 못한 형편이다. 필립이 보기에도 아이가 사산되거나 빨리 죽어 버리기를 바라는 부모들이 종종 있었다. 한번은 쌍둥이를 분만시킨 적이 있는데 산모에게 쌍둥이를 낳았다고 말하자 여자는 와락 울음을 터뜨리더니 오래도록 애끓는 통곡을 그치지 않았다. 산모는 솔직하게 말했다.

"어떻게 먹여 살려야 좋을지 모르겠어요."

"하느님이 알아서 돌봐 주시겠지." 산파가 말했다.

필립은 언뜻, 나란히 누운 쌍둥이를 바라보는 남편의 얼굴을 보았다. 놀랍게도 잔뜩 못마땅한 표정이었다. 그 자리에 모인 식구들의 얼굴에는, 아무도 원하지 않는 가운데 이 세상에 태어난 가련한 핏덩이를 향한 섬뜩한 증오가 서려 있었다. 단단히 말해 두지 않으면 무슨 사고라도 낼 것 같은 생각이 들었다. 사실 사고가 종종 있었다. 산모가 아이를 깔고 누워 질식시키는 수가 있었다. 음식을 잘못 먹이는 경우는 부주의 때문만은 아니었다.

"제가 매일 들르겠습니다." 필립이 말했다. "미리 말씀드리지만, 아이들에게 무슨 일이 일어나면, 검시를 하게 된다는 걸 알아 두세요."

아이 아버지는 대꾸를 하지 않았지만, 눈살을 찌푸리며 필립을 노려보았다. 그는 마음속으로 이미 살인을 저지르고 있었다.

"아니 이 불쌍한 어린 것들에게 무슨 일이 일어난단 말입니까?" 할머니 되는 사람이 말했다.

병원에서는 산모들이 최소한 열흘 동안은 자리에 누워 있도록 권했지만 아무래도 그러기는 어려웠다. 당장 가족 뒷바라지가 곤란했다. 돈을 받지 않으면 아무도 아이를 돌봐 주려고 하지 않는다. 피곤한 몸으로 일터에서 돌아와 배가 고픈 남편은 간식도 제대로 먹을 수 없다고 투덜거린다. 필립은 전에 가난한 사람들은 서로 돕고 산다는 말을 들었다. 하지만 만나는 여자마다 불평을 늘어놓았다. 돈을 주지 않으면, 청소를 하고 아이들 밥을 차려 줄 사람을 구할 수가 없다는 것이었다. 그렇다고 돈을 주고 사람을 쓸 형편은 못 된다. 여자들의 이런 푸념을 듣거나, 오다가다 우연히 주워들은 말을 통해 짐작을 해 보자면 가난한 계급과 중류 이상의 계급에는 공통점이 거의 없었다. 생활이 아예 너무 달라 가난한 사람들은 잘사는 사람들을 부러워하지도 않았다. 그저 속 편하게 사는 것이 최고여서 중류 계급의 생활은 오히려 형식적이고 딱딱하게만 보였다. 더욱이 잘사는 사람들은 너무 유약한 데다 육체노동을 하지 않아 그들에 대해서는 일종의 경멸감마저 들었다. 가난한 사람들 가운데 자부심이 강한 자들은 그저 간섭받지 않고 살기만을 바랐다. 하지만 대다수는 부유 계급을 그들이 이용해 먹을 수 있는 대상으로 생각했다. 그들은 자선가들이 베푸는 여러 은전을 얻어 내는 데 필요한 말재주가 있었고, 자기네 윗계급 사람들의 어리석음과 자기네의 약삭빠름 덕분에 손에 들어온 혜택을 당연한 권리로 받아들였다. 보좌사제에 대해서는 업신여기는 마음으로 시큰둥하게 대했다. 구역 봉사원[109]에 대해서는 노골적인 증오를 드러냈다. 봉사원이 집 안으로 들어와 '미안하지만'이라든가, '죄송합니다만'이라는 말도 없이 불쑥 창문을 열라치면, 어김없이 "난 기관지염이 있어서요. 바람을 쐬면 악성 감기에 걸릴지 몰라요."라는 대꾸가 나오기 십상이었다. 또 봉사원은 늘 이곳저곳을 기웃거리는데, 집 안이 더럽다는 말은 입 밖에 내지 않더라도 속으로 어떻게 생각하는지는 뻔해서 그런 데 대해서는 이런 식으로 빈정거린다. "하인들 부리고 사는 사람들이야 잘하겠죠. 하지만 자식이 넷씩이나 딸린 채로 밥도 하고 바느질도 하고 빨래도 해 보라죠. 어떻게 하나 보구 싶구만요."

필립이 알게 된 것은, 이들에게 인생 최대의 비극은 이별이나 죽음이 아니라——그것은 자연스러운 일이며 눈물을 흘리

---

109) 교회의 평신도 봉사원으로서 자기가 담당한 구역에 출산자가 있거나 환자가 생겼을 때 돕는 사람.

고 나면 슬픔이 가시게 마련이다.——직업을 잃는 일이라는 것
이었다. 한 사내가 있었다. 아내가 아이를 낳은 지 사흘째 되
는 날 오후, 그는 집에 돌아와 아내에게 직장에서 쫓겨났다고
말했다. 건축장 인부였는데, 그 무렵 한창 불경기였다. 사내는
자초지종을 말한 뒤 간식을 들려고 자리에 앉았다.

"이를 어째요, 짐" 아내가 말했다.

남편은 자기가 올 시간에 맞추어 냄비에 끓여 놓은 볼품없
는 음식을 묵묵히 떠먹으면서 물끄러미 접시를 들여다보았다.
아내는 적이 놀란 눈길로 두어 번 남편을 바라보더니 이내 소
리 없이 울어 대기 시작했다. 남편은 햇볕에 탄 거친 얼굴에,
이마에 허연 흉터가 길게 나 있는 투박하고 작달막한 사내였
다. 손이 큼지막하고 뭉툭했다. 잠시 뒤 그는 억지로 먹으려고
애쓸 것까지는 없다고 생각한 듯 그릇을 옆으로 밀어 놓고는
창 밖을 뚫어지게 내다보았다. 그 방은 건물의 꼭대기 층 뒤편
에 붙어 있어 창밖으로 보이는 것이라곤 음울한 구름밖에 없
었다. 절망에 짓눌린 듯 침묵은 무겁기만 했다. 필립도 할 말
이 없었다. 돌아가는 도리밖에 없다. 밤새도록 자지 못해 걷는
동안에도 몸이 피곤하기 짝이 없었지만 가슴속에서는 잔혹
한 세상에 대해 분노가 치밀어 올랐다. 일자리 구하기가 하늘
의 별 따기라는 것, 굶주림보다는 절망감이 더 견디기 힘들다
는 것을 그는 잘 알고 있었다. 그가 신을 믿지 않은 것이 다행
이었다. 신을 믿었더라면 세상의 이런 꼴을 도저히 참을 수 없
었을 것이다. 삶에 아무런 의미가 없을 때라야 생존을 잠자코
받아들일 수 있었다.

필립이 보기에, 빈민 계급을 돕는 데 시간을 보내는 사람들은 아무래도 잘못 생각하고 있었다. 그들은 자기들도 같은 처지에 빠지면 괴로우리라 생각하고 그 상황을 개선하려고 애쓰고 있지만, 그 상황에 이미 익숙해져 있는 사람들에게는 그게 전혀 괴롭지 않다는 사실을 모르고 있기 때문이다. 가난한 사람들은 환기가 잘 되는 커다란 방 따위는 바라지 않는다. 그들은 영양가 없는 음식을 먹고, 혈액순환이 나쁘기 때문에 추위를 많이 탄다. 그래서 커다란 방에서 오히려 썰렁한 느낌을 받는다. 석탄도 되도록 아껴야 한다. 한 방에서 여럿이 자더라도 전혀 고생이라고 생각하지 않으며 오히려 그 편을 더 좋아한다. 그들은 태어나서 죽을 때까지 한순간도 홀로 있지 않는다. 홀로 있는 것을 오히려 두려워한다. 그들은 한데 뒤섞여 살기를 좋아하고, 주변의 끊임없는 소음도 별로 시끄럽게 느끼지 않는다. 끊임없이 목욕을 해야 한다고도 생각지 않는다. 필립도 종종 듣는 바이지만, 병원에 입원하는 사람에게 꼭 씻어야 한다고 하면 그들은 왜 그래야 하느냐고 분개하여 소리 지른다. 그들은 그것을 모욕이라고 느낄 뿐 아니라 불편하다고 생각한다. 그들이 바라는 것은 무엇보다 간섭하지 말고 그대로 두라는 것이다. 남편에게 일정한 일자리만 있으면 그것으로써 생활에 불만이 없을 뿐 아니라 거기에도 낙이 없지 않다. 잡담할 시간은 얼마든지 있고, 하루의 일을 끝낸 후 맥주라도 한 잔 들이켤 수 있다면 기분이 최고이다. 거리에 나가면 즐거운 위락 거리가 얼마든지 있고, 뭔가 읽고 싶으면《레이놀즈》지나《뉴스 오브 더 월드》를 읽으면 된다. "그걸 읽고 있

노라면 시간이 어떻게 가는지 몰라요. 알고 보면 말예요, 이건
사실인데요, 소싯적엔 다들 대단한 독서광이었다가도 이런 일
저런 일에 쫓기다 보면 이젠 신문 읽을 시간도 제대로 없게 되
거든요."

보통은 출산 후 세 번 왕진을 갔다. 어느 일요일, 필립은 점
심 시간에 어떤 환자를 보러 갔다. 산모가 자리에서 일어나
있었다.

"더 누워 있을 수 없어요. 정말 더 이상은 못 누워 있겠어
요. 전 워낙 가만 있지 못하는 사람이거든요. 하루 종일 하는
일 없이 누워만 있자니 좀이 쑤셔 견딜 수 있어야죠. 그래서
남편에게 금방 일어나 점심을 차려 주겠다고 했죠."

남편인 어브[110]는 벌써 손에 나이프와 포크를 쥐고 식탁에
앉아 있었다. 소탈한 얼굴에 푸른 눈의 젊은이였다. 돈도 짭짤
하게 벌고 있었다. 이들 부부는 아무튼 지금으로서는 생활에
여유가 있었다. 결혼한 지 몇 달밖에 되지 않아 두 사람은 침
대 곁 요람에 발그레한 아이가 누워 있어 행복하기 짝이 없다.
방 안에는 맛있는 비프 스테이크 냄새가 가득했다. 필립의 눈
길이 요리 난로 쪽을 향했다.

"막 음식을 내놓으려던 참이었어요." 여자가 말했다.

"일 보세요. 전 이 댁 맏아드님만 한번 들여다보고 곧 가겠
습니다."

---

110) '허버트(Herbert)'의 약칭 '허브(Herb)'를 런던 사투리로 발음하면 '어
브'처럼 들린다.

내외는 맏아드님이라는 필립의 거창한 표현에 소리 내어 웃었다. 어브는 자리에서 일어나 필립과 함께 요람 쪽으로 갔다. 그는 자랑스럽게 갓난애를 들여다보았다.

"별로 나쁜 데는 없는 것 같죠?" 필립이 말했다.

필립은 모자를 집어 들었다. 이때쯤 어브의 아내는 비프스테이크를 내어놓고 푸른 콩 요리 접시를 상에 올려놓고 있었다.

"아주 근사하게 차리셨군요." 필립이 웃으면서 말했다.

"이 사람이 집에 있는 날이라곤 일요일뿐이거든요. 그래서 특식을 좀 해 주고 싶어서요. 그래야 밖에 나가서도 집에 들어오고 싶은 맘이 나지 않겠어요?"

"의사 선생님께선 저희랑 식사하기 어려우시겠죠?" 어브가 말했다.

"아니, 여보." 아내가 깜짝 놀라 말했다.

"아닙니다. 권하기만 하신다면야." 필립은 사람 좋은 미소를 지으며 말했다.

"이래야 좀 가까워지지 않겠어요? 이봐, 폴리. 난 선생님께서 불쾌하게 생각지 않으실 줄 알았어. 빨리 접시나 하나 더 꺼내 와요, 아가씨."

폴리는 몹시 당황했다. 남편이 워낙 괴짜라 언제 어떻게 나올지 모른다고 생각했다. 하지만 얼른 새 접시를 꺼내어 앞치마로 닦고, 제일 좋은 식탁 물건들을 제일 좋은 옷 사이에 고이 넣어 둔 서랍에서 새 나이프와 포크를 꺼냈다. 식탁 위에는 흑맥주 한 병이 올라와 있었다. 어브가 필립에게 맥주 한 잔을 따랐다. 그는 비프 스테이크의 제일 큰 덩이를 필립에게 권했지만 필립은 한사코 세 사람이 똑같이 나눠 먹자고 했다. 두 개의 창문이 마루까지 닿아 있어서 방 안에는 햇볕이 잘 들었다. 큰 집의 거실에 해당하는 방이었는데 한때는 훌륭하다고까진 할 수 없더라도 우아했던 집이었음에는 틀림없었다. 모르긴 몰라도 오십 년쯤 전에 꽤 잘사는 장사꾼이나 퇴직한 군인이 살았던 집일 것이다. 어브는 결혼 전에 축구 선수였다고 했다. 팀의 선수들과 찍은 사진들이 벽에 걸려 있었다. 주장이 한가운데에 우승컵을 들고 자랑스럽게 앉아 있고 머리를 단정하게 빗은 선수들이 어색하게 둘러서 있다. 부유한 생활을 암시하는 다른 증거들도 있었다. 사이좋게 포즈를 취한 정장 차림의 부부 사진들, 조개껍질이 정교하게 붙어 있는 바위 모양 장식품이 벽난로 선반에 놓여 있다. 그리고 양옆에는 손잡이 달린 컵들이 놓여 있는데 '사우스엔드에서 드립니다.'라는 말이 고딕체로 쓰여 있고 부두와 산책길이 그려져 있다. 어브는 상당한 괴짜였다. 노동조합에도 가입하지 않았는데, 조합에서 자기를 강제로 가입시키려 한다고 분개했다. 자기에겐 노동조합이 필요 없다는 것이었다. 난 일자리를 얼마든지 구할 수 있어요. 누구든 머리만 좋으면, 그리고 아무거나 하겠다는 맘만 있으면 보수도 잘 받을 수 있어요. 폴리는 겁이 많죠. 이 사람 같았으면 벌써 조합에 가입했을 거예요. 지난번 파업 땐 말이죠. 제가 밖에 나가기만 하면 구급차에 실려 올 줄 알고 겁을 잔뜩 먹었던 모양이더라구요. 그러자 여자가 필립을 보고 말했다.

"이 사람은 보통 고집쟁이가 아녜요. 뭐든 제멋대로 한다니까요."

"아니, 여긴 자유 국가 아닌가. 난 누가 시키는 대로는 못 해."

"그런 소리가 무슨 소용 있어. 여차하면 몽둥이로 머리를 얻어맞는데 그런 말이 당신을 구해 준대?"

식사를 마치고 나서, 필립은 어브에게 담배 쌈지를 권하고 두 사람은 함께 파이프를 피웠다. 잠시 후 필립은 집에 돌아가면 또 다른 '호출'이 기다리고 있을지 모른다고 하면서 자리에서 일어나 악수를 청했다. 필립은 자기가 함께 식사를 해 주어서 그들이 기뻐하고 있음을 알았다. 그들도 필립이 즐거운 마음으로 식사를 했다는 것을 알았다.

"그럼 안녕히 가십시오." 어브가 말했다. "다음번에 우리 집 사람이 또 일을 당하면 선생님같이 좋으신 분이 와 주셨으면 좋겠는데."

"당신, 주책 같은 소리 그만 좀 해. 그런 일이 있을지 없을지 어떻게 알아?"

114

삼 주일 동안의 실습도 끝나 갔다. 그동안 필립은 예순두 명의 환자를 보았다. 이제 완전히 녹초가 되어 있었다. 마지막 날 밤, 열 시경에 집에 돌아온 그는 이제 다시는 불려 나갈 일이 없기를 바랐다. 지난 열흘 동안, 하루도 제대로 자 본 적이 없었다. 방금 보고 온 환자의 경우는 끔찍했다. 커다랗고 억센 사내가 그것도 술에 취한 채 그를 데리러 와서 고약한 냄새가 나는 골목길의 어느 집으로 데리고 갔다. 그렇게 더러운 집은 처음이었다. 조그만 다락방이었다. 지저분한 빨간 휘장이 달린 나무 침대가 방을 거의 다 차지하고 있었다. 천장이 너무 낮아 손을 뻗으면 손끝이 닿을 정도였다. 불이라고는 촛대 하나뿐이었는데 사내는 그 촛대를 들고 천장을 기어 다니는 빈대를 태워 죽였다. 환자는 뚱뚱하고 지저분하게 생긴 중년 여자로, 사산 경험이 한두 번이 아니었다. 이런 이야기가 처음은 아니다. 남편이 인도에서 군인으로 근무했다. 그런데 영국인의 위선 때문에 이 식민지에 강제한 법률이 오히려 병 가운데에서도 가장 무서운 병을 창궐하게 만들고 말았다. 그 때문에 애꿎은 사람만 고생하는 것이었다. 하품을 하면서 필립은 옷을 벗고 목욕을 한 다음, 목욕물 위에 옷을 털었다. 벌레들이 꿈지락거리며 뚝뚝 떨어졌다. 이윽고 막 잠자리에 들려는 참인데 문을 두드리는 소리가 났다. 병원 관리인이 카드를 들고 들어왔다.

"제길." 필립이 말했다. "오늘 밤엔 정말 당신을 보고 싶지 않았는데. 도대체 그건 누가 가져왔소?"

"남편 되는 사람 같은데요. 기다리라고 할까요?"

주소를 들여다보니 잘 아는 동네여서 필립은 자기가 혼자 알아서 찾아가겠다고 했다. 옷을 갈아입고 오 분 뒤에 검은 가방을 들고 집을 나섰다. 어둠 속이라 잘 뵈지 않았지만 한 사내가 다가오더니 자기가 남편 되는 사람이라고 했다.

"아무래도 기다리는 게 나을 것 같아서요. 동네도 좀 험하고 선생님을 알아볼 사람도 없을 테니까요."

필립은 웃었다.

"괜찮소, 의사를 몰라보기야 하겠소. 난 웨이버 가보다 훨씬 더 험한 데도 다녀 보았소."

그건 정말이었다. 경관도 선뜻 혼자 들어가기를 꺼리는 음침한 뒷골목이나, 고약한 냄새가 진동하는 동네 안도 검정 가방만 들면 무사 통과였다. 한두 번은 사내들 한 패가 그를 유심히 노려보았다. 자기들끼리 뭐라고 쑤군거리더니 한 사내가 말했다.

"병원 의사야."

그가 옆을 지나가자 한둘이 "수고하십니다." 하고 인사를 건넸다.

"선생님, 괜찮으시면 좀 빨리 가 주실 수 있을까요." 필립과 같이 가던 환자의 남편이 말한다. "아주 급하다고 하던데요."

"왜 그렇게까지 놔뒀어요?" 필립이 걸음을 빨리하며 물었다.

가로등 밑을 지나면서 필립은 사내의 얼굴을 힐끗 보았다.

"아주 젊어 뵈네요."

"이제 열여덟입니다."

얼굴은 허여멀건하고 수염 한 올도 나지 않았다. 애송이 티를 아직 벗지 못한 청년이었다. 키는 작았지만 뚱뚱했다.

"아직 결혼할 나이가 아닌데."

"어쩔 수 없이 그렇게 됐습니다."

"수입은 얼마나 되죠?"

"십육 실링입니다."

주급 십육 실링이면 처자를 먹여 살리기는 무리였다. 그들이 들어 사는 방을 보니 가난이 얼마나 극심한지 알 수 있었다. 방이 좁은 편은 아니었지만, 가구가 거의 없어 오히려 넓어 보일 지경이었다. 바닥에는 양탄자도 깔려 있지 않고, 벽에도 그림 하나 걸려 있지 않았다. 대개의 집에는 하다못해 싸구려 액자에 그림 신문의 크리스마스 특집호에서 오려 낸 사진이든, 부록에서 잘라 낸 그림이든, 하여간 뭔가를 넣은 것이 걸려 있게 마련인데 이 집에는 그런 것도 없었다. 환자는 조그만 싸구려 쇠 침대에 누워 있었다. 여자가 너무 젊어 필립은 깜짝 놀랐다.

"이것 보게, 열여섯 살도 안 되겠군." 필립은 수발들러 온 여자를 향해 말했다.

카드에는 열여덟 살로 적혀 있었다. 나이가 너무 어릴 경우에는 한두 살 더 올려 적는 수가 많았다. 얼굴도 예쁜 아가씨였다. 형편없는 식생활, 탁한 공기, 비위생적인 직업 때문에 체질이 악화될 대로 악화된 계층에서 이런 여자를 보기는 드문 일이었다. 섬세한 이목구비에 눈은 크고 푸르렀으며, 풍성하고 검은 머리칼을 거리의 과일 파는 젊은 여자들처럼 공들여 모양을 내었다. 여자와 남편이 모두 긴장해 있었다.

"밖에서 기다리고 있게. 부르면 얼른 오도록 하고." 필립이 청년에게 말했다.

이제 사내를 자세히 보니 너무 애티가 나서 필립은 새삼 놀랐다. 아무리 봐도 이렇게 애를 태우며 애 낳는 것을 기다리고 있기보다 거리에서 다른 소년들과 어울려 장난을 치고 있어야 할 나이였다. 여러 시간이 흘렀다. 새벽 두 시가 다 되어서야 아이가 나왔다. 모든 게 순조로운 듯싶었다. 남편을 불렀다. 필립은 그가 어색하고 수줍은 태도로 아내에게 다가가서 키스하는 모습을 보고 가슴이 뭉클했다. 필립은 물건을 챙겼다. 떠나기 전에 다시 한 번 산모의 맥을 짚어 보았다.

"이런!"

그는 재빨리 여자의 얼굴을 보았다. 뭔가 잘못되어 있었다. 비상시에는 선임 산과 담당을 불러야 했다. 이 사람은 면허를 받은 의사로 왕진을 담당했다. 필립은 급히 몇 자 적어 남편에게 주고 빨리 병원으로 달려가 전하라고 했다. 산모가 위험한 상태에 있으니 급히 서둘러야 한다고 했다. 사내는 뛰어나갔다. 필립은 안절부절못하며 기다렸다. 여자는 출혈을 많이 해 죽어 가고 있었다. 선임자가 오기 전에 죽어 버리면 어떡하나 걱정이 되었다. 일단 자신이 할 수 있는 조치는 다 취했다. 제발 선임 담당이 다른 곳에 가지 않았기를 간절하게 바랐다. 일 분 일 분이 한없이 길게 여겨졌다. 마침내 선임 담당이 왔다. 그는 환자를 진찰하면서 나지막한 목소리로 필립에게 몇 가지를 물었다. 표정을 보니 그도 환자의 상태가 위독하다고 생각하고 있음을 알 수 있었다. 그의 이름은 챈들러였다. 말수가 적고 키가 큰 사내로 코가 길고 얼굴은 야위었는데 나이에 비해 주름살이 많았다. 그는 머리를 가로저었다.

"처음부터 가망이 없었어. 남편은 어디 있지?"

"밖에서 기다리라고 했습니다."

"들어오라고 해요."

필립은 문을 열고 남편을 불렀다. 그는 위층으로 통하는 층계 아랫단 껌껌한 곳에 앉아 있었다. 그가 침대 옆으로 다가왔다.

"어떻게 된 겁니까?"

"내출혈이 있는데 멎지를 않아요." 선임 의사는 잠시 머뭇거렸다. 말하기 괴로운 일을 간신히 꺼낸다는 것이 무뚝뚝한 어조가 되고 말았다. "가망이 없어."

남자는 말을 하지 못했다. 의식을 잃고 창백하게 누워 있는 아내를 우두커니 바라볼 뿐이었다. 입을 연 것은 산파였다.

"애리,[111] 이분들은 하실 수 있는 일은 다 하셨어요. 난 처음부터 이렇게 될 줄 알았어."

"잠자코 계세요." 챈들러가 핀잔을 주었다.

창에는 커튼도 없었다. 어둠이 점차 엷어지는 듯했다. 아직 동이 트지는 않았으나 새벽이 왔음을 알 수 있었다. 챈들러가 온갖 노력을 다해 여자의 목숨을 부지시키고 있었지만 생명은 조금씩 빠져나가고 있었다. 그러다 갑자기 여자는 숨을 거두고 말았다. 어린 남편은 싸구려 쇠 침대 발치에서 난간을 붙든 채 서 있었다. 아무 말도 하지 않았다. 얼굴이 하얗게 질려 있었다. 이러다 실신할지도 모른다고 생각하며 챈들러는 걱정스러운 눈빛으로 그를 힐끔힐끔 바라보았다. 소년의 입술은 잿빛이 되어 있다. 산파가 시끄럽게 울어 댔지만, 그쪽에는

---

111) '해리'인데 런던 사투리는 '애리'로 발음한다.

눈도 주지 않았다. 아내에게 박힌 그의 눈길에 극도의 당황감이 어려 있었다. 무엇을 잘못했는지 이유도 모르고 두들겨맞는 개의 표정 같았다. 필립과 챈들러는 짐을 챙겼다. 챈들러가 남편에게 말했다.

"자네도 좀 자야겠네. 잘못하면 자네도 쓰러지겠어."

"잘 데가 있어야죠." 기어드는 듯한 목소리로 그는 처량하기 짝이 없이 말했다.

"잠시 잠을 재워 줄 만한 사람이 이 집에 아무도 없단 말인가?"

"네."

"이 사람들 이사 들어온 지가 일주일도 못 돼요." 산파가 말했다. "그러니 아는 사람이 아직 없죠."

챈들러는 난처한 기색으로 잠시 머뭇거리더니, 그에게 다가가 말했다.

"뭐라고 말해야 할지 모르겠군. 참 가슴 아프네."

챈들러가 손을 내밀자 소년은 본능적으로 자기 손이 깨끗한가를 얼른 내려다보고는 손을 잡아 흔들었다.

"감사합니다."

필립도 그와 악수를 했다. 챈들러는 산파더러 날이 새면 사망진단서를 가지러 오라고 일렀다. 두 사람은 밖으로 나와 묵묵히 걸음을 옮겼다.

"처음에는 좀 당황스러운 법이야, 그랬잖나?" 이윽고 챈들러가 입을 열었다.

"네, 조금."

"무엇하면 오늘 밤엔 자네에게 카드를 가져가지 말도록 관리인에게 말해 두겠네."

"어차피 아침 여덟 시면 근무가 끝납니다."

"그동안 환자를 몇 명이나 봤나?"

"예순세 명입니다."

"됐네. 그 정도면 면허를 받겠네."

두 사람은 병원까지 왔다. 선임자는 또 누가 자기를 찾지 않았나 알아보려고 병원으로 들어갔다. 필립은 계속 걸었다. 어제는 하루 종일 몹시 더웠었다. 이른 아침인데도 대기에 푸근한 기운이 감돌았다. 거리는 한없이 적막했다. 필립은 자리에 들고 싶은 생각이 나지 않았다. 근무가 끝났으니 서두를 필요가 없었다. 신선한 공기와 정적을 즐기면서 그는 천천히 걸었다. 다리에 가서 강에서 동이 트는 것을 구경할까 하는 생각이 들었다. 길모퉁이에 서 있던 경관이 아침 인사를 건넸다. 가방을 보고 필립이 의사임을 알아본 모양이다.

"새벽까지 일을 보신 모양이군요."

필립은 목례로 답하고 계속 걸어갔다. 그는 다리 난간에 기대어 동녘을 바라보았다. 이 시각에 보니 이 거대한 도시는 죽음의 도시 같았다. 하늘에는 구름 한 점 없었지만 동이 터 옴에 따라 별빛은 희미해져 있었다. 강물 위에는 엷은 안개가 끼어 있고, 강 건너 북쪽의 높은 건물들은 마치 마법의 섬에 우뚝 선 궁전처럼 보였다. 강의 중류에는 몇 척의 거룻배들이 매여 있었다. 세상이 온통 신비로운 보랏빛으로 물들어 어쩐지 착잡하고도 외경스러운 기분에 휩싸이게 만들었다. 하지만 모든 것이 순식간에 빛깔을 잃고 차가운 잿빛으로 변하고 말았다. 다음 순간 해가 치솟아 오르고 황금빛 햇살이 삽시간에 사방에 뻗치고 하늘을 무지갯빛으로 물들였다. 필립은 창백하게 죽어 누워 있는 소녀의 모습과 침대 발치에 병든 짐승처럼 서 있던 소년의 모습을 눈앞에서 지워 버릴 수 없었다. 꾀죄죄한 방의 을씨년스러움이 그 환영을 더욱 고통스럽게 만들었다. 이제 막 인생을 시작해 보려던 소녀의 생명을 앗아가 버린 무심한 운명이 가혹하기만 했다. 하지만 그렇게 생각하는 순간 동시에 이런 생각도 들었다. 그녀가 죽지 않았다고 해도 과연 어떤 인생이 기다리고 있었을까. 아이들을 줄줄이 낳고, 가난과 처절하게 싸우는 가운데 노역과 궁핍으로 젊음이 망가지면서 지저분한 중년이 되어 버린다. 예쁜 얼굴이 창백하게 여위어 가고, 머리칼은 빠지며, 고운 손은 노동으로 거칠어져 늙은 짐승의 발톱처럼 되고 만다. 그런 모습이 필립의 눈에 선했다. 그때가 되면 남자도 한창때를 넘겨 일자리 얻기가 힘들어지고, 쥐꼬리만 한 봉급에도 감지덕지해야 한다. 그러다 끝내는 도리 없이 비참한 빈곤에 빠지고 말리라. 여자가 설사 힘이 좋고 검소하고 부지런한 사람이었다 해도, 아무런 소용이 없을 것이다. 결국은 양로원 신세를 지거나, 자식들의 자비에 매달려 연명하는 수밖에. 인생이 그처럼 인색한데 일찍 죽었다고 과연 가련하다 할 수 있겠는가?

하지만 연민이란 부질없다. 그들에게 필요한 것은 연민이 아니라는 생각이 들었다. 그들은 자신이 불쌍하다고 생각지 않는다. 그들은 운명을 받아들인다. 운명은 자연의 이치이다. 그렇지 않다면, 큰일이 났을 것이다. 그렇지 않다고 생각한다면, 그들은 강을 건너 높은 건물들이 견고하고 당당하게 자리 잡고 있는 곳으로 벌 떼처럼 몰려갈 것이다. 그곳을 약탈하고 불을 지를 것이다. 하지만 날은 이미 밝아 사방에 부연 빛을 던지고 있었다. 안개가 더 엷어졌다. 안개는 만물을 부드러운 빛살로 감싸고 있었다. 템스강은 잿빛, 장밋빛, 초록빛으로 빛났다. 진주조개의 속처럼 잿빛을 띠는가 하면, 노란 장미의 속처럼 초록빛을 띠었다. 서리 사이드에 모여 있는 부두와 창고 건물들이 무질서 속의 아름다움을 보여 주고 있었다. 형언하기 어려운 이 아름다운 광경에 필립의 가슴은 격렬하게 뛰었다. 세상의 아름다움에 그는 숨이 막힐 것 같았다. 이 아름다움만 있으면 다른 것은 아무래도 좋을 것 같았다.

115

겨울 학기 시작까지 남은 몇 주일 동안 필립은 외래환자과에서 근무하다가 시월에 들어서 다시 정규 과정으로 돌아갔다. 너무 오랫동안 병원을 떠나 있었기 때문에 낯선 얼굴들이 대부분이었다. 학년이 다르면 서로 어울릴 일이 별로 없었고, 동기생들은 이제 거의 다 자격을 딴 뒤였다. 시골 병원이나 진료소의 보조 의사나 수련의 자리를 얻어 내려간 친구들도 있었고, 성 누가 병원에 그대로 눌러앉아 수련의 자리를 딴 친구들도 있었다. 이 년 동안 쉰 덕분에 필립은 오히려 새 힘을 얻은 것 같아 이제 정력적으로 공부할 수 있었다.

애설니네 가족은 필립의 사정이 호전되자 몹시 기뻐했다. 필립은 백부가 남긴 물건 가운데 얼마간을 팔지 않고 두었다가 애설니네 가족 모두에게 빠짐없이 선물을 했다. 샐리에게는 백모의 유품인 금목걸이를 선물했다. 샐리도 이제 어른이 되어 있었다. 양장점에 견습생으로 들어가 매일 아침 여덟 시에 집을 나서 하루 종일 리젠트 가에 있는 가게에서 일을 했다. 솔직해 보이는 푸른 눈, 넓은 이마, 풍성한 머리칼이 아름답게 빛나는 처녀였다. 엉덩이가 큼직하고 가슴도 풍만하여 건강미가 넘쳤다. 딸의 용모를 두고 얘기하기 좋아하는 애설니는 틈만 나면 그녀에게 뚱뚱해지면 큰일 난다고 충고했다. 그녀에게는 매력이 있었다. 건강하고, 동물처럼 팔팔하고, 여자답게 섬세했기 때문이다. 좋아하는 남자들이 꽤 되는 모양이었지만 그녀는 한눈도 주지 않았다. 연애 따위를 시시하게 보는 여자라는 느낌을 주었다. 젊은 남자들이 그녀를 접근하기 힘든 여자라고 생각하고 있음을 어렵지 않게 짐작할 수 있었다. 그녀는 나이에 비해 성숙했다. 집에서 늘 어머니를 도와 집안일이며 아이들 돌보는 일을 해 왔기 때문에 어딘지 살림꾼 같은 데가 있었다. 그래서 애설니 부인은 샐리가 무슨 일이든 너무 자기 식으로 하려 한다고 했다. 말수가 적은 편이었지만 나이가 들면서 은근한 유머 감각도 생긴 것 같다. 언뜻 언뜻 내뱉는 말을 들어 보면 겉으로는 수동적인 듯해도 속에서는 딴 사람들에 대한 관심이 소리 없이 요동치고 있음을 짐작할 수 있었다. 필립은 애설니네 다른 식구들과는 허물없이 지냈지만 웬일인지 그녀와는 좀처럼 그리되지 않음을 깨달았다. 때로 그녀의 무심한 태도에 화가 나기도 했다. 그녀에게는 어딘지 수수께끼 같은 데가 있었다.

필립이 샐리에게 목걸이를 선물했을 때, 애설니는 유난을 떨면서 샐리더러 필립에게 키스를 해 주어야 한다고 우겼다. 샐리는 얼굴을 붉히면서 몸을 뺐다.

"싫어요. 안 할래요."

"이 녀석, 감사할 줄도 모르고. 왜 못 한단 말이냐?" 애설니가 소리 질렀다.

"남자가 저에게 키스하는 건 싫어요."

필립은 그녀가 당황하는 것을 보고 재미있게 생각하면서 애설니의 관심을 딴 문제로 돌려 버렸다. 그의 관심을 돌리는 일은 별로 어렵지 않았다. 하지만 나중에 그 일로 애설니 부인이 그녀를 나무란 게 분명했다. 다음번에 필립이 왔을 때 잠깐 동안 두 사람만 있게 된 틈을 타서 샐리가 그 이야기를 꺼냈다.

"지난번에 제가 키스하지 않겠다고 해서 혹시 기분 상하신 건 아니죠?"

"아니, 전혀." 그는 웃으면서 대답했다.

"고맙지 않아서 그런 건 아녜요. 목걸이는 늘 소중하게 간직하겠어요. 그런 선물을 주셔서 정말 감사드려요." 그녀는 미리 생각해 둔 말을 의례적으로 하며 약간 얼굴을 붉혔다.

필립은 늘 샐리와 말을 나누기가 어쩐지 어렵다고 느꼈다. 그녀는 자기가 해야 할 일은 빠짐없이 아주 잘했지만 대화의 필요는 별로 느끼지 못하는 모양이었다. 그렇다고 비사교적인 것은 아니었다. 어느 일요일 오후, 애설니 부부가 함께 외출하고 이제 한 식구나 다름없이 되어 버린 필립은 거실에 앉아 책을 읽고 있었다. 샐리가 들어와 창가에 앉아 바느질을 시작했다. 이 집 딸들의 옷은 다 집에서 지어 입었기 때문에 샐리는 일요일이 되어도 한가하게 쉬지 못했다. 필립은 그녀가 얘기하러 들어왔다고 생각하고 읽던 책을 내려놓았다.

"그냥 읽고 계세요." 그녀가 말했다. "혼자 계셔 심심하실까 봐 그냥 앉아 있으려고 들어온 것뿐이에요."

"샐리처럼 말 없는 사람은 처음이야."

"이 집에서 말 많은 사람이 또 하나 있으면 어떡해요."

비꼬는 어조는 아니었다. 사실을 말하고 있을 따름이었다. 필립은 그녀가 아버지를 훤히 꿰뚫어 보고 있음을 알 수 있었다. 가엾게도 이제 아버지는 그녀의 어린 시절의 영웅이 아니었고, 그녀가 보기에 아버지의 재미있는 말솜씨와 때로 살림을 어렵게 만드는 그의 낭비벽이 무관하지 않았다. 그녀는 아버지의 말솜씨와 어머니의 현실적인 상식을 비교해 보았다. 아버지의 쾌활성이 재미있기는 했지만, 때로는 조바심이 날 때도 있었다. 필립은 고개를 숙이고 일에 열중해 있는 그녀의 모습을 바라보았다. 건강하고 튼튼하고 어디에도 흠이 없는 아가씨였다. 가슴도 납작하고 얼굴은 빈혈기로 창백한 가게 아가씨들 사이에 그녀가 끼어 있으면 자못 기이해 보일 것이다. 밀드러드에게도 빈혈증이 있었다.

얼마 뒤에 보니 샐리에게 구혼자가 나타난 모양이었다. 그녀는 가게에서 사귄 친구들과 이따금 외출을 했는데 이때 젊은 사내 하나를 만났던 것이다. 전도 유망한 전기기사로서 배우자감으로는 제격이었다. 어느 날, 샐리는 어머니에게 그 청년이 청혼을 해 왔노라고 말했다.

"그래 뭐라고 했니?"

"아직은 아무하고도 결혼할 생각이 없다고 했죠 뭐." 그녀는 여느 때의 버릇처럼 말을 하다가 잠시 멈췄다. "그래도 자꾸 성화를 해서 일요일에 차나 마시러 오라고 했어요."

애설니가 생각하기에는 더없이 좋은 기회였다. 그는 어떻게 하면 엄한 아버지의 모습을 보여 주어 청년을 교화시켜 줄 수 있을까 하고 한나절 내내 연습을 했는데, 그 꼴이 우스워 나중에는 아이들까지 배를 잡고 웃어 댔다. 그는 청년이 도착하기 직전에 어디선가 이집트제 술 달린 터키 모자를 찾아내어 그 모자를 쓰고 있겠다고 한사코 고집을 부렸다.

"진심은 아니겠죠, 여보." 제일 좋은 검정 우단 옷을 꺼내 입은 애설니 부인이 말했다. 해마다 몸이 불어 옷이 꼭 끼었다. "공연히 우리 아이 좋은 기회를 망치겠어요."

그녀는 남편의 모자를 벗기려고 했지만 작달막한 남편은 날쌔게 몸을 피해 버린다.

"어딜 손 대, 이 사람아. 누가 뭐래도 난 이 모자를 벗지 않아. 이 젊은 친구가 지금 우리하고 인연을 맺으려고 하는데 우리 집이 보통 집이 아니란 걸 한눈에 보여 줘야 해."

"어머니, 그냥 놔두세요." 샐리가 억양 없는 무심한 어조로 말했다. "도널드슨 씨가 그걸 이상하게 생각하면, 성가신데 오히려 잘됐죠 뭐."

필립은 청년이 몹시 곤혹스러워하리라는 것을 짐작할 수 있었다. 장인이 될지 모르는 사람이 갈색 벨벳 상의에 검은 넥타이를 길게 늘어뜨리고, 술 달린 빨간 모자를 쓰고 있을 터이니 순진한 전기기사가 보고 얼마나 기절초풍하겠는가. 청년이 도착하자, 애설니는 마치 스페인 귀족처럼 거창한 격식을 차려 그를 맞았고, 애설니 부인은 꾸밈없고 자연스러운 태도로 맞았다. 다들 낡은 다리미질용 테이블 앞에 놓인 등받이가 높은 수도원용 의자에 자리 잡고 앉았다. 애설니 부인이 사기 주전자로 차를 따르니 잉글랜드의 시골 분위기가 물씬 풍겼다. 그녀는 케이크를 손수 만들어 내왔고 집에서 만든 잼을 테이블에 올려놓았다. 차도 시골 농가의 차였는데 십칠 세기식 집에서 마시니 색다르고 운치가 있었다. 무슨 기발한 생각이 떠올랐는지 애설니가 느닷없이 비잔틴 역사 이야기를 꺼냈다. 그는 그즈음 『로마제국 쇠망사』[112]의 뒷권들을 읽고 있었다. 그는 극적인 동작으로 집게손가락을 들어 허공을 찌르면서 테오도라와 이레네[113]가 바람피운 이야기를 정신없이 쏟아내 청년 구혼자를 어리둥절하게 만들었다. 그는 손님을 향하여 폭포수와 같은 장광설을 쏟아부었다. 청년은 하릴없이 입을 다문 채 어색하게 듣고 있어야 했는데, 지적인 관심이 있음

112) 영국의 역사가 에드워드 기번(Edward Gibbon, 1737~1794)이 쓴 6권으로 된 로마 쇠망기의 역사서.
113) 테오도라는 동로마 제국 유스티니아누스 황제의 비였다. 이레네는 동로마 제국 황제 레오 4세의 왕비이다.

을 보이려는 듯 이따금 고개를 끄덕여 보이기도 했다. 애설니 부인은 남편의 얘기에는 전혀 관심을 두지 않고, 가끔 중간에 끼어들어 청년에게 차를 권하거나 케이크와 잼을 권할 따름이었다. 필립은 샐리를 지켜보았다. 그녀는 다소곳이 눈을 내리깔고 차분하고 조용히 앉아 있었지만 조금도 주의를 게을리하지 않았다. 긴 속눈썹이 볼에 아름다운 그림자를 던지고 있었다. 이 자리를 재미있어하는지, 청년을 좋아하고 있는지 도무지 종잡을 수가 없었다. 정말 속을 알 수 없는 여자였다. 한 가지만은 분명했다. 전기기사는 잘생긴 청년이었다. 흰 살결에 수염을 말끔하게 깎았으며, 번듯한 이목구비가 호감을 주었고, 인상이 정직해 보였다. 키도 훤칠하고 체격도 좋았다. 필립으로서도 샐리에게 더없이 훌륭한 남편감이라고 생각하지 않을 수 없었다. 두 사람을 기다릴 앞날의 행복을 생각하니 필립은 부러움으로 마음이 아팠다.

이윽고 청년은 이제 돌아가 봐야겠다고 말했다. 샐리는 말없이 일어나 청년을 문간까지 바래다주었다. 그녀가 돌아오자 아버지가 대뜸 소리 질렀다.

"이봐, 샐리, 그 친구 아주 훌륭한 청년 같다. 우리 집안에 얼마든지 맞아들여도 되겠다. 교회에 결혼 예고[114]를 하게 해라. 난 축혼가를 짓겠다."

샐리는 찻그릇을 치우기 시작했다. 아무런 대꾸도 하지 않

---

114) 교회에서 결혼을 치르기 전에 세 번 계속하여 결혼식을 예고하게 되어 있는 관습.

는다. 그러더니 느닷없이 필립을 쳐다보며 물었다.

"필립 씨는 그 사람 어떻게 보셨어요?"

그녀에게는 한 가지 고집이 있었는데 필립을 다른 아이들처럼 '필 아저씨'라고 부르지 않는다는 점이었다. 그렇다고 필립이라고도 부르지 않았다.

"아주 멋진 한 쌍이 될 것 같던데."

그녀는 다시 필립을 힐끔 바라보았다. 그러더니 얼핏 얼굴을 붉히면서 하던 일을 계속했다.

"말하는 게 아주 예의 바른 젊은이 같더라." 애설니 부인이 말했다. "그런 남자라면 어떤 여자라도 행복하게 해 줄 거야."

샐리는 잠시 아무런 대꾸도 하지 않았다. 필립은 궁금한 마음으로 그녀를 바라보았다. 아마도 어머니의 말을 곰곰이 생각해 보고 있는지도 몰랐다. 아니면 공상 속의 남자라도 생각하고 있는 것일까?

"남이 말하는데 왜 대꾸가 없니, 샐리." 답답한 듯 어머니가 말했다.

"제가 보기엔 좀 모자란 사람 같았어요."

"그럼 결혼을 하지 않겠다는 말이냐?"

"네, 그래요."

"그럼 도대체 넌 어떤 사람을 바란단 말이냐." 애설니 부인은 이제 화가 난 게 분명했다. "그 사람 아주 훌륭한 청년이야. 결혼하면 가정도 아주 잘 꾸려 나갈 수 있는 사람이다. 이 집엔 너 말고도 먹여 살려야 할 입들이 많아. 좋은 기회가 생겨도 잡으려 하지 않으니 그게 무슨 못된 심보냐. 그리고 말이다. 너희들 결혼하면 여자아이라도 하나 두어 힘든 일을 시킬 수 있잖니."

애설니 부인이 생활의 어려움을 이처럼 노골적으로 털어놓기는 필립이 듣기에 이번이 처음이었다. 아이들 하나하나를 부양하는 일이 얼마나 큰일인지 새삼 알 만했다.

"그렇게 보채도 소용없어요, 어머니." 늘 그렇듯 샐리는 조용히 말했다. "그 사람하고는 결혼하지 않아요."

"참 독하고 인정머리 없는 애로구나. 제 생각만 하고."

"제가 밥벌이를 하길 원하시면 말예요. 전 언제든 돈 벌러 나갈 수 있어요."

"그런 바보 같은 소리 말아라. 네 애비가 그러도록 두겠다."

필립은 문득 샐리와 눈길이 마주쳤다. 그녀의 눈에 무엇인가 재미있어하는 눈빛이 어려 있는 듯했다. 무슨 말이 그녀의 유머 감각을 건드렸는지 알 수 없었다. 하여간 이상한 아가씨였다.

116

성 누가 병원에서 지낸 마지막 일 년간 필립은 열심히 공부하지 않을 수 없었다. 생활은 만족스러웠다. 걱정이 없고, 생활비가 넉넉하니 그렇게 편할 수가 없었다. 그는 사람들이 돈을 경멸하는 말을 많이 들었다. 그네들은 돈 없이 살아 본 적이 있을까. 돈이 없으면 사람이 쩨쩨해지고, 비열해지고, 탐욕스러워진다. 성격도 비뚤어지고 세상을 저속한 관점에서만 보게 된다. 한 푼이라도 허투루 쓰지 못할 때가 되면 돈은 괴이하리만큼 엄청나게 중요해진다. 돈의 가치를 제대로 평가하자면 웬만큼은 가지고 있어야 한다. 필립은 애설니네 말고는 아무도 만나지 않고 홀로 살았지만 외로움을 느끼지는 않았다. 앞날에 대한 계획으로 바빴다. 때로 지난날을 생각해 보기도 했다. 이따금 옛 친구들이 생각나기도 했지만 굳이 만나려고는 하지 않았다. 노라 네스빗이 어떻게 살고 있는지 궁금했다. 이제는 결혼하여 성이 바뀌었을 것이다. 결혼한다던 남자의 성이 도무지 생각나지 않았다. 그녀와 알고 지냈던 것은 좋은 추억이었다. 착하고 용감한 여자였다. 어느 날 밤 열한 시 반쯤 되었을까, 필립은 피커딜리 광장을 지나다 로슨을 보았다. 야회복 차림인 것으로 보아 극장에서 돌아오는 길인 모양이었다. 필립은 순간 자기도 모르게 얼른 샛길로 피해 버리고 말았다. 만나지 않은 지가 이 년이나 되었다. 중단된 우정을 새삼 회복할 자신이 없었다. 로슨과는 이제 더 할 얘기도 없었다. 미술에 대한 관심도 사라지고 없었다. 어릴 때보다는 아름다움을 더 깊이 음미할 수 있게 되긴 했다. 하지만 예술은 이제 그다지 중요해 보이지 않았다. 복잡다단한 혼돈의 삶으로 어떤 무늬를 짜느냐가 새로운 관심사가 되었다. 삶이라는 재료를 생각하면 물감이나 언어에 대한 집착은 아주 하찮게 보였다. 로슨이 해야 할 바는 이미 끝났다. 로슨과의 우정은 그가 지금 짜고 있는 정교한 도안의 한 제재에 지나지 않는다. 로슨이라는 화가가 이제 더 이상 관심의 대상이 되지 못한다는 사실을 인정하지 않는다면 그것은 한낱 감상에 지나지 않으리라.

때로 필립은 밀드러드를 생각해 보기도 했다. 그녀와 마주칠 법한 거리는 일부러 피해 다녔다. 하지만 이따금 어떤 감정에 끌려—호기심인지, 아니면 스스로 인정하고 싶지 않은 더 깊은 이유에서인지는 알 수 없으나—필립은 밀드러드를 만날지도 모를 시간에 맞추어서 피커딜리와 리젠트 가를 헤매기도 했다. 그런 때면 자기가 그녀를 만나고 싶어하는 것인지, 아니면 만나기를 두려워하는 것인지 알 수 없었다. 한번은 뒷모습이 밀드러드와 닮은 사람을 본 적이 있었다. 한순간 그녀라고 생각했다. 그러면서 기묘한 감각에 휩싸였다. 야릇하게 가슴이 에이는 아픔이랄까. 거기에는 두려움과 견딜 수 없는 곤혹스러움이 섞여 있었다. 걸음을 빨리하여 다가가 보니 낯선 사람이었다. 이때 필립은 자신이 느낀 것이 안도감인지 실망감인지 알 수 없었다.

팔월 초에 필립은 마지막 시험인 외과학에 통과하여 마침내 졸업증서를 받았다. 성 누가 병원에 들어온 지 칠 년 만이었다. 나이는 서른이 다 되어 있었다. 그는 개업을 허가하는 증서를 손에 들고 왕립 외과 의사회 계단을 내려왔다. 뿌듯한 기쁨으로 가슴이 뛰었다.

'자, 이제부터 진짜 인생을 시작하는 거다.' 하고 그는 생각했다.

이튿날, 그는 사무실에 가서 병원 근무 희망자 명단에 이름을 적어 넣었다. 사무관은 검은 턱수염을 기른 유쾌하고 키가 작은 사람이었는데, 필립에게 늘 친절하게 대해 주었다. 그는 필립의 졸업을 축하해 주었다. 그러고는 이렇게 말했다.

"남쪽 해안 지방에 임시직 자리가 하나 있는데 혹시 한 달 동안 그 일을 해 보고 싶은 생각이 없나? 숙식 제공하고, 주급 삼 기니인데."

"아무래도 좋습니다."

"도싯셔의 판리라는 곳이야. 닥터 사우스가 맡고 있지. 당장 내려가야 하네. 조수가 이하선염을 앓고 있다나 봐. 아주 좋은 곳일 걸세."

사무관의 태도에 뭔가 이상한 데가 있었다. 의심쩍은 생각이 들었다.

"뭐 곤란한 점이라도 있나요?"

사무관은 잠깐 머뭇거리더니 달래기라도 하듯 웃었다.

"실은 말일세, 닥터 사우스가 좀 까다로운 괴짜 노인인가 봐. 그 양반에게 사람을 보내 주려는 데가 아무 데도 없네. 자기 생각을 그대로 말해 버리는 성격이라 사람들이 좋아하지 않아."

"이제 갓 졸업한 제가 그 사람 마음에 들겠습니까? 따지고 보면 전 아무 경험도 없는데."

"자네가 가 주면 고맙게 생각해야겠지." 사무관은 외교적인 어법으로 말했다.

필립은 잠시 생각했다. 앞으로 몇 주일 동안은 할 일이 없다. 조금이라도 돈 벌 기회가 있다면 다행스러운 일이다. 성 누가 병원에서 일자리를 주면 좋고, 일자리를 주지 않는다면 다른 병원에서라도 자리를 얻어 근무를 마치고 나면 마음먹은 대로 스페인 여행을 할 작정이었다. 그때를 위해 돈을 벌어 저축해 두면 요긴할 것이다.

"좋습니다. 가겠습니다."

"그런데 말일세. 오늘 오후에 당장 가야 하네. 괜찮겠나? 괜찮으면 내가 지금이라도 전보를 치겠네."

필립은 이삼 일이라도 여유가 있었으면 했다. 하지만 애설니네 가족은 간밤에 이미 만났기 때문에(졸업증서를 받고 당장 그 소식을 알리러 갔다.) 실은 당장 출발하지 못할 이유도 없었다. 꾸릴 짐도 별로 없었다. 그날 밤 일곱 시를 막 넘긴 시각에 필립은 판리 역을 빠져나와 마차를 잡아타고 닥터 사우스의 병원을 찾아갔다. 나지막하고 옆으로 널찍한, 벽토를 칠한 집인데 버지니아 덩굴이 집을 온통 덮고 있었다. 그는 진료실로 안내되었다. 한 노인이 책상에 앉아서 무언가를 열심히 쓰고 있었다. 하녀가 필립을 안내해 들어가자 노인은 얼굴을 들어 바라보았다. 그는 일어나지도 않았고 말을 건네지도 않았다. 필립을 물끄러미 바라볼 뿐이었다. 필립은 어리벙벙했다.

"이곳에 새로 오기로 한 사람입니다. 성 누가 병원 사무관이 전보를 친 걸로 압니다만."

"그래서 저녁 식사를 반 시간이나 미루고 있는 중이오. 좀 씻으시겠소?"

"네."

필립은 닥터 사우스의 기이한 태도가 재미있게 느껴졌다.

이제 자리에서 일어선 모습을 보니 중키의 말라 빠진 사람이었다. 백발을 짧게 깎았고 긴 입을 꽉 다물고 있어 입술이 하나도 없는 사람처럼 보였다. 면도를 깨끗이 했지만 흰 구레나룻을 조금 기르고 있었다. 야무진 턱 때문에 네모져 보이는 얼굴이 구레나룻 때문에 더 네모져 보였다. 갈색 트위드 정장을 입고 목에 흰 장식을 달고 있었다. 덩치가 큰 사람의 옷을 빌려 입은 것처럼 옷이 헐렁해 보였다. 십구 세기 중엽의 점잖은 농부 같아 보였다. 그가 문을 열었다.

"저기가 식당이오." 맞은편 문을 가리키면서 그가 말했다. "당신이 쓸 방은 층계참에서 바로 첫 번째 방이오. 준비가 되거든 아래층으로 내려와요."

식사를 하는 동안 필립은 닥터 사우스가 계속 자기를 관찰하고 있음을 알았다. 하지만 말은 별로 하지 않았다. 조수가 하는 이야기는 듣고 싶지 않은 눈치였다.

"면허는 언제 땄소?" 의사가 느닷없이 물었다.

"어제 졸업했습니다."

"대학은 다녔소?"

"아뇨."

"작년에 내 조수가 휴가를 가서 사람이 필요하다고 했더니 대학 나온 친구를 보내 주더군. 다시는 대학 출신 보내지 말아 달라고 했어. 얼마나 신사 출신 행세를 하는지 말야."

다시 침묵이 흘렀다. 식사는 아주 간소했지만 퍽 좋았다. 필립은 침착한 척하고 있었지만 속으로는 흥분으로 떨리고 있었다. 임시직 자리를 얻게 되어 마음이 한껏 부풀어 있었다. 이제 완전한 어른이 된 기분이었다. 아무것도 아닌 일에도 정신 나간 사람처럼 마구 웃어 대고 싶었다. 이제 버젓한 의사가 되었다고 생각하니 좋아서 자꾸만 웃음이 나왔다.

닥터 사우스가 돌연 그의 생각을 깨뜨리고 말았다.

"나이는 얼마나 됐소?"

"곧 서른입니다."

"어쩌다 그렇게 늦었소?"

"스물세 살쯤에야 의과 공부를 시작했습니다. 도중에 이 년을 쉬지 않으면 안 되었구요."

"왜?"

"형편이 어려워서요."

닥터 사우스는 필립을 이상한 눈으로 바라보았다. 그러곤 다시 침묵에 빠지고 말았다. 식사가 끝나자 그는 식탁에서 일어나면서 물었다.

"여기서 무슨 일을 하는지 알고 있소?"

"모릅니다."

"대개는 어부들하고 그 가족들이오. 내가 운영하는 이곳은 어민 조합 병원이라 하오. 본래는 여기에 나 혼자였소. 그런데 사람들이 이곳을 고급 해변 휴양지로 만들려고 하더니 어떤 사람이 저기 벼랑 위에 개업을 하지 않았겠소. 잘사는 사람들은 다 그 사람에게 가더군. 나한테는 병원비도 못 낼 가난뱅이들만 오구."

이 경쟁 관계가 노인의 약점이었던 모양이다.

"제가 경험이 없어 곤란하시겠군요."

"젊은 사람들이 다 그렇지."

노인은 더 말하지 않고 필립을 혼자 놓아두고 방을 나갔다. 하녀가 식탁을 치우러 들어와서 필립에게 닥터 사우스가 환자를 보는 시간은 아침 여섯 시부터 오후 일곱 시까지라고 했다. 그날의 일과는 끝난 셈이었다. 필립은 자기 방에서 책을 꺼내 와 파이프를 피워 물고 편안히 자리를 잡고 앉아 읽기 시작했다. 여간 기분이 좋지 않을 수 없었다. 지난 몇 달 동안 의학 서적밖에 읽지 못했기 때문이다. 열 시에 닥터 사우스가 들어와서 그를 보았다. 필립은 두 발을 높이 들어 올리고 있는 걸 좋아해서 의자를 끌어다가 발을 걸치고 있던 참이었다.

"아주 편한 자세로 앉아 계시는 것 같구먼." 닥터 사우스가 험상궂은 표정으로 말했다. 한참 기분 좋았던 상태만 아니었다면 그런 표정에 언짢은 생각이 들었을지도 모른다.

필립은 장난기 어린 눈빛으로 대답했다.

"이러면 안 되나요?"

닥터 사우스는 그를 힐끗 보았을 뿐 별다른 말은 하지 않았다.

"뭘 읽고 있소?"

"『페러그린 피클』, 스몰렛[115] 작품입니다."

"스몰렛이 『페러그린 피클』을 썼다는 것쯤은 알고 있소."

"죄송한 말씀입니다만, 의사들은 문학에 별로 관심이 없죠?"

---

115) 토비아스 조지 스몰렛(Tobias George Smollett, 1721~1771). 스코틀랜드 소설가이자 시인. 『페러그린 피클의 모험(The Adventures of Peregrine Pickle)』은 그가 1751년에 낸 두 번째 소설이다.

필립은 읽던 책을 테이블 위에 놓아두었다. 닥터 사우스가 책을 집어 들었다. 블랙스터블의 관할사제가 소유하고 있던 책 가운데 한 권이었다. 책 첫장에 동판화가 들어 있는, 모로코 가죽 장정의 빛바랜 얇은 책이었다. 너무 오래되어 책장에서 곰팡내가 나고 곰팡이 얼룩도 많았다. 닥터 사우스가 책을 집어 들자 필립은 자기도 모르게 그쪽으로 다가갔다. 희미한 미소가 그의 눈에 어렸다. 노(老)의사가 그것을 놓치지 않았다.

"무엇이 우습소?" 차가운 목소리로 그가 물었다.

"책을 좋아하시는군요. 책을 다루는 걸 보면 금방 알 수 있습니다."

닥터 사우스는 얼른 책을 내려놓았다.

"아침 식사는 여덟 시 반이오." 그러고는 방을 나가 버렸다.

'정말 괴짜 노인이로군!' 필립은 생각했다.

필립은 조수들이 왜 닥터 사우스와 지내기를 어려워하는지 곧 알게 되었다. 무엇보다 그는 지난 삼십 년 동안의 의학적 발견을 전혀 신뢰하지 않았다. 기막힌 효능이 있다고 소문이 나서 한참 유행을 타다가 몇 해 안 가 언제 그랬냐는 듯 잊히고 마는 약들을 그는 참아 내지 못했다. 그에게는 성 누가 병원의 학생 때 배워서 평생 정해 놓고 사용하고 있는 조제법이 있었다. 그는 나중에 유행한 어떤 약보다 자신이 조제한 약이 효과가 좋다고 생각했다. 필립은 닥터 사우스가 무균처치법을 불신하는 데 놀라지 않을 수 없었다. 의학계의 일반적인 의견을 존중하여 무균처치법을 사용하기는 했다. 하지만 병원에서 그처럼 강조하고 있는 예방조치를 그는 마치 어른이 아이들을 상대로 병정놀이를 할 때처럼 마지못해 응한다는 식으로 받아들이고 있었다.

"방부제가 나와서 그 이전 것들을 죄다 몰아내 버렸지. 그런데 이제 무균법이 나와서 방부제를 몰아내고 있단 말야. 무슨 짓들인지!"

그에게 파견되는 젊은 의사들은 병원에서 배운 것밖에 몰랐다. 그리고 병원에 팽배한 일반 개업의에 대한 노골적인 경멸감만 배워 가지고 온다. 하지만 이들이 병원의 입원실에서 구경한 것은 죄다 까다로운 환자들뿐이다. 그래서 부신(副腎) 환자의 모호한 질병에 대해서는 치료법을 알면서도, 코감기 진료에 대해서는 숙맥이다. 이론 지식밖에 없으면서 자신감은 한없다. 닥터 사우스는 불만에 가득 차 입을 다물고 그들을 관찰했다. 그는 젊은 의사들이 얼마나 무지하고, 그들의 자만심이 얼마나 근거 없는 것인가를 드러내는 데 한없는 쾌감을 느꼈다. 어부들을 상대로 하는 병원이라 운영이 좋은 것이 아니었다. 그에게는 나름의 독특한 처방법이 있었다. 닥터 사우스가 조수에게 늘 하는 말은 배탈 난 어부에게 값비싼 약을 그렇게 많이 섞어 조제해 주면 도대체 병원의 수지는 어떻게 맞추느냐는 것이었다. 젊은 의사들이 교양이 없는 것도 불만이었다. 읽는 것이라곤 고작 《스포팅 타임스》나 《영국 의학 저널》이다. 글씨도 못 쓰고 맞춤법도 틀린다. 이삼 일 동안 닥터 사우스는 필립을 면밀히 관찰하면서 꼬투리가 잡히기만 하면 따끔한 소리를 퍼부으려고 별렀다. 그것을 알고 필립은 은

근한 재미를 느끼면서 일을 했다. 그는 새로운 일을 하게 되어 기분이 좋았다. 독립적으로 책임을 지고 일한다는 느낌이 좋았다. 별의별 사람들이 진료실을 찾았다. 그는 환자들에게 자신감을 불어넣어 줄 수 있었기 때문에 보람을 느꼈다. 병원에서는 병이 치료되는 과정을 상당한 간격을 두고 관찰할 수밖에 없었지만 여기서는 계속 지켜볼 수가 있어 좋았다. 지붕이 야트막한 오두막을 돌아다니노라면 고기잡이 도구며 돛, 여기저기에 놓아둔 원양항해의 기념물들, 일본에서 사 온 칠기, 멜라네시아에서 구해 온 창과 노, 이스탄불의 시장에서 산 단검 등을 구경할 수도 있었다. 조그맣고 답답한 방들에도 낭만의 분위기가 있었다. 거기에는 소금 내 어린 싱싱함이 있었다. 필립은 어부들과 얘기하는 것이 즐거웠다. 필립이 거만하지 않은 사람임을 알고 어부들도 그에게 젊은 시절의 먼 여행 이야기를 길게 늘어놓기도 했다.

필립은 한두 번 오진을 하기도 했고(홍역 환자를 한 번도 본 적이 없어 발진을 보고는 원인 불명의 피부병으로 진단하기도 했다.) 한두 번은 치료법을 두고 닥터 사우스와 다른 의견을 내놓기도 했다. 처음에는 닥터 사우스가 맹렬하게 빈정대면서 그를 공격했다. 하지만 필립은 마음씨 좋게 대응했다. 필립은 재치 있게 대꾸할 줄 알았다. 한두 차례 재치 있는 말로 대답하면 닥터 사우스는 입을 다물고 이상하다는 듯 필립을 바라본다. 필립의 얼굴은 진지하면서도 눈에는 늘 웃음이 감돌았다. 노신사는 아무래도 필립이 자기를 놀리고 있다고 생각했다. 지금까지는 조수들이 자기를 싫어하고 무서워하기만 했던 터라 필립과 같은 경우는 새로운 경험이었다. 그만 분통을 터뜨리고 필립을 당장 다음 기차 편으로 쫓아 버릴까 하는 생각을 하기도 했다. 다른 조수들에겐 늘 그랬었다. 하지만 필립에게 그렇게 하면 노골적으로 웃어 댈 것만 같은 생각이 들어 꺼림칙했다. 그러면서 갑자기 재미있다는 생각이 들었다. 자기도 모르게 입가에 웃음을 떠올리면서 그만 얼굴을 돌리고 만다. 얼마 후, 그는 필립이 아주 계획적으로 자기를 장난스럽게 대하고 있음을 깨닫게 되었다. 처음에는 당황했으나, 곧 기분이 유쾌해졌다.

"버르장머리 없는 녀석 같으니라구!" 그는 혼자서 조용히 웃었다. "버르장머리 없는 녀석!"

117

필립이 애설니에게 도싯셔에서 임시 의사로 일하고 있다는 소식을 편지로 전하자 얼마 되지 않아 답장이 왔다. 그의 취향에 따라 격식을 갖춰 쓴 편지로, 보석이 잔뜩 박힌 페르시아 왕관처럼 화려한 형용사들이 점철되어 있었다. 평소에 그가 자랑하는 옛 고딕체와 비슷한 멋 부린 필체로 썼기 때문에 알아보기가 힘들었다. 해마다 온 가족이 켄트의 홉 농장에 가는데 필립도 자기네랑 같이 가지 않겠느냐고 물었다. 그는 필립을 설득하려고 필립의 영혼과 홉의 덩굴에 대해서 온갖 근사하고 복잡한 말을 늘어놓았다. 필립은 계약 기간이 끝나기만 하면 그날로 가겠노라고 당장 답장을 써 보냈다. 태닛 섬은 태어난 곳은 아니지만 특별한 정이 가는 곳이었다. 하늘만 푸르다면 아르카디아[116]의 올리브숲과도 같을 목가적인 자연 속에서 대지를 한결 가까이하면서 두 주일을 보낼 수 있다고 생각하니 기쁨으로 가슴이 벅차올랐다.

관리에서의 계약 기간인 사 주일은 눈 깜짝할 사이에 지나갔다. 벼랑 위에 골프장을 둘러싸고 붉은 벽돌로 지은 별장들이 들어서면서 새로운 동네가 형성되고 있었다. 최근에는 여름 휴양객들을 겨냥한 커다란 호텔까지 문을 열었다. 필립으로서는 그곳에 갈 일이 별로 없었다. 벼랑 아래 항구 주변에는 지난 세기에 지어진 조그만 돌집들이 옹기종기 모여 있었는데 혼잡하기는 했지만 보기에 즐거웠다. 가파른 내리막 골목길도 상상력을 자극하는 예스러운 운치를 담고 있었다. 물가에는 잘 손질한 작은 뜰이 있는 아담한 집들이 서 있었다. 한때 무역선을 탔다가 이제는 일을 그만둔 선장들, 그리고 바다에서 삶을 꾸리다 죽은 남자들의 어머니나 아내들이 살고 있었다. 이색적이고 평화롭게 보이는 집들이었다. 조그만 항구 안으로는 스페인이나 지중해 동쪽 지역에서 온 소형 부정기선이 들어왔다. 때로 낭만의 바람결을 타고 돛단배가 흘러 들어올 때도 있었다. 이 항구를 보고 있노라면 필립은 석탄선이 가득했던 지저분한 블랙스터블 항구가 생각났다. 그곳에서 그는 이제는 하나의 강박관념처럼 되어 버린, 동방의 나라들과 햇빛

___

116) 고대 그리스 사람들이 생각한 목가적인 낙원.

가득한 열대 해양의 섬들에 대한 갈망을 키웠었다. 하지만 이 곳은 늘 사방이 막혀 보였던 북해의 바닷가와는 달리 넓고 깊 은 대양에 한결 더 가까이 있다는 느낌을 주었다. 이곳에서는 아득하게 펼쳐진 바다를 바라보면서 숨을 깊숙이 들이쉴 수 있었다. 정든 잉글랜드의 소금 내 나는 부드러운 해풍 서녘 바 람은 가슴을 설레게 하는가 하면 한편으로는 푸근하게 달래 주었다.

닥터 사우스와의 계약이 끝나는 마지막 주의 어느 날 저녁, 노의사와 함께 처방을 조제하고 있는 참인데 한 아이가 외과 의 문을 두드렸다. 누더기를 걸친 더러운 얼굴의 조그만 여자 애가 맨발로 서 있었다. 필립이 문을 열어 주었다.

"선생님요, 아이비 레인의 플레처 아줌마 심부름으로 왔는 데요. 빨리 와 주실 수 있어요?"

"플레처 부인이 어떻게 됐느냐?" 안에서 닥터 사우스가 날 카로운 소리로 물었다.

여자아이는 그 말에는 아랑곳하지 않고 다시 필립에게 말 했다.

"선생님요, 아줌마네 꼬마가 사고가 났대요. 금방 와 주실 수 있어요?"

"내가 가겠다고 해라." 닥터 사우스가 안에서 소리 질렀다.

여자애는 잠시 머뭇거렸다. 아이는 더러운 입에 더러운 손 가락을 집어넣고 꼼짝 않고 서서 필립을 쳐다보았다.

"왜 그러니?" 필립이 웃음을 지으며 물었다.

"선생님요, 플레처 아줌마가요, 새로 오신 의사 선생님이 오시래요."

조제실에서 무슨 소리가 나는가 싶더니 닥터 사우스가 복도로 나왔다.

"플레처 아줌마가 나는 안 된다고 하더냐?" 그는 버럭 소리 질렀다. "플레처는 내가 태어날 때부터 봐 왔는데 그 더러운 꼬마놈을 왜 내가 보면 안 된다는 말이냐, 응?"

여자애는 금방이라도 울음을 터뜨릴 것 같았다. 하지만 얼른 마음을 고쳐 먹은 모양이다. 닥터 사우스에게 혀를 낼름 내밀어 보이더니 의사가 기가 막혀 뭐라고 말을 하기도 전에 잽싸게 달아나 버렸다. 노의사는 아무래도 기분이 상한 모양이었다.

"좀 피곤해 보이시는데요. 더욱이 아이비 레인이면 가까운 거리가 아니구요." 노인이 직접 갈 필요가 없다는 구실을 주기 위해 필립은 그렇게 말했다.

닥터 사우스가 나지막하게 으르렁거리듯 말했다.

"다리가 한 짝 반밖에 없는 사람에게 더 가깝겠나, 아니면 두 다리를 다 쓰는 사람에게 더 가깝겠나?"

필립은 얼굴을 붉히면서 잠시 입을 다물었다. 마침내 그는 냉랭하게 말했다.

"제가 갈까요, 아니면 직접 가시겠습니까?"

"내가 가서 무슨 소용 있나. 자네가 오기를 바라는데."

필립은 모자를 집어 들고 환자를 보러 갔다. 돌아오니 여덟 시가 다 되어 있었다. 닥터 사우스는 식당에서 벽난로에 등을 쬐고 서 있었다.

"오래 걸렸군." 노인이 말했다.

"죄송합니다. 먼저 식사를 하시지 그랬습니까?"

"같이하려고 기다렸네. 여태껏 플레처 집에 있었나?"

"아뇨, 그러진 않았구요. 돌아오는 길에 해 지는 것을 구경하다가 그만 시간 가는 줄을 몰랐습니다."

이 말에 닥터 사우스는 아무런 대꾸도 하지 않았다. 하녀가 청어구이를 가지고 들어왔다. 필립은 청어구이를 맛있게 먹었다. 닥터 사우스가 느닷없이 물었다.

"해 지는 건 왜 구경했나?"

"기분이 좋아서요."

필립은 음식을 가득 문 채 대답했다.

닥터 사우스는 이상하다는 듯 그를 쳐다보았다. 희미한 미소가 늙고 지친 얼굴에 스쳤다. 그러고는 두 사람 다 식사를 끝마칠 때까지 입을 열지 않았다. 하지만 하녀가 포르트주를 내놓고 방을 나서자 노인은 의자에 등을 기대앉더니 필립의 얼굴을 뚫어지게 바라보았다.

"여보게, 내가 오늘 자네 발 이야기를 해서 기분이 좀 나빴지?"

"다들 그래요. 직접적으로든 간접적으로든. 제게 화가 나면 말예요."

"사람들이 자네 약점을 아나 보군."

필립은 노인의 얼굴을 똑바로 지그시 바라보았다.

"제 약점을 발견해서 기쁘십니까?"

의사는 대답을 하지 않았지만, 씁쓸한 기쁨에서 나오는 웃음을 지었다. 두 사람은 한동안 서로를 물끄러미 바라보았다. 그러더니 닥터 사우스가 갑자기 너무나 놀라운 이야기를 꺼냈다.

"자네, 여기에 그냥 있지 않으려나? 이하선염을 앓고 있는 그 바보 같은 녀석은 쫓아내 버릴 테니까."

"호의의 말씀은 감사합니다만, 가을부터는 병원 근무를 해 볼까 합니다. 나중에 일자리를 얻는 데는 그 편이 훨씬 유리할 것 같아서요."

"난 자네와 동업을 하자는 걸세." 닥터 사우스는 투덜거리듯 말했다.

"아니 왜요?" 필립은 놀라서 물었다.

"여기 사람들이 자네가 마음에 드는가 봐."

"그 점을 선생님이 좋게 보아 주시리라고는 생각지 못했는데요." 필립은 냉담하게 말했다.

"나도 이 일을 사십 년 넘게 했네. 그런 사람이 조수 인기가 더 좋다고 해서 괘념할 것 같은가? 아닐세, 이 사람아. 난 환자하고는 아무런 감정이 없네. 고맙다는 말도 기대하지 않아. 난 그저 진료비만 제대로 받으면 됐네. 어때, 어떻게 하겠나?"

필립은 대답할 수 없었다. 그 제안에 관심이 없어서가 아니라 너무 놀랐기 때문이다. 자격증밖에 따지 못한 신출내기에게 동업을 제안한다는 건 확실히 이례적인 일이었다. 필립은 닥터 사우스가 말로 표현할 기회를 갖지는 못했지만, 실은 자기를 좋아했다는 사실을 깨닫고 적이 놀랐다. 성 누가 병원 사무관에게 이야기를 해 주면 아주 재미있어하리라는 생각이 들었다.

"일 년에 칠백 정도는 수입이 되네. 자네 몫이 얼마가 되느냐는 계산해 보면 알 수 있을 걸세. 내게는 조금씩 갚아 나가면 돼. 그러다 내가 죽으면 자네가 이어받아서 하고 말이지. 내 생각엔 이삼 년 동안 이 병원 저 병원 떠돌아다니다 자네 힘으로 개업할 수 있을 때까지 조수 일을 보는 것보다는 이게 나을 것 같네만."

의사직을 가진 사람이면 대부분 냉큼 받아들일 좋은 기회라고 필립은 생각했다. 의사직은 만원이었다. 그가 아는 사람의 반은 이 정도의 수입이라도 확실히 보장되면 감지덕지하고 받아들일 것이다.

"죄송합니다만, 아무래도 사양해야 할 것 같습니다. 선생님의 제의를 받아들이면 제가 여러 해 동안 계획해 왔던 일을 다 단념해야 합니다. 저는 그동안 이런저런 험한 고생을 해 왔습니다만, 늘 한 가지 희망을 버리지 않았습니다. 면허를 따면 여행을 하겠다는 것입니다. 요즘엔 아침에 눈만 뜨면, 떠나고 싶어 몸이 근질근질합니다. 어디라고 딱히 정한 곳은 없습니다만 제가 가 보지 않은 데면 아무 데나 떠나고 싶습니다."

이제 그 목표도 눈앞에 다가온 듯했다. 내년 여름쯤이면 성 누가 병원의 근무도 끝날 것이다. 그러면 스페인으로 가리라. 그리고 자기에게는 낭만을 상징하는 그 나라를 돌아다니며 대여섯 달쯤 보낼 수 있을 것이다. 그런 다음 배를 얻어 타고 동양으로 간다. 인생이 앞에 있으므로 시간은 문제가 아니다. 마음이 내키면 여러 해가 걸리더라도 사람들이 별로 찾지 않는 곳을 찾아, 낯선 삶을 사는 낯선 민족들 사이를 방랑할 수도 있으리라. 자신이 무엇을 찾고자 하는지, 여행을 통해 무엇을 얻을 수 있을지 그 자신도 알지 못했다. 하지만 삶에 대해 어떤 새로운 것을 배울 수 있으리라는 느낌, 풀면 풀수록 더욱 불가해지는 삶의 신비를 깨우치는 무슨 실마리를 얻을 수 있으리라는 느낌이 있었다. 그리고 설사 아무것도 발견하지 못한다 해도 가슴을 갉아 대는 불안만큼은 달랠 수 있을 것 같았다. 하지만 닥터 사우스는 지금 그에게 엄청난 호의를 베풀고 있다. 애매한 이유를 대고 제의를 거절하면 호의도 모르는 불손한 사람으로 보일 것임에 틀림없다. 필립은 되도록 사무적으로 보이려고 애쓰면서, 수줍은 태도로, 자기가 그동안 절실하게 열망해 왔던 그 계획을 실천하는 일이 자기에게 왜 그처럼 중요한 일인가를 설명하려고 했다.

닥터 사우스는 조용히 귀를 기울였다. 영악한 노인의 눈에 부드러운 빛이 떠올랐다. 그가 굳이 자신의 제의를 강요하지 않은 점이 필립에게는 더더욱 고맙게 여겨졌다. 호의는 강요적인 것이 되기 쉽다. 노인은 필립이 사양하는 이유가 온당하다고 여기는 것 같았다. 그는 화제를 바꾸더니 자기 젊은 시절 이야기를 하기 시작했다. 그는 해군에 근무했다고 했다. 퇴역한 후 판리에 자리 잡게 된 것도 바다와의 긴 인연 때문이었다. 오래전에 태평양을 항해했던 이야기, 중국에서 겪었던 모험담도 들려주었다. 보르네오의 만족 토벌대에 참가하기도 했고, 아직 독립국가였던 사모아에도 가 보았다. 산호도(珊瑚島)에도 기항한 적이 있노라고 했다. 필립은 얘기에 흠뻑 빠져 듣고 있었다. 노인은 조금씩 자신에 관해 털어놓았다. 닥터 사우스는 홀아비로 살고 있었다. 아내가 삼십 년 전에 죽었다고 했다. 딸이 하나 있었는데 로디지아의 농부와 결혼해 살고 있다. 사위와 말다툼을 한 적이 있는데 그 뒤로 십 년이 지났으나 딸은 한 번도 찾아오지 않았다. 그래서 이제 아내도 자식도 없었던 사람처럼 되어 버렸다. 외롭기 그지없는 생활이었다. 그의 무뚝뚝한 태도도 실은 뼈저린 환멸을 감추기 위한 위장에 지나지 않았다. 필립은 참 비극적인 노인이라는 느낌이 들었다. 노인은 죽음을 기다렸으나 초조해한다기보다 오히려 증오감을 가지고 기다리고 있었다. 그는 노년을 혐오하고 노년의 한계를 받아들이려 하지 않으면서도, 한편으로는 죽음이야말로 쓰라린 삶의 유일한 해결책이라고 느끼고 있었다. 그런 때에 노인은 필립을 만났다. 딸과 오랫동안 떨어져 살면서 까맣게 잃어버렸던 자연스러운 애정이 —— 아버지와 남편이 싸울 때 딸은 남편 편을 들었고, 그 때문에 노인은 손자들을 아직 한번도 본 적이 없다. —— 저절로 필립에게 향했다. 처음에는 화도 났다. 망령기가 든 게 아닌가 하는 생각이 들기도 했다. 하지만 필립에게는 사람을 끄는 데가 있었다. 필립을 보면 자기도 모르게 미소가 나왔다. 필립과 같이 있으면 지루하지 않았다. 한두 번은 필립이 그의 어깨에 손을 얹은 적이 있었다. 여러 해 전 딸이 영국을 떠난 뒤로는 처음 느껴 본 다정한 손길이었다. 필립이 떠나는 날, 닥터 사우스는 역에까지 배웅을 나와 주었다. 왠지 모르게 노인은 울적하기만 했다.

"그동안 정말 잘 지냈습니다. 너무 잘 대해 주셔서 뭐라 감사드려야 좋을지 모르겠습니다." 필립이 말했다.

"돌아가게 돼서 몹시 기쁘겠지?"

"여기에서도 정말 즐거웠습니다."

"그래도 역시 바깥 세계로 나가고 싶다는 거지? 하기야 젊으니까." 그러더니 그는 잠시 머뭇거렸다. "이건 기억해 두게. 혹 마음이 바뀌면, 내 제안이 여전히 유효하다는 걸 말야."

"정말 감사합니다."

필립은 차창 밖으로 손을 내밀어 의사의 손을 잡았다. 기차는 칙칙폭폭거리며 정거장을 빠져나갔다. 필립은 홉 농장에서 보내게 될 이 주일을 생각했다. 다정한 사람들을 다시 보게 될 생각을 하니 기쁘기 그지없었다. 날씨가 맑은 것도 기분이 좋았다. 하지만 닥터 사우스는 빈집을 향해 터벅터벅 걸어가고 있었다. 새삼 더 늙고 더 외롭게 느껴졌다.

118

저녁 늦게야 필립은 펀에 도착했다. 펀은 애설니 부인의 고향이었다. 그녀는 어렸을 적부터 홉 따는 일을 했고 요즘도 해마다 남편과 아이들을 데리고 홉 농장을 찾는다. 대부분의 켄트 사람들이 그렇듯 그녀의 가족도 매년 정해 놓고 농장을 찾았는데 그건 푼돈을 버는 일이 즐겁기도 했지만 그보다는 몇달 동안 고대해 온 이 연례 여행이 휴가로서는 최고였기 때문이었다. 일도 힘들지 않았다. 야외에서 함께 하는 일이라서 아이들에게는 오랫동안 즐길 수 있는 소풍이나 마찬가지였다. 젊은이들은 여기서 아가씨들을 만났다. 일을 마치고 난 긴 저녁 시간에 그들은 오솔길을 걸으며 구애를 했다. 따라서 홉 따는 철이 지나면 으레 결혼식이 잦아진다. 사람들은 수레에 침대며 단지, 팬, 의자, 테이블 같은 것을 싣고 떠난다. 홉 따기가 계속되는 동안 편은 텅텅 비었다. 편 사람들은 아주 배타적이어서 외래인——런던에서 온 사람을 그렇게 불렀다.——이 들어오는 것을 싫어했다. 그들은 외래인을 업신여기면서 동시에 두려워했다. 다들 거친 사람들이라 점잖은 시골 양반들은 그들과 섞이기를 꺼렸다. 홉 따는 사람들은 예전엔 헛간에서 잤지만 십 년 전에 목초지 옆에 오두막집들이 세워져 이제는 거기에서 잤다. 애설니 식구도 딴 사람들처럼 해마다 같은 오두막집에서 잤다.

애설니는 필립이 묵을 방을 얻어 놓은 여인숙 마차를 빌려 타고 역으로 마중을 나와 주었다. 여인숙은 홉 농장에서 사분의 일 마일쯤 떨어진 곳이었다. 필립의 가방을 여인숙에 내려놓은 다음 두 사람은 오두막이 있는 목초지까지 걸어갔다. 오두막이란 길고 나지막한 광을 3.6제곱미터의 넓이로 칸을 막아 만든 조그만 방들에 지나지 않았다. 방 앞에는 저마다 모닥불이 피워져 있고, 온 가족이 둘러앉아 저녁밥이 되기를 기다리는 중이었다. 애설니네 아이들은 벌써 바닷바람과 햇볕으로 얼굴이 구릿빛으로 그을려 있었다. 햇볕을 가리기 위한 모자를 쓴 탓인지 애설니 부인은 전혀 딴사람처럼 보였다. 오랜 도시 생활도 그녀를 진짜로 바꿔 놓지는 못했던 것이다. 그녀야말로 시골에서 태어나 시골에서 자란 여자였기 때문에, 시골에 돌아와 그녀가 그지없이 편안해한다는 걸 누가 봐도 한눈에 알 수 있었다. 그녀는 베이컨을 튀기고 있었다. 그러면서도 아이들에게서 눈길을 떼지 않고 있다. 필립을 보자 활짝 웃으며 반갑게 손을 흔든다. 애설니는 시골 생활의 즐거움에 대해 열변을 토하기 시작했다.

"우리 도시 사람은 태양과 빛에 굶주려 있어요. 사는 게 아냐. 평생을 감옥살이하고 있는 격이지. 베티, 가진 것 몽땅 팔아서 시골에 농장이나 하나 사고 말까?"

"당신이 시골 생활을 한다구요? 보지 않아도 뻔해요." 그녀는 웃으면서 놀리듯 대꾸했다. "겨울에 비라도 오기 시작하면, 당장 런던에 돌아가고 싶다고 노래를 부를걸요." 그러더니 필립을 돌아보고 말했다. "이 양반은 여기에만 내려오면 늘 이래요. 난 시골이 좋아! 하고 떠들죠. 무와 근대도 구별하지 못하면서."

"아빠는 오늘 하루 종일 게으름만 피우셨대요." 평소의 성격대로 제인이 솔직하게 털어놓고 말았다. "아빤 한 통도 못 땄어요."

"숙달이 되어 가는 중이다, 얘야. 내일이면 내가 너희들 다 합친 것보다 더 많이 딸걸."

"얘들아, 와서 저녁들 먹어라." 애설니 부인이 말했다. "샐리는 어디 갔니?"

"여기 있어요, 어머니."

샐리가 오두막에서 걸어 나왔다. 마침 모닥불의 불길이 치솟으면서 그녀의 얼굴에 강렬한 빛을 던졌다. 최근에 필립이 늘 보아 왔던 샐리의 옷차림은 그녀가 양장점에 나가면서부터 입기 시작한 맵시 있는 드레스 차림이었다. 오늘은 일할 때 입는 간편하고 헐렁한 프린트 천의 옷차림이었는데 여간 매력적인 게 아니었다. 걷어 올린 소매 아래 튼튼하고 통통한 두 팔이 드러나 있었다. 그녀도 햇볕 가리개 모자를 쓰고 있다.

"동화에 나오는 목장의 아가씨 같군." 악수를 하면서 필립이 말했다.

"홉 농장 최고의 미인이죠." 애설니가 말했다. "내 장담한다만, 샐리야, 향반댁[117] 아들이 널 본다면 당장에 결혼하자고 할 거다."

"그 댁에는 아들이 없어요, 아버지." 샐리가 말했다.

그녀는 끼어 앉을 자리를 찾았다. 필립이 자기 곁에 자리를 만들어 주었다. 밤에 모닥불 빛을 받은 그녀의 모습은 매력적이었다. 전원의 여신 같다고나 할까. 옛 시인 헤릭[118]이 뛰어난 운율로 찬양한 싱싱하고 건강한 소녀들을 연상시켰다. 저녁 식사는 간소했다. 버터 바른 빵, 바삭바삭 튀긴 베이컨, 그리고 아이들은 차를, 애설니 내외와 필립은 맥주를 마셨다. 애설니는 게걸스럽게 먹어 대며 음식마다 요란하게 예찬을 늘어놓

---

117) 'squire'를 향반(鄕班)이라 옮겼다. 'squire'란 기사(騎士) 계급 바로 아래의 젠트리 계급에 속하는 시골 지주를 뜻한다.

118) 로버트 헤릭(Robert Herrick, 1591~1674). 영국의 시인. 시골 아가씨들을 소재로 '청춘을 즐기라'는 내용의 시를 많이 쓴 것으로 유명하다.

았다. 루쿨루스[119]에게 경멸의 말을 퍼붓고, 브리야사바랭[120]에 대해서도 독설을 내쏟았다.

"당신에게도 한 가지 칭찬할 게 있어요, 여보." 애설니 부인이 말했다. "당신은 음식만은 맛있게 먹어요. 그건 틀림없어요."

"그야 당신이 손수 만든 것이니까." 그는 집게손가락을 멋지게 내밀면서 말했다.

필립도 기분이 좋았다. 그는 오두막 앞마다 줄줄이 늘어선 모닥불, 모닥불을 둘러싼 사람들, 그리고 밤하늘을 배경으로 타오르는 불길의 빛깔을 행복하게 바라보았다. 목초지 저 끝에는 거대한 느릅나무들이 줄지어 서 있고, 그 위 하늘에는 별이 총총했다. 아이들은 웃고 떠들어 댔다. 애설니도 덩달아 아이가 된 듯 장난 이야기와 지어낸 이야기로 아이들의 웃음보를 터뜨렸다.

"여기 사람들은 이 양반을 대단하게 생각해요." 애설니 부인이 말했다. "브리지스 부인이 그러는데, 애설니 씨가 없으면 안 되겠다나요. 그렇게 말하더라구요. 하여간 이 양반에게는 늘상 무슨 꿍꿍이 속셈이 있으니까요. 한 집의 가장이 아니라 꼭 초등학생 같아요."

---

119) 루키우스 리키누스 루쿨루스(Lucius Licinus Lucullus, 기원전 110?~56). 로마 시대의 부유한 장군으로 사치스러운 향연을 많이 벌인 것으로 유명하며 미식가로 알려져 있다.
120) 앙텔름 브리야사바랭(Anthelme Brillat-Savarin, 1755~1826). 『미각의 생리학(Physiologie du Goût)』이라는 미식(美食)에 대한 저술을 남긴 프랑스인 요리사.

샐리는 잠자코 앉아 있었다. 하지만 필립에게 필요한 일은 세심하게 챙겨 주어 필립은 그것이 더없이 기뻤다. 샐리가 옆에 있는 것만으로도 기분이 좋았다. 이따금 그는 햇볕에 탄 샐리의 건강한 얼굴을 힐끗힐끗 훔쳐보았다. 한번은 눈길이 마주치자 그녀는 조용히 웃음을 지었다. 저녁 식사가 끝나자 제인과 남자 동생은 설거지할 물을 길어 오려고 목초지 아래쪽에 있는 시냇가로 내려갔다.

"얘들아, 가서 필립 아저씨에게 잠자리를 보여 드려라. 그리고 너희들은 이제 슬슬 자도록 하고."

꼬마 손들이 필립을 붙들고 오두막으로 끌고 갔다. 필립은 안으로 들어가 성냥을 켰다. 가구라고는 아무것도 없었다. 옷가지를 넣어 둔 함석 궤짝이 있고 그 곁에 잠자리가 있을 뿐이었다. 잠자리는 세 개인데 다 벽 쪽에 붙여 만들어 놓았다. 애설니가 필립을 따라 들어와 이 잠자리를 아주 대견스럽게 구경시켰다.

"이게 우리 잠자리요." 그는 큰 소리로 떠벌렸다. "용수철 매트리스도, 푹신한 깃털 이불도 없소. 그래도 여기서 자면 그렇게 잠이 잘 올 수가 없어요. 당신은 이부자리 속에 들어가 자지요? 거 참 정말 안됐소."

잠자리라고 하는 것은 홉 덩굴을 두껍게 깔고, 그 위에 짚을 살짝 덮은 다음, 거기에다 담요를 한 장 깐 것이었다. 밖에서 하루 종일 홉을 따고 나서, 사람들은 사방의 그윽한 홉 향기에 둘러싸인 채 세상 모르게 기분 좋은 잠에 떨어진다. 아홉 시가 되자 들판은 쥐 죽은 듯이 고요해지고, 여인숙의 술집에서 죽치고 앉아 문을 닫는 열 시까지 돌아오지 않는 한 두 명의 남자를 빼놓고는 다들 잠자리에 들었다. 애설니는 필립과 여인숙으로 갔다. 가기 전에 애설니 부인이 필립에게 말했다.

"아침밥은 여섯 시 십오 분 전에 먹어요. 아무래도 그렇게 일찍 일어나시기 어려울 텐데 어떡하죠? 우린 여섯 시에는 일을 나가야 하는데."

"그야, 일찍 일어나야지." 애설니가 큰 소리로 말했다. "우리랑 똑같이 일해야 하는 거야. 밥값은 해야 하잖아. 일을 안 하면 누가 밥을 주나, 젊은 양반."

"애들이 조반 전에 미역 감으러 가니까 돌아오는 길에 들러 깨워 드릴 수도 있어요. '졸리 세일러' 앞을 지나가거든요."

"애들이 깨워 주면 저도 같이 미역 감으러 가죠." 필립이 말했다.

제인과 해럴드와 에드워드는 이 말을 듣자 환성을 올렸다. 이튿날 아침, 곤하게 자고 있던 필립은 방으로 뛰어 들어오는 아이들 소리에 잠이 깼다. 아이들이 침대 위로 뛰어드는 통에 필립은 슬리퍼를 휘둘러 쫓아내지 않을 수 없었다. 그는 윗도리와 바지를 걸쳐 입고 아래층으로 내려왔다. 이제 막 동은 텄으나 공기에는 한기가 있었다. 하지만 하늘에는 구름 한 점 없었고, 태양은 황금빛으로 빛나고 있었다. 샐리가 코니의 손을 잡고, 한 손에 수건과 수영복을 안은 채 길 복판에 서 있었다. 이제 보니 그녀의 차양 달린 모자는 등꽃 색깔이었고, 모자 밑에서 불그레한 갈색으로 그을린 그녀의 얼굴은 능금처럼 빛났다. 그녀는 늘 그러듯이 밝은 미소를 지으며 인사를 했다. 필립은 그 순간 그녀의 이가 작고 가지런하고 희다는 것을 알았다. 전에는 왜 그걸 몰랐는지 이상스러웠다.

"그냥 더 주무시게 두었으면 했는데 애들이 말을 들어야죠. 같이 가시는 게 귀찮으실 거라고 했는데도 말예요."

"아냐, 정말 가고 싶었어."

그들은 길을 내려가 늪지를 가로질렀다. 지름길로 가니 바다까지 일 마일이 못 되었다. 물은 잿빛을 띠고 차갑게 보였다. 바닷물을 보니 필립은 절로 몸이 떨렸다. 아이들은 훌훌 옷을 벗어 던지고 소리를 지르며 뛰어들었다. 샐리는 모든 일에 서두르지 않았다. 다른 아이들이 다들 필립을 둘러싸고 물장구를 치고 있을 때에야 물속으로 들어왔다. 필립이 딱 하나 잘하는 것이 있다면 그것은 수영이었다. 물이라면 제 집이나 마찬가지였다. 얼마 안 있자 아이들은 죄다 그를 따라 하기 시작했다. 그가 돌고래 흉내며, 물에 빠져 허우적거리는 사람, 뚱뚱한 여자가 머리를 적시지 않으려고 애쓰는 흉내를 내면 애들도 따라 했다. 왁자지껄한 물놀이가 되고 말았다. 샐리가 엄하게 소리를 지르고 나서야 다들 물에서 나왔다.

"선생님이 제일 못됐어요." 그녀는 필립에게 마치 어머니처럼 근엄하게 말했다. 그런 태도가 우습기도 하고 귀엽기도 했다. "선생님이 안 계시면 애들이 저렇게 요란을 떨진 않는단 말예요."

그들은 걸어 돌아왔다. 샐리는 빛나는 머리를 한쪽 어깨에 흘러 내려뜨리고, 모자는 손에 들고 있었다. 오두막에 돌아와 보니 애설니 부인은 벌써 홉 밭에 나가고 없었다. 애설니는 낡아 빠진 바지를 주워 입고, 내의는 입지 않았는지 겉저고리의 단추는 모조리 잠그고 있었으며, 챙이 넓은 소프트 모자를 쓴 채 소금에 절인 청어를 모닥불에 굽고 있었다. 한참 제 흥에 겨워 있었다. 어디로 보나 영락없는 산적 꼴이었다. 강에서 돌아오는 일행을 보자 그는 구수한 냄새를 풍기는 청어에 대고 『맥베스』[121]에 나오는 마녀의 합창 대목을 큰 소리로 외워 대더니 그들이 가까이 다가가자 말했다.

"너희들 아침밥 빨리 먹지 않고 꾸물대면 안 된다. 어머니 화 내신다."

얼마 후, 그들은 버터 바른 빵을 손에 든 해럴드와 제인을 앞장세우고 목초지를 지나 홉 밭 쪽으로 어슬렁어슬렁 걸어갔다. 그들이 홉 밭에 제일 늦게 나가는 셈이었다. 홉 밭은 필립이 어린 시절부터 그리워하던 풍경의 하나였다. 홉 건조실이 필립에게는 가장 전형적인 켄트 지방 풍물이었다. 샐리를 따라 홉 밭의 긴 이랑 사이를 걸으면서 필립은 그곳이 조금도 낯설게 여겨지지 않았다. 오히려 고향에 돌아온 듯한 느낌이었다. 해가 환하게 떠올라 뚜렷한 그림자를 던졌다. 무성한 초록의 잎들에 둘러싸여 필립의 눈은 마냥 즐거웠다. 홉 열매는 노랗게 익어 가고 있었다. 필립에게는 시칠리아의 시인들이 자줏빛 포도에서 보았다는 아름다움과 열정이 홉에도 있는 것만

---

121) Macbeth. 셰익스피어의 4대 비극 가운데 하나. 마녀들이 등장하여 야심가 맥베스 장군의 운명을 예언하는 장면으로 유명하다.

같았다. 홉 밭을 걸으면서 필립은 그 풍요로운 번성에 완전히 압도되는 기분이었다. 기름진 켄트의 땅에서 향긋한 내음이 피어올랐고, 이따금씩 불어오는 구월의 산들바람에는 홉 열매의 향기가 짙게 배어 있었다. 애설스탠은 자기도 모르게 흥에 겨워 목청을 높여 노래를 불러 댔다. 변성기에 접어든 열다섯 살 소년의 쉰 목소리였다. 샐리가 돌아보고 말했다.

"애설스탠, 조용히 해. 안 그러면 태풍이 분다."

조금 가니 사람들의 웅얼거리는 소리가 들렸다. 조금 더 가니 홉 따는 사람들이 보였다. 다들 웃고 떠들면서 열심히 홉을 따고 있다. 저마다 바구니를 옆에 놓고 의자나 상자 따위에 걸터앉아서 따고 있었는데, 개중에는 일어선 채로 홉을 따서 옆에 둔 통에 직접 던져 넣는 사람도 있었다. 어린애들까지 잔뜩 나와 있었고 젖먹이 애들도 많았는데 임시로 만든 요람 속에 눕혀 있는 아이도 있었고, 작은 요에 싸서 보드라운 마른 흙 위에 눕혀 놓은 아이도 있었다. 아이들은 홉을 따는 시늉만 했지 장난질하는 시간이 더 많았다. 여자들은 쉬지 않고 일했다. 어렸을 적부터 이력이 났기 때문인지 런던에서 온 외래인보다 같은 시간에 두 배나 많이 땄다. 그들은 하루에도 여러 부셀[122]을 따는 것이 자랑이었는데, 이젠 옛날처럼 돈벌이가 되지 않는다고 푸념이었다. 전엔 다섯 부셀에 일 실링을 받았는데 요즘에는 여덟 부셀, 심지어는 아홉 부셀을 따야 고

---

122) 야드파운드법에서 부피나 무게의 단위를 나타내는 말. 약 두 말 정도의 분량.

작 일 실링을 받는다는 것이었다. 옛날 같으면 잘 따는 사람은 한철에 번 돈으로 일 년을 너끈히 살 수 있었다고 했다. 하지만 요즘에는 남는 게 없었다. 아무 벌이도 없이 휴가를 보내는 셈인데 그게 전부였다. 힐 부인의 말로는 홉을 따서 번 돈으로 피아노를 한 대 샀다고 했다. 하지만 그녀는 워낙 인색하다는 소문이 나서 사람들은 그녀처럼 인색하게 굴고 싶지 않았다. 대개는 그녀가 거짓말을 한다고 생각했다. 알고 보면 은행에 저축해 둔 돈을 얼마간 빼 피아노를 사는 데 보탰을 거라는 것이었다.

홉 따는 사람들은 아이들을 빼놓고 열 사람이 한 조가 되어 통을 하나씩 배당받았다. 애설니는 언젠가는 자기 가족만으로 한 조를 만들 수 있을 거라고 떠들썩하게 자랑했다. 조마다 통을 담당하는 사람이 하나씩 있었는데, 이 사람 하는 일은 홉이 달린 줄기를 통 속에 집어넣는 것이었다.(여기에서 통이라고 하는 것은 높이가 칠 피트가량 되는 나무 얼개에 커다란 자루를 씌운 것이었는데, 이 통들이 홉 나무 사이로 길게 줄지어 놓여 있었다.) 애설니가 바라는 것은, 아이들이 다 커서 자기네 식구만으로 한 조를 짤 수 있게 되면 바로 이 통 담당을 맡겠다는 것이었다. 그가 내내 하고 있는 일은 자신의 힘을 들이는 일이라기보다 남의 힘을 북돋워 주는 일이었다. 애설니 부인은 삼십 분 동안 부지런히 따서 벌써 한 바구니를 통에 쏟아 넣은 참이었는데 애설니는 이제야 어슬렁거리며 그녀 곁으로 다가가 담배를 입에 물고 느긋하게 홉을 따기 시작했다. 그는 오늘은 엄마만 빼놓고 누구보다도 많이 따겠다고 큰소리를 쳤다. 물론 어머니만큼 잘 딸 수 있는 사람은 없었다. 그러다 보니 애설니에게는 아프로디테가 호기심 많은 프시케를 애먹인 일[123])이 떠올랐다. 그는 아이들에게 한 번도 보지 못한 신랑을 사랑한 프시케의 이야기를 들려주기 시작했다. 그는 얘기를 참 잘했다. 싱긋이 웃으며 듣고 있던 필립은 그 옛 얘기가 그 자리에 잘 어울린다고 생각했다. 하늘은 그때 그지없이 짙푸르렀다. 그리스의 하늘이 이처럼 아름다우랴 하는 생각이 들었다. 금빛 머리칼과 장밋빛 볼, 야무지고 건강하고 팔팔한 아이들, 아름답게 뻗어 오른 홉 나무들, 나팔 소리처럼 도전적인 에메랄드빛 나뭇잎. 해 가리개 모자를 쓴 홉 따는 아낙네들이 늘어서 있는 밭 이랑을 내려다보면 그 초록빛 밭 사잇길은 마법처럼 점점 좁아져 마침내 하나의 점이 되고 만다. 그리스 정신은 학자들의 책이나 박물관보다 여기에 더 많이 깃들어 있는 것이 아닐까. 필립은 잉글랜드의 아름다움에 고마

123) 그리스 신화에 나오는 이야기. 미의 여신 아프로디테는 이름난 미녀 프시케에게 질투를 느끼고 아들인 에로스를 시켜 프시케가 세상에서 가장 못나고 형편없는 남자와 사랑에 빠지도록 만든다.(사랑의 신 에로스는 마법의 화살을 두 개 가지고 있다. 하나는 누구나 곁에 있는 사람을 사랑하게 만드는 화살이고, 하나는 반대로 죽도록 싫어하게 만드는 화살이다.) 그런데 도리어 프시케에게 반하고 만 에로스는 자신의 모습을 감춘 채 프시케를 아내로 삼아 한동안 행복하게 사랑을 나눈다. 그러나 프시케는 주변의 잘못된 충고와 호기심 때문에 약속을 어기고 남편이 잠든 사이에 불을 켜고 그의 얼굴을 보고 만다. 놀라 깨어난 에로스는 절망하여 프시케를 떠나 버리고, 사실을 알게 된 아프로디테는 격노하여 프시케에게 여러 가지 가혹한 시련을 내린다. 그러나 이야기는 해피 엔딩으로 끝난다. 프시케는 온갖 어려움을 이기고 결국 에로스와 행복하게 재결합한다.

움을 느꼈다. 굽이도는 하얀 길과 생울타리, 느릅나무가 늘어
선 푸른 들판, 언덕의 고운 능선, 언덕 꼭대기를 덮은 관목숲,
질펀하게 뻗은 늪지, 북해의 우수, 필립은 이러한 것들을 떠올
렸다. 그러한 자연의 아름다움을 느낄 수 있다는 것이 얼마나
다행인지 몰랐다. 하지만 얼마 지나지 않아 애설니는 또 좀이
쑤시는지, 로버트 캠프의 어머니가 얼마나 땄나 알아보고 오
겠다고 했다. 그는 밭에 나와 일하고 있는 사람들을 죄다 알고
있었고, 이들을 죄다 세례명으로 불렀다. 그는 그네들의 집안
내력이며, 그들이 태어나면서부터 겪은 갖가지 일들을 낱낱이
알고 있었다. 그는 악의 없는 허세를 부리면서 이들 사이에서
훌륭한 신사 행세를 했다. 그의 허물없는 태도에는 어딘지 뻐
기는 구석도 있었다. 필립은 따라가지 않겠다고 했다.

"전 밥값이나 벌어야겠습니다." 필립이 말했다.

"아무렴, 그래야지. 일을 안 하면 누가 밥을 주나." 애설니는
손을 휘휘 저으며 말하고는 어슬렁어슬렁 걸어가 버렸다.

119

필립은 자기 바구니가 따로 없었기 때문에 샐리랑 같이 앉
아 있었다. 제인은 필립이 자기를 도와주지 않고 언니를 도와
주는 게 못됐다고 했다. 필립은 하는 수 없이 샐리의 바구니
가 다 차면 거들어 주겠다고 했다. 샐리는 어머니만큼이나 손
놀림이 빨랐다.

"바느질할 손인데 그러다 상하지 않겠어?" 필립이 물었다.

"아, 아녜요. 손이 부드러워야 해요. 그래서 여자들이 남자들보다 잘 따는 거예요. 거친 일을 많이 해서 손이 억세고 손가락이 뻣뻣하면 잘 따지 못해요."

그녀의 날렵한 동작이 자꾸만 눈길을 끌었다. 그녀 역시 아이를 보살피는 어머니처럼 이따금 필립을 바라보곤 했는데, 그런 태도가 필립은 재미있기도 하고 사랑스럽기도 했다. 홉을 처음 따 보는 필립은 서투를 수밖에 없었다. 그걸 보고 그녀가 웃어 댔다. 한번은 몸을 굽혀 필립에게 한 가닥을 통째로 따는 요령을 가르쳐주었는데 그때 두 사람의 손이 서로 닿았다. 샐리가 얼굴을 붉히는 것을 보고 필립은 놀랐다. 필립은 그녀를 다 큰 어른이라고 생각지는 않았다. 그녀를 앳된 아가씨 때 알았기 때문에 아직 아이로 볼 수밖에 없었다. 하기야 그녀를 좋아하는 젊은이들이 많은 것을 보면 이제 아이는 아닌 모양이었다. 이곳에 내려온 지 며칠 안 되었는데도 벌써 샐리의 사촌 하나가 유별난 관심을 보여 그녀는 사람들의 놀림에 시달리고 있었다. 청년의 이름은 피터 갠으로, 편 근처의 농부와 결혼한 애설니 부인 언니의 아들이었다. 이 젊은이가 왜 날마다 홉 밭을 지나가는지 모르는 사람이 없었다.

여덟 시가 되어 뿔피리 소리가 나면 일을 중단하고 아침밥을 먹는다. 애설니 부인은 아무도 밥 먹을 자격이 없다고 하지만 다들 게걸스럽게 잘만 먹었다. 다시 일을 시작하여 열두 시까지 일을 하면 또 뿔피리 소리가 점심 시간을 알린다. 일하는 시간에 간격을 두고 계량원이 기록하는 사람을 데리고 통들을 찾아 돌아다녔다. 기록 담당은 먼저 자기 것을 기입한 다음, 다른 일꾼들의 장부에 그동안 딴 양을 부셸 수로 적어 넣는다. 통이 가득 차면, 안에 든 것을 일 부셸짜리 바구니에 담아 헤아려서 포크라고 부르는 커다란 자루에 옮겨 담는다. 이것을 계량원과 짐꾼이 양쪽을 잡고 끌고 가서 짐마차에 싣는 것이다. 이따금 애설니가 돌아와서 히스 부인은 얼마를 따고 존스 부인은 얼마를 땄다고 보고를 하면서, 가족들에게 제발 그 사람을 이겨 달라고 부탁했다. 무엇에든 기록을 세우고 싶은 마음이 있어서 자기도 열성을 부려 한 시간가량을 꼼짝 않고 따는 때도 있었다. 하지만 무엇보다 신명이 나는 이유는 홉을 따면서 자신의 고운 손을 뽐낼 수 있기 때문이었다. 그는 자신의 손을 무척 자랑스럽게 여겼다. 손톱을 손질하는 데도 상당한 공을 들였다. 때로 필립에게 자신의 갸름한 손가락을 펴 보이면서 스페인 귀족들은 손가락을 희게 유지하려고 날마다 기름 적신 장갑을 끼고 잤노라고 했다. 그는 유럽의 목덜미를 거머쥔 그 손이 여자의 손처럼 곱고 아름다운 손이었다고 연극 대사를 읊듯이 말했다. 우아한 동작으로 홉을 따면서 이따금 자기 손을 바라보고 흐뭇한 한숨을 내쉬기도 했다. 그것도 싫증이 나면 담배를 말아 피우면서 필립에게 예술과 문학에 관한 이야기를 늘어놓았다. 오후가 되자 날이 무더워졌다. 일에 활기가 떨어지고 얘기도 끊겼다. 오전에는 그칠 줄 모르던 수다도 이제는 종작없이 던지는 한두 마디 말로 줄어들고 말았다. 샐리의 윗입술에는 작은 땀방울이 돋았다. 일에 열중할 때는 입술이 약간 벌어진다. 그녀는 막 피어나려는 장미꽃 봉오리 같았다.

휴식 시간은 건조장의 사정에 따라 달라졌다. 어떤 때는 건조장이 일찌감치 가득 차 버렸다. 하룻밤 동안 건조시킬 수 있는 양을 서너 시에 다 따 버리는 때도 있었다. 그러면 그것으로 작업은 끝이었다. 하지만 대체로 하루의 마지막 계량은 다섯 시에 시작되었다. 조마다 계량을 마치면 물건들을 한곳에 모아 놓고, 이제 다시 재잘거리기 시작하면서 다들 어슬렁어슬렁 일터를 떠난다. 여자들은 오두막으로 가서 청소와 저녁밥을 하고, 남정네들은 대개 가던 길을 그대로 따라 내려가 여인숙으로 간다. 일을 마치고 맥주를 한 잔 들이켜면 기분이 일품이었다.

애설니네 통은 맨 나중에 검사를 받았다. 계량원이 다가오자 애설니 부인은 이제야 차례가 됐구나 하고 큰 숨을 내쉬면서 일어나 기지개를 켰다. 여러 시간을 같은 자세로 앉아 있었던 탓에 몸이 뻣뻣해져 있었다.

"자아, '졸리 세일러'에나 갑시다." 애설니가 말했다. "하루 의식은 어김없이 치러야 하니까. 그보다 더 신성한 의무가 어디 있겠소?"

"여보, 주전자를 가지고 가서 저녁 식사 때 마시게 한 파인트 반만 사 오세요." 하고 애설니 부인이 말했다.

그녀는 동전을 하나하나 헤아려 술값을 그에게 주었다. 술청은 이미 꽉 차 있었다. 바닥에는 모래가 깔려 있고, 빙 둘러 벤치를 놓아두었으며, 벽에는 빅토리아 여왕 시대 권투 선수들의 사진이 누렇게 바랜 채 걸려 있었다. 주인은 손님들의 이름을 죄다 알고 있었다. 그는 바 너머로 몸을 내밀고 두 청년이 바닥에 세운 말뚝에 고리 던지기를 하는 것을 사람 좋은 미소를 지으며 바라보고 있었다. 고리가 엉뚱한 데 떨어질 때마다 구경꾼들은 와자하게 놀려 댔다. 애설니 일행이 들어서자 그들은 앉을자리를 마련해 주었다. 필립은 무릎 밑을 끈으로 둘러맨 코듀로이 옷 차림의 늙은 노동자와 애교머리를 붉은 이마에 곱게 빗어 붙이고 얼굴이 환하게 생긴 열일곱 살쯤의 소년 사이에 앉게 되었다. 애설니가 고리 던지기를 해 보겠노라고 나섰다. 맥주 반 파인트를 걸고 내기를 해서 운 좋게 이겼다. 그는 진 사람을 위해 건배를 하면서 이렇게 말했다.

"나는 경마보다는 이런 시합에 이기고 싶단 말야."

차양이 넓은 모자를 쓰고, 뾰족한 턱수염을 기른 애설니의 모습은 이 시골 사람들 사이에서는 아무래도 색달라 보였다. 다들 좀 이상한 사람으로 여기고 있음을 금방 알 수 있었지만 성격이 유쾌한 데다 활달한 행동이 워낙 사람을 잘 끌어서 누구나 그를 좋아하지 않을 수 없었다. 얘기가 술술 잘 되었다. 이 고장의 걸쭉하고 느린 사투리로 얼마간 농담이 오갔다. 동네 재담꾼이 우스갯소리를 할 때마다 요란한 웃음이 터지곤 했다. 정말 즐거운 모임이었다. 이런 사람들과 어울리면서 기분이 흐뭇해지지 않는 사람은 그야말로 마음이 돌처럼 굳어 버린 사람이리라. 필립은 무심코 창밖을 내다보았다. 밖은 아직 햇살이 남아 밝았다. 창문에는 오두막 창문에 걸려 있는 커튼처럼 흰 커튼이 걸려 있었는데 허리를 빨간 리본으로 매어 놓았고, 창턱에는 제라늄 화분들이 놓여 있다. 시간이 지나자 하나씩 자리에서 일어서더니 식구들이 한참 저녁밥을 짓고 있을 목초지 쪽을 향해 다들 어슬렁어슬렁 돌아갔다.

"이제 슬슬 주무실 준비를 해야 할 것 같은데요." 애설니 부인이 필립에게 말했다. "새벽 다섯 시에 일어나 하루 종일 밖에 나가 일해 보신 것은 처음이실 텐데."

"필 아저씨, 우리랑 또 수영 가시는 거죠?" 아이들이 일제히 소리쳤다.

"그럼."

그는 피곤하면서도 기분이 좋았다. 저녁 식사를 끝낸 다음, 필립은 등받이 없는 의자에 앉아 오두막 벽에 등을 기댄 채 파이프를 피우면서 밤경치를 바라보았다. 샐리는 분주했다. 무슨 일인지 오두막을 몇 번이고 들락거렸다. 신중하기만 한 그녀의 움직임을 그는 우두커니 지켜보았다. 걸음걸이가 눈을 끌었다. 우아하다기보다는 가볍고 자신에 넘쳐 있었다. 다리를 엉덩이께서부터 힘차게 움직였고 땅을 딛는 발걸음도 분명하고 야무져 보였다. 애설니는 이웃 사람과 얘기를 하러 나가고 없었다. 얼마 있으니 애설니 부인이 누구에게랄 것도 없이 크게 말하는 소리가 들려왔다.

"이것 봐. 차가 떨어졌네. 이 양반더러 블랙 아주머니네 가게에 가서 좀 사 오라고 했는데." 그러고는 잠시 말이 없더니 다시 목청이 올라간다. "얘, 샐리, 네가 블랙 아주머니네에 좀 뛰어갔다 오지 않겠니? 차 반 파운드만 사 오너라. 하나도 없다."

"알았어요, 어머니."

블랙 부인네 오두막은 한길을 따라 반 마일쯤 떨어진 곳에 있었다. 우편취급소와 잡화점을 겸하고 있는 집이다. 샐리는 소매를 내리고 오두막에서 나왔다.

"샐리, 같이 가 줄까?" 필립이 물었다.

"괜찮아요. 혼자 가도 무섭지 않아요."

"그건 나도 알아. 하지만 나도 슬슬 잘 시간이 되어서 다리 운동을 좀 해 볼까 하던 참이었거든."

샐리는 아무 대꾸도 하지 않았다. 그래서 두 사람은 함께 나섰다. 길은 하얗고 조용했다. 소리 하나 없는 여름밤이었다. 두 사람도 별로 말을 하지 않았다.

"밤인데도 꽤 덥지?" 필립이 말했다.

"이맘때로 보아서는 굉장히 좋은 날씨예요."

하지만 두 사람은 침묵이 거북하게 느껴지지는 않았다. 나란히 걷는다는 것만으로도 즐거워서 말이 필요 없었다. 갑자기 생울타리의 어느 통로 근처에서 웅얼거리는 사람의 목소리가 들렸다. 어둠 속에서 어렴풋이 두 사람의 윤곽이 보였다. 두 사람은 서로 엉겨 붙어 앉아 있었는데 필립과 샐리가 지나가도 꼼짝하지 않았다.

"누구인지 모르겠네." 샐리가 혼잣말처럼 말했다.

"아주 행복해 보이지 않아?"

"그 사람들도 우리를 연인이라고 생각했을 거예요."

이윽고 오두막의 불빛이 앞에 보였다. 얼마 안 있어 그들은 조그만 가게 안으로 들어섰다. 불빛에 잠시 눈이 부셨다.

"늦게 나오셨네요." 블랙 부인이 말했다. "막 문을 닫을 참이었는데." 그녀는 시계를 쳐다보았다. "아홉 시가 다 됐네요."

샐리는 홍차 반 파운드를 달라고 했다. (애설니 부인은 한번에 반 파운드 이상 사는 법이 없었다.) 두 사람은 밖으로 나와 다시 되돌아 걸었다. 이따금 밤 짐승의 짧고 날카로운 울음소리가 들려왔다. 하지만 그것은 오히려 정적의 깊이를 더해 줄 뿐이었다.

"잠깐 서 보세요. 바닷소리가 들릴 거예요." 샐리가 말했다.

두 사람은 귀를 기울였다. 정말 어디선가 조약돌을 핥는 희미한 잔물결 소리가 들려오는 것 같았다. 생울타리 통로를 지날 때 다시 보니 연인들은 아직도 거기에 있었다. 이제는 말을 나누고 있지도 않았다. 둘이서 꼬옥 껴안은 채 남자가 여자의 입술에 입술을 누르고 있었다.

"정신없군요." 샐리가 말했다.

두 사람은 모퉁이를 돌았다. 순간 따뜻한 바람이 두 사람의 얼굴을 감쌌다. 땅이 싱싱한 기운을 내뿜고 있었다. 떨리는 밤 공기에 야릇한 기운이 떠돌았다. 알 수 없는 그 무엇이 어디엔가 도사리고 있는 듯했다. 정적이 갑자기 의미로 가득 찼다. 필립은 기이한 설렘을 느꼈다. 너무 벅차 녹아 버릴 듯한 감정이었다.(이 상투적인 표현이 이 경우에는 그 야릇한 감정을 정확하게 나타내 주고 있다.) 행복하기도 하고, 불안하기도 하고, 기대감에 설레기도 했다. 문득 제시카와 로렌조가 서로 소근대었던 달콤한 사랑의 대사[124]가 떠올랐다. 서로 즐겁게 다투어

---

124) 제시카와 로렌조는 셰익스피어의 『베니스의 상인(The Merchant of Venice)』에 나오는 연인들이다. 5막 1장 참조.

주고받던 그 위트에 가득 찬 말을 통해 뜨겁고 선명한 정열이 새어 나오고 있었다. 밤의 공기 속에 무엇이 있기에 그의 감각을 그처럼 야릇하게 긴장시키는지 알 수 없었다. 자신의 영혼이 너무 순수해서 대지의 향기와 소리와 맛을 느낄 수 있는 것일까. 그처럼 완벽하게 아름다움을 지각해 보기는 처음이었다. 샐리가 입을 열어 이 마법을 깨뜨리지나 않나 조마조마했다. 하지만 그녀는 한마디도 하지 않았다. 이윽고 그는 그녀의 목소리가 듣고 싶었다. 그녀의 나직하고 풍부한 목소리는 바로 시골 밤의 목소리였다.

두 사람은 홉 밭까지 왔다. 그녀는 밭을 건너 오두막으로 돌아가야 한다. 필립이 먼저 들어가 출입문을 연 다음 문을 붙든 채 그녀가 들어오도록 기다렸다.

"자, 그럼 이제 굿나잇 해야겠군."

"여기까지 바래다주어 정말 고마워요."

그녀는 손을 내밀었다. 필립은 손을 잡으며 말했다. "상냥한 사람이라면 굿나잇 키스쯤 해 줄 수 있겠지. 가족들에게 하듯이."

"안 될 것 없죠."

필립은 농담으로 말했을 뿐이었다. 기분이 좋고, 그녀가 사랑스럽고, 밤이 너무 아름다워 입 맞춰 보고 싶었을 뿐이다.

"그럼, 잘 자." 필립은 가볍게 웃으면서 그녀의 몸을 끌어당겼다.

샐리는 입술을 내맡겼다. 따뜻하고 풍만하고 부드러운 입술이었다. 곧바로 입술을 떼고 싶지 않았다. 꽃잎 같은 입술이었다. 그러다가, 그는 어떻게 된 셈인지 자기도 모르게 그녀를 껴안고 말았다. 그녀는 말없이 몸을 내맡겼다. 탄탄하고 건강한 몸이었다. 가슴에 그녀의 심장 박동이 전해 왔다. 순간 그는 제정신을 잃고 말았다. 격류와 같은 관능이 그를 집어삼키고 말았다. 그는 어두운 생울타리 밑으로 그녀를 끌고 들어갔다.

120

필립은 세상 모르게 곯아떨어져 자고 있다가 깜짝 놀라 눈을 떴다. 해럴드가 깃털로 얼굴을 간질이고 있었다. 그가 눈을 뜨자 환성이 일었다. 잠에 취했는지 기분이 얼얼했다.

"일어나세요, 게으름뱅이 아저씨." 제인이 말했다. "샐리 언니가, 빨리 안 나오시면 가 버린대요."

그러자 어젯밤 생각이 났다. 자리에서 몸을 일으키던 그는 가슴이 철렁 내려앉으면서 그대로 멈추고 말았다. 무슨 낯으로 그녀를 대한단 말인가. 갑자기 엄습해 오는 자책감을 그는 견딜 수 없었다. 간밤에 저지른 일이 뼈저리게 후회되었다. 아침에 만나면 그녀는 자기에게 뭐라고 할까? 만나기가 두려웠다. 어떻게 그런 어리석은 짓을 저지르고 말았단 말인가? 하지만 아이들은 조금도 시간을 주지 않았다. 에드워드가 수영복과 수건을 집어 들고, 애설스탠은 이부자리를 걷어 버린다. 삼 분쯤 지난 뒤에는 다들 쿵쾅거리며 뛰어 내려가 한길로 나왔다. 샐리는 그를 보자 방긋 웃었다. 여느 때와 다름없는 귀엽고 순진한 미소였다.

"옷 입는 데 오래 걸리시네요. 안 나오시는 줄 알았어요."

그녀의 태도에는 조금도 달라진 데가 없었다. 필립은 그녀에게 무슨 변화가—미묘한 변화이든 커다란 변화이든—있으리라고 생각했었다. 그를 보고 부끄러워하거나, 아니면 화를 내거나, 아니면 전보다 더 허물없이 굴거나 할 것으로 짐작했었다. 하지만 조금도 그런 기색이 없다. 전과 똑같았다. 그들은 함께 바다 쪽으로 걸어갔다. 아이들은 줄곧 웃고 떠들었다. 샐리는 말이 없다. 하기는 지금까지도 늘 그랬다. 그녀는 마음을 드러내지 않는다. 하지만 언제 그렇지 않았던 적이 있던가. 그녀는 사근사근하다. 샐리는 굳이 말을 걸려고도, 굳이 피하려고도 하지 않았다. 필립은 놀라지 않을 수 없었다. 그는 간밤의 일로 그녀가 완전히 뒤바뀌어 버렸을 거라고 생각하고 있었다. 하지만 마치 아무 일도 없었던 것만 같다. 그렇다면 꿈이었을까? 그는 여자아이와 사내아이를 양손에 붙들고 걸어가며, 되도록 아무렇지 않은 듯 지껄이면서 속으로는 해답을 찾고 있었다. 샐리가 그 일을 잊어버리려고 하는지도 모른다는 생각이 들었다. 그녀도 자기처럼 순간적인 관능에 사로잡혔는지도 모른다. 그래서 그 일을 특수한 상황에서 발생한 우발적인 일로 간주하고 마음속에서 그 일을 지워 버리기로 결심한 것은 아닐까. 하지만 그렇다고 하면 그녀가 나이나 성격에 어울리지 않는 깊은 사고력과 성숙한 지혜를 가지고 있다고 보는 셈이 된다. 하여간 필립은 자신이 샐리에 대해 알고 있는 것이 아무것도 없음을 새삼 깨달았다. 그녀에게는 늘 수수께끼 같은 데가 있었다.

그들은 물속에서 말타기 놀이를 했다. 미역 감기는 전날처럼 떠들썩했다. 샐리는 어린애를 보살피는 어머니처럼 지켜보면서 일행이 너무 멀리 갈 때마다 소리쳐 불러들이곤 했다. 아이들이 한참 잘 놀고 있을 때는 의젓하게 이리저리 헤엄을 치다가, 이따금씩은 물 위에 누워 떠 있기도 했다. 얼마 후 그녀는 물에서 나가 몸을 닦았다. 그러고는 약간 명령조로 동생들을 불러냈다. 결국 필립만이 물속에 남게 되었다. 모처럼 혼자가 되어 그는 맘껏 헤엄을 칠 수 있었다. 둘째 날이라 차가운 물에도 익숙해졌다. 신선한 바닷물에 몸을 담그고 있으니 그렇게 좋을 수가 없었다. 손발을 마음대로 움직일 수 있다는 것 자체가 기쁨이었다. 그는 길고 힘차게 물을 저으며 나아갔다. 샐리가 수건을 몸에 두르고 물가로 내려왔다.

"당장 나와요, 필립." 그녀는 선생이 학생에게 말하듯 소리쳤다.

그 권위적인 말투가 재미있어 필립이 웃으며 그녀 쪽으로 가자 그녀는 화를 내듯 나무랐다.

"왜 그렇게 말을 듣지 않고 빨리 나오지 않으세요. 입술이 새파랗잖아요. 저 이 좀 봐. 덜덜 떨고 있네."

"알았어. 나갈게."

전에는 샐리가 그런 식으로 말한 적이 한 번도 없었다. 간밤에 있었던 일로 그럴 권리를 가진 듯이 느껴진 것일까. 흡사 돌보아야 할 어린애처럼 그를 대하고 있다. 얼마 뒤 다들 옷을 갈아입고 오두막을 향해 출발했다. 샐리가 필립의 손을 보왔다.

"이거 봐요. 손이 새파랗잖아요."

"아, 괜찮아. 혈액순환 때문이야. 피가 돌면 금방 괜찮아져."

"이리 좀 줘 봐요."

그녀는 그의 손을 붙잡아 쥐고 한 손씩 번갈아 가며 혈색이 돌아올 때까지 문질러 주었다. 고맙기도 하고 당황스럽기도 해서 필립은 그냥 지켜보기만 했다. 아이들이 곁에 있어 아무 말도 할 수 없었다. 좀처럼 그녀와 눈길을 마주칠 기회가 없었다. 그렇다고 그녀가 일부러 피하고 있는 것이 아님은 분명했다. 우연히 그럴 기회가 없었을 뿐이다. 하루 내내 눈여겨보았지만 그녀의 태도에선 간밤의 일을 의식하고 있는 듯한 기미를 전혀 발견할 수 없었다. 여느 때보다 말이 좀 많아졌다고나 할까. 온 가족이 다시 홉 따기를 시작했을 때 그녀는 어머니에게 필립이 말 안 듣는 아이처럼 추워서 파랗게 될 때까지 물에서 나오지 않았노라고 일러바쳤다. 믿을 수 없는 일이었다. 간밤의 일은 고작 그를 보호하고 싶은 마음을 불러일으킨 것에 지나지 않았단 말인가. 필립에게도 다른 동생들에게처럼 본능적으로 모성애가 느껴지는 모양이었다.

저녁이 되어서야 필립은 그녀와 단둘이 있는 기회를 갖게 되었다. 샐리는 저녁을 짓고 있었고, 그는 모닥불 곁 풀밭에 앉아 있었다. 애설니 부인은 장을 보러 마을에 내려가고 없었다. 아이들도 자기 하고 싶은 일을 찾아 다들 뿔뿔이 흩어지고 없었다. 필립은 쉽사리 입이 떨어지지 않았다. 초조하기만 할 뿐이었다. 샐리는 전혀 흐트러짐 없이 자기 할 일을 잘 하고 있었다. 필립에게는 몹시 거북한 침묵을 그녀는 평온하게 받아들이고 있었다. 뭐라고 말을 꺼내야 좋을지 몰랐다. 샐리는 남이 먼저 말을 걸거나, 특별한 용건이 있기 전에는 좀처럼 먼저 입을 여는 법이 없다. 마침내 필립은 더 이상 참을 수 없었다.

"샐리. 화나지 않았지?" 그는 불쑥 말을 꺼냈다.

그녀는 눈을 들어 담담하게 그를 바라보았다.

"제가요? 아뇨, 제가 왜 화를 내요?"

그는 기가 막혀 대꾸를 할 수 없었다. 그녀는 냄비 뚜껑을 열고 속에 든 것을 휘저은 다음 다시 덮었다. 구수한 냄새가 번졌다. 그녀는 다시 그를 바라보며 조용히 미소 지었다. 입술은 거의 벌어지지 않는, 눈웃음에 가까운 미소였다.

"전 오래전부터 당신을 좋아했어요."

돌연 필립의 심장은 쿵 하고 뛰었다. 피가 뺨으로 확 몰려드는 것 같았다. 그는 간신히 들릴락 말락 한 웃음소리를 냈다.

"난 몰랐는걸."

"바보라서 그렇죠."

"내 어디가 좋았는지 모르겠군."

"저도 모르겠어요." 그녀는 나무를 불 속에 던져 넣었다. "생각나실지 모르겠지만, 언젠가 노숙하면서 굶고 지내시다가 저희 집에 오신 날, 제가 좋아하고 있다는 걸 알았어요. 그래서 어머니와 제가 소프의 침대를 치워 드렸죠."

필립은 다시 얼굴을 붉혔다. 샐리가 그 일을 알고 있을 줄은 몰랐다. 참으로 창피하고 끔찍한 기억이었다.

"그래서 다른 사람하고는 교제하고 싶지 않았어요. 어머니가 저더러 결혼하라던 젊은 남자 생각나시죠? 너무 귀찮게 굴어서 한번 집에 오라고 하긴 했지만, 전 처음부터 맘에 없었어요."

필립은 너무 뜻밖이어서 할 말을 찾지 못했다. 참으로 야릇한 기분이었다. 모르긴 몰라도 이런 것이 행복감이라는 걸까? 그녀는 다시 냄비 안을 휘저었다.

"이 애들이 빨리 좀 왔으면 좋겠는데, 어딜 갔는지 모르겠네요. 저녁은 다 됐는데."

"내가 가서 찾아볼까?" 필립이 말했다.

당장의 상황에 맞는 말을 할 수 있게 되어 마음이 놓였다.

"그래 주시면 좋구요. 그런데…… 아, 저기 어머니가 오시네요."

그러고 나서 필립이 일어서자, 그녀는 어색해하는 기색이 전혀 없이 그를 바라보며 말했다.

"아이들 재우고 나서 밤에 함께 산보하지 않으실래요?"

"그러지."

"그럼, 저 아래 울타리 문께에서 기다리세요. 일 끝나면 나 갈게요."

필립은 별이 총총한 밤하늘을 바라보며 생울타리 통로의 디딤대에 앉아 기다렸다. 양편엔 산딸기가 익어 가는 생울타리가 높이 서 있었다. 땅에서는 밤의 향기가 물씬 피어올랐다. 대기는 부드럽고 고요했다. 가슴이 세차게 뛰었다. 지금 자신에게 무슨 일이 벌어지고 있는 것일까. 그가 알기로 열렬한 사랑이란 울음과 눈물과 격정을 몰고 오는 것인데 샐리에게는 그런 것이 전혀 없다. 하지만 사랑이 아니라면 무엇이 샐리로 하여금 스스로 몸을 허락하게 했단 말인가. 샐리가 나를 사랑한다? 샐리가 사촌오빠 피터 갠에게 빠졌다면, 그 훤칠하고 날씬하고 의젓한 청년, 구릿빛 얼굴에 걸음걸이도 경쾌한 그 청년에게 빠졌다면 조금도 놀라지 않았을 것이다. 그녀가 자기의 어디를 좋아하는지 알 수 없었다. 과연 그녀는 그가 생각하는 사랑의 감정으로 그를 사랑하고 있는 것일까. 하지만 그렇다 해도? 물론 그녀의 순결성만은 의심할 수 없었다. 그는 어렴풋이 이런 생각이 들었다. 여러 요소들이, 그러니까 그녀 자신도 의식하지 못한 요소들이 한데 결합하여 일어난 감정이 아니었을까. 대기와 홉과 밤의 정취가 일으킨 도취, 자연에서 자란 여자의 건강한 본능, 사방에 흘러넘치는 부드러운 분위기, 어머니 같고 누나 같은 본성을 가진 애정, 이러한 요소들이 결합되어 빚어진 감정이 아니었을까. 무어든 베풀고 싶은 착한 마음으로만 가득 차서 가진 것을 온통 주어 버린 것이 아닐까.

길 저쪽에서 발자국 소리가 들리더니 어둠 속에서 사람의 모습이 나타났다.

"샐리." 그는 나직하게 불렀다.

그녀는 걸음을 멈추는가 싶더니 울타리 문 쪽으로 다가왔다. 그녀와 함께 시골의 정결하고 그윽한 내음이 풍겨 왔다. 그녀에게는 갓 베어 낸 풀의 향기, 무르익은 홉의 맛, 어린 풀의 싱싱한 내음이 배어 있는 것 같았다. 그의 입술과 맞닿은 그녀의 입술은 부드럽고 탐스러웠고, 그의 팔에 안긴 몸은 사랑스럽고 탄탄했다.

"젖과 꿀이야. 샐리는 젖과 꿀 같은 사람이라고."[125]

필립은 그녀의 눈을 감기고 양쪽 눈꺼풀에 번갈아 가며 입을 맞추었다. 그녀의 탄탄한 팔은 팔꿈치까지 맨살이었다. 필립은 그녀의 팔을 어루만지며 그 아름다움에 감탄하지 않을 수 없었다. 살갗이 어둠 속에서 뽀얗게 빛났다. 루벤스[126]가 그린 살갗처럼 그지없이 희고 투명했으며 한쪽에는 금빛의 솜털이 나 있었다. 색슨[127]의 여신의 팔이었다. 하지만 불멸의 여신이라면 이렇게 아름답고 소박한 인간의 자연미를 갖지 못하리라. 필립은 모든 남자들의 마음에 피는 사랑스러운 꽃들, 접시꽃, 요크와 랭커스터로 불리우는 붉고 흰 장미꽃,[128] 니켈라꽃, 왕수염패랭이꽃, 인동덩굴, 참제비고깔꽃, 범의귀꽃들이 만발한 오두막 뜰을 생각하고 있었다.

"어떻게 나를 좋아할 수가 있지?" 그가 물었다. "아주 보잘

---

125) 성경의 '출애굽기'에 보면 모세가 '약속의 땅'의 풍요로움을 '젖과 꿀이 흐르는 땅'이라고 묘사한다. 소젖과 벌꿀은 유목민의 중요한 먹을거리였다. 이 맥락에서는 샐리의 건강하고 관능적인 이미지를 표현하는 말이다.

126) 페테르 파울 루벤스(Peter Paul Rubens, 1577~1640). 플랑드르의 화가. 바로크 회화의 대표적 화가로 인물과 풍경, 종교적인 내용의 작품들이 많다.

127) 잉글랜드인의 선조인 색슨(Saxon)족을 말한다.

128) 영국의 두 귀족 가문 요크가와 랭커스터가가 1455년부터 1485년까지 30년 동안 왕위 쟁탈을 두고 싸움을 벌였다. 그들 가문의 문장(紋章)이 각각 붉은 장미와 흰 장미였다. 그래서 이 전쟁은 '장미전쟁(the Wars of Roses)'이라고도 불리운다.

것없는 사람을. 절름발이 데다 평범하고 못났고."

샐리는 그의 얼굴을 두 손으로 감싸고 입술에 입을 맞추었다.

"바보예요, 당신은."

121

홉 따기가 끝나자, 필립은 성 누가 병원의 보조 수련의 자리에 채용되었음을 알리는 통지를 받아 주머니에 넣고 애설니네와 함께 런던으로 돌아왔다. 그는 웨스트민스터 근처에 단출한 방을 얻은 다음 시월 초부터 근무에 들어갔다. 일은 재미있었고 변화가 많았다. 매일 새로운 일을 배웠다. 자신이 제법 능력을 가진 사람이 되어 간다는 느낌이 들었다. 샐리도 자주 만났다. 사는 일이 아주 즐거웠다. 외래 환자를 보는 날을 빼놓고는 여섯 시만 되면 자유였다. 일이 끝나면 샐리가 다니는 가게에 가서 퇴근하기를 기다려 그녀를 만난다. 가게 뒷문 건너편이나 그보다 더 아래 첫 길모퉁이에는 늘 젊은 남자 몇 명이 서성거리고 있었다. 여점원들은 삼삼오오 떼를 지어 나오다가 사내들을 알아보고 서로 옆구리를 찌르며 킬킬댔다. 무늬 없는 검은 옷을 입은 샐리는 그와 함께 홉을 따던 시골 아가씨와는 딴판으로 보였다. 그녀는 가게에서 빠른 걸음으로 걸어 나오다가 그를 만나면 걸음을 늦추고 조용한 미소를 건넨다. 두 사람은 사람들이 바쁘게 오가는 거리를 함께 걷는

다. 그는 병원에서 있었던 얘기를 하고, 그녀도 그날 하루 가게에서 한 일을 얘기한다. 그러다 보니 그는 샐리와 같이 일하는 아가씨들의 이름을 다 알게 되었다. 샐리가 말이 많지는 않아도 어리석음을 분별하는 날카로운 감각을 가지고 있다는 것을 알게 되었다. 그녀는 동료 아가씨들이나 남자 감독들에 대한 이야기를 가끔 했는데 필립으로서는 뜻밖에 듣는 익살스러운 말들이라 여간 재미있지 않았다. 그녀가 얘기하는 방식은 아주 독특했다. 재미있는 내용이라고는 전혀 없다는 듯이 시치미를 뚝 떼고 얘기했는데, 듣고 보면 아주 날카로운 관찰이라 필립은 즐겁게 웃음을 터뜨리는 것이었다. 그러면 샐리도 그를 슬쩍 쳐다보았다. 그녀의 눈에 웃음기가 어려 있는 것을 보면 그녀도 자신의 유머를 알고 있음을 눈치챌 수 있었다. 두 사람은 만나면 악수를 했고, 헤어질 때도 의례적인 격식을 갖추었다. 한번은 필립이 자기 집에 가서 차나 마시자고 하자 그녀는 거절했다.

"아녜요. 가지 않을래요. 이상하게 보일 거예요."

사랑에 관한 말은 두 사람 사이에 한 번도 나오지 않았다. 그녀는 함께 산책하는 것 말고는 아무것도 바라지 않는 것 같았다. 하지만 필립은 그녀가 자기와 함께 있는 시간을 기뻐한다는 것을 분명히 알 수 있었다. 그녀에게는 처음에도 그랬지만 여전히 이해할 수 없는 점이 있었다. 알 만한 때도 되었건만 그녀의 태도를 여전히 이해할 수 없었다. 하지만 만나면 만날수록 더 좋아졌다. 능력이 있고, 자신을 잘 다스렸으며, 무엇보다 정직성이 호감을 주었다. 어떤 상황에서도 믿음이 가는 여자라는 느낌을 주었다.

"샐리는 정말 좋은 사람이야." 한번은 필립이 자기도 모르게 불쑥 그렇게 말했다.

"딴 사람과 조금도 다를 게 없을걸요." 샐리가 대답했다.

필립은 그녀에 대한 자신의 감정이 사랑이 아님을 알고 있었다. 그녀에 대한 감정은 깊은 정과 같은 것이었다. 그래서 그는 그녀와 함께 있으면 좋았다. 이상하게 마음이 가라앉았다. 열아홉 살 먹은 여점원에 대한 감정치고는 아무래도 우스꽝스러운 느낌이 들었다. 그는 샐리를 존경했다. 그녀의 놀랍기 그지없는 건강미도 감탄을 자아냈다. 그녀는 결함이라고는 없는 훌륭한 동물이었다. 그녀의 완벽한 육체가 필립을 언제나 경외심으로 가득 채웠다. 그녀에 비하면 자신은 하찮은 존재같이 여겨졌다.

그러던 어느 날, 런던으로 돌아온 지 삼 주일쯤 되었을 때 샐리와 함께 걷던 필립은 문득 그날따라 그녀가 유난히 말이 없음을 깨달았다. 늘 평온하던 표정이 미간에 잡힌 가벼운 주름으로 약간 일그러져 있다. 거의 찌푸린 표정이었다.

"웬일이야, 샐리?"

그녀는 똑바로 앞만 바라볼 뿐 고개를 돌리지 않았다. 얼굴빛이 어두웠다.

"모르겠어요."

필립은 금방 그 말뜻을 깨달았다. 가슴이 갑자기 빠르게 뛰기 시작했다. 얼굴에서 핏기가 사라지는 것 같았다.

"무슨 말이야? 혹시……."

그는 말을 멈추었다. 더 이상 말을 이을 수 없었다. 이런 일이 일어나리라고는 꿈에도 생각지 못했다. 그녀를 보니 입술을 파르르 떨고 있다. 울음을 참으려고 애쓰고 있음이 분명했다.

　"아직 확실하지는 않아요. 아마 괜찮을 거예요."

　두 사람은 묵묵히 걸어서 첸서리 레인의 길모퉁이까지 왔다. 늘 헤어지는 곳이었다. 샐리가 손을 내밀고 미소를 지어 보인다.

　"아직은 걱정하지 마세요. 괜찮도록 바라죠 뭐."

　필립은 어지러운 상념에 시달리며 걸음을 옮겼다. 어쩌다 그런 바보 같은 짓을 저질렀단 말인가! 맨 처음에 떠오른 생각이 그것이었다. 비열하고 야비한 바보 자식! 미친 듯이 화가 치밀어 올라 그는 그 말을 수십 번이나 되뇌었다. 자신이 한없이 경멸스러웠다. 정말이지 어쩌다 그런 곤란한 상황에 빠지고 말았단 말인가! 머릿속에서 꼬리에 꼬리를 물고 이어지던 생각들이 악몽 속에서 본 그림맞추기 놀이의 조각 그림들처럼 도저히 맞출 수 없이 어지럽게 흩어져 버렸다. 생각의 가닥을 잡으려고 그는 이제 어떻게 할 것인가를 자문해 보았다. 모든 것이 너무 뚜렷했다. 오랫동안 추구해 왔던 모든 것을 마침내 손에 넣으려는 찰나, 어처구니없이 어리석은 짓을 저질러 이 새로운 장애물을 세우고 말았던 것이다. 안정된 생활을 열렬히 바랐지만 그것을 실현하는 데에는 결함이―스스로도 인정하는 결함이―있었고, 그는 그것을 한 번도 극복할 수 없었다. 결함이란 미래의 삶에 대한 열정이었다. 겨우 병원 근무를 하게 되자마자 그는 벌써 여행 계획을 세우느라 마음이 바빴다. 전에는 미래의 계획을 너무 세밀하게 세우지 않으려고 애쓰기도 했다. 세밀하게 세울수록 실망이 컸기 때문이다. 하지만 이제 목표가 눈앞에 가까이 다가온 이상, 저항하기 어려운 그 미래에의 열망에 굴복해 버린다 한들 큰 문제가 없으리라 여겨졌다. 무엇보다 스페인에 가 보고 싶었다. 스페인은 늘 마음을 떠나지 않는 나라였다. 이 나라의 정신과 로맨스와 색채와 역사와 영광이 이제 그의 마음 구석구석에 스며 있었다. 다른 나라는 몰라도 스페인만은 특별히 그에게 어떤 계시를 줄 것만 같았다. 코르도바, 세비야, 톨레도, 레온, 타라고나, 부르고스 등 아름다운 옛 도시들의 구불구불한 거리를 그는 마치 어린 시절부터 걸어 다녔던 사람처럼 잘 알고 있었다. 스페인의 위대한 화가들이 그의 영혼을 지배하고 있었다. 그들의 그림을 눈앞에 두고 섰을 때의 감격을 상상만 해도 맥박이 세차게 뛸 지경이었다. 그의 고통스럽고 불안한 마음에는 그들의 그림이 다른 어떤 그림들보다 더 의미가 깊었다. 위대한 스페인 시인들의 작품도 그는 많이 읽었다. 그들은 어느 나라 시인들보다 자기 민족을 더 잘 표현했다. 그들은 세계문학의 보편적 흐름에서 영감을 찾지 않고 제 나라의 뜨겁고 향기로운 평원과 황량한 산맥에서 직접 영감을 얻은 듯했다. 이제 몇 달만 있으면 위대한 영혼과 정열을 표현하는 데 가장 적절하게 여겨지는 그 언어를 그는 어디서나 자신의 귀로 듣게 된다. 그의 섬세한 감각에 따르면, 안달루시아 지방은 너무나 부드럽고 관능적이며 약간 통속적이기까지 해서 자신의 열정을 만족시켜 주지 못하리라는 느낌이 들었다. 그의 상상은 바람 몰아치는 카스티야의 들판과 험난하고 장엄한 아라곤과 레온 산맥을 더 즐겨 방황했다. 이 미지의 접촉을 통해 과연 무엇을 얻게 될 것인지 그 자신도 잘 알 수 없었다. 하지만 그러한 접촉을 통해 그는 더 멀고 더 낯선 곳들의 갖가지 경이를 더 잘 이해하게 해 줄 힘과 목적을 발견할 수 있으리라고 느꼈다.

사실 스페인 여행은 시작에 지나지 않았다. 그는 이미 그때 선의(船醫)를 고용하는 선박회사들에 물어서 그들의 항로를 정확히 알아 두고 있었고, 그 항로를 다녀 본 사람들을 통해 각 항로의 장단점을 자세히 조사해 두고 있었다. 오리엔트 기선 회사와 P. & O. 해운 회사[129]는 일단 제쳐 두었다. 이 회사들에서는 선의의 지위가 별로 좋지 않았다. 게다가 승객이 많아 선의에게 주어지는 자유 시간이 거의 없다. 여유 있는 항해 일정을 가지고 동양에 대형 부정기 화물선을 내보내는 회사들이 얼마든지 있었다. 이 화물선들은 온갖 항구에서 하루 이틀에서 이 주일까지 다양한 기간 동안 기항을 하기 때문에 그런 배를 타면 시간 여유도 충분하고, 때로는 내륙 여행도 할 수 있다. 선의의 급료가 형편없고 음식도 시원치 않아 지원자는 별로 많지 않았다. 런던에서 자격을 딴 의사라면 자리 얻기는 어렵지 않았다. 이런 배의 승객은 외딴 항구를 떠도는 뜨내기 장사꾼들뿐이라서 배 안에서의 생활은 친근하고 즐겁다. 필립은 그러한 배들이 기항하는 항구들 이름을 죄다 외우고

---

129) The Peninsular and Ocean Line. 영국의 유명한 해운 회사.

있었다. 그 이름 하나하나가 그의 상상 속에 열대의 햇빛과, 마법의 색채와, 풍요하고 신비롭고 강렬한 삶의 환상을 불러일으켜 주었다. 삶! 그가 원하는 것은 바로 그것이었다. 마침내 삶과 맞닥뜨릴 기회가 오게 된 것이다. 도쿄나 상하이에서 다른 배로 바꿔 타고 남태평양의 섬들에서 내릴 수도 있을 것이다. 의사는 어느 곳에서나 필요할 테니까. 버마의 오지에 들어가 볼 기회가 있을지도 모르고, 수마트라나 보르네오의 깊은 정글을 찾지 못할 것도 없지 않은가. 그는 아직 젊고, 시간 같은 것은 문제가 아니었다. 영국에 친척이 있는 것도 아니고 친구도 없다. 몇 년쯤 세계를 떠돌면서 삶의 아름다움과 경이와 다채로움을 배울 수 있을 것이다.

그런데 이런 일이 생기고 만 것이다. 샐리가 잘못 판단했을 가능성은 일단 접어 두었다. 이상하게도 샐리의 짐작이 틀림없다는 느낌이 들었다. 따지고 보면 그럴 가능성은 얼마든지 있었다. 누가 봐도 자연이 그녀를 아이들의 어머니로 만들어 놓았음에 틀림없다. 그가 어떻게 해야 할 것인가는 잘 알고 있었다. 이 일 때문에 자신의 인생 행로가 애초의 계획에서 조금이라도 벗어나게 해서는 안 될 일이었다. 그리피스가 생각났다. 아마 그 사내라면 그러한 임신 통고 따위는 아무렇지도 않게 들어 넘길 것이 뻔했다. 성가신 일이라 생각하고 약삭빠르게 줄행랑을 치고 말 것이다. 골치 아프게 된 일은 여자더러 알아서 처리하라고 떠넘기고 말 것이다. 필립은, 이런 일이 일어났다면, 그것은 필연적이기 때문에 일어났으리라고 생각했다. 이 일로 샐리를 탓할 수 없듯이 자신을 탓할 수도 없다. 그녀는 세상일을 알고 있고, 삶의 현실도 알고 있는 여자이다. 다 알고서 그 위험한 짓을 선택했다고 할 수 있다. 이 우연한 일 하나로 인생의 무늬 짜기를 망쳐 버린다는 건 정신 나간 짓이다. 삶의 덧없음을 자기처럼 사무치게 의식하고 있는 사람도 얼마 없을 것이다. 삶을 최대로 활용한다는 것은 얼마나 중요한 일인가. 샐리를 위해서 할 수 있는 일은 다 하리라. 필요하다면 돈을 넉넉하게 줄 수도 있다. 강한 인간이라면 결코 제목적을 포기하지 않을 것이다.

필립은 이처럼 온갖 것을 다 생각해 보았다. 하지만 실제로는 그렇게 하지 못하리라는 것을 알고 있었다. 도저히 그렇게할 수는 없었다. 그는 자신을 잘 안다.

"정말 난 왜 이렇게 약할까." 그는 절망적으로 중얼거렸다.

샐리는 그를 믿었고 늘 다정하게 대해 주었다. 이성적으로야 어떻게 생각되든, 그는 잔혹하다고 느껴지는 일을 도저히할 수 없었다. 그녀를 불행에 빠뜨렸다는 생각이 머리에서 떠나지 않는다면 여행을 한다고 하더라도 마음이 편할 리 없다. 게다가 그녀의 아버지와 어머니는 또 어떻게 대한단 말인가. 그들은 늘 그에게 잘해 주었다. 그들에게 배은망덕한 사람이될 수는 없다. 유일한 방법은 되도록 빨리 그녀와 결혼하는 것뿐이다. 닥터 사우스에게 편지를 내서 곧 결혼하게 되었으며, 전에 말했던 생각이 아직 바뀌지 않았다면 그 제안을 기꺼이받아들이고 싶다고 써 보내야겠다. 그로서는 아무래도 가난한 사람들을 상대로 그런 식으로 의료에 종사할 수밖에 없었다. 거기서라면 자신의 불구가 문제되지 않는다. 사람들이 아내의 소박한 살림 방식을 비웃지도 않을 것이다. 그녀를 아내라고 생각하니 야릇했다. 이상하게 푸근한 느낌이 들었다. 자신의 아이를 가지게 된다고 생각하니 뭉클하게 가슴이 벅차올랐다. 닥터 사우스가 반갑게 그를 받아 주리라는 것은 분명했다. 그는 그 어촌에서 샐리와 함께 꾸려 나갈 생활을 상상해 보았다. 바다가 보이는 곳에 조그만 집을 하나 얻으리라. 거기서 그가 가 보지 못한 나라들을 향해 항해하는 커다란 배들을 바라보리라. 그게 가장 현명한 일일지 모른다. 크론쇼도 언젠가, 공상의 힘으로 시공의 두 영역을 영유하는 사람에게는 삶의 사실들이란 중요하지 않다고 하지 않았던가. 맞는 말이다. "그대는 영원히 사랑할 것이며, 그녀는 영원히 아름다우리라."130)

아내에게 그가 가진 모든 드높은 희망을 결혼 선물로 주리라. 자기 희생! 그것의 아름다움에 필립의 마음은 뿌듯해졌다. 밤 내내 그 일만 생각했다. 너무 흥분되어 책을 읽을 수가 없었다. 그는 집에서 쫓겨난 사람처럼 거리로 나와 기쁨에 떨리는 가슴으로 버드케이지 워크 거리를 하염없이 오르내렸다. 초조한 마음을 진정시킬 수 없었다. 결혼 제의를 할 때 행복해할 샐리의 모습을 보고 싶었다. 늦은 밤만 아니라면 당장이라도 그녀에게 달려갔을 것이다. 그는 바다를 볼 수 있게끔 덧

---

130) 영국의 시인 존 키츠(John Keats, 1795~1821)의 시 「그리스 항아리에 부치는 노래(Ode on a Grecian Urn)」의 한 구절. 키츠는 항아리에 그려진 젊은 남녀는 영원히 늙지 않고, 영원히 사랑하리라고 말한다. 원문은 다음과 같다. "Forever wilt thou love, and she be fair!"

문을 올려 둔 아늑한 거실에서 샐리와 함께 지내게 될 긴 저녁들을 그려 보았다. 그는 책을 읽고 그녀는 몸을 굽혀 바느질을 하고 있다. 갓을 씌운 램프의 불빛이 그녀의 어여쁜 얼굴을 더욱 아름답게 만들어 준다. 두 사람은 자라는 아이들에 대해 이야기할 것이다. 눈길을 돌려 그를 바라보는 그녀의 눈에는 사랑의 빛이 어려 있다. 그리고 환자로 찾아오는 어부와 그들의 아내들도 두 사람에게 깊은 애정을 느끼게 되고, 두 사람 또한 그곳에서 소박한 삶의 애환을 함께 나누게 된다. 하지만 다시 그의 생각은 두 사람의 아들에게 돌아간다. 벌써부터 열렬한 부정이 가슴속에서 느껴진다. 아이의 온전한 팔다리를 손으로 어루만지는 상상을 해 본다. 틀림없이 잘생긴 녀석이리라. 그가 가진 풍부하고 다채로운 삶에 대한 꿈을 죄다 그 아이에게 물려주리라. 지난날의 기나긴 여정을 되돌아보며 필립은 자신의 과거를 기꺼이 받아들였다. 삶을 그처럼 힘들게 만들었던 불구도 받아들였다. 불구 때문에 성격이 비뚤어졌음을 알고 있지만 이제는 불구 때문에 많은 기쁨을 가져다주는 내면 성찰의 힘을 기를 수 있었음도 아울러 알고 있었다. 그것이 없었더라면, 아름다움에 대한 예민한 감수성이며, 예술과 문학에 대한 열정, 그리고 삶의 다양한 모습들에 대한 관심을 갖지 못했을 것이다. 지금까지 그는 조롱과 멸시를 엄청나게 받아 왔지만 그 조롱과 멸시는 그의 정신을 안으로 향하게 했고, 영원히 그 향기를 잃지 않을 정신의 꽃들을 피워 냈다고 할 수 있다. 그 순간 그는, 정상적이라고 할 수 있는 것이 세상에 오히려 드문 일임을 깨달았다. 모든 사람이 몸에든 마음에

든 어떤 결함을 가지고 있다. 그는 지금까지 그가 알아 왔던 모든 사람들을 생각해 보았다.(그러고 보면 온 세상이 병원이나 마찬가지였다. 그렇다고 거기에 무슨 까닭이나 이유가 있는 것도 아니다.) 몸은 불구이고 마음은 비뚤어진 사람들의 기나긴 행렬을 볼 수 있었다. 어떤 사람들은 육체에 병이 들어 심장이 허약하거나 폐가 허약했고, 어떤 사람들은 정신에 병이 들어 의지가 나약하거나 밤낮없이 술만 찾았다. 이 순간 필립은 이 모든 사람들에게 성자와 같은 연민을 느낄 수 있었다. 모두가 맹목적인 우연의 무력한 노리개에 지나지 않았다. 필립은 그리피스의 배신을, 그에게 고통을 가져다준 밀드러드를 모두 용서할 수 있었다. 그네들도 어쩔 수 없었을 것이다. 우리에게 한가지 분별 있는 태도가 있다면 그것은 사람의 좋은 점을 받아들이고 잘못은 참아 내는 일뿐이다. 그리스도가 죽어 가면서 했던 말이 퍼뜩 머리를 스쳤다.

저들을 용서하소서. 저들은 자기가 하는 일을 모르나이다.[131]

122

그는 토요일에 내셔널 갤러리에서 샐리를 만나기로 했다. 그녀는 가게 일이 끝나는 대로 와서 그와 함께 점심을 하기

---

131) 누가복음 23장 34절.

로 되어 있었다. 그녀를 만난 지 이틀이 지났다. 벅찬 기쁨이 한순간도 필립을 떠나질 않았다. 그동안 그녀를 만나려고 하지 않았던 것은 그 기쁨을 더 오래 누리고 싶었기 때문이었다. 필립은 그녀를 만나 해야 할 말, 말할 때의 어조를 하나하나 되풀이해서 연습해 보았다. 이제 마음이 안정이 안 돼 견딜 수 없을 지경이었다. 이미 닥터 사우스에게 편지를 써서 그날 아침에 받은 전보가 주머니에 들어 있었다. "이하선염 멍청이 해고. 언제 오는가?" 필립은 팔러먼트 스트리트를 걸어갔다. 날씨가 맑았다. 밝고 쌀쌀한 태양이 내리쬐어 거리에는 햇빛이 가득 뛰놀았다. 거리는 사람들로 붐볐다. 저 멀리에는 엷은 안개가 끼어 있었다. 안개는 건물들의 중후한 윤곽을 절묘하게 부드러운 선으로 만들어 주고 있었다. 그는 트라팔가 광장을 건넜다. 갑자기 가슴이 쿵 내려앉았다. 앞에 가는 여자가 꼭 밀드러드 같았다. 생김새도 똑같았고 발을 약간 끌면서 걷는 것도 영락없는 밀드러드였다. 가슴이 세차게 뛰는 가운데 앞뒤 생각도 없이 걸음을 빨리하여 여자의 곁으로 다가갔다. 그때 여자가 얼굴을 돌렸는데 보니 모르는 사람이었다. 얼굴이 훨씬 나이 들어 보였고 주름살이 지고 살갗이 누랬다. 그는 걸음을 늦추었다. 한없이 마음이 놓였다. 하지만 마음이 놓였다고만은 할 수 없었다. 한편으로는 실망스럽기도 했다. 그러한 자기가 끔찍하게 두려워졌다. 도대체 그 열정으로부터 영영 벗어날 수가 없단 말인가? 제아무리 용을 써도 저 가슴속 깊은 곳에서는 그 사악한 여자에 대한 이상하고 필사적인 갈망이 영영 떠나지 않을 것 같았다. 그 사랑에서 비롯한 고통이 너무 컸기 때문에 그는 그것으로부터 결코 영원히 벗어나지 못하리라는 것을 알고 있었다. 죽음만이 마침내 그의 욕망을 진정시켜 줄는지.

하지만 그는 가슴속의 고통을 짓눌러 버렸다. 다정하고 푸른 눈의 샐리를 생각했다. 그러자 저도 모르게 입가에 미소가 떠올랐다. 그는 내셔널 갤러리의 계단을 올라가 맨 첫 화랑에 들어가 앉았다. 그 방에 있으면 그녀가 오는 것을 내다볼 수 있다. 그림 사이에 있으면 늘 마음이 편했다. 딱히 어떤 그림을 구경하지는 않았지만 그곳에 있으면 그림의 장엄한 색채와 아름다운 선이 그의 넋을 달래 주었다. 머릿속은 샐리 생각으로 가득 차 있었다. 샐리를 데리고 런던을 떠나 멀리 가 버리면 얼마나 좋을까. 그녀는 런던에 맞지 않는다. 마치 꽃가게의 난초와 진달래 무리 사이에 낀 한 송이 수레국화처럼. 켄트의 홉 밭에서 그는 샐리가 도회지에 살 사람이 아님을 알 수 있었다. 도싯의 부드러운 하늘 아래에서라면 그녀는 보기 드문 아름다운 꽃으로 피어날 것이다. 이윽고 그녀가 들어왔고, 그는 일어서 그녀를 맞았다. 그녀는 검은 옷차림에 팔목에는 흰 커프스를 하고 목에는 엷은 면포 옷깃을 달고 있었다. 두 사람은 악수를 나누었다.

"오래 기다리셨어요?"

"아니. 십 분쯤. 배고프지 않아?"

"별로요."

"그럼 여기 잠깐 앉을까?"

"좋으시다면."

두 사람은 말없이 나란히 앉았다. 그녀가 곁에 있으니 필립은 기분이 좋았다. 그녀의 넘치는 건강미에 자신마저 훈훈해지는 느낌이었다. 생명의 광채가 마치 원광(圓光)처럼 그녀의 주변에서 빛나는 것 같았다.

"그래, 그동안 어땠어?" 마침내 그가 가벼운 미소를 지으며 물었다.

"아, 괜찮아요. 착각이었나 봐요."

"그래?"

"기쁘지 않아요?"

갑자기 야릇한 감정이 그를 휩쌌다. 그는 샐리의 짐작에 믿을 만한 근거가 있으리라고 확신하고 있었다. 그것이 착각일 수도 있다는 생각은 한순간도 해 본 적이 없었다. 그의 모든 계획은 일시에 무너지고 말았다. 그처럼 세심하게 그려 두었던 생활은 영영 실현되지 못할 꿈에 지나지 않게 되었다. 하지만 이제 그는 다시 한번 자유의 몸이 된 셈이었다. 자유였다! 이제 그의 계획을 어느 것도 포기할 필요가 없다. 이제 앞날의 삶은 그가 원하는 대로 선택할 수가 있다. 그런데 조금도 기쁘지가 않고 낙담스럽기만 했다. 그는 마음이 우울해졌다. 공허하고 황량한 미래가 그의 앞에 펼쳐져 있었다. 여러 해 동안 광막한 대양을 위험과 고난을 무릅쓰고 항해하여 마침내 아름다운 항구에 닿았건만 막 항구에 들어서려고 하니 갑자기 역풍이 일어 그를 다시 망망대해로 몰아내 버린 듯한 기분이었다. 그의 마음은 그동안 줄곧 육지의 부드러운 초원과 유쾌한 숲에서 뛰놀고 있었기 때문에 광막한 사막과 같은 대양은 그를 두려움으로 가득 채웠다. 그 고독과 폭풍에 다시는 맞설 힘이 없었다. 샐리는 맑디맑은 눈으로 그를 바라보았다.

"기쁘지 않으세요?" 그녀는 다시 물었다. "기뻐 날뛰실 줄 알았는데."

그는 그녀의 눈길을 퀭한 눈으로 받아들였다.

"글쎄, 잘 모르겠어." 그는 중얼거렸다.

"이상한 사람이에요. 남자들이라면 다 좋아할 텐데."

그는 자신을 속였다는 사실을 깨달았다. 이제 보니 그가 결혼을 생각했던 것은 자기 희생 때문이 아니었다. 아내와 가정과 사랑을 바랐기 때문이었다. 이제 그 모든 것이 손가락 사이로 새어 나가 버리자 그는 돌연 절망감에 사로잡혔다. 세상의 그 무엇보다 그는 그것들을 원하고 있었다. 스페인이 무엇이며, 코르도바, 톨레도, 레온 따위가 도대체 무엇이란 말인가? 그에게 버마의 불탑이며 남태평양의 초호(礁湖)가 무슨 소용이란 말인가? 아메리카는 다름 아닌 바로 이곳에 있는데.[132] 생각해 보면 그는 그동안 남의 말과 글이 주입해 온 이상을 좇아왔을 뿐 제 마음의 욕망을 따른 적이 한 번도 없었던 것 같다. 자신의 행로는 언제나 어떤 것을 해야 한다는 의무감에 좌우되었을 뿐 제 마음이 진정 원하는 바를 따른 적이 없었다. 초조한 마음으로 그는 이 모든 거짓을 내던져 버렸다. 그

---

132) 요한 볼프강 폰 괴테(Johann Wolfgang von Goethe)의 『빌헬름 마이스터의 수업시대(Wilhelm Meisters Lehjahre)』의 등장인물 로타리오가 하는 말(제7부 3장)을 그대로 인용한 것이다. 여기에서 '아메리카'는 새로운 가능성의 세계를 암시한다.

는 지금까지 미래만을 염두에 두고 살아왔다. 그래서 현재는 늘 손가락 사이로 빠져나가 버리고 말았다. 자신의 이상? 그는 의미 없는 삶의 무수한 사실들로 복잡하고 아름다운 무늬를 짜고 싶었다. 그리고 그는 가장 단순한 무늬, 그러니까 사람이 태어나서, 일하고, 결혼하고, 아이를 낳고, 죽음을 맞는 그 무늬가 동시에 가장 완전한 무늬임을 깨닫지 않았던가? 행복에 굴복하는 것은 패배를 인정하는 것인지도 몰랐지만 그것은 수많은 승리보다 더 나은 패배였다.

그는 샐리를 힐끗 쳐다보았다. 그녀가 무슨 생각을 하고 있는지 궁금했다. 그러고는 다시 눈길을 돌렸다.

"결혼해 달라고 할 생각이었어." 그가 말했다.

"그럴지 모른다고 생각은 했어요. 하지만 공연히 남의 앞길을 방해하고 싶진 않아요."

"방해되지는 않아."

"여행은 어떻게 하구요. 스페인이랑 다른 데랑."

"내가 여행하고 싶다는 건 어떻게 알았지?"

"저도 조금은 알 수밖에요. 아빠하고 그 이야기를 얼마나 열심히 하셨어요. 다 들었죠."

"그까짓 것 상관없어." 그는 잠시 말을 멈춘 다음 나지막하고 쉰 목소리로 속삭이듯 말했다. "난 샐리를 떠나고 싶지 않아. 샐리를 떠날 수 없어."

그녀는 아무 말도 하지 않았다. 그녀가 무슨 생각을 하는지 필립은 알 수 없었다.

"나와 결혼해 주겠지, 샐리?"

그녀는 꼼짝도 하지 않았다. 얼굴에 아무런 감정의 동요도 나타나지 않았다. 하지만 그녀는 그를 바라보지 않은 채 대답했다.

"좋으시다면."

"원하지는 않는단 말야?"

"아뇨, 저도 당연히 제 집을 가지고 싶어요. 이제 자리를 잡아야 할 때도 됐구요."

그는 가볍게 미소 지었다. 이제는 그녀를 웬만큼 알고 있었기 때문에 그러한 태도가 별로 놀랍지 않았다.

"그렇다고 나하고 결혼하고 싶다는 건 아니잖아?"

"딴 사람하고는 결혼하고 싶지 않아요."

"그럼 그걸로 됐군."

"엄마 아빠가 놀라시겠죠?"

"난 정말 행복해."

"전 배고파요."

"아, 샐리."

필립은 미소를 지으며 그녀의 손을 꼭 쥐었다. 두 사람은 자리에서 일어나 미술관을 걸어 나왔다. 그들은 잠시 난간에 서서 트라팔가 광장을 내려다보았다. 이륜마차와 승합마차들이 분주히 오가고, 사람들이 사방으로 바삐 걸어가고 있었다. 햇빛이 빛나고 있었다.

삶의 굴레들에서 벗어나는 여정의 자전적 이야기

서머싯 몸의 생애와 문학

서머싯 몸은 1874년 1월 25일 프랑스 파리에서 영국대사관 고문 변호사인 로버트 몸(Robert Maugham)과 그의 아내 이디스 몸(Edith Maugham)의 넷째 아들로 태어났다. 형들은 영국의 기숙학교에 들어가 있었기 때문에 몸은 다감한 어머니의 사랑을 독차지하고 자랐다. 그러나 여덟 살 때 그는 어머니를 여의고, 두 해 반 뒤에는 아버지마저 잃고 만다. 이때의 충격과 슬픔을 몸은 평생 벗어나지 못했다.

고아가 된 몸은 잉글랜드 켄트 주(州)의 윗스터블 관할사제이던 숙부의 보살핌을 받게 된다. 숙부는 엄격하고 인색한 사람이었고, 숙모는 착하고 얌전한 사람이었다. 두 사람은 어린애를 길러 본 경험이 없어 어린 조카를 잘 이해하지 못했다고 한다. 숙부는 그를 캔터베리의 킹스 스쿨에 보냈다. 몸은 다른 학생보다 키가 작고, 영어에 서툴러 말을 심하게 더듬었다. 이 때문에 학생들의 놀림감이 되었고 두들겨 맞기도 했다. 학교 생활을 비참하게 보내던 중 그는 문학에 빠지면서 외국에 나가 자유롭게 공부하기로 결심한다. 그는 숙부에게 사정하여 독일의 하이델베르크로 유학을 간다. 하이델베르크에서 강의도 듣고, 독서도 하고, 다양한 사람과 사상에 접하면서 그는 점차 인생과 사회를 알게 된다.

독일 생활을 마치고 영국으로 돌아온 몸은 한동안 공인회계사 수업을 받았다. 하지만 회계사 일이 적성에 맞지 않아 곧 그만두고, 열여덟 살 때인 1892년 가을 런던에 있는 성 토머스 병원 부속 의학교에 들어가 의학 공부를 시작한다. 그러나 그는 의학 공부에도 큰 열의를 갖지 못하고 문학 탐독에 많은 시간을 보냈다. 그의 술회에 따르면 그는 이때 문학뿐이 아니고 철학, 역사, 과학 할 것 없이 온갖 중요한 책은 닥치는 대로 읽었다고 한다. 그는 곧 창작욕을 이기지 못하고 희곡과 단편소설을 쓰기 시작했다. 그의 작품을 읽어 본 피셔 언윈 출판사가 장편소설을 한 편 써 보도록 권유하자 그는 당장 『램버스의 라이자』를 써 냈다. 산과(産科) 조수로 근무하면서 얻은 체험에 바탕을 둔 빈민가 삶에 대한 사실주의적인 이야기였다.

『램버스의 라이자』(1897)가 출판되어 호평을 받자 몸은 무척 고무되었다. 의학교를 졸업하고 의사 자격을 따지만 의사의 길을 팽개치고 문학적 삶을 살겠다는 야심을 품고 스페인으로 갔다. 그때가 스물세 살이었다. 스페인에서 그는 안달루시아를 어설프게 찬미하는 소설과 『스티븐 케리의 예술가적 기질』이라는 자전적인 소설을 쓴다. 하지만 여러 군데서 퇴짜를 맞고 출판을 단념해 버린다. 다행히도 이 소설의 소재는 나중에 더 성숙한 작가의 필력으로 『인간의 굴레에서』라는 이름으로 다시 씌어진다. 세비야, 톨레도, 로마를 전전하던 그는 다시 런던으로 돌아와 글쓰기에 전념하여 십 년 동안 일곱 편의 소설과 단편집 하나를 내놓는다. 하지만 별로 주목을 끌지 못했다. 그러자 그는 희곡을 쓰기 시작한다.

몸의 문학적 행운은 1907년에 찾아왔다. 그의 풍속희극 『프레더릭 부인』이 대성공을 거둔 것이다. 이 작품은 18개월이나 장기 공연을 했다. 이듬해 여름에는 한꺼번에 네 개의 극이 런던에서 동시에 공연되는 인기를 누렸다. 덕분에 극작가로 확고한 명성을 확립하고 아울러 상당한 돈도 거머쥐게 된다.

극작가로 성공하면서 소설 쓰기를 중단하지만 몸은 아직 소설로 쓰지 않고서는 견딜 수 없는, 괴로운 내면의 이야기를 하나 가지고 있었다. 그를 끊임없이 괴롭혀 오던 말더듬증과도 관계 있는 이야기였다. 마침내 그는 여러 해 전에 썼다 실패했던 그 이야기를 다시 쓰기 시작하여 제1차 세계대전 중이던 1915년에 『인간의 굴레에서』라는 제목의 소설로 세상에 내놓았다. 이 소설은 미국 작가 시어도어 드라이저(Theodore Dreiser)의 극찬 외에 별다른 호평을 받지 못하지만 시간이 감에 따라 서서히 주목을 끌게 되어 나중에는 그의 가장 중요한 작품으로 자리 잡게 되었다.

그 뒤로도 그는 좋은 작품을 여럿 내놓았다. 그 가운데 중요한 것은 『달과 6펜스』(1919)였다. 이 작품은 미술을 위해 가정을 버린 비정한 화가를 다룬 예술가 소설로 프랑스의 후기 인상파 화가 폴 고갱(Paul Gauguin)을 소재로 한 것이었다. 그는 이 소설을 쓰기 위해 남태평양의 타히티 섬에 직접 가서 자료를 수집하기도 했다. 이 소설은 그 낭만적 주제로 1920년대 젊은이들의 마음을 크게 매혹시켰다.

마흔의 나이에 들어선 몸은 제1차 세계대전 무렵부터 특이하고 다채로운 경험을 쌓았다. 전쟁이 터지면서 그는 정보국의 발탁으로 스위스에서 첩보 활동을 하기도 하고, 영국과 미국의 정보국이 맡긴 중대한 정치적 임무를 띠고 러시아에 들어가기도 했다. 러시아에 가게 된 것은 러시아에 대한 문학적 동경 때문이기도 했다. 사실 새로운 나라로의 여행은 청년기부터 몸을 끊임없이 사로잡아 온 유혹이었다. 그는 벌써 이탈리아와 스페인을 비롯한 유럽의 고도(古都)를 남김없이 편력하고 있었고 1920년부터는 태평양과 동아시아, 남미 등을 두루 돌아다녔다. 이때 얻은 경험들을 그는 여러 형태의 글로 써 놓았다. 『잎사귀의 떨림』(1921), 『캐수아리나 나무』(1926)는 동아시아와 태평양을 배경으로 한 단편집으로 그를 일급 단편소설 작가로 만들어 주었다. 단편소설집 『애션던』(1928)은 첩보원 체험에 바탕을 둔 것으로 반영웅적 주인공을 등장시켜 스파이 문학의 새 장르를 열었다는 평가를 받았다.

1930년에는 중요한 장편소설 『케이크와 맥주』를 냈다. 이 소설은 사교계와 문단의 내막을 그린 것인데 나오자마자 사람들은 그가 토머스 하디(Thomas Hardy)와 휴 월폴 경(Sir

Hugh Walpole)을 풍자하고 있다고 말이 많았다. 구설수를 떠나 이 작품은 다양한 배경과 시간의 전이를 원숙한 솜씨로 다루었다는 점에서 중요했다. 몸은 소설뿐만 아니라 여러 장르의 글을 다양하게 냈다. 희곡도 쓰고 단편소설도 쓰고 여행기도 썼다. 하지만 희곡과는 1933년에 마지막 작품을 내고 결별하고 만다. 창작의 열의에 비해서 호의적인 평가는 미미했다. 그러나 그의 나이 예순넷이 되던 해(1938)에 낸 『요약』은 두고두고 독자의 흥미를 끈 책이었다. 문학적 회상록 성격을 띤 이책은 작가가 자신의 삶을 형성한 체험과 사상을 77개의 솔직하고 짧은 글들에 담고 있다. 몸의 책들 가운데 아마 가장 많이 읽힌 책의 하나로 꼽힐 것이다.

1940년대에 들어서는 미국의 한 출판사의 초청으로 한동안 미국에 머물기도 했다. 그는 남캐롤라이나 주의 한 조그만 집에 머물면서 몇 편의 소설을 썼는데 그중에서 중요한 것은 『면도날』(1944)이었다. 삶에 회의를 느낀 한 청년이 구도의 길을 찾는, 신비로운 분위기의 이야기였다. 나이 일흔이 넘어선 1950년대에는 황혼기 작가답게 주로 평론을 썼다. 『작가의 시점(視點)』, 『작가 노트』, 『열 편의 소설과 작가』 등은 다 이즈음에 씌어진 것이다.

프랑스에서 태어난 몸은 프랑스 환경에 익숙하여 1929년 이후에는 줄곧 프랑스에 정착해 살았다. 인기 작가로 돈을 벌게 되자 그는 남프랑스의 니스와 몬테카를로 사이에 있는 페라 곶에 넓은 땅이 딸린 멋진 빌라를 사서 우아하고 운치 있게 꾸며 놓고 살았다. 그 빌라는 스웨덴 왕과 타이 왕, 전 스페인 여왕, 윈저 공작 부부, 윈스턴 처칠 경 등 유명 인사들이 많이 찾았다고 한다. 그의 결혼 생활은 그리 행복하지는 않았던 듯하다. 1916년에 시리 웰컴(Syrie Wellcome)과 결혼하여 딸 하나를 두었으나 성격 차이로 11년 만에 이혼하고 말았다. 그는 제럴드 핵스턴(Gerald Haxton)이라는 미국인 비서와 동성애적인 관계를 의심받기도 했다.

몸은 만년에 들어 많은 영예를 얻었다. 1952년에 옥스퍼드에서 명예학위를 받았고, 1954년 여든 살 생일에는 엘리자베스 2세로부터 명예훈위(名譽勳位)를 받았다. 1958년에는 윈스턴 처칠 경, 이디스 시트웰(Edith Sitwell) 부인과 함께 왕립문학원의 부원장에 선출되기도 했다. 1961년에는 문학훈위(文學勳位) 칭호를 받았다.

그는 1965년 12월 16일 그의 제2의 고향인 남프랑스의 니스에 있는 한 병원에서 향년 91세로 세상을 떠났다. 죽기 전까지 그는 20편의 장편소설, 25편이 넘는 희곡, 11편의 여행기와 평론집, 100편 이상의 단편소설을 남겼다. 그 가운데에서 『램버스의 라이자』, 『인간의 굴레에서』, 『달과 6펜스』, 『케이크와 맥주』, 『면도날』 등은 널리 읽히고 있고, 단편소설들도 꾸준한 호평을 받고 있다. 희곡 가운데에서는 『서클』과 『정숙한 아내』가 여전히 관객들을 즐겁게 하고 있으며 『요약』은 훌륭한 철학적 전기로서 많은 독자들을 확보하고 있다.

자전적 허구로서의 『인간의 굴레에서』

몸은 문학적 자서전인 『요약』에서 『인간의 굴레에서』를 쓰게 된 동기를 다음과 같이 술회하고 있다.

인기 극작가로 확실히 자리 잡히기가 무섭게 나는 내 지난 날의 삶에 대한 무수한 기억들에 시달리기 시작했다. 어머니의 죽음, 그에 뒤이은 가정의 붕괴, 유년기를 프랑스에서 보낸 탓에 전혀 준비가 없던 데다 말까지 더듬어서 어렵기 짝이 없었던 처음 몇 해 동안의 비참한 학교 생활, 처음으로 지적 생활에 발을 들여놓았던 하이델베르크 시절의 편하고 단조로우면서도 설렘에 가득 찼던 나날의 즐거움, 몇 해 동안의 병원 생활에서 느꼈던 지겨움과 런던 생활의 스릴. 이 모든 것이 잠을 잘 때나, 길을 걸을 때나, 리허설을 할 때나, 파티장에서 나를 얼마나 끈질기게 쫓아다니는지, 그것들이 엄청난 짐으로 여겨지게 되어 마침내 나는 마음의 안정을 얻는 길은 한 가지밖에 없다고 결론지었다. 이를 남김없이 소설의 형식으로 써 내는 것이었다.

(『요약』, 51장에서)

몸은 스물네 살 때 설익은 필력으로 자신을 괴롭히는 이 유년의 기억을 다루려고 했다. 하지만 『스티븐 케리의 예술가적 기질』이라고 이름 붙인 그 글은 진솔한 내면 고백이기보다 세기말의 어설픈 탐미주의자의 이야기에 그쳐 출판에도 실패하고 말았다. 이 실패는 그에게는 오히려 다행한 일이었다. 뒤에

『인간의 굴레에서』를 통해 그는 더 원숙해진 생각과 필체로 자신의 문제를 다룰 수 있게 되었기 때문이다. 그는 새로 쓴 이 소설을 통해 그가 가진 마음의 상처들과 세상에 눈떠 가는 한 젊은이의 성장 과정을 섬세하게 다루었다.

필립의 이야기는 대체로 작가 자신의 이야기와 일치한다. 소설에 나오는 '블랙스터블'이라는 지명은 실제로 그가 살았던 '위츠터블'의 지명을 슬쩍 바꾼 것이다. 백부의 성품이나 사제관 생활에 대한 묘사도 실제와 다름없다. '터캔베리'의 킹스 스쿨은 그가 실제로 다닌 캔터베리의 킹스 스쿨이다. '터캔베리'라는 지명도 '캔터베리'라는 지명의 앞 두 음절을 순서만 바꾼 것이다. 몸은 필립처럼 다리 불구는 아니었지만 말더듬증을 가지고 있었으며 그것 때문에 필립이 장애로 겪는 것과 유사한 괴로움을 겪었다. 필립이 불구를 낫게 해 달라고 하느님께 기도를 했는데 몸 자신도 말더듬증을 낫게 해 달라고 하느님께 기도를 했다고 한다. 하이델베르크에서 체험한 일들도 실제와 매우 유사하다. 헤이워드도 실제 모델을 거의 그대로 묘사한 인물이다. 파리 시절의 플래너건, 클러튼, 크론쇼, 로슨 등의 등장인물들은 모두 실명을 댈 수 있는 사람들이 존재한다. 백부가 죽은 뒤 편지 꾸러미에서 어머니의 편지를 발견하는 대목이 있는데 이것도 사실 그대로이다. 공인회계사 수업을 받았던 것, 의학교에 다닌 것도 자신의 체험을 반영한 것이다.

하지만 모든 내용이 사실과 일치하는 것은 아니다. 지어낸 것이 많이 섞여 있으며, 이야기의 뒤편으로 갈수록 허구가 더 많아진다. 몸은 파리에서 일 년간 머문 적이 있고, 화가들과 어울리면서 보헤미안 생활을 해 본 적도 있긴 하지만 필립처럼 그림 공부를 하지는 않았다. 화가가 되겠다는 생각도 없었다. 밀드러드의 에피소드는 자신의 체험을 얼마간 반영한다고도 하지만 소설에서처럼 괴로운 경험을 한 일은 없고 대부분 지어낸 이야기이다. 필립이 의학생 시절에 시험에 낙제한 것도 몸의 경우와는 다르다. 몸은 한 번도 시험에 낙제한 적이 없다. 필립처럼 증권으로 돈을 날리고 극빈 상태에 빠진 적도 없고 옷가게의 점원 노릇을 한 경험도 없다. 애설니 가족은 순수한 상상의 산물이었다. 샐리 같은 여자와 결혼한 것도 아니다. 그가 실제로 결혼한 시리는 전혀 다른 성격과 배경을 가진 여자였다. 따라서 『인간의 굴레에서』는 어디까지나 허구이다. 실제와 연관이 있는 인물들, 배경, 사건들도 허구적인 것들과 뒤섞임으로써 얼마간씩 왜곡되어 있다고 할 수 있다. 물론 이 소설의 정서는 몸 자신의 것이다. 하지만 그것도 문학적 기술(記述)의 장치를 통해 보편적 인간의 정서가 되어 있다.

교양소설로서의 『인간의 굴레에서』

문학적 전통으로 볼 때 이 소설은 '교양소설(Bildungsroman)' 계열에 든다. 교양소설이란 젊은이가 인생과 사회에 눈떠 가는 과정을 그린 소설이다. 괴테의 『빌헬름 마이스터의 수업시대(Wilhelm Meisters Lehrjahre)』를 원조로 하고 있는 교양소설은 19세기 유럽에서 크게 유행했다. 스탕달(Stendhal)의 『적과 흑(Le Rouge et Le Noire)』, 샬럿 브론테(Charlotte Brontë)의 『제인 에어(Jane Eyre)』, 찰스 디킨스(Charles Dickens)의 『데이비드 코퍼필드(David Copper-field)』 등은 19세기의 대표적인 교양 소설이었다. 20세기에 들어서 『인간의 굴레에서』와 거의 같은 시기에 나온 로런스(D. H. Lawrence)의 『아들과 연인(Sons and Lovers)』, 제임스 조이스(James Joyce)의 『젊은 예술가의 초상(A Portrait of the Artist as a Young Man)』도 같은 계열의 소설이다. 그러나 몸의 『인간의 굴레에서』는 조이스처럼 실험적 이야기 수법을 도입하고 있지는 않다. 몸은 『요약』에서 밝히듯이 자신의 주제를 다루는 데는 전통적인 이야기 방식이 더 적합하다고 느꼈다.

『인간의 굴레에서』는 교양소설이 갖는 일반적인 패턴을 가지고 있다. 교양소설의 주인공은 흔히 보통 사람보다 예민한 지성과 감성을 가진 사람이다. 그는 불행한 유년 시절을 보내고, 세대 간의 갈등을 체험하며, 자기가 속한 곳의 편협성에 괴로움을 느끼는데 이러한 것들이 그의 정신을 더 예민하고 고독하게 만든다. 학교를 다니기는 하지만 학교 교육은 그의 정신을 충족시켜 주지 못한다. 그래서 더 큰 사회로 나가 스스로의 힘으로 세상을 공부한다. 그 과정에서 인생의 여러 안내자와 충고자를 만나지만 잘못된 안내자를 만나 시행착오를 겪기도 한다. 신앙의 문제는 보통 가장 중요한 고민거리 가운데 하나이다. 사랑에 눈을 뜨기도 하지만 고통으로 끝나는 수가 많다. 직업을 선택하는 데 갈등을 느끼며 경제적 어려움에 시달리기도 한다. 하지만 이런저런 우여곡절을 겪은 다음 주인공은 마침내 깨달음의 순간을 가지면서 나름의 인생관을 확립한다. 필립도 바로 이러한 주인공의 유형에 해당한다. 그는 섬세하고 민감한 성격을 가진 인물로(그의 장애는 그의 영혼을 더욱 예민하게, 심지어는 병적으로 만든다.) 다른 교양소설들의 주인공들처럼 여러 문제적 과정을 통해 삶에 대한 깨달음을 얻게 되는 것이다.

하지만 필립에게는 다른 교양소설의 주인공들과는 구별되는 점이 있다. 그는 보통 사람보다는 감수성이 예민한 사람이지만 그렇다고 뛰어난 정신과 영혼의 소유자가 아니다. 이를테면『젊은 예술가의 초상』의 스티븐 디덜러스(Stephen Dedalus)처럼 예외적인 인물이 아니다. 필립은 다른 교양소설의 주인공들처럼 예술가가 되기를 바라지만 평범한 재능밖에 가지고 있지 않다는 것을 깨닫고 그 길을 곧 포기하고 만다. 그의 앞에는 뛰어난 예술가의 장래가 놓여 있는 것이 아니라 평범한 삶이 기다리고 있다. 그는 보통 여자인 샐리와 결혼하기 위해 로맨틱하고 모험적인 삶을 단념하는 단안을 내린다. 그는 그것이 일종의 패배임을 안다. 하지만 그는 그것이 '많은 승리보다 더 나은 패배'임을 아는 지혜를 갖는다. 그러면서 그 선택을 자신의 삶의 철학에 일치시키는 자유 의지를 실천해 본다. 이러한 점이 교양소설로서의『인간의 굴레에서』가 가진 독특한 점이라고 하겠다. 몸은 늘 특출한 사람보다 보통 사람을 이야기의 주인공으로 삼고 싶어했다. 또 작가는 마땅히 보통 사람을 다루어야 한다고 했다. 유별난 사람들은 유별나기 때문에 특수하고 일관된 정신과 세계밖에 보여 주지 못하지만 보통 사람들의 세계는 기이하고 다양할 뿐만 아니라 모순에 가득 차서 이야깃거리가 풍부하다는 것이었다. 보통 사람의 세계에 대한 이러한 애정이 바로 대중으로 하여금 그의 이야기를 읽게 만들고 있는지도 모른다.

『인간의 굴레에서』의 주제와 철학

몸은 이 소설의 제목을 바뤼흐 스피노자(Baruch Spinoza)의 『에티카(Ethica)』 제4부의 제목 '인간의 예속, 또는 정서의 힘에 대하여(Of Human Bondage or the Strength of the Emotions)'에서 따왔음을 밝히고 있다. 스피노자는 이 책에서 인간이 어떻게 행동하고, 무엇에 예속당하며, 그것으로부터 어떻게 자유로울 수 있는가에 대하여 논증하고 있다. 특히 머리말에서 "사람이 정념을 지배하고 제어하지 못하는 상태를 나는 예속의 상태라고 부른다. 왜냐하면 정념의 지배를 받는 인간은 자신의 주인이 아니고 운명의 지배 아래 있어, 눈앞에 더 좋은 것이 있더라도 더 나쁜 것을 따를 수밖에 없도록 운명의 힘에 좌우되기 때문이다."라고 말하고 있다. 이를 읽으면 몸이 필립의 불가해한 정념(밀드러드에 대한)을 작품의 중요한 주제로 의식하고 있었음을 짐작할 수 있다. 하지만 그렇게만 보면 이 소설의 이야기를 너무 좁게 보는 셈이 된다. 왜냐하면 밀드러드의 에피소드가 이야기의 중심에 있기는 하지만 더 중요한 것은 필립의 삶을 구속하고 있는 여러 종류의 굴레들이기 때문이다. 이 소설은 주인공 필립이 그 굴레들로부터 벗어나는 과정에 관한 이야기라고 할 수 있다. 다시 말해 '굴레로부터의 자유'에 관한 이야기인 것이다.

필립의 삶은──그리고 모든 인간의 삶은──여러 겹으로 구속되어 있는 삶이다. 필립의 근본적인 굴레는 그에게 주어진 삶의 조건이며, 그것이 형성해 온 그의 특수한 성격과 정신적 상태이다. 그것은 작가 자신이 말했다시피 '우리의 통제를 벗어난 낯설고 냉혹한 힘'으로 사람에게 작용한다. 필립은 장애를 가지고 태어났고 어려서 고아가 된다. 그는 사랑을 모르는 백부의 돌봄을 받는다. 또한 위안 없는 종교와 수긍할 수 없는 제도에 복종해야 한다. 그것이 그의 삶을 규정짓는 기본 상황들이다. 장애는 그의 예속적 조건을 요약하는 하나의 비유라고 할 수 있다. 이 생물학적, 환경적 조건이 그의 내적 현실을 규정한다. 그는 병적일 만큼 예민하고 방어적인 심리적 기제를 형성하게 된다. 다만 필립은 그러한 조건과 환경의 굴레를 벗어나려는 내면의 욕구를 가지며, 그 욕구의 실천이 진정한 삶의 과정이라는 것을 어렴풋이 깨닫는다. 이것이 필립의 자유에 대한 지향이다.

제일 먼저 필립은 삶의 특정한 가치를 일방적으로 주입하고 강요하는 학교를 거부한다. 그런 다음 고통에 대한 구제 없이 절대적 믿음만을 요구하는 종교로부터도 벗어난다. 그는 구속 없는 심미적 세계에서 자유로운 삶과 욕망을 실현하고자 한다. 그러나 예술의 세계도 개성적 표현의 성취와 성공에 대한 강박적인 야심에 지배받고 있음을 발견한다. 패니 프라이스, 클러튼에게서 전형적으로 그런 집착을 본다. 헤이워드가 보여 주는 행동 없는 관념주의도 하나의 구속임을 알게 된다. 필립은 그 구속들로부터 하나하나 벗어남으로써 얼마간의 자유를 얻는다. 재능이 없는 화가의 길을 과감하게 포기하는 것은 필립에게 의미 있는 자유의 실천이라고 할 수 있다.

그가 삶의 바깥 굴레들을 하나씩 제거하자 남는 것은 이성을 참조하는 자유의지의 원리였다. 필립이 수립하는 인생 철학은 '모퉁이에 경찰이 있다고 생각하고 제 의지를 따라 행동하라.'는 것이었다. 하지만 필립은 밀드러드에 대한 이해할 수 없는 자신의 열정을 발견한다. 그러면서 가장 벗어나기 힘든 사람의 굴레는 오히려 삶의 여러 조건이 복잡하게 얽혀 만들어 내는 마음의 정념임을 발견하게 된다. 필립은 이 굴레를 벗어날 수 없는 이유를 설명할 수 없다. 필립은 그 굴레로부터 벗어나는 일이 자신의 의지와 선택을 넘어선 것처럼 느낀다.

물질적 궁핍도 사람을 구속하는 중요한 굴레임이 그다음 에피소드에서 밝혀진다. 필립은 증권 투기에 실패하고 빈털터리가 됨으로써 극도로 비참한 상태에 빠진다. 작가는 이러한 극빈의 상태가 사람의 행동을 얼마나 제한하고, 사람의 마음을 얼마나 저열하게 만드는가를 보여 준다. 필립은 다른 상황에서는 존경할 만한 인격을 가진 사람이지만 견딜 수 없는 빈곤 상태에 빠지자 백부에 대해 살의(殺意)까지 품게 된다. 물질의 굴레에 대해서는 몸 자신이 늘 강박적인 불안감을 가지고 있던 터였다. 예술가에게 돈은 제육감(第六感)이라는 말은 그에게는 하나의 경구였다. 물질로부터 자유롭기 위해서는 물질을 무시해야 한다는 불가능한 주장보다 얼마간의 물질이 필요하다는 주장이 몸에게는 더 현실적이었다.

필립의 에피파니(epiphany)는 크론쇼가 말한 양탄자 수수께끼의 비밀이 풀리면서 이루어진다. 수수께끼의 해답은 삶에 아무런 의미도 없다는 것이었다. 삶의 과정이란 '태어나, 고생하다, 죽는 과정'에 지나지 않는다. 양탄자를 짜는 사람은 어떤 목적에 구애됨이 없이 오직 심미적인 기쁨만을 위해 무늬를 짠다. 삶에 무슨 의미가 있다고 생각하는 사람은 바로 그 의미의 굴레에 예속되고 만다. 필립은 그 의미의 굴레가 다른 어떤 굴레보다 더 근본적으로 사람의 삶을 구속하는 굴레임을 깨닫는다. 이제 그는 자신의 삶의 조건을 인생의 실로 삼아 인생의 무늬를 짜면 그뿐임을 깨닫는다. 이러한 깨달음과 함께 필립은 마침내 그를 구속하고 있던 모든 삶의 고통으로부터 해방된다. 그는 무의미를 발견함으로써 삶이 질곡이 아니라 자유의 터임을 깨닫게 된다. 자신의 장애가 고통의 근원만이 아니고 성찰의 힘을 증진시켜 준 것이라는 인식도 얻게 된다. 필립이 낭만적 여행의 꿈을 포기하고 샐리와의 소박한 삶을 선택한 것도 의미의 굴레를 벗어 버릴 수 있었기 때문에 가능한 것이었다. 그가 얻은 것은 초연함의 자유라고 할 수 있다.

무의미의 발견이란 의미의 배제를 뜻한다기보다 의미에 대한 중립적 태도, 다시 말해 현상들에 등가적인 거리를 두는 초연함을 뜻한다. 이러한 초연성은 몸이 사회적 현상을 바라보는 방식에서 잘 드러난다. 그는 기본적으로 상류 계급의 취향을 가지고 있지만 이들의 속물성과 야비한 권위에 대해서는 날카로운 풍자를 잊지 않는다. 하층 계급에 대해서는 상류 계급의 취향으로 그들의 천박성을 경멸하면서도 그들의 삶이 갖는 순수성과 건강성에는 따뜻한 애정과 호감을 갖는다. 그는 이념과 가치관으로부터 비교적 자유롭다. 이 소설에서 개인적인 정신과 접하지 않는, 더 넓은 사회적 삶에 대한 언급을 별로 볼 수 없는 것도 이와 무관하지 않을 것이다.

『인간의 굴레에서』가 가진 철학은 문학사적으로 보면 19세기 말과 20세기 초엽을 지배했던 리얼리즘의 관점과 자연주의적 세계관을 반영하는 것이다. 몸에게서 프랑스의 자연주의자, 곧 귀스타브 플로베르(Gustave Flaubert), 에밀 졸라(Emile Zola), 기 드 모파상(Guy de Maupassant)의 영향을 읽기는 어렵지 않다. 자연주의적 세계관은 인간을 유전과 환경의 산물로 보고, 인간의 삶은 자연 법칙에 매여 있다고 본다. 이러한 인식은 삶을 물질적 질서로 환원시킴으로써 삶을 낯설고 허무한 것으로 만들어 놓고 만다. 이 세계에는 법칙이 존재할 뿐 의미는 존재하지 않는다. 하지만 이 결정론적 세계관은 한편으로 탐미적 삶의 가능성과 의미의 해방을 갖다주었다고 할 수 있다. 탐미주의의 의의는 단일한 거대 의미의 굴레를 거부하면서 작고 다양한 삶의 양식을 긍정한다는 데 있다.

몸은 20세기에 들어서 등장한 난해한 이야기 수법에 일정한 거리를 두고 무관심한 태도를 보이지만(오히려 냉소적인 태도를 보이기까지 한다.) 그가 이 대표작에서 다룬 주제는 다분히 20세기적인 주제라고 할 수 있다. 억압적인 단일 질서관으로부터 벗어나 자유롭고 다양한 삶의 가능성을 찾으려고 해 왔던 것이 20세기 초반부터 20세기 말까지 줄곧 사람들의 생각을 사로잡아 온 큰 흐름이었다. 다만 20세기 초반의 무질서 속에서 많은 예술가들이 새로운 가치를 세울 영웅 찾기에 강박적으로 매여 있었다면, 몸은 그것을 웃음으로 바라보면서 범상한 삶의 무늬 짜기의 가능성에 대해 이야기했다고 할 수 있다.

대중적 고전으로서의 『인간의 굴레에서』

몸은 독자들 사이에 인기가 높았고 다른 작가들에게도 중요한 영향을 미쳤다. 하지만 강단비평가들로부터는 진지한 관심을 받지 못했다. 강단비평가들은 대중적 호소력보다는 문학사적 의의를 가진 스타일의 혁신이나 주제의 복잡성을 더 중시하는 편이기 때문이다. 사실 몸의 주인공들은 표도르 도스토옙스키(Fyodor Dostoevskii), 토마스 만(Thomas Mann), 제임스 조이스, 마르셀 프루스트(Marcel Proust)의 주인공들처럼 영혼의 심연과 그것의 여로를 보여 주지 않는다. 또한 고도의 해독력과 언어 감각을 가진 사람들만이 즐길 수 있는 복잡한 말 사용의 기법을 보여 주지도 않는다. 그는 전통적 이야기 수법으로 누구나 다 아는 세상과 범상한 주인공들에 대해 이야기하고 있다.

몸은 스스로 자기가 대중작가인 것을 부정하지 않았다. 그 자신, 비평가들이 그를 무시하고 있으며 그에 대해 냉정하다는 것을 잘 알고 있었다. 『요약』에서 그는 "나는 20대에 무지막지하다는 평을 받았고, 30대에는 경박하다는 평을 받았으며, 40대에는 냉소적이란 평, 50대에는 유능하다는 평, 이제 60대에 들어서는 피상적이라는 평을 받고 있다."고 쓰고 있다. 하지만 그는 그저 말하고 싶은 것을 재미있게 이야기할 줄 아는 '이야기꾼'인 것에 만족하고 그것이 자신의 글 쓰는 목적이라고 말하고 있다. 자기 정당화의 부분이 전혀 없다고는 할 수 없지만 이러한 주장은 그가 도달하려고 했던 심미적 초연성을 고려한다면 이해할 만하다. 그는 새로운 주제와 새로운 기법을 고안해 내야 한다는 강박관념을 갖지 않았다. 문체의 수련에는 많은 노력을 기울였는데 그것은 알기 쉽고 단순하고 편한 문장을 쓰기 위해서였다.

몸이 일반 대중을 상대로 한 이야기꾼임을 자처한다고 해서 그를 한갓 통속적인 대중작가로 치부해 버릴 수는 없다. 그는 한 시대가 가 버리면 다 잊히고 마는 그런 유의 통속작가는 아니었다. 그의 글들은 적어도 많은 교양인의 마음을 만족시켜 주었다. 『인간의 굴레에서』는 1915년에 초판이 나왔을 때 한 유명 작가의 격찬 외엔 별로 큰 주목을 받지 못했지만 (그때가 다른 것에 관심을 갖기 어려운 제1차 세계대전 중이었다는 이유도 있었다.) 이 책은 점점 인기를 얻기 시작하여 10년이 지난 1925년에는 한 비평가가 이 소설을 하나의 '고전'이라고까지 일컬었다. 1940년대에 들어서서는 현대인의 책들 가운데 가장 인기 있는 책들의 하나로 인정받았다. 그 뒤로도 이 책은 작가 자신에 대한 평가와는 무관하게 꾸준히 읽히면서 교양인들의 필독서 목록에 끼게 되었다. 그리고 이제는 20세기 전 기간을 통해 가장 널리 읽힌 책 중에 하나로 그 인기를 자랑하고 있다.

한마디로 몸은 많은 독자를 얻는 데 성공한 작가였다. 그는 다양한 장르에서 인기가 있었다. 그의 극들은 한때 셰익스피어에 비견할 만한 대중적인 인기를 얻은 바 있고 지금도 많은 사람들의 사랑을 받고 있다. 또한 그의 단편들은 탁월한 이야기 솜씨로 작가 지망생들의 귀한 모범이 되어 주고 있다. 미국의 작가 고어 비달(Gore Vidal)이 1990년에 한 말은 서머싯 몸의 작가적 위치를 적절하게 말해 주고 있다고 할 수 있다. "내 세대의 작가 치고, 그가 솔직한 사람이라면, 서머싯 몸의 작품에 무관심한 척하기는 매우 어렵다. 몸은 반드시 읽지 않으면 안 되는 작가이다. 나는 열일곱 살 때까지 셰익스피어를 다 읽었고, 몸의 작품도 다 읽었다." 1954년 몸의 80회 생일 때 『뉴욕타임스』지가 낸 논평도 들을 만하다. 몸은 한때 비평가들로부터 저평가된 적이 있지만 그는 이제 그의 동시대 위대한 작가들과 어깨를 나란히 하는 뛰어난 작가로 인정받고 있을 뿐만 아니라, 그들보다 더 오랜 인기를 끌고 있는 작가가 되었다는 것이었다. 거기에 다음과 같은 찬사도 덧붙여져 있다. "대중의 관심을 끄는 베스트셀러가 훌륭한 작품인 경우는 드물지만 예외도 있다. 『인간의 굴레에서』가 그 분명한 예외에 속한다."

작품 해설

작가 연보

1874년   1월 25일, 프랑스 파리의 영국대사관에서 대사관 고문
          변호사로 일하던 로버트 몸(Robert Maugham)의 막내
          아들로 태어난다.

1882년   모친 이디스 몸(Edith Maugham)이 폐결핵으로 별세
          한다.

1884년   부친이 암으로 별세한다. 영국 켄트 주 위츠터블 관할
          사제인 숙부에 의해 양육된다. 가을에 캔터베리의 킹
          스 스쿨에 입학한다.

1890년   폐결핵으로 남프랑스에서 한 학기를 요양하면서 모파
          상을 비롯한 프랑스 작가들의 소설을 탐독한다.

1891년   킹스 스쿨을 중퇴하고 독일에 유학, 하이델베르크 대학
          에서 청강생으로 어학과 수학을 공부한다.

1892년	숙부의 권고로 공인회계사 공부를 시작했다가 그만두고 런던의 성 토머스 병원 부속 의학교에 입학한다. 하지만 의학 공부보다는 작가 수업에 더 관심을 보인다.
1897년	의학생 경험을 토대로 쓴 첫 장편소설 『램버스의 라이저(Liza of Lambeth)』를 발표한다. 의학교를 졸업하고 의사 면허를 얻지만 작가 수업을 위해 의업을 포기하고 스페인으로 가서 세비야에 체류한다.
1898년	역사소설 『성자 만들기(The Making of a Saint)』를 발표한다. 후에 『인간의 굴레에서(Of Human Bondage)』의 원형이 되는 『스티븐 케리의 예술가적 기질(The Artistic Temperament of Stephen Carey)』을 썼으나 출판에는 실패한다. 로마를 여행한다.
1899년	단편집 『정위(Orientations)』를 출판한다.
1901년	보어 전쟁에서 힌트를 얻어 쓴 장편소설 『영웅(The Hero)』을 출판한다.
1902년	중류 계급 여자가 농부와 결혼하는 이야기를 다룬 장편소설 『크래덕 부인(Mrs. Craddock)』을 출판한다. 희곡 「명예로운 자(A Man of Honour)」를 공연한다.
1903년	희곡 「현세의 이익(Loaves and Fishes)」, 「프레더릭 부인(Lady Frederick)」을 집필한다. 평가가 좋지 않자 희곡을 포기하고 소설에 전념한다.
1904년	세기말적 실험소설 『회전목마(The Merry-Go-Round)』를 출판한다. 파리로 건너가 몽파르나스에 자리 잡고 한동안 보헤미안 생활을 하며 여러 예술가들과 교유한

다. 로지라는 여배우와 연애한다. 희곡 「도트 부인(Mrs. Dot)」을 집필한다.

1905년   안달루시아 여행기 『성처녀의 나라(The Land of Blessed Virgin)』를 출판한다. 스페인에 체류한다.

1906년   장편 『주교의 에이프런(The Bishop's Apron)』을 출판한다.

1907년   제국소설 『탐험가(The Explorer)』를 출판한다. 시실리 섬을 여행한다. 런던의 코트 극장에서 공연한 풍속희극 「프레더릭 부인」이 대성공을 거둬 1년간의 장기 공연에 돌입한다.

1908년   전해의 성공에 힘입어 「잭 스트로(Jack Straw)」, 「도트 부인」 등 모두 네 편의 극이 런던의 4대 극장에서 동시에 공연되어 셰익스피어 이래 최대의 인기를 기록한다. 공포소설 『마술사(The Magician)』를 출판한다.

1909년   희곡 「페넬로페(Penelope)」, 「스미스(Smith)」를 공연한다.

1910년   희곡 「열 번째 사나이(The Tenth Man)」, 「지주 귀족(Landed Gentry)」을 공연한다.

1911년   메이페어에 고급 주택을 구입한다.

1912년   스페인의 세비야에서 자전적 소설 『인간의 굴레에서』의 집필을 시작한다.

1914년   희곡 「약속의 땅(The Land of Promise)」을 공연한다. 1차 세계대전이 일어나자 프랑스 적십자 야전의무대에 지원한다.

1915년   정보국에 발탁되어 스위스 제네바에서 첩보 활동을 한다. 희곡 「성취 불능(The Unattainable)」, 「선배(Our Betters)」를 집필한다. 『인간의 굴레에서』를 출판한다. 미국에서 시오도어 드라이저(Theodore Dreiser)가 《뉴 리퍼블릭(The New Republic》지를 통해 이 소설을 격찬하지만 전쟁 중이어서 큰 반향을 일으키지는 못한다.

1916년   시리 웰컴(Syrie Wellcome)과 결혼한다. 첩보 생활로 건강을 해쳐 미국에서 요양한다. 화가 폴 고갱(Paul Gauguin)을 모델로 한 소설을 쓰기 위해 타히티 섬을 여행한다.

1917년   정보국의 중대 비밀 임무를 맡고 러시아로 떠난다. 톨스토이, 도스토옙스키, 체호프의 고장에 가 보고 싶은 욕심 때문에 무리한 부탁을 수락한다.

1918년   러시아에서 귀국하나 건강이 악화되어 스코틀랜드에서 요양한다.

1919년   희곡 「시저의 아내(Caesar's Wife)」, 「집과 미녀(Home and Beauty)」를 집필한다. 장편 『달과 6펜스(The Moon and Six pence)』를 출판하여 주목받고 『인간의 굴레에서』도 재평가를 받게 되어 전성기를 구가한다.

1920년   중국을 여행한다.

1921년   단편집 『잎사귀의 떨림(The Trembling of a Leaf)』을 출판한다. 희곡 「서클(The Circle)」을 공연한다. 보르네오와 말라야를 여행한다.

1922년   여행기 『중국의 병풍(On a Chinese Screen)』을 출판한다. 희곡 「수에즈의 동쪽(East of Suez)」을 공연한다.

1924년   희곡 「현세의 이익」을 출판한다. 여러 편의 단편소설을 발표한다.

1925년   장편소설 『인생의 베일(The Painted Veil)』을 출판한다.

1926년   희곡 「정숙한 아내(The Constant Wife)」를 공연한다. 단편집 『캐수아리나 나무(The Casuarina Tree)』를 출판한다.

1927년   「밀림의 발자국(Footprints in the Jungle)」 등 다수의 단편소설을 발표한다. 『편지(The Letter)』를 각색해 공연한다.

1928년   첩보 활동 경험을 소재로 단편집 『애션던(Ashenden)』을 출판한다. 희곡 「성스러운 불꽃(The Sacred Flame)」이 뉴욕에서 공연된다.

1929년   이혼 후 남프랑스의 페라 곶에 빌라를 구입한다. 보르네오와 말라야를 여행한다.

1930년   희극 「밥벌이(The Breadwinner)」를 발표한다. 여행기 『응접실의 신사(The Gentleman in the Parlour)』, 장편소설 『케이크와 맥주(Cakes and Ale)』를 출판한다. 키프러스와 뉴욕을 여행한다.

1931년   단편집 『일인칭 단수(Six Stories Written in the First Person Singular)』를 출판한다. 희곡 「서클(The Circle)」을 공연한다.

1932년   단편집 『책가방(The Book Bag)』, 장편소설 『궁색한 인생(The Narrow Corner)』을 출판한다. 희곡 「수고(For Services Rendered)」를 공연한다.

1933년   단편집 『아, 왕이여(Ah King)』를 출간한다. 희곡 「셰피
              (Sheppey)」를 공연한다. 이 작품을 끝으로 희곡과 결별
              한다. 스페인을 여행한다.

1934년   단편집 『심판의 자리(The Judgment Seat)』를 출판한다.

1935년   기행문 『돈 페르난도(Don Fernando)』를 출판한다.

1936년   콩트집 『세계주의자(Cosmopolitans)』를 출판한다. 여행
              기 『나의 남해 섬(My South Sea Island)』을 시카고에서
              출판한다. 남미와 서인도 제도를 여행한다.

1937년   장편소설 『극장(Theatre)』을 출판한다.

1938년   자전적 회상록 『요약(The Summing Up)』을 출판한다.
              인도를 여행한다.

1939년   장편 『크리스마스 휴가(Christmas Holiday)』를 출판한
              다. 9월 1일 2차 세계대전이 발발하자 요트로 프랑스에
              서 탈출을 기도한다. 『세계 단편 백선(Tellers of Tales)』
              을 뉴욕에서 출판한다.

1940년   평론 「전시(戰時)의 프랑스(France at War)」, 독서 안내
              서 『책과 당신(Books and You)』을 출판한다. 6월 15일
              에 파리가 함락되자 카누를 타고 영국으로 탈출한다.
              10월 미국으로 건너가 1946년까지 뉴욕에서 체류한다.

1941년   자전소설 『극히 개인적(Strictly Personal)』을 뉴욕에서
              출판한다. 중편소설 「별장에서(Up at the Villa)」를 발표
              한다.

1942년   장편 『동트기 전(The Hour before the Dawn)』을 출판
              한다.

1943년	『현대 영미 명작선(Modern English and American Literature)』을 뉴욕에서 편집 출판한다.
1944년	장편소설『면도날(The Razor Edge)』을 출판한다.
1946년	역사소설『그때와 지금(Then and Now)』을 출판한다. 『인간의 굴레에서』 원고를 미국 국회도서관에 기증한다.
1947년	단편집『환경의 동물(Creatures of Circumstance)』을 출판한다.
1948년	단편집『이곳저곳(Here and There)』, 장편소설『카탈리나(Catalina)』,『세계의 10대 소설(Ten Novels and Their Authors)』을 출판한다.
1949년	에세이『작가 수첩(A Writer's Notebook)』을 출판한다.
1950년	『인간의 굴레에서』 다이제스트판을 발간한다.
1951년	『작가의 시점(The Writer's Point of View)』을 출판한다. 미국에서 '몸 연구소'가 설립되어 몸의 문헌 전시가 개최된다.
1952년	평론집『방랑의 무드(The Vagrant Mood)』를 출판한다. 옥스퍼드 대학에서 명예 학위를 받는다. 네덜란드를 여행한다.
1953년	희곡「고귀한 스페인 사람(The Noble Spaniard)」을 출판한다.
1954년	엘리자베스 여왕으로부터 명예 훈위(Companion of Honour) 칭호를 받는다. 그리스 및 로마를 방문한다. 평론집『열 편의 소설과 작가(Ten Novels and Their Authors)』를 출판한다.

1958년　평론집 『시점(Points of View)』을 출판한다. 이 책과 함께 작가 생활을 끝낸다고 선언한다. 윈스턴 처칠 경과 함께 왕립문학원 부원장에 선출된다.

1958년　일본을 여행한다.

1961년　문학 훈위(Companion of Literature) 칭호를 얻는다.

1965년　12월 16일, 남프랑스의 니스에서 향년 91세로 영면한다.

세계문학전집 12

인간의 굴레에서 2

1판 1쇄 펴냄   1998년 9월 30일
1판 57쇄 펴냄   2024년 10월 25일

지은이   서머싯 몸
옮긴이   송무
발행인   박근섭, 박상준
펴낸곳   (주)민음사

출판등록   1966. 5. 19. (제 16-490호)
서울특별시 강남구 도산대로1길 62(신사동) 강남출판문화센터 5층 (우편번호 06027)
대표전화 02-515-2000   팩시밀리 02-515-2007
www.minumsa.com

한국어 판 ⓒ (주)민음사, 1998, 2021. Printed in Seoul, Korea

ISBN 978-89-374-6012-8 04800
ISBN 978-89-374-6000-5 (세트)

세계문학전집 목록

세계문학전집은 계속 간행됩니다.